Lian Hearn

La maison
de l'Arbre
joueur

Traduit de l'anglais
par Philippe Giraudon

Gallimard

Titre original :

BLOSSOMS AND SHADOWS

© *Lian Hearn, 2010.*
© *Éditions Gallimard, 2012, pour la traduction française.*

Lian Hearn est le pseudonyme d'un auteur féminin pour la jeunesse, célèbre en Australie où elle vit avec son mari et leurs trois enfants. Elle est diplômée en littérature de l'université d'Oxford et a travaillé comme critique de cinéma et éditeur d'art à Londres avant de s'installer en Australie. Son intérêt de toujours pour la civilisation et la poésie japonaises, pour le japonais qu'elle apprend, a trouvé son apogée dans l'écriture du *Clan des Otori*.

En particulier, les médecins se voient confier des vies humaines, ils regardent le corps nu, parlent de secrets soigneusement gardés et écoutent des aveux humiliants. Conservez toujours en vous un sentiment de sympathie et de générosité, et soyez ménagers de vos paroles. Efforcez-vous au silence.

Extrait des *Conseils de Mr Fu
aux médecins* (in *Enchiridion Medicum*,
de Christoph W. Hufeland,
cité par Ogata Kôan).

Lors de la restauration de Meiji, en 1868, de jeunes samouraïs alliés à des aristocrates de la cour renversèrent le gouvernement resté plus ou moins féodal du shôgun Tokugawa. Ainsi s'ouvrait l'ère du Japon moderne.

Depuis l'arrivée en 1853 de l'amiral Perry, qui exigeait la fin de l'isolement du Japon, ces îles lointaines, peuplées d'une trentaine de millions d'habitants et divisées en plus de deux cent soixante domaines gouvernés chacun par son propre *daimyô*, avaient été en proie à l'agitation, au désordre et à la guerre civile. Le gouvernement central était incompétent. Les domaines avaient de lourdes dettes. Comètes, séismes, famines et épidémies ne cessaient de se succéder. Tandis que les samouraïs se battaient pour obtenir des réformes, les roturiers aspiraient à un monde nouveau. Au sein des loyalistes radicaux, on vit grandir un mouvement visant à rendre le pouvoir à l'empereur et à résister aux étrangers, afin surtout d'éviter que le pays ne soit colonisé par l'Occident. Leur slogan était *Sonnôjôi* (*Vénérez l'Empereur, expulsez les étrangers*). Leur méthode préférée était la violence.

Le Chôshû, un puissant domaine du Sud-Ouest, depuis longtemps hostile aux Tokugawa, devint l'un des plus ardents partisans du changement. Cette histoire est celle d'une poignée de jeunes hommes et de jeunes femmes qui vouèrent leur existence à réformer leur domaine et moderniser leur pays, et changèrent ainsi le cours du destin du monde.

Elle commence en 1857.

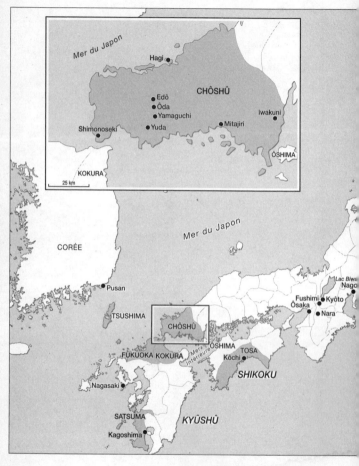

Le Japon en 1857

EZO
(HOKKAIDÔ)

OCÉAN

PACIFIQUE

HONSHÛ

● Sendai

● Mito

Edo
(Tôkyô)
Yokohama ●
Mont
Fuji ▲
hizuoka ●
Baie
d'Uraga

150 km

MANDCHOURIE

CORÉE

Mer du Japon

EZO
(HOKKAIDÔ)

HONSHÛ

KYÛSHÛ   SHIKOKU

CHINE

500 km

© Ian Faulkner

Liste des personnages

LES PERSONNAGES FICTIFS

Itasaki Yûnosuke	un médecin du domaine de Chôshû
Chie	son épouse
Tetsuya	son fils
Mitsue	sa fille aînée
Tsuru	sa fille cadette, narratrice du roman
Itasaki Shinsai	frère cadet de Yûnosuke
Kuriya Jizaemon	un pharmacien de Hagi
Misako	son épouse
Heibei	son fils, époux de Mitsue
Michi	la fille de Mitsue, adoptée par Tsuru
Makino Keizô	un employé de la pharmacie Kuriya
O-Kiyo	une geisha du Hanamatsutei
O-Kane	servante des Itasaki
Hachirô	serviteur des Itasaki

| Nakajima Noboru | étudiants du docteur |
| Hayashi Daisuke | Itasaki |

| Imaike Eikaku | un peintre |
| Seiko | sa sœur |

Yoshio Gongorô	un médecin de Nagasaki
O-Kimi	sa fille
Kitaoka Jundô	un des étudiants du docteur Yoshino

LES PERSONNAGES HISTORIQUES

Sufu Masanosuke	fonctionnaire Chôshû jouant un rôle décisif dans le gouvernement du domaine
Yoshitomi Tôbei	chef de village, ami de Sufu
Shiraishi Seiichirô	riche marchand soutenant les activistes Chôshû

Yoshida Shôin	professeur et réformateur, comptant parmi ses étudiants :
Itô Shunsuke/ Hirobumi	activiste, futur Premier ministre — le premier du Japon
Katsura Kogorô/ Kido Takayoshi	activiste, futur ministre
Takasugi Shinsaku	activiste, réformateur de l'armée

Kusaka Genzui	activiste, beau-frère de Shôin
Yamagata Kyôsuke/ Aritomo	activiste, réformateur de l'armée
Yoshida Toshimaro	activiste
Fumi	sœur de Shôin, épouse de Genzui
Shiji Monta/ Inoue Kaoru	activiste, futur ministre du gouvernement Meiji
Towa	une gardienne de sanctuaire qu'admirait Shôin
Masa	épouse de Takasugi
O-Uno	maîtresse de Takasugi
Môri Takachika	daimyô du Chôshû
Môri Sadahiro	son fils adoptif et héritier
Nagai Uta	fonctionnaire du gouvernement du Chôshû
Mukunashi Tôta	chef du parti conservateur en Chôshû
Tokoro Ikutarô	un médecin
Ômura Masujirô/ Murata Zôroku	un médecin du domaine, futur réformateur de l'armée

Maki Izumi	activiste
Miyabe Teizô	activiste
Kijima Matabei	activiste
Akane Taketo	chef du Kiheitai
Sanjô Sanetomi	aristocrate loyaliste
Nishikinokôji Yorinori	aristocrate loyaliste
Ii Naosuke	fonctionnaire du bakufu et Tairô
Tokugawa Iemochi	quatorzième shôgun
Hitotsubashi Keiki/ Tokugawa Yoshinobu	quinzième et dernier shôgun
Shimazu Hisamitsu	père du daimyô du Satsuma
Saigô Kichinosuke (plus tard Takamori)	fonctionnaire du gouvernement du Satsuma et commandant d'armée
Sakamoto Ryôma	activiste Tosa
Nakaoka Shintarô	activiste Tosa
Thomas Glover	négociant écossais faisant le commerce des armes
Nomura Bôtôni	loyaliste, nonne et poète

PREMIÈRE PARTIE

De Ansei 4 à Bunkyû 1
1857-1861

Le premier mariage

En ce jour doux-amer du mariage de ma sœur, tout le monde pleurait, même moi qui n'étais pourtant guère portée sur les larmes. Les pluies d'été tombaient sans relâche, comme si le ciel se mettait à l'unisson de nos pleurs. On était dans la quatrième année de l'ère Ansei, au cinquième mois intercalaire, quatre ans après que les bateaux noirs étaient entrés dans la baie d'Uraga. L'époque était étrange. On avait l'impression d'attendre qu'une potion se mette à bouillir — tous les ingrédients sont mélangés, le feu est vif, et pourtant rien ne semble se produire ; plus on regarde le breuvage, plus l'ébullition paraît lente à venir.

Nos invités étaient nombreux : voisins et parents de Yuda et Yamaguchi, collègues médecins de mon père, professeurs de l'école fréquentée par mon frère avant son départ pour Nagasaki et du collège privé où mon oncle Shinsai avait été encore récemment l'enseignant stagiaire le plus coté. Plusieurs amis de Shinsai étaient également venus. Ces jeunes gens avaient étudié avec lui et avaient été ses émules dans les combats au sabre, les manifestations bruyantes et fanfaronnes de fidélité à l'Empereur et l'exaspération envers le bakufu — le gouvernement du shôgun.

Cela faisait plusieurs jours que duraient les pré-

paratifs culinaires des femmes de la famille Itasaki
— ma mère, ma sœur Mitsue et moi, Tsuru, avec
l'aide de notre servante, O-Kane, et de la maîtresse
de mon père, O-Kiyo. Nous avions prévu du riz aux
haricots rouges, du *chirazushi*, du mochi, diverses
sortes de tofu et une énorme brème. Les invités apportèrent en cadeau d'autres poissons entiers sur
des feuilles de chêne, des gâteaux de haricot, des
umeboshi et autres friandises salées, des ormeaux et
des seiches, sans oublier des fûts de saké joliment
enveloppés dans de la paille et dont on versa force
coupes pour fêter l'événement.

Plusieurs autres geishas de l'établissement d'O-
Kiyo l'avaient accompagnée. Elles jouèrent du *shamisen* et chantèrent, mais O-Kiyo, comme le disait
souvent ma mère, ne brillait ni par la beauté ni par
le talent. Rien n'aurait été plus faux que d'attribuer
ces propos à la rancune. Ma mère plaignait O-Kiyo,
qui n'avait pas réussi à attirer un homme plus in-
fluent et plus riche que mon père. Elle l'avait prise
sous son aile et la traitait comme une parente plus
âgée mais moins bien lotie qu'elle, avec qui elle se
montrait tout ensemble déférente et autoritaire.

Nous ne savions comment notre père avait obtenu O-Kiyo. Peut-être lui avait-elle été léguée par
un patient reconnaissant, à moins qu'il ne l'ait ga-
gnée lors d'un pari. Lui-même semblait plutôt embarrassé par elle. Si ma mère ne l'avait pas harcelé
pour qu'il aille la voir, il ne lui aurait sans doute
guère rendu visite. Elle devait pratiquement le chasser de la maison : « N'est-il pas temps que vous vous
rendiez au Hanamatsutei ? » Père répondait sans
enthousiasme : « Oui, probablement. » Quand il revenait, il avait trop bu, ce qui lui valait le lendemain
maux de tête et crises de foie. Le plus souvent, il regrettait sa visite, car il avait accepté de donner une

consultation gratuite ou un quelconque médicament chinois alors qu'il était déjà écrasé de travail.

Ma sœur et moi, nous aimions bien O-Kiyo, principalement parce que le Hanamatsutei était une maison de thé en vogue et qu'elle se plaisait à nous rapporter tous les commérages du cru. Nous étions toujours ravies de l'entendre appeler à la porte. Tandis que l'une de nous lui préparait du thé, l'autre s'asseyait avec elle sur la véranda extérieure et la regardait sortir sa boîte à tabac, apprêter sa pipe et l'allumer. Après avoir tiré une profonde bouffée, elle se mettait à bavarder de sa voix rauque.

Notre maison avait deux entrées principales. L'une, donnant sur la grand-rue, était réservée aux samouraïs venant consulter, l'autre ouvrait sur la ruelle transversale et était empruntée par les habitants de la ville et les paysans. Nous savions tous que c'étaient ces derniers qui payaient pour la maison et tout ce qu'elle contenait, sans oublier O-Kiyo, cependant ils devaient prendre l'entrée sur la ruelle et accepter d'attendre que mon père en ait fini avec ses malades samouraïs, lesquels évitaient autant que possible de payer quoi que ce fût. Quelques années plus tôt, mon père avait été nommé médecin du domaine. Lui-même en avait été très étonné, car nous n'étions apparentés à aucune des célèbres familles de praticiens, telles que les Wada, les Aoki ou les Ogata. Il recevait un salaire de vingt-deux *koku* par an et avait le droit de porter deux sabres, même s'il arborait des cheveux courts suivant l'usage de la profession médicale. Notre famille occupait la situation incertaine qui était celle des médecins dans la hiérarchie du domaine. Ils avaient moins de respect que la plupart des gens pour le rang, car ils voyaient le fils bien-aimé du seigneur succomber à la rougeole ou la variole aussi vite que les enfants des paysans. Ils n'étaient pas moins impuissants pour les notables mourant de consomption que pour le menu fretin des *sottsu*. Avec eux, hommes et femmes se montraient au comble de leur faiblesse et aussi, habituellement, de leur gratitude.

Mon père était issu d'une famille de médecins de campagne. Son père avait été impressionné par ce qu'il connaissait du *ranpô* — la médecine hollandaise — et l'avait envoyé à Nagasaki, où mon père avait étudié auprès de praticiens ayant connu et travaillé avec Siebold et Mohnike, les médecins de Dejima. Peut-être devait-il sa promotion à ces contacts, ou à son imposante collection d'instruments hollandais, ou encore aux plantes et aux herbes qu'il cultivait dans son jardin. À moins que ce ne fût le fruit des nombreuses coupes de saké qu'il avait bues en compagnie de Sufu Masanosuke, l'un des dirigeants les plus importants du domaine, qui séjournait souvent à Yuda chez notre voisin, Yoshitomi Tôbei, et se rendait avec lui au Hanamatsutei, l'établissement d'O-Kiyo. C'était là une raison de plus pour que nous nous réjouissions de la présence de la geisha dans notre famille. En effet, nous admirions tous sans réserve sire Sufu, lequel était devenu le client et le protecteur de notre père.

M. Yoshitomi se rendit au mariage, de même qu'un autre de nos voisins, Shiji Monta. Ce dernier appartenait à la famille Inoue, qui vivait non loin de nous, et je l'avais connu autrefois sous le nom de Yûkichi. Cependant il avait été adopté par les Shiji, une famille de Hagi, où il avait étudié à l'école du domaine, le Meirinkan, et avait reçu de sire Môri Takachika en personne le nom de Monta. Il amena avec lui un autre jeune homme, Takasugi Shinsaku. Ma mère et moi, nous fûmes terriblement impressionnées par cet immense honneur. Takasugi était issu d'une grande famille de Hagi et ses dons

26

l'avaient déjà rendu célèbre d'un bout à l'autre du domaine.

« Il est surtout doué pour boire », déclara plus tard mon oncle Shinsai. Il était du même âge que ces jeunes gens — peut-être un peu plus jeune — et leur manifestait un mélange d'admiration et d'envie. Takasugi s'était déjà rendu à Edo pour étudier le sabre avec Saitô Yakurô. Il n'aurait aucun mal à trouver une situation dans le gouvernement du domaine. Quant à Monta, il comptait se rendre à la capitale l'année suivante, en tant que page de sire Môri. Tous deux avaient des possibilités d'avancement qui feraient toujours défaut à mon oncle.

Shinsai avait le même âge que ma sœur. Il avait donc moins de deux ans de plus que moi, et deux ans de moins que notre frère, Tetsuya. Ma grand-mère avait attendu son dernier enfant alors que ma mère était enceinte pour la seconde fois. Affaiblie par une grossesse aussi tardive, ma grand-mère ne survécut pas longtemps à la naissance. Elle confia son bébé à ma mère, de sorte que mon oncle grandit dans notre famille. Aussi proche de nous qu'un autre frère, il n'était pourtant pas un frère pour nous — ni vraiment un oncle, en fait.

Le jour du mariage, je l'observai entre un plateau de nourriture à apporter en hâte et des coupes de saké à remplir de nouveau. Au début, il écouta avec déférence les autres hommes parler de la situation actuelle, de l'inertie semblant avoir saisi le pays tout entier depuis l'arrivée des étrangers aux exigences agressives, de la nécessité de les contrer si le bakufu restait inactif, afin de protéger le Chôshû, notre domaine, et de défendre la lignée des Môri. Sous l'emprise du saké, toutefois, Shinsai commença à argumenter avec une vigueur accrue, en évoquant les nouvelles que Tetsuya avait envoyées de Nagasaki — les guerres de l'opium contre la Chine, la probabilité d'un autre conflit à propos d'un navire appelé la *Flèche*. Ces discours me semblaient absurdes. La Chine était le centre du monde, gigantesque et invulnérable. Comment pourrait-elle être la proie d'une poignée d'Anglais ou d'Américains ? Comment pourrait-elle être *colonisée* ? Je n'avais pas une idée très nette de ce qui différenciait Anglais et Américains, ni de ce que signifiait exactement la colonisation. De toute façon, le shôgunat Tokugawa allait certainement préserver la paix qu'il maintenait depuis deux siècles et demi.

Je remarquai l'expression de mon père, que les discussions politiques mettaient toujours mal à l'aise. J'aperçus également le regard qu'échangèrent fugitivement Monta et Shinsaku. Même s'ils ne les exprimaient pas avec la même passion inconsidérée que Shinsai, il me sembla qu'ils partageaient ses opinions.

Ce sont ces hommes qui sont au cœur de ce récit. Ils ont détruit l'ancien monde et réformé la nation où je vis maintenant, avec leurs rêves et leurs illusions, leur courage et leur sottise, leurs succès imprévus et leurs cruels échecs. Aujourd'hui, ceux d'entre eux qui ont survécu sont célèbres, et j'entends parler d'eux dans les nouveaux journaux, je regarde les photographies où ils arborent des cheveux courts et un costume à l'occidentale, à moins qu'ils ne soient en uniforme, la poitrine chargée de médailles. Il arrive que les journaux publient des clichés plus anciens, pareils à ceux que je voyais à Nagasaki. Nos dirigeants y apparaissent dans leur jeunesse, figés dans la pose, la main sur le sabre, en tenue de cérémonie, le visage sérieux et impassible alors qu'ils s'apprêtent à affronter le monde moderne, avec toutes ses exigences et ses défis déconcertants.

Ce jour-là, on n'aurait jamais pensé qu'ils deviendraient des dirigeants. Monta était petit, à peine plus grand qu'un enfant. Son aspect juvénile était trompeur, car il était plus audacieux et offensif que la plupart des adultes. Il avait l'esprit vif et se plaisait à des taquineries agaçantes. Shinsaku était un peu plus grand, maigre, avec des yeux très bridés et un visage chevalin marqué par la vérole. Il semblait se tenir à l'écart, par une réserve naturelle qui n'était peut-être que de la timidité. Puis le saké finit lui aussi par l'égayer et il devint plus bruyant au fil des heures. Cédant aux prières de Monta, il finit par prendre le *shamisen* des geishas — qui le connaissaient toutes fort bien — et entonna l'une de ses propres chansons.

Le ruissellement assourdi de la pluie, la voix du jeune homme (il n'avait pas encore vingt ans), les accents plaintifs de l'instrument firent resurgir le chagrin que nous savions inéluctable. Mitsue, *onee-chan*, ma sœur aînée, la première fille bien-aimée de mes parents, allait nous quitter. Mon père, ma mère et moi-même, nous nous mîmes à pleurer sans retenue.

— Toutes ces larmes étaient inutiles, déclara Shinsai plus tard après le départ des chevaux emmenant la jeune épousée vers sa nouvelle famille.

Le visage de Mitsue, encadré par sa coiffure blanche de mariée, était pâli par la nervosité et l'angoisse. Elle agrippait la boîte de coquillages et la poupée censées la protéger durant son voyage. Ses lèvres avaient la couleur vermeille du fard fleur-de-safran offert par O-Kiyo en cadeau de mariage, et son nez était rouge à force de pleurer.

Le portail était éclairé par des torches luisant dans la pluie. Les « feux d'adieux », comme lors d'un enterrement, projetaient des ombres tremblantes sur les invités qui s'éloignaient.

— C'est un très bon parti, poursuivit Shinsai. Et elle ne va qu'à Hagi, après tout.

Hagi n'était qu'à une journée de marche, en partant au lever du jour. Comme Mitsue s'était mise en chemin l'après-midi, sa nouvelle famille avait prévu de la retrouver dans une auberge de Sasanami, où ils passeraient tous la nuit. Son époux était le fils d'un pharmacien nommé Kuriya. J'imaginai le moment où ma sœur le verrait là-bas, échangerait les coupes rituelles de saké dans l'une des chambres de l'auberge avant de rester seule avec lui pour sa première nuit de femme mariée. Je me réjouissais de ne pas épouser le jeune Kuriya, mais j'étais curieuse...

— Vous pourrez lui rendre visite quand j'irai à Hagi, dit mon oncle en s'adressant à moi sur le ton désinvolte qu'il employait pour aborder un sujet important.

— Pourquoi donc irais-tu à Hagi ? demanda mon père en reniflant bruyamment et en s'essuyant les yeux.

Shinsai ne répondit pas tout de suite mais continua de me regarder comme s'il lisait dans mes pensées, ce qui me mit fort mal à l'aise. L'idée du mariage, le saké, la musique, les jeunes hommes, l'air chargé d'humidité, tout cela avait éveillé en moi une sensation étrange, à la fois violente et alanguie, une excitation sensuelle dont j'étais certaine qu'elle n'avait pas échappé à mon oncle. Ma peau s'empourpra tout entière, soudain brûlante.

— Tsu-chan a trop bu, plaisanta-t-il.

— Va donc prendre l'air dehors, me dit ma mère. Autrement, tu auras mal à la tête toute la nuit.

La pluie avivait l'éclat vert du jardin. J'entendais les bébés hirondelles gazouiller dans les nids sous les avant-toits. Leurs parents ne cessaient de fendre l'air pour les nourrir, en attendant que les petits quittent le nid et sortent dans le vaste monde afin à leur tour de s'accoupler et d'élever leur progéniture.

Mes larmes se mirent à ruisseler comme la pluie. C'était d'une tristesse insoutenable ! Mais il était aussi étrangement délicieux d'être moi, de ressentir si profondément cette tristesse.

Émergeant du brouillard, notre chatte se mit à ronronner de plaisir en me voyant. Je lui caressai la tête et les oreilles. Elle était trempée mais ne semblait pas gênée par la pluie, contrairement à la plupart de ses congénères. Elle resta un moment assise près de moi, puis ses yeux immenses s'écarquillèrent, ses oreilles pivotèrent et le bout de sa queue frémit. Sans un bruit, elle s'éloigna d'un bond dans le jardin mouillé.

J'entendais toujours les voix dans la maison. Mon père répéta sa question, et cette fois mon oncle répondit.

— Je veux suivre les cours de maître Yoshida. J'ai l'intention de lui écrire pour lui demander de m'admettre dans son école.

— Mais Yoshida est assigné à résidence, répliqua mon père.

— Cela ne l'empêche pas de continuer son enseignement. Il est autorisé à recevoir des élèves. Kusaka Genzui est déjà auprès de lui. Takasugi dit qu'il va en faire autant, bien que son père s'y oppose et qu'il risque de devoir s'esquiver de chez lui la nuit. Et cet ami de Monta, Itô Shunsuke...

— Qu'enseigne donc Yoshida Shôin que tu ne connaisses déjà ? demanda ma mère.

D'après elle, mon oncle devrait étudier moins et travailler davantage, aider davantage mon père, par exemple en devenant pharmacien, comme mon nouveau beau-frère, et en ouvrant une boutique. Yoshida Shôin était un personnage controversé, dans le domaine de Chôshû. Nul ne pouvait contester sa valeur intellectuelle, l'originalité de sa pensée et la profondeur de sa doctrine. Sire Môri Takachika et Sufu Masanosuke l'admiraient tous deux immensément. Cependant, comme l'avait fait remarquer mon père, il était considéré comme un criminel. Il avait tenté d'embarquer à bord d'un bateau américain dans la baie de Shimoda. On racontait qu'il voulait à tout prix mieux connaître les pays qui nous menaçaient. Il désirait découvrir les machines magiques qu'ils avaient mises au point tandis que notre propre pays végétait isolé sous la férule des Tokugawa — navires actionnés par la vapeur comme des bouilloires, voitures montées sur des rails et transportant voyageurs et marchandises à toute allure sur de grandes distances, et bien sûr fusils, canons et autres engins militaires conférant à ceux qui les possédaient la puissance et l'autorité.

Cela faisait quatre ans que nous écoutions Shinsai et ses amis parler de ces problèmes. Je savais donc également que maître Yoshida avait été incarcéré par le bakufu à Edo avant d'être renvoyé l'année suivante à Hagi dans la prison de Noyama, réservée aux samouraïs. Il avait donné à ses compagnons de captivité des cours sur l'enseignement de Mencius, son guide spirituel, assaisonné de ses propres idées pour la protection et le progrès de notre nation.

Les jeunes hommes évoquaient la passion et la clarté de sa pensée, la ténacité et l'énergie qui l'animaient. Les gens plus âgés le qualifiaient plutôt d'obstiné et critiquaient son dédain des subtilités de la hiérarchie et du rang social. Ils allaient jusqu'à mettre en doute son bon sens. Pourtant on rapportait qu'il était plein de douceur, s'occupait avec sollicitude des autres prisonniers et excellait comme pas un à lire dans le cœur et l'âme de chaque individu, en discernant ce dont il avait besoin dans sa quête d'une maturité spirituelle et intellectuelle.

J'ai parlé tout naturellement au masculin, car bien sûr les élèves de Shôin étaient presque tous des hommes, cependant mon oncle m'avait dit que ses cours étaient suivis également par des femmes. En prison, il y avait même au moins une femme qui non seulement avait été son élève mais lui avait enseigné son propre savoir. Mon intérêt pour lui en avait été renforcé.

Durant l'hiver de la deuxième année d'Ansei, Shôin avait été relâché et renvoyé dans la maison de son oncle, sur la rive orientale du fleuve Matsumoto. Il avait reçu la permission de faire cours aux enfants de son oncle, puis à ceux de leurs voisins. C'est ainsi que naquit le *Shôkasonjuku*, l'école du village sous les pins.

Mon oncle voulait étudier dans cette école.

— Mais nous avons besoin de toi ici, lança ma mère. Nous ne pouvons perdre à la fois Mitsue et toi. Autrement, qui aidera le médecin ? Il semble peu probable que Tetsuya rentre bientôt.

J'attendais que mon père refuse sa permission à mon oncle, mais il resta silencieux.

Les hirondelles s'élançaient à tire-d'aile puis revenaient. Leurs petits criaient, se taisaient, criaient de plus belle.

— Tsuru vous aide plus que moi, déclara Shinsai.

— Ce n'est que trop vrai, répliqua mon père. Mais elle travaille déjà sans relâche. Nous ne pouvons lui demander d'assumer tes tâches en plus de celles de Mitsue.

En entendant son ton approbateur, je sentis que ma peau rafraîchie par l'air humide menaçait de s'enflammer de nouveau. Je n'étais pas habituée aux louanges. Une fille était censée travailler sans être félicitée ni remerciée. En nous consacrant à nos parents, nous ne faisions que notre devoir. Pourquoi nous auraient-ils manifesté de la gratitude ? Néanmoins les paroles de mon père réchauffèrent mon cœur autant que mon visage.

— D'ici peu Tsuru nous quittera, elle aussi, dit ma mère. Il est vraiment terrible d'avoir des filles. Tout le mal qu'on se donne pour les élever sert à une autre famille.

À la pensée de cette injustice, elle étouffa un sanglot.

— Eh bien, j'ai une autre proposition, lança vivement Shinsai.

Manifestement, il en avait assez des larmes pour aujourd'hui.

— Elle permettrait de résoudre les deux problèmes. Vous devriez installer ici un fiancé pour Tsuru. Prenez un fils de médecin et adoptez-le. De cette façon, vous me remplaceriez et vous garderiez Tsuru.

Comme mon père ne réagissait pas, Shinsai ajouta :

— Ce serait vraiment dommage de vous priver d'elle.

Bien entendu, mon père ne pouvait donner son accord sur-le-champ. Shinsai ayant plus de vingt ans de moins que lui, il aurait été déplacé d'écouter son conseil, si judicieux fût-il. Ma mère s'opposait par principe à toute suggestion de mon oncle, car elle ne le tenait guère en haute estime. Il était donc difficile pour elle de paraître approuver ce qui était pourtant en secret son souhait le plus cher. D'ailleurs, il fallait tenir compte de ce que penseraient les gens. La famille Itasaki n'avait rien d'illustre et nous n'étions pas riches, bien que mon père jouît d'une grande réputation et eût plus de patients qu'il n'en fallait. Du reste, adopter un gendre n'avait rien d'exceptionnel. Dans le cas présent, toutefois, la famille avait déjà deux héritiers possibles, même si l'un ne montrait aucune velléité de revenir de Nagasaki et si l'autre n'avait aucun intérêt pour la médecine. La nomination récente de mon père et son amitié avec sire Sufu avaient déjà valu à notre famille une position plus élevée qu'elle ne le méritait dans la hiérarchie du domaine. Nous n'avions pas envie de compromettre cette position par un comportement qu'on pourrait considérer comme excentrique ou inconvenant.

Malgré tout, nous ne vivions pas à Hagi, ce bastion des conservateurs, mais à Yuda, où l'on prétendait que les sources thermales rendaient les gens plus accommodants. Au cours des semaines suivant le mariage de ma sœur, il fut tacitement résolu que la famille Itasaki me garderait à la maison et entreprendrait de me chercher un époux, tandis que mon oncle se porterait candidat au Shôkasonjuku afin de suivre l'enseignement de maître Yoshida.

L'Arbre joueur

Mon père ne supportait pas la mort de ses patients. C'est fâcheux pour un médecin, car ils meurent en quantité. Quant à moi, j'étais profondément intéressée par le fait et le processus de la mort, ce qui faisait de moi une assistante idéale. La sensibilité de mon père le plongeait dans une détresse qui se répercutait sur ses patients. Quand il était bouleversé, il avait coutume de tapoter nerveusement ses bras. Le souffle irrégulier des agonisants et le tapotement des mains de mon père sur les manches de sa veste finirent par devenir pour moi comme le fond sonore de la mort. Au bout d'un moment, je parvins à la conclusion que mon attitude impassible était plus apaisante que son anxiété et qu'elle aidait les mourants à accepter l'inévitable.

Je cultivai cette impassibilité jusque dans mon regard, le rendant ainsi capable de voir ce qui se passait réellement à l'intérieur du corps des patients. Il me semblait parfois que mes yeux étaient des microscopes. Mon père avait reçu en présent un de ces instruments, à l'époque où il étudiait à Nagasaki. Le jour où pour la première fois j'appris à regarder à travers ses lentilles constitue l'un des souvenirs les plus marquants de mon enfance. Ce fut alors que je résolus de devenir moi-même médecin. Non que j'eusse souvent affaire directement aux malades, en dehors des cas de vie et de mort où j'étais autorisée à assister mon père. La médecine était encore une chasse gardée des hommes. Il arrivait pourtant que l'extrême pudeur d'une épouse de samouraï ou le formalisme pointilleux de son mari la rendissent réticente à l'idée d'être examinée par un homme. Elle restait cachée derrière un écran, tandis que mon père était censé faire le diagnostic de ses symptômes et proposer un traitement sans pouvoir prendre son pouls ni regarder sa langue ou sa peau.

« Je ne puis savoir ce qui ne va pas s'il m'est impossible de voir et de toucher ! » s'exclamait-il exaspéré. Il m'envoyait alors de l'autre côté de l'écran ou dans la pièce voisine pour que je lui tienne lieu d'yeux et de mains. C'est ainsi que j'appris à prendre le pouls de différentes manières, à distinguer la santé intacte de celle dont l'équilibre est menacé, à diagnostiquer d'après la surface de la langue ou le blanc des yeux les éventuels problèmes des organes ou des viscères. À quinze ans, je connaissais les huit modèles principaux et les cinq phases, les six influences pernicieuses et les sept émotions qui étaient le fondement du *kanpô*, la vieille tradition venue de Chine, aussi bien que les enseignements plus modernes que nous appelions *ranpô*, la médecine hollandaise. Mon père commença à prendre mon opinion au sérieux et à discuter des traitements avec moi. Je l'aidais à préparer et à administrer les remèdes. Je mesurais et pesais la racine de Chine, le séné, l'anis, la réglisse, le ginseng, la racine de pivoine, les poudres de peaux de gecko et de vers de terre, et tous les autres ingrédients conservés dans des pots et des boîtes sur des étagères tapissant les parois de la pièce du devant de notre maison où mon père donnait ses consultations, assis sur une estrade couverte d'un tatami. Il était entouré de livres, dont j'avais lu la majeure partie : des traités sur l'anatomie et la chirurgie, la pharmacologie et l'herboristerie, la grossesse et l'accouchement, les maladies des yeux, la folie, les affections de la peau et la syphilis, les moxas, l'acupuncture et les bienfaits thérapeutiques des sources thermales. Certains étaient écrits par des Japonais, d'autres traduits du chinois ou du hollandais. Outre ces ouvrages, mon père avait une étagère entière consacrée aux instruments de chirurgie, cachés pour la plupart sous des étoffes de soie afin de les protéger de la poussière. Il possédait également deux armoires à pharmacie. Quelques bocaux, qu'il s'était procurés à Nagasaki, renfermaient diverses créatures conservées dans de la saumure. Les enfants du voisinage étaient convaincus qu'il s'agissait de dragons ou de tritons.

Les patients attendaient dehors, sur les vérandas. Les samouraïs avaient droit à la plus élégante, donnant sur le jardin de devant, tandis que les gens de la ville se tenaient sur celle de côté, qui était étroite et leur offrait une vue sur la haie et les séchoirs où pendaient linges de coton, rembourrages et bandages. Nous servions généralement du thé aux samouraïs, mais pas aux malades ordinaires, lesquels apportaient eux-mêmes un en-cas. Pleins de bonne humeur, ils échangeaient aussi bien leurs provisions que leurs avis sur les symptômes, les remèdes et les médecins du coin. Ils étaient souvent si bruyants que mon père les rappelait à l'ordre avec irritation, en demandant un peu de silence.

À l'intérieur, la pièce sentait l'écorce d'orange séchée, le moxa, le camphre, la térébenthine et la feuille de laurier, ainsi que l'encens que nous brûlions devant l'autel de Shinnô se dressant au milieu des ingrédients sur l'une des étagères.

Notre maison se trouvait non loin du centre de Yuda, une ville qui s'était développée autour des sources thermales. Notre propre jardin était nanti d'une source chaude, que nous utilisions pour nous baigner aussi bien que pour préparer baumes et médicaments. Entre la route de Yuda et les montagnes surgissant abruptement à moins d'une lieue de distance, les champs portaient des cultures sèches ou inondées. Nous cultivions nos légumes sur un terrain de l'autre côté de la route, juste en face de chez nous. Plus loin, une rivière appelée la Karasugawa séparait les potagers des rizières. On avait planté de tous côtés des arbres fruitiers : pêchers, mûriers, abricotiers ou plaqueminiers. Un plaqueminier particulièrement énorme se dressait à l'endroit où notre propriété jouxtait celle de la famille Inoue, dont nous avions fréquenté toute notre vie les enfants, y compris Monta.

Les montagnes n'étaient pas très hautes, mais elles présentaient l'aspect irrégulier si charmant dans les paysages chinois et étaient souvent voilées de brume. Des bambous aux troncs élancés et aux riches feuillages poussaient en bas des versants. Plus haut, c'était un mélange de châtaigniers, de chênes-lièges, de chênes et de cèdres, où se détachait au printemps la blancheur limpide des cerisiers de montagne et à l'automne l'or rougeoyant des érables.

Près de notre portail se dressait l'un de ces arbres immenses connus sous le nom d'arbres joueurs, car leur écorce se détache d'eux comme les vêtements d'un joueur. C'est pourquoi le cabinet de mon père était souvent surnommé la maison de l'Arbre joueur, ce qui donnait lieu à des calembours et des plaisanteries innombrables de la part de ses amis. L'arbre abritait de nombreux oiseaux, notamment un couple de chouettes. On entendait souvent la nuit leurs appels feutrés, dont la rumeur est restée associée pour moi, de même que le bruissement de l'écorce se détachant par lamelles, à ces années précédant la tempête.

Étant d'un caractère doux et bienveillant, mon père avait tout conflit en horreur. Nous l'appelions pour plaisanter *Sôseiko* — Seigneur-je-suis-d'accord. C'était le surnom donné, d'ailleurs sans réelle méchanceté, à Môri Takachika, le daimyô du Chôshû. À l'époque, je n'avais jamais vu sire Môri, bien qu'il nous arrivât de nous rendre à Hagi Ô-Kan, la route reliant Hagi au port méridional de Mitajiri, afin d'assister à son départ pour Edo, la lointaine capitale où il était astreint à des séjours réguliers. Chaque daimyô devait ainsi passer des années entières à Edo, que sa famille habitait en permanence, en servant plus ou moins d'otage. Les cortèges se rendant à la capitale ou en revenant offraient un spectacle magnifique, avec leurs centaines d'hommes et de chevaux, les bannières et écussons du domaine, le daimyô et ses dignitaires dans leurs palanquins.

Sire Môri se devait de dépenser sans compter pour son escorte et dans les *honjin*, les hôtelleries longeant la route, car il était l'un des plus importants *tozama* — à entendre les hommes du domaine de Chôshû, il était même indiscutablement le plus important d'entre eux. On appelait *tozama* — « seigneurs extérieurs » — les chefs des familles ayant fait leur soumission à Tokugawa Ieyasu après la bataille de Sekigahara, dans la cinquième année de l'ère Keichô, plus de deux siècles et demi plus tôt. C'était de l'histoire ancienne, pouvait-on croire — mais pas assez pour que les Chôshû aient oublié le tort infligé par les Tokugawa à la famille Môri. Ces derniers étaient restés depuis lors confinés dans leur forteresse de Hagi, coupés des routes commerciales

40

et loin d'Edo, à remâcher l'injustice subie et à préparer leur revanche.

Elles n'étaient vraies qu'en partie, ces histoires qu'on racontait aux enfants, lesquels se plaisaient à dormir en pointant insolemment leurs orteils vers l'est et les Tokugawa — Tetsuya, notre propre frère, tenait à ce que nous en fissions autant. On disait que les notables de Hagi saluaient leur seigneur le jour du Nouvel An en lui demandant : « Le moment est-il venu de renverser le bakufu ? » Jusqu'à présent, il avait toujours répondu : « Non, il n'est pas encore temps. »

Mais serait-il jamais temps ? La dynastie des Môri durait toujours et ses cortèges n'avaient rien perdu de leur splendeur. La bataille de Sekigahara avait beau être livrée de nouveau dans nos jeux et hanter nos rêves d'enfants, notre seigneur était le *Sôseiko*, qui était d'accord avec tout ce qu'on lui suggérait, comme mon père. Il était difficile d'imaginer qu'il aurait assez d'énergie pour renverser le shôgunat.

Cependant sire Môri avait d'autres qualités en commun avec mon père. Il était disposé à encourager les jeunes gens et à reconnaître ce qu'ils avaient de meilleur. Il savait repérer des hommes compétents parmi les samouraïs de rang inférieur. Et il avait la conviction inébranlable que créer des écoles modernes, dotées des meilleurs professeurs, ne pourrait qu'avoir d'heureux effets. Même s'il n'était pas intelligent et en avait conscience, sire Môri recourait à des conseillers avisés et parvenait ainsi à des résultats dignes d'une grande intelligence.

Vingt ans plus tôt, durant l'ère Tenpô, notre domaine avait été victime comme bien d'autres d'un temps hors de saison entraînant de mauvaises récoltes. Il n'avait pas plu au moment des plantations, alors que des pluies froides s'étaient abattues sans relâche durant la période de croissance. Non seulement le riz, mais le millet, l'orge et les haricots n'étaient pas venus à maturité.

D'énormes émeutes avaient éclaté dans plus d'une centaine de villages. Les gens mouraient de faim, et les finances du domaine étaient en si piètre état qu'il était aussi difficile de leur porter secours que de réprimer leur révolte. Le revenu du domaine, s'élevant à plus de six cent mille *koku*, était déjà promis à des négociants d'Ôsaka en échange de prêts destinés à couvrir les dépenses. D'après mon père, la dette totale du domaine était bien supérieure à son revenu, même à supposer qu'on annule les intérêts de cette dette.

Les autorités avaient décrété que pour résoudre la majorité des problèmes financiers il convenait de diminuer le traitement des samouraïs et de convaincre les membres des autres classes, y compris les négociants, de se montrer plus économes. J'avais fini par croire que la pauvreté existait partout pour tout le monde — sauf pour sire Môri, bien sûr. Nous nous en tirions mieux que la plupart. Au moins, mon père avait un métier. Même si ses patients ne pouvaient pas lui régler l'intégralité de ses honoraires, ils lui offraient en compensation de la nourriture ou des objets qu'ils confectionnaient, tels que sandales en paille, manteaux imperméables, parapluies ou paniers. Nous avions assez de terres pour subvenir à nos besoins. Sans compter la nomination imprévue de mon père à un poste officiel, qui lui avait permis d'envoyer Tetsuya à Nagasaki pour compléter sa formation.

Nous travaillions sans trêve et ne négligions rien. Ma mère n'était pas moins laborieuse, mais elle recourait à deux moyens pour se soustraire à la routine de ses tâches quotidiennes. Au bout de notre jardin, à l'ombre des vieux pruniers, on avait installé plusieurs tombes de famille. Il y avait celle de mes grands-parents, et aussi celle de mon petit frère et de ma petite sœur, morts à l'âge respectivement de quatre et deux ans lors de l'épidémie de variole de la première année de l'ère Kaei (1848). J'avais moi aussi été atteinte, mais moins gravement, de sorte que j'en avais été quitte pour quelques marques aux joues, comme un supplément de fossettes.

L'année suivante, il fut décidé d'introduire la vaccination dans le domaine. Kusaka Genki, le frère aîné de Genzui, l'ami de mon oncle, venait de rentrer à Hagi après avoir étudié auprès d'Ogata Kôan à Ôsaka, où cette pratique venue de Nagasaki était toute récente. Genki avait contribué de façon décisive à obtenir du vaccin et à convaincre les familles de faire traiter leurs enfants.

Mon père adopta la vaccination avec enthousiasme. Il avait une grande admiration pour Genki. Peut-être s'identifiait-il à lui, car ils étaient du même âge et avaient tous deux un frère beaucoup plus jeune. Mon père avait toujours été affligé de voir tant d'enfants succomber à la variole et avait particulièrement souffert de son impuissance à sauver ses propres enfants. Ma mère disait souvent en soupirant : « Si seulement le vaccin était arrivé un an plus tôt, tu aurais un petit frère et une petite sœur. » Toutefois je trouvais intéressant de songer qu'ils étaient morts avant moi, et je savais que leur disparition m'avait rendue encore plus chère à mes parents. Du reste, je me sentais tenue de faire tout mon possible pour alléger le chagrin de mes parents et éviter qu'ils regrettent que j'aie été celle désignée pour vivre. Aussi, quand ma mère disparaissait chaque après-midi pour passer un peu de temps avec les morts, en reposant son corps et en rassemblant son courage, j'assumais volontiers son travail en plus du mien.

L'autre grande consolation de ma mère était la

littérature. Elle connaissait par cœur tous les épisodes du *Dit des Heike* ou de *La Grande Paix*. Des héros tels que Yoshitsune ou Kusunoki Masashige revivaient dans les histoires qu'elle racontait tandis que nous nous consacrions à la couture et au raccommodage, nos tâches du soir. Elle possédait également quelques livres précieux : *Le Dit du Genji*, *Le Miroir du Savoir* et ainsi de suite. Son préféré était *Un Genji de la campagne*, une histoire inspirée de celle du Genji où il était question d'un beau jeune homme, Mitsuuji, se faisant passer pour un libertin alors qu'il était en réalité un guerrier héroïque.

Le livre était ancien — il comprenait plusieurs volumes — et abîmé par les insectes et l'humidité, mais il avait à nos yeux le prestige d'une relique sacrée. Le shôgun l'avait interdit et ses planches gravées avaient été détruites. Le simple fait de le posséder était un acte subversif. Nous ne le sortions qu'en présence des membres les plus proches de la famille. Ma mère le conservait à son chevet, la nuit, de façon à pouvoir le sauver si jamais la maison brûlait. C'était une merveilleuse histoire d'amour et de courage dans un monde bien éloigné de notre quotidien austère.

L'autre livre favori de ma mère était *Le Dit du fringant Shikôden*. Quand j'eus onze ans, elle me donna un éventail de plumes blanches en me disant qu'il était magique, comme celui d'Asanoshin. Il me permettrait de voir des lieux lointains et d'assister à des événements se produisant dans d'autres villes, d'autres pays. Je la crus. Il m'arrivait souvent d'approcher l'éventail de mes lèvres et de prétendre voir ce qui se passait dans le monde lointain.

En m'apprenant à me servir d'un microscope, mon père m'encouragea à devenir médecin. En m'offrant un éventail, ma mère permit à mon imagination de prendre son envol.

Déception

Mon oncle prit sur-le-champ des mesures pour entrer en contact avec maître Yoshida. Il chercha à se faire recommander par ses professeurs du *Shirane juku* de Yamaguchi, ainsi que par ses amis, tel Kusaka Genzui, qui faisaient déjà partie du cercle de Yoshida Shôin. Il recourut même à Sufu Masanosuke, lequel venait tout juste de prendre en main le gouvernement à Hagi. Shinsai passait ses journées à rédiger des lettres et à attendre des réponses avec anxiété. La rédaction des missives semblait nécessiter de fréquentes délibérations à Yamaguchi et à Yuda. Même quand il était chez nous, il se montrait distrait et négligent.

Un après-midi du septième mois, un messager de Hagi se rendant chez notre voisin Yoshitomi s'arrêta à notre portail et proclama d'un air important :

— Itasaki Shinsai-sama, une lettre pour vous !

Mon oncle était censé préparer une mixture de poivre écrasé et de feuilles d'artémise — leur parfum me suffisait pour les reconnaître. Il bondit sur ses pieds en renversant le bol, dont le contenu se répandit sur le sol.

— Tsu-chan, apportez du thé !

Je venais justement d'en préparer pour le patient attendant mon père. Après avoir réparé les dégâts faits par mon oncle, je remplis un bol de thé et le portai au messager. Il essuyait son visage en sueur avec une petite serviette.

— Ah! s'exclama-t-il en voyant le thé. Je vous assure de toute ma gratitude, mademoiselle.

Il s'inclina profondément avant de prendre le bol.

Je me retins de rire, car avec son langage d'un formalisme suranné il aurait pu être Mitsuuji en personne. Depuis qu'on me cherchait un époux, je ne pouvais m'empêcher de jauger tous les jeunes gens que je rencontrais. Celui-ci était indéniablement beau garçon. Sa peau lisse hâlée par le soleil brillait d'un éclat de bronze. Ses jambes, qu'il gardait nues pour courir plus commodément, étaient longues et musclées. Mon œil de médecin ne décelait sur lui aucun signe de mauvaise santé. Je m'imaginai un instant mariée à un messager. Il parcourrait comme le vent le domaine avec des lettres cruciales pour la politique. Peut-être aurait-il une promotion et courrait jusqu'à Kyôto, puis de là à Edo... Non, cela ne marcherait pas. Je resterais à la maison avec mes parents et ne le verrais qu'à peine. Et il ne résoudrait pas le problème des patients trop nombreux de mon père.

Il tendit les mains. Je pris le bol et courus le remplir dans la maison.

Quand je revins, mon amoureux éconduit annonçait sans rancœur apparente :

— Si Itasaki-sama souhaite répondre, je retourne à Hagi dans la matinée.

« Son cœur est brisé, me dis-je avec satisfaction. Comme il le cache bien! »

— Oui, passez par ici, je vous prie, répliqua mon oncle en fixant ses yeux écarquillés sur la feuille de papier dans sa main.

Le messager vida son bol d'une traite, me remercia avec éloquence et repartit à toutes jambes sur la route, au milieu d'un nuage de poussière dorée.

Nous allâmes nous mettre à l'ombre de l'Arbre joueur.

— C'est un message de maître Yoshida, dit mon oncle avec vénération.

— Lisons-le! lançai-je en l'entraînant sur la véranda.

Nous entendions la voix de mon père expliquant à un patient son traitement.

— Pas de saké ni de tabac. Évitez tous les mets susceptibles d'échauffer votre organisme. Le sanglier et le lièvre sont à exclure absolument.

Mon père estimait que la modération et l'exercice venaient à bout de la plupart des maladies.

— Quelle écriture merveilleuse, observa Shinsai en déroulant la feuille pour la lire.

Je jetai un coup d'œil par-dessus son épaule.

— Oh, il ne veut pas de vous!

— Effectivement. Mais il écrit si bien!

Shinsai continua de regarder fixement la lettre en caressant du bout des doigts les traits de pinceau. On aurait dit qu'il n'y avait de place dans son esprit que pour une émotion à la fois. Il avait besoin d'assimiler le miracle de tenir dans ses mains une lettre de Yoshida Shôin avant de pouvoir en venir à son contenu.

— C'est parce que nous ne sommes pas des samouraïs, se plaignit plus tard Shinsai tandis que nous prenions le repas du soir. Notre rang n'est pas assez élevé pour que maître Yoshida puisse m'accepter. Son école obéit probablement à des règles aussi sévères que celles qui régissent la moindre activité à Hagi.

Sire Môri avait beau encourager les jeunes talents, la bureaucratie du domaine ne leur offrait encore que peu de possibilités d'avancement. Même les *sottsu*, les samouraïs du dernier rang, ne voyaient leur traitement augmenter que dans des circonstances exceptionnelles. Comme l'honneur aussi bien que des contrôles vigilants interdisaient à la plupart d'accepter des pots-de-vin, il leur était impossible d'échapper à la pauvreté et aux dettes. Nombreux étaient ceux qui n'auraient jamais les moyens de se marier et de fonder une famille. Mais cette gêne financière chronique n'était pas l'essentiel. Ce qui leur restait sur le cœur, c'était le fait que tant de jeunes gens soient exclus de l'administration et privés de toute influence réelle dans le domaine, malgré leur énergie et leur intelligence. Et Shinsai avait raison : sa situation était encore pire, puisque notre famille occupait un rang inférieur même à celui des *sottsu*.

— Imaginez une maison en feu, continua-t-il. Vous savez que vous pouvez sauver ses habitants, mais on vous en empêche en vous disant de ne pas vous en mêler, de laisser faire les pompiers. Cependant les pompiers ne sont même pas arrivés sur place, et quand ils apparaissent leur matériel est inutile et ils sont dépassés par l'incendie.

— Rien ne brûle, Shinsai-san, déclara ma mère pour essayer de le calmer.

— Le pays tout entier est sur le point de s'embraser. Et je serai toujours occupé à préparer des poudres et des potions. Je sais me battre au sabre. Je connais les armes et les techniques militaires des Occidentaux. Mon cerveau fonctionne aussi bien que celui d'un autre. Et pourtant me voici condamné à perdre mon temps ici, à Yuda, dans la maison de l'Arbre joueur !

— Ce n'est pas si mal, protesta mon père d'un ton passablement offensé.

Après tout, lui-même avait réussi dans une certaine mesure à s'élever. Sa situation sociale et ses revenus étaient nettement supérieurs à ceux de son propre père, et son cabinet était florissant.

— C'est très bien pour vous, dit mon oncle. Mais vous êtes dans votre âge mûr, alors que je n'ai pas encore vingt ans.

— Tu pourrais entrer au Collège de Médecine, suggéra mon père. Si vraiment tu désires te rendre à Hagi.

Cette proposition raisonnable sembla mettre un comble à l'irritation de mon oncle. Il se leva, proclama qu'il allait marcher un peu et sortit. Mon père resta assis d'un air renfrogné, en se tapotant les bras. Puis il sortit à son tour en annonçant qu'il allait à Yuda et qu'il était inutile de l'attendre pour nous coucher. Je l'accompagnai jusqu'au portail, en songeant qu'il devait être bouleversé pour se rendre ainsi chez O-Kiyo.

La nuit était lumineuse, l'air doux et tranquille. Les étoiles paraissaient énormes dans le ciel humide. À l'orient, la lune presque pleine argentait l'horizon. Les grillons lançaient leurs appels et les grenouilles du ruisseau coassaient. Je me sentais nerveuse. Je n'avais aucune envie de dormir. Après que ma mère fut allée se coucher, je dis à O-Kane d'en faire autant. Apportant une bougie dans la pièce du devant, j'allumai la lampe et m'assis pour coudre un peu.

Ma sœur ayant emporté de nouvelles robes pour la maison de son époux, j'avais décousu et lavé les anciennes. Autant ne pas remettre à plus tard de les recoudre pour O-Kane ou moi-même. J'aimais la couture et m'y étais toujours montrée habile, ce qui me paraissait un talent utile chez un médecin. En fait, je recousais les plaies mieux que mon père, et en causant moins de souffrances aux patients. Il m'arrivait de profiter d'un raccommodage pour m'entraîner, en faisant comme si je refermais les deux bords d'une blessure de guerre. En réalité, la plupart des entailles que nous traitions étaient dues à des couteaux de cuisine ou des outils agricoles. Je n'avais jamais recousu une blessure de sabre. Personne ne se battait sérieusement avec des sabres, même si tous les hommes de la classe des samouraïs en portaient et apprenaient les techniques de combat appropriées. Mon père disait souvent que la netteté de mes points réduisait la taille et la laideur de la cicatrice, mais un guerrier ne s'en soucierait sans doute guère et de toute façon se refuserait à être recousu par une femme.

À Kyôto et à Edo, des samouraïs de domaines rivaux ou des *rônin* sans maître se livraient apparemment à de véritables combats au sabre lors d'un guet-apens, d'une rixe après une beuverie ou d'un échange d'insultes. Bien entendu, même en Chôshû, des cambrioleurs ou des maris jaloux commettaient des meurtres en se servant de poignards ou de sabres. Parmi les samouraïs du domaine, il existait certainement des voyous et des brutes comme ceux dont nous lisions l'histoire dans des livres venus d'Edo ou d'Ôsaka, mais on n'en rencontrait pas à Yuda.

Tout en roulant indolemment ces pensées, je prenais un vrai plaisir aux points minuscules que faisait mon aiguille. C'est alors que mon oncle revint.

— Heureuse de vous revoir, lançai-je à voix basse.

J'entrepris de replier le tissu, car je voulais lui préparer du thé.

— Ne vous levez pas, dit-il en s'avançant vers le tatami pour s'asseoir en tailleur à côté de moi.

Il sentait la nuit d'été et le tabac.

— N'avez-vous pas envie de thé ?

Il secoua la tête.

— Vous y voyez suffisamment ? demanda-t-il en scrutant mon ouvrage.

Les points étaient absolument invisibles sur l'étoffe noire.

— Ne vous fatiguez pas les yeux.

Par moments, Shinsai paraissait beaucoup plus âgé que moi, comme il aurait convenu à un oncle. D'autres fois, il semblait à peine aussi vieux que moi. Il me taquinait souvent à la manière d'un frère cadet, après quoi il se montrait d'une sollicitude imprévue, comme maintenant, me rappelant combien nous étions proches, combien nous nous connaissions l'un l'autre. Il avait toujours été présent dans cette maison, dans ma vie. Bien qu'il fût assis hors du cercle lumineux de la lampe, je pouvais voir en moi-même chaque détail de son visage : ses pommettes saillantes et son front large, son épaisse chevelure aussi luisante qu'une aile de corbeau, son regard sérieux sous ses sourcils froncés, le sourire effronté illuminant ses yeux.

Pour l'heure, il ne souriait pas. Son attitude tout entière trahissait sa déception. Je tâchai de trouver un moyen de l'encourager.

— Peut-être devriez-vous essayer de vous inscrire au Kôseikan.

Le Collège de Médecine avait été l'un des projets favoris de notre daimyô. Voilà à peu près deux ans, il avait été rénové et agrandi.

— J'y ai songé, avoua-t-il. Au moins, cela me permettrait d'être à Hagi. Mais franchement, la médecine ne m'intéresse guère, même si j'aimerais en apprendre davantage sur la science des Occidentaux, sur leur technologie et leur façon de faire la guerre.

Il resta un instant silencieux. Je ramassai le tissu en me disant que je ferais aussi bien de commencer l'ourlet.

— En réalité, c'est vous qui devriez fréquenter le Collège de Médecine.

Nous échangeâmes un sourire, conscients que c'était aussi vrai qu'impossible.

— Vous auriez dû être un garçon, Tsu-chan.

Je soupirai, sans vouloir admettre que je l'avais moi-même pensé ces temps derniers. Mon esprit vif, mes grandes mains et mes grands pieds, ma vigueur physique, autant de traits semblant ceux d'un garçon auquel une fille aurait volé sa place en ce monde.

— D'un autre côté, reprit Shinsai, vous promettez d'être une femme merveilleuse. J'envie l'homme qui vous épousera.

D'un seul coup, la pièce parut trop étroite pour nous deux. Nous étions assis trop près l'un de l'autre. Je rangeai en hâte le tissu dans le panier et me levai. Mon visage était brûlant, mon cœur battait à se rompre.

— Il faudra d'abord trouver un prétendant, lançai-je en m'efforçant de parler d'un ton léger.

Le jeune seigneur

Le lendemain matin, très tôt, j'entendis des voix dehors. Pensant qu'il devait s'agir du messager s'apprêtant à retourner à Hagi, je sortis en courant pour lui demander d'attendre un instant que j'aille chercher Shinsai.

En fait, j'aperçus devant le portail Hachirô, qui vivait avec notre famille et s'occupait du jardin et des champs, en train de parler avec Shiji Monta et un autre jeune homme, que je ne connaissais pas.

— O-Tsuru-san, lança Hachirô. Le jeune seigneur est venu voir le docteur.

« Le jeune seigneur » : c'est ainsi que les habitants de notre hameau appelaient toujours Monta.

— Je vais aller prévenir mon père, déclarai-je. Je suis désolée, il est un peu tôt. Venez donc, je vais préparer du thé.

— Peut-être pourriez-vous nous donner quelque chose à manger, dit Monta tandis que les deux garçons s'approchaient pour s'asseoir au bord de la véranda.

Bien entendu, je me précipitai à la cuisine pour voir ce que je pourrais prélever sur notre propre petit déjeuner, en songeant que l'attitude du jeune seigneur était vraiment caractéristique. Il se comportait comme si chaque maison était la sienne et que chacun n'attendait que l'occasion de satisfaire ses désirs. Mon père était encore couché. Il était rentré très tard, mais j'ignorais s'il venait du chevet d'un malade ou d'une beuverie. Je dis à O-Kane d'apporter du potage *miso*, du riz, des légumes marinés et des aubergines frites, puis je retournai sur mes pas afin de m'assurer que l'urgence du problème médical justifiait de réveiller mon père.

Hachirô avait prévenu mon oncle, qui était maintenant assis sur la véranda et parlait avec animation à Monta.

— Shinsai-san, lançai-je en lui faisant un signe.

Je baissai la voix.

— Arrangez-vous pour savoir ce dont il s'agit. Faut-il que je réveille mon père ?

— Nous parlions de maître Yoshida, répliqua-t-il. Apparemment, il a toujours commencé par rejeter les candidats. Même Kusaka. Itô dit que c'est pour ne pas avoir l'air d'encourager les jeunes gens alors qu'il est considéré comme un criminel.

Il parlait assez fort pour que les autres l'entendent.

— C'est vrai, approuva le dénommé Itô. Allez donc à Hagi. Il ne vous rejettera pas, une fois que vous serez là-bas. Moi-même, c'est ce que j'ai l'intention de faire. Seul Yoshida Shôin comprend cette époque. Lui seul peut nous apprendre comment affronter ce qui nous attend.

Ses yeux brillaient d'enthousiasme. Il me paraissait terriblement jeune, encore plus que Monta, même s'il était un peu plus grand. Tous deux s'étaient habillés avec une certaine recherche — un kimono bleu et un *hakama* gris. Je me demandai si c'était en l'honneur du médecin.

— Shinsai-san, repris-je en parlant aussi bas que possible. L'un d'eux est-il malade ? Pouvons-nous nous en charger ou faut-il que je réveille mon père ?

À cet instant, O-Kane apparut avec deux plateaux qu'elle posa par terre avec soin. Les deux garçons se jetèrent sur la nourriture comme s'ils n'avaient pas mangé depuis une semaine. Ils m'agaçaient de plus en plus. Ils n'avaient absolument pas l'air malade. Sans doute voulaient-ils juste prendre un repas avant de se rendre où bon leur semblait.

— C'est Itô qui veut voir le médecin, lança pourtant Monta tout en engloutissant une bouchée de riz et d'aubergine.

— De quel problème s'agit-il ? demandai-je sans ambages puisque mon oncle était encore plongé dans de nouveaux projets concernant Yoshida Shôin.

— Il ne vous le dira pas ! s'exclama Monta en s'essuyant la bouche avec la main.

— Je vais aller réveiller mon père, dis-je d'un air pincé.

À présent, je voyais tout à fait quel genre de problème Itô pouvait avoir. Je m'éloignai tandis qu'ils s'efforçaient d'étouffer leurs rires.

Mon père était levé, encore vêtu de la robe légère qu'il portait en dormant. Il bâillait, le visage pâli par la fatigue. Ma mère avait apporté du thé et il le buvait en hâte tout en s'habillant. Je lui parlai du jeune homme qui l'attendait. Ma voix devait trahir ma désapprobation, car il me lança un regard pénétrant tandis qu'il nouait sa ceinture, mais il ne fit aucun commentaire. Quand il eut enfin enfilé la veste courte qu'il portait même par les journées les plus chaudes, il me dit :

— Prie-le de venir. Il vaut mieux que tu restes dehors. Autant ne pas l'embarrasser.

Après avoir montré le chemin à Itô, je retournai sur la véranda. Shinsai s'était installé près de Monta. Je demandai à ce dernier s'il voulait encore manger. Il secoua la tête et je commençai à ranger les bols vides sur les plateaux. Je traînais plus que je n'aurais dû, car toutes ces interruptions m'avaient déjà mise en retard dans mes tâches matinales, mais je voulais entendre la conversation de Monta et Shinsai. Leur enthousiasme avait beau m'agacer, je le trouvais aussi excitant. J'étais émue par leur inquiétude pour notre pays. Les préjugés et les revers qu'ils affrontaient éveillaient en moi un désir de justice, l'aspiration à un monde nouveau.

— Apportez-nous un peu de tabac, Tsu-chan, dit Shinsai.

Il me fallut rentrer dans la maison. J'entendis la voix de mon père. Itô répondait par monosyllabes. Il ne restait plus grand-chose de son exubérance. Je me sentis pleine d'anxiété. Ces garçons avaient beau être agaçants, je ne pouvais m'empêcher de les admirer. Du reste, je n'aurais pas souhaité à mon pire ennemi le mal dont je soupçonnais Itô d'être atteint.

Je rapportai sur la véranda la boîte à tabac et deux pipes, puis je pris les plateaux et allai à la cuisine, où j'embrasai une allumette de bambou au feu du foyer. Hachirô avait rejoint O-Kane et prenait son petit déjeuner, assis sur les talons sur la marche menant au jardin de derrière. Les cigales étaient toujours assourdissantes et de faibles relents d'orage flottaient dans l'air.

Sur le sol, des piles d'aubergines, de concombres et de haricots verts cueillis par nous s'entassaient dans des paniers. Je soupirai intérieurement. O-Kane aurait besoin de mon aide pour hacher et mettre en conserve les légumes. Encore une des tâches que Mitsue et moi accomplissions ensemble. Elle me manquait terriblement, pas seulement à cause de la part qu'elle prenait à notre labeur. Je mourais d'envie de la revoir.

Quand je revins sur la véranda, les jeunes hommes avaient préparé les pipes. Je tins l'allumette pour eux tandis qu'ils tiraient une première bouffée. Le tabac s'embrasa et son parfum se mêla à ceux du matin. L'ennuyeux, c'était que fumer risquait de les dissuader de parler, alors que je n'avais vraiment plus aucune raison de m'attarder. Heureusement, Monta était d'humeur à bavarder.

— Eh bien, O-Tsuru-san, Shinsai me dit que vous cherchez un époux.

Je n'avais pas envie d'évoquer ce sujet avec le jeune seigneur.

— Je crois que mes parents ont parlé à un entremetteur, déclarai-je.

J'étais surprise moi-même par mon air pincé, mais tel était l'effet que Monta produisait sur moi. On aurait cru que je devais défendre à tout prix ma sagesse. Il avait l'air vaguement dangereux, et ne s'en cachait guère. Sans doute faisait-il partie de ces garçons qui aimaient mettre le feu pour le plaisir de contempler l'incendie, moins par méchanceté ou cruauté que par une insouciance féroce.

— J'ai été adopté comme gendre, dit-il. Dommage, autrement j'aurais pu me mettre sur les rangs.

Je savais que ce n'était qu'une taquinerie. Appartenant à une famille de samouraïs de haut rang, il n'aurait jamais été autorisé à se marier dans une famille comme la nôtre.

— Mon père cherche un jeune médecin, répliquai-je. Je ne crois pas que Shiji-san aurait les compétences requises.

Il éclata de rire.

— Votre oncle dit que vous êtes très intelligente, et que vous en connaissez plus long sur la médecine que la plupart des médecins.

— Oui, c'est pour cette raison que mes parents veulent me garder chez nous.

— Je connais plusieurs fils de médecin, observa Monta. Kusaka Genzui, Katsura Kogorô... Mais aucun de nous n'a envie de passer le reste de sa vie en Chôshû pendant que notre pays court à sa perte. Un *shishi* n'a certes pas le temps de se consacrer à une épouse et une famille. Il a besoin d'être dégagé de tout lien, libre de répondre à tout moment à l'appel de sa patrie et d'agir avec une résolution impitoyable.

Mon oncle employait parfois le mot *shishi*, qui désignait un homme aux buts élevés. Je le répétai à voix basse, émerveillée par sa sonorité. Peut-être pourrais-je épouser un *shishi*. Je pensai à Kusaka Genzui, qui s'était lié d'amitié avec mon père après avoir perdu en moins d'une année son père, son frère Genki et sa mère. Il n'avait qu'un an de plus que moi. Bien bâti, intelligent, c'était un jeune homme accompli à tous égards. Cependant le mariage avec un *shishi* ressemblerait probablement à celui avec un messager. Un tel mari serait sans cesse en déplacement, occupé à porter des messages cruciaux aux *shishi* d'autres domaines, à se cacher à Kyôto ou Edo, à déjouer la vigilance de la police secrète du bakufu. Je me demandai combien de temps l'épouse de Monta passait avec son mari. Il n'en parlait que rarement.

De toute façon, même Kusaka était d'un rang trop élevé pour notre famille.

— Je vous ferai savoir si j'entends parler de quelqu'un, dit Monta en se relevant quand Itô sortit de la maison.

J'étais curieuse de connaître le traitement prescrit par mon père. Le *ranpô* traitait la syphilis au mercure, lequel était presque aussi dangereux que la maladie, ou recourait au calomel ou à un composé de potassium, tous deux rares et coûteux. Itô souriait avec un embarras qui me parut mêlé de soulagement. Il glissa un petit paquet de papier dans les replis de son kimono. Je me dis que son cas ne devait pas être bien grave.

— Nous allons nous rendre à Hagi, déclara Monta après avoir salué mon père. Itô doit suivre les cours de maître Yoshida. Il intercédera en faveur de Shinsai.

— Et vous, quels sont vos projets ? demanda mon père.

— Le domaine m'envoie à Edo pour la nouvelle année, répondit Monta. Je dois étudier la science occidentale et l'anglais.

— L'anglais, vraiment ? dit mon père avec intérêt. Tetsuya a étudié le hollandais avec un certain succès, mais il semble qu'il aurait dû se mettre à l'anglais dès le début. Existe-t-il beaucoup de cours d'anglais, à Edo ?

— Ils prolifèrent, mais qui sait s'ils sont d'un bon niveau ? Comment pourrions-nous évaluer leurs professeurs ? Nous ne connaissons rien du monde extérieur. Le bakufu nous a maintenus dans l'isolement, comme des enfants.

— Il a manqué à tous ses devoirs envers nous, approuva Itô.

— Nous devons nous rattraper, s'exclama Monta. Nous avons des années voire des siècles de retard.

— Nous ferions mieux de tuer les étrangers au lieu de suivre leurs cours ! cria Itô qui semblait reprendre goût à la vie.

— Nous commencerons par nous initier à leur savoir, puis nous les tuerons, décréta Monta en serrant la poignée de son sabre.

Shinsai les regardait avec autant d'admiration que d'envie.

— Pourquoi ne pas venir avec nous à Hagi ? lui lança Itô.

Le visage de mon oncle se troubla. Rien ne lui aurait plu davantage, mais il lui était impossible de s'en aller de but en blanc avec ces jeunes insouciants.

Il me sembla que mon père les considérait tous

trois avec le même mélange d'agacement, d'admiration et de pitié que moi.

— Si Shinsai vous rejoignait dans un mois ou deux, dit-il, il pourrait vous apporter un supplément de baume et de pilules. Tsuru pourrait venir avec lui. Nous avons des présents pour Mitsue, et pour les Kuriya.

— Vous êtes sérieux ? lança Shinsai.

Il était presque muet de surprise et de gratitude. J'étais presque aussi excitée que lui à l'idée de me rendre à Hagi, de retrouver Mitsue et de découvrir sa famille.

— Nous vous verrons donc à Hagi, déclara Monta impatient de se mettre en route.

— Évitez les maisons de thé, dit mon père à Itô.

Shinsai annonça qu'il allait les accompagner jusqu'à la grand-route de Yuda. Après leur départ, mon père s'étira en bâillant.

— A-t-il la syphilis ? demandai-je.

— Je ne crois pas. Il s'agit plutôt d'une éruption localisée. Il n'y a pas trace de chancre, et aucun symptôme secondaire. Mais ça n'aurait rien eu d'impossible, car la maladie sévit à Mitajiri et Shimonoseki. Et ce jeune homme est connu pour son amour des geishas.

Il fronça les sourcils.

— Il faut que jeunesse se passe, je suppose, mais ces garçons mettent leur vie en danger.

La syphilis était particulièrement répandue dans le port de Nagasaki. Je savais que mon père s'inquiétait pour Tetsuya. À présent, je commençais à être inquiète pour mon futur époux. J'essayerais de faire en sorte qu'il ne rende pas visite aux geishas. Mais pourrais-je l'en empêcher ? J'en venais à souhaiter d'en connaître moins long sur les maladies, leurs traitements et, trop souvent, l'impossibilité de les guérir.

Takasugi Shinsaku
Ansei 4 (1857), neuvième mois, dix-huit ans

La nuit tombe quand Shinsaku quitte furtivement la maison de ses parents. Il n'est du reste pas vraiment question pour lui de sortir sans être vu. Tout le monde sait toujours ce qu'il fait à n'importe quelle heure du jour et de la nuit. La maison n'est pas grande. La famille Takasugi, à laquelle il appartient, a beau avoir un rang éminent et un traitement de cent soixante *koku*, son père est un *bushi* de la vieille école, qui déteste le luxe et la prodigalité. De plus, il a trois sœurs cadettes aux yeux perçants et une mère idolâtre. En tant qu'aîné et fils unique, il a été toute sa vie au centre de l'attention des siens.

Même s'il ne donne aucune explication en sortant, il s'abstient de tout mensonge. Ayant reçu une sévère éducation traditionnelle, mentir à son père est impensable pour lui. Il préfère se réfugier dans un silence maussade, dont il a remarqué qu'il tenait sa famille à distance. Depuis quelque temps, il recourt plus souvent à ce masque morose. La vérité, cependant, c'est qu'il n'est plus en mesure de mettre ou d'ôter ce masque à volonté. Ce déguisement s'impose à lui à l'improviste, à moins qu'il ne découvre à son réveil qu'il en est revêtu. Même s'il n'en est pas encore à le redouter, ce phénomène le rend perplexe. C'est comme s'il faisait disparaître le véritable

Shinsaku, celui promis à un grand avenir, l'intrépide qui s'est battu avec tous les garçons du voisinage et les a dominés physiquement et mentalement, l'enfant d'autrefois qui menaça un vieux samouraï coupable d'avoir marché sur son cerf-volant. À la place, il présente une réplique, un Shinsaku paralysé par le doute et la peur.

Pour l'heure, il n'a pas peur tandis qu'il marche rapidement dans les rues étroites de la ville fortifiée, en longeant les résidences des samouraïs aux longs murs blancs et aux fenêtres grillées et treillissées. Toutefois il est inquiet, car il contrarie les désirs de son père pour la première fois depuis ce jour de son enfance où il a volé des pâtisseries au haricot dans la cuisine. Son père est un homme terrifiant, fier de sa propre intégrité et capable d'entrer dans une fureur glacée quand ses enfants se montrent inférieurs à ses exigences. Shinsaku l'aime et s'est efforcé toute sa vie de le satisfaire, en travaillant avec zèle et en excellant aussi bien dans les études classiques que dans les arts martiaux. Tous ses professeurs chantent ses louanges. Mais depuis quelque temps, il se sent mécontent. Les matières qu'il étudie lui semblent sans intérêt, et ses professeurs inflexibles et démodés. Ils n'offrent aucune solution aux problèmes urgents du jour : comment affronter les Occidentaux qui sont arrivés dans leurs bateaux modernes, forts de leurs armes dernier cri, en exigeant des traités et des concessions commerciales ; que faire du bakufu, ce gouvernement en déshérence qui n'est plus qu'une bureaucratie labyrinthique, où il faut des semaines pour prendre des décisions insignifiantes ; qui sera le prochain shôgun, quand la maladie aura emporté Iesada ; comment se défendront les domaines du sud-ouest, qui ont le sentiment d'être en première ligne. Tels sont les sujets qui les obsèdent, lui et ses amis, et dont ils discutent sans fin dans les maisons de thé. Cependant ce n'est pas son but aujourd'hui, même s'il s'arrête un instant devant une maison où il entend jouer de la musique et la voix d'une jeune femme qui chante. Son humeur s'éclaircit aussitôt. Il adore les chansons populaires de la ville. Tandis qu'il reprend son chemin, il fredonne celle-ci :

« Tuons les corneilles des dix mille mondes afin que je puisse rester au lit avec toi, mon amour... »

Cette chanson fait référence aux engagements d'une geisha, dont les contrats sont conservés dans un sanctuaire gardé par des corneilles. Quelques mots suffisent à évoquer une image derrière laquelle on entrevoit deux destins mêlés. La poésie est une chose merveilleuse ! Elle lui semble souvent le seul moyen d'exprimer les contradictions complexes de ses sentiments. Il se représente les amants. Se regardant avec intensité, ils se figent un instant avant de s'abandonner. Shinsaku frissonne au souvenir de son propre plaisir, mais ce n'est pas son but cette nuit-là.

Il croise plusieurs personnes qui le regardent au passage. Malgré la lumière assombrie, il est aisément reconnaissable, avec son visage allongé, « ressemblant plus au cheval qu'au cavalier », et ses petits yeux bridés. On ne peut pas dire qu'il soit beau. Lui-même aimerait être plus grand, ne pas avoir le teint gâté par la variole qui a failli le tuer quand il avait dix ans — mais son visage est inoubliable. Tout le monde le connaît à Hagi. Tout le monde connaît tout le monde, ici ! Alors qu'il demande à un passeur de lui faire traverser le fleuve, ses yeux se perdent vers le large, au-delà de l'estuaire, et il aspire à s'échapper. Les lampes des bateaux de pêche scintillent entre la double obscurité de la mer et du ciel. Au-dessus de sa tête, le firmament se parsème d'étoiles. Puis la lune énorme du neuvième mois commence son ascension à l'orient.

Éclairé par l'astre nocturne, il remonte la rue étroite. Il flotte dans l'air des effluves de pin et de deutzia, à quoi se mêle soudain l'odeur pourrissante des noix de ginkgo. Alors qu'il arrive à destination, il se retourne. La lune illumine la baie et les îles. Les murs du château et les rochers battus par les vagues luisent d'une blancheur fragile. Shinsaku écarte les bras, comme pour embrasser cette vision. Le monde est si vaste ! Il veut tout connaître, tout goûter de lui. Puis il entend des pas et laisse retomber ses bras, en se sentant soudain stupide.

— Shinsaku ?

— Genzui, réplique-t-il aussitôt.

Avant même de parler, il savait que c'était lui. Il le reconnaîtrait partout — Kusaka Genzui, qui a fréquenté la même école que lui, puis le Meirinkan. Ils jouaient ensemble étant enfants, mais ils ne sont ni amis ni ennemis. Leur lien est le plus fort qui puisse exister : ils sont rivaux, sans cesse conscients l'un de l'autre, comme le chien et le singe ou, pour employer une image plus poétique, comme le tigre et le dragon. Shinsaku envie à Genzui sa beauté et sa vigueur corporelle, mais il sent que sa propre intelligence est supérieure, sans compter que Genzui ne peut se comparer à lui en musique et en poésie. Pour ce qui est du sabre, ils se valent à peu près. Genzui est plus fort, mais Shinsaku est plus rapide dans ses réflexes et ses décisions tactiques. Malgré tout, il a l'impression déplaisante que Genzui l'emporte par son courage, aussi bien mental que physique.

Genzui reprend la parole.

— Vous vous rendez chez les Yoshida.

Ce n'est pas une question. Aucun autre motif ne

peut expliquer la présence de Shinsaku dans cette
rue.

— J'en reviens tout juste. Je vais vous attendre et
nous pourrons revenir ensemble à Hagi.

Shinsaku est agacé par cette proposition et déçu à
la pensée que Genzui l'a sans doute précédé et doit
avoir déjà intégré l'école de Yoshida Shôin. Car telle
est sa destination, l'École du Village sous les Pins,
où le sage assigné à domicile continue son enseignement inspiré et passionné dans la maison des Sugi,
la famille où il est né.

Il garde le silence tandis qu'ils gravissent ensemble la colline. Genzui parle sans arrêt, selon son
habitude, avec une assurance exubérante qui agace
et séduit à la fois Shinsaku. Ce dernier est également
froissé dans son orgueil par sa familiarité. Genzui
vient d'une famille de médecins. Ses parents et ses
frères sont morts. Il est seul au monde depuis l'âge
de quatorze ans. Bien que Shinsaku soit d'un rang
plus élevé que lui, son compagnon se comporte
comme s'ils étaient égaux. Non que Shinsaku at-
tende de lui des égards, mais il voudrait que Genzui
montre qu'il comprend l'importance de ce moment,
de ce défi à l'autorité de son père.

C'est dans cet état d'esprit troublé qu'il est invité à
entrer. Il ne peut s'empêcher de noter que la mère et
les sœurs de Shôin traitent Genzui comme un
membre de la famille. Les excuses de Shinsaku pour
son arrivée tardive sont écartées d'un geste et on le
conduit dans le bureau du professeur. Agenouillé
devant une table à écrire, Shôin est plongé dans un
livre. Quand Shinsaku se met à genoux devant lui, il
lève les yeux.

— Takasugi ! s'exclame-t-il avec un sourire dont
la cordialité illumine son visage sévère.

Ils se connaissent déjà. Shôin enseignait au Meirinkan, où Shinsaku était étudiant, mais la situation

a changé depuis. L'équilibre de leur monde s'est encore fragilisé. Les cataclysmes de l'avenir se sont rapprochés. La pièce miteuse, la faible lumière, les livres usés... Dans cet environnement improbable, quelque chose se passe entre eux. L'embrasement d'une étincelle, qui s'épanouira en une relation pure et passionnée. Le professeur continue de sourire et l'élève tombe complètement sous son charme. À la faveur d'un des ajustements imperceptibles entre les humains et l'histoire, les vies de ces deux hommes prennent un cours nouveau.

Voyage à Hagi

Les journées brûlantes de l'été passèrent. Nous célébrâmes O-Bon, la fête des morts. Des typhons s'élancèrent vers la côte et s'abattirent sur nous en laissant leur sillage habituel de pluies violentes et d'inondations. Puis ce fut l'automne. La lune s'offrit à notre contemplation, les châtaignes tombèrent, le brouillard voila la Karasugawa au petit matin. Les insectes se mirent à entonner leur chant d'arrière-saison et des vols d'oiseaux migrateurs traversèrent les cieux en direction du sud.

Nous recevions souvent des lettres et des paquets de la part des Kuriya, la nouvelle famille de Mitsue. Nous répondions en échangeant des nouvelles, des boîtes de pilules, des informations sur des traitements inédits et ainsi de suite. La pharmacie Kuriya était renommée. Ils avaient leurs propres spécialités de pilules et d'onguents, et leurs serviteurs, vêtus de la livrée du magasin, passaient souvent chez nous en parcourant le domaine. Ma sœur joignait des lettres à l'adresse de mes parents, mais elle n'y disait rien de particulier, se contentant d'évoquer le temps et d'exprimer sa gratitude envers son mari, Heibei, et sa nouvelle famille pour la gentillesse qu'ils lui témoignaient. Mes parents s'inquiétaient pour elle. La vie d'une bru dans un foyer nouveau pouvait être très dure, surtout si la mère du mari était égoïste ou méchante. Ils furent donc ravis de m'envoyer à Hagi afin que je voie par moi-même ce qu'il en était vraiment de la situation de Mitsue.

Mon oncle et moi nous mîmes en route au milieu du neuvième mois, qui était la meilleure saison pour voyager. Nous avions loué un cheval de bât à Yuda, car nous emportions tout un arsenal médical en plus des cadeaux pour Mitsue et sa famille, sans oublier nos propres affaires. L'ensemble était rangé dans des paniers suspendus aux flancs du cheval, que menait un valet tenant une corde nouée à son licou.

— Si Mademoiselle se fatigue, elle pourra se mettre à cheval, dit le valet en tapant sur la planche constituant une sorte de siège entre les paniers.

N'étant jamais montée à cheval, je me montrai réticente. Cependant la route de Hagi était aussi sinueuse qu'escarpée. Nous fîmes halte au petit village d'Ôda pour le repas de midi. Quand nous arrivâmes au village suivant, Edô, mes jambes étaient endolories et mes pieds me faisaient mal. L'idée de grimper jusqu'à un autre col semblait au-dessus de mes forces. Je finis par consentir à laisser mon oncle me hisser sur le dos du cheval, où je me perchai non sans inquiétude, en m'agrippant des deux côtés aux bords des paniers.

Les forêts de la montagne commençaient tout juste à revêtir les tons rouges et dorés de l'automne. Le ciel était d'un bleu frais et limpide. Lorsque nous eûmes franchi le dernier col, la mer parsemée d'îles frangées d'écume blanche s'étendit au loin dans la brume.

Nous nous arrêtâmes un instant sous un bosquet de pins, et mon oncle pointa le doigt sur le plus vieux.

— On l'appelle le Pin des Larmes, car on pleure

de chagrin en quittant Hagi et on pleure de joie en y retournant, expliqua-t-il.

Le valet éclata de rire — il semblait avoir entendu souvent cette histoire.

Le cheval accéléra l'allure en descendant la pente. Même s'il ne pleurait pas de joie, il paraissait se réjouir que le voyage touchât à sa fin.

La ville se trouvait sur une île formant un triangle irrégulier, à l'endroit où le fleuve Abugawa se divisait en deux bras, le Hashimoto et le Matsumoto, se jetant chacun dans la mer. À l'ouest, les toits et les murs blancs du château éclairés par la lumière du soir se détachaient sur les feuillages de la montagne se dressant derrière lui. Des maisons se blottissaient autour du port et le soleil couchant faisait briller leurs tuiles. Des centaines d'embarcations couvraient les bras du fleuve — bacs, bateaux de pêche, chalands. L'air frais chargé de sel mettait le comble à mon excitation.

Nous traversâmes un pont de bois situé à l'endroit le plus étroit du bras occidental du fleuve. En voyant un groupe de maisons je crus qu'il s'agissait de la ville, mais nous nous retrouvâmes quelques minutes plus tard de nouveau au milieu des rizières. Le riz était déjà moissonné et séchait sur des supports au bord des talus et devant les fermes. Bien que le soleil fût couché, des hommes travaillaient encore à répandre des feuilles pourries et du fumier sur les champs vides.

Une petite voie navigable séparait les rizières du centre de la ville. J'appris plus tard qu'elle s'appelait le canal *Aiba*, d'après l'indigo utilisé pour teindre les étoffes. Sur notre gauche, une vaste enceinte abritait plusieurs bâtiments imposants.

— C'est l'école du domaine, dit Shinsai. Le Meirinkan.

— Votre Excellence a-t-elle étudié là-bas? demanda le valet.

— Non, il est réservé aux fils de samouraï. N'importe quel jeune homme doué est censé pouvoir y entrer, mais il y a encore un abîme entre la théorie et la pratique. Au contraire, maître Yoshida accueille des gens de tous rangs. Il croit en l'application pratique de l'étude et agit conformément à ce qu'il apprend.

— Savons-nous où nous allons? reprit le valet.

Manifestement, le commentaire de mon oncle lui était passé par-dessus la tête.

— Oui, bien sûr, répliqua Shinsai. L'arrière de la maison donne sur ce canal. Elle se trouve dans la prochaine rue à gauche.

Le cheval fatigué ne voulait pas entendre parler de ce détour. Il s'arrêta en agitant la tête.

— Laissez-moi vous aider à descendre, dit Shinsai en tendant les bras.

Je réussis tant bien que mal à mettre pied à terre. Mon corps entier était raide et endolori.

Délivré de mon poids, le cheval s'ébroua puis consentit à parcourir la distance nous séparant encore de la maison des Kuriya. C'était la plus grande de la rue. La façade était treillissée et des enseignes au-dessus des fenêtres arboraient le nom de la pharmacie en énormes lettres blanches. L'odeur me rappelait notre propre maison, avec ses effluves de médicaments, de potions, d'huiles et de simples. Mon oncle appela à la porte et commença à décharger les paniers du cheval.

Une voix lui répondit de l'autre côté de la porte, puis des pas s'approchèrent.

— Ah, c'est Itasaki-san et la jeune demoiselle!

Un homme d'âge mûr, passablement replet, sortit de la maison.

— Bienvenue! Bienvenue! s'exclama-t-il.

Mon oncle posa le panier qu'il tenait et s'inclina profondément. Je l'imitai, supposant que j'avais devant moi M. Kuriya en personne, le beau-père de ma sœur. Je le saluai selon la coutume, en implorant sa faveur et en le remerciant de sa gentillesse. Il répondit avec une amabilité un peu ampoulée, puis cria à un domestique de venir prendre les paniers.

Nous entrâmes dans la pièce du devant, qui abritait la boutique. Habituellement, les volets sur la rue étaient ouverts, mais on les avait fermés pour la nuit. Les murs étaient tapissés jusqu'au plafond d'étagères remplies de boîtes d'ingrédients et de médicaments, aux noms inscrits à l'encre rouge. Un établi installé le long d'un mur portait des couteaux, des scies, des planches à hacher, des maillets, des broyeurs, des pilons, des mortiers et des alambics. Au fond de la pièce, un feu couvait sur un foyer près duquel plusieurs marmites et bouilloires étaient alignées. De l'autre côté, un jeune homme était assis à un bureau bas sur une estrade couverte d'un tatami. Il se servait d'un boulier et écrivait dans un grand cahier, avec à portée de main une pile de petites boîtes et des enveloppes en papier. À notre passage, il interrompit son travail pour s'incliner respectueusement. Je crus d'abord qu'il s'agissait du mari de Mitsue mais M. Kuriya ne se donna pas la peine de lui parler ni de nous présenter, de sorte que je supposai que ce n'était qu'un employé.

Nous suivîmes M. Kuriya à l'arrière de la boutique et pénétrâmes dans les pièces à vivre.

— Chère épouse! appela-t-il. Nos hôtes sont arrivés.

Sa femme et Mitsue entrèrent aussitôt, comme si elles avaient passé la journée à nous attendre. Je m'inclinai profondément devant Mme Kuriya, en essayant de ne pas sourire trop ouvertement à ma sœur.

Nos regards se croisèrent fugitivement et elle s'empressa de baisser la tête, en rougissant de bonheur.

Mme Kuriya était très mince et je fus surprise par son air languissant. Sans bien savoir pourquoi, je m'attendais à la trouver énergique et travailleuse. Sans doute m'étais-je imaginé qu'elle contribuait au moins en partie à la prospérité de l'entreprise familiale. Quelques remarques échappant à Mitsue et mes propres observations m'apprirent bientôt que plus les affaires étaient florissantes, plus Mme Kuriya se montrait pleine de langueur. À mesure que son entourage redoublait d'ardeur au travail, elle-même devenait moins active. Maintenant qu'elle avait une bru zélée et efficace, elle ne faisait presque plus rien.

Elle n'était pas désagréable avec Mitsue. Elle semblait même beaucoup l'aimer. Lors du repas du soir, elle ne cessa de faire son éloge :

— Mitsue-san a confectionné cette marinade. C'est délicieux, non ? Elle prépare le riz à la perfection. À présent, je la laisse faire toute la cuisine... Mitsue-san a nettoyé toute la maison pour votre arrivée. J'adore la bonne odeur d'une maison propre.

Mitsue semblait embarrassée de ces compliments, mais ils faisaient manifestement plaisir à son mari, qui nous avait rejoints pour le repas. Quand Mitsue s'assit enfin, après avoir servi tous les autres, Mme Kuriya lança :

— Il ne faut pas te surmener, dans ton état.

Elle se tourna vers moi.

— Votre sœur attend un enfant. Bien entendu, ce n'est pas parce qu'on est enceinte qu'on doit se laisser aller. Mieux vaut bouger le plus possible, c'est le moyen d'avoir un accouchement facile. Tiens, ma chérie...

Elle choisit un petit morceau de poisson dans son bol et le plaça dans celui de Mitsue.

— Mange ça et donne-nous un beau petit-fils.

Quand nous fûmes enfin seules, Mitsue me dit :

— Elle est si gentille avec moi. J'ai beaucoup de chance.

Je me gardai de répondre que je trouvais que c'était Mme Kuriya qui avait de la chance, et qu'elle me donnait l'impression de profiter du caractère accommodant et de la bonne volonté de ma sœur. Je n'allais certes pas insinuer que Mitsue n'était pas bien tombée. Elle aimait travailler dur, elle était déjà enceinte et il y avait de la nourriture en abondance dans la maison. Mes parents n'avaient pas à s'inquiéter pour elle, et moi non plus.

Le mari de ma sœur était fils unique. Il me sembla qu'en le mettant au monde Mme Kuriya avait épuisé toutes ses forces. Elle était tout bonnement trop paresseuse pour recommencer. Face à cette situation, M. Kuriya réagissait en traitant son épouse comme une enfant gâtée à qui il passait tout. Il se rendait dans des maisons de geishas plusieurs fois par semaine, et le reste du temps s'accordait quelques privautés avec les servantes. C'était lui qui insufflait son énergie à l'entreprise familiale. Elle était presque palpable, aussi ardente que les feux distillant les médicaments.

Le mari de Mitsue ressemblait physiquement à son père. Il était bavard et aimait discuter, surtout après avoir un peu bu, mais il était si assuré dans ses opinions que mon oncle renonça à exprimer ses propres conceptions. Il apparut bientôt que les Kuriya ne tenaient pas en haute estime maître Yoshida Shôin. Ils trouvaient même que les autorités du domaine avaient fait preuve d'une clémence excessive en le libérant pour le confier à son oncle. Quant à son école et à ses élèves, ils les désapprouvaient entièrement.

— Mon mari considère Shinsai comme une tête

brûlée, me chuchota Mitsue. D'après lui, il ne devrait pas suivre les cours de maître Yoshida, car cela risque de nuire à toute la famille.

Les Kuriya n'étaient que des commerçants, mais ils comptaient parmi les plus riches et les plus prospères de Hagi. Ils aimaient les beaux objets et trouvaient des moyens ingénieux pour dépenser leur argent et faire montre de leur bon goût sans enfreindre les lois somptuaires draconiennes édictées par le domaine.

— Montre à ta sœur nos parquets en cyprès, dit Mme Kuriya à Mitsue le matin suivant mon arrivée.

Ma sœur était dehors, occupée à mettre de l'ordre au jardin en suivant les instructions de sa belle-mère. Elle me fit signe d'approcher. Je l'aidai à soulever plusieurs planches de la véranda, sous lesquelles se trouvait un autre parquet, flambant neuf, en bois de cyprès magnifique. La plupart des invités ne le voyaient jamais, mais les Kuriya tiraient une grande satisfaction de sa simple existence, fruit de leur dur labeur et de leur sens des affaires.

— Et regardez ma robe, O-Tsuru-san, reprit Mme Kuriya.

Elle tendit son bras menu en retournant la manche avec l'autre main. Si l'extérieur était en simple coton teint en bleu indigo, la doublure était taillée dans une soie splendide d'un rose très pâle.

— Ma peau est délicate, expliqua-t-elle. Les tissus rêches l'irritent. J'ai besoin d'avoir de la soie contre mon corps.

Shinsai n'était pas le seul à susciter la désapprobation des Kuriya. Ils étaient offusqués par la décision de mes parents de me chercher un époux qui ferait partie de notre famille, afin que je ne les quitte pas. Mme Kuriya exprima à plusieurs reprises son mécontentement, en donnant pour seul argument que les gens trouveraient cela étrange.

— Un tel arrangement n'a rien de rare chez les médecins, tenta d'expliquer Shinsai. Mon frère aîné est un praticien respecté. Un jeune homme pourrait être heureux de faire ainsi son apprentissage. Nous avons déjà eu des étudiants dans notre maison.

— Eh bien, nous y penserons, dit M. Kuriya. Nous connaissons beaucoup de gens à Hagi et je suis certain que votre lien avec notre famille vous aidera à trouver quelqu'un.

Mme Kuriya baissa les yeux en soupirant, les lèvres pincées.

À présent que ma sœur était une femme mariée, elle se noircissait régulièrement les dents, en préparant le mélange à base de limaille de fer pour elle et sa belle-mère, et en tenant le miroir pour cette dernière. Je n'étais guère impatiente d'en faire autant. J'aurais voulu être comme l'héroïne d'une histoire que ma mère nous avait lue, qui refusait de noircir ses dents ou de raser ses sourcils et s'intéressait nettement plus aux chenilles qu'aux papillons. J'avais toujours pensé que je lui ressemblais. Je songeais à elle, un matin que j'observais ma sœur, quand le jeune employé de la boutique approcha et demanda à voix basse :

— Excusez-moi, Madame Kuriya, mais Monsieur Itasaki est-il dans la maison ?

— Je n'en ai aucune idée. Où est ton oncle, O-Tsuru-san ?

Je savais que Shinsai était sorti, probablement pour se rendre dans la demeure des Sugi, où maître Yoshida avait son école. Il avait emporté les pilules et la pommade destinées au jeune Itô. J'avais grande envie de l'accompagner pour voir moi-même le célèbre professeur, mais Mitsue m'avait priée de l'aider à ranger des vêtements d'hiver et à installer ceux d'été. Le temps que nous ayons terminé, Shinsai s'était impatienté et était parti.

— Je crois qu'il est allé au Tôkôji, déclarai-je.

Ce n'était qu'une légère entorse à la vérité. Le Tôkôji était un temple situé dans les collines de l'est, non loin de l'École du Village sous les Pins, et mon oncle avait exprimé le désir de s'y rendre.

— Que lui vouliez-vous ?

— Il y a certains articles dans la dernière livraison... Ils n'étaient pas indiqués clairement. J'ai besoin de faire l'inventaire.

Il parlait avec hésitation, mais j'aimais le ton sérieux de sa voix.

— Je pourrais vous aider, si Mme Kuriya n'y voit pas d'inconvénient.

— Si cela ne vous dérange pas trop, Mademoiselle...

— Pas du tout.

J'étais curieuse de voir comment la pharmacie était gérée. Après avoir passé quelques jours à assister Mitsue dans des tâches purement domestiques, je regrettais le travail nettement plus intéressant que j'accomplissais à la maison. Laissant les deux femmes à leur teinture noire, je suivis le jeune homme dans la boutique.

Je savais que son prénom était Keizô, car j'avais entendu M. Kuriya l'appeler ainsi, mais je ne savais comment m'adresser à lui. « Keizô » me semblait trop familier, et j'ignorais son nom de famille. Personne ne m'avait parlé de lui, tant il paraissait de peu d'importance. En moi-même, je l'avais surnommé le Comptable, car il était assis à son bureau comme Enma, le seigneur de l'enfer, occupé à peser et évaluer, calculer et enregistrer.

J'eus vite fait de me rendre compte que son esprit vif et actif étayait l'énergie et le sens des affaires de M. Kuriya. C'était lui qui assurait le bon fonctionnement de la boutique. Le Comptable avait une mémoire extraordinaire et une compréhension innée des propriétés des plantes et des minéraux. Il était capable d'additionner mentalement des kyrielles de chiffres. Le boulier ne lui était guère utile, mais il s'en servait comme d'un bouclier à l'abri duquel il pouvait se donner le temps de réfléchir. Il pouvait également préparer de mémoire potions et médicaments sans la moindre erreur, même si là encore il se servait de balances et de mesures en guise d'armes défensives.

Plus tard, il me déclara :

— Les gens sont effrayés par l'intelligence pure, elle leur déplaît. Cependant ils croient que n'importe qui peut utiliser un instrument, et ça les rassure.

Je ne mis pas longtemps à lui expliquer quels ingrédients nous avions apportés. Il me vint à l'esprit que le Comptable n'avait en fait aucun besoin de mon aide. Peut-être savait-il parfaitement que Shinsai était sorti et m'avait-il fait venir à dessein.

Cette pensée m'intriguait. Une fois qu'elle fut entrée dans ma tête, il me fut impossible de m'en défaire. Comme je l'ai déjà dit, je ne pouvais m'empêcher de jauger tout homme que je rencontrais comme un mari potentiel. Tandis qu'assis à côté de moi il notait avec célérité les noms que je lui dictais, je le regardais à la dérobée. Son écriture était énergique et d'une clarté remarquable. Il avait de très belles mains, avec des doigts effilés et des ongles carrés. J'étais intéressée par ses yeux, brillants d'intelligence et d'humour. Pour le reste, il était assez ordinaire. Sa maigreur était extrême, on voyait clairement les os sous la peau, surtout ceux des poignets. Son front était plutôt bombé, et ses cheveux commençaient déjà à se clairsemer.

Il finit par surprendre mon regard, ce qui nous

causa à tous deux un certain embarras. Posant son pinceau, il lança :

— Tout paraît en ordre.

Je me levai et entrepris d'examiner avec intérêt les étagères.

— Je vois que vous avez une grande quantité de vers de terre séchés, dis-je.

C'était la première boîte qui m'était tombée sous les yeux.

— Les trouvez-vous efficaces ?

— Ils constituent l'un des ingrédients de la célèbre Panacée Kuriya, répondit-il en se levant à son tour.

Il pointa le doigt sur les boîtes empilées à l'avant de la boutique et portant toutes l'inscription : *Panacée Kuriya de Hagi*. Il y avait également une corbeille remplie de sachets en papier munis de la même inscription, pour les clients ne pouvant se permettre une boîte entière.

— Quels sont les autres ingrédients ?

— Oh, je ne peux pas vous le dire ! C'est un secret bien gardé, voyez-vous, qu'on se transmet depuis des générations.

— Vraiment ?

— Eh bien, ces générations n'ont pas été si nombreuses que cela, puisque c'est moi l'auteur de la recette. Mais je la transmettrais certainement à mon fils si j'avais la moindre chance de me marier, ce qui pour l'heure est fort improbable. Et bien entendu, d'une certaine façon, on pourrait dire que M. Kuriya l'a transmise à son propre fils.

Il débita ce discours d'une voix basse et précipitée, pleine d'autodérision.

— Est-elle efficace ?

— Elle améliore l'état des malades et laisse inchangés ceux qui sont en bonne santé. Que deman-

78

der de plus ? Votre père n'utilise-t-il pas lui-même une panacée ?

— Il préfère recourir à des traitements spécifiques, répliquai-je.

— La Panacée Kuriya est très populaire, déclara le Comptable avec sérieux. Je suppose donc que les gens croient en son efficacité.

J'eus l'occasion de constater par moi-même à quel point elle était populaire. Des gens entrèrent dans la pharmacie en se plaignant de maux divers : douleurs oculaires, crampes d'estomac, toux, furoncles et autres affections de la peau, hémorroïdes, contusions, ampoules. En cette seule matinée, à peu près les trois quarts repartirent avec une pommade spécifique et la Panacée. M. Kuriya et son fils avaient un discours très au point, qu'ils répétaient inlassablement pour la vendre. À un moment, l'affluence fut telle que M. Kuriya me lança un regard implorant. Je finis ainsi par doser la poudre dans les enveloppes de papier.

— Prenez-la avec du thé ou de l'eau chaude, recommandais-je à mes clients comme je l'avais entendu faire par M. Kuriya.

J'étais encore dans la boutique quand Shinsai rentra.

— Eh bien, Tsu-chan, on vous a mise à contribution, lança-t-il.

— Elle apprend vite, dit M. Kuriya avant de m'autoriser à aller aider son épouse à préparer le déjeuner.

— Que fabriquiez-vous là ? s'étonna Shinsai en me suivant dans les pièces à vivre.

— Il m'a demandé de l'aider car il ignorait où vous étiez.

— Qui donc ? Le patron ? M. Kuriya ?

— Non, l'autre. L'employé.

— Il savait parfaitement où j'étais, s'exclama Shinsai. Nous en avons parlé avant que je sorte. Quel renard ! Ne vous fiez pas à lui, Tsu-chan. Je ne veux pas que vous passiez du temps en sa compagnie.

Il semblait très contrarié, ce qui eut pour effet de m'irriter à mon tour. Mon oncle semblait souvent penser que je lui appartenais.

— J'ai donné un coup de main dans la boutique, déclarai-je. Il est également utile d'apprendre en quoi consistent leurs médicaments. Peut-être pourrai-je confectionner une Panacée pour mon père, à mon retour.

— Ce ne sont que des charlatans !

Je l'invitai à baisser la voix, car j'étais inquiète à l'idée que Mme Kuriya puisse nous entendre. Pour le bien de Mitsue, nous devions éviter d'offenser notre belle-famille. Nous cessâmes cette conversation, mais Shinsai se montra taciturne et irritable le reste de la journée. La ruse du Comptable lui apparaissait comme une fourberie, alors que j'y voyais plutôt une plaisanterie anodine — et flatteuse.

L'École du Village sous les Pins

Je m'étais plu à aider dans la boutique et ne demandais pas mieux que d'y retourner. Cependant, le lendemain matin, mon oncle annonça qu'il allait sortir avec moi.

— Je suppose que vous voulez vous rendre de nouveau au Tôkôji, commenta Mme Kuriya. Il est vraiment ravissant à cette époque de l'année.

Il était impossible de dire si elle était ironique. Shinsai se racla la gorge et déclara :

— Eh bien, je veux qu'O-Tsuru voie le temple avant de rentrer chez nous. Quant à moi, je serai absent à partir d'aujourd'hui.

Mitsue me lança un regard interrogateur, mais je n'en savais pas plus qu'elle. Je constatai juste que Shinsai portait ses affaires dans un baluchon.

Les hommes se trouvaient tous dans la boutique quand nous la traversâmes. Le Comptable était à sa place habituelle, penché sur le boulier. Le cliquetis rapide des boules ne s'interrompit pas et j'ignorais s'il me suivait ou non des yeux.

— Revenez sans encombre ! lancèrent-ils tous trois lorsque nous sortîmes dans la rue.

En dehors d'une ou deux visites aux bains publics, je n'étais pas encore allée en ville. Je brûlais d'envie d'explorer les rues étroites et les marchés, surtout le marché aux poissons du port, mais au lieu de prendre cette direction nous franchîmes le pont au-dessus de la voie d'eau et nous dirigeâmes vers l'est à travers les rizières. La matinée était fraîche et un brouillard blanc voilait les montagnes. Autour des rizières, les derniers lys de l'équinoxe rougeoyaient et les touffes duveteuses de l'herbe *susuki* chatoyaient au soleil languissant. Les chemins étaient pleins d'une foule nombreuse : paysans portant les produits de l'automne au marché, porteurs chargés de lourds fardeaux et même quelques samouraïs marchant d'un pas décidé vers la ville par groupes de deux ou trois, sobrement vêtus, le visage sérieux, les sabres au côté. Les gens s'écartaient de leur passage. S'ils ne pouvaient les éviter, ils s'inclinaient brièvement. La plupart des samouraïs de Hagi travaillaient dans l'administration, alors en plein développement, et ils étaient aussi pauvres que tout un chacun — à l'exception des Kuriya, bien sûr.

La marée descendait, révélant des étendues de vase luisantes. Des oiseaux de mer pataugeaient dedans ou fondaient sur l'eau, en mêlant leurs cris au clapotis des vagues contre les bateaux amarrés. Le pont au-dessus du Matsumoto servait aussi de piège à poissons. Enfoncés dans l'eau jusqu'à la taille, des hommes vêtus d'un simple pagne tiraient les filets où la marée avait piégé les poissons. Ils jetaient les bêtes brillantes, se démenant en tous sens, dans des seaux et des paniers. L'odeur de poisson, de vase et de sel était suffocante. Ce n'était partout que cris et bousculades, entre ceux qui faisaient le travail d'une journée entière dans le bref intervalle consenti par la marée, et ceux qui voulaient simplement franchir le fleuve.

Les planches étaient étroites et glissantes. La plupart des gens étaient chargés de paniers, de palanches ou de hottes en bois. Mon oncle avançait parmi eux d'un pas leste, me laissant le suivre tant bien que mal. J'étais sûre que j'allais tomber à l'eau. En fait, je ne comprenais pas comment tous ces gens pouvaient rester sur ces planches, mais ils y réussissaient et gagnaient l'autre rive en une sorte de ballet aussi étrange que disgracieux.

À cet endroit, on avait édifié une digue sur la berge peu élevée du fleuve. Des passeurs attendaient dans leurs bateaux à fond plat.

— Nous aurions dû prendre un bac, dis-je en rattrapant Shinsai.

— Je n'en ai pas les moyens, répliqua-t-il laconiquement.

— Cela ne coûte que quelques *mon*.

— C'est encore trop pour moi.

— Comment comptez-vous vivre, si vous restez à Hagi ?

Notre famille envoyait déjà tout son argent disponible à Nagasaki pour payer les études de Tetsuya, les livres dont il avait besoin et ses instruments de chirurgie.

— Itô m'offre un endroit pour dormir, répondit-il. Je pourrai prendre mes repas à l'école en participant en échange aux travaux de force. Peut-être trouverai-je un autre travail pour me dépanner. Ou bien je mettrai quelque chose en gage.

Il ralentit un instant et se retourna pour me regarder dans les yeux.

— Maître Yoshida m'autorise à suivre ses cours, le reste est secondaire. C'est une telle opportunité, un tel privilège. Rien ne doit m'empêcher d'en profiter pleinement.

Je n'avais jamais entendu Shinsai parler aussi sérieusement. Pour la première fois, je vis en lui un adulte, qui obéissait à d'autres motifs que la loyauté envers la famille et le foyer qui avait toujours été pour nous tous l'obligation la plus essentielle. Il me sembla soudain qu'il s'éloignait de nous pour se diriger vers l'avenir, vers un nouveau Japon. Je me sentais à la fois impressionnée et terrifiée.

— Attendez de voir maître Yoshida, reprit Shinsai. Vous comprendrez tout de suite. Il faut que vous expliquiez à votre père pourquoi c'est si important. Il accorde du prix à votre opinion.

Nous avions laissé derrière nous les cabanes des pêcheurs et la route étroite devint plus escarpée à mesure qu'elle sinuait entre les rizières en terrasse. Les terrains non cultivés étaient couverts de ces chênes appelés *shi*, ainsi que de pins et de cèdres. Quand nous nous arrêtâmes pour reprendre notre souffle, je regardai en arrière.

— Je n'ai jamais rien vu d'aussi splendide !

À nos pieds, la baie étendait ses eaux d'un bleu pâle prenant vers l'horizon la teinte plus foncée de l'indigo. De petites îles surgissaient de la mer. Certaines n'étaient guère que des rochers. Toutes étaient ourlées d'écume blanche, et souvent parsemées de taches rougeoyantes par les feuillages de l'automne.

— Là-bas, il y a le royaume de Corée et l'empire de Chine, dit Shinsai. Et tout le vaste monde. Imaginez-vous en train de grandir en voyant chaque jour ce spectacle, en sachant que tout cela est accessible et qu'il vous est pourtant interdit de l'explorer.

Je ne pus m'empêcher de songer combien le monde était immense, et notre pays petit et vulnérable. Je pensai à tous les changements auxquels nous avions déjà assisté. Certains merveilleux, comme les vaccins apportés par les Hollandais de Batavia, d'autres plus effrayants, comme les maladies, les armes, les idées nouvelles.

Nous continuâmes notre chemin. À mi-hauteur de la colline, nous vîmes un petit groupe de bâtiments aux toits de chaume et aux murs de bois. Des renoncules jaunes et des bambous sacrés aux baies rouges poussaient autour des marches de pierre.

— Voici la demeure de la famille Sugi, dit Shinsai. L'école se trouve de ce côté.

J'entendais des voix s'élevant aussi bien de la maison principale que de l'école. Le vent murmurait comme il ne le fait que dans les branches de pin, et des milans criaient dans la vallée. Une jeune femme sortit sur la véranda et nous dit bonjour.

Shinsai s'avança pour se présenter.

— Je suis Itasaki Shinsai. Je suis venu assister aux cours de maître Yoshida. Voici ma nièce, Tsuru. Je voulais qu'elle voie le *sensei* par elle-même. J'espère que cela ne vous ennuiera pas.

Il parlait d'un air un peu embarrassé, mais un sourire illumina le visage de la jeune femme.

— Tout le monde devrait avoir cette chance. Rendez-vous directement dans la salle de classe, Monsieur Itasaki, je vous en prie. J'amènerai votre nièce quand nous servirons le déjeuner. En attendant, si O-Tsuru ne voit pas d'inconvénient à m'aider...

— Bien sûr que non, assurai-je.

Je la suivis dans la maison.

— Je m'appelle Fumi, me dit-elle. Je suis la sœur cadette du *sensei*.

En prononçant ces mots, elle parut encore plus rayonnante. Elle était petite et toute menue. Son attitude charmante me mit tout de suite à mon aise. Nous devions être à peu près du même âge.

— Vous devez être terriblement fière de votre frère, dis-je.

— Shôin est un génie, répliqua-t-elle gravement. Mais nous ne pouvons nous empêcher de nous faire du souci pour son avenir. Il est différent des autres, voyez-vous.

— On ne lui fera certainement aucun mal. Sa réputation et sa valeur pour le domaine devraient le protéger. Il a la faveur de sire Môri et de Sufu Masa-nosuke.

— C'est vrai. C'est grâce à sire Sufu qu'on l'a sorti de prison et autorisé à enseigner. En fait, il ne demande rien d'autre que de pouvoir continuer ses recherches et de transmettre son savoir aux autres. Même quand il était à Noyama, il lisait sans cesse, donnait des cours aux autres prisonniers et les incitait à s'enseigner eux-mêmes mutuellement ce qu'ils savaient.

— Lui avez-vous rendu visite là-bas? Comment est-ce?

Son visage se rembrunit.

— Noyama est un endroit horrible. Sombre, surpeuplé. Cette prison a une histoire vraiment sinistre, on dit que bien des gens y ont été exécutés. Je suis sûre qu'elle est hantée par leurs fantômes. Mais mon frère s'y montrait aussi satisfait que s'il avait été chez lui. Il était toujours joyeux, pensait sans cesse aux autres et essayait de leur épargner tout souci.

Elle me sourit.

— Avez-vous un frère?

— Oui, à Nagasaki.

— Vraiment? Shôin s'y est rendu lui aussi. Il a voyagé d'un bout à l'autre du Japon. Que fait votre frère là-bas? Étudie-t-il la médecine?

Je lui parlai de Tetsuya et du cabinet médical de mon père. Elle était d'un abord si aisé que je lui racontai même que ma famille me cherchait un mari. Son sourire s'élargit et elle me dit à l'oreille :

— Mon frère et mon oncle me cherchent également un mari.

— Ont-ils fixé leur choix sur quelqu'un? demandai-je, rendue audacieuse par sa confiance.

— Connaissez-vous Kusaka? chuchota-t-elle. Je crois que ce sera lui.

J'eus un mouvement d'envie. Bien sûr, je savais

86

que Kusaka Genzui m'était inaccessible, mais je m'étais laissée aller à rêver un peu à son sujet.

Si j'avais su ce qui l'attendait, je n'aurais pas envié O-Fumi. Mais nous ne pouvions prévoir l'avenir, évidemment. Nous n'étions que deux jeunes filles rêvant de se marier et d'avoir des enfants, et espérant nous montrer de bonnes épouses et des mères avisées. Du moins, c'est ainsi que j'imaginais O-Fumi. Quant à mes propres rêves, je les gardai pour moi.

Nous avions commencé à laver et hacher les légumes, quand une femme d'une soixantaine d'années, boitant légèrement, entra dans la cuisine.

— Towa-san, la salua poliment Fumi. Ne vous dérangez pas, je vous en prie. L'assistance d'O-Tsuru me suffit tout à fait.

— Laissez-moi vous aider, dit Towa. J'ai si peu de moyens de remercier le *sensei* de sa gentillesse. Je n'aime pas rester inactive, cela n'a jamais été mon genre.

J'étais intriguée par cette vieille femme. D'après ses vêtements et son langage, elle appartenait manifestement à une caste inférieure. Cependant les Sugi l'avaient reçue chez eux, Fumi la traitait comme une invitée et il émanait d'elle une dignité et un sang-froid qui contrastaient totalement avec son apparence extérieure. J'avais envie de demander qui elle était, mais je n'osais pas.

— Comment vont vos jambes, ce matin ? s'inquiéta Fumi. Asseyez-vous donc, que je vous mette un peu de pommade.

Cette proposition sembla embarrasser Towa.

— Non, non, une belle jeune femme comme vous ! Ce ne serait pas correct.

— Je vais le faire, intervins-je en séchant mes mains humides avec un torchon. Mon père est médecin et je suis son assistante, de sorte qu'il est tout naturel que je m'en charge. O-Fumi, quelle pommade avez-vous?

Elle m'apporta du baume dans un pot. Je posai mon nez dessus pour essayer de deviner sa composition. Il était à base d'huile douce, mêlée à du savon. Il sentait la pelure d'orange et la graine d'anis, avec une touche de soufre.

Abandonnant pour quelques instants la préparation du repas, nous sortîmes dehors avec Towa. Elle s'assit au soleil sur la véranda, en s'appuyant à un poteau, et étendit ses jambes non sans gémir faiblement.

— C'est très gentil de votre part, Mademoiselle. J'ai tellement marché que mes pauvres vieilles jambes sont presque hors d'usage. J'ai cru que j'en avais terminé avec les voyages et que je ne bougerais plus jusqu'à mon dernier jour, mais quand on m'a dit que le *sensei* voulait me voir et entendre mon histoire, je me suis aussitôt mise en route pour Hagi.

Ses chevilles étaient très enflées, et brûlantes sous les doigts. Ses genoux étaient également rouges et gonflés. Quant à ses pieds, ils étaient déformés, avec des orteils recroquevillés. J'étendis la pommade et entrepris un massage énergique, en m'efforçant de détendre et d'allonger les muscles.

— Avez-vous déjà été soignée avec des aiguilles?

Elle secoua la tête.

— Je me fais masser de temps à autre. Et vais me baigner dans l'*onsen* dès que j'en ai l'occasion.

— Les sources thermales de Yuda vous feraient du bien. C'est là que j'habite. Mon père ou moi-même pourrions aussi vous traiter avec des aiguilles. Vous serait-il possible de prolonger un peu votre voyage et vous rendre chez nous?

Elle déclara en riant:

— Ceci est mon dernier voyage. Maintenant que j'ai vu le *sensei* et lui ai raconté mon histoire, je peux rentrer à Uemura. Au moins, je sais maintenant qu'on ne nous oubliera pas. Sire Sufu et maître Yoshida y veilleront.

Je ne pus contenir ma curiosité.

— Sire Sufu?

— Quand il était le représentant du gouvernement à Ôtsu, il a entendu mon histoire et demandé au *sensei* de rédiger l'inscription pour la stèle commémorative.

Depuis les émeutes de Tenpô, on avait coutume d'ériger des stèles pour des villageois ayant mené une vie exemplaire ou accompli des actions exceptionnelles. Toutefois je n'avais jamais entendu parler d'une femme ayant reçu un tel honneur. Towa devait avoir fait quelque chose de vraiment extraordinaire.

Mes doigts se mirent à pétrir ses mollets. Je la sentis se détendre comme un chat au soleil.

— Je ne pouvais supporter que tout le monde s'en fiche, lança-t-elle. Ils étaient tous morts, assassinés par ce *rônin* malfaisant, et personne ne daignait s'en occuper, simplement parce que nous n'étions que les modestes gardiens d'un sanctuaire. Le magistrat finit même par insinuer que c'était notre faute, que nous l'avions provoqué. Cet homme avait tué trois personnes, et même quatre, en fait, car mon pauvre mari ne s'en est jamais remis. Il avait reçu des blessures si terribles, et maintenant il a disparu et personne ne sait ce qu'il est devenu. Et venir nous raconter après ça que c'était notre faute!

— Qui le *rônin* a-t-il assassiné?

— Sa propre femme, qui était la sœur de mon mari. Et le père et la mère de la malheureuse, quand ils ont tenté de la sauver.

Le *rônin*, le samouraï sans maître Kareki Ryûnoshin, était venu discuter de son divorce avec son ancienne épouse et la famille de cette dernière. Une dispute avait éclaté. C'était un homme irritable et violent. Il finit par tirer son sabre et se jeter sur eux.

L'enquête ayant été menée avec retard, il réussit à s'enfuir du domaine. Le mari de Towa, Kokichi, mit des années à se remettre de ses blessures. Pendant ce temps, elle le soigna, s'occupa du sanctuaire à sa place et attendit que justice soit faite. Quand il fut évident que personne ne pousserait plus loin une affaire où les victimes n'étaient que des gardiens alors que l'agresseur était un samouraï, Towa décida de traquer elle-même l'assassin. Elle quitta Uemura et suivit la piste de Kareki pendant dix ans, en se rendant jusqu'à Edo et Mito, et même au Tôhoku, avant de le localiser enfin en Kyûshû. Elle informa les autorités. Dans la douzième année de l'ère Tenpô, qui fut aussi celle de ma naissance, Kareki fut arrêté. Il essaya de se tuer et succomba à ses blessures une semaine plus tard. Son corps fut envoyé à Hagi, où sa tête fut coupée et clouée au pilori. Quand Towa rentra chez elle, elle découvrit que son mari était parti à sa recherche et qu'on n'en avait plus jamais entendu parler. Sans doute était-il mort en chemin.

Fumi avait beau connaître déjà cette histoire, des larmes lui montèrent aux yeux.

— Il fallait que quelqu'un agisse, dit Towa. Nous sommes tous des êtres humains, non ? Pourquoi des *bushi* auraient-ils le droit de commettre un meurtre sans être traduits en justice ? Nous travaillons dur, nous nous consacrons au sanctuaire. Est-ce une raison pour nous assassiner ?

— Lorsque mon frère était à Noyama, me dit en hâte Fumi, il a rencontré une femme nommée Takasu Hisako. C'était une musicienne faisant partie d'un cercle de joueurs de *shamisen*. Elle avait été emprisonnée sous prétexte que certains membres de son cercle n'appartenaient pas à la classe des *bushi*, de sorte qu'elle n'aurait pas dû s'associer à eux. Plus grave encore, on l'avait entendue déclarer que ce genre de restriction était absurde et que le système des quatre castes tout entier était aussi oppressant que suranné. Mon frère affirme que les idées de cette femme étaient en parfait accord avec celles de Mencius, car le sage enseignait que la vertu existait dans n'importe quelle classe sociale et que les gens devraient recevoir une éducation en fonction de leur talent, non de leur rang. Il assure qu'elle lui a ouvert les yeux, en lui montrant que les enseignements de Mencius devraient être appliqués à notre époque, puisque la nature humaine est bonne par essence et que la société doit être organisée de manière que la bonté puisse s'épanouir.

Fumi sourit à la vieille femme et ajouta à voix basse :

— Towa-san en est la preuve vivante.

Je continuai de masser les jambes de Towa, en songeant au voyage extraordinaire qu'elle avait fait. J'avais sous mes yeux le prix qu'elle avait payé pour que les siens soient vengés. Même si elle ne lui avait pas elle-même porté le coup fatal, elle avait poursuivi un criminel et l'avait livré à la justice. Je m'efforçai d'exprimer à travers mes mains mon admiration et ma gratitude.

— Vous êtes une masseuse remarquable, Mademoiselle, me dit-elle quand j'eus terminé.

— Merci de m'avoir raconté votre histoire, murmurai-je en me levant.

Je retournai avec Fumi dans la cuisine et nous achevâmes les préparatifs du repas.

Certains étudiants avaient leurs propres boîtes, où leurs bols et leurs baguettes étaient rangés avec soin. On les gardait dans la petite cuisine de l'école. J'aidai Fumi à porter les autres plateaux et ustensiles, que nous disposâmes sur la véranda. Comme la soupe était chaude, nous l'emportâmes aussi, ainsi que de gros récipients en bambou contenant du riz mélangé à du millet et des légumes, des rondelles d'oignon et de potiron, et des bols de tofu frais. Des pots de marinade complétaient le repas. Je ne pouvais m'empêcher de me demander comment la famille parvenait à nourrir, en plus de ses membres, autant d'étudiants.

— Voulez-vous aller leur dire que c'est prêt? demanda Fumi.

Je longeai la véranda pour me rendre à la pièce principale. Les *shôji* étaient ouverts et je m'attardai un instant à épier l'intérieur à l'abri de l'écran. La pièce était remplie de petits bureaux derrière lesquels les étudiants étaient assis, parfaitement immobiles et concentrés. J'aperçus parmi eux mon oncle, Itô, Kusaka et Takasugi. Je ne reconnus aucun des autres. Le professeur était très maigre. Son visage allongé était sévère. Ses doigts osseux et effilés suivaient le texte du livre installé devant lui. Il avait l'air si frêle qu'il semblait devoir s'envoler à la première rafale de vent comme un fétu. Mais sa voix était claire, frappante, et empreinte d'une telle autorité qu'il était difficile de croire qu'elle sortait de cet homme fluet. Apparemment, sa méthode consistait à poser des questions et à tirer des réponses la compréhension complète du problème abordé. Les interventions des étudiants étaient réfléchies, leurs voix déférentes. On voyait qu'ils s'efforçaient de le satisfaire. Quant à lui, il se montrait à la fois strict et affectueux avec eux.

M'agenouillant devant la porte, j'entrai sans bruit. Après m'être inclinée jusqu'au sol, je déclarai :

— *Sensei*, votre sœur m'a dit de vous avertir que le repas était prêt.

À cet instant, la cloche de midi sonna dans un temple voisin.

Maître Yoshida termina son enseignement par ces mots :

— Rappelez-vous que fixer des objectifs à sa

propre vie est le fondement de tout. Consacrez vos talents à la société et entraidez-vous. Choisissez bien vos amis et ne cessez jamais de lire les œuvres des maîtres et des sages.

Puis il se tourna vers moi et demanda :

— Et qui est cette nouvelle invitée dans notre maison ?

À ma grande surprise, il me regarda droit dans les yeux. J'eus l'impression qu'il lisait à livre ouvert dans mon cœur, qu'il connaissait tous mes rêves et mes espoirs.

— Je suis Tsuru, la fille d'Itasaki Yûnosuke, de Yuda. Je vous supplie de me traiter avec faveur.

— Vous êtes parente de Shinsai-san ?

— *Sensei*, c'est ma nièce, intervint Shinsai.

— Très bien, très bien.

Maître Yoshida fit signe aux étudiants qu'ils pouvaient se retirer.

— Votre oncle va se joindre à nous. Je suis impatient de parler des affaires militaires de l'Occident avec lui. Ce sujet semble l'intéresser.

— Si seulement nous pouvions nous rendre à l'étranger pour nous faire notre propre opinion, dit mon oncle.

Itô Shunsuke était resté dans la pièce.

— Nous irons un jour ! lança-t-il.

— Shunsuke, je suis sûr que vous le ferez, déclara maître Yoshida en lui souriant.

Quand je sortis, Itô me suivit.

— L'autre jour... commença-t-il à voix basse. Je vous ai été très reconnaissant, à vous et votre père...

— N'en parlons plus, dis-je.

— Merci quand même.

Il prit un air contrit et se frotta l'oreille.

— Remerciez aussi votre père, je vous prie.

— Je suis heureuse que tout se soit bien passé.

Nous essayions tous deux de refréner nos sourires.

— Surtout, soyez prudent !

En prononçant ces mots, je regrettai de ne pas pouvoir discuter librement avec lui de ses symptômes et du traitement de mon père, de ne pas être moi-même l'un de ces jeunes hommes.

Après avoir aidé Fumi à servir les étudiants, je pris à mon tour un bol. Takasugi et Kusaka me saluèrent tous deux en me demandant des nouvelles de mon père, mais ils ne parlèrent ni avec moi ni avec personne d'autre. Takasugi se montrait particulièrement réservé. Je me rendis compte que son humeur passait brutalement d'un extrême à l'autre. Lors du mariage, il avait été d'abord silencieux, puis d'une sociabilité débordante. À présent, il semblait plongé dans la mélancolie. Il ne cessait de regarder Towa avec curiosité, comme s'il avait envie de lui dire quelque chose mais ne savait comment l'aborder. Pour un samouraï de haut rang comme lui, la présence d'une femme de caste inférieure était peut-être dérangeante. Les enseignements de Yoshida Shôin ne l'étaient pas moins, car ils remettaient en question la vision que ces jeunes hommes avaient d'eux-mêmes. Je comprenais qu'ils fussent troublés, même si c'était également grisant.

Il me sembla que Kusaka suivait Fumi des yeux tandis qu'elle allait et venait. Maître Yoshida devait le tenir en haute estime, pour souhaiter qu'il épouse sa sœur. Plus tard, Shinsai me déclara que Kusaka et Takasugi étaient considérés comme les sujets les plus doués de l'école.

Towa sortit de la maison principale avec une autre femme, la mère de Yoshida Shôin. Les quatre femmes que nous étions débarrassèrent les plats tandis que les hommes fumaient et bavardaient au soleil. Avant que les cours reprennent, je m'arrangeai pour parler à mon oncle. Je lui dis que je pensais qu'il était temps que je retourne chez les Kuriya.

— Oui ? répondit-il distraitement. Croyez-vous pouvoir retrouver votre chemin ?

— Vraiment, Shinsai-san, je ne songe pas à rentrer seule à Hagi !

— Je ne veux pas manquer un seul instant de l'enseignement du *sensei*, déclara-t-il avec ferveur.

— Votre vœu est exaucé, vous allez étudier dans cette école pendant des mois.

Je me sentis soudain très en colère contre lui. Peut-être étais-je jalouse qu'il eût une telle opportunité. Peut-être aussi commençais-je à me rendre compte combien il allait me manquer.

— Vous pourriez au moins me raccompagner.

Towa se trouvait non loin de nous.

— Je rentre moi-même à Hagi aujourd'hui, dit-elle. Je peux y aller avec la jeune demoiselle.

— Eh bien, voilà qui est parfait, observa Shinsai.

— Quand vous reverrai-je ? demandai-je avant qu'il ne disparaisse dans la salle de classe.

— Je l'ignore. Dites à votre père que je vais lui écrire. Et si quelqu'un pouvait m'envoyer un peu d'argent, j'en serais très reconnaissant.

— Vous n'aurez pas un *mon*, marmonnai-je tout bas. J'espère que vous mourrez de faim. Ce sera bien fait pour vous.

Puis je m'efforçai de me ressaisir pour remercier Towa de son aimable proposition et prendre congé de Fumi et de Mme Sugi.

Je partis avec des sentiments mêlés. J'étais transportée d'avoir rencontré le célèbre *sensei*, mais déçue de ne pouvoir suivre ses cours. Même si nous étions incarcérés au même moment, il serait à Noyama et moi à Iwakura, la prison des roturiers. J'en voulais à Shinsai de m'avoir abandonnée. Et j'étais inquiète de le laisser en compagnie de ces garçons brillants et arrogants, dont je craignais qu'ils le méprisent et le traitent mal. Puis je commençai à me faire du souci pour Towa, qui avançait lentement en boitillant à mon côté. Comment parviendrait-elle à franchir le pont aux poissons et, à plus forte raison, à faire tout le trajet jusqu'à Uemura ?

Cependant, quand nous fûmes arrivées au pied de la colline, elle se dirigea vers les bacs. L'un des passeurs la salua avec enthousiasme, l'appela « grand-mère » et l'aida à monter dans son bateau.

— Venez, O-Tsuru-san, me dit-elle en s'installant à la proue.

Je montai d'un bond et m'accroupis sur l'un des sièges de planches au centre de l'embarcation, tandis que le passeur maniait la rame à l'arrière. C'était encore plus effrayant que de monter un cheval. La marée était haute et le vent marin soufflait avec force. Une multitude de bateaux dansaient sur les eaux de l'estuaire. Certains naviguaient grâce à des voiles déclinant diverses nuances de brun, d'ocre et de jaune. D'autres, comme le nôtre, avaient des rames maniées par des hommes à moitié nus, qui se criaient des insultes le plus souvent bon enfant.

Les marées présidaient à la vie, dans cette ville où chacun dépendait de leurs flux et reflux. Était-ce pour cette raison que ses habitants étaient si opportunistes, si prompts à sauter sur les occasions que leur offrait la marée de l'histoire ?

Ayant rejoint la rive opposée, nous débarquâmes, légèrement mouillées par les embruns. L'air devenait plus froid, les ombres s'allongeaient.

— Towa-san, où allez-vous dormir cette nuit ? demandai-je tandis que nous traversions les rizières.

Les adieux et les bons vœux du passeur résonnaient encore à nos oreilles. J'avais envie de lui proposer de venir chez les Kuriya, mais je craignais leur réaction.

— Ne vous inquiétez pas pour moi, Mademoiselle, répondit-elle. Bien des gens à Hagi seront prêts à m'accueillir.

— Vous devez être une héroïne pour beaucoup !

— Pour certains, c'est possible, dit-elle avec une fierté tranquille. Même si d'autres ne s'en aperçoivent pas.

— Takasugi, par exemple ? lançai-je, honteuse de la froideur embarrassée du jeune homme.

— Il changera. Il est jeune, voilà tout. On l'a élevé dans un certain sens, mais il finira par comprendre que tout le monde a droit à sa chance dans la vie, et que des gens comme moi peuvent peut-être aider des gens comme lui. Après les émeutes de l'ère Tenpô, nous avons tous vu l'énergie et la force du petit peuple. Lorsque les paysans s'uniront aux *bushi*, nous assisterons à un vrai changement, à un renouveau du monde. Takasugi-sama s'en rendra compte un jour, lui aussi.

J'étais stupéfaite d'avoir rencontré en une seule journée deux personnes aussi impressionnantes. En arrivant à la boutique des Kuriya, je demandai à Towa d'attendre un instant.

— Je suis de retour, lançai-je en entrant.

— Bienvenue à vous ! s'écria le Comptable.

Il était assis à la même place, comme s'il n'avait pas bougé de la journée.

— Excusez-moi, pourrais-je prendre une boîte de Panacée ? Je la paierai plus tard. Il faut que je l'offre à une amie.

— Servez-vous.

Je saisis une boîte et courus retrouver Towa.

— Tenez, dis-je. Prenez ce remède avec du thé. Je veux vous remercier... pour tout.

Elle se confondit en remerciements, glissa la boîte dans sa robe et s'éloigna lentement dans la rue.

Je ne l'ai jamais revue, de sorte que j'ignore si la Panacée a fait ou non son effet sur elle.

Les étudiants

Quelques jours plus tard, je revins à la maison en compagnie d'un serviteur des Kuriya devant faire des livraisons à Yamaguchi. J'arrivai tard dans la soirée. On était déjà au dixième mois, et il faisait assez froid. J'avais marché seule depuis l'auberge Matsudaya, à Yuda, en portant d'une main mon baluchon, de l'autre une lanterne arborant le nom de l'auberge. Les silhouettes familières des montagnes et le frais parfum de l'automne, mêlant la fumée des feux de bois à l'orge grillé et à l'huile de sésame, me remplissaient de joie. Des lampes brillaient dans ma maison et j'entendis un bruissement amical quand un morceau d'écorce se détacha de l'Arbre joueur.

La chatte était assise près du portail, l'air contrarié. Elle miaula en me voyant, comme pour se plaindre. Je perçus une odeur de tabac, le rougeoiement de pipes allumées. Deux inconnus étaient installés sur la véranda.

— Bonsoir, leur lançai-je.

— Bienvenue à vous, répliquèrent-ils.

L'un d'eux tenta de s'incliner en oubliant qu'il tenait toujours sa pipe, qu'il faillit s'enfoncer dans l'œil. L'autre dit avec une familiarité excessive :

— Vous devez être fatiguée, après votre long voyage.

Je leur fis un bref signe de tête et entrai. La pièce de devant était vide. Des pas traînants approchèrent et Hachirô apparut, affairé, sur l'allée menant à nos pièces à vivre.

— Bienvenue à la maison ! s'écria-t-il.

Il me prit la lanterne en assurant qu'il la reporterait à l'auberge le lendemain matin.

— Hachirô-san, qui sont ces deux hommes ? Sont-ils malades ? Mon père est-il absent ?

— Le docteur et son épouse sont dans la salle de réception, répondit-il. Et les deux jeunes messieurs sont les nouveaux étudiants.

— Des étudiants ?

Sans lui laisser le temps d'ajouter un mot, je me précipitai vers la pièce où étaient mes parents. Ouvrant violemment le *shôji*, je lançai sans même les saluer :

— Que fabriquent ces hommes ici ?

Ma mère faisait la lecture à mon père dans la faible clarté de la lampe. Je ne reconnus pas le livre, sans doute était-il nouveau. Deux semaines d'absence avaient suffi pour que tout ait changé dans la maison. Je regardai avec irritation la couverture que ma mère baissait lentement.

Son visage s'illumina.

— Tsu-chan, tu es de retour !

— Tu nous as manqué, dit mon père.

— Apparemment, vous m'avez remplacée !

M'agenouillant sur le tatami, j'entrepris de défaire mon baluchon. J'en sortis la pâtisserie aux haricots et le poisson séché que j'avais rapportés de Hagi comme cadeaux.

— Mes friandises favorites ! s'exclama mon père avec gourmandise.

— Je vais faire du thé.

En se levant, ma mère se pencha vers moi et effleura mon front, comme si j'étais une petite fille. Il

99

me sembla qu'ils essayaient d'éviter de répondre à ma question. Ils semblaient aussi mal à l'aise l'un que l'autre.

— *Neechan* attend un enfant, annonçai-je.

Ma mère éclata en sanglots. Je ne sais pas pourquoi elle pleurait ainsi. C'était moi qui aurais dû pleurer, tant j'étais bouleversée par la présence d'inconnus chez nous. J'allai moi-même préparer le thé pendant que ma mère se calmait. Nous le bûmes tous trois en mangeant de petits morceaux de *yôkan* de Hagi. Cependant il n'était pas question que je me couche avant d'avoir obtenu quelques réponses.

— Eh bien, pourquoi avez-vous décidé brusquement de prendre des étudiants ? demandai-je à mon père.

— C'est qu'il y a eu un afflux soudain de candidatures, répondit-il sans me regarder en face. En fait, ça a commencé après ton départ et celui de Shinsai. Nous avons une liste d'attente, et ces garçons étaient les deux premiers. Ils ne sont ici qu'à l'essai.

Je mis un moment à comprendre. Dans ma fatigue, mes pensées n'étaient pas aussi claires que de coutume.

— Ce sont des gendres potentiels ?

Je ne parvins pas à employer le mot « maris ».

— Avoir des étudiants est une bonne chose, dit mon père comme s'il tentait de se convaincre lui-même. Ils paieront une pension, vois-tu. Et maintenant que Shinsai est à Hagi, j'ai besoin d'aide ici.

— Il se pourrait d'ailleurs que l'un d'eux te soit sympathique, intervint ma mère.

— Oui, je suppose, mais vivre avec eux, travailler à leur côté... Cela risque d'être un peu embarrassant.

— Je suis désolé, reprit mon père. Je ne pouvais pas refuser leur offre. Ils étaient chaudement recommandés par des gens qui m'ont rendu des services dans le passé.

Je remarquai qu'il ne réussissait pas à cacher entièrement sa satisfaction.

— Je n'imaginais pas que tant de jeunes hommes souhaitaient devenir mon gendre. Rends-toi compte! Une liste d'attente!

— C'est certes un grand honneur, renchérit ma mère. Peut-être Tsu-chan voudrait-elle faire leur connaissance dès maintenant.

— Non! m'écriai-je.

Je me sentais sale, après le voyage, et ma chevelure était en désordre.

— Je préfère attendre demain matin.

— Rien ne presse, déclara mon père. Après tout, nous devons être sûrs d'avoir trouvé la personne appropriée, quelqu'un d'intelligent, pouvant faire un bon médecin et avec qui je m'entende bien...

Quand je me couchai, j'étais aussi hérissée que la chatte. La présence d'inconnus dans la maison me déplaisait. Je n'aimais pas leur odeur peu familière, le bruit qu'ils faisaient en ronflant, en toussant. La maison semblait à la fois trop pleine et étrangement vide, puisque Shinsai n'était plus là.

Les étudiants s'appelaient Nakajima Noboru et Hayashi Daisuke. Nakajima était le plus âgé, Hayashi le plus grand. Tous deux étaient des fils cadets de familles de *sottsu*, occupant le rang le plus bas parmi les samouraïs, en quête d'une carrière de rechange dans la médecine. Nakajima s'était initié au sabre à Kokura, dans une école sans prestige, et cette expérience lui avait donné le goût du sang. Plus un cas était horrible, plus il l'intéressait. La chirurgie le séduisait et il brûlait d'envie de pratiquer des amputations. Il s'entraînait avec les radis blancs géants que Hachirô avait entassés le long du mur de la maison. Il était intrigué par les membres ou les testicules enflés, les tumeurs et l'hydropisie.

101

En fait, tout ce qui provoquait des difformités monstrueuses éveillait son intérêt. Il parlait sans fin de ce genre de cas, ainsi que des rixes auxquelles il avait été mêlé, des hommes qu'il avait tués, des crimes dont il avait été témoin et ainsi de suite. Il était petit et trapu, agressif et raisonneur, mais son exhibitionnisme n'empêchait pas qu'il fût intelligent.

Hayashi était lui aussi un discoureur inlassable, mais je ne comprenais pas un mot à ce qu'il disait. Ou plutôt je comprenais chaque mot, mais sa façon de les assembler me les rendait inintelligibles. Il s'intéressait aux tabous antiques affectant la santé et se plaisait à citer d'obscurs médecins et philosophes en chinois classique. Les patients le préféraient à Nakajima. En fait, ils imploraient mon père de ne pas les laisser avec ce dernier, de peur qu'il ne leur tranche un membre ou deux dans l'excès de son enthousiasme. En revanche, ils aimaient écouter les diagnostics interminables de Hayashi, même s'ils n'y comprenaient rien.

— N'est-ce pas qu'il parle bien ? disaient-ils.

Certains se sentaient mieux rien qu'à l'entendre.

Les deux garçons s'efforçaient d'impressionner mon père, mais ni l'un ni l'autre ne semblaient se rendre compte qu'il aurait été plus logique d'essayer de m'impressionner, moi. Ils ne remarquèrent même pas que j'en savais aussi long que mon père sur les diagnostics et les traitements. Jamais ils ne me demandèrent conseil, alors qu'ils étaient ravis de me donner des instructions sur la façon de composer pilules et médicaments.

Ils aspiraient désespérément à entrer dans notre famille. En m'épousant et en devenant le fils adoptif de mon père, son partenaire dans le cabinet voire son héritier, ils échapperaient à la pauvreté et la solitude qui attendaient la plupart des fils cadets. Il m'arrivait d'avoir pitié d'eux, quand je n'étais pas irritée contre eux. Ils étaient comme tout le monde, dans notre société usée et oppressante — ils voulaient s'en sortir à tout prix.

Je me sentais comme la fille du coupeur de bambou. Il me semblait qu'épouser l'un ou l'autre me serait insupportable, mais je ne voulais pas offenser mes parents en les rejetant. Parfois je levais les yeux vers la lune surgissant au-dessus de l'Arbre joueur, et je regardais les chouettes planer en silence avec leurs ailes aux plumes blanches. J'aurais voulu que des êtres célestes descendent non moins silencieusement de la lune pour m'envelopper dans une robe de plumes, de façon que je n'éprouve plus d'émotion humaine.

Comme l'héroïne du conte, je désirais imposer des tâches impossibles à mes prétendants. À défaut de la branche de l'arbre aux joyaux ou du pelage du rat invulnérable aux flammes, j'aurais aimé qu'ils m'apportent les coquilles d'œuf d'hirondelle favorisant les accouchements, ou mieux encore un remède à la syphilis ou une véritable Panacée, qui combattrait toutes les infections.

Les hirondelles étaient parties pour la durée de l'hiver. Quand elles reviendraient, Mitsue aurait mis au monde son enfant. Nous étions tous inquiets pour elle. Mon père semblait n'avoir affaire qu'à des accouchements difficiles. Il y eut deux mort-nés, un autre nourrisson naquit difforme. Dans son angoisse, ma mère se rendit à un sanctuaire de Yamaguchi, le jour du chien du douzième mois. Elle en rapporta des amulettes et des *o-mamori* qu'elle envoya à Hagi avec des lettres et des prières.

Si mon corps était occupé toute la journée par mes tâches domestiques et médicales, mon esprit cherchait à déterminer lequel des étudiants serait le moindre mal.

Hayashi serait sans doute plus aisé à manœuvrer.

J'avais déjà trouvé des moyens de le déconcerter, voire de le tyranniser. Toutefois il m'ennuyait profondément, alors que je ne le connaissais que depuis quelques semaines. Au bout d'un an de mariage, je serais prête à l'assassiner. De plus, je n'étais pas certaine qu'il s'intéressât vraiment aux femmes. Il n'avait rien de la vitalité et de l'ardeur des amis de Shinsai.

Nakajima, en revanche, était impossible à tyranniser : rien ne l'atteignait. S'il fallait l'en croire, il avait eu quelques succès avec les femmes. Et je devais avouer que son intérêt pour la mort et l'agonie ne m'était pas étranger, même si j'espérais obéir à d'autres motifs que lui.

Quand nous préparâmes les cadavres des nourrissons pour l'enterrement, il les regarda avec nostalgie :

— Ne pourrions-nous pas les ouvrir rien que pour voir l'intérieur ?

J'en avais autant envie que lui, mais Hayashi y était fermement opposé. Il prétendait que les morts ne pouvaient rien enseigner aux vivants. Et il nous mettait en garde contre les fantômes des enfants, qui viendraient nous hanter si nous profanions leurs cadavres. Mon père mit fin à ces discussions en nous rappelant que la dissection était illégale, et que c'était aussi le plus sûr moyen d'alarmer nos patients et de les envoyer tout droit chez nos concurrents.

— Si nous devons pratiquer la chirurgie, nous avons besoin d'entraînement, objecta Nakajima.

Mais ni les vivants ni les morts ne montraient le moindre empressement à l'aider à améliorer sa technique de découpe. De temps à autre, un chasseur apportait une loutre — la physiologie des loutres était censée ressembler à celle des humains. Nakajima et moi la disséquions avec soin. Le plus souvent, néanmoins, il devait se contenter de légumes d'hiver. Le fracas des potirons éclatés résonnait dans l'air glacé. Puis O-Kane se décida à les cacher.

— Nous ne survivrons jamais jusqu'au printemps s'il continue de massacrer ces malheureux légumes, maugréa-t-elle.

Shinsai revint pour les fêtes du Nouvel An et resta quelques jours. Il était accompagné de Shiji Monta, qui était venu voir sa famille d'origine en se rendant à Edo. Ils apportaient des nouvelles de Yoshida Shôin, de l'école et de ses étudiants. Je fus surtout intéressée d'apprendre que Fumi, la sœur du *sensei*, s'était mariée avec Kusaka Genzui le mois précédent. Une nouvelle fois, je me sentis envieuse. Elle avait épousé le beau et brillant Kusaka, alors que j'avais le choix entre un moulin à paroles et un massacreur de potirons.

— Kusaka ne tardera pas à venir à Edo, lui aussi, déclara Monta.

— Comme je voudrais y aller avec vous ! s'exclama Shinsai.

— Vous avez l'opportunité d'étudier avec maître Yoshida, répliqua Monta. Profitez-en au mieux. Je vous écrirai d'Edo. De votre côté, vous devrez me tenir informé de ce qui se passe à Hagi.

Travaillant pour le daimyô, Monta connaissait les nouvelles d'Edo avant nous tous. Il nous raconta que l'émissaire américain, Harris, avait été reçu par le shôgun, et qu'un traité était en cours de négociation.

Après être restée si longtemps sur le feu, voilà que l'eau commençait enfin à bouillir. Les premières bulles montaient à la surface.

— Des étrangers sur notre sol ! lança Shinsai avec colère. En présence du shôgun !

— Nous sommes si vulnérables, en Chôshû, observa Monta. Tous les bateaux étrangers doivent passer par le détroit de Shimonoseki. Nous serions impuissants s'ils décidaient de nous envahir et de s'installer chez nous, comme ils l'ont fait en Chine.

Il se tourna vers moi.

— Toujours pas mariée, O-Tsuru ? Vous le serez la prochaine fois que je vous verrai.

Son excitation à l'idée de se rendre à la capitale lui donnait l'air plus jeune que jamais.

— Faites attention à vous, lui dis-je.

J'ajoutai à voix basse :

— Tâchez d'éviter les geishas vérolées de Yoshiwara.

Les semaines avec maître Yoshida avaient changé Shinsai, qui se montrait plus discipliné et plus lointain. Il paraissait nettement plus âgé que nos deux étudiants, qu'il traitait avec un certain dédain.

— Voyons, vous n'allez pas épouser un de ces garçons, me dit-il le matin de son départ pour Hagi.

Je lui tendis un baluchon supplémentaire contenant de nouveaux cadeaux pour Mitsue : des chiens en papier et d'autres amulettes visant à assurer un accouchement facile, préparés avec amour par ma mère et O-Kane, à quoi s'ajoutaient certaines de ses friandises préférées ainsi que des lettres et des livres de ma part. Shinsai fit une grimace horrifiée et feignit de chanceler sous le poids.

— Je dois me conformer aux désirs de mes parents, répliquai-je. Je laisserai mon père décider.

— Voilà qui ne ressemble guère à notre Tsuchan ! s'exclama-t-il. Rien ne presse, du reste. Vous êtes encore si jeune.

— J'ai maintenant dix-sept ans. C'est un âge tout à fait convenable pour se marier.

J'avais eu dix-sept ans au commencement de l'année nouvelle — la cinquième de l'ère d'Ansei, soit l'an 1858 du calendrier occidental. Mais comme j'étais née au douzième mois, j'avais eu deux ans peu après ma naissance, de sorte qu'en fait j'étais plus jeune qu'il n'y paraissait.

Les yeux de Shinsai semblèrent s'adoucir en me regardant. Ou était-ce moi qui me l'imaginais ? Je me sentais si proche de lui, en cet instant, à l'ombre de l'Arbre joueur. Je me mis malgré moi à trembler.

— Vous avez froid, dit-il. Rentrez donc.

Mes yeux me brûlèrent soudain, comme si j'allais pleurer.

— Quand vous reverrons-nous ? demandai-je comme autrefois à Hagi.

Sa réponse fut la même.

— Je l'ignore. J'écrirai.

Puis il ajouta :

— Ne prenez pas de décisions hâtives.

J'avais si froid que je ne sentais plus mes orteils ni mes doigts. Cependant je restai sous le portail et le regardai s'éloigner jusqu'à ce qu'il eût disparu.

Le choléra
et autres importations étrangères

Vers le début de la même année, nous apprîmes qu'une épidémie de choléra s'était déclarée à Nagasaki. Après avoir fait de nombreuses victimes dans la ville, elle avait commencé à se répandre dans tout le pays à partir des ports et des routes principales. C'était une maladie terrifiante. Les gens du peuple l'appelaient *korori* — tigre, loup, *tanuki* —, car elle ressemblait à ces animaux féroces, rusés et imprévisibles. Quelques heures suffisaient pour qu'une personne en bonne santé soit abattue par la terrible diarrhée. Habituellement, elle mourait en trois jours, complètement flétrie et desséchée après avoir été vidée de tous ses fluides. Nous n'avions pas de traitement approprié, même si diverses suggestions avaient été faites, comme le prétendu « remède d'Ôsaka », qui exigeait d'énormes quantités d'alcool, ou encore l'usage de l'opium ou de la quinine.

On rendit les navires des étrangers responsables de la maladie. Leur présence avait offensé les dieux. Les gens croyaient que d'autres désastres, tels que tremblements de terre, tempêtes et inondations, avaient la même origine. Le pays divin était en passe d'être souillé. On fit descendre le cours des fleuves à des bateaux portant des effigies d'étrangers, dans le vain espoir que les dieux entraîneraient au loin les intrus exécrés.

Quelle que fût sa cause, le choléra aggravait encore les angoisses de l'époque. Nous étions particulièrement inquiets pour mon frère, Tetsuya. Mon père songeait à lui envoyer un message pour le faire revenir quelque temps, mais avant même qu'il se soit décidé Tetsuya en personne arriva chez nous, par une froide journée dont le ciel gris et menaçant semblait annoncer de la neige bien qu'on fût presque au printemps. J'étais lasse de l'hiver. La peau de mon visage était gercée et mes engelures me faisaient souffrir la nuit. Tout m'irritait, je m'emportais contre tous ceux qui m'entouraient.

— Vous avez besoin d'un mari, O-Tsuru, me disait O-Kane, ce qui mettait le comble à mon exaspération.

Tout le monde avait mon mariage en tête, mais personne n'osait en parler. L'arrivée de Tetsuya leur permit de penser à autre chose.

Mon frère avait décidé de rentrer chez nous presque aussitôt après avoir entendu parler des premiers cas de choléra à Nagasaki. La sollicitude de mon père envers ses patients s'était muée chez Tetsuya en une profonde inquiétude pour la santé et la sûreté de sa propre personne. À bien des égards, il était le plus timoré d'entre nous, même s'il le cachait derrière une assurance de façade. Depuis son départ, il avait pris l'habitude de s'exprimer avec une précision légèrement prétentieuse, comme s'il avait trop traduit une langue étrangère. Il ponctuait de temps à autre ses discours de mots hollandais tels que *thee drinken* et *dank je wel*. Il avait même rapporté plusieurs vêtements européens : un tricorne, une veste de laine bleue et des bottes de cuir.

— Quoi de plus pratique ? s'exclama-t-il en nous

montrant ces dernières. Elles sont chaudes, résistent à l'eau et durent des années.

— Elles ne sont guère commodes à mettre et à enlever, observa ma mère.

— Contrairement à nous, les étrangers ne passent pas leur temps à retirer leurs chaussures. Ils mettent leurs bottes le matin et ne les quittent que le soir, pour aller se coucher.

— Ils les portent dans la maison ? s'écria O-Kane incrédule. Ce n'est vraiment pas propre !

Tetsuya avait apporté des cadeaux pour chacun de nous : une montre européenne pour mon père, des plats hollandais bleu et blanc pour ma mère, des flacons de verre pour le cabinet médical, sans oublier le célèbre gâteau *casutera*, qui avait eu tendance à rassir et s'émietter durant le voyage. La montre n'indiquait que l'heure européenne, en divisant le jour et la nuit en deux sections de douze parts égales, mais c'était un bel objet et mon père en était très fier. Il la regardait et écoutait son tic-tac plusieurs fois par jour, en affirmant que ce bruit l'apaisait.

J'étais fascinée par cette montre, qui semblait posséder toute l'étrange précision de la pensée hollandaise, et aussi par la veste de laine, que Tetsuya appelait son *jekker*. Elle exhalait un léger parfum animal et sa texture était fine et serrée. Rien de ce que nous portions n'était aussi lourd, pas même nos vêtements d'hiver rembourrés. Comme les bottes, on aurait dit une sorte d'entrave qu'on imposait à son corps pour le maintenir. Il me semblait que nos propres habits nous exposaient davantage au temps et au monde. Ils ne nous protégeaient pas. Les paysans, les constructeurs de maisons et les artisans s'entaillaient souvent profondément les mains et les pieds avec leurs houes, leurs haches ou leurs couteaux. Les plaies s'infectaient rapidement, malgré tous nos efforts pour les garder propres. Nombreux étaient les patients que nous perdions ainsi, victimes du tétanos ou de la gangrène. Mon père recourait à l'eau bouillante, au saké chaud, au savon, aux infusions de plantes connues pour leurs propriétés antiseptiques, mais la survie du blessé semblait dépendre davantage des caprices du Ciel que de nos efforts.

Si pratiques que fussent les bottes en cuir, je ne pensais pas que nos fermiers en porteraient jamais. Les émeutes de l'ère Tenpô étaient encore dans toutes les mémoires. En Chôshû, les révoltes les plus violentes avaient été déclenchées par la violation d'un tabou interdisant le transport de peaux d'animaux pendant les moissons. Le cuir avait quelque chose de dangereux et d'impie, qui déplaisait aux dieux. Des gens dépendant en tout des divinités ne pouvaient prendre le risque de les offenser.

Tetsuya était un peu plus âgé que nos deux étudiants et eut bientôt un grand ascendant sur eux. Le fait qu'il étudiât à Nagasaki les impressionnait. Ils étaient fascinés et effrayés par ses histoires sur les étrangers, lesquels commençaient à affluer en masse. Ce n'était plus seulement des Hollandais et des Chinois, qui avaient toujours été là, mais des Anglais, des Américains, des Russes.

Avec trois hommes de plus à la maison, je vis mes tâches domestiques s'alourdir au détriment de mes activités médicales. Mon père ne pouvait guère me demander de l'aider pour un diagnostic délicat ou de lui donner des conseils sur un traitement nouveau, car ç'aurait été insultant pour son fils et ses étudiants. Néanmoins, je m'occupais toujours de la pharmacie. Avec le retour du printemps, je m'affairai au jardin et semai les graines que j'avais rassemblées en automne.

Nous cultivions de nombreuses plantes pour leurs

vertus médicinales, tels le *hakka* et le *daiô*, le *shiso*, les roses trémières, les pivoines et l'armoise. D'autres devaient être importées, comme la racine de Chine, la réglisse et le séné. Cependant on trouvait nombre de plantes utiles poussant à l'état sauvage sur les versants des montagnes, si l'on savait où les chercher. Un après-midi du cinquième mois, je sortis équipée d'un couteau, d'un déplantoir et d'une hotte, dans l'espoir de faire une bonne provision d'écorce de sureau et de fleurs, de racine de carotte sauvage et de brindilles de *katsura*. Les pluies de saison chaude avaient déjà commencé, mais elles étaient rares et peu abondantes cette année-là — encore un phénomène dont on rendait les étrangers responsables. Les jours ressemblaient souvent à celui-ci : chauds et humides, mais sans pluie.

Je réussis à remplir ma hotte. Comme je passais devant la demeure des Inoue en rentrant, une servante m'appela au passage, comme si elle m'avait guettée.

— Mademoiselle Itasaki, ma maîtresse désire vous parler.

Je montai sur la véranda et regardai dans la pièce. L'épouse du frère aîné de Monta allaitait un bébé. Je retirai la hotte de mon dos et saluai respectueusement la jeune mère. Je ne la connaissais pas du tout. Le frère de Monta était plus âgé que nous et n'avait guère pris part à nos jeux d'enfants.

— J'espère que toute la famille va bien, dis-je. Avez-vous des nouvelles d'Edo ?

— C'est pour cette raison qu'il faut que je vous parle, répliqua-t-elle.

Elle écarta de son sein la bouche du bébé, qui se mit aussitôt à protester en hurlant et en agitant les mains, le visage crispé par la fureur.

— Voudriez-vous le tenir un instant, je vous prie ?

Elle me tendit le nourrisson, lequel se débattit de plus belle.

— Voilà un enfant vigoureux ! m'exclamai-je.

— Oui, c'est un vrai *bushi*, dit-elle sans parvenir à cacher sa fierté. Mais quel caractère !

Elle disparut dans la maison tandis que le bébé continuait de hurler. Un instant plus tard, elle revint avec une lettre. Après avoir regardé à la ronde, comme pour vérifier si quelqu'un nous observait ou nous écoutait, elle chuchota :

— Le frère de mon époux, Shiji-san, nous écrit d'Edo de temps à autre. Ce message était joint à sa dernière lettre. Il nous demande de vous le donner pour que vous le transmettiez à votre oncle. Il ne veut pas écrire directement à l'école, du fait de la situation quelque peu irrégulière de maître Yoshida.

— Je ferai en sorte qu'il parvienne à mon oncle, assurai-je.

Je lui rendis le bébé et pris la lettre, que je glissai dans ma robe. Il n'était rien arrivé d'aussi intéressant depuis que Tetsuya était revenu de Nagasaki. Je me demandais si Monta avait demandé expressément mon aide, en se rappelant mon bon sens et mon courage.

— J'ai conseillé à mon mari de le brûler, dit Mme Inoue. Monta est trop influençable. Il a de mauvaises fréquentations. Sa relation avec Yoshida Shôin ne peut rien donner de bon. Si j'étais vous, je n'ébruiterais pas ce message. Quant à nous, n'en parlons plus jamais.

Elle jeta de nouveau un regard furtif sur les alentours, comme si des fonctionnaires du domaine ou des espions du bakufu étaient tapis dans ce paysage luxuriant, mais rien ne troublait la paix de l'été en dehors des hurlements du bébé.

Il cessa de crier dès que sa mère l'eut replacé sur sa poitrine. Il se mit à téter comme un petit démon.

Je ne pus m'empêcher de noter qu'elle tressaillait de douleur et que son sein était légèrement strié de rouge.

— *Okusama*, je pourrais vous apporter un cataplasme... suggérai-je.

— Oh, ce n'est rien, répondit-elle en hâte. C'est juste que mon petit guerrier m'attaque avec une telle force !

Le sens des convenances sociales combattait en moi le savoir médical. Je rougis violemment.

— La fièvre lactée est très dangereuse, dis-je un peu plus haut que je n'aurais voulu. Le jeune seigneur a besoin que sa mère soit en bonne santé.

— Je vous demanderai votre avis quand je le jugerai nécessaire.

Elle se leva, courbée sur le nourrisson, et rentra dans la maison sans cesser de le serrer contre sa poitrine.

Je sentis mon visage et mon cou s'enflammer de plus belle. Ce congé abrupt me donnait l'impression d'être stupide, et je regrettais de m'être exposée à son mépris. Cela m'apprendrait à m'imaginer que j'avais quoi que ce soit à offrir à l'épouse d'un *bushi*. Je remis la hotte sur mon dos et repris le chemin de la maison, en marmonnant tout bas dans ma rage.

Il me fallut un bon moment pour mettre de l'ordre non seulement dans ma récolte, mais dans mes émotions. Je tentai de me calmer et de réfléchir rationnellement au message de Monta. Il me parut préférable de le lire avant de le lui transmettre. Je me dis qu'il me fallait vérifier son contenu, que je le brûlerais s'il était susceptible de compromettre ma famille, Shinsai ou maître Yoshida. Mais même sans ce prétexte, ma curiosité était si grande que de toute façon je l'aurais lu.

Je me glissai dans le jardin avant la tombée de la nuit et me rendis auprès des tombes familiales.

J'avais cueilli une poignée de *yukinoshita*, dont les pétales nous servaient comme médicament ou pour parfumer les tempuras, et j'avais mis de côté les fleurs d'un blanc et d'un rose délicats. Après les avoir placées au pied des stèles, je fis une rapide prière à voix basse pour mon frère et ma sœur. Puis je pris le message de Monta et le déroulai.

Il était daté du premier jour du cinquième mois et commençait abruptement :

> Sire Ii Naosuke de Hikone s'est vu confier le bakufu avec le titre de Tairô. C'est la fin de toute réforme au sein du gouvernement. Ii réglera lui-même le problème de la succession du shôgun. Pire encore, un traité est sur le point d'être signé avec les Américains. Edo est en ébullition. Tout le monde pense que les étrangers ne devraient pas être autorisés à venir dans notre pays, mais rares sont ceux qui osent le dire franchement. J'apprends l'anglais mais passe plus de temps à me perfectionner au sabre avec Katsura. J'espère que cela me sera plus utile.
>
> Je suis inquiet pour le *sensei*. Il devient très dangereux d'exprimer ouvertement le genre d'opinions qu'il professe. On arrête des gens à Edo pour beaucoup moins que cela. Faites tout votre possible pour le convaincre d'être discret, je vous en prie. Assurez sa sécurité et la vôtre.

Le message se terminait par les salutations d'usage à la famille. Je le trouvais d'une sincérité embarrassante. J'aurais cru que Monta écrivait avec davantage de subtilité. Après une seconde lecture, le texte me parut plus inoffensif. Malgré tout, en le glissant derechef dans ma robe, j'avais l'impression d'être une conspiratrice. Je voulais le montrer à mes parents et leur demander s'il fallait l'envoyer à Shinsai, mais en m'éloignant des tombes j'entendis soudain du bruit en provenance de la route longeant la maison. Quelqu'un courait en criant — je reconnus la voix de Tetsuya. Je ne compris pas ce qu'il disait, mais son ton pressant m'alarma. Pensant qu'un accident quelconque s'était produit, je me précipitai pour aider mon père.

Tetsuya fit irruption dans la maison, pieds nus, le visage blême, les cheveux en désordre. Il haletait, comme s'il avait couru depuis Yuda.

— Il y a eu une rixe ! Nakajima est blessé !

Mon père s'avança en hâte sur la véranda. Il portait un *yukata* de coton léger — sans doute s'était-il rendu à l'*onsen*.

— Et toi ? bégaya-t-il. Tu es blessé ?

— Non, non, je me suis enfui. Je n'étais pas armé. Je voulais que Nakajima m'accompagne, mais il tenait à se battre. Ils nous attendaient devant l'auberge. L'une des filles est venue nous avertir et nous faire sortir par l'arrière, mais Nakajima avait bu. Il s'est levé d'un bond et a couru dehors en brandissant son sabre. Ils se sont jetés sur lui.

— Mais qui ? Pourquoi ? s'exclama mon père. Pourquoi quelqu'un ferait-il une chose pareille ?

Ce n'était vraiment pas le moment de demander des explications.

— *Oniisan*, lançai-je à mon frère. Prenez Hachirô avec vous et ramenez ici Nakajima. Faites vite ! S'il n'est que blessé, peut-être pourrons-nous le sauver.

— Je n'ose pas retourner là-bas, dit Tetsuya.

Il tremblait comme une feuille. Retirant précipitamment sa veste de laine, il la roula et regarda autour de lui comme pour trouver un endroit où la cacher.

— C'est après moi qu'ils en avaient. Tout est ma faute.

Je me surpris à me demander pourquoi diable il portait cette veste par une nuit aussi chaude. Sous l'effet d'un choc, ce genre de détail insignifiant se grave dans l'esprit.

— Je vais y aller avec Père, déclarai-je. Personne ne nous attaquera. Mais où est Hayashi-san ? Il pourrait venir nous aider à transporter Nakajima chez nous.

— Je n'en sais rien, gémit Tetsuya. Lui aussi s'est enfui. Il doit se cacher dans les champs.

Je ne pouvais m'empêcher d'être exaspérée. Tandis que l'un jouait les bravaches à tort et à travers, les deux autres manquaient de tout courage au moment où l'on en avait besoin.

Hachirô apparut avec une lanterne. Il semblait plein d'ardeur et de décision, comme s'il passait ses journées à sauver des samouraïs blessés.

— Il faut que je m'habille, dit mon père en tapotant nerveusement son *yukata*.

Je commençai à objecter que nous n'avions pas le temps, mais à cet instant on entendit un bruit de roues dehors et des hommes appelant à grands cris le docteur.

Je sortis en courant et vis deux domestiques du Hanamatsutei avec une petite charrette à bras où gisait Nakajima. Il était étrangement recroquevillé, comme s'il avait été jeté là dans cette position et ne devait plus jamais la quitter. Je crus qu'il était déjà mort, mais en m'approchant j'aperçus ses yeux grands ouverts et ses dents serrées. Il n'émettait aucun son.

Hachirô m'avait suivi avec la lanterne, dont la clarté illumina le sang dont Nakajima était trempé. Il s'échappait à flots de deux profondes blessures au cou et à la taille, et suintait d'entailles superficielles sur ses mains et ses bras.

— Emmenez-le à l'intérieur, dis-je.

Il me semblait qu'il pouvait mourir d'un instant à l'autre sous l'effet du choc et de la perte de sang.

Seule sa force physique exceptionnelle lui permettait encore de survivre. Mais si nous réussissions à arrêter l'hémorragie, nous le sauverions peut-être.

Quand les hommes le soulevèrent, il se mit enfin à crier.

— Tuez-moi, tuez-moi, implora-t-il. Qu'on en termine vite.

Sa voix était pâteuse. Je me rendis compte qu'il avait beaucoup bu. En fait, il était encore ivre. Tant mieux : il ne comprendrait pas combien ses blessures étaient graves et le choc serait moins terrible.

— Tout va bien, Monsieur, dit l'un des hommes pour tenter de le calmer. Vous êtes chez le docteur, maintenant. Il va prendre soin de vous.

Comme la veste de laine, cette compassion maladroite me hanta longtemps.

Ma mère avait dégagé l'établi et dit aux hommes d'y coucher Nakajima. Hachirô agrippa ses épaules tandis que je prenais des ciseaux et découpais ses vêtements.

Ayant repéré l'une des veines frémissantes du cou, mon père appuya dessus et arrêta ainsi le sang coulant de cette plaie. La blessure à la taille était longue et profonde. Je craignais que le sabre n'ait percé l'estomac ou le foie. Il fallait refermer cette blessure, mais elle devait d'abord être nettoyée.

— Tuez-moi, tuez-moi, implora de nouveau Nakajima.

Mais je ne voulais pas sa mort. Je voulais tenter de le sauver.

Ma mère revint avec un bol et des linges propres. Nous lavâmes les plaies à l'eau froide. Nakajima haletait tandis que Hachirô le maintenait plus fermement.

— Laissez-le se reposer un instant, dit mon père. Hachirô, apportez de l'eau bouillante et tout l'alcool que nous pouvons avoir. *Okusan*, allez chercher des aiguilles et du fil. Nous allons tous le maintenir et Tsuru se chargera de coudre. Où est Tetsuya ?

— Ici, répondit mon frère dans l'embrasure de la porte.

— Tu le tiendras par les chevilles.

Hachirô revint avec un gros flacon de saké et une bouilloire fumante. Tout en appuyant sur la veine du cou, mon père prit le saké et le versa dans la plaie. Il me passa ensuite le flacon et je fis la même chose avec la blessure à la taille. Après quoi je nettoyai les autres entailles, en espérant que la douleur cuisante détournerait un peu l'attention de notre patient. Prenant la bouilloire des mains de Hachirô, je versai l'eau brûlante directement dans les plaies.

Nakajima poussa un hurlement affreux, comme un animal.

— Il faut trouver quelque chose qu'il puisse mordre, dit mon père.

Ma mère alla chercher un bâtonnet en bois, qu'elle glissa entre les dents de Nakajima.

Il ouvrit fugitivement les yeux et son regard croisa le mien.

— Soyez brave, lui dis-je. Je vais faire aussi vite que possible.

Ma mère me tendit une aiguille enfilée puis tint la lampe pour me permettre de voir. Ce ne fut pas mon travail le plus impeccable. Les bords de la plaie et la peau étaient rendus glissants par le sang et le saké. La clarté de la lampe était faible, incertaine. Nakajima frissonnait et tressaillait sous mes mains. On aurait cru une peinture représentant l'enfer : le pêcheur dans les griffes des démons et moi, le bourreau en chef. Les entailles béantes semblaient se succéder sans fin. J'ai bien dû percer la peau, coudre les bords et nouer les nœuds cinquante fois. Par bonheur, il finit par perdre connaissance. J'aurais voulu disposer d'un somnifère pour atténuer sa douleur et faciliter mon travail, et je me surpris à songer au docteur Hanaoka et à sa potion à base de datura, ou encore au médicament appelé éther, dont je connaissais l'existence par des textes étrangers.

Il était minuit passé quand nous eûmes terminé. Ma mère avait préparé des emplâtres imprégnés de jaune d'œuf et d'huile de rose. Nous en recouvrîmes les plaies, que nous pansâmes avec des linges de coton. J'avais fait de mon mieux — mais il restait tant de choses que j'ignorais. L'hémorragie allait-elle s'arrêter, maintenant que les plaies étaient refermées, ou le sang continuerait-il de se répandre à l'intérieur du corps? Si les organes étaient percés, l'infection serait-elle inéluctable? Mes mains s'étaient montrées fermes et adroites pendant tout ce temps, mais à présent je commençais à trembler de tout mon corps. Des taches colorées dansaient devant mes yeux, je voyais d'étranges silhouettes dans les ténèbres.

Ma mère me pressa d'aller me coucher, cependant je ne pouvais supporter l'idée de laisser Naka-jima. Il me semblait que si je le quittais du regard un seul instant, il allait s'échapper. Les hommes le por-tèrent dans la pièce donnant sur le jardin de derrière et l'allongèrent sur une pile de vieilles étoffes. J'apportai un bol d'eau et une infusion d'orge froide. Tout en essuyant son visage en sueur, j'humectais ses lèvres avec l'infusion.

La nuit était chaude et tranquille. Des moustiques vrombissaient autour de nous et j'entendais les chouettes hululer dans l'Arbre joueur. Les parfums du jardin d'été entraient par les portes ouvertes. La lune dessinait sur les nattes des motifs de feuilles et de branches.

Le reste de la famille alla se coucher, mais je ne crois pas que personne dormît. Alors que la lune avait disparu à l'approche de l'aube, Tetsuya se glissa furtivement dans la pièce et s'agenouilla à côté de moi.

— Comment va-t-il ? chuchota-t-il.

— Il est toujours vivant.

Le souffle de Nakajima était faible et rapide. Il s'agita convulsivement.

— Peut-il nous entendre ?

— Je crois que oui, dis-je.

— Nakajima-kun, tenez bon. Vous allez vous en sortir. Tenez bon.

La tête de Nakajima remua légèrement, comme pour acquiescer. Cette vue ranima mon espoir. « S'il vit, je l'épouserai », promis-je aux dieux, ou au destin, ou à cette présence quelle qu'elle soit qui entend nos prières et choisit de les exaucer ou non. « Je serai une bonne épouse pour lui. Je ne me moquerai pas de lui, je ne me disputerai pas avec lui. Je le serrerai contre moi la nuit et je lui donnerai des enfants. »

— Je suis désolé, dit Tetsuya à voix basse. Tout est ma faute. Mais pourquoi êtes-vous resté pour vous battre, Nakajima-kun ? Si seulement vous vous étiez enfui comme moi...

— *Oniisan*, que s'est-il passé ?

— Nous sommes allés à l'auberge boire un peu et parler avec les filles. Je n'ai pas réfléchi. J'ai oublié que nous n'étions pas à Nagasaki. Je portais mes vêtements européens, les bottes. Nous étions dans un salon privé à l'arrière. Un groupe de samouraïs se trouvait dans la pièce voisine. Je les avais vus en me rendant aux cabinets. Je ne les connaissais pas, sans doute étaient-ils venus de Hagi pour une raison quelconque. Peut-être se rendaient-ils à Mitajiri ou Shimonoseki. Ils avaient appris qu'on allait signer un traité avec les Américains à Edo et que ce serait ensuite le tour des Anglais. Ils se sont mis à parler de plus en plus fort de tuer tous les étrangers, en faisant des paris sur celui d'entre eux qui serait le premier à massacrer un Occidental. Et moi, je discutais de la médecine européenne avec Nakajima et Hayashi. Je crains de m'être donné des airs, d'avoir parlé en hollandais, d'avoir décrit les dissections auxquelles j'avais assisté et ainsi de suite. Puis O-Kiyo a fait irruption dans la pièce en disant : « Itasaki-san, ces gens sont en train de disséquer vos bottes avec leurs sabres, et ils assurent qu'ils vont continuer avec le propriétaire des bottes ! »

« Les filles se sont levées d'un bond en disant qu'il n'y avait pas de quoi s'inquiéter, qu'elles allaient nous faire sortir par l'arrière pour que nous rentrions chez nous au plus vite. Hayashi a détalé comme un lièvre. J'allais suivre son exemple, mais Nakajima est entré dans une rage folle. Il s'est rué hors de la pièce en brandissant son sabre et en hurlant : "Savez-vous à qui appartiennent ces bottes ? Au fils du docteur Itasaki, le médecin le plus renommé du domaine. En insultant ces bottes, vous avez insulté mon maître !"

— Nakajima est très courageux, déclarai-je.

En moi-même, je commentai : « Quel imbécile ! »

— Il était complètement ivre, expliqua Tetsuya.

— Quelqu'un a-t-il prévenu les fonctionnaires du domaine ?

Je songeais aux complications possibles. Toute personne mêlée à cette affaire pouvait être considérée comme coupable et recevoir un châtiment sévère — les samouraïs, qui devaient sans doute avoir pris la clé des champs, Nakajima, s'il survivait, Tetsuya, l'aubergiste, même mon père, pour ne pas avoir suffisamment surveillé ses étudiants.

— Je n'en sais rien, avoua Tetsuya. Je me suis enfui, moi aussi. Je suis un lâche.

— Je suis heureuse que vous vous soyez enfui, lançai-je en pensant au tourment de mes parents si c'était Tetsuya qui se trouvait maintenant sur cette couche à lutter pour sa vie.

— Nous n'avons pas été élevés comme des samouraïs, poursuivit-il d'un ton de plus en plus accablé. Je ne sais pas me battre avec un sabre. Je n'ai jamais voulu apprendre, contrairement à Shinsai.

— Le cas de Nakajima est différent, observai-je. Lui a reçu une éducation de samouraï.

Même si c'était stupide, je ne pouvais m'empêcher d'être admirative. Des hommes comme Tetsuya ou mon père étaient prudents. Ils aspiraient à rendre leur dernier soupir sur un tatami à un âge avancé. Mais Nakajima — comme Shinsai — serait mort plutôt que d'être considéré comme un lâche.

Je vis que la nuit s'achevait et que le ciel pâlissait. Tetsuya poussa un soupir.

— Je déteste les sabres, dit-il à voix basse. Je déteste les combats.

Mort et naissance

Quand le jour fut levé, ma mère m'apporta du thé. Après quoi je ne bus ni ne mangeai de la journée, que je passai au chevet de Nakajima. Il parut s'endormir un moment et je sentis grandir mon espoir, mais il devint ensuite plus agité et sa peau se fit brûlante. Perdant tout contrôle, il souilla sa couche. Du sang foncé se mêlait à ses selles et je compris qu'il était à l'agonie.

C'était comme un affront pour moi. Je ne voulais pas qu'il meure. C'était mon patient, et peut-être mon futur époux. Cependant mes talents n'avaient pas été à la hauteur. J'étais impuissante à l'aider. Tout ce que je pouvais faire, c'était le regarder mourir.

La journée suivit son cours ordinaire autour de nous. Les patients arrivèrent, repartirent. Les repas furent servis, desservis. Quand ils avaient un instant, les membres de la famille venaient s'asseoir au chevet du mourant. O-Kane apporta des fleurs et alluma des bâtonnets de santal pour masquer l'odeur.

Vers la fin de l'après-midi, il se mit à pleuvoir. La chaleur lourde s'atténua et un parfum de terre humide remplit la pièce. Nakajima ouvrit les yeux et parla avec une lucidité soudaine, en m'appelant par mon diminutif qu'il n'avait encore jamais employé :

— Tsu-chan, nous nous sommes mariés, n'est-ce pas? Et nous avons eu une vie heureuse ensemble?

— Oui.

Je ne pus me résoudre à le détromper.

— J'ai toujours dit que vous feriez une merveilleuse petite femme.

Il sourit d'un air satisfait et se tut. À l'instant de mourir, son visage prit une expression perplexe, comme s'il se rendait compte soudain de ce qui lui arrivait mais ne comprenait pas pourquoi — pourquoi maintenant. La mort mit un terme à ses questions et détendit son front crispé.

J'invoquai pour lui le nom d'Amida et priai pour le voyage de son âme. Quand je me levai, mes jambes étaient endolories.

Ma mère était à mon côté depuis environ une heure. Elle se leva aussi, s'approcha et me serra contre elle.

— Va manger quelque chose. Dis à O-Kane d'apporter de l'eau. Elle m'aidera à préparer le corps.

Je hochai la tête en silence et me dirigeai lentement vers l'avant de la maison. Mon père venait de prendre congé d'un patient. Hayashi, qui avait manifestement quitté sa cachette, était assis au bureau et prenait des notes. Tetsuya broyait je ne sais quoi sur l'établi. Ils se retournèrent tous pour me regarder. Je fis un geste — il était inutile de dire un mot. Mon père se mit à tapoter ses bras tandis que Tetsuya fixait le pilon d'un air sombre. Hayashi resta bouche bée, le pinceau suspendu en l'air.

— Je vais aller dehors un moment, déclarai-je.

Il pleuvait encore légèrement, mais ce n'était guère qu'une bruine. Je me rappelai la tristesse délicieuse qui m'avait envahie sous l'Arbre joueur, le jour du mariage de ma sœur. Ce que je ressentais maintenant était bien différent. Cela n'avait vraiment rien d'agréable. Il ne s'agissait pas pour moi de songer à la fugacité de l'existence, de pleurer une jeune vie trop tôt interrompue. J'étais furieuse de la stupidité de cette histoire — une bagarre d'ivrognes à propos de chaussures — et écœurée par le processus peu ragoûtant de la mort. Et je m'en voulais de mon propre échec. Mon impuissance à sauver mon patient me remplissait de déception. Pourquoi le corps humain était-il si fragile ? Pourquoi était-il si aisé de l'entailler et de le briser ? Je passai mentalement en revue tout ce que nous avions fait. Quelle erreur avions-nous commise ? Quel point essentiel avions-nous négligé ?

En même temps, je ne pouvais m'empêcher de penser à tout ce qui restait à faire — informer la famille Nakajima et le magistrat, organiser les funérailles.

Les membres de ma famille me connaissaient assez pour me laisser seule, mais au bout de quelques minutes Hayashi sortit d'un air affairé avec un parapluie.

— Vous allez vous mouiller, O-Tsuru-san. Après la terrible épreuve que vous venez de vivre, il faut vous ménager.

Il me rejoignit et tint le parapluie au-dessus de nous. S'il en était resté là, j'aurais attribué son excès de zèle à de la gentillesse, mais il fit l'erreur de continuer.

— J'étais prêt à céder le pas à mon défunt collègue dans nos projets d'alliance matrimoniale, mais à présent qu'il nous a quittés d'une manière si abrupte et si peu glorieuse, j'espère qu'il serait possible de me considérer — pas dans l'immédiat, naturellement — mais au moment convenable, par la suite...

Quand je compris enfin ce qu'il essayait de me dire, ma colère éclata.

— Je ne vous épouserai jamais ! criai-je. Idiot que vous êtes, je vous méprise. Vous n'êtes qu'un lâche !

Je tremblais de rage. Ne songeant qu'à lui échapper, je courus jusqu'à la route.

Comme le monde verdoyait sous la pluie ! C'était l'heure où arrivaient les éventuels voyageurs venant de Hagi. Par habitude, je regardai dans cette direction, et j'aperçus une silhouette au loin.

Shinsai ! Mon cœur bondit. Ce ne fut qu'alors que je me rappelai le message de Monta. J'allais pouvoir le lui donner moi-même. Je m'avançai vers lui. À mesure que nous nous rapprochions, toutefois, je me rendis compte que cet homme était plus grand que mon oncle et que sa démarche était différente. Je tremblais de plus en plus et mes yeux se troublaient, comme s'ils étaient voilés de larmes. Je secouai la tête pour essayer de mieux voir. À l'instant où je reconnus l'employé des Kuriya, celui que j'appelais le Comptable, je vis avec une netteté absolue que son crâne était fracassé. Comme si je regardais à travers un microscope, je vis la mort tapie sous sa peau. Mes yeux le disséquaient. J'observais l'os du crâne défoncé, le sang se répandant dans le cerveau...

« Il y a eu un autre accident », pensai-je. Mais comme je continuais de le fixer, la vision s'évanouit. Son crâne n'était nullement fracassé, bien sûr. Il n'était même pas blessé. Il était normal, en bonne santé. Je devais être encore sous le choc. Mes yeux enregistrèrent le moindre détail de son apparence. Il portait une robe bleu indigo, s'ornant d'un petit motif de flèches blanches, qu'il avait relevée autour de sa taille pour marcher plus commodément. Ses jambes étaient nues et ses pieds chaussés de sandales de paille. Il avait voyagé sous la pluie. Ses cheveux étaient trempés et ses vêtements assombris par l'humidité. Il était chargé d'un coffret qu'il descendit de ses épaules en me voyant approcher.

Nous nous regardâmes, et ce fut comme si un lien attachait soudain son âme à la mienne. J'étais sans défense. Le chagrin, l'échec, l'épuisement m'avaient laissée entièrement vulnérable. J'étais comme l'héroïne d'un vieux conte, prête à succomber à un sortilège. Sans doute serais-je tombée amoureuse d'un *tanuki* ou d'un *tengu*, si l'un d'eux avait croisé mon chemin en cet instant. Mais les dieux m'envoyèrent le Comptable.

Sur le moment, sa présence en ces lieux me parut inexplicable. Lui-même ne comprenait certainement pas ce que je faisais sur cette route, couverte de sang, à le regarder fixement comme une folle.

— Que s'est-il passé ? demanda-t-il.

Posant la main sur mon bras, il me fit tourner avec douceur.

— Est-ce la maison que vous habitez ? Votre sœur me l'a décrite. La maison de l'Arbre joueur.

Il parlait d'une voix lente et posée, comme s'il croyait vraiment que j'avais perdu la tête.

— Vous vous souvenez de moi, n'est-ce pas ? Makino Keizô, de Hagi.

Mitsue ! Bien sûr, elle devait avoir accouché. C'était sûrement la raison de la présence de cet homme. Il apportait des nouvelles de Hagi.

— Ma sœur va-t-elle bien ?

— Oui, elle est mère d'un petit garçon depuis une semaine. Le bébé est en bonne santé. Ils vont bien tous les deux. Mais que s'est-il passé ici ?

— Quelqu'un est mort, dis-je. L'un des étudiants de mon père a été attaqué.

Une brise soudaine fit frissonner l'Arbre joueur et d'énormes gouttes tombèrent sur nous quand nous passâmes sous son feuillage. J'appelai sur le seuil et mon père s'avança dans l'entrée. Il avait l'air vieux, amoindri.

— Mitsue a un garçon, lançai-je. Voici M. Makino, de Hagi.

Je connaissais enfin le nom du Comptable.

Mon père sembla abasourdi par cette rencontre de la naissance et de la mort. Il était manifestement hors d'état d'accueillir un invité. Il fit un geste étrange, comme s'il avait oublié ce qu'on attendait de lui.

— Je suis désolé d'arriver à un moment si peu propice, dit Makino avec embarras. Si je puis vous aider en quoi que ce soit, je resterai. Autrement, j'irai passer la nuit à Yuda.

J'insistai pour qu'il reste. Un seul sentiment était clair en moi : je ne devais pas le laisser partir. J'avais besoin de l'avoir près de moi.

— Venez, dis-je. Je vais apporter de l'eau pour laver vos pieds. Et du thé...

— Je crois que nous avons tous besoin de boire quelque chose, intervint mon père.

Et il alla chercher du saké.

Mon intense émotion avait donné à tous mes sens une acuité douloureuse, comme si les scories de la vie quotidienne avaient été éliminées d'un seul coup pour révéler la réalité de notre brève existence humaine dans toute son extase et sa futilité. Je n'avais rien pu manger de la journée, mais à présent je mourais de faim. Je bus également du saké en abondance — nous en fîmes tous autant. Notre repas était à peine terminé que quelqu'un appela dehors. C'était O-Kiyo, qui était venue du Hanamatsutei en compagnie d'un des domestiques ayant ramené Nakajima chez nous.

— Je suppose que ce pauvre jeune homme est mort, dit-elle une fois entrée. Il semblait à peu près

129

perdu avant même qu'on l'ait porté dans la charrette. Je suis venue vous prévenir que le magistrat va mener une enquête et qu'il voudra sans doute interroger Tetsuya-san et l'autre...

— Hayashi, dis-je en regardant autour de moi. Mais où donc est-il?

J'avais cru qu'il m'évitait après mon accès de colère, mais il s'avéra que personne ne l'avait vu. O-Kane partit à sa recherche. Elle revint en secouant la tête.

— Il est parti.

O-Kiyo fit un geste évasif.

— Vu les circonstances, c'est la sagesse même. Comme je vous le disais, Tetsuya-san, vous serez convoqué dès demain avec lui pour exposer ce qui s'est passé.

Elle tendit sa coupe, que mon père remplit derechef.

— Vous devriez partir aussi, retourner à Nagasaki.

— Ne devrait-il pas coopérer avec les autorités? demanda ma mère d'un air inquiet.

— Les samouraïs se sont enfuis, répliqua O-Kiyo. Pourquoi n'en ferait-il pas autant?

Tetsuya soupira.

— Je n'ai fui le choléra que pour me retrouver dans une situation encore pire. Mais ne serait-ce pas mieux pour mon père si moi du moins je leur racontais ce qui s'est vraiment passé?

— Je m'en chargerai. Je dirai que le mort était ivre, de même que les assaillants. Les deux partis étaient à blâmer, et personne d'autre ne s'en est mêlé. Ne vous inquiétez pas, nous allons tout arranger. Le magistrat sait que le Hanamatsutei a des relations influentes. Vous devez retourner à Nagasaki pour vos études. C'est ce que veut votre père, et c'est dans l'intérêt du domaine. Votre père est un ami de sire Sufu, mais il sera nettement plus facile de mettre à profit cette amitié si vous n'êtes pas dans les parages quand ils viendront vous chercher.

Tetsuya partit avant l'aube pour Shimonoseki, en évitant la grand-route. Plus tard dans la journée, le père et les frères aînés de Nakajima vinrent emmener son corps. Ils présentèrent des excuses à mon père pour les ennuis qu'il avait causés en se faisant tuer dans une rixe. De son côté, mon père s'excusa de ne pas avoir empêché ce malheur. Puis tout le monde évoqua les qualités du défunt, en célébrant ses bons côtés et en déplorant ses défauts. Ces propos, se mêlant au saké que nous buvions, aux fleurs et à l'encens, semblèrent pour ainsi dire raccommoder la mort, de sorte qu'elle n'était plus une déchirure terrifiante dans la trame de nos vies mais un événement finalement naturel. Mon chagrin et ma colère s'adoucirent en un sentiment différent, plus proche d'une tristesse agréable, à quoi s'ajoutait la conscience de ma propre vitalité et aussi, je l'avoue avec honte, le soulagement de n'avoir à épouser ni Nakajima ni Hayashi.

Quand enfin on eut emmené le corps, nous pûmes nettoyer la maison. Après quoi nous célébrâmes la naissance du premier petit-fils de mes parents.

Le Comptable était sans cesse avec nous et ne manifestait aucune hâte de retourner chez les Kuriya. Il se rendait utile. Il préparait des médicaments, expliquait aux patients pourquoi le docteur ne pouvait les recevoir dans l'immédiat, aidait Hachirô au jardin et jouait à des jeux de société avec mon père.

— Je suppose que vous allez bientôt retourner à Hagi, Makino-san, dit un soir ma mère. J'espère que vous pourrez emporter quelques affaires pour le bébé.

Nous étions réunis dans la pièce du devant. Ma mère et moi triions et préparions des plantes à faire sécher, en enlevant les feuilles des tiges. Mon père et le Comptable faisaient une partie de *shôgi*. Makino était un bien meilleur joueur que mon père, auquel il avait coutume de concéder un pion ou deux — le chariot d'encens de gauche, pour le moins, voire parfois la pièce d'angle ou le chariot volant.

Il resta un instant sans répondre, les yeux fixés sur le damier comme s'il réfléchissait à son prochain coup. Je l'observai — je ne faisais que ça depuis son arrivée. Il me semblait sur le point de prendre une décision et de présenter une requête. Même si je ne savais pas grand-chose de lui, j'avais l'impression de le connaître sur le bout des doigts. Je voyais qu'il lui coûtait de demander quelque chose. Il était conscient de son intelligence, et orgueilleux.

— Je me demandais si je ne pourrais pas rester ici, avec vous, docteur Itasaki. En réalité, j'ai toujours eu envie d'étudier la médecine. La véritable médecine, veux-je dire. À présent que vous avez perdu vos étudiants, il m'est venu à l'esprit que vous pourriez avoir besoin de mon aide. Je m'y connais un peu en pharmacie. Plus qu'un peu, en fait.

— C'est impossible ! s'exclama mon père, qui semblait stupéfait. Vous travaillez pour les Kuriya. Que feraient-ils sans vous ?

— Je dois beaucoup à M. Kuriya, répliqua le Comptable. Cependant j'ai pesé le pour et le contre. Mon désir de devenir médecin, ma vocation en somme, me semble compter davantage que mes obligations envers mon employeur.

Il fit une pause puis ajouta :

— Je ne voudrais pas paraître présomptueux, mais j'ai aussi fait entrer en compte mes capacités.

Saisissant l'un des fantassins de mon père qu'il avait capturés, il le posa sur le damier. Mon père considéra le pion d'un air méfiant.

— Nous ne pouvons risquer d'offenser la famille

de notre fille, Makino-san, intervint ma mère. Vous devez le comprendre.

— Il ne s'agit pas pour moi de les quitter, mais plutôt d'élargir mon emploi.

Il posa une nouvelle pièce sur le damier — le chariot volant de mon père.

— Je pourrais vendre leurs produits ici et à Yamaguchi. Le travail ne me fait pas peur. J'ai besoin de très peu de sommeil, je suis un petit mangeur et je ne bois pas.

Mon père observa le damier, où son roi était maintenant encerclé par les pions de Makino. Puis il me regarda.

— Tsu-chan, quelle est ton opinion ?

Cela revenait à me demander de choisir mon époux. Le courage faillit me manquer. En un éclair, je songeai aux avertissements que j'avais entendus toute ma vie contre le danger de gâter sa fille et de la laisser agir à sa guise. J'avais envie de dire à mon père que je ferais ce qu'il me dirait, que c'était à lui de prendre cette responsabilité. Puis je regardai les mains du Comptable, ses doigts allongés. Je me rappelai notre lien. Je savais que si je ne le choisissais pas maintenant, je le regretterais jusqu'à mon dernier jour. Je m'entendis dire moi-même :

— Je crois que Makino-san devrait rester.

Il me sourit, et avança le cheval de droite. Au tour suivant, le roi serait à lui.

— Voilà qui ressemble à un échec et mat, dit mon père.

Transactions

Mon père posa ses conditions. Pendant longtemps, personne ne parla de mariage. Il n'était
question que d'un apprentissage. Cette période pro-
batoire durerait six mois, et les Kuriya devraient
donner leur accord. Au cours des semaines sui-
vantes, mon père indulgent se révéla soudain dur et
sévère. Il imposa bien des épreuves au Comptable,
qu'il confronta à des exigences presque impossibles
— peut-être pas aussi difficiles que la fourrure à
l'épreuve des flammes ou la branche constellée de
joyaux, mais presque. Il attendait nettement plus de
son nouvel étudiant que de ses prédécesseurs. Ces
derniers étaient des samouraïs. De rang inférieur,
certes, mais c'était toujours mieux que le Comptable. Son père était mort quand il était enfant, sa
mère quelques années plus tard. Il avait été élevé
par un oncle, un petit commerçant, lequel avait persuadé M. Kuriya de donner une chance à son neveu.
Toute sa vie, il avait dépendu de la bonne volonté
des autres — de son oncle, de M. Kuriya et maintenant de mon père.

Il supportait tout avec patience, sans jamais se
plaindre, toujours le premier levé et le dernier couché. Quand il ne travaillait pas, il étudiait. Il dévo-
rait les livres de mon père. Il semblait à peine dormir

et devint encore plus maigre, les yeux creux et brillants.

Lui et moi, nous étudiions ensemble. Nous partagions la même soif de savoir. Je l'interrogeais sur le contenu des livres. Nous ne parlions de rien d'autre, lors de ces séances, et nous n'étions jamais seuls. Mon père rôdait autour de nous et s'arrangeait pour emmener l'un de nous quand il ne pouvait éviter de s'absenter.

Je continuais de partir cueillir des simples et d'autres ingrédients. Le paysage de l'été semblait de jour en jour plus fertile et plus luxuriant. Les grains de riz gonflaient et mûrissaient, les fruits devenaient rouges et orange. Chaque matin, je m'éveillais pleine d'espoir et d'excitation. Même si je n'étais pas pressée, je savais que le mariage m'attendait.

Quand je montrais ma récolte au Comptable en lui indiquant les noms et les propriétés des plantes, elles prenaient une signification érotique. Les rhizomes de *shiran*, les têtes de queues-de-renard dont j'ôtais le pollen, les noyaux de pêche et les noix de galle du sumac, tout commençait à évoquer des organes humains. En expliquant leurs usages — « ceci réduit les gonflements et contient le sang, ceci soulage la stagnation du sang, ceci contrôle les émissions séminales » —, mon propre sang brûlant empourprait mon cou et mon visage.

Le Comptable posait doucement les plantes sur ses mains et écoutait mes explications. Il gardait tout en mémoire, non seulement les plantes et leurs propriétés, les divers enseignements du *kanpô* et du *ranpô*, l'anatomie et la physiologie humaines, mais aussi les noms et les antécédents médicaux de tous nos patients.

Cet été-là, nous redoublâmes d'activité. L'incertitude des temps nuisait à la santé. De nombreuses personnes se plaignaient de troubles dus à l'anxiété :

maux d'estomac, insomnie, irritabilité. On n'avait jamais vu autant de bébés souffrir du *kan no mushi*.

Les fêtes du milieu de l'été arrivèrent et nous allumâmes des lampes autour de la maison pour O-Bon. Assis près des tombes familiales dans la nuit tiède, pas vraiment seuls mais un peu à part du reste de la famille, le Comptable et moi parlâmes pour la première fois de la mort de Nakajima.

— On aurait dit une fatalité, dis-je. S'il n'était pas allé se battre, je serais sans doute mariée avec lui à cette heure.

— Et votre père ne m'aurait jamais pris comme étudiant. Il m'aurait renvoyé sur-le-champ chez les Kuriya.

Il joignit les mains et s'inclina en un geste de gratitude. Je l'imitai. Pauvre Nakajima-san ! Même si sa mort m'affligeait, je ne pouvais me lamenter de ce qui en était sorti.

À mesure que l'année s'avançait, il devint évident qu'aucun de nous ne pouvait se passer de Makino. Il commença à prendre sur lui le fardeau du cabinet médical. Il savait mieux que mon père démêler les problèmes d'administration. Non seulement les patients lui faisaient confiance, mais il leur présentait les factures de telle façon qu'aucun ne pouvait se dispenser de payer. Mon père se mit à gagner nettement plus d'argent.

Je voyais que cette situation le plaçait face à un dilemme, mais il s'abstint d'en parler jusqu'au début de l'hiver, où il me dit un soir d'un ton négligent :

— J'ai décidé que tu allais épouser Makino-san.

Même si j'avais pris plus ou moins la même décision au commencement de l'été, j'en eus le souffle coupé.

Se méprenant sur mon silence, mon père m'observa.

— Cela ne t'ennuie pas, n'est-ce pas ? Je crois que

son entrée dans la famille nous sera utile à tous. Et comme sa réputation grandit, je n'ai pas envie que quelqu'un vienne nous le voler.

— Père, vous savez que je ferai tout ce que ma mère et vous jugerez bon, déclarai-je d'un air soumis.

Mon cœur battait à tout rompre et je me sentais près de défaillir.

Mon père me regarda attentivement et tendit la main pour prendre mon pouls. Il poussa un grognement, comme si ses soupçons étaient confirmés, mais se contenta de dire :

— Dans ce cas, je vais parler à Makino-san et préparer le mariage. Ta mère pense elle aussi que c'est une bonne idée.

Il dut parler le soir même à Makino — je n'ai jamais pu penser à lui autrement que comme « Makino » ou « le Comptable », et je ne l'ai jamais appelé par son prénom. En tout cas, le lendemain matin, Makino semblait métamorphosé. Il ne parvenait pas à s'empêcher de sourire.

— Eh bien, j'aurai au moins réussi dans ma vie à rendre heureux un jeune homme, dit mon père en venant prendre le repas de midi. Je crois même qu'il a fait une plaisanterie ou deux ce matin.

— Moi aussi, vous m'avez rendue heureuse, murmurai-je.

— Je l'espère.

Nous étions seuls tous les deux dans la pièce. Il ajouta :

— Je voudrais qu'au moins l'un de mes enfants soit aussi comblé dans son mariage que ta mère et moi l'avons été.

Il renifla bruyamment et se mit à contempler son bol de riz.

— Je n'aurais pas cru qu'il serait aussi dur de laisser partir ta sœur. Je suis encore inquiet pour elle, je me demande si j'ai fait le bon choix.

— *Neechan* n'est pas malheureuse, déclarai-je. Et elle a un fils, maintenant...

Mon père hocha la tête. Même s'il avait des doutes sur la famille Kuriya, il n'était pas question qu'il les exprime. Lorsqu'il avait écrit à M. Kuriya pour lui demander d'autoriser Makino à devenir son étudiant, il avait fini par obtenir son accord, à condition que la composition de la Panacée ne soit jamais divulguée. Néanmoins les relations entre nos deux familles s'étaient nettement refroidies. Aucun de nous n'avait été à Hagi depuis la naissance du bébé. Mitsue projetait de venir nous voir, d'autant qu'elle n'avait toujours pas fait la première visite à sa maison natale qu'exigeait la tradition, mais sa venue ne cessait d'être différée pour une raison ou pour une autre, comme si ses beaux-parents s'y opposaient délibérément.

— J'ignore comment ils prendront cette nouvelle, observa mon père.

— Ne vous attendez pas à une approbation enthousiaste !

Je me souvenais de la surprise de Mme Kuriya en apprenant que mes parents avaient décidé de me garder chez eux et d'adopter un époux. Elle ne se doutait pas que l'élu serait l'employé de son mari. Plus j'y songeais, plus cet arrangement me paraissait peu conventionnel. Cependant je ne voulais pas le dire à mon père, de peur qu'il change d'avis.

— Je ne pense pas qu'ils m'approuveront ni même qu'ils me comprendront, dit mon père. Mais je pense à l'avenir. Notre pays a besoin de jeunes gens capables et intelligents. Nous devons les chercher dans tous les domaines et les encourager activement.

Cet automne-là, une énorme comète apparut dans le ciel, ce qui ajouta à l'agitation générale. Mon

138

père se rendait souvent chez Yoshitomi Tôbei, le chef du village, pour rencontrer des hommes comme lui — intellectuels, médecins, poètes. Ils échangeaient des livres, des pamphlets, des nouvelles et des idées, et parlaient de l'avènement d'un monde nouveau. Dans les dernières années de l'ère Ansei, tout le monde en Chôshû discutait de ces choses. Nombreux étaient ceux qui désapprouvaient Yoshida Shôin, mais ils ne pouvaient empêcher ses enseignements de se répandre, comme du pollen disséminé par le vent. Et l'un des enseignements principaux de Shôin était : « Donnez leur chance aux gens de talent. » Il n'était pas étonnant que les esprits conservateurs de Hagi y fussent si violemment opposés. Ils devaient avoir l'impression d'être confrontés à un retour des rébellions de l'époque des États en Guerre ou à une épidémie semblable à celle du choléra. En décidant d'offrir une telle opportunité à Makino Keizô, mon père ne faisait que s'inscrire dans un mouvement qui gagnait le domaine et même le pays entier.

— Il est inutile de différer, déclara mon père.

Peut-être voulait-il éviter de donner l'occasion à quelqu'un d'exprimer une opposition qui l'aurait découragé. Je lui en étais reconnaissante, car depuis que la décision était prise Makino et moi semblions paralysés par la timidité. Nous parvenions à peine à nous regarder, et encore moins à échanger des propos sensés. J'avais bien des questions à lui poser. Pour commencer, je voulais savoir s'il avait eu des expériences avec des femmes. Et si jamais il avait fréquenté les geishas de Hagi ? Je savais que les épouses étaient censées s'accommoder de ce genre de choses, mais cette idée m'ennuyait. J'étais jalouse — et j'en savais trop long sur les maladies. Mais si je n'étais même pas capable de lui demander ce qu'il lisait, comment aurais-je pu aborder des sujets aussi intimes ?

Mon mariage était déjà peu conventionnel. Il n'y avait pas eu de fiançailles, le futur époux n'avait pas de famille, je ne devais pas m'en aller mais rester dans la maison de mes parents. Mon père décida donc de procéder à la cérémonie peu après le Nouvel An et annonça son intention de donner une grande fête, comme s'il voulait défier nos voisins.

— Ne serait-il pas plus sage que tout se déroule discrètement ? suggéra ma mère.

— Pour que nous ayons l'air d'avoir honte ? Et donner l'impression que nous n'avons trouvé personne de mieux pour Tsu-chan ? Non, nous devons montrer à tout le monde que nous avons foi en l'avenir.

Makino prit tous les préparatifs avec calme. Il n'était ni arrogant ni vaniteux, mais il avait conscience de sa propre valeur et estimait avoir conclu une transaction équitable avec mes parents. Je supposais qu'il avait le sentiment d'avoir fait de même avec moi, même s'il nous était évidemment impossible d'en parler. Malgré nous, nous étions reliés par une sorte de communication secrète. Mon corps anguleux, que j'avais toujours traité avec tant d'indifférence, semblait lui répondre par un émoi qui l'adoucissait. Pour la première fois de ma vie, je m'inquiétais de mon apparence physique. L'hiver était froid et il avait déjà neigé à plusieurs reprises. L'idée d'avoir des engelures me tourmentait, non pas à cause des douleurs, comme l'année précédente, mais de peur qu'elles n'abîment mes mains et mes pieds. Je me rendis fréquemment à la maison de bains de l'*onsen* avec ma mère et O-Kane, qui s'occupèrent avec un soin inusité de ma chevelure et de ma peau, en me frottant avec des sachets de son de riz ou des pierres volcaniques et en rinçant mes cheveux avec des extraits de rose et d'hamamélis.

Les autres baigneuses s'exclamaient :

— O-Tsuru-san va donc se marier ? Et avec un génie, paraît-il !

Même si elles trouvaient que nous procédions contre toutes les règles, elles n'en disaient rien. Les commérages devaient certainement aller bon train derrière notre dos. J'imaginais qu'elles s'en donnaient à cœur joie, mais l'opinion des autres ne m'a jamais préoccupée. J'obéissais à mes parents, mon futur époux était un homme qui apporterait une contribution précieuse à la carrière médicale de mon père. Les gens pouvaient dire ce qu'ils voulaient, je m'en fichais.

Dès que mon mariage fut décidé, mon père écrivit à M. Kuriya pour le mettre au courant. De mon côté, j'écrivis à Mitsue et à mon oncle. J'avais montré le message de Monta à mes parents, qui l'avaient jugé inoffensif de sorte que nous l'avions envoyé. Toutefois je n'avais pas reçu de réponse à l'époque. Maintenant encore, je n'avais aucune nouvelle de mon oncle.

La famille Kuriya ne répondit pas, elle non plus. La veille du mariage, cependant, durant la deuxième semaine de l'année, Shinsai arriva en fin d'après-midi avec le fils de M. Kuriya. La journée avait été froide et splendide, mais le soleil n'avait pas été assez fort pour faire fondre la neige tombée dans la nuit. Mon père avait déclaré le matin même qu'il ne croyait pas que des invités puissent venir de Hagi. Ma mère et moi nous trouvions dans la cuisine. O-Kane s'apprêtait à retirer le linge séchant sur les poteaux quand elle entendit des voix en provenance du portail.

— Shinsai-san est ici ! s'écria-t-elle.

Ma mère laissa tomber son couteau et je lâchai le pilon. Nous courûmes sur la véranda latérale pour aller les accueillir.

Lorsque Shinsai franchit le portail, le soleil fit briller ses vêtements humides et l'espace d'un instant je crus le voir maculé de sang. Son visage était pâle, comme s'il avait été mortellement blessé. Je m'avançai en pressant ma main sur ma bouche pour étouffer mon cri. Une nouvelle fois, ma vision était claire jusqu'au moindre détail, comme si j'observais Shinsai de très haut, tel un ange pourvu d'un microscope. La chair se détachait de blessures si profondes que j'apercevais les os mis à nu. Puis je me rendis compte que les taches obscures n'étaient que de l'humidité, que sa pâleur n'était que l'effet de la fatigue. Les deux voyageurs étaient mouillés, glacés, et rendus irritables par une longue journée passée ensemble. Je les imaginai soudain en train d'avancer péniblement dans la neige tout en se disputant à propos des idées de Yoshida Shôin. L'idée de Kuriya tirant Shinsai d'une congère où il aurait sans doute préféré l'ensevelir m'aurait fait rire, en temps normal, mais la vision sanglante que je venais d'avoir m'avait terrifiée.

Kuriya se rappela suffisamment ses bonnes manières pour saluer poliment ma mère, en l'assurant que Mitsue et le bébé allaient bien. Il transmit également les meilleurs vœux de ses parents. Shinsai garda le silence.

La maisonnée était déjà dans toute l'agitation des préparatifs du mariage. Quelques patients étaient venus consulter pour des toux opiniâtres et des rhumes. Mon père et Makino étaient absorbés par la nécessité de leur parler et de confectionner des remèdes. Comme il me semblait préférable que les visiteurs ne rencontrent pas Makino tout de suite, je tentai de les entraîner sur le côté de la maison, mais la neige s'était amoncelée sur la véranda. De toute façon, Shinsai m'ignora et entra dans le vestibule, suivi de Kuriya.

Mon père se trouvait dans la partie réservée aux

consultations, délimitée par un écran. Deux patients attendaient que Makino ait fini de préparer un médicament sur l'établi. Le visage crispé par la concentration, il se retourna pour voir qui arrivait. Il avait un sourire résigné, comme s'il s'attendait à de nouveaux patients. En apercevant Kuriya, il se figea un instant.

— Je suppose que vous distribuez notre Panacée, lança Kuriya d'une voix forte. Vous n'êtes qu'un vaurien doublé d'un ingrat ! Après tout ce que mon père a fait pour vous !

— Kuriya-san, dit Makino en s'inclinant courtoisement.

Il finit de doser le médicament dans de petites boîtes puis me demanda :

— O-Tsuru-san, voudriez-vous emballer ces boîtes pour moi, je vous prie ?

Je le rejoignis, heureuse d'avoir l'opportunité de me tenir à côté de lui.

— Je me suis engagé à ne pas divulguer le secret de la Panacée Kuriya, et j'ai tenu parole, déclara Makino. Votre père m'a autorisé à étudier auprès du docteur Itasaki...

— Mais pas à épouser sa fille ! Ni à vous installer ici à demeure ! Passe pour étudier, mais se marier est une tout autre affaire.

Kuriya tapa de la main sur l'établi, et les boîtes et les balances tressautèrent en tintant.

Makino donna les deux boîtes de médicaments aux deux patients. Ces derniers n'étaient guère pressés de partir, tant ils avaient envie de voir la suite.

— Veuillez revenir dans deux jours. Vous pourrez payer le docteur Itasaki à ce moment-là.

Ma mère les raccompagna dehors. Au même instant, mon père émergea de derrière l'écran.

— J'aurais besoin d'un peu de calme ! Je n'arrive pas à prendre correctement le pouls de cet homme...

Il s'interrompit et s'exclama :

— Shinsai !

Mon oncle ne prit pas même le temps de le saluer.

— *Oniisan*, avez-vous perdu la tête ? lança-t-il de but en blanc. Vous ne pouvez songer sérieusement à marier Tsu-chan à ce... ce...

— Ce voleur de Panacée, glissa Kuriya.

— Ce moins que rien ! Elle est beaucoup trop bien pour lui. Vous n'aviez que l'embarras du choix pour elle. Elle aurait peut-être même pu épouser un fils de samouraï. De toute façon, elle est trop jeune. Pourquoi vous hâter ainsi de la marier ?

— Je suis désolé, Shinsai, répliqua mon père. Toutes les dispositions ont été prises. Le mariage aura lieu demain après-midi. J'espère que tu y assisteras. Nous sommes tous très heureux de te voir.

Shinsai commença à se récrier, mais mon père lui coupa la parole.

— Vraiment, cette décision ne te regarde en rien !

— Elle me regarde dans la mesure où la réputation de notre famille est en jeu.

— Absolument, renchérit Kuriya. Tout Hagi est scandalisé. Notre famille est déshonorée.

— Je n'ai pas cette impression, dit sèchement mon père.

— Mais il a volé le secret de la Panacée !

— Quelle absurdité, protesta Makino. Le texte de la recette se trouve dans le tiroir du milieu de mon ancien bureau. D'ailleurs, comment aurais-je pu la voler alors qu'on se la transmet de génération en génération dans la famille Kuriya ?

— Elle ne marche plus. Les gens se plaignent. Ils disent qu'elle n'a plus le même goût.

— Ce n'est certes pas ma faute.

Kuriya se tut. Son visage replet trahissait sa frustration. Il fit la moue, comme un enfant contrarié.

Makino s'efforça de se montrer conciliant.

— Tout ce que vous avez à faire, c'est de la préparer correctement. Je suis sûr que votre épouse en est capable. Elle a certainement reçu la même formation excellente qu'O-Tsuru-san.

Mon père se tourna vers Shinsai :

— Tu n'as quand même pas fait tout ce chemin dans la neige pour me donner ces conseils inutiles. Qu'en est-il de tes études ?

— Vous n'êtes pas au courant ? Maître Yoshida est de nouveau incarcéré à Noyama. Depuis lors, Hagi est en pleine effervescence. Sans notre professeur, il n'est plus question d'école ni d'études.

— Il n'était pas difficile de deviner ce qui l'attendait, marmonna Kuriya.

Shinsai ignora cette remarque.

— Son oncle, Tamaki Bunnoshin, a démissionné en signe de protestation. Huit étudiants ont été arrêtés. On m'a dit qu'il serait sage de quitter Hagi.

— Cela signifie-t-il que tu comptes rester ici pour quelque temps ? demanda mon père.

— Je n'ai encore rien décidé, répondit Shinsai.

J'étais bouleversée par cette nouvelle. Depuis le message de Monta, je n'avais guère songé à ce qui pouvait se passer à Hagi, à Edo ou à Kyôto. Absorbée par mes propres émotions, je n'avais pensé à rien en dehors de la présence du Comptable chez nous. À présent, mon oncle avait ravivé les sentiments contradictoires qu'il m'inspirait. J'étais enchantée de le voir mais je lui en voulais aussi de se présenter à mon mariage en apportant des nouvelles si funestes, en plaçant mon avenir sous de mauvais augures et en troublant mon bonheur par des visions sanglantes.

Ma mère prit la situation en main. Après avoir dit aux patients de revenir dans deux jours, elle envoya les visiteurs se baigner à l'*onsen* — en compagnie de mon père, afin d'éviter qu'ils se noient l'un l'autre.

Elle sortit des vêtements secs et des lits supplémentaires, demanda à Hachirô d'apporter un autre brasero et à O-Kane de préparer un repas plus abondant. Elle trouva même le temps de dissiper les inquiétudes de Makino en lui disant :

— Shinsai a toujours oublié de réfléchir avant de parler. Ne lui prêtez aucune attention.

Comme nous tous, cependant, elle avait envie d'entendre des détails sur ce qu'il nous avait appris. Lors du repas du soir, nous accablâmes Shinsai de questions, mais ses réponses furent laconiques. Il exprima sa propre colère mêlée de détresse, et observa que nous avions de la chance qu'il ne figurât parmi les étudiants arrêtés. Puis il se tut. Ce fut un repas morose, hanté par bien des émotions sous-jacentes. Quand il fut terminé, nous fûmes tous soulagés d'entendre Kuriya annoncer qu'il était épuisé et désirait dormir. Il alla partager la chambre de Hachirô, lequel se couchait toujours de bonne heure. Makino déclara qu'il avait du travail à finir, et ajouta :

— J'imagine qu'aucun de nous ne travaillera demain !

Son ton me fit pressentir son excitation heureuse.

Après avoir desservi, O-Kane apporta des pipes et du tabac puis alla se coucher à son tour. Nous restâmes assis tous les quatre à fumer, les jambes glissées sous le *kotatsu*. Notre vieille intimité reprit bientôt le dessus.

— Je peux parler plus librement, maintenant, dit Shinsai. Je n'ai aucune confiance en Kuriya. Il répétera le moindre de mes propos à son père, qui est en relation avec tous les esprits conservateurs de Hagi. Cela pourrait empirer encore la situation, surtout pour notre professeur.

Il nous révéla alors les dessous de son arrestation. Depuis que sire Ii Naosuke de Hikone avait été nommé Tairô, le bakufu avait fait emprisonner et exécuter un grand nombre d'opposants. De grands seigneurs comme Matsudaira d'Echizen, Tokugawa Nariaki de Mito et son fils, Hitotsubashi Keiki, avaient été assignés à résidence. Ces mesures brutales avaient provoqué une résistance acharnée. Des *shishi* d'Echizen et de Mito avaient ourdi un complot pour assassiner à la fois Ii et le représentant du *bakufu* à Kyôto, Manabe Akikatsu.

— Shôin-*sensei* pense qu'il est temps d'agir, déclara Shinsai. Toutefois Genzui et Shinsaku ne sont pas d'accord, pas plus que Katsura. Ils disent tous que c'est trop tôt.

— Où se trouve Genzui ? demanda mon père.

Il semblait inquiet pour le fils de son vieil ami, auquel il avait toujours porté tant d'intérêt.

— A-t-il été arrêté ?

— Non, il est à Kyôto, de même qu'Itô et un autre étudiant de Shôin, Yamagata — vous le connaissez, je pense. Shinsaku se trouve à Edo depuis le cinquième mois. Bien entendu, Katsura y réside également, ainsi que Shiji Monta. Aucun d'eux ne veut agir. Ils essaient tous de prendre leurs distances vis-à-vis de notre professeur. C'est pitoyable.

— Ils sont probablement mieux placés que quiconque pour évaluer les risques, observa doucement mon père. Étant hors du domaine, ils sont extrêmement vulnérables.

— Tôt ou tard, il nous faudra réagir par la violence, lança Shinsai.

— Réagir à quoi ? s'exclama ma mère d'un ton irrité. Personne ne te menace, Shinsai-san.

— Peut-être pas pour le moment, répliqua Shinsai. Mais cela ne saurait tarder. Et je suis prêt à passer aux actes. Beaucoup d'autres sont comme moi. On ne peut pas traiter ainsi l'homme le plus éminent du Chôshû.

J'eus peine à dormir cette nuit-là. Sans doute n'aurais-je pu m'endormir, de toute façon, tenue éveillée par mon impatience et par la pensée que c'était là ma dernière nuit de jeune fille. À présent, toutefois, je m'inquiétais également pour maître Yoshida à Noyama. Comment ce corps fragile supporterait-il la mauvaise nourriture, le manque de lumière et d'exercice, l'absence de compagnie ? La dernière fois, Shôin-*sensei* avait réussi à tirer profit de son incarcération en continuant ses études et en enseignant. Mais parviendrait-il à trouver l'énergie et la détermination nécessaires pour recommencer ? L'angoisse et l'épuisement n'allaient-ils pas le réduire comme tout un chacun au désespoir ? Je redoutais qu'il ne meure en prison. Sa famille devait souffrir affreusement, en cet instant même. O-Fumi n'avait même pas son époux pour la consoler. J'étais couchée près de ma mère. Mes parents s'étaient tous deux endormis et j'écoutai leur douce respiration. Au moins, je ne les quitterais pas le lendemain. Cette pensée me réconforta un peu, et je trouvai enfin le sommeil.

Je fus réveillée par des éclats de voix. Ma mère avait placé ma boîte de coquillages à côté de mon oreiller. Je l'observai un instant. Sans doute était-ce l'objet le plus précieux en ma possession. Il avait été apporté dans notre famille par l'une de mes arrière-grands-mères. Mitsue en possédait une semblable, qu'elle avait prise avec elle à Hagi. J'étais heureuse à la pensée que celle-ci resterait ici. Elle était si belle. De forme octogonale, laquée de noir, elle s'ornait de peintures d'or représentant des grues, des iris, des touffes d'herbe *susuki* et des papillons. Elle contenait des paires de coquillages portant des poèmes écrits en caractères minuscules, pour le jeu consistant à reconstituer des poésies.

Kuriya essayait une nouvelle fois de convaincre mon futur époux de retourner à Hagi, sans moi mais avec sa connaissance secrète de la Panacée. J'entendais les tentatives de ma mère pour le calmer, tandis que mon père refusait d'un ton de plus en plus furieux de laisser partir Makino.

C'était un jour *senbu* — malchance avant midi, chance dans l'après-midi. Je n'étais pas superstitieuse, d'ordinaire, mais j'eus soudain peur que cette querelle ne fût un mauvais présage. Je voulais que Kuriya s'en aille en emportant toutes les influences funestes avec lui. Je faillis pleurer en regardant la boîte de coquillages, dans mon désir que ma sœur soit ici avec moi, et non dans le lointain Hagi — et surtout qu'elle ne soit pas mariée à cet homme.

La dispute se termina brusquement. Peu après, ma mère entra dans la chambre et s'agenouilla près de moi. Elle essuyait ses yeux en larmes sur sa manche. Je lui pris la main et nous restâmes un instant silencieuses.

— Il est parti, dit-elle enfin.

— Je suppose que nous devrions nous sentir offensés.

— Pour être franche, je suis plutôt soulagée. Je n'avais aucune envie de le voir marmonner d'un air mauvais toute la journée. Cependant j'espère que tout ceci ne provoquera pas d'animosité entre nos familles, dans l'intérêt de ta sœur.

— Est-ce pour cela que vous pleuriez ?

— Oui, et aussi pour tout le reste. Maître Yoshida, ton oncle, toi qui vas te marier...

Je voulais qu'elle soit heureuse le jour de mon mariage.

— Courage ! lançai-je. Makino et moi allons inventer une autre Panacée, une qui marche vraiment. Grâce à elle, nous ferons tous fortune.

Le second mariage

Quels qu'aient pu être les commérages, ils n'empêchèrent personne d'assister à la fête que mon père
donna pour mon mariage. Les invités commencèrent à arriver à partir de midi. Palanquins et chevaux restèrent à l'abri de l'Arbre joueur, tandis que
les porteurs et les valets se rassemblaient sous les
avant-toits. Il neigeait légèrement et Hachirô alluma
des torches autour du portail et des feux dans le jardin. Les flammes resplendissaient dans la grisaille
de l'hiver, tandis que les flocons fondaient avec un
bruit chuintant en tombant sur elles. O-Kiyo et une
foule de geishas du Hanamatsutei vinrent avec tous
les présents d'usage, et plus encore. Comme je
n'avais pas eu de fiançailles en règle, elles m'apportèrent aussi des cadeaux convenant à une fiancée :
de la poudre de riz blanche, du rouge à lèvres à la
fleur de safran, des sachets parfumés à coudre dans
mes robes. J'eus droit à diverses amulettes provenant de plusieurs sanctuaires, dont certains situés
dans le lointain Kyôto, afin d'assurer une relation
heureuse avec mon époux ainsi que ma propre ferti-
lité.

O-Kiyo m'avait déjà donné un kimono rouge et
blanc, que je revêtirais plus tard dans la journée.
Depuis deux jours, elle nous avait aidés à nettoyer

150

l'intérieur et l'extérieur de la maison et à cuisiner. D'autres invités apportèrent des présents pour célébrer l'événement : la brème à l'œil globuleux, dont le nom de *tai* est associé à *omedetai* (« félicitations »), du varech, de la bonite et du calmar séchés, sans oublier de nombreuses barriques de saké enveloppées dans de la paille.

Mon père avait offert à Makino des robes neuves de cérémonie pour l'occasion : *hakama*, kimono et *haori*. J'étais encore trop intimidée pour regarder franchement mon futur époux, mais en l'observant à la dérobée je le trouvai vraiment beau.

Je portais un kimono blanc, car les filles sont vêtues comme les morts afin de symboliser leur départ loin de leur famille natale.

— Mais je ne vais pas vous quitter, dis-je à ma mère tandis qu'elle m'habillait. Je ne devrais pas être en blanc.

Néanmoins nous savions tous que le mariage est une sorte de mort : la fin définitive de l'enfance.

La plupart des invités étaient entassés dans notre salle de réception et avaient déjà commencé à porter des toasts et à converser bruyamment, quand nous entendîmes des chevaux approcher dehors. Tous se turent pendant que mon père se hâtait d'aller accueillir le chef du village, Yoshitomi Tôbei, et son compagnon, un personnage manifestement d'importance mais que je ne reconnus pas tout de suite.

— C'est sire Sufu, me chuchota O-Kiyo à l'oreille. Quel honneur pour vous et votre époux. Quand je pense qu'il est venu à cheval par un temps pareil !

Je jetai un coup d'œil à Makino et constatai qu'il était devenu encore plus pâle dans son excitation. Nous nous inclinâmes tous deux jusqu'au sol tandis qu'on menait sire Sufu Masanosuke à la place d'honneur, devant l'alcôve où mon père avait suspendu sa peinture la plus précieuse, une œuvre de Tanomura

Chikuden intitulée *Fleurs de prunier odorantes, ombre inconnue*, qu'il avait reçue en cadeau des années plus tôt lorsqu'il exerçait en Kyûshû.

Sire Sufu considéra un instant la peinture avec attention puis hocha la tête d'un air approbateur. Après avoir accepté un bol de saké qu'il vida d'une traite, il déclara :

— C'est une œuvre magnifique. Et très appropriée, car vos fleurs de prunier se trouvent en vérité dans l'ombre d'un avenir inconnu.

Il tendit son bol pour qu'O-Kiyo le remplisse — elle connaissait évidemment bien cet hôte assidu du Hanamatsutei. L'ayant vidé derechef, il ajouta comme pour lui-même :

— Nous en sommes tous là.

Je gardai les yeux baissés mais tentai de l'examiner à la dérobée. J'étais fatiguée, en proie à un léger vertige. Quand il leva de nouveau son bol pour boire, je vis qu'il avait la gorge tranchée. Ma vue avait cette netteté de microscope que j'avais déjà expérimentée. Je faillis pousser un cri. C'était une vision de mauvais augure, le jour de mon mariage. Puis sire Sufu rit à une plaisanterie quelconque de Yoshitomi et le sang s'effaça. J'avais sous les yeux un homme qui n'était peut-être pas d'une santé éclatante, mais certainement pas mourant. Pour tenter de me calmer, je le regardai en médecin.

Je savais qu'il avait moins de quarante ans, ce qui ne l'empêchait pas d'être devenu l'un des personnages les plus puissants du domaine. Des années plus tôt, il avait formé un groupe d'étude appelé *Aumeisha* — Société des Oiseaux Chanteurs —, avec d'autres étudiants de la Meirinkan, l'école du domaine. Ce groupe avait exercé une forte influence sur le gouvernement et conservait des relations étroites avec les disciples de Yoshida Shôin. Sufu croyait aux réformes et à la nécessité d'encourager des jeunes gens de talent au détriment de leurs aînés incompétents, ce qui le rendait impopulaire parmi les samouraïs de haut rang tendant davantage au conservatisme. Sufu lui-même était de rang moyen.

Il buvait beaucoup et il me sembla qu'il devait avoir de graves problèmes de digestion. Derrière son assurance et son sang-froid de façade, je pressentis une nature nerveuse. Sans doute devait-il être sujet à des accès de dépression, que l'alcool ne pouvait qu'empirer. Il me donnait l'impression d'être un homme complexe, déchiré par de nombreux conflits intérieurs.

Après avoir rempli son bol encore deux ou trois fois, O-Kiyo déclara :

— Sire Sufu peut enfin prendre un peu de vacances. C'est une bonne idée, après avoir travaillé si dur l'an passé.

Sufu observa de nouveau la peinture.

— C'est vraiment un chef-d'œuvre, dit-il doucement.

Puis il vida une nouvelle fois son bol et répliqua à O-Kiyo :

— J'avais besoin d'un moment de répit. J'ai été souffrant, même si ce n'était rien de sérieux. Et la situation à Hagi est... plutôt délicate, disons.

Je sentis qu'il était sur le point d'en dire davantage, qu'il suffirait d'un autre bol de saké pour lui faire oublier toute prudence.

Je jetai un coup d'œil à Shinsai et m'aperçus que mon père en faisait autant. Mon oncle observait sire Sufu comme un homme venant de rencontrer un serpent. Il ne le quittait pas des yeux et vidait comme lui sans relâche son bol de saké. Je savais qu'il allait tôt ou tard aborder le sujet de l'incarcération de Yoshida.

Mon père lança à ma mère un regard pressant

afin que la cérémonie suive son cours avant que Shinsai ne prenne la parole.

Normalement, un mariage comprend deux parties : les adieux de la fiancée au foyer de ses parents puis son arrivée dans la maison de son futur époux, où elle est accueillie par sa nouvelle famille. Comme je ne devais pas partir, ma mère et O-Kiyo avaient proposé une version différente. La maison de notre famille serait à la fois celle de la fiancée et de son futur époux. Nous devions faire un voyage symbolique entre ces deux espaces. Je fus donc conduite dans l'une des pièces latérales, qui serait ma chambre nuptiale. Quittant ma tenue immaculée, je revêtis le kimono rouge et blanc offert par O-Kiyo et ornai ma tête du drapé blanc traditionnel. Chaussée de hautes *geta* en bois, les bras serrés autour de ma boîte de coquillages, je sortis dans la neige. Comme elle tombait avec une vigueur accrue, O-Kane m'accompagna en tenant un parapluie rouge au-dessus de ma tête.

Au même moment, mon père et les autres hommes invitaient bruyamment Makino à sortir par la porte de devant, au son des cris, des chants et des roulements de tambour.

Nos chemins se croisèrent dans le jardin. Nous nous immobilisâmes en nous regardant tandis que les torches flamboyaient dans la lumière pâlissante et que les flocons nous environnaient. La neige dessinait ses motifs sur la tête nue et les vêtements sombres de Makino. L'espace d'un instant, rien d'autre n'exista que nous. La musique et les cris s'évanouirent et le temps lui-même sembla se dissoudre comme les flocons à la flamme des torches. Je ressentis le grand mystère de l'union entre l'homme et la femme. Nous allions y prendre part comme nos parents l'avaient fait, de même que leurs parents et tous nos ancêtres en remontant jusqu'à

Izanami et Izanagi, et comme le feraient nos enfants et leurs descendants.

O-Kane me pressa d'avancer. Makino et moi entrâmes séparément dans la maison. Les boîtes et les coffres symbolisant ma dot avaient été disposés avec soin aux quatre coins de la pièce. Nous nous assîmes côte à côte en face de l'alcôve. À présent, c'était notre tour de boire. Nous échangeâmes les trois coupes rituelles, marquant ainsi que nous nous unissions par le mariage et nous engagions à respecter ses devoirs. Mes mains étaient plutôt fermes, mais je vis que celles de Makino tremblaient.

O-Kiyo avait apporté des papillons en papier plié pour décorer les flacons de saké et distinguer le récipient de la femme de celui de l'homme. Makino but celui de la femme et moi celui de l'homme. Les papillons étaient posés devant nous, la femelle étant tournée vers le haut et le mâle vers le bas. Makino but le premier, car si une femme buvait la première elle commettrait la même erreur qu'Izanami parlant avant Izanagi, ce qui avait eu pour conséquence la naissance de l'enfant sangsue.

Ensuite, le saké commença vraiment à couler à flots. N'ayant jamais aimé l'alcool, Makino s'efforça de boire le moins possible. Cependant, quand vint l'instant de servir les plateaux du festin, je vis que son visage était aussi rouge que ceux des autres convives.

Je mangeai à peine. L'excitation et l'alcool m'avaient coupé l'appétit. Les conversations battaient leur plein autour de moi, et j'entendais sire Sufu parler à tue-tête. Puis la voix de Shinsai s'éleva dans un silence soudain.

— Peut-être sire Sufu pourrait-il nous expliquer ses raisons pour les mesures prises récemment à l'encontre de Yoshida-*sensei*.

— Ce n'est guère le moment, objecta mon père avec nervosité.

Toutefois sire Sufu lui-même l'interrompit pour lancer :

— Je vais m'expliquer ! Avec plaisir ! J'essaie de protéger Yoshida Shôin contre lui-même. Mieux vaut être dans la prison de Noyama à Hagi que dans celle de Denmachô à Edo. C'est là-bas qu'il se retrouvera, s'il continue de critiquer le bakufu.

— Vous avez commis un acte terrible, dit Shinsai auquel le saké donnait le courage de s'adresser directement à Sufu.

— Je lui ai sauvé la vie, rétorqua Sufu. Je sais que vous faites partie de ses étudiants. J'admire la loyauté dont vous faites tous preuve envers votre maître. Mais ni lui ni vous n'avez le droit d'intervenir dans la politique du domaine en cette période cruciale.

Se penchant en avant, il prit un ton confidentiel.

— Le Chôshû et la famille Môri devraient jouer un rôle plus important dans les affaires de notre pays. La cour aussi bien que le bakufu ont tout à gagner de nos bons offices. Mon collègue, sire Nagai Uta, s'efforce de jouer les médiateurs en coulisses, avec le soutien inconditionnel de ma faction et de moi-même.

Sufu but une nouvelle coupe de saké puis dit en s'essuyant la bouche :

— C'est pour cette raison que je dois quitter Hagi. À propos, je me rétablis actuellement après une maladie soudaine, si jamais quelqu'un a besoin d'une explication. Des négociations délicates sont en cours, et voilà que Shôin se met à tramer des assassinats ! Il envoie ses étudiants en guise d'espions à Kyôto et parle de lever une armée pour combattre Edo ! Il ne faut pas provoquer un homme comme Ii Naosuke. Nous n'avons pas envie de voir nos seigneurs, notre daimyô et son héritier, assignés à domicile ou pire encore du fait de l'imprudence de Shôin.

— Nous devrons tôt ou tard affronter le bakufu! s'exclama Shinsai.

— Par égard pour votre frère, je ferai comme si je n'avais pas entendu, répliqua Sufu. La politique de notre domaine a toujours été et reste fondée sur la fidélité aux Tokugawa. Je garderai votre maître à Noyama aussi longtemps que je le pourrai. Tout le monde sait combien je le tiens en haute estime. Mais écoutez bien ce que je vais vous dire. Si jamais sire Ii exige qu'il soit envoyé à Edo, Nagai s'exécutera et je ne pourrai plus rien faire. Shôin aurait dû se tenir tranquille cette année et se comporter avec discrétion. Au lieu de quoi il a tout fait pour provoquer les autorités et inquiéter les fonctionnaires du bakufu.

— C'est un fou, déclara Yoshitomi. Il est brillant, inspiré, mais il n'est pas normal.

— Aucun d'entre nous ne peut rester normal dans une telle époque, répliqua Shinsai. De même que chacun s'enivre lors d'un mariage, nous devons maintenant tous agir comme des fous.

Lui-même était vraiment très ivre, mais avant que la discussion puisse s'envenimer une des geishas proposa un peu de musique et sortit son shamisen. Elle entonna une chanson populaire connue de tous, et sire Sufu oublia la politique pour chanter le refrain avec elle. Puis un jeune homme revenant tout juste d'Ôsaka nous récita quelques tirades de pièces de kabuki, *La Liste de souscription* et *Histoires de fantômes de Yotsuya*, dans le style de Nakamura Tomijûrô.

Quand il eut terminé, sire Sufu se mit péniblement debout en annonçant qu'il devait partir. Il s'en alla escorté de la plupart des geishas, qui accompagnèrent son palanquin jusqu'au Hanamatsutei. Le valet dut suivre en menant son cheval. Cela se produisait souvent. Sire Sufu aimait monter à cheval, mais il était souvent trop ivre pour rentrer chez lui sur sa monture.

Le reste des invités se rendit avec Makino et moi-même à la chambre nuptiale, qui n'était qu'à deux pas. Tout le monde resta là à boire encore du saké en riant et en plaisantant, tandis que ma mère dénouait la ceinture de mon kimono. Puis ils sortirent de la chambre, mon père ferma le *shôji* et nous fûmes enfin seuls.

Il faisait nuit, maintenant. Des lits neufs nous attendaient et de l'huile parfumée brûlait dans les lampes. J'entendis la voix de mon père prenant congé des invités. Après avoir ôté rapidement mon lourd kimono, je m'étendis en ramenant la couverture sur moi. Le futon était disposé de telle manière que ma tête était vers le nord. Habituellement, seuls les morts sont couchés ainsi. Il me semblait que j'étais bel et bien en train de mourir. J'étais aussi froide qu'un cadavre. Je gisais sur le dos, comme le papillon femelle. Les papillons ont coutume de voltiger avec entrain, mais rien n'était plus éloigné de mon état d'esprit. Il m'était impossible de m'échapper. Depuis ma naissance, j'étais vouée à ce destin. Étant une femme, je me marierais, un homme s'introduirait dans mon corps, dans le retrait en forme de coquillage prévu pour lui, et je mettrais au monde ses enfants.

Makino tira les couvertures et se glissa près de moi. Il avait aussi froid que moi. Il tremblait et son souffle était irrégulier. Nous restâmes un moment étendus côte à côte, puis il se tourna et m'attira contre lui, en écartant ma robe de dessous et en insinuant sa jambe entre les miennes. Peu à peu, nous

158

nous réchauffâmes tous deux. Je sentis son excitation grandir.

Nous n'échangeâmes pas un mot, étant trop timides pour nous parler. Cependant nos corps, plus sages que nous, semblaient savoir ce qu'on attendait d'eux. Je sentis que je m'amollissais et m'ouvrais comme si j'avais hâte d'accueillir mon époux en moi. Tendant la main, je le touchai. Je fus stupéfaite d'en éprouver une telle extase. Il gémit de plaisir et j'eus envie de gémir à mon tour, mais je me rappelai la minceur des cloisons et m'empourprai en songeant que mes parents et mon oncle pourraient entendre tout ce que je faisais. Alors que je m'efforçais de rester muette, Makino effleura de la bouche le bout de mon sein. Un tel plaisir m'envahit que je ne pus m'empêcher de pousser un cri.

Une détonation semblable à du tonnerre retentit soudain dehors. Nous nous écartâmes aussitôt, car il était considéré comme particulièrement néfaste d'avoir des relations sexuelles pendant un orage. Puis je me souvins que nous étions en plein hiver, et qu'il neigeait. Je crus alors que nous étions attaqués par les *wakamonogumi* — que les jeunes hommes du village désapprouvaient notre mariage. Une nouvelle détonation retentit dans le jardin. Je me rendis compte que quelqu'un battait du tambour. Après quoi on cria :

— Au feu ! Au feu !

Je reconnus la voix de Shinsai. J'entendis des pas précipités, puis la voix de Hachirô :

— Où y a-t-il le feu ?

Makino voulait se lever, mais je l'attirai contre moi.

— Rien ne brûle. Ce n'est qu'une plaisanterie stupide de mon oncle.

Moi qui avais cru que son apprentissage avec Yoshida lui aurait enseigné quelque chose ! La maîtrise de soi, par exemple. Il n'était qu'un crétin doublé d'un ivrogne.

— Je devrais sortir et lui donner une correction, dit Makino avec une agressivité qui m'étonna.

Je me sentis d'autant plus résolue à ne pas laisser Shinsai gâcher notre nuit de noces.

Plus tard, nous nous endormîmes un moment. À notre réveil, nous nous regardâmes avec une sorte de surprise.

— Je ne savais pas... tentai-je d'expliquer.

— Vous êtes... balbutia-t-il.

Puis nous renonçâmes et laissâmes nos corps parler pour nous, une fois encore.

Il s'écoula plusieurs semaines avant que nous ayons un semblant de conversation. Nous passions les journées torturés par le désir que nous avions l'un de l'autre. Nous continuions de travailler ensemble, nous voyions des patients, préparions des remèdes, discutions diagnostics et traitements, mais derrière notre comportement rationnel se cachait en permanence notre impatience de regagner notre chambre et notre futon de jeunes époux.

Mon oncle s'en alla peu après le mariage. Il déclara qu'il allait retourner à Hagi pour soutenir Yoshida Shôin, lui rendre visite dans sa prison et ainsi de suite. À bien des égards, c'était plus facile pour lui car il n'était pas un samouraï. Comme il le disait, il avait moins à perdre.

Son départ fut un soulagement. Je savais qu'il était désemparé par l'arrestation de son professeur et par mon mariage, mais il ne m'inspirait aucune compassion. Lui et Makino ne cessaient de tourner l'un autour de l'autre, comme deux chiens ayant envie de se battre. À présent que j'étais mariée, je comprenais mieux mes propres sentiments. J'avais été un peu amoureuse de mon oncle, et lui de moi. J'imagine que c'était inévitable : nous avions grandi ensemble, étions à peu près du même âge et nous ressemblions extrêmement. Néanmoins il valait mieux pour tout le monde qu'il ne soit pas dans les parages.

Si j'avais su combien de temps passerait avant que je le revoie, je ne l'aurais pas quitté d'un cœur si léger.

Quand le printemps revint et que la neige fondit, je recommençai mes expéditions en quête de feuilles fraîches, de bourgeons et de tubercules.

— Il faut que vous me montriez où poussent ces plantes, affirma Makino.

Il se mit donc à m'accompagner. Nous nous couchions dans les bois, à l'ombre des châtaigniers, tandis qu'autour de nous le monde renaissait à la vie et que les oiseaux lançaient inlassablement leurs appels, en proie au même désir de s'unir et de se reproduire.

— Vous savez, il y avait un ingrédient secret dans la Panacée, m'avoua Makino un après-midi. J'ajoutais quelque chose qui n'était pas noté dans la recette. Cela donnait à la poudre une saveur particulière, très subtile. Son efficacité n'en est nullement affectée, les gens ne remarquent même pas ce goût, mais il leur manque quand il n'est pas présent.

— Pourquoi avez-vous fait ça ? Saviez-vous que vous quitteriez un jour les Kuriya ?

— Je trouvais qu'ils ne m'estimaient pas à ma juste valeur, répondit-il avec sa franchise habituelle. Il me semblait que le marché ne m'était guère avantageux, si bien que j'ai essayé d'équilibrer les comptes.

Je restai muette en voyant à quel point il était calculateur et façonnait sa propre existence. Cela ne me choquait pas. En un sens, je l'approuvais. Je savais qu'il était ambitieux, qu'il pesait la moindre décision. Je me demandai où son ambition le conduirait — je devrais le suivre, maintenant que nos vies étaient liées.

Au cinquième mois de cette année — la sixième de l'ère Ansei, soit 1859 —, Yoshida Shôin fut envoyé à Edo, comme sire Sufu l'avait craint. Mon père apprit la nouvelle par un de ses patients et vint me prévenir. Je ne me sentais pas bien, ce jour-là. Mes règles avaient commencé, j'avais des crampes douloureuses dans l'utérus et mon humeur était morose. Il semblait étrange que je n'aie pas conçu d'enfant après toute notre activité. À cette époque, j'en éprouvais encore de la déception. Plus tard, j'en fus plutôt soulagée. Je me disais que c'était parce que je ne voulais pas avoir d'enfants dans un monde aussi incertain, mais la vérité était que je n'avais pas envie d'être mère. Je voulais être médecin. L'ambition de mon époux m'avait frappée, mais la mienne n'était pas moins féroce. Je ferais tout pour comprendre maladies et blessures, pour soigner et guérir.

Alors que je rangeais certaines de mes vieilles affaires, sans doute en songeant sans m'en rendre compte à des enfants, mon père entra dans la pièce. Je tenais le petit éventail de plumes dont ma mère m'avait dit qu'il était semblable à celui d'Asanoshin. Il ravivait des souvenirs doux-amers de mon enfance, au temps où je croyais vraiment qu'il me permettrait de voir des lieux et des événements lointains. Quand j'effleurais des lèvres les plumes, j'avais de nouveau dix ans.

Je vis le professeur, son corps frêle ligoté dans une cage de bambou suspendue à des perches, à l'instant de partir pour son ultime voyage à Edo. Je vis le Pin aux Larmes, où sa famille s'était rassemblée pour l'entrevoir une dernière fois. Les porteurs se montrèrent plus compatissants que sire Nagai et l'autorisèrent à prononcer quelques mots d'adieu.

O-Fumi était là, ainsi que sa mère et son oncle, blê-mis par le chagrin et le désespoir. Je vis ces étu-diants qui ne l'avaient pas abandonné. Après qu'il eut disparu, ils se serrèrent les uns contre les autres en pleurant.

Je n'aperçus pas Shinsai parmi eux. Depuis son départ, au premier mois, nous étions sans nouvelles de lui. Nous n'avions aucune idée de l'endroit où il se trouvait.

Takasugi Shinsaku
Ansei 6 (1859), en automne,
âgé de vingt ans

Alors qu'il brûlait de retourner à Edo, maintenant qu'il y est tout lui déplaît dans cette ville. La résidence du domaine où il demeure, la « résidence du haut », ainsi nommée car elle est la plus proche du château d'Edo, se révèle bruyante et surpeuplée. Il déteste le château d'Edo avec une violence qui le surprend lui-même — ce pesant symbole du pouvoir Tokugawa, avec ses cérémonies interminables, ses multitudes de fonctionnaires, de dignitaires, de concubines et de domestiques, son luxe arrogant et son obsession du secret. La vision de ses longs murs aveugles et de ses tours de guet suffit à l'emplir de fureur. Cette fureur se déverse jusque sur l'école supérieure du bakufu où il est censé étudier — ses professeurs ne cessent de lui rappeler que c'est un grand honneur d'y être admis. L'enseignement y est si désuet que c'en serait risible, n'était le supplice de l'ennui. Ses condisciples lui paraissent superficiels et immatures. Leurs principaux intérêts consistent à s'introduire dans les maisons des geishas ou à faire assaut de fanfaronnades avec des jeunes hommes des autres domaines dont les résidences entourent le château d'Edo.

De temps en temps, ces affrontements verbaux tournent à la rixe. Les participants, qui ne sont encore guère que des enfants, reçoivent l'ordre de faire *seppuku* en punition. Leur mort inutile emplit d'horreur Shinsaku et l'amène à se demander une fois de plus s'il n'est pas fondamentalement un lâche. Dans les écoles de sabre, on enseigne à ne pas s'accrocher à la vie, à être prêt à périr à tout instant, en affrontant la mort avec une indifférence tranquille. Cependant tous les professeurs ont eux-mêmes atteint l'âge mûr sans sacrifier vainement leur vie. Shinsaku est déterminé à ne pas mourir avant d'avoir accompli quelque chose, ou à cause d'une erreur ou d'un mauvais calcul. Toutefois éviter ainsi la mort est une sorte de lâcheté. Il n'en parle à personne, encore qu'il ait interrogé son maître sans en avoir l'air.

Mais le pire scandale d'Edo, la source véritable de sa colère et de son désespoir, c'est que Yoshida Shôin soit emprisonné à Denmachô.

Les jours merveilleux de l'École du Village sous les Pins, le maître vénéré, les étudiants attentifs, tout cela paraît maintenant un rêve lointain. À mesure que Shôin devenait plus radical, ses étudiants se faisaient plus prudents. L'un après l'autre, ils se sont éloignés. Shinsaku ne peut se pardonner d'avoir été de leur nombre, mais que pouvait-il faire d'autre ? Quand son père et le domaine lui ordonnèrent de se rendre à Edo, il ne put qu'obéir. Il ignorait que son maître le suivrait, ligoté dans une cage.

À présent, il lui rend visite dès qu'il le peut, en emportant des provisions, des livres et de quoi écrire. Lors de son séjour dans la prison de Noyama, à Hagi, Shôin s'était rendu célèbre en continuant son enseignement, en créant des groupes de lecture et d'étude pour les autres prisonniers et en découvrant parmi eux des spécialistes capables de donner des cours sur la poésie chinoise ou l'astronomie. Cette fois, cependant, les privations qu'il a subies et la proche perspective de sa mort inéluctable l'ont vidé de toute énergie. Il est en proie à une apathie qui ressemble presque à une dépression, même s'il traite Shinsaku avec sa cordialité et son affection de toujours. Il s'anime pour lui parler avec enthousiasme d'une nouvelle idée découverte dans un texte de Mencius. Puis ils entendent sonner la cloche du soir du temple tout proche d'Ekôin. Shôin se tait avant de déclarer d'un ton nostalgique : « On croirait entendre la cloche du Tôkôji. » Tous deux sont aussitôt transportés à Hagi, déchirés par leur désir de revoir leur ville natale. Shôin est si affaibli qu'il ne peut s'empêcher de verser quelques larmes de regret à cette pensée.

Bien des sujets ne peuvent être abordés, notamment celui du nouveau Tairô, devenu le personnage le plus puissant du gouvernement du bakufu, Ii Naosuke, daimyô de Hikone. Les effets de sa répression de toute opposition sont partout visibles à Edo, et particulièrement à Denmachô, où les prisonniers sont interrogés et exécutés, et à Ekôin, où ils sont enterrés.

Denmachô est un lieu d'horreur, cependant même là les autres prisonniers, leur chef et les geôliers font preuve de compassion. Shôin s'est vu attribuer son petit bout de tatami, juste au-dessous de l'endroit où est assis le chef. Les autres l'appellent *sensei* et lui demandent conseil pour savoir comment réformer leur vie, s'ils devraient chercher à se venger du délateur qui les a menés là, ou encore lequel d'Ebisu ou de Benten répond le plus efficacement aux prières. Tout le monde, depuis les gardes jusqu'à ses compagnons de cellule, sait que Shôin ne devrait pas se trouver à Denmachô. Et tous savent qu'il n'en sortira pas vivant.

Shinsaku ne regrette pas d'être seul à lui rendre visite. Genzui et d'autres anciens étudiants du maître ont reçu l'ordre de rentrer à Hagi, sans doute pour les empêcher de tenter quelque vaine protestation qui ne pourrait se terminer que par leur propre mort. Shinsaku n'a demandé d'autorisation à personne. Il est sûr qu'on ne la lui aurait pas donnée, mais les fonctionnaires du Chôshû, comme ceux des autres domaines, savent quand il convient de fermer les yeux. La plupart partagent probablement ses sentiments. Tous les deux ou trois jours, il continue donc de se rendre sans trop se cacher de Sakurada à Denmachô avec ses offrandes de papier et de livres, de gâteaux ou de boulettes de riz achetés en chemin, de bribes de tout ce qu'il a vu et entendu, de nouvelles de ses études ou de Hagi, qu'il dépose toutes aux pieds de son professeur.

Cela ne peut pas durer. Vers le début du dixième mois, Katsura Kogorô, qui occupe une position supérieure dans la résidence de Sakurada, entre dans sa chambre avec une lettre du père de Shinsaku. Katsura s'assied, manifestement décidé à avoir une conversation sérieuse, tandis que Shinsaku lit le message de son père lui ordonnant de retourner à Hagi.

— J'ai l'ordre de rentrer.

— Oui, vous devez partir. Vous avez trop attiré l'attention sur vous. Vous risquez de vous faire arrêter, et nous ne pouvons nous permettre de vous perdre.

Katsura parle avec son charme habituel. Il est impossible de ne pas l'aimer. Il a quelques années de plus que Shinsaku lequel, comme la plupart des jeunes hommes du Chôshû étudiant à Edo, le considère comme un frère aîné.

— Nous allons organiser votre départ pour Ôsaka.

— Il faut que je retourne là-bas une fois, pour lui dire adieu.

Katsura hoche la tête.

— Je me chargerai de tout par la suite, je vous le promets.

De tout? Ils savent l'un comme l'autre que l'unique promesse que Katsura pourra tenir sera celle de s'occuper des obsèques.

Yoshida Shôin
Ansei 6 (1859), en automne,
âgé de vingt-neuf ans

Yoshida reste assis toute la nuit. C'est la dernière nuit de sa vie et il semble vain de dormir. Il a été transféré de la prison principale à une cellule individuelle. Le geôlier lui a donné un vieux futon et un seau, puis lui a apporté avant de le quitter jusqu'au matin un bol d'infusion tiède à l'orge. Yoshida est touché par ces marques de gentillesse. Il n'a pas besoin du seau. Il semble que son corps sache qu'il va mourir et se détache de ses fonctions habituelles, des processus de digestion et d'excrétion qui l'ont soutenu pendant ses vingt-neuf années d'activité. À présent, c'est à peine s'il a le courage de respirer — peut-être son souffle va-t-il simplement s'arrêter dans la nuit, mais ce n'est pas vraiment ce qu'il désire. Il veut être exécuté, afin que sa mort produise le plus d'effet possible. Il faut qu'il meure par le sabre.

La compagnie des autres prisonniers lui manque. Étrange comme il s'est toujours senti chez lui en prison. Cet endroit recèle une vérité. Il est l'expression concrète de l'état du pays tout entier sous la férule des Tokugawa. Dans d'autres contrées, les gens sont libres de voyager à l'étranger, libres de fréquenter les universités et d'étudier à leur guise, libres de croire ce qu'ils veulent et d'élever leurs enfants comme ils l'entendent. Tout cela, il l'a glané dans les livres qu'il a lus et les conversations qu'il a eues en parcourant le pays. Il se rappelle les marins hollandais qu'il a rencontrés à Nagasaki. Ils l'avaient accueilli à bord et lui avaient fait visiter leur bateau en se faisant comprendre par signes, dans leur désir de communiquer avec lui et de lui fournir des informations. Même les Américains qui avaient refusé de l'emmener avec eux dans leur mythique République, comme ils s'étaient montrés francs et directs! Oue leur bateau était puissant, quelle assurance les habitait! Il avait admiré même leur fermeté lorsqu'ils l'avaient remis aux gardes du bakufu. Ç'avait été son premier séjour en prison.

Sa vie entière paraissait avoir obéi à l'impulsion de partir, de s'échapper. En grandissant dans le village montagnard dominant Hagi, en découvrant chaque matin cette vue incomparable sur la mer, en s'offrant aux vents soufflant du continent si proche qu'il pouvait sentir son odeur, il avait dû apprendre à se tourner non vers Edo, le centre du pouvoir du bakufu, mais vers les lointains, vers l'Occident et le reste du monde.

Dès sa naissance, son avenir avait été tout tracé. Le fils cadet de la famille Sugi était toujours adopté par les Yoshida, professeurs de père en fils de l'école d'arts martiaux Yamagaryû. Cet arrangement permettait aux deux familles de survivre ensemble dans les conditions économiques sévères de l'époque. Les Sugi avaient beau être de haut rang et occuper des positions importantes dans l'administration du domaine, leur traitement ne pouvait suffire qu'à un unique mariage parmi les descendants de chaque génération. Les Yoshida adoptaient des enfants, mais n'en avaient jamais en propre.

Réfléchissant maintenant à cette situation, il se rappelle le moment où il en avait pris conscience.

Quel âge avait-il alors ? Peut-être pas plus de huit ou neuf ans. On le considérait déjà comme une sorte de génie, et sa vie était tout entière vouée à la discipline et à l'étude. En rendant visite à sa famille d'origine, en saluant ses frères et sœurs plus âgés, il se rendait compte qu'ils le traitaient avec une déférence cérémonieuse qui l'excluait de leur cercle. Ils grandissaient au sein d'une famille. Lui ne saurait jamais ce que cela signifiait. Et il ne pourrait jamais avoir d'enfant à lui.

Son cœur se serre encore à cette pensée, mais il se morigène. Mieux vaut qu'il n'ait pas d'enfants. La honte de l'exécution de leur père leur sera épargnée. Étant donné les mœurs brutales du temps, ils auraient peut-être été condamnés à subir le même châtiment que lui. Ce serait encore mille fois plus douloureux.

Il aime profondément sa famille. Elle avait été comme un grand navire pour lui et il regrette avant tout le chagrin qu'il va lui infliger. Les parents ne devraient pas vivre plus longtemps que leurs enfants. Comment sa mère le supportera-t-elle ? Comment a-t-on pu en arriver là ? Pourquoi ne s'est-il pas contenté de suivre la voie s'offrant à lui, en perpétuant l'enseignement de Yamaga et en adoptant plus tard un fils de son frère ? Il aurait pu accepter les limitations qui lui étaient imposées, mais il avait préféré s'échapper, et voilà le résultat — cette ultime prison dont seul le sabre le libérera.

Il n'a jamais craint la mort. Très tôt, il s'est rendu compte que la peur est l'un des instruments permettant aux puissants de dominer les faibles. Les châtiments cruels et spectaculaires sont un moyen délibéré de faire une démonstration de puissance et d'intimider les gens. Mais en étudiant l'histoire, il a constaté que cette politique tendait à avoir un effet imprévu : ceux qu'on a châtiés et exécutés continuent de vivre. Leurs destins héroïques et leurs morts pitoyables sont immortalisés par des légendes et des tragédies, comme autant de perles d'un long collier de subversion qu'il est impossible de détruire complètement. Il ne peut qu'espérer que sa propre mort constituera une victoire de cette sorte.

Depuis trois semaines, il n'a pas eu de visites, en dehors de ses adieux douloureux à Shinsaku, qui avaient eu lieu durant la semaine où Hashimoto Sanai de Fukui avait été exécuté. C'était la mort de Sanai qui lui avait fait comprendre que la sienne était inévitable. Sanai était un éducateur, n'ayant commis d'autre crime que d'exiger des réformes, alors que Yoshida avait ourdi un complot visant à assassiner un fonctionnaire du bakufu.

Sanai, le raisonnable, et lui, le déraisonnable, auront connu la même fin. Cette pensée lui arrache un sourire amer. Quand des gouvernements corrompus refusent de satisfaire des exigences de bon sens, il convient de leur opposer une violence imprévue. Il s'agit de les provoquer, puisqu'ils n'écoutent pas, afin de les contraindre à une réaction, quelle qu'elle soit. S'ils ne sont capables que de réprimer et d'exécuter, cela prouve la pauvreté de leur réflexion, la fragilité de leur mandat. Telle est sa fervente conviction, et c'est ce qu'il a enseigné à ses étudiants. Nombreux sont ceux qui se sont détachés de lui, car ils ne se sentaient pas prêts à affronter le double pouvoir du bakufu et du gouvernement du domaine, mais il est persuadé qu'ils se souviendront de son enseignement le moment venu.

Sa pensée se tourne maintenant vers eux, ses étudiants, qu'il a tant aimés. Ils seraient comme des enfants pour lui, n'était le fait qu'il a à peine plus de dix ans que la plupart. Il se remémore le plaisir presque physique que lui donnent leur intelligence et leur ouverture d'esprit, la force du lien unissant le professeur à l'élève, la chaleur de leur admiration et de leur affection pour lui. Il songe à l'époque grisante de l'École du Village sous les Pins, quand des étudiants plus nombreux de jour en jour imploraient d'être admis dans l'établissement. L'air même semblait devenir plus subtil, comme s'ils évoluaient tous dans une dimension plus élevée où ils n'avaient besoin pour se nourrir que des idées dans toute leur pureté. Il revoit l'idéalisme et l'enthousiasme de ses étudiants. Leurs visages passent en un éclair devant ses yeux : les frères Irie, Maebara, Itô, Yamagata, Genzui. Il les connaît tous si bien, avec leurs grands talents et leurs petites faiblesses. À chacun d'eux, il dit adieu, en remettant l'avenir entre leurs mains.

Il en vient enfin à Shinsaku. À présent il peut s'avouer, lui qui s'est toujours gardé de tout favoritisme, que Shinsaku avait compté plus que n'importe quel autre pour lui. Il se souvient comme si c'était hier du soir où Shinsaku était venu chez lui. Il avait été si content de faire une telle prise alors qu'il ne pêchait même pas, comme si une carpe dorée avait jailli d'un bassin profond pour atterrir sur ses genoux. Shinsaku, ce garçon si intelligent, si doué, unissant à une pensée complexe la clarté d'émotion d'un poète. Il se rappelle chaque mot des lettres qu'ils ont échangées. Ils avaient eu leurs différends, leurs débats avaient parfois tourné à la dispute, au point presque de les brouiller à un moment, mais à la fin Shinsaku lui était revenu. Quand ç'avait été vraiment important, quand il n'y avait plus eu personne d'autre, Shinsaku était revenu.

On est au cœur de la nuit. Autour de lui, la prison est parfaitement silencieuse. Il arrive que les détenus poussent des cris ou des jurons, sans qu'on sache s'ils rêvent ou se sont réveillés, mais cette nuit ils se taisent. Dans ces ténèbres, il se sent tout proche de l'abîme du désespoir. Il pourrait tomber dedans, maintenant. C'est sans importance, personne ne le saura. L'espace d'un instant, il sent sa poitrine se contracter, comme s'il allait éclater en sanglots. Une tristesse douloureuse l'envahit de toutes parts. Cependant son corps est aussi sec qu'une feuille d'automne. Il n'est pas question désormais qu'il sécrète des fluides, des nostalgies, des regrets. Il lui refuse de pleurer, il ne versera pas une larme.

Yoshida se rend compte qu'il n'a rien à faire. Sa mort l'attend. On l'escortera jusqu'au lieu où elle s'accomplira. Il ne se perdra pas en route, ne portera pas de tenue déplacée, n'emploiera pas une formule de salutation inappropriée. Il n'oubliera pas ses mots, ne trébuchera pas. La maîtrise de soi impitoyable qui le gouverne depuis son enfance relâche sa prise. Il est aussi flétri qu'un arbre mort, et aussi paisible.

Lorsqu'ils viennent le chercher, il les salue avec calme. Il rassure le bourreau, le remercie pour le service qu'il rend. En voyant le trou où sa tête tombera, il admire sa forme bien conçue. Il fait froid et son corps tremble légèrement tandis qu'il s'agenouille, mais peu importe, ce n'est que l'air glacé du petit matin. Il ne ressent vraiment aucune peur. Son cœur s'emplit de gratitude pour cet air matinal, cette absence de peur, cet instant irrévocable. Cet instant. Il sent un souffle, comme le battement d'aile d'un oiseau, voit les milans planant au-dessus de Matsumoto, entend leurs cris déchirants, puis rit de sa propre sottise en se rendant compte que ce n'est que le sabre qui s'abat sur lui.

La proposition de sire Sufu

L'année suivant la mort de Shôin était *kôshin*, c'est-à-dire qu'elle occupait une place à part dans le cycle sexagésimal. C'était la seule année où les femmes étaient autorisées à faire l'ascension du mont Fuji, par exemple, et il existait d'autres changements visibles dans l'ordre social. Certains de nos voisins se rendirent en pèlerinage de Yuda à Ise et revinrent avec des récits d'amulettes tombant du ciel, de visions de bodhisattvas, d'hommes et de femmes échangeant leurs vêtements, se travestissant et se comportant étrangement au cours de leur voyage. Ma mère et moi, nous nous promîmes d'aller un jour ensemble à Ise.

— De cette manière, nous aurons de quoi parler en prenant le thé ! déclara ma mère en citant le roman populaire *En cheminant à pied*.

Nous ne pratiquions pas vraiment la cure appelée *kôshinmachi*, que mon père rejetait. Cependant O-Kane, notre servante, y croyait dans son enfance. Quand nous étions plus jeunes, Mitsue et moi avions coutume de rester assises avec elle toute la nuit du jour du Singe. Il fallait veiller jusqu'à l'aube, car si l'on dormait cette nuit-là les trois vers vivant en vous s'échapperaient et rapporteraient vos mauvaises actions à Taishakuten, lequel vous punirait par quelque maladie. O-Kane disait qu'elle devait se maintenir en bonne santé pour le docteur, autrement elle donnerait à ses patients un exemple peu encourageant. Il était excitant d'être éveillée à cette heure indue et d'écouter les histoires des femmes racontant ce qui arrivait si l'on mangeait des mets prohibés ou si l'on faisait l'amour lors d'une nuit *kôshin*. On était presque sûre de mettre au monde un enfant voué à devenir un criminel. J'avais beau savoir que de telles croyances n'avaient aucun fondement réel, la santé de nos patients en était affectée, de sorte que nous ne pouvions les négliger.

La Grande Comète et l'épidémie de choléra de la cinquième année de l'ère Ansei (1858) avaient été considérées par beaucoup comme des signes de la colère des dieux face à la présence d'étrangers dans notre pays. Néanmoins, le port de Yokohama fut ouvert au commerce dès l'année suivante. Malgré des attentats meurtriers, non seulement les étrangers ne semblaient pas découragés mais leur nombre ne cessait de croître.

Après la mort de Yoshida Shôin, les samouraïs du Chôshû reçurent l'ordre de ne pas se venger. Toutefois le domaine de Mito était beaucoup plus proche d'Edo et ses samouraïs désiraient eux aussi tirer vengeance de sire Ii, car de nombreux hommes de leur clan avaient été incarcérés et exécutés lors de cette même Grande Purge d'Ansei — *Ansei Taigoku* — qui avait coûté la vie à Yoshida. Dans cette étrange année *kôshin*, la septième de l'ère Ansei (1860), au troisième mois, un groupe de samouraïs du Mito ayant quitté leur domaine et s'étant déclarés *rônin* se mirent en embuscade devant la porte Sakurada du château d'Edo, attaquèrent le palanquin de sire Ii et tuèrent le Tairô tant détesté.

L'ère s'appela désormais Man'en, mais ce nouveau nom n'amena pas davantage de chance, de sorte qu'on le changea derechef l'année suivante en Bunkyû. Ma sœur avait maintenant deux fils. Ces deux grossesses rapprochées l'avaient empêchée de venir chez nous. Contrairement à l'habitude, la seconde grossesse avait été plus difficile que la première. Makino et moi étions mariés depuis deux ans, mais nous n'avions toujours pas d'enfants.

Notre vie conjugale s'était assagie. Makino ne venait plus cueillir des simples avec moi. La nuit, nous étions d'ordinaire trop fatigués par une longue journée de travail et d'étude pour passer les heures à faire l'amour dans l'obscurité jusqu'au chant du coq. Mon incapacité à enfanter jetait comme un doute sur notre mariage. À quoi servait-il, s'il n'agrandissait pas la famille ? Pour la même raison, la situation de Makino dans notre maisonnée était elle aussi incertaine. Mon père avait un moment songé à l'adopter et à en faire son héritier, en nous léguant à tous deux son cabinet médical. Mais nous ignorions toujours si Tetsuya resterait ou non à Nagasaki. Même si mon père n'évoquait pas ce sujet, je savais qu'il préférait ne rien entreprendre avant que Tetsuya se soit décidé ou que j'aie mis au monde un enfant.

Nous n'eûmes pas à choisir, finalement, car les événements nous prirent de vitesse. Je savais que mon mari était ambitieux — c'était l'ambition qui l'avait poussé à se rendre chez mon père et à m'épouser. Durant cette cinquième année de l'ère Bunkyû, il devint évident que Makino ne se contenterait pas de rester un médecin de campagne à Yuda. Mon père commençait à dire qu'il n'avait plus rien à lui apprendre. J'avais cru que je demeurerais à jamais chez mes parents, mais l'année n'était pas écoulée que je vivais avec mon époux à Shimonoseki — ou plutôt Bakan, comme tout le monde l'appelait à l'époque.

Sire Sufu fut à l'origine de ce bouleversement. Depuis mon mariage, il était devenu encore plus puissant au fil des années. Il était resté fidèle à son projet d'accroître le rôle du Chôshû dans la politique nationale, si bien que le domaine s'imposait comme le médiateur essentiel entre la cour impériale de Kyôto et le bakufu d'Edo. Comme Sufu aimait garder l'œil sur tout, il était sans cesse en route pour Hagi, Yamaguchi, Kyôto ou Edo. Même s'il n'était pas un extrémiste, il n'avait pas retiré sa sympathie aux jeunes samouraïs ayant ses faveurs quand leurs positions s'étaient radicalisées. Il partageait leur idéalisme et subissait l'attrait de leurs rêves enivrants.

Tout le monde savait qu'un changement était imminent, mais personne n'aurait pu dire quelle forme il prendrait ni à quoi ressemblerait le monde ensuite. Après l'assassinat de sire Ii par les *rônin* de Mito, les actes de violence se multiplièrent à la fois contre les étrangers et entre les diverses factions, notamment à Kyôto, où les *shishi* tentaient d'influencer l'empereur Kômei, lequel était connu pour haïr les étrangers. Les grands daimyôs se rendaient à Kyôto et à Edo, se rencontraient, se querellaient et retournaient dans leur domaine tandis que le bakufu semblait paralysé. Il lui fallait apaiser les étrangers et se rendre maître des *shishi*, or il était impossible de faire les deux à la fois, comme Ii Naosuke avait pu s'en rendre compte. Le Tairô avait choisi d'accéder aux demandes des étrangers pour éviter d'entrer en guerre avec eux, et les *shishi* le lui avaient fait payer de sa vie.

Lorsqu'il se rendait chez Yoshitomi ou à Yamaguchi, sire Sufu passait parfois à la maison. Il semblait s'être pris de sympathie pour mon père et mon mari. Il lui arrivait de consulter mon père à propos de sa santé.

— Quelle que soit la suite, nous n'échapperons pas à un bain de sang, déclara-t-il à mon père lors d'une de ces visites.

Mon père avait regardé sa langue, pris son pouls et suggéré comme toujours qu'il devrait moins boire.

— Je voudrais l'éviter, mais comment faire ? Des forces inconciliables sont en train de s'emballer. Tôt ou tard, elles entreront en conflit.

— Vous avez élevé une génération de guerriers qui comme leurs pères et leurs grands-pères n'ont jamais eu personne à combattre, dit mon père. Vous leur avez enseigné tous les arts de la guerre. Maintenant, ils brûlent de se trouver un ennemi.

— Mieux vaut encore qu'ils se battent avec les étrangers plutôt qu'entre eux, proclama Sufu.

— Mais affronter ouvertement les étrangers serait une folie, répliqua mon père.

Makino approuva de la tête. Sufu l'observa par-dessus son bol de saké.

— Makino-san, que savez-vous des armes et de la balistique ?

— Pas assez, répondit Makino. En tout cas, pas assez pour le genre de blessures auxquelles le domaine peut s'attendre s'il défie les Américains ou les Anglais.

Sufu sourit, comme si cette réponse lui plaisait.

— Peut-être devriez-vous approfondir vos connaissances. Si le docteur Itasaki peut se passer de vous, je trouve que vous devriez vous rendre à Bakan. C'est là qu'une attaque a le plus de chances de se produire. Nous allons avoir besoin de médecins sur les champs de bataille.

Venant de sire Sufu, c'était un ordre plus qu'une proposition. Makino était ravi. Il avait déjà envisagé la médecine militaire comme la voie la plus prometteuse pour faire progresser sa carrière et voilà qu'il était envoyé à un endroit propice à l'acquisition d'une expérience pratique, sans compter qu'il avait été remarqué par l'homme le plus puissant du domaine.

Ce bouleversement m'emplit d'appréhension. Je n'avais pas envie de quitter la maison. J'aimais travailler avec mon père. Tant que je restais dans la maison de l'Arbre joueur, je n'étais pas simplement l'épouse de Makino, j'avais ma propre position dans la famille et dans le cabinet médical. Et je disposais moi aussi d'un pouvoir. Si nous partions ensemble, je savais que je devrais abandonner une partie de ce pouvoir à mon mari. Je n'étais pas certaine d'être prête à me contenter du rôle d'épouse qu'on attendrait de moi dans le monde extérieur.

Mon père aussi était inquiet. Il n'était guère enthousiaste à l'idée de nous perdre l'un comme l'autre, mais il ne pouvait rejeter une requête de sire Sufu.

Si seulement nous avions retardé un peu notre départ ! À la fin de l'année, sire Sufu se brouilla avec Nagai Uta et fut assigné à domicile. Mais nous étions déjà à Bakan.

DEUXIÈME PARTIE

De Bunkyû 2 à Bunkyû 3
1862-1863

Shiraishi Seiichirô
Bunkyû 2 (1862), au printemps,
âgé de cinquante ans

Shiraishi Seiichirô écrit dans son journal. Voilà plus de quatre ans qu'il le tient, depuis qu'il a commencé à avoir le sentiment de son importance, non pas à la façon ordinaire d'un riche marchand, même s'il compte parmi les plus prospères de Bakan, mais pour le rôle plus essentiel qui est le sien. Sa résidence tient à la fois d'un entrepôt, d'une maison familiale et d'une hôtellerie. Elle est devenue un carrefour, un lieu où l'on trouve aussi bien des informations qu'un refuge. Des hommes arrivent tard dans la nuit, le visage voilé, la voix assourdie. Ils ont des lettres d'introduction en provenance de Hagi ou de Mitajiri et prennent le large sur les bateaux appartenant à des relations d'affaires de Shiraishi, avec des fonds fournis par lui et qu'ils dissimulent soigneusement dans leur robe.

Kazuko, son épouse, manifeste sa désapprobation, encore que Shiraishi ne prête aucune attention à ses récriminations. Il tient à elle et apprécie son ardeur au travail, mais elle n'a jamais eu de sympathie pour les idées nouvelles. Bien qu'elle sache lire et écrire et maîtrise assez bien le boulier pour l'aider dans son négoce, elle ne partage pas son amour des livres. Il est capable de s'absorber le soir pendant des heures dans les écrits de Hirata Atsutane ou Suzuki Shigetane, tandis qu'elle se lamente sur l'huile d'éclairage ainsi gaspillée et sur la nécessité de se lever à l'aube. Il n'en a cure. D'une part, il pense qu'elle doit affronter ce changement de vie qui rend toutes les femmes irritables. D'autre part, il a travaillé dur pendant plus de trente ans dans le commerce et amassé une énorme fortune. Il est à la fois perspicace et digne de confiance — il est difficile de le tromper. Faisant du commerce avec la plupart des domaines du sud-ouest en Kyûshû et en Shikoku, notamment avec Satsuma et Nagasaki, il approvisionne les navires parcourant le *kitamaesen* et la mer Intérieure. Il a gagné le droit de dépenser son temps et son argent à sa guise.

C'est lors d'un séjour de Suzuki à l'hôtellerie qu'il a fait sa connaissance et découvert les livres qui l'ont tant marqué, l'année même où il commença à tenir son journal. Suzuki a le même âge que lui. Il a étudié avec Hirata, de sorte qu'il représente un lien direct avec le célèbre érudit. Shiraishi s'était mis à louer des chambres presque par hasard, quand des clients étaient coincés par des tempêtes. Aussi sociable que curieux, il aime parler avec les voyageurs. Il sait écouter et attire les confidences. Depuis l'arrivée des « bateaux noirs », les étrangers sont dans toutes les conversations. Il n'est question que de leurs exigences, de leurs vaisseaux, de leurs armes. Shiraishi est considéré comme une sorte d'expert, car il en sait long sur le monde extérieur. Pour la première fois de sa vie, il voit des jeunes hommes appartenant à la classe des samouraïs demander son avis et l'écouter. Ils ont besoin de lui — besoin de l'abri qu'il offre et de l'argent qu'il prête si généreusement. Ils ne le traitent pas avec le mépris négligent que leurs pères témoignent aux gens de sa classe. Il a l'impression qu'ils le respectent et l'apprécient, ce qui est aussi grisant que les idées qu'ils partagent avec lui. Leurs rêves et leurs visions deviennent les siens. Comme eux, il se met à vénérer l'empereur et à voir dans le bakufu des Tokugawa un gouvernement illégitime, ainsi que le prouvent son inefficacité et son incompétence. Ses lectures confirment la suprématie de l'empereur et la nécessité de restaurer son pouvoir afin que la nation soit en harmonie avec les dieux, lesquels en retour la rendront prospère et invincible.

Il est plus sceptique sur l'exigence de chasser les étrangers. Le commerce lui apparaît comme une activité humaine naturelle, non seulement profitable mais civilisatrice, et il aimerait conclure davantage d'affaires avec les nations occidentales. De plus, il se rend mieux compte que la plupart de la puissance militaire de l'Amérique, de l'Angleterre, de la France et de la Russie, qui toutes sont intéressées par le Japon. Comme tout le monde à Bakan, il considère avec attention les nouvelles fortifications qu'on a construites le long de la rive nord du détroit. Il n'est guère convaincu par le calibre et le nombre des canons, mais il garde son impression pour lui.

Sa famille est originaire du Kokura, un domaine au sud du détroit. En fait, sa maison de commerce s'appelle la Kokuraya. Il est plutôt déçu par son domaine natal, qui a refusé de fortifier son côté du détroit ainsi que le demandait le Chôshû, qu'il s'obstine à considérer comme un pire ennemi que les étrangers. À présent, il est loyal au Chôshû, même si le port de Bakan appartient au Chôfu, un domaine vassal. Les relations avec Hagi ne sont pas toujours harmonieuses, mais la Kokuraya est un lieu de rencontre pour les samouraïs des deux domaines, qui peuvent y discuter et découvrir qu'ils ont plus de points communs que de divergences dans la mesure où ils partagent la même dévotion pour l'empereur.

Il arrive à Shiraishi d'organiser et de présider

lui-même ces rencontres. Dans ce cas, il en rend compte dans son journal. Il est certain que les jeunes hommes de passage dans son hôtellerie, où ils échangent des idées et reçoivent de l'aide, seront à l'origine d'un monde nouveau. Parfois il se laisse aller à rêver à son propre avenir, aux honneurs qu'il recevra, au prestige dont il jouira. Peut-être occupera-t-il un poste gouvernemental, peut-être l'empereur entendra-t-il parler de lui et de sa Kokuraya, et Sa Majesté s'émerveillera en silence que tout ait commencé en ces lieux.

Aujourd'hui, il écrit à propos d'un samouraï du Satsuma, Saigô Kichinosuke, qui est arrivé la nuit dernière. Ce n'est pas son premier séjour ici. Il dit que la Kokuraya est commodément située, juste sur le front de mer. Il apprécie la cuisine qu'on y sert, et l'épouse de Shiraishi, une femme opulente comme il les aime, sait le mettre à l'aise. Comme tous les autres habitants de la maison, Shiraishi adore Saigô. Cet homme est un tel personnage, sociable, exubérant, mais aussi intelligent et certainement impitoyable quand il le faut. Shiraishi n'aime rien tant que de sortir son meilleur saké et de remplir inlassablement les coupes tandis que Saigô raconte les succès et les désastres de son existence, qui sont plus passionnants qu'un roman ou une pièce de kabuki. Il a connu dans toute leur rigueur l'exil et la prison, mais est parvenu à s'en sortir à force d'habileté. À présent, la fortune lui sourit de nouveau. Il est de Kagoshima, et, même s'il n'en a rien dit, il est intéressé à l'idée de prendre pied sur Honshû, l'île principale. Il parle de faire du commerce, d'acheter du riz et d'autres produits de base, mais Shiraishi soupçonne qu'il songe également à la logistique nécessaire à une armée en marche. Saigô sera l'un des astres du nouveau monde, et c'est un ami de Shiraishi.

Ce dernier vient de finir d'écrire son journal et presse les doigts sur ses tempes, les yeux fermés. À cet instant, il entend son frère cadet lui adresser la parole. Il rouvre aussitôt les yeux.

— Qu'y a-t-il ?

— Je vous demandais si vous alliez bien, dit Rensaku en l'observant. Vous êtes un peu pâle.

— Je vais très bien.

Shiraishi n'admet jamais qu'il puisse être malade ou avoir quelque autre faiblesse. Il attend de son corps une santé parfaite et n'est pas disposé à accepter qu'il en aille autrement.

— Peut-être avez-vous bu un peu trop de saké avec Saigô-sama ?

— Vous me connaissez, réplique Shiraishi. Je peux boire toute la nuit sans en être incommodé. Vous devez vous montrer plus prudent, car votre estomac n'est guère solide.

Rensaku est plus petit et plus frêle que son aîné. C'est un comptable remarquable, dont les talents sont indispensables à la maison de commerce, mais il est obsédé par sa santé et plus ou moins hypocondriaque. Comme Shiraishi, il a été emporté par l'élan de vénération pour l'empereur, mais son manque de résistance à la boisson le désavantage et il sort avec une terrible migraine des séances qui laissent son aîné impavide.

— Vouliez-vous me demander quelque chose ? s'enquiert Shiraishi.

— J'ai eu une idée cette nuit. J'avais envie de vous la soumettre.

Shiraishi hausse les sourcils. Rensaku le surprend souvent par des idées excellentes, que Shiraishi dénigre bruyamment avant de se les approprier.

— Saigô est quelqu'un de si étonnant. Ne croyez-vous pas que les samouraïs du Chôshû seraient ravis de le rencontrer ? Katsura Kogorô, par exemple, ou Kusaka Genzui.

Les deux hommes séjournent fréquemment dans leur hôtellerie et apparaissent l'un comme l'autre dans le journal de Shiraishi.

— Je pense qu'ils découvriraient qu'ils ont beaucoup en commun, poursuit Rensaku. Qui sait ce que cela pourrait donner ?

— Le Satsuma et le Chôshû se détestent, déclare Shiraishi d'un ton dédaigneux. Ce sont des rivaux acharnés. Croyez-vous que le tigre et le dragon vont coopérer ?

— Kusaka doit arriver d'un jour à l'autre, et comme Saigô est ici...

— Non, ça ne marcherait pas.

— Ce n'était qu'une idée, s'excuse Rensaku.

Et même une bonne idée, Shiraishi en a conscience. Tôt ou tard il la mettra en pratique, mais pour l'instant il n'en dit rien à Rensaku.

Bakan

Akamagaseki, Shimonoseki, Bakan : le port donnant sur le mince détroit entre Honshû et Kyûshû
était connu sous bien des noms différents. Il occupait le site de Dannoura, où s'était déroulée plusieurs siècles plus tôt la grande bataille navale
marquant l'apogée de la guerre de Genpei. Les Taira
y avaient été vaincus par les Minamoto, et l'empereur enfant Antoku avait péri noyé avec la plupart
de ses guerriers. À présent c'était le port le plus actif
du Chôshû, où les voyageurs se rassemblaient pour
échanger des marchandises et des informations.
Ils attendaient toujours quelque chose : un vent favorable ou la marée, un bateau apportant une précieuse cargaison ou un navire de guerre hérissé de
canons étrangers. Cette ville qui avait vu les pré-
mices de l'accession au pouvoir de la classe des samouraïs allait jouer un rôle essentiel dans la fin de
ce pouvoir.

Grâce à la recommandation de sire Sufu et à la
générosité du domaine, qui payait nos frais, nous
logions à la Kokuraya, une maison de commerce di-
rigée par le marchand Shiraishi Seiichirô. Shiraishi
avait une cinquantaine d'années, à l'époque. C'était
un homme entreprenant et énergique, qualités qui
avaient fait sa fortune. Lorsque le mouvement *Son-*

nôjôi prit de l'importance en Chôshû, il se mit à aider les *shishi* en leur offrant un abri, de l'argent, des cadeaux. Notre but était de compléter cette assistance par des soins médicaux, en mettant à profit les relations de Shiraishi pour nous procurer le matériel nécessaire.

Au cours des dernières années, où Sufu avait entrepris de réformer l'armée, on avait acheté des navires de guerre aux Américains et renforcé les fortifications côtières du domaine. Il y avait maintenant de nombreuses batteries de canons autour de Bakan. Les gens en étaient très fiers, et plus d'un avaient offert leurs marmites ou les cloches de leurs temples pour les construire. Tous espéraient ardemment les voir bientôt entrer en action, ne serait-ce que pour s'assurer de leur efficacité. Makino et moi nous rendîmes à plusieurs reprises à Maeda et Dannoura pour les examiner. J'entendis des mots nouveaux pour moi : *Dahlgren*, *Armstrong*, et je m'habituai aux descriptions où leurs dimensions étaient évaluées en *livres* et en *pouces*, termes exotiques qui me paraissaient aussi sinistres et fascinants que les armes elles-mêmes.

Nous admirions les batteries, l'entrain des soldats et leurs curieux uniformes, mais en réalité nous ne disposions d'aucun élément de comparaison. Nous ne savions pas grand-chose des armes occidentales, en dehors du fait qu'elles s'étaient révélées assez puissantes pour abattre l'empire de Chine. Les soldats nous assuraient que leur canon était supérieur, car ils étaient absolument loyaux à l'empereur. Notre pays étant d'essence divine, leurs armes devaient être plus efficaces. Cependant cette conviction me paraissait relever de l'autosuggestion. Certains canons n'étaient que des imitations en bois, censées impressionner l'ennemi. On parlait aussi beaucoup des fortifications édifiées derrière Bakan, alors que nous savions qu'elles étaient purement imaginaires.

Ni Makino ni moi n'avions vu la moindre blessure due à une arme à feu. Nous étions préoccupés par les canons des navires de guerre étrangers, par leur portée et les dommages qu'ils pourraient infliger. Nous nous demandions quels seraient les traitements requis.

Avec l'aide de Shiraishi, Makino commanda des livres à Nagasaki. Le célèbre médecin Ôtsuku Shunsai avait publié deux traductions d'ouvrages occidentaux sur les blessures par balle, quelques années plus tôt. Dès que nous nous les fûmes procuré, nous les étudiâmes avec soin. Réduire les fractures, nettoyer les plaies, retirer les balles, bander ou amputer : toutes ces opérations étaient décrites et parfois éclairées par des illustrations alarmantes mais fascinantes.

Ces livres venaient d'une autre nation occidentale : l'Allemagne. J'ignorais où elle se trouvait exactement. Je ne savais rien du monde s'étendant au-delà de notre pays. Quand j'y songeais, je nous voyais comme le centre autour duquel le reste s'organisait en cercles concentriques — l'Angleterre, la Russie, la Hollande, l'Amérique et maintenant l'Allemagne. Toutes ces contrées faisaient partie d'un monde exotique, où figuraient aussi les pays des Géants, des Longues-Jambes et des Nains, exactement comme dans *L'Histoire du fringant Shikôden*. Toutefois Shiraishi possédait des cartes dans sa bibliothèque. En les regardant, je compris combien le monde était vaste et quelles distances énormes les navires étrangers traversant le détroit avaient parcourues.

La Kokuraya se trouvant juste sur le front de mer, on y assistait toute la journée au chargement ou au déchargement de bateaux. J'aimais les observer, écouter les marins, sentir les étranges effluves des épices de Batavia et de la Chine. À l'arrière-plan de l'animation continuelle du port, les navires étrangers passaient, si proches qu'on aurait presque pu les toucher. Arborant leurs drapeaux mystérieux, ils avançaient sur les eaux agitées sans songer apparemment aux possibles dangers du rivage. Certains étaient des bateaux à vapeur, dont les cheminées noires crachaient de la fumée. Cependant la plupart étaient encore des voiliers à deux ou trois mâts. J'appris à distinguer leurs noms : frégate, brick, goélette.

L'hôtellerie de Shiraishi était un lieu de rencontre pour des voyageurs de toutes sortes, qui nous tenaient au courant des nouvelles les plus récentes. Au premier mois de la deuxième année de l'ère Bunkyû (1869), le successeur d'Ii, Andô Nobumasa, fut attaqué et grièvement blessé à la porte de Sakashita, à Edo. Le bakufu s'affaiblissait sous nos yeux. Néanmoins, malgré toutes les discussions passionnées que nous écoutions chaque nuit, personne n'avait la moindre idée du moyen d'en finir avec lui ni de ce qui devait le remplacer. Le père de Hitotsubashi Keiki, Nariaki, était mort six mois après l'assassinat d'Ii. Par la suite, Keiki et les autres grands seigneurs partisans des réformes, Matsudaira d'Echizen et Yamauchi de Tosa, obtinrent leur pardon et prirent part de nouveau aux affaires politiques. Le candidat d'Ii, Iemochi, était devenu shôgun, mais Keiki devait être son tuteur. Dans un effort pour étayer avec le prestige impérial le bakufu chancelant, on arrangea un mariage entre la sœur de l'empereur Kômei, Kazunomiya, et le jeune Iemochi, mais cela ne fit que rendre plus furieux encore les *shishi* à Kyôto, où leurs actes de violence se multipliaient.

Un jour du troisième mois, alors que le parfum des fleurs commençait à se mêler aux effluves du port, je retournais à l'hôtellerie quand je crus entendre une voix qui m'était familière. Jetant un coup d'œil dans la cour intérieure, j'aperçus Kusaka Genzui. Assis au bord de la véranda, il fumait et conversait avec Shiraishi.

— Vous voici enfin! s'exclama Shiraishi en me faisant signe d'approcher.

Toutefois je l'entendis à peine tant l'aspect de Genzui me tétanisait. Du sang s'écoulait de sa gorge et de sa poitrine. Ses vêtements étaient trempés de sang et roussis par les flammes. Nous semblions environnés de tourbillons de fumée et j'entendais comme le crépitement d'un incendie. Ma vue d'une acuité impitoyable me présentait Genzui en pleine agonie.

Me reculant derrière le pilier, je fermai les yeux et appuyai ma tête contre le bois lisse et frais.

— Madame Makino! m'appela Shiraishi. Kusaka-san désire vous parler.

Je me dirigeai vers eux. Genzui souriait. Il était difficile d'imaginer quelqu'un de plus vivant. Sa présence était saisissante. Il avait toujours débordé d'intelligence et d'énergie, mais il paraissait maintenant à la fois durci et affiné par le chagrin.

Je m'efforçai de sourire tandis que nous échangions des politesses. Je lui demandai des nouvelles de la famille Sugi et de son épouse, O-Fumi. Il me dit que tous se portaient bien, même s'ils pleuraient toujours Shôin.

L'idée qu'ils allaient bientôt le pleurer à son tour aurait dû m'attrister, mais mon acuité de microscope s'accompagnait d'une certaine froideur. Peut-être Genzui mourrait-il de cette façon, mais que pouvais-je faire ou dire pour l'en empêcher? De toute façon, je pensais que ces épisodes n'étaient sans doute pas de véritables visions de l'avenir mais de simples hallucinations, un lointain effet du choc de la mort de Nakajima.

— J'ai un message pour vous, déclara Genzui.

— Venez à l'intérieur, dit Shiraishi en se levant. Je vais vous faire porter à boire.

Je le regardai s'éloigner avec affection. J'avais réussi à aider son épouse en lui prescrivant un traitement et des massages pour la ménopause. Ils s'étaient tous deux pris de sympathie pour moi et me traitaient comme l'une de leurs filles.

Nous entrâmes dans une pièce de derrière donnant sur la cour. L'après-midi touchait à sa fin et la brise marine se faisait plus froide. Le vent secouait les *shôji* et s'insinuait dans le moindre recoin. Des pétales tombaient en voltigeant du cerisier en fleur de la cour. Le thé brûlant apporté par la servante me fit plaisir. Genzui buvait du saké.

— J'ai vu votre oncle à Kyôto, dit-il doucement. Il m'a demandé de vous dire qu'il allait bien, si jamais je vous rencontrais.

— Il est à Kyôto ?

J'aurais dû me douter qu'il finirait par se rendre dans la capitale, où tant de *shishi* se rassemblaient.

— Où habite-t-il ?

— Ça dépend, répondit Genzui avec un léger sourire. Nous lui trouvons parfois une place dans la résidence de Kawaramachi ou celle de Fushimi. Et il a ses propres adresses, dont personne ne sait rien. Il nous est très utile. Il se débrouille tout seul, et il sait se servir de ses yeux et de ses oreilles.

— Il doit être en danger, là-bas.

— Nous sommes tous en danger, répliqua-t-il. Même les gens de notre propre domaine peuvent être une menace.

Il me sembla qu'il faisait allusion à la mort de Shôin. J'entrepris de lui présenter mes condoléances.

— Vous étiez si proche de maître Yoshida. Vous étiez son élève favori, son beau-frère.

Il me laissa à peine finir et lança :

— J'ai deux buts. Tout d'abord, faire en sorte qu'il ne soit pas mort en vain. Ensuite, le venger.

Il baissa la voix.

— Je regrette de ne pas avoir été avec les guerriers Mito quand ils ont réglé leur compte à Ii Naosuke puis à Andô. Mais Nagai est à moi. Je lui ferai payer son crime.

Je n'en doutai pas en l'entendant, mais même à Bakan, dans la maison de Shiraishi, il n'était guère sage d'évoquer un tel sujet.

— Venez-vous directement de Hagi ? demandai-je.

— Oui, j'y ai passé tout l'hiver. L'année dernière, on m'a ordonné de rentrer. Nagai ne connaît pas exactement mes intentions, mais il soupçonne quelque chose et cela le rend nerveux.

— Et quelles sont vos intentions ?

— J'ai beaucoup voyagé, l'an passé. J'ai noué de nouveaux contacts, consolidé d'anciennes relations. À Nagano, j'ai fréquenté un bon moment Sakuma Shôzan. C'est un vieil ami de mon beau-frère et un autre merveilleux professeur. Sa sagesse et sa connaissance des mœurs occidentales sont incomparables. À présent, j'ai reçu la permission de me rendre à Hyôgo. Bien entendu, cela signifie que je peux retourner à Kyôto.

Il eut le même sourire qu'en parlant de Shinsai. Le danger l'excitait. L'espace d'un instant, je les imaginai tous deux pris dans les intrigues et les conspirations de la capitale. Je vis les ruelles étroites, les maisons de thé miteuses où ils se rencontraient...

On entendit un bruit de pas s'approcher. Mon époux fit coulisser le *shôji* et entra dans la pièce. En s'agenouillant, il salua de la tête Genzui.

— Docteur Makino, dit Genzui. Sire Sufu m'a appris qu'il vous avait envoyé ici. Si nous entrons en guerre avec les étrangers, nul doute qu'on aura besoin de vous à Bakan. Mais peut-être pourriez-vous aussi être amené à exercer vos talents à Kyôto.

— Vous pensez donc que des combats vont éclater là-bas ? demanda Makino.

— Oui, mais pas contre les étrangers, répondit Genzui en riant. Nous avons déjà les habituelles blessures au sabre. Elles seront encore nombreuses, mais nous aurons en plus celles dues aux armes à feu, puisque tout le monde est en train d'acheter des fusils et des canons.

Il se pencha pour verser du saké à mon époux.

— Combien de nouvelles requêtes suis-je censé présenter encore ? Combien de nouvelles demandes de justice et de réformes prudemment rédigées ? Si nous voyions le moindre signe d'un changement réel, nous n'aurions pas besoin de recourir à la menace de la violence. Mais les gens ne vous écoutent pas tant que vous ne leur avez pas fait peur.

— Est-ce ce que vous a enseigné maître Yoshida ? demandai-je.

— Il m'a enseigné que les hommes cruels et arrogants méritent d'être punis. Ceux qui commettent des crimes contre l'empereur et sa nation divine doivent rendre des comptes.

— Mais qu'est-ce qui vous donne le droit de vous constituer leur juge ? intervint Makino.

Je vis soudain combien il avait changé depuis l'époque où je l'avais connu alors qu'il n'était qu'un employé dans une pharmacie. Il s'adressait à Genzui d'égal à égal, et le jeune samouraï ne s'en offusquait pas.

— La clarté de notre vision, notre volonté d'agir même au prix de notre vie si c'est nécessaire, et notre loyauté envers l'empereur.

Il était impossible de rester indifférent devant lui. Makino et moi ne pouvions en détacher nos yeux.

Nous invitant d'un geste à nous rapprocher, il chuchota :

— Nous ne sommes pas seuls. Il n'y a pas qu'en Chôshû que le vent tourne. Vers le début de l'année, un samouraï Tosa est venu me voir à Hagi. Il m'apportait une lettre de Takechi Hanpeita, un des chefs loyalistes de ce domaine. C'est un homme tout à fait remarquable. Il s'appelle Sakamoto. Sakamoto Ryôma. Nous autres, *shishi*, nous devons être unis d'un bout à l'autre du pays. Nous ne pouvons nous fier aux grands seigneurs pour s'occuper des étrangers et du bakufu. Tous les domaines sont ainsi divisés en deux factions. Des hommes aux buts élevés, tels que Takechi, Sakamoto ou moi-même, ont conscience qu'un changement est nécessaire. Mais les samouraïs de haut rang se montrent partout égoïstes et timorés. Ils veulent maintenir la situation actuelle et n'hésiteront pas à nous sacrifier tous, comme Nagai a sacrifié Shôin.

— Vous avez évoqué les Tosa, dis-je. Qu'en est-il des Satsuma ? Shiraishi fait beaucoup d'affaires avec des négociants de ce domaine et nombreux sont ceux qui séjournent ici. Il y a même des samouraïs Satsuma ici.

— Ce personnage si imposant, Saigô Kichinosuke, renchérit Makino. Il est ici en cet instant même.

— Les Satsuma, dit Genzui en secouant la tête. Comment les Chôshû pourraient-ils se fier aux Satsuma ? Pourtant, nous ne pourrons atteindre nos objectifs que si nos deux domaines unissent leurs efforts.

Kusaka Genzui s'intéressait à Saigô, mais je ne crois pas qu'ils se soient rencontrés à l'époque, même si seul un mince *shôji* les séparait. La jalousie et la suspicion régnant entre les samouraïs de ces deux grands domaines les en empêchèrent.

Nous n'eûmes pas d'autre conversation avec Genzui et je ne le revis que brièvement avant son départ pour Kyôto. J'avais envie d'adresser un message à Shinsai, mais il me sembla que cela ne plairait guère à mon époux, de sorte que je ne dis rien. Makino me promit qu'il se rendrait dans la capitale s'il le pouvait, mais finalement ce fut moi qui allai à Kyôto — sans lui.

Saigô Kichinosuke, connu plus tard sous le nom de Takamori, était l'un des hommes les plus grands que j'aie jamais vus. Mon époux était d'une taille supérieure à la moyenne, mais même lui était plus petit. Quand Saigô arrivait à l'hôtellerie, les servantes faisaient la queue pour le regarder à la dérobée. Elles trouvaient toutes des prétextes pour le servir. Bien d'autres gens encore voulaient apercevoir le célèbre Saigô. Il attirait d'innombrables curieux.

Tout le monde, et notamment Mme Shiraishi, se répandait en commérages sur sa vie, si bien que je parvins à la reconstituer. Il avait œuvré avec Shimazu Nariakira, le daimyô Satsuma, pour réformer et renforcer le domaine. Sire Nariakira était mort brusquement dans la cinquième année de l'ère Ansei (1858). Aux yeux de beaucoup, il avait été empoisonné soit par sa belle-mère soit par un sbire d'Ii Naosuke. Le fils de son demi-frère devint daimyô, mais le pouvoir réel dans le domaine était exercé par le père, Hisamitsu, dont on disait qu'il ne pardonnait jamais un affront et ne manquait aucune occasion d'exercer sa malveillance. Après la mort de son seigneur, Saigô fut menacé par le bakufu et par les autorités du domaine. Il tenta de se suicider avec le moine Gesshô en se jetant dans la mer. Gesshô périt noyé. Saigô fut sauvé, mais se retrouva exilé sur une île lointaine. Cependant ses talents étaient si grands que le domaine ne pouvait s'en passer. Il fut donc rappelé et reprit ses activités.

Je l'avais aperçu. Avais-je vu sa mort, après avoir été vaincu au combat, quand il s'ouvrit le ventre avec son sabre puis fut décapité par son compagnon ? Peut-être vis-je les flots de sang, le désespoir et le soulagement de la mort. Je finissais par m'habituer à ces fréquentes visions. J'appris à ne pas laisser mes yeux s'attarder sur les malheureux devant moi. Tous les hommes meurent, et certains de façon brutale. C'était la mort violente qu'il m'était donné de voir, je ne savais pourquoi. Cela me troublait souvent — ainsi lorsque je vis ruisseler le sang du frère cadet de mon hôte, Rensaku. Mais je ne pouvais en parler à personne.

De toute façon, j'étais davantage intéressée par le présent état de santé des gens. Dans le cas de Saigô, j'étais certaine que la taille de ses membres n'était pas entièrement naturelle. Je le soupçonnais d'être atteint de la sorte d'œdème appelé éléphantiasis. Sa tentative de suicide, ayant entraîné son immersion dans l'eau froide et la baisse de sa température corporelle, l'avait également gravement affecté. Ses pieds souffraient de problèmes de circulation. Appelé à la rescousse, Makino avait recommandé des massages pour ses jambes ainsi que de la moxibustion. Il lui avait donné une infusion de longane, de ginseng et d'angélique, afin de réchauffer son sang.

Puis Saigô disparut aussi vite qu'il était venu. Au quatrième mois, toutefois, Hisamitsu en personne passa par Bakan en se rendant à Kyôto. J'allai au *honjin* pour regarder son cortège. Je voulais voir par moi-même cet homme dont tout le monde disait qu'il jouerait un rôle clé dans la politique nationale. En fait, il ne fut jamais vraiment à la hauteur de ce qu'on attendait de lui. Malgré son intelligence indéniable, il était querelleur et arrogant, incapable de parvenir à aucun résultat durable tant il s'entendait mal avec les autres.

Du reste, je ne vis de lui que son palanquin et son escorte.

Cependant il se démena à Kyôto pour mettre au pas les *shishi* de son domaine. Alors qu'ils espéraient son soutien pour chasser les étrangers, il envoya des soldats les attaquer dans la Teradaya de Fushimi. Ils périrent en grand nombre. Mon oncle me dit plus tard que lui, Genzui et d'autres loyalistes Chôshû avaient eu l'intention de se joindre aux *shishi* Satsuma. Ils en avaient réchappé de justesse.

D'un seul coup la position du Chôshû à la cour, qui avait semblé si prometteuse, fut menacée par l'essor du Satsuma. Les nouvelles qui nous parvenaient évoquaient une partie de *sugoroku*, le jeu des serpents et des échelles : les uns s'élevaient, les autres tombaient. Au septième mois, Nagai Uta fut disgracié et rappelé. Genzui menaça ouvertement de l'assassiner en chemin. Bientôt, Genzui reçut à son tour l'ordre de rentrer à Hagi.

— O-Fumi-san doit être heureuse que son époux soit si souvent assigné à domicile, déclarai-je à Makino. Autrement, elle ne le verrait jamais.

Nous étions au neuvième mois, tard dans la nuit, à l'heure des gelées. Shiraishi nous avait parlé de Genzui plus tôt dans la journée et je n'avais cessé depuis de penser à lui par intermittence. Une autre nouvelle mettait également en émoi l'hôtellerie : des étrangers avaient été attaqués par des hommes du Satsuma dans un village appelé Namamugi, sur la route du Tôkaidô. Les étrangers avaient plus ou moins insulté Hisamitsu. L'un d'eux avait été tué, d'autres blessés. C'étaient des Anglais, et les représentants de leur pays étaient indignés et brandissaient la menace de représailles. Hisamitsu s'était retiré à Kagoshima pour réfléchir à sa stratégie et aussi, probablement, renforcer ses défenses. Les gens accueillaient cette nouvelle avec un mélange d'envie et d'admiration. Le Satsuma avait frappé les étrangers si détestés. Il ne fallait pas que le Chôshû se laisse distancer. Je me demandais ce qu'en pensait Genzui. Et Shinsai.

— Croyez-vous qu'il soit possible de voir l'avenir ? demandai-je à Makino.

Il s'étira en bâillant. Manifestement, il était aussi fatigué que moi. Il avait étudié toute la soirée pendant que je rendais visite à une famille de la ville. Les deux enfants de la famille, âgés de trois et cinq ans, avaient succombé à la rougeole en ma présence. On dit qu'un enfant appartient au Bouddha jusqu'à l'âge de sept ans, mais je ne pouvais m'empêcher de partager le chagrin des parents. J'étais déprimée de voir tant d'enfants passer dans l'autre monde alors qu'ils avaient à peine goûté à la vie en ce monde-ci.

— Tout le monde le croit, répondit Makino après un instant de réflexion. Autrement, pourquoi aurions-nous des devins et des tireurs de cartes, des jours fastes et des directions favorables ?

— Mais vous, vous n'y croyez pas ?

Autrefois, une bonne partie des études d'un médecin consistaient à comprendre les causes surnaturelles de la maladie et à savoir comment les neutraliser.

— Non, mais si nos patients ont des superstitions, ce qui est le cas, nous devons connaître leurs croyances tout en essayant de leur inculquer une façon différente de voir le monde. Pourquoi me posez-vous cette question ? En estimant que ces enfants allaient mourir, vous avez fait un diagnostic médical. La rougeole est souvent mortelle. Nous ne savons pas la guérir.

Je songeai aux efforts dérisoires des parents, aux

images de chiens et de singes — chien signifie : *pas ici*, singe : *va-t'en* —, aux amulettes de divers sanctuaires, aux gravures de nobles guerriers terrassant le démon de la rougeole. Je me rappelai le dicton : « La rougeole vous ôte la vie, la vérole vous ôte la beauté. » Je m'efforçai de chasser de mon esprit les enfants morts.

— Ce n'est pas ça. En parlant de Genzui, j'ai repensé à quelque chose qui s'est passé quand je l'ai vu ici. J'ai eu une vision de son agonie. Cela me donne l'impression de regarder de très haut, à travers un microscope, en distinguant tous les êtres vivants minuscules que les yeux ne peuvent percevoir. Cependant ce n'est pas la vie que je vois mais la mort, le jaillissement du sang, la dissolution du corps.

— Vous lisez trop de livres d'épouvante.

Makino n'avait jamais approuvé mon goût pour les romans. Néanmoins il me regarda avec attention.

— Vous n'avez vu que Genzui ?

— Non, d'autres encore.

Je n'avais pas envie de lui dire combien, ni qu'il en faisait partie. Il aurait sans doute pensé que j'étais folle.

Il se frotta les yeux d'un air pensif.

— Avez-vous noté ces visions ?

— Jamais, mais je ne parviens pas à les oublier.

— Eh bien, vous devriez les noter chaque fois que vous en avez une. Ce n'est sans doute qu'un effet de votre imagination. Il n'y a pas besoin d'être devin pour voir que Genzui ne mourra pas sur un tatami !

L'approche rationnelle de mon époux me réconforta. Je me sentis brusquement pleine d'affection pour lui.

— Laissez-moi vous masser les épaules, dis-je en m'agenouillant derrière lui.

Tandis que mes mains pétrissaient ses muscles noués, il s'appuya contre moi et je sentis monter la

202

tension entre nous, le réveil de notre ancienne passion. Sans prendre la peine de sortir le futon ni même de nous déshabiller, nous nous étreignîmes convulsivement et unîmes nos corps avec un désir soudain, impérieux.

Ensuite, je lui dis :

— Je me demande pourquoi nous n'avons pas d'enfants.

— Cela vous tourmente ?

— Pas vraiment. J'ai vu trop d'enfants mourir. Et l'accouchement me terrifie, tant d'accidents peuvent se produire. Je me réjouis de pouvoir profiter de ce que nous faisons ensemble sans avoir à redouter les conséquences. Mais je n'aime pas la pensée que quelque chose ne va pas en moi.

Mes règles avaient toujours été irrégulières et peu abondantes. Je soupçonnais un problème dans ma matrice.

Makino éclata de rire.

— Peut-être est-ce en moi que quelque chose ne va pas. Il est fréquent qu'une femme divorcée ou remplacée pour cause de stérilité ait des enfants avec un nouveau compagnon.

— Je pourrai toujours essayer, si je n'en peux plus.

— Nous pourrions faire tous deux l'expérience, proposa-t-il.

— Non ! nous écriâmes-nous de concert.

Je déclarai ensuite :

— Je crois que je devrais m'effacer et vous laisser prendre une autre épouse ou du moins une concubine.

On aurait cru que je citais *Le Grand Savoir pour les femmes* ou quelque autre texte confucéen — écrit par un homme, bien entendu.

— Le mariage roule autant sur le désir que sur les enfants, répliqua Makino. Il exploite la passion existant entre les hommes et les femmes, que j'ai toujours ressentie pour vous.

— Vraiment? dis-je en feignant la surprise. Je pensais que vous vouliez juste étudier avec mon père.

— C'était l'inverse. Je voulais que vous soyez ma femme.

Makino était un homme peu démonstratif et il ne m'avait encore jamais rien dit d'aussi tendre.

— Je ne tiens pas à avoir des enfants, continua-t-il. Comme vous, je ne pourrais supporter de les voir mourir. Et je n'ai aucune envie que vous risquiez votre vie en accouchant. Pour l'instant, notre travail au service du domaine compte davantage. N'ayant pas de famille, nous pouvons travailler ensemble et nous rendre partout où l'on a besoin de nous.

Autour de nous, la maison était plongée dans le silence précédant l'aube. J'entendais l'eau clapoter sur le quai de pierre et les bateaux craquer en s'entrechoquant sous l'effet de la marée. Bientôt, les premiers coqs allaient chanter. Je savais que je devrais préparer le futon et la couverture afin de me coucher convenablement. Il faisait glacial dans la chambre. Cependant j'aimais être ainsi étendue contre mon époux, en l'enserrant de mes bras. Nos instants d'intimité étaient si rares que je ne voulais pas gâter celui-ci.

Nous ne parlâmes donc plus de visions de mort ni de rien d'autre, cette nuit-là. Quand nous songeâmes enfin à nous mettre au lit, il était l'heure de se lever.

Folie

Tout au long de l'hiver, la tension ne cessa de monter dans la ville portuaire. De violentes tempêtes empêchèrent la guerre d'éclater, mais elles retardèrent aussi l'arrivée du matériel médical que nous avions commandé à Nagasaki. Au deuxième mois de l'année suivante, nous apprîmes que Nagai Uta, cet homme qui s'était élevé si haut au service du domaine, s'était suicidé dans sa demeure de Hagi sur l'ordre du gouvernement. Il avait quarante-quatre ans — moins que mon père. Nombreux furent ceux qui se réjouirent de sa mort. Nul doute que Genzui n'ait été de ceux-là. On n'avait jamais pardonné à Nagai son rôle dans l'exécution de Shôin. À présent, il était puni pour la perte d'influence du Chôshû à la cour au profit du Satsuma.

N'ayant jamais posé les yeux sur sire Nagai, je ne pouvais savoir si j'aurais prévu sa fin tragique. J'avais entrepris de noter mes hallucinations pour mon époux, mais j'avais l'impression qu'elles perdaient en intensité. Je n'avais plus eu de visions aussi saisissantes que celles qui m'avaient tant perturbée après la mort de Nakajima. Ce n'étaient plus que des reflets tremblants, comme si je voyais du sang se mettre à suinter à travers la peau. Plus je m'efforçais de noter cette expérience avec précision, plus elle se faisait rare, comme si le simple fait de l'observer exorcisait le phénomène mystérieux dont j'avais été momentanément possédée.

Makino ne fit aucun commentaire sur ma liste de noms, qui incluait celui de mon oncle mais pas le sien. Après l'avoir lue avec soin, il la rangea avec les autres listes qu'il conservait. Il tenait registre de tout : les livres qu'il lisait, les patients et leurs traitements, les statistiques des naissances et des morts, la propagation des maladies contagieuses, les cas de syphilis.

Grâce à ces registres, il avait constaté qu'outre la rougeole et la syphilis diverses formes de maladie mentale étaient en augmentation, du fait de la confusion et des émotions extrêmes de l'époque. Nous avions rencontré plusieurs cas de léthargie insurmontables. Deux malades se jetèrent à la mer. Il y eut trois meurtres violents, dont les auteurs se révélèrent être des déments. Des femmes disparaissaient pour être retrouvées à quelques lieues de là — on croyait qu'elles avaient été ensorcelées par des renards. Des jeunes filles refusaient de s'alimenter et dépérissaient. Tous ces événements anormaux ajoutaient encore à l'angoisse des habitants de la ville. Les gens affluaient dans les temples et les sanctuaires ou adhéraient à des sectes nouvelles, lesquelles proliféraient comme des racines de bambous.

En règle générale, les fous étaient confinés chez eux et placés sous la responsabilité de leur famille. Seuls les sujets particulièrement atteints étaient incarcérés par les autorités. Comme leur famille était d'ordinaire complètement désemparée, personne ne voyait d'inconvénient à ce que j'essaie de les soigner. Même mon époux était heureux de me les laisser. Il se contentait de déclarer qu'à son avis je perdais mon temps. La folie était considérée habituellement comme une sorte d'obstruction de la force naturelle à l'intérieur du corps. Je remarquai que les fous étaient souvent constipés, en effet. Beaucoup de livres recommandaient divers traitements laxatifs. J'écrivis à mon père pour le prier de m'envoyer les manuels de Kagawa et de Tsuchida. J'entrepris d'étudier les formes de folie décrites par ces médecins, en les confrontant à mes propres observations. Pendant l'hiver, je m'efforçai d'élaborer des méthodes pour surmonter la dépression et calmer l'agitation excessive. Je découvris que les massages et certains remèdes à base de plantes étaient efficaces, de même que les bains, surtout s'ils étaient pris sous des chutes d'eau froide, comme le préconisait Tsuchida. Les pèlerinages obtenaient souvent d'excellents résultats, même si je soupçonnais qu'ils devaient davantage à l'exercice et au dépaysement qu'à l'intervention des bouddhas ou des kamis. Parler avec quelqu'un comme moi semblait également procurer un certain soulagement à mes patients.

Shiraishi-san, qui était un disciple du philosophe nativiste Suzuki Shigetane et s'intéressait beaucoup au développement mental et spirituel, suivait mon travail avec attention. Bientôt, il commença à me recommander des patients. J'aimais travailler avec les fous, en partie parce que je doutais d'être moi-même entièrement équilibrée, mais aussi parce qu'ils ne semblaient pas remarquer que je n'étais pas un homme. Ou du moins, s'ils le remarquaient, ils ne s'en préoccupaient pas. Je restais impuissante dans bien des cas, notamment face aux troubles de la vieillesse ou à la démence du dernier stade de la syphilis. Cette dernière me paraissait plus affligeante que tout le reste, car elle s'accompagnait d'ordinaire de l'affaissement du nez, de la perte des doigts et d'autres ulcères terrifiants. Malgré tout, il m'arrivait de constater que mes soins faisaient un peu d'effet. Je me pris d'affection pour mes aliénés. En relisant les registres que je tenais, il me semblait discerner des constantes dans leurs accès de démence.

Je me rendais régulièrement auprès d'un homme d'une quarantaine d'années, qui s'appelait Imaike Eikaku. Sa sœur célibataire, Seiko, s'occupait de lui. Il pensait avoir eu la syphilis mais elle était latente, de sorte qu'il ne présentait aucun symptôme. C'était un artiste. Dans ses périodes de manie, il peignait avec frénésie, des scènes de l'enfer pour l'essentiel, sans manger ni dormir. S'il n'avait pas de papier ni de planches de bois, il peignait sur n'importe quelle surface à sa disposition. Entrer dans la maison de sa sœur, une femme d'une patience inlassable, était comme pénétrer dans tous les enfers de l'au-delà. De malheureux humains, frêles, nus le plus souvent, tentaient en vain d'échapper à des châtiments que leur infligeaient d'énormes monstres à la tête d'animal, armés d'arcs, de lances et de sabres, et déchirant les corps sanguinolents en souriant et en gloussant allègrement. Eikaku prenait soin d'assortir le châtiment au péché : les luxurieux avides de femmes étaient condamnés à se débattre au milieu d'arbres hérissés d'épines tandis que les avaricieux, coupables de n'avoir jamais aidé personne pendant leur vie, mendiaient sans fin de l'eau pour leur gosier en feu.

Ses peintures me plaisaient car elles me rappelaient mes propres hallucinations. Je n'étais pas seule à les apprécier. De nombreux prêtres bouddhistes lui commandaient des représentations de l'enfer pour leurs temples. Des riches marchands collectionnaient également ses œuvres. Malgré son succès, Eikaku n'avait jamais d'argent. Il dépensait en saké ou en tabac tout ce qu'il gagnait, ou le distribuait avec insouciance.

— Je ne veux pas guérir, déclara-t-il lors de notre première rencontre, car cela mettrait fin à mes visions. Mais je voudrais que vous m'empêchiez de me tuer. Vous en sentez-vous capable, docteur ?

— Oui, à condition que vous fassiez ce que je dis, répliquai-je. Il faut que vous preniez conscience de votre propre cycle. Vous devez penser à manger et vous reposer dans vos périodes d'excitation, et cesser de boire quand vous êtes déprimé.

— Boire me remonte le moral, protesta-t-il.

— Pour un temps, peut-être, mais ensuite votre dépression ne fait que s'aggraver.

J'étais préoccupée de voir tant de mes patients boire énormément, mais comment pouvais-je les en dissuader ? De Sufu Masanosuke au dernier paysan, le domaine entier s'imbibait d'alcool. Eikaku était un cas extrême, mais ses peintures révélaient le sentiment général. Chacun avait l'impression d'être à l'orée d'un avenir indéchiffrable, d'une crise de folie collective dans les ténèbres de l'inconnu. Absorber du saké en abondance semblait le meilleur moyen de se préparer aussi bien qu'une aide précieuse pour endurer les épreuves de la vie quotidienne. Même les riches ne pouvaient échapper à la souffrance du corps humain : maux de dents, hémorroïdes, rhumatismes, douleurs d'oreilles, affections oculaires, ulcères. L'une des caractéristiques surprenantes des fous était qu'ils se plaignaient rarement de problèmes physiques. Non seulement ils semblaient moins sensibles à la souffrance que les autres, mais ils étaient d'ordinaire vigoureux et en bonne santé. C'était souvent déprimant pour leur famille, qui espérait peut-être secrètement les voir partir au plus vite dans l'au-delà.

Les dépressions d'Eikaku apparaissaient progressivement. Il cessait peu à peu de peindre avant de laisser tomber définitivement ses pinceaux en jurant qu'il n'y toucherait plus jamais. Sa sœur avait appris à ne pas discuter avec lui et se contentait de les ranger discrètement. Parfois, il s'habillait en femme, noircissait ses dents et se maquillait comme un acteur de kabuki jouant une courtisane.

Quand je lui demandais pourquoi il se comportait ainsi, il me répondait à peu près : « Je suis un cas si désespéré que je pourrais aussi bien être une femme. » Je me rendis compte qu'il dramatisait sa dépression pour être en mesure de l'affronter. Un jour que je venais les voir, sa sœur me dit qu'il n'avait pas parlé pendant quarante-huit heures et n'avait fait que pleurer en essuyant ses yeux sur la manche de son kimono aux brillantes couleurs. J'entrai dans la chambre et m'agenouillai en le saluant à voix basse. Soudain, il m'attrapa par le bras, ce qui mit aussitôt ma chair en émoi. Il me regarda fixement. Ses larmes ruisselaient sur son maquillage blanc.

— Makino-*sensei*, dit-il en employant le langage d'une femme s'adressant à un homme. Nous formerions un beau couple, vous et moi. Vous êtes un homme dans un corps de femme, et moi une femme dans un corps d'homme. Dans un monde sens dessus dessous, il est nécessaire de tout inverser pour survivre. Venez vivre avec moi et soyez un homme !

Cette idée sembla le galvaniser. Il se leva d'un bond.

— Je vais vous donner mes vêtements. Il faut que vous les revêtiez à ma place.

Il courut vers la porte à petits pas gracieux, comme une geisha, et appela sa sœur.

— *Oneesan*, venez aider le docteur à se changer.

Sa sœur accourut. À nous deux, nous réussîmes à le calmer. Manifestement, sa dépression entrait dans sa phase maniaque. Il ne pleurait plus mais discourait avec animation.

— Il ne tardera pas à s'habiller en homme et à recommencer à peindre, déclara sa sœur d'un ton résigné.

Elle alla préparer à manger, car elle savait que son frère se rendrait bientôt compte qu'il mourait de faim.

Je restai hantée par ce qu'il m'avait dit : « Vous êtes un homme dans un corps de femme. » Était-ce pour cela que je n'avais pas d'enfants, que je m'intéressais à la maladie et à la mort, que Makino et moi vivions plutôt comme des collègues que comme des époux ? L'espace d'un instant, quand Eikaku avait demandé des vêtements masculins, j'avais été tentée de me plier à son caprice et de les revêtir. Je sentais combien cela changerait ma façon de me tenir et de marcher, et aussi le regard des autres sur ma personne. Par la suite, je m'appliquai à rendre mon habillement moins féminin. Je portai des couleurs discrètes et adoptai la veste courte des médecins. Je tâchai d'enlever son ampleur à ma chevelure en la ramenant en arrière de mon front. J'étudiai les gestes des hommes et les modulations de leur voix. Avec prudence, j'entrepris de les imiter. Je découvris alors que les hommes prenaient mes opinions plus au sérieux et qu'il m'était plus aisé de rassurer mes patients par mes diagnostics et mes remèdes.

À la fin du deuxième mois de la troisième année de l'ère Bunkyû (1863), je reçus une lettre de mon père me demandant de me rendre à Hagi. Ma sœur attendait son troisième enfant. Son dernier accouchement avait été difficile et mes parents étaient inquiets pour sa santé. Notre famille et les Kuriya étaient réconciliés. Mitsue était revenue dans sa maison natale l'année précédente pour une visite. Je ne l'avais pas vue, cependant, car nous étions déjà partis pour Bakan. Nous nous écrivions aussi souvent que possible, mais elle avait très peu de temps libre et les intervalles entre ses lettres se faisaient plus longs, de sorte que j'avais grande envie de la voir. Makino ne voulait pas se rendre à Hagi alors que la guerre semblait imminente, mais il me donna volontiers la permission d'y aller et m'accompagna même chez mes parents, à Yuda.

J'avais écrit à mon père pour lui raconter ce que Kusaka Genzui m'avait dit à Bakan, à savoir que mon oncle se trouvait à Kyôto et bénéficiait dans une certaine mesure de la protection du Chôshû. Mes parents n'avaient eu aucune autre nouvelle. La violence s'intensifiait à Kyôto de semaine en semaine. Un groupe se dénommant lui-même *Tenchû*, « le Courroux du Ciel », punissait les fonctionnaires et leurs serviteurs en les assassinant puis en jetant des fragments de leurs corps mutilés par-dessus les murs des résidences et des palais. On venait d'apprendre que les statues en bois du shôgun Ashikaga venaient d'être victimes d'une étrange agression. Elles avaient été décapitées et leurs têtes avaient été exposées avec des affiches dénonçant leur traîtrise envers l'empereur.

— C'est exactement le genre d'affaires dont Shinsai pourrait se mêler, déclara mon père en se tapotant les bras selon son habitude.

Il avait pris du poids, depuis la dernière fois que je l'avais vu, et il s'essoufflait plus vite. En l'apercevant lors de mon arrivée, je m'étais rendu compte qu'il vieillissait, mais au bout d'un moment j'avais perdu la capacité de le voir tel qu'il était vraiment et ma mère et lui étaient redevenus ce qu'ils avaient toujours été, inchangés. L'affection et la gratitude me mettaient les larmes aux yeux. Ils avaient été si bons pour moi, en me permettant de suivre ma vocation sans jamais me contrarier en rien ! J'aurais voulu vivre encore avec eux, pour veiller sur eux et leur donner des petits-enfants.

— Le professeur de Tetsuya lui a proposé d'épouser sa fille, dit ma mère. Ton père a donné son accord et ils doivent se marier le mois prochain.

— Cela signifie-t-il qu'il ne reviendra pas à la maison ?

Je me penchai pour caresser la chatte, qui se frottait contre mes jambes en ronronnant.

— Nous ne savons pas encore, répondit mon père. Cela dépend de tant de choses. Tetsuya n'a pas envie de revenir au beau milieu d'une guerre. Tu le connais.

Je hochai la tête. Nous savions tous que mon frère n'avait aucun courage physique. En outre, il aimait sa vie à Nagasaki, cette ville animée, ouverte, où le monde entier se rencontrait.

— Bien entendu, reprit ma mère, nous espérons toujours que toi et Makino-san vous installerez ici quand vous ne serez plus au service du domaine.

— C'était ce qui était prévu, répliquai-je. Mais qui sait...

Je me pris à envisager un avenir radieux, où la guerre se serait terminée par un renouveau du monde. Je m'imaginai en train de vieillir ici avec Makino. Nous adopterions un héritier — un des étudiants qui afflueraient pour étudier avec nous, peut-être même un de nos neveux. Mais évidemment, je ne voyais pas vraiment l'avenir. Mes seules prémonitions étaient d'inutiles visions de sang et de mort.

Ma mère avait décidé de m'accompagner à Hagi. Elle voulait faire un pèlerinage à Ômishima et voir les seize rochers ressemblant à des moines bouddhistes. Plusieurs de ses amies devaient venir aussi. Nous partîmes toutes ensemble dès qu'il fit jour. C'était une belle matinée de printemps et les cinq femmes étaient d'humeur joyeuse. Elles avaient le

même âge que ma mère. Toutes étaient grands-
mères, deux déjà veuves. Leur âge et leur statut leur
donnaient une liberté qu'elles n'avaient encore jamais connue dans leur vie.

À midi, nous fîmes halte dans un *onsen* de montagne, dont les eaux étaient censées soulager l'ar-
thrite et les maladies féminines. Tandis que nous
nous immergions dans l'eau brûlante, voilée de vapeur et tachetée de lumière par le soleil filtrant à
travers les jeunes feuillages verts, j'observai leurs
corps vieillissants, les cicatrices, les plis et les rides
qui racontaient l'histoire de leur vie, la petite vérole,
les accouchements, le dur labeur sous le soleil et la
pluie, les dents tombées, les brûlures et autres blessures. Toutefois leurs visages se plissaient aussi
quand elles riaient et rien n'amoindrissait le plaisir
qu'elles prenaient à leur excursion, en dehors de
leur tristesse à me voir sans enfants. Elles en parlèrent longuement, en me donnant des conseils sur
les jours favorables pour coucher avec mon mari,
sur ce que nous devrions manger, les sanctuaires où
nous devrions nous rendre, la posture la plus adé-
quate. Puis elles évoquèrent leur expérience de l'accouchement, ses souffrances et ses joies, mais par
égard pour ma mère et pour moi elles évitèrent de
mentionner ses dangers parfois mortels.

Quand nous arrivâmes à Hagi, c'était déjà le crépuscule froid et bleu du printemps au bord de la
mer du Japon. L'eau avait la couleur de l'indigo et
un vent glacé soufflait en provenance du nord-ouest.
Les rizières retentissaient des coassements des grenouilles fraîchement réveillées, et des chouettes hu-
lulaient dans les bosquets entourant les temples et
les autels. Dans l'ombre naissante, la clarté des lanternes et des feux semblait joyeuse, accueillante. Les
amies de ma mère se rendirent dans une auberge à
la périphérie de la ville fortifiée. Elles devaient ex-

plorer les curiosités de Hagi pendant deux jours, après quoi ma mère les rejoindrait pour le pèlerinage d'Ômishima. Elles reviendraient ensemble par la route côtière, tandis que je resterais avec ma sœur jusqu'à la naissance de son enfant.

Mitsue arrivait déjà au terme de sa grossesse. Son ventre était dur et gonflé sous l'écharpe de soie que ma mère avait tissée pour elle. Les deux petits garçons étaient remuants, exigeants. Mme Kuriya leur vouait une admiration sans borne et couvrait Mitsue d'éloges, mais elle semblait plus indolente que jamais et ne l'aidait guère.

Je ne pouvais m'empêcher de comparer la maisonnée des Kuriya avec celle des Shiraishi. Les Kuriya étaient aussi riches et prospères, mais se montraient égoïstes, irréfléchis et conservateurs. Il était impensable qu'ils puissent consacrer leur énergie et leur fortune à une autre cause que la leur. Je regrettais l'ambiance excitante de la Kokuraya et de Bakan, le va-et-vient de tous ces jeunes gens dévoués et enthousiastes. La boutique des Kuriya, où Makino trônait autrefois tel Enma rendant ses jugements, paraissait vide sans lui. Le jeune homme qui l'avait remplacé ne méritait guère l'attention.

Malgré tout, Mitsue semblait satisfaite de ses deux fils et avait l'air plutôt en bonne santé, même si ses chevilles étaient enflées et sa peau foncée sous l'effet de la grossesse. Je faisais tout mon possible pour l'aider dans la maison et la boutique — à cette époque, je débordais d'énergie. Néanmoins les Kuriya, malgré leur politesse de façade, m'en voulaient toujours extrêmement du départ du Comptable ainsi que du lien de mon oncle avec Yoshida Shôin. Ils soutenaient la faction conservatrice du gouvernement du domaine et dénigraient avec violence Sufu Masanosuke. J'avais du mal à tenir ma langue quand j'entendais de tels mensonges à propos d'un homme qui était devenu le protecteur de ma famille. Lorsque l'atmosphère se faisait irrespirable pour moi, il m'arrivait d'en être réduite à sortir un moment de cette maison.

Tandis que je longeais la rive occidentale du fleuve Matsumoto, je songeais parfois à O-Fumi, la sœur de Shôin et épouse de Genzui. Je me demandais si je ne devrais pas rendre visite à sa famille, mais une sorte de timidité me retenait. Lors d'une de ces promenades, j'observais les sternes et les hérons en train de pêcher, non sans lever les yeux de temps à autre sur les versants du mont Tatoko où le chatoiement limpide des derniers cerisiers sauvages voisinait avec les premières floraisons écarlates des azalées. Soudain, j'entendis une voix m'appeler par mon nom. Regardant à la ronde, j'aperçus Shiji Monta qui se dirigeait vers moi.

Il me salua d'un ton plutôt allègre, mais il me parut moins désinvolte qu'à l'ordinaire. Ses yeux brillaient, comme s'il retenait des larmes.

— Je vous croyais à Edo ! m'exclamai-je.

— J'ai été rappelé par sire Sadahiro. En fait, il fallait que j'escorte Takasugi Shinsaku jusqu'à sa demeure, car il ne va pas très bien.

Était-ce là ce qui bouleversait Monta ? J'attendis ses explications.

Il parut se ressaisir et déclara :

— Je viens de divorcer de ma famille adoptive. Je reprends le nom d'Inoue.

J'étais stupéfaite. Je ne savais même pas qu'une telle chose était possible.

— Mais pourquoi ?

— Marchons un peu. J'ai des tas de choses à vous raconter. Je me rends chez Takasugi qui vit là-haut, à Matsumoto. Voulez-vous m'accompagner ? Peut-être pourrez-vous l'aider. J'ai entendu parler de votre travail à Bakan.

Je ne lui demandai pas comment il était au courant. Les anciens membres du groupe *sonjuku* restaient sans cesse en contact et s'envoyaient des informations et des rapports sur la situation politique d'un bout à l'autre de leur réseau, de Hagi à Bakan et Mitajiri, Ôsaka, Kyôto et Edo, puis derechef à Hagi. Ils voyageaient et séjournaient les uns chez les autres ou dans les demeures de sympathisants bien connus, tels que Shiraishi, qui leur offraient à la fois un toit et de l'argent. L'un de ces hommes dits « oreilles volantes et yeux perçants » devait être passé par Bakan durant les mois précédents et avoir estimé mon travail avec les fous digne d'être mentionné.

Monta se remit en route. Je le suivis à quelques pas de distance. Quand nous arrivâmes au pont de Matsumoto, il appela un passeur, discuta le tarif avec âpreté puis grimpa péniblement dans le bac.

— Même les jugements de l'enfer dépendent de l'argent, marmonna-t-il tandis que je montais à mon tour et m'accroupissais en équilibre précaire sur les planches.

À présent qu'il avait quitté la famille Shiji, je supposais qu'il était encore plus désargenté que de coutume. J'étais curieuse d'apprendre les détails de cette rupture, mais je préférai ne pas l'interroger devant le passeur.

Une fois sur l'autre rive, nous suivîmes la berge du Tsukumigawa, franchîmes un petit pont et entreprîmes de gravir la colline en direction du village de Matsumoto. Monta ralentit enfin et me fit signe de marcher à côté de lui.

— Je pars pour l'Angleterre dans quelques semaines.

Cette nouvelle me laissa sans voix. La seule chose que je trouvai à dire fut :

— Mais c'est interdit par le bakufu !

— C'est pourquoi vous devez absolument garder le secret. Je brûlais d'en parler à quelqu'un qui soit sans importance. Vous êtes arrivée au bon moment. À présent, je vais pouvoir me taire !

Je n'étais pas certaine qu'il en fût capable.

— Que dira sire Sufu ? demandai-je.

— C'est lui qui veut que nous partions. Avec l'accord de sire Môri en personne. Ils ont conscience que nous devons voir l'Occident de nos propres yeux. Le domaine nous donne de l'argent. Et les Anglais de Yokohama nous aident à trouver une place dans un bateau.

— Les Anglais ? N'est-il plus question de « chasser les étrangers » ?

Monta éclata de rire.

— Avez-vous su que nous avions essayé d'incendier leur légation à Yokohama ? Si vous nous aviez vus ! C'était exactement comme *Chûsingura*, sauf que nous étions quatorze et non quarante-sept. Cela dit, nous n'avons tué personne. En fait, l'endroit était désert. Ils n'avaient pas encore emménagé. Les Anglais se sont montrés généreux, dans cette affaire. Nous sommes amis, maintenant. J'ai même obtenu de l'argent d'un des leurs, en lui vendant mon sabre.

Je regardai Monta en tentant de faire le diagnostic de son comportement extravagant. Il se trouvait dans un état d'émotion extrême, mais pouvait-il être qualifié de maniaque ?

— Plus personne n'a besoin de sabres, continuait-il. Tout ce qu'il nous faut, ce sont des pistolets et des fusils. Du reste, Itô et moi nous embarquerons à Yokohama. Nous allons apprendre l'anglais. En fait, je le parle déjà plutôt bien. Nous étudierons la navigation, l'artillerie, l'industrie, la technologie, ce genre de choses.

— Et vous dormirez avec des Anglaises, je suppose, lançai-je.

J'étais encore piquée au vif d'avoir été qualifiée de « sans importance ».

— Si nous en avons l'occasion, répliqua-t-il avec un grand sourire. *Jupes* : n'est-ce pas un mot érotique ? C'est ainsi qu'on appelle ces vêtements amples que portent les femmes anglaises. Je me demande comment on en vient à bout, cela dit. On croirait une armure.

— Itô-san et vous êtes seuls à partir ?

— Non, nous sommes cinq en tout. Les autres sont Yamao Yôzô, Endô Kinsuke et Inoue Masaru.

Je connaissais leurs noms, mais je ne les avais jamais rencontrés.

— Nous prenons des bateaux différents. Nous nous retrouverons à Hongkong.

Monta prononça ce nom d'un ton négligent, comme s'il se rendait tous les jours à Hongkong. Il était toujours aussi contradictoire, pensai-je en l'observant. À peine plus grand que moi, il avait gardé son aspect juvénile. Même s'il était nerveux, excité, il songeait avant tout à trouver des femmes pour dormir avec lui.

— Je voulais que Takasugi nous accompagne, reprit-il, mais il s'est retiré de la vie publique.

— Que dites-vous ?

Je n'en croyais pas mes oreilles. Takasugi, lui qui avait éveillé tant d'espoirs chez tout le monde, qui était considéré comme un futur dirigeant... Comment pouvait-il se retirer alors que le domaine avait tellement besoin de lui ?

— Il a tenté de convaincre sire Sufu de renverser le bakufu, expliqua Monta. Sufu a déclaré : « Dans dix ans, peut-être. » À quoi Takasugi a répondu : « Dans ce cas, je vais prendre dix ans de congé ! » Il s'est rasé le crâne et a renoncé au monde. Il dit qu'il veut se faire ermite.

— Et il n'a pas été puni ?

— Que pourrait-on lui faire? L'assigner à domicile? Il l'a déjà fait lui-même! Ils vont se résigner en attendant qu'il revienne à la raison. Sire Sufu est comme ça. Il comprend Shinsaku. De toute façon, sa retraite ne durera pas dix ans. S'il tient dix semaines, ce sera un miracle. Vous savez comme il est. Toujours des hauts et des bas, jamais de modération.

— Ce n'est pas comme Shiji-san, insinuai-je.

— *Inoue*, me corrigea-t-il. Comparé à Shinsaku, je suis un modèle de modération. Itô aussi. Regardez comme je suis raisonnable en cet instant même. Il nous est manifestement impossible de combattre les étrangers sans être vaincus. Ni le Chôshû ni le Satsuma ne le peuvent. La nation entière n'y parviendrait pas, même si elle était unie, ce qui n'est pas le cas. Nous ne sommes tout simplement pas prêts. Il nous manque les armes, les bateaux, les soldats. Au lieu de massacrer au sabre un ou deux étrangers, si plaisant que cela puisse être, nous devons donc en apprendre plus long sur eux et sur leur technologie.

— Pour être en mesure d'en massacrer davantage?

— Vous savez, il se pourrait que le commerce soit préférable à la guerre, même si j'offense probablement mes ancêtres en parlant ainsi. Nous aurions tous besoin de davantage d'argent. Les marchands ne cessent de s'enrichir pendant que les *bushi* s'appauvrissent. Quand on est pauvre, on est faible. Il en va de même pour les pays. Si votre pays est faible, tout le monde vous exploite, qu'il s'agisse de commerce, de traités, de n'importe quoi.

— La famille Shiji doit être désolée de perdre un homme aussi modéré que vous!

— Mon épouse m'a fait la grâce de répandre force larmes, répliqua Monta. Cependant ils ont de la chance d'être débarrassés de moi. J'ai été un gendre particulièrement peu satisfaisant. Jamais là, toujours à causer des ennuis.

— Avez-vous des enfants ?

— Il y a une fille qui doit être de moi, je suppose. Je crains qu'elle n'ait guère vu son père.

Je gardai le silence mais il dut sentir ma désapprobation car il ajouta :

— Mieux vaut que nous n'ayons pas de liens de famille ni d'obligations de ce genre. Nous devons être libres d'agir. Les épouses le comprennent rarement. Il n'en va pas de même des geishas, vous savez. C'est pourquoi nous les apprécions tant. J'ai une amie à Kyôto, Kimio-san, qui me connaît mieux que mon épouse n'en a jamais été capable.

Il sortit de sa robe un miroir, qu'il me montra.

— C'est un cadeau d'adieu qu'elle m'a fait, pour que je me souvienne d'elle. Elle ne s'est pas cramponnée à moi en pleurant, elle n'a pas exigé que je lui jure un amour éternel. Mais chaque fois que je me servirai de ce miroir, je penserai à elle. Et si tout tourne mal et que je suis arrêté et exécuté comme Shôin, personne ne sera déshonoré par ma faute.

Nous nous arrêtâmes devant une modeste maison au toit de chaume. Elle était entourée de cèdres et la montagne se dressait juste derrière elle. Une fauvette lança son appel perçant tandis que nous approchions de la véranda. À travers la porte ouverte, on apercevait une petite pièce, pas plus vaste que quatre tatamis. Takasugi Shinsaku était assis à une table basse, avec une gourde de saké et un verre de style européen à portée de main. Vêtu de noir, comme un prêtre, il écrivait au pinceau trempé dans l'encre. Sa tête rasée faisait paraître son crâne encore plus allongé et accentuait l'effet saisissant de son visage si particulier. Nous pûmes l'observer un instant avant qu'il ne nous remarque. Il semblait bel et bien plongé dans la mélancolie, mais quand il leva la tête en entendant nos pas ses traits se détendirent fugitivement en une expression ravie.

— Monta! s'exclama-t-il.

Il appela aussitôt son épouse :

— *Okusan*, Shiji-san est ici.

— Mon nom n'est plus Shiji.

Monta expliqua de nouveau qu'il avait quitté sa famille adoptive.

— J'ai amené une vieille amie de Yuda. La fille du docteur Itasaki, vous souvenez-vous? La nièce de Shinsai?

— Vous êtes venu au mariage de ma sœur, dis-je après avoir incliné la tête.

— O-Tsuru est maintenant mariée, elle aussi, reprit Monta. Elle vit à Bakan avec son époux, le docteur Makino, dans la maison de Shiraishi.

— J'ai pris le nom de Tôgyô, lança Takasugi en me saluant brièvement de la tête.

Que voulait-il dire avec ce nom? Qu'il se retirait du monde? C'était l'explication la plus probable, puisqu'il ne manifestait aucun intérêt pour les informations de Monta et ne posait aucune question sur Shiraishi ni sur ce qui se passait à Bakan. Cependant *Tôgyô* signifiait : « se tourner vers l'est ». C'était à l'est que se trouvait Edo, le siège du pouvoir du bakufu. Takasugi voulait-il dire qu'il attendait que le moment soit venu de renverser les Tokugawa?

— D'autres prennent la direction de l'ouest, observai-je.

— Oui, dit Monta. Je suis venu vous dire adieu pour quelque temps.

Takasugi le regarda d'un air sceptique.

— Vous partez donc vraiment pour l'Angleterre? Avec Itô?

— Pourquoi ne venez-vous pas? demanda Monta. Sans vous, ce ne sera pas pareil.

Takasugi ne répondit pas mais sembla retomber dans ses pensées moroses.

Nous étions toujours debout à l'extérieur. Alors que je me demandais s'il nous inviterait ou non à entrer, une petite femme d'à peu près mon âge et d'aspect assez ordinaire fit son apparition dans la pièce avec un plateau.

— Entrez donc, Shiji-san, lança-t-elle précipitamment. Vous devez pardonner à mon époux. Il a été souffrant.

Puis elle s'adressa à moi.

— Nous ne nous connaissons pas. Je suis Takasugi Masa, fille d'Inoue Heinemon de Hagi. Asseyez-vous, je vous en prie. J'ai préparé du thé.

Elle parvenait à être à la fois extrêmement polie et condescendante, comme toutes les épouses de *bushi*. Elle me rappelait la belle-sœur de Monta. J'ôtai mes sandales et suivis Monta dans la pièce, où je m'assis un peu en arrière de Takasugi et lui. Monta demanda du saké, que Takasugi versa avec la gourde. Masa m'offrit du thé dans une théière au vernis craquelé Hagiyaki décoré des portraits des six sages poètes.

Je fis une observation sur la théière, rien que pour lui montrer que je connaissais ces poètes. Elle me posa quelques questions — où je vivais, si j'avais des enfants, si le thé me plaisait. Cependant Takasugi gardait le silence et sa présence pesante rendait difficile d'entretenir la conversation. Monta ne cessait de me faire signe d'essayer de lui parler. Je finis par répliquer tout bas : « Dans ce cas, laissez-nous seuls ! »

Après avoir vidé son verre d'une traite, Monta se leva d'un bond en parlant de la vue, d'une cascade qu'O-Masa-san devait absolument lui montrer — non, pas O-Tsuru, elle était fatiguée et devait se reposer avant de rentrer chez elle. Avant que nous ayons compris ce qui se passait, il avait entraîné dehors la jeune femme étonnée en me laissant seule avec son mari.

Je ne dis rien. À force de fréquenter les fous, j'avais appris qu'il était impossible de les forcer à parler mais qu'ils le faisaient d'eux-mêmes s'ils avaient envie de s'épancher. Il fallait simplement leur accorder un espace de silence où commencer. J'observai ouvertement Takasugi, en passant discrètement de l'attitude d'une visiteuse à celle d'un médecin en visite. L'après-midi était chaude et il avait certainement bu plus que de raison, mais je ne croyais pas que cela expliquât les taches rouges sur ses joues et son souffle court. Même si je ne pouvais prendre son pouls, j'étais certaine qu'il serait rapide et irrégulier. Un médecin doit recourir à tous ses sens pour établir un diagnostic. Mon odorat était particulièrement développé. Takasugi n'avait pas l'odeur d'un homme en bonne santé. En dehors de la dépression, je soupçonnais qu'il avait un autre problème. J'espérais que ce n'était pas la syphilis, mais peut-être s'agissait-il du *kekkaku*, la consomption lente et toujours fatale des poumons.

La fauvette chanta de nouveau. Tout était si calme qu'on entendait le vent dans les cèdres et la cascade au loin. Takasugi lança à brûle-pourpoint :

— Je me suis déjà rendu à l'étranger.

— Vraiment ?

— Je suis allé à Shanghai. L'année dernière. Vous n'imaginez pas la situation affreuse qui règne là-bas. On ne se croirait plus en Chine. Avez-vous entendu parler des « colonies » ? Les Anglais ont fait de l'Inde une colonie, et ils veulent maintenant faire la même chose dans le monde entier. Shanghai est devenu ce qu'ils appellent une concession. Cela signifie que les étrangers font comme s'ils étaient chez eux. Ils sont les maîtres et les Chinois sont les esclaves. Quand on songe à l'immensité et à la puissance de l'Empire du Milieu pendant tant de siècles, il paraît incroyable qu'il puisse être soumis et humilié par une poignée d'Occidentaux. Quel espoir reste-t-il à notre pays en cas de guerre ? Cette pensée me poursuit jour et nuit, m'empêche de boire et de manger. Nous sommes en train de nous précipiter aveuglément dans la même ornière. Le bakufu ne sait que faire. Il lui est impossible d'expulser les étrangers, car il ne peut rivaliser avec eux pour ce qui est des troupes et de l'armement. Toutefois, s'il n'entreprend rien contre eux, il devra affronter une guerre civile.

Il me jeta un coup d'œil, comme s'il était lui-même surpris de me parler ainsi.

— Le programme du *jôi*, l'idée que nous puissions chasser les étrangers, est une folie. Je l'ai appris à Shanghai. C'est un rêve inaccessible. Mais quiconque le dit ouvertement risque d'être assassiné par les *shishi*, car ils ont voué leur vie à ce rêve. Je les comprends, la folie est parfois irrésistible. Elle vous libère de la nécessité d'être prudent. Elle vous autorise à tuer pour faire triompher votre cause. Ne sous-estimez jamais le pouvoir des fous !

Il esquissa un sourire amer, se versa encore un verre et but à petites gorgées.

— J'étudie la médecine et les techniques de guérison, déclarai-je d'une voix ferme et décidée. Je connais des moyens d'aider ceux qui ont perdu la raison.

— J'espère que Monta ne vous a pas amenée ici pour me guérir ! rétorqua-t-il.

Je souris sans répondre et laissai de nouveau le silence s'installer.

— Vous avez été chez Yoshida-*sensei*, dit-il soudain. Le jour où Towa-san était là.

— C'est exact.

— Je l'ai vu en prison à Edo, vous savez. Je lui

rendais souvent visite. Je lui apportais des livres, de la nourriture, je lui faisais la lecture. Mais je n'ai pas pu rester à ses côtés jusqu'à la fin. Mon père m'a ordonné de rentrer à Hagi et il m'était impossible de lui désobéir. C'est en partie pour cela que je suis ici. Je ne saurais vivre dans la maison de mon père. Mon père... il est très conservateur. C'est un proche d'hommes que je méprise, tels que Nagai, Mukunashi, Tsuboi. Je suis son fils unique. Ma famille a toujours attendu énormément de moi, mais pour me conformer à mes propres principes je dois m'opposer aux siens. Il est dérouté et déçu par moi.

Cette fois encore, je gardai le silence.

— J'ai tenu dans mes mains les ossements de Yoshida, reprit Takasugi. Lors de son second enterrement. Ce grand esprit, ce noble cœur, il n'en reste que des os blanchis. Je pense sans cesse à lui, je lis et relis ses écrits en me demandant ce qu'il me conseillerait de faire. Si seulement il n'était pas mort. Mais le bakufu est ainsi. Il tue ceux qui essaient de sauver le pays. Il prétend qu'il va changer, réformer, mais il n'existe pas de remède pour la gangrène. Vous êtes bien placée pour le savoir. Le seul remède est l'amputation. Il faut trancher la partie infectée.

— La chirurgie me plaît, déclarai-je. Je n'ai pas peur de trancher.

— Cela demande une main ferme. Tendez la vôtre.

Je tendis ma main droite au-dessus de la table. Takasugi en fit autant. Au bout de quelques minutes, sa main commença à trembler. Je constatai avec fierté que la mienne restait immobile.

Il recula sa main en poussant un gémissement écœuré.

— Même dans mon enfance, j'étais faible. J'ai failli mourir de la vérole, je n'ai jamais grandi comme je l'aurais dû. Regardez-moi, maintenant. Vous n'imaginez pas le nombre d'heures que j'ai passées au *dôjô* à essayer d'acquérir de la force, et pourtant en ce moment je suis à peine capable de soulever un sabre. Je ne suis qu'un bon à rien.

— C'est le saké, répliquai-je. Vous ne devriez pas boire. Marchez plutôt chaque jour jusqu'au sommet de la montagne.

— Est-ce votre remède pour me guérir ? C'est inutile. Je me suis retiré. Si le domaine veut que je l'aide à renverser le bakufu, je reviendrai. Mais pas avant.

Il fut soudain pris d'une quinte de toux et vida son verre d'une traite.

— Voilà pourquoi j'ai besoin de boire, dit-il quand il fut de nouveau capable de parler. Depuis mon retour de Shanghai, je ne cesse de tousser et d'avoir des rhumes.

Après s'être essuyé les yeux, il tira de sa ceinture une de ces petites boîtes laquées appelées *inrô*. Le bouton qui la fermait — le *netsuke* — était un renard habilement sculpté, avec la tête sur les pattes, et la queue touffue enroulée autour de son corps. Il en sortit un sachet de papier dont il versa la poudre dans un bol, avant de la mélanger avec le thé restant dans la théière.

— Quelle est cette poudre ?

— Mon épouse l'achète dans la pharmacie de la ville. C'est censé être une Panacée.

— Venez à Shimonoseki et je vous en préparerai une meilleure, qui marche vraiment.

Il me regarda en riant.

— Au fait, que fabriquez-vous à Shimonoseki ? Savez-vous que la guerre est sur le point d'éclater là-bas ? Le shôgun va devoir fixer une date pour chasser les étrangers, même s'il sait que c'est impossible. Et nos pauvres soldats mal équipés s'arrangeront pour obéir, même si nous savons que c'est impossible. Ils croient que leur esprit de samouraïs l'emportera, exactement comme les Chinois comptaient sur leur vertu. Mais les armes à feu sont invincibles. Je vais vous montrer quelque chose que j'ai acheté à Shanghai.

Il se leva péniblement et sortit de la pièce d'un pas chancelant. Quand il revint, il portait un objet lourd enveloppé dans un *furoshiki* de soie mauve où se détachait en blanc l'emblème du Chôshû. Il le posa sur la table et le déballa. C'était un pistolet à barillet, le premier que j'aie jamais vu.

— Il s'agit d'un *Smith & Wesson, Model 2 Army*, dit Takasugi. L'un des plus célèbres pistolets américains. J'en ai acheté deux. Ils sont chers, mais c'est de cela dont nous avons besoin. Des pistolets, des fusils, des canons, des navires de guerre...

Il me montra les balles et comment on les introduisait dans le barillet. Je les soupesai dans ma main en essayant d'imaginer l'effet qu'elles produiraient sur la chair humaine. Jusqu'à quelle profondeur pénétreraient-elles dans le corps ? Seraient-elles déviées par l'os ? Dans quelle mesure l'os se briserait-il ?

— C'est pour cela que nous sommes à Bakan, dis-je. Pour soigner les blessés. Mon époux et moi devons apprendre à connaître les blessures de guerre. Sire Sufu voulait que mon époux s'entraîne avec les militaires.

— C'est donc un homme de Sufu ? Eh bien, moi aussi, je suppose. Mais s'il y a quelqu'un qui devrait boire moins, c'est bien Sufu. Une fois, à Edo, il s'est tellement enivré qu'il a voulu se battre avec le daimyô Tosa. Je n'ai réussi à le sortir d'affaire qu'en affirmant que le Chôshû se chargerait de le punir. Pour finir, son cheval a filé avec lui.

Je me rappelai mon propre mariage et ne pus

m'empêcher de sourire, même si je ne voulais pas paraître manquer de respect envers le mentor de mon époux, l'homme qui avait toujours soutenu et protégé Takasugi lui-même. Détournant les yeux, je vis que Monta et O-Masa étaient revenus dans le jardin et nous écoutaient. Le regard de Monta croisa le mien et il fit une grimace mi-moqueuse mi-satisfaite. Cependant je crus lire une certaine jalousie sur le visage d'O-Masa. Lorsqu'elle nous invita à rester pour dîner avec eux, son ton légèrement froid ne m'incita guère à accepter. Par chance, Monta projetait de marcher jusqu'à Sasanami avant la tombée de la nuit afin de se rapprocher de Yokohama, où il devait retourner pour cingler vers l'Angleterre via Hongkong. Il refusa pour nous deux. Je donnai à O-Masa les noms de pommades avec lesquelles elle pourrait masser les tempes de son époux. Je suggérai également des laxatifs, de l'exercice et des bains de pieds froids, mais je soupçonnais qu'elle ne suivrait pas mes conseils.

Monta et Takasugi s'étreignirent comme des frères, les larmes aux yeux.

— N'oubliez pas d'essayer le whisky, lança Takasugi. Mais soyez prudent, c'est nettement plus fort que du saké.

— Je vais essayer le whisky et les femmes, n'ayez crainte. Je ne suis pas ivre au bout de trois coupes, comme vous ! Et je rapporterai deux ou trois navires de guerre.

— Saluez Shiraishi-san de ma part, me dit Takasugi.

— Je n'y manquerai pas. Et venez nous voir à Shimonoseki.

— Bientôt, peut-être, assura-t-il.

Tandis que nous redescendions la colline, Monta s'exclama d'un air enchanté :

— Je savais que vous lui feriez du bien !

— La maladie suit son cours, répliquai-je. Il est en train de passer de la phase mélancolique à la phase maniaque.

J'avais vu le même processus à l'œuvre chez Eikaku.

— Je n'ai rien fait qu'écouter, mais il arrive qu'une écoute juste soit bienfaisante.

Nous nous quittâmes à l'angle de la rue des Kuriya.

— Je vous écrirai d'Angleterre, promit Monta.

— Faites attention à vous.

Naissance

Quand je rentrai chez les Kuriya, Mitsue se plaignait de douleurs bien qu'elle ne crût pas la naissance imminente. Elle avait plus d'expérience que moi. Elle avait mis au monde deux fils en bonne santé, alors que je n'avais fait qu'assister à des accouchements avec mon père. Possédant une certaine connaissance de l'école obstétrique de Kagawa, il se servait de lacs et de forceps pour les naissances difficiles ou pour extraire un fœtus mort, même s'il n'appréciait pas vraiment ces techniques car elles mettaient souvent fin à plus de vies qu'elles n'en sauvaient. Makino et moi avions étudié les méthodes de Kagawa, mais mon époux participait rarement à des accouchements. À cette époque, les naissances étaient le plus souvent confiées à une sage-femme, qui recourait à un mélange de bon sens, de connaissance pratique et de superstition pour apaiser les craintes de la mère.

Dans certaines régions, on donnait aux femmes enceintes des hippocampes séchés. Des remèdes « activants » étaient administrés en quantités minuscules dans des coquilles de cauri. On copiait des sortilèges et des charmes, tels que les caractères du sanctuaire d'Ise, sur du papier qu'on déchiquetait ensuite pour le donner à boire à la mère. Cependant

Mitsue était une fille de médecin et ne croyait pas vraiment à ces pratiques.

J'installai le lit dans la chambre que nous avions préparée à l'arrière de la maison. Après avoir aidé Mitsue à se déshabiller, en laissant son kimono de dessous flotter sur ses épaules, je la fis s'allonger. Je plaçai ma main sur l'abdomen et le palpai doucement pour sentir le bébé. Avec soulagement, je constatai qu'il était dans la bonne position et se tortillait sous mes doigts, ce qui prouvait qu'il était vivant. À l'instant où je le dis à Mitsue, elle poussa un cri étouffé et je sentis la première contraction véritable. Le ventre tout entier se durcit sous l'onde de choc.

— Ça commence, haleta Mitsue.

J'envoyai son époux chercher la sage-femme. Quand je revins dans la chambre, Mitsue s'était assise en s'adossant à la planche d'accouchement en bois. J'avais apporté un tas de chiffons et de vieux vêtements, que je posai à côté d'elle.

— Je n'ai pas lavé mes cheveux, se lamenta Mitsue. Je ne croyais pas que le bébé arriverait aujourd'hui. J'avais tout prévu. Je voulais laver mes cheveux le matin et les sécher au soleil.

— N'y pensez plus, dis-je.

Je savais que les femmes en couches s'inquiétaient souvent de détails triviaux concernant le nettoyage, le ménage ou leurs soins de toilette.

Mitsue étouffa de nouveau un cri.

— Je suis trempée, lança-t-elle d'un ton pressant.

Elle avait perdu les eaux. Je demandai aux servantes d'apporter de l'eau chaude, puis je lavai et séchai ma sœur.

La sage-femme arriva. Elle avait présidé à l'accouchement des deux garçons et connaissait bien Mitsue. Elle palpa doucement le ventre, comme je l'avais fait.

— Ce sera plus facile cette fois, assura-t-elle. Le bébé est plus petit et sa position est bonne.

De fait, la nuit était à peine tombée que le nouveau-né était déjà là.

— Ah, quel dommage, marmonna la vieille femme en le prenant dans ses mains.

— Qu'y a-t-il? s'écria Mitsue. Qu'est-ce qui ne va pas?

J'arrachai à la sage-femme la créature visqueuse. Le cordon ombilical était enroulé autour de son cou et elle était livide. Je glissai mes doigts entre le cordon et la chair en essayant de le détacher. Dès qu'il fut un peu moins serré, j'approchai ma bouche du petit visage sanguinolent et soufflai doucement dans son nez tout en appuyant sur sa poitrine. Elle ouvrit la bouche, aspira avec stupéfaction et se mit à pleurer.

Je n'ai pas mis au monde l'enfant qui devait devenir ma fille, mais je lui ai donné la vie et je l'ai aimée dès cet instant.

— C'est une fille, dit la sage-femme à Mitsue. La gardons-nous ou la renvoyons-nous?

— Bien sûr que nous la gardons! lançai-je vivement tout en commençant à laver son petit corps maculé de sang et de fluide natal.

— Oui, nous la gardons, confirma Mitsue d'une voix faible mais résolue.

J'enveloppai l'enfant et la tins dans mes bras pendant l'expulsion du placenta. Après quoi, je la donnai à sa mère. Elle avait cessé de pleurer et entreprit de téter avidement le sein que Mitsue lui offrait. Elle était petite, mais forte.

La sage-femme et moi lavâmes Mitsue. Celle-ci saignait un peu, mais elle n'avait guère souffert de cet accouchement rapide. Sa fille ne l'avait pas déchirée comme son dernier gros garçon.

La sage-femme emporta le placenta pour veiller à

ce qu'il soit enterré dans les règles. Mitsue et moi restâmes seules avec la petite fille. La chambre était imprégnée de l'atmosphère propre à l'accouchement, ce moment où une femme frôle de si près la mort. Le temps semble s'immobiliser en un instant d'émerveillement à l'idée que la mort a été évitée et qu'une vie nouvelle est venue au monde.

— Qu'est-ce qui n'allait pas avec le bébé quand elle a dit « dommage » ? chuchota Mitsue.

— Le cordon ombilical enserrait le cou, expliquai-je. Le bébé était en train d'étouffer.

— Tsu-chan, si vous n'aviez pas été là, la *obaasan* l'aurait laissée mourir.

En proie aux émotions violentes de l'accouchement, Mitsue eut soudain les larmes aux yeux.

— Vous avez sauvé cette enfant. Une part d'elle sera toujours à vous. Elle sera notre petite fille. Je penserai sans cesse à vous en la regardant. Je me sentirai moins seule, désormais.

— *Neechan*, je croyais que vous étiez heureuse ici.

— Vous me manquez tellement, vous et nos parents. Je sais que ce n'est pas bien de ma part. J'ai beaucoup de chance avec mon époux et ma nouvelle famille. Mais je regrette chez nous.

La fille de Mitsue était née au début du quatrième mois. Au bout de sept jours, on donna une petite fête dans la maison et le bébé reçut le nom de Michi. J'avais prévu de rester durant les trente-trois jours suivant la naissance, afin d'accompagner la famille au sanctuaire local pour présenter l'enfant aux *kami*, mais les événements en cours dans le domaine m'obligèrent à rentrer précipitamment à Shimonoseki. Comme l'avait prédit Takasugi, le shôgun avait été contraint d'annoncer qu'on avait fixé une date pour l'expulsion de tous les étrangers du Japon. Le

Chôshû était déterminé à exécuter cet ordre, qui était censé répondre aux vœux de l'empereur lui-même. Il s'ensuivit une activité frénétique pour fortifier la côte et lever une armée. Un millier d'hommes accoururent à Shimonoseki tandis que le gouvernement du Chôshû était transféré de Hagi à Yamaguchi, considéré comme moins vulnérable en cas d'attaque. Les seigneurs du domaine, Takachika et Sadahiro, revinrent l'un comme l'autre.

Il semblait enfin que la guerre contre les étrangers allait éclater pour de bon. Je ne voulais pas manquer ça. J'étais décidée à rejoindre mon époux au cœur de l'action.

Le domaine était en ébullition. Les rumeurs se succédaient. De nombreux habitants fuyaient Hagi et les routes étaient noires de monde. Toutefois les épouses de *bushi* restées à Hagi sortirent de derrière les hautes murailles et les fenêtres treillissées des résidences de leurs maris pour se joindre aux gens de la ville construisant des fortifications sur le Kikugahama. Tout le monde chantait une chanson populaire intitulée *Otokonara* :

> *Si j'étais un homme*
> *Je prendrais une lance*
> *Et je partirais pour Shimonoseki.*

Cela me donnait l'impression d'accomplir moi-même un grand acte de courage en retournant à Bakan.

Je passai une nuit chez mes parents. Ma mère était déjà rentrée de son pèlerinage. Elle fut soulagée et ravie d'apprendre la naissance de sa petite-fille. Je parlai à mon père du cordon ombilical. Il ne sembla guère impressionné mais murmura :

— Tu t'en es bien tirée, Tsu-chan.

Ils ne voulaient pas que je rentre à Shimonoseki, mais ma décision était prise et je m'en allai le lendemain de bon matin.

Une fois que je fus sur la route de Yamaguchi, je vis la foule affluer vers moi. Les gens fuyaient la ville portuaire avec leurs enfants, leurs animaux domestiques, leurs oiseaux et leurs autres biens entassés dans des charrettes à bras ou des paniers. Apparemment tous étaient persuadés que puisque le gouvernement s'était installé à Yamaguchi, eux aussi seraient plus en sécurité là-bas.

En approchant du port, je me rendis compte que tout le monde n'avait pas fui. Certains avaient choisi de rester pour observer la guerre comme si c'était un *misemono* ou un feu d'artifice. Ils campaient sur les collines environnantes, hors de portée des canons. En regardant les bateaux des étrangers franchissant inconscients le détroit, ils leur criaient des menaces et des avertissements qu'ils ne pouvaient évidemment pas entendre et qu'ils n'auraient de toute façon pas compris.

La route élevée longeait la côte en passant devant les batteries de Maeda et de Dannoura, dont s'occupaient des soldats aux uniformes étrangement bariolés, puis devant Amidadera et le sanctuaire de Kameyama. De l'autre côté de la mer Intérieure surgissaient les montagnes du Kyûshû s'empourprant dans la brume du soir. Sur ma droite, dominant la baie et le détroit, se dressait le temple appelé Kômyôji. C'était d'ordinaire un lieu paisible, fréquenté exclusivement par des moines et aussi par des chats prenant le soleil sur les vérandas ou poursuivant des feuilles sous l'énorme ginkgo. Ce soir-là, cependant, j'entendis des voix querelleuses, des éclats de rire rauques. Plus de trente hommes avaient établi leur campement dans le domaine du temple. Ils avaient un air patibulaire et ma première pensée fut qu'il

236

s'agissait de bandits ayant profité de l'effondrement actuel de la société pour s'installer dans la ville. La plupart d'entre eux portaient des cheveux longs, relevés et noués en une queue rappelant celle d'un cheval. Leurs fronts n'étaient pas rasés. Beaucoup arboraient des bandeaux de tissu rouge ou blanc ornés de l'emblème du Chôshû ou de divers caractères proclamant leur « loyauté » ou leur « courage ». Tous étaient armés de deux sabres.

Alors que je voulais m'éloigner en hâte, j'eus la surprise d'entendre la voix de mon époux. Je m'immobilisai et vis Makino qui descendait les marches dans ma direction.

— Vous êtes bien rentrée !

Il me prit mes paniers.

— Vous devez être fatiguée.

— Que faites-vous ici ? demandai-je.

— Je cherche quelqu'un pour discuter du traitement des blessés. Il faut que nous installions un hôpital provisoire quelque part. Je pensais que le Kômyôji conviendrait, mais Genzui est ici avec ses hommes. Ils attendent de voir ce qui se passera quand nous attaquerons les étrangers. Venez donc lui dire bonjour.

Les longs cheveux de Kusaka Genzui étaient maintenus en arrière par un bandeau blanc. Debout devant le mur extérieur du temple, il regardait avec une longue-vue dans la direction de Dannoura, la partie la moins large du détroit. À notre approche, il éloigna la longue-vue de son œil et la tendit à Makino.

— Regardez un peu. C'est un drapeau américain, n'est-ce pas ?

Il pointa le doigt vers un navire avançant rapidement dans le détroit, porté par la marée du soir et le vent d'ouest. Son étrange drapeau rayé et étoilé s'agitait à la poupe.

— Oui, il s'agit d'un bateau américain, confirma Makino. Mais mon épouse est ici. Elle revient juste de Hagi.

Il se tourna vers moi.

— Quelles nouvelles de votre sœur?

— Elle a mis au monde une petite fille.

Genzui me sourit en hochant la tête.

— Avez-vous vu mon épouse?

— Non, j'en avais envie mais...

— Rendez-lui visite la prochaine fois que vous serez à Hagi, je vous en prie. Elle demande souvent de vos nouvelles.

Je préférai ne pas parler de ma rencontre avec Shiji — à présent Inoue — Monta. Je me demandais où lui et Itô se trouvaient maintenant, s'ils étaient déjà à bord d'un navire comme celui-ci, si Genzui savait qu'ils se rendaient en secret en Angleterre. Je tournai mon regard vers l'ouest, où les derniers rayons du jour luisaient encore en projetant des reflets dorés sur les nuages gris.

— J'ai vu Takasugi-san.

L'intérêt de Genzui s'éveilla aussitôt.

— Que fait-il donc? lança-t-il. Pourquoi n'est-il pas ici?

Une nouvelle fois, je ne savais que dire. Il me semblait qu'il valait mieux garder le silence, même sur la maladie de Takasugi.

— Comptez-vous participer aux combats? demandai-je à Genzui.

Il ne me répondit pas tout de suite. Me remettant en mémoire le fils de médecin bien élevé qu'il était resté, il déclara :

— Vous devez avoir soif. Pouvons-nous vous offrir à boire?

Je protestai que je n'avais besoin de rien, mais il me conduisit avec Makino jusqu'à l'entrée du temple. Nous pénétrâmes dans la salle au parquet luisant.

— Asseyez-vous, dit Genzui.

Quelques coussins étaient éparpillés autour d'un brasero répandant une épaisse fumée. Bien qu'on fût presque au cinquième mois, il faisait froid dans cette salle et je fus heureuse de m'asseoir près du feu. Genzui poussa un hurlement dans l'obscurité et une jeune fille apparut. Sa présence ne m'étonna pas vraiment. Partout où il y avait des *shishi*, il y avait des femmes — geishas ou serveuses des auberges jalonnant la route. Elles tombaient amoureuses de ces jeunes hommes, leur offraient gratuitement le vivre et le couvert, les avertissaient des dangers, leur trouvaient des cachettes, lavaient et raccommodaient leur linge, partageaient leur lit. Bien souvent, elles finissaient par les épouser. Comme Monta l'avait dit, ces femmes comprenaient leurs amants mieux qu'aucune épouse *bushi* n'en était capable.

La jeune fille inclina la tête quand Genzui demanda du thé et du saké. Elle reparut quelques minutes plus tard, avec les boissons et les bols sur un plateau.

— N'y a-t-il rien à manger? s'exclama Genzui. Courez chez le marchand en plein air et rapportez des sobas et des sushis. Dites-lui qu'il sera payé demain.

Il ajouta en souriant à Makino :

— Après tout, nous sommes de vertueux samouraïs, employés pour le compte du domaine.

Quand les bols furent pleins, il déclara :

— Pour répondre à votre question, bien sûr que je devrais combattre, et en première ligne. Yoshida Toshimaro, Yamagata Kyôsuke, les frères Irie... tous ici en ont envie autant que moi. Mais on nous a défendu d'intervenir. Môri Noto doit commander les opérations et il ne veut personne dans ses troupes

239

qui ne soit du rang *shi*. Il pense que nous sèmerons le trouble parmi les samouraïs, que nous saperons son autorité. On nous a donc envoyés ici pour « faire le guet », même si ça n'a aucun sens.

— En somme, vous n'avez qu'à assister au spectacle, commenta Makino d'un ton ironique.

— Ha ! Ils vont regretter de ne pas avoir écouté nos conseils et d'avoir refusé notre aide, quand ils se feront massacrer ! Ils ont beau avoir des canons, ils n'ont aucune idée de la façon de combattre les Occidentaux. Yoshida-*sensei* l'avait déjà dit voilà des années. Nous aurions dû refondre toute l'armée, nous débarrasser de tous ces *bushi* aux conceptions archaïques et faire des réformes en nous inspirant de l'Occident. À présent, nous courons à la défaite.

Genzui semblait à la fois abattu et presque joyeux à cette perspective. Makino semblait davantage préoccupé.

— Qu'en est-il de nous ? demandai-je. Où pourrons-nous nous installer ? A-t-on pris des dispositions ?

— Pour les blessés ? répliqua Makino. C'est bien là le problème. Suggérer qu'il puisse y avoir des blessés suffit à vous faire passer pour déloyal et défaitiste. Personne n'a rien prévu. Les armées occidentales possèdent ce qu'ils appellent des hôpitaux de campagne, établis derrière le front. J'ai lu des choses à leur sujet. Ils sont équipés d'instruments chirurgicaux, de pansements, de lits, de brancards et ainsi de suite. Ils nécessitent une source d'eau propre, des feux et des lanternes pour continuer de travailler la nuit.

Comme Genzui ne réagissait pas, Makino observa d'un ton exaspéré :

— Les blessés qu'on a sauvés peuvent retourner sur le champ de bataille.

— Un soldat doit être prêt à mourir, dit Genzui avec lenteur.

J'imaginais sans peine le conflit auquel il était en proie. Il était fils de médecin. Son père et son frère aîné avaient voué leur vie à comprendre les maladies et trouver des remèdes, mais lui-même était imprégné de l'esprit des samouraïs, lesquels méprisaient la lâcheté et s'efforçaient d'éradiquer tout vil désir de se préserver soi-même.

— Cependant un grand nombre pourraient être sauvés, insista Makino. Je voudrais que vous me donniez un lieu pour eux, soit ici, soit à l'Amidadera ou au Gokurakuji.

— Ces deux derniers conviendraient mieux, car ils sont plus proches de l'emplacement des canons.

— Au Gokurakuji, ils iraient droit au paradis ! observai-je, ce qui les fit rire.

— Mais nous espérons en garder le plus possible dans ce monde-ci, dit Makino.

— Je vais voir ce que je peux faire, promit Genzui.

Pendant que nous parlions, plusieurs autres *shishi* étaient entrés dans la salle et s'étaient assis autour de nous. Tous semblaient frustrés, agités. Ils voulaient participer aux combats et attaquer les étrangers, mais ils avaient conscience que le Chôshû serait nécessairement vaincu. Même si chacun convenait qu'une attaque ferait sortir le pays de la léthargie qui semblait le paralyser, personne ne savait ce qui se passerait ensuite. Les avis les plus divers circulaient dans la pénombre du temple : l'armée avait besoin de réformes, on devrait autoriser des unités mêlant les classes sociales, il faudrait armer les paysans et les fermiers. Je connaissais un peu certains des orateurs les plus virulents — Yamagata, les deux frères Irie —, mais j'étais troublée par l'aura de mort plongeant nombre d'entre eux dans son ombre tremblante. Par moments, je croyais voir la salle entière ruisseler de sang. La jeune fille revint avec des bols de nourriture, mais j'étais trop lasse pour manger. Je n'avais pas envie de rester avec ces garçons dont la vie serait si vite terminée.

Makino devait avoir remarqué mon malaise, car il annonça :

— Mon épouse a voyagé toute la journée. Il est temps que nous rentrions chez nous.

— Je resterai en contact par Shiraishi, dit Genzui quand nous partîmes.

Guerre

Vers l'époque du solstice d'été, mon époux et moi découvrîmes l'effet des boulets de canon et des obus sur le corps humain. Malgré toutes nos lectures, nous fûmes absolument pris de court et vîmes des choses dépassant toute description.

Nous nous étions installés au Gokurakuji. Les prêtres avaient mis une salle à notre disposition sur le côté du temple et nous avions tenté d'aménager les lieux pour soigner les blessés. Avec l'aide de Shiraishi, nous y avions transporté des pansements, des baumes, des scalpels et des aiguilles pour la chirurgie, des seaux, des bouilloires, du bois à brûler, en somme tout ce qui nous était venu à l'esprit.

Le sixième mois approchait et il faisait très chaud. Nous entendîmes les canons dans la matinée.

— Ça a commencé ! s'exclama Makino.

Nous courûmes dehors pour regarder le détroit.

Dans le cadre de ses efforts pour renforcer ses défenses, le Chôshû avait acquis récemment trois navires de guerre construits par des Occidentaux. Deux d'entre eux, arborant le soleil rouge du nouveau drapeau japonais ainsi que les bannières Chôshû, avaient ouvert le feu sur un bateau de commerce américain — j'appris plus tard qu'il s'appelait le *Pembroke*. Il était à l'ancre dans le détroit, prêt à repartir pour Nagasaki puis Shanghai. Le premier tir l'atteignit à la poupe, le faisant tanguer violemment. Le second déchira le gréement et arracha l'un des mâts. Nous voyions nettement la réaction soudaine, presque comique, des marins lorsqu'ils comprirent qu'on les attaquait. Des voix railleuses s'élevant des navires Chôshû crièrent : *Sonnôjôi*. Pendant ce temps, les Américains couraient en tous sens comme des perce-oreilles effrayés, en agitant les mains et en criant des ordres.

La batterie de Kameyama ouvrit le feu à son tour. Les premiers obus tombèrent non loin du bateau, en faisant jaillir des gerbes d'eau. Le *Pembroke* avait réussi à mettre ses moteurs en marche et s'enfuit vers le détroit de Bungo, hors de portée de nos tirs. Des acclamations s'élevèrent de la garnison. Les hommes sautaient sur place et faisaient des signes de main excités. Une âcre odeur de fumée se répandit dans l'air.

— À présent, nous avons fait quelque chose, dit Makino.

C'était un instant lugubre, pourtant je ne pouvais m'empêcher de me sentir aussi fière et excitée que les soldats. Notre domaine, le Chôshû, avait obéi à l'ordre de l'empereur. Nous seuls exaucions ses vœux. Nous étions en première ligne dans la guerre contre les étrangers.

Deux nouvelles attaques suivirent. Nous ignorions que leurs cibles appartenaient à des nationalités différentes — pour nous, il s'agissait simplement d'étrangers. En fait, l'un des navires attaqués était français, l'autre hollandais. Comme le *Pembroke*, ils s'enfuirent aussi vite qu'ils le purent sous les tirs des canons Chôshû. Malheureusement, le Chôshû était parvenu à offenser trois des nations les plus puissantes de la terre. La quatrième, l'Angleterre, quoiqu'elle ne fût pas directement impliquée, allait se joindre à elles pour nous châtier.

Sur le moment, toutefois, personne ne pensa à l'avenir. Tout le monde était trop occupé à fêter la victoire. Kusaka Genzui partit pour Kyôto afin d'annoncer ce succès et d'inciter les autres domaines à nous imiter.

Comme toujours, Makino se montrait sceptique.

— C'est trop facile, déclara-t-il. Il y aura sûrement tôt ou tard des représailles.

— Vous êtes déçu de n'avoir aucun cas intéressant à traiter, répliquai-je.

J'aurais cru que nous serions maintenant en plein travail, mais nous n'avions encore vu arriver aucun blessé. Le prêtre du temple consulta Makino pour ses problèmes d'yeux. Quant à moi, je soignai plusieurs enfants des environs atteints de diverses maladies de la peau, et je parlai avec l'épouse du prêtre de ses maux et des charmes et des prières auxquels elle se fiait pour les soulager. Nous perçâmes quelques furoncles, arrachâmes quelques dents. Eikaku apparut à l'improviste. Sa manie prenait alors une forme plutôt plaisante et il désirait voir par lui-même les horreurs de la guerre moderne. Comme beaucoup de gens, une crise vraiment grave le calmait, comme si le monde extérieur se mettait enfin au diapason de son chaos intérieur. Les jours passèrent lentement. La ville était tranquille, après avoir vu fuir tant de ses habitants. Le temps était beau et chaud, la mer sereine. Même les marées tristement célèbres du détroit semblaient s'être apaisées.

Après la fuite du vaisseau hollandais, en dehors de quelques bateaux courageux de la région et des trois navires de guerre Chôshû, le *Kigai-maru*, le *Kôsei-maru* et le *Kôshin-maru*, qui continuaient de surveiller la côte, la navigation sur le détroit fut inexistante jusqu'au premier jour du sixième mois. C'est alors qu'apparut en début de matinée un navire américain, grand et rapide. Parti deux jours plus tôt de Yokohama, il avait passé la nuit caché derrière Hikoshima.

Nous entendîmes les canons donner l'alerte et courûmes de nouveau à notre poste d'observation. L'allure décidée du vaisseau m'inquiéta. Il avait de nombreux canons et se dirigeait droit vers les trois navires de guerre Chôshû. La batterie de Kameyama ouvrit le feu, mais le vaisseau était trop près de la côte. Les obus passèrent par-dessus lui et tombèrent dans la mer. Puis il répondit. Il n'avait aucun problème de portée ni de précision. En quelques instants, la batterie de Kameyama fut détruite. Le vaisseau américain tourna alors son attention vers les navires Chôshû, qui s'avançaient et s'apprêtaient à attaquer. Ils réussirent à tirer, mais tous trois furent bientôt mis hors de combat. Deux d'entre eux commencèrent à sombrer presque aussitôt. À un moment, les Américains s'échouèrent et semblèrent constituer une cible facile, mais les batteries du rivage étaient réduites au silence et le vaisseau parvint à se dégager et à prendre le large. Il continua de tirer sur les batteries et la ville, pareil à un faucon rôdant sur les eaux, avant de disparaître en direction de Yokohama.

La bataille avait duré à peine plus d'une heure. Même si nous nous y attendions plus ou moins, la férocité et la rapidité de l'attaque me laissa un instant abasourdie. Ces canons si précis, si meurtriers, changeaient ma vision du monde. C'était comme s'ils avaient explosé dans ma tête. J'aurais voulu que Genzui et Takasugi fussent là, pour qu'ils voient de leurs propres yeux voler en éclats l'illusion absurde du *jôi*.

— Rendons-nous auprès des batteries, dit Makino.

J'attrapai quelques pansements, la boîte de scalpels, des ciseaux, des pinces. Puis je suivis mon époux, en compagnie d'Eikaku, jusqu'à l'endroit où se trouvaient naguère les batteries. Mes oreilles bourdonnaient encore sous l'effet des explosions. « Explosions » : je crois que je ne connaissais même pas ce mot, à l'époque. Le seul bruit que je pouvais leur comparer était celui des feux d'artifice des fêtes de l'été.

L'air était chargé de fumée et de poussière. Les lourds canons paraissaient bizarrement de travers, avec leurs gueules pointées vers le ciel. À première vue, il ne restait aucune trace des soldats qui les servaient. On n'entendait aucun blessé crier ou gémir. Puis je vis que le sol était maculé de sang. Des fragments d'os et de chair restaient collés aux canons. Une main était accrochée à une barrière, l'œil unique d'un lambeau de crâne fixait la poussière.

Eikaku s'exclama avec un vif intérêt :

— Ça alors, ils ont été littéralement dépecés !

Il écarquillait les yeux avec stupeur. Même dans ses peintures les plus effroyables, il n'avait jamais imaginé une telle destruction du corps humain, une telle bouillie de viande et de nerfs.

Les batteries de Maeda et de Dannoura se taisaient aussi, maintenant. Les oiseaux chantaient de nouveau dans les bois couvrant les collines. Un attroupement s'était formé — d'autres soldats qui avaient échappé à l'impact direct du tir et n'étaient que commotionnés ou légèrement blessés par des éclats d'obus, quelques habitants de la ville restés pour regarder les combats ou protéger leurs biens. Un officier prit aussitôt le commandement et donna des ordres pour que les fragments de corps soient rassemblés et les canons lavés, remontés et rechargés.

Les soldats, dont les uniformes mêlaient des te-
nues noires de style occidental à des armures démo-
dées, obéirent à leur capitaine. Cependant ils me
parurent aussi bouleversés que nous. C'était leur
première expérience de la guerre. Plus de deux
siècles s'étaient écoulés depuis la dernière fois que
des troupes Môri avaient participé à une bataille.

À côté de moi, le prêtre murmurait des prières.
Makino s'approcha du capitaine et lui expliqua
pourquoi nous étions là.

— Nous n'avons pas de blessés ! répliqua l'officier
avec colère. Ces armes ne font pas de blessures.
Elles vous pulvérisent !

— Combien d'hommes avez-vous perdus ?

— Huit. Mes meilleurs canonniers.

Il se retourna et fit un geste rageur en direction
de l'est, là où le navire américain avait disparu.

— J'espère que les vôtres auront connu le même
sort ! cria-t-il.

Le choc lui faisait perdre la mesure. Il y avait évidemment quelques blessés, que nous soignâmes
dans l'après-midi et jusque dans la nuit, tandis que
les cieux s'ouvraient au-dessus de nos têtes en une
violente tempête.

Quatre jours plus tard la batterie de Kameyama
fonctionnait de nouveau, mais elle fut presque aussitôt anéantie par deux vaisseaux français qui la ré-
duisirent au silence, ainsi que les autres, au prix des
mêmes pertes terribles en vies humaines.

Makino et moi nous rendîmes à Maeda, où nous
recueillîmes les dépouilles afin de les remettre au
prêtre du Gokurakuji pour l'enterrement. Les soldats survivants étaient complètement démoralisés.
Quand l'ennemi débarqua, ils s'enfuirent avec la
plupart des habitants restés dans la ville, lesquels
maudissaient leur malchance et blâmaient indiffé-
remment les étrangers et les samouraïs.

Seul le petit groupe commandé par Yamagata Kyôsuke battit en retraite sans trop de désordre et continua de résister, en tirant sur les marins français. Mais ils n'obtinrent guère de résultats.

Les marins se comportaient davantage en touristes qu'en assaillants. Ils arrivèrent dans des canots, se hissèrent sur le quai et sautèrent par-dessus les barrières basses. En voyant les six canons, ils éclatèrent de rire. Je détestais leurs visages souriants, arrogants, sous leurs ridicules chapeaux blancs. Ils prirent des photographies, — encore un mot que j'ignorais à l'époque. Posant devant l'objectif, ils agitèrent leur drapeau en levant les mains en l'air. Cependant leur gaîté ne les empêcha pas de se montrer d'une efficacité impitoyable. Ils brûlèrent les armes et les munitions entreposées dans les fortins de Maeda, et mirent également le feu à plusieurs maisons voisines. Ils ne nous firent aucun mal mais nous chassèrent distraitement, comme si nous étions des animaux importuns les dérangeant dans l'accomplissement de leurs tâches.

Ils finirent par remonter dans leurs canots et regagnèrent leurs navires en laissant derrière eux des flammes et des fumées. Les deux navires longèrent encore la côte une fois ou deux, comme pour nous mettre au défi de réagir. Mais ils avaient trop bien fait leur travail. Il ne restait plus un seul canon. Le Chôshû était vaincu.

Le lendemain, Makino et moi retournâmes chez Shiraishi pour discuter avec lui de ce que nous pouvions faire maintenant. Il était aussi abattu que nous, le visage blême d'épuisement. Le Chôshû avait perdu ses trois navires de guerre. La plupart de ses batteries côtières étaient détruites et quarante hommes avaient trouvé la mort. Shiraishi devait se charger de tous les détails pratiques : organiser les funérailles, fournir des provisions aux survivants, voir si les navires pouvaient être sauvés, assurer la bonne marche de son hôtellerie où affluaient des jeunes hommes pleins d'angoisse et de colère.

Nombre d'entre eux venaient du groupe de Genzui au Kômyôji. Ayant été exclus des combats, ils ne cessaient de récriminer contre l'armée du domaine. Avec une irritation croissante, je les écoutai répéter inlassablement les mêmes plaintes.

— Ils auraient dû nous employer. Nous aurions pu changer le cours des choses.

— Nous n'aurions rien pu faire. Ils avaient la supériorité du nombre et de l'armement.

— On dit que nos canons étaient pointés vers le bas et que les boulets tombaient.

— Quels imbéciles !

— Mais avez-vous vu le navire américain ? Ils savaient ce qu'ils faisaient !

— Quand ils se sont échoués, j'ai cru que nous les tenions.

— Quelle merveille, ce bateau ! Si nous en avions un comme ça !

Makino et moi nous retirâmes dans notre chambre. Je songeais à préparer le lit, mais je me demandais si nous arriverions à dormir. Les *shishi* déprimés allaient probablement boire et se disputer toute la nuit.

— Que va-t-il se passer, maintenant ? demandai-je.

— Nous nous sommes fait des ennemis aussi bien chez les étrangers que dans le bakufu, répondit-il. Je suppose que d'autres représailles nous attendent.

— Mais c'est le bakufu qui a donné l'ordre de chasser les étrangers, conformément aux vœux de l'empereur.

— Ils n'imaginaient pas qu'on prendrait cet ordre

au sérieux, répliqua Makino. Il est évident pour toute personne raisonnable que nous ne pouvons pas vaincre les étrangers. Ils l'emportent sur nous par leurs armes, leurs navires, leur technologie.

— Nous devrions donc les laisser s'emparer de notre pays parce que nous sommes trop faibles pour les en empêcher ?

Je ne pensais pas que les jeunes hommes de la pièce voisine accepteraient jamais une chose pareille. Ils préféreraient mourir au combat. Je songeai à Nakajima et à Shinsai. Si Nakajima avait été raisonnable, il vivrait encore. Et Shinsai ne serait pas en train de risquer sa vie à Kyôto. Il me manqua soudain terriblement. J'aurais été tellement heureuse de le voir apparaître à la porte de l'hôtellerie.

— Peut-être n'ont-ils pas envie de s'en emparer, dit Makino. Peut-être veulent-ils simplement faire du commerce et obtenir des escales sûres pour leurs navires. En nous asseyant tous autour de la même table, il se pourrait que nous parvenions à un accord.

Il était lui-même si raisonnable qu'il lui semblait que tout pouvait se résoudre en dosant convenablement les ingrédients, comme lorsqu'il confectionnait un remède.

Dehors, il commençait à faire sombre. L'odeur de mer qui imprégnait Shimonoseki à toute heure semblait s'intensifier encore à l'approche de la nuit. Dans l'auberge, on allumait les lampes et les servantes allaient et venaient avec des plateaux chargés de nourriture et de saké. J'entendis les cris de porteurs arrivant avec un hôte en palanquin. Puis une voix qui m'était familière salua Shiraishi. Ne pouvant en croire mes oreilles, je courus vers le vestibule et entendis avant d'y parvenir quelqu'un dire distinctement :

— C'est Shinsaku !

Je me plaquai contre le mur tandis que Takasugi

Shinsaku passait rapidement devant moi, et je le suivis dans la salle de réception où les *shishi* étaient rassemblés. À sa vue, ils poussèrent des hurlements de joie. Plus d'un s'inclina jusqu'au sol.

Je l'observai avec intérêt. Il était difficile de croire que ce fût le même homme que j'avais rencontré au village de Matsumoto, en proie à la mélancolie. Quand je l'avais quitté, sa maladie paraissait sur le point d'entrer dans sa phase maniaque. À présent, je comprenais que l'esprit de Takasugi avait quelque chose d'invincible. Son attitude avait entièrement changé. Il semblait même plus grand, plus robuste. Son expression était énergique et son regard rempli de détermination.

— Je suis envoyé par sire Môri Takachika en personne, lança-t-il en s'adressant à toute la salle d'une voix claire et ferme.

Il s'interrompit un instant, pour que chacun comprenne l'importance de cette annonce, puis il brandit le porte-documents qu'il tenait à la main.

— Voici mes ordres. Je suis chargé de constituer des troupes d'un nouveau genre pour l'armée du domaine, afin de nous défendre, nous et notre pays.

Il parcourut des yeux l'assistance, où il reconnut plusieurs anciens étudiants du *sonjuku*, comme lui-même. Il les salua d'un sourire et reprit :

— Nous allons mettre en pratique les idéaux de notre maître. Nous allons créer un groupe mêlant les samouraïs et les roturiers. Chacun sera recruté en fonction de ses capacités, non de son rang. Nous serons armés de fusils occidentaux et nous entraînerons à la manière des Occidentaux.

Cette déclaration fut accueillie par des cris d'excitation. Takasugi leva la main pour les faire taire.

— Vous serez le fondement de la nouvelle armée, lança-t-il.

J'aurais juré que chaque homme avait l'impression qu'il s'adressait personnellement à lui.

— Avec une armée forte, nous aurons un pays fort et riche. Nous serons alors en mesure d'affronter les étrangers sur un pied d'égalité.

Il s'assit et prit le bol de saké que Shiraishi lui offrait. Le tendant devant lui, il cria : « Kanpai! » avant de le vider d'une traite.

— Kanpai! crièrent tous les autres en se hâtant de remplir leur bol et de boire.

Takasugi les regarda et tous les yeux se fixèrent aussitôt sur lui.

— Vous êtes ici quinze hommes. Je suppose que vous avez tous envie de combattre ?

Ils approuvèrent à grands cris.

— Cela fera trois unités de cinq hommes chacune, continua Takasugi. Vous êtes les premiers soldats du Kiheitai. À partir de maintenant, vous êtes sous mes ordres.

Le nom du Kiheitai signifiait des troupes « singulières » ou « spéciales ». Il lui donnait d'emblée un côté mystérieux, séduisant.

— Mon frère et moi voulons rejoindre vos rangs, dit Shiraishi en s'avançant.

Son frère, Rensaku, était juste derrière lui. J'éprouvai un certain malaise, car je savais que Rensaku faisait partie de ceux qui ne survivraient pas à leur engagement dans le Kiheitai.

— Nous nous chargerons des finances et de l'approvisionnement.

— Entendu. Je compte sur vous pour nous fournir des fusils.

— Nous en trouverons à Nagasaki, promit Shiraishi qui tremblait presque dans son excitation.

— Shiraishi-san, j'aurai aussi besoin de vous pour arrondir les angles avec le domaine vassal, ajouta Takasugi.

Shimonoseki, que le domaine de Hagi aurait aimé contrôler directement, dépendait en fait du domaine vassal de Chôfu, avec lequel les relations étaient orageuses.

— Certainement. Et peut-être pourrez-vous glisser un mot en ma faveur à Hagi, dit Shiraishi.

Ses yeux brillaient, comme s'il voyait voltiger devant lui des rêves de richesse et de promotion sociale.

Takasugi n'avait pas semblé me reconnaître, mais il lança soudain en scrutant la salle :

— Où est la fille du médecin? O-Tsuru-san?

— Je suis ici, dis-je en sortant de l'ombre.

— Nous aurons besoin de vous et de votre époux. Se trouve-t-il ici?

— Je vais le chercher! s'exclama Shiraishi en se hâtant de quitter la salle.

— Vous m'avez demandé de venir vous voir, me dit Takasugi. Eh bien, me voici!

— Je suis heureuse que vous soyez rétabli.

Mon époux entra. Il portait ses vêtements de nuit et avait passé sa veste sur son *yukata*.

— Docteur Makino, dit Takasugi, je veux que vous rejoigniez le Kiheitai. Nous allons créer des hôpitaux de campagne. Il me semble que vous avez quelques lumières en cette matière. Je vous confie cette mission. Votre épouse vous aidera.

Il était hors de question de ne pas lui obéir. Makino s'inclina sans un mot. Son visage si pâle avait légèrement rougi, révélant ainsi sa satisfaction. J'imaginais que lui aussi devait rêver de promotion sociale.

En quelques jours, les effectifs du Kiheitai s'élevèrent à soixante hommes. C'était beaucoup trop pour pouvoir les loger à leur aise dans l'hôtellerie de Shiraishi. Takasugi les installa dans l'Amidadera. À la fin du mois suivant, il disposait de vingt unités de cinq hommes. Les candidats affluaient : samouraïs de rang inférieur, fils de fermier, prêtres et même lutteurs de sumo. En les connaissant mieux, je m'aperçus que leurs motivations étaient diverses. Certains étaient déjà de fervents loyalistes, d'autres espéraient devenir samouraïs. Il en était qu'attiraient les possibilités d'avancement, l'aventure ou tout simplement l'idée de combattre. Tous étaient assurément reconnaissants pour la nourriture et le modeste salaire que leur accordait le domaine avec l'aide de marchands tels que Shiraishi. L'éducation sévère et la discipline instaurées par Takasugi et les autres officiers rendirent le Kiheitai florissant. En quelques mois, des troupes du même type, connues généralement sous le nom de *shotai*, apparurent d'un bout à l'autre du domaine comme les bambous après les pluies du printemps. Elles n'avaient pas la sympathie ni l'approbation de tous, mais il semblait que rien ne pût empêcher leur prolifération.

Le Chôshû avait subi une défaite humiliante. Des défaites encore pires et des sacrifices plus douloureux nous attendaient, mais le Kiheitai contenait l'ingrédient secret qui allait sauver le domaine de la destruction.

Séparation

Au début du septième mois, des navires de guerre anglais attaquèrent la ville forteresse de Kagoshima, en Satsuma, en représailles pour l'incident de Namamugi qui avait vu l'année précédente un Anglais se faire tuer par des serviteurs de Shimazu Hisamitsu. La ville avait été presque entièrement détruite et il y avait eu de nombreux morts, mais les Satsuma avaient résisté et contraint les Anglais à battre en retraite. Nous apprîmes la nouvelle par des marchands en relation d'affaires avec Shiraishi. Les hommes du Chôshû fréquentant l'hôtellerie en discutèrent longuement, avec un mélange d'envie, de joie et d'admiration réticente. Le Satsuma était considéré comme un ennemi du Chôshû au même titre que l'Angleterre. L'idée que les deux grands domaines du sud-ouest pourraient s'allier un jour avait pu venir à l'esprit de l'astucieux Shiraishi, mais personne d'autre n'y songeait à l'époque.

L'autre éternel sujet de conversation était la situation à Kyôto. Le chef de la délégation Chôshû dans la capitale, Masuda Danjô, avait présenté à l'empereur une requête l'invitant à prendre la tête des forces militaires du pays afin de combattre les étrangers. Des centaines de *shishi* et de *rônin* loyalistes avaient déclenché une nouvelle vague de violence pour convaincre la cour impériale de se décider.

Tout le monde voulait aller à Kyôto. On ne savait pas ce qu'on ferait là-bas ni qui l'on combattrait, mais il semblait crucial d'y être présent. C'était comme une légende du temps jadis, où l'empereur mènerait ses fidèles sujets à l'assaut des envahisseurs détestés. J'imaginais la peinture que cela donnerait : les chevaux, les bannières, les guerriers en armure. Puis je me souvins des canons qui avaient pilonné Shimonoseki. Sa qualité de Fils du Ciel n'empêcherait pas l'empereur d'être déchiqueté par les obus aussi sûrement que le soldat du rang le plus inférieur. Toutefois je gardai cette opinion pour moi, car nombreux étaient ceux qui croyaient que le souverain jouissait d'une protection divine. Émettre un avis différent équivaudrait à une trahison.

Makino prit très à cœur sa nouvelle tâche et se mit au travail avec enthousiasme, mais je remarquai que depuis le bombardement des batteries de Maeda et de Kameyama il était devenu plus critique et plus irritable envers moi. Jusqu'alors il recourait souvent à mes compétences, qu'il s'agît d'établir un diagnostic, de prescrire un traitement ou de confectionner un remède. D'un seul coup, il commença à douter de mon jugement et à blâmer ma manière de faire, ce qui le conduisait notamment à me dénigrer en présence de tiers. Il ne faisait ainsi que se comporter comme la plupart des hommes se trouvant en public avec leur épouse, mais je n'étais pas habituée aux critiques et lui en gardais rancune.

Le soir précédant notre départ prévu pour l'Amidadera, où nous devions rejoindre le Kiheitai, il se montra plus difficile que jamais, maussade et sarcastique. Je tentai de me rapprocher de lui au lit, afin de restaurer notre ancienne complicité, mais il déclara qu'il était fatigué et se détourna de moi. Le lendemain matin, alors que je faisais le nécessaire pour que les servantes m'aident à faire nos bagages, il me dit :

— Rangez vos affaires séparément. Il me semble préférable que vous retourniez chez vos parents.

— Je dois vous accompagner pour travailler avec le Kiheitai, répliquai-je sans le prendre vraiment au sérieux.

Je me demandais s'il vaudrait mieux pour nous d'emporter tout le matériel médical ou d'en laisser une partie à la Kokuraya, en l'entreposant chez Shiraishi. J'étais un peu fatiguée et distraite. Le septième mois touchait à sa fin et il faisait très chaud.

— Je ne plaisante pas, chère épouse. Vous allez retourner à Yuda.

Makino ne m'appelait jamais « chère épouse », sauf quand il parlait de moi à un tiers. Et il ne me donnait jamais d'ordres. Je dis à la servante que je me débrouillerais sans elle. Elle s'en alla à contre-cœur, manifestement déçue de ne pouvoir rester pour assister à la suite. Tout le monde connaissait les affaires de tout le monde, à l'auberge. Je faisais déjà l'objet de maints commérages du fait que je travaillais comme médecin, que je n'avais pas d'enfants et que je m'intéressais aux fous.

— Qu'entendez-vous par retourner à Yuda ?

En évitant mon regard, Makino déclara :

— Ce n'est pas un endroit pour une femme.

— L'Amidadera ? Je parierai qu'il fourmille de femmes. Les geishas ne sont jamais loin, quand il y a des *shishi* !

— Au contraire, ils sont soumis à une discipline très stricte. Les femmes ne sont pas autorisées dans l'enceinte du temple.

— Mais je ne compte pas pour une femme. Je suis un médecin et votre épouse.

— Il est inutile de discuter. J'irai seul.

— Vous ne pouvez pas me renvoyer ainsi chez moi !

— Je suis sûr que votre père sera heureux d'avoir de nouveau votre aide.

Il me semblait avoir reçu un coup en pleine poitrine. J'en avais littéralement le souffle coupé. Oppressée comme je l'étais, je redoutais que mes efforts pour respirer ne se transforment en sanglots. Je ne voulais surtout pas pleurer.

Dans la rue, un vendeur ambulant criait :

— Tofu frais ! Qu'en dites-vous ?

J'entendais les clameurs cadencées des hommes déchargeant des bateaux dans le port. Les appels des mouettes, les craquements des mâts et des voiles, le clapotement des vagues, le vent...

— C'est parce que je n'ai pas d'enfants ?

— Si vous aviez des enfants, vous ne pourriez certes pas venir avec moi.

Il ajouta d'une voix plus douce :

— Cela ne signifie pas que je veuille divorcer.

— Divorcer ? Vous avez envisagé de divorcer ?

— Non !

Il tenta de s'expliquer mais j'étais furieuse, à présent, et terrifiée. Je savais combien Makino était ambitieux. Il s'était déjà servi de moi pour monter un des échelons destinés à le mener vers le haut. L'opportunité de travailler avec le Kiheitai était un nouvel échelon. Je compris soudain qu'il se débarrasserait de moi si je devenais un obstacle.

— Me renvoyer chez moi revient à divorcer. Jamais je ne reviendrai auprès de vous. Est-ce ce que vous souhaitez ?

— Calmez-vous...

— Takasugi lui-même a dit que je vous aiderais. Allez donc lui demander si je dois rentrer chez mes parents ou vous accompagner. Je ferai tout ce qu'il dira.

Je croisai les bras, prête à attendre le temps qu'il faudrait.

— Il est retourné à Yamaguchi. Ce n'est plus lui qui commande le Kiheitai.

Je regardai Makino avec incrédulité. Cependant un tel changement était tout à fait dans la ligne de la carrière erratique de Takasugi.

— Comment va-t-il? demandai-je. Quand est-ce arrivé?

— Il y a deux ou trois jours. On essaie de ne pas l'ébruiter. Une querelle a éclaté avec le Senpôtai, une unité de l'armée gouvernementale basée au Kyôhôji. Il y a eu des quolibets, des insultes. Un homme au moins est mort dans l'affrontement qui a suivi. Takasugi était prêt à mettre fin à ses jours, en tant qu'officier supérieur, mais Miyagi Hikonosuke a endossé la responsabilité à sa place et s'est suicidé hier.

Il pâlit en prononçant ces mots.

— Je n'avais encore jamais vu un homme s'ouvrir le ventre, avoua-t-il.

Moi non plus, et je ne pus retenir un mouvement d'envie. Je regrettais que Miyagi-san se soit senti obligé de se tuer et déplorais cette fin prématurée, néanmoins j'aurais aimé assister à sa mort. D'un point de vue purement médical, il m'aurait intéressé de voir quelle force nécessitait cette opération et quelle couche de tissus la lame devait traverser avant que l'abdomen soit ouvert. Miyagi avait sans doute un assistant qui l'avait décapité dès que l'honneur l'avait permis... En temps normal, j'aurais interrogé Makino, mais cette fois je gardai le silence.

— Je ne crois pas être particulièrement sensible, continua-t-il, mais depuis le bombardement étranger je suis tourmenté par des cauchemars. En étant seul, je pourrai me dominer. Pas si je suis avec vous. J'ai beaucoup plus peur pour vous que pour moi.

Voilà qui paraissait admirable. Makino était un mari aimant qui ne pensait qu'à protéger son épouse. Je voyais clairement qu'il avait préparé ses arguments avec son soin habituel. Le seul problème, c'était qu'il n'avait tenu compte dans ses calculs ni de mes opinions ni de mes désirs.

— Je n'ai pas envie qu'on me protège, lançai-je d'une voix forte. Il est inutile que vous veilliez sur moi. Je veux m'occuper des blessés. Qui est le nouveau commandant ? Laissez-moi lui parler.

— C'est Yamagata.

Je ne connaissais pas bien cet homme. Il avait étudié au *sonjuku* en même temps que Shinsai. Son rang était très bas, mais il avait compensé ce désavantage par le dévouement et la discipline dont il faisait preuve dans sa carrière militaire. Il était peu probable qu'il m'accueille favorablement. Même si j'avais conscience d'être pitoyable, j'implorai Makino :

— Vous avez besoin de moi. Comment vous en tirerez-vous tout seul ?

— Ça ne marchera pas, répondit-il en perdant patience. Pourquoi refusez-vous de comprendre ? Il y aura d'autres médecins, de toute façon. Je ferai partie d'une équipe. Ce travail sera dur. Il ne s'agit plus de soigner des paysans et des vieilles femmes pour leurs maux d'yeux, leurs coliques ou leurs hémorroïdes. Ces hommes sont des soldats. Ils n'ont ni raffinement ni culture. Ils sont grossiers, et un bon nombre sont des brutes. Ils multiplient les provocations et les brimades entre eux aussi bien qu'avec les soldats des unités rivales. Ils n'hésiteraient pas à acculer au suicide toute personne qu'ils jugeraient blâmable.

Derrière son impatience, je perçus son anxiété.

— Vous craignez qu'ils vous persécutent si votre épouse vous accompagne ?

— C'est juste que cela rend tout tellement plus difficile, dit-il. Mais je n'ai pas envie de discuter davantage. Je suis votre mari. Je vous interdis de venir. Vous devez rentrer chez vos parents.

— Si je retourne là-bas, je ne reviendrai pas auprès de vous, répétai-je.

— Ne dites pas des choses que vous pourriez regretter plus tard.

Il était de nouveau calme et raisonnable.

— Je ne veux pas divorcer mais si tel est votre souhait, je le respecterai.

Je le détestai tellement, sur le moment, que je cédai. Je commençai à ranger à part mes vêtements et mes affaires personnelles : peignes, poudre de riz, bol à noircir les dents, livres, instruments, boîte à pharmacie. Quand j'eus terminé, j'aidai mon époux à empaqueter tout le matériel médical que nous avions rassemblé ensemble avec tant de soin. Nous gardions tous deux le silence. Il alla demander aux porteurs de déposer ses paquets à l'Amidadera. Je n'avais aucune idée de ce que j'allais faire. Rentrer chez mes parents paraissait raisonnable — il ne pouvait en aller autrement, puisque c'était ce qu'avait prévu le Comptable. Mon père me laisserait l'aider et ma mère serait heureuse de ma compagnie. J'aimais notre maison et je mourais d'envie d'être de nouveau là-bas, avec ma famille. Mais être renvoyée chez moi par mon époux parce qu'il ne voulait pas travailler avec moi, alors que c'était moi qui l'avais introduit dans cette profession et qui lui avais appris la plus grande partie de ce qu'il savait... C'était tellement humiliant.

Penser à Makino en l'appelant le Comptable me donnait envie de pleurer. J'étais à la fois triste et en colère. Mon orgueil avait pris un coup terrible. Il me parut insupportable de prendre congé de Makino. Je n'avais même pas envie de le revoir. Je décidai de rendre visite à Eikaku, pour lui apprendre la nouvelle et lui faire mes adieux. Je resterais chez lui jusqu'à ce que je sois sûre que mon mari était parti. Songeant que j'aurais besoin d'un peu d'argent, je pris la moitié des pièces et des billets émis par le domaine que Makino gardait dans une cachette. Je me dis que je les avais gagnés autant que lui et veillai à ne pas prendre plus de la moitié.

Je sortis par la porte de derrière, après avoir déclaré aux servantes que je rentrerais bientôt pour organiser le transport de mes boîtes et de mes paniers. Devant leur expression faussement compatissante, je me sentis rougir.

La maison d'Eikaku se trouvait non loin de là, sur un versant de la montagne de Sakura, derrière le Myôrenji. On y était assez proche du temple pour entendre les psalmodies des moines, les gongs et les cloches. Sa sœur m'accueillit sur le seuil et dit d'un air contrit :

— Makino-*sensei*, je vais lui annoncer votre venue, mais je dois vous avertir qu'il refuse de voir qui que ce soit depuis plusieurs semaines. Depuis l'attaque, en fait. Il peint comme un fou.

Elle s'interrompit et porta la main à sa bouche.

— Il est fou, de toute façon ! s'exclama-t-elle.

Nous éclatâmes de rire.

— Je venais juste lui dire adieu, expliquai-je.

— Oh ! Où allez-vous ?

— Je ne sais pas encore exactement.

— Une mission spéciale pour le domaine, j'imagine.

— Pas vraiment.

Elle me lança un regard fin et m'invita à entrer. Ôtant mes sandales, je m'avançai sur le tatami. Tous les écrans étaient ouverts car cette journée d'automne était chaude. Un petit amas de nuages gris au sud-ouest annonçait un changement de temps. C'était l'époque de la rosée blanche, deux semaines avant l'équinoxe. Des lys d'automne rouge vif s'épanouissaient au jardin tandis que des plantes grimpantes montaient à l'assaut des murs délabrés. Le plâtre s'était effrité, révélant l'intérieur de boue mêlée de paille. L'ensemble donnait une impression de négligence et de tristesse, en accord avec mon humeur. J'étais heureuse que le jardin d'Eikaku ne fût pas parfaitement entretenu.

J'entendis ses vociférations quand sa sœur l'interrompit. Elle lui expliqua pourquoi elle avait osé l'aborder pendant qu'il travaillait. Il y eut un long silence, puis des pas lourds s'approchèrent. Eikaku fit irruption dans la pièce. Il n'était pas rasé ni peigné. Ses vêtements en désordre étaient maculés de peinture.

— Où allez-vous ? demanda-t-il. Vous ne pouvez venir ainsi interrompre mon travail de peintre pour me dire que vous me quittez. Sans vous, je ne serai plus en état de peindre.

— Mon époux veut que je retourne chez mes parents.

— Depuis quand faites-vous ce qu'il vous dit ? Vous n'êtes pas le genre de femme à rentrer docilement chez elle simplement parce que son époux le demande. Qu'a-t-il en tête, du reste ? N'a-t-il pas besoin de vous ?

— Il doit travailler avec le Kiheitai pour une période indéterminée. Il dit qu'il est impossible que je me joigne à eux.

— Voilà qui change tout ! s'exclama Eikaku. Je vous imagine en train d'interroger ces brutes sur l'aspect de leurs excréments ou de leur demander s'ils ont copulé avec une prostituée atteinte de syphilis. Votre époux a raison. Vous le couvririez de honte. Les soldats le poursuivraient de leurs sarcasmes et perdraient tout respect pour lui en tant que médecin.

Après ce discours prononcé avec aisance et à toute allure, il s'assit pesamment, croisa ses jambes et passa ses doigts dans ses cheveux pour les redresser.

— *Oneesan!* hurla-t-il. Apportez du thé pour le docteur.

J'étais déçue qu'il n'ait pas pris mon parti, mais j'avais soif, la sœur d'Eikaku préparait un thé excellent et de toute façon je ne savais toujours pas où j'allais. Je m'assis donc à mon tour — plus poliment —, en ramenant mes talons sous moi et en lissant mon kimono.

— Ne vous mettez à bouder, lança Eikaku. Vous savez que j'ai dit vrai. Le problème avec vous, c'est que vous voulez toujours avoir raison. Il vous déplaît qu'un autre se révèle plus sensé que vous. Vous êtes exactement comme un homme!

— Si seulement j'en étais un, répliquai-je en me rappelant la chanson que les femmes chantaient à Hagi. Le monde change. Pourquoi les femmes n'auraient-elles pas le droit de changer, elles aussi? Les hommes se préparent à la guerre, mais pour quelle cause combattent-ils? Des gens comme Shinsai-san croient qu'il s'agit de rénover le monde. Mais à quoi ressemblera le monde, quand il sera comme neuf?

— Il sera comme il l'a toujours été, répondit Eikaku d'un air triomphal. Les hommes domineront les femmes. Les forts mangeront, les faibles seront mangés. Il en était ainsi du temps de Nobunaga et de Hideyoshi, et il en sera ainsi à l'époque de nos petits-enfants.

— Il est peu probable que nous ayons des petits-enfants, vous et moi, observai-je.

— Vous ne tarderez pas à retourner auprès de votre époux.

— Et si je ne revenais pas? dis-je doucement, en réfléchissant à voix haute.

— En cette vie, vous êtes née femme. Peut-être aurez-vous la chance d'être un homme dans votre prochaine existence. Je vais prier pour vous.

Il me mettait tellement en colère que j'avais envie de m'en aller sans autre forme de procès. Toutefois sa sœur revint avec des bols de thé sur un plateau. S'agenouillant près de moi, elle m'en tendit un en me priant à voix basse de faire attention car il était brûlant. Puis elle donna un bol à Eikaku, qui le vida d'une traite.

— Vous allez vous brûler la bouche, dis-je.

— Docteur, ne me quittez pas. J'ai besoin de vos soins.

Tout en buvant mon propre thé, je me demandai si son égocentrisme sans borne était un symptôme de sa maladie. Je me surpris à penser à Takasugi. Lui aussi s'était montré indifférent aux besoins et aux sentiments d'autrui. Était-ce la folie qui provoquait cette incapacité à se mettre à la place des autres, ou était-ce l'inverse? À moins, plus probablement, que ce fût lié au simple fait d'être un homme?

— Eh bien, répondez-moi, dites quelque chose! s'écria Eikaku, irrité de mon silence.

— Vous n'avez guère besoin de moi. Vous me semblez aller très bien, à présent. Votre peinture va-t-elle comme vous le souhaitez?

— Je me bats, répondit-il. Je me consacre à mon art et il me dévaste, mais je continue de me battre.

Je me réjouis de voir qu'il était satisfait de lui-même, contrairement à ce qui se passait lors de ses accès de dépression.

— Venez donc jeter un coup d'œil, lança-t-il.

Il posa son bol si brusquement qu'il le renversa en répandant le reste du thé sur le tatami.

— Le docteur Makino n'a pas fini son thé, dit sa sœur en essuyant le liquide avec sa serviette.

— Mais si, mais si, rétorqua-t-il en me pressant de me lever et de le suivre à travers le jardin jusqu'au petit pavillon lui servant d'atelier.

Tous les écrans étaient ouverts afin d'avoir le plus de lumière possible, de sorte qu'on voyait nettement les taches de peinture sur les murs et les tatamis. Le ciel se couvrait et un vent chaud et humide s'était levé, annonciateur de typhon.

Deux grandes planches étaient posées par terre — des peintures à moitié terminées. L'une présentait une vue panoramique du combat entre les canonnières. Le navire de guerre américain se détachait en noir, les vaisseaux Chôshû arboraient le drapeau au soleil rouge et l'emblème des Môri. Des flammes rougeoyantes et des fumées blanches s'élevaient de leurs ponts. Des silhouettes minuscules s'activaient autour des canons, brandissaient des fusils, des lances ou des sabres, quand elles n'étaient pas brutalement projetées en l'air. J'étais stupéfaite qu'il se soit souvenu aussi parfaitement de cette scène. L'autre peinture, représentant l'horrible carnage de la batterie de Maeda, n'était pas moins fidèle. Les fragments de corps semblaient vivants, comme si les mains bougeaient encore et les yeux continuaient de voir. Tout le tableau ruisselait de sang et baignait dans une ambiance aussi étrange que fascinante. On aurait cru que les explosions étaient en train de retentir, que les hurlements des mourants commençaient tout juste à s'affaiblir. Cette vision me fit frissonner.

— N'est-ce pas merveilleux ? proclama Eikaku. Autrefois je devais m'efforcer d'imaginer l'enfer. À présent, je l'ai vu de mes propres yeux.

— Je n'ai jamais rien vu de pareil, déclarai-je sans mentir.

Pendant un long moment, il contempla son œuvre avec fierté. Puis il entreprit à l'improviste de défaire sa ceinture et d'enlever ses vêtements.

— Déshabillez-vous, dit-il.

— Il n'en est pas question !

Je reculai en me demandant si je devrais appeler à l'aide ou m'enfuir.

— Eikaku-san, arrêtez tout de suite. Qu'est-ce qui vous prend ?

Il n'avait plus que son pagne, qu'il commença à dénouer.

— Je vous avertis, lançai-je d'une voix forte. Si vous continuez, je vais crier !

— Ne soyez pas stupide. Je n'ai pas l'intention de vous violer. Je voudrais juste que vous essayiez quelque chose. Il s'agit d'une expérience.

Il me tendit ses sous-vêtements et son kimono.

— Il faut que nous échangions nos vêtements. Mettez ceci.

Je restai un instant figée puis commençai lentement à dénouer ma ceinture. Il était étrange de libérer ainsi mon corps de ses entraves en présence d'un autre homme que mon époux. Je me glissai hors de ma robe, puis de mon kimono de dessous, et finis par ôter mon sous-vêtement rouge. Le vent humide caressa mon corps et je sentis avec détachement le bout de mes seins se durcir. J'étais nue, comme Eikaku.

Je l'observai posément et il me regarda de la même manière.

— Pouah ! grogna-t-il. Le corps humain est d'une laideur répugnante, non ?

Ramassant le pagne, j'entrepris de l'enrouler autour de mes jambes. Eikaku enfila mon sous-vêtement rouge non sans affectation. Son kimono de dessous était blanc, celui de dessus bleu foncé avec un motif de flèches blanches. Aucune des deux robes n'était vraiment propre, et la seconde était maculée de peinture. Je sentais sur elles l'odeur de la sueur d'Eikaku tandis que je nouais la ceinture, qui était plus étroite que la mienne et nettement plus commode.

Quand il fut habillé, il me considéra d'un œil critique. Il sortit un instant et revint avec une veste pareille à celle que portait mon père, un *hakama* et un bandeau pour la tête.

— Vous pouvez mettre le *hakama*, mais nous devons d'abord vous couper les cheveux.

— Vous voulez me raser le crâne comme une nonne?

— Comme un moine, corrigea-t-il. Vous êtes un homme, maintenant.

— Voyons, Eikuka-san... tentai-je de protester.

— Ne discutez pas, *sensei*. Vous savez qu'à l'intérieur de vous, vous êtes un homme. Ne vous sentez-vous pas libre, à présent?

Je ne savais pas vraiment comment je me sentais. Une peur mêlée d'excitation me faisait trembler. J'avais l'impression que des années s'étaient écoulées depuis que j'avais laissé mon époux et tous mes biens chez Shiraishi. Eikaku m'ouvrait la porte d'une autre vie. Je n'avais qu'à franchir le seuil.

— Je pourrais raser votre front et vous faire un chignon, proposa Eikaku.

J'avais la bouche sèche. Incapable de parler, je levai les mains et ôtai les peignes de mes cheveux. Ma chevelure se répandit sur mes épaules, lourde et raide.

Au milieu de son matériel de peintre, Eikaku avait un nécessaire à raser et des ciseaux. Rassemblant mes cheveux en une natte, il les coupa sans hésitation en leur enlevant plus de la moitié de leur longueur. Je ne pus retenir un cri étouffé, ce qui le fit sourire. Puis il inclina ma tête en arrière et rasa avec un couteau aiguisé mon front et mon crâne. Relevant ensuite les cheveux de ma nuque, il les noua habilement en chignon.

J'enfilai le hakama et l'attachai à ma taille. Il me donnait l'impression d'avoir des jambes longues et libres. Je glissai mes bras dans la veste.

— Tout ce qu'il me faut, c'est un *inrô* et un *netsuke*, déclarai-je en me retournant et en tapotant mes nouveaux vêtements avec un geste évoquant mon père.

J'eus soudain le sentiment d'être semblable à lui. Mon visage prit son expression, mon corps imita son attitude.

— Je vais vous trouver ça, promit Eikaku.

— Maintenant, à vous ! lançai-je d'une voix qui semblait avoir adopté tout naturellement un timbre plus grave.

Son front avait peut-être été rasé autrefois, mais les cheveux avaient repoussé. Rassemblant sa chevelure passablement graisseuse sur son crâne, je la fixai avec mes peignes. Il avait revêtu mon kimono mais ne savait comment nouer la ceinture. Je lui montrai comment faire. Ce fut mon tour de sourire, quand il se plaignit que je serrais trop fort. Puis je noircis ses dents avec de l'encre et rasai ses sourcils.

Une fois métamorphosés, nous nous regardâmes gravement. Cette transformation tenait à la fois du jeu d'enfant et de l'érotisme. Je frémissais de tout mon corps, je mourais d'envie que mon époux vienne m'étreindre. M'habiller en homme ne m'empêchait pas de sentir en femme, de ce point de vue. À moins que je ne fisse alors l'expérience de ce désir aveugle qui est le propre de l'homme et que je m'étais approprié avec ces vêtements.

— N'allons pas plus loin, chuchota Eikaku. Cette sensation est la plus précieuse, la plus créative. Le désir avant la consommation.

— Il n'est pas question de consommation, déclarai-je de ma nouvelle voix masculine.

— Docteur, vous ne devez pas être aussi pudi-
bond si vous voulez être un homme.

— Certains hommes peuvent être très pudibonds,
dis-je en pensant à Hayashi.

— Mais cela ne vous va pas.

— Avez-vous un miroir? demandai-je.

J'avais envie de voir quelle sorte d'homme j'étais
devenue.

Il sortit de la pièce — sa démarche féminine était
parfaitement au point. Quelques instants plus tard,
il revint avec un meuble à maquillage pourvu d'un
assez long miroir.

— Il me sert quand je fais mon visage, dit-il en
inclinant le miroir de façon que je puisse me voir.

Un petit jeune homme à l'air sérieux me faisait
face. Ma coiffure et mes vêtements seyaient à mon
visage large à la mâchoire prononcée. En tant que
femme, je n'avais jamais été belle. Je trouvais que je
faisais en revanche un homme plutôt séduisant.
Comme je souriais, je vis mes dents noircies.

— C'est grotesque! m'exclamai-je. Cela gâche
tout.

— Le noir aura disparu d'ici deux ou trois semaines, me rassura Eikaku.

— Deux ou trois semaines! Que ferai-je en attendant?

— Vous resterez ici, bien entendu. Vous devez
vous exercer. Apprendre à parler comme un homme,
à marcher, vous asseoir, manger et ainsi de suite.

Je le regardai fixement. D'un seul coup, je compris combien ce jeu m'avait menée loin. Il était
encore temps de revenir en arrière. Je devrais couvrir ma tête jusqu'à ce que mes cheveux aient
repoussé, ce qu'il me serait difficile d'expliquer à
mes parents en rentrant à Yuda. Pour le reste, rien

n'avait changé. Je pouvais enlever les vêtements d'Eikaku, remettre les miens et retourner à mon ancienne vie.

Mais je n'en fis rien. Mon ancienne vie avait soudain touché à son terme. Je n'étais plus l'épouse de personne. Je n'avais nulle part où aller. En outre il se mit à pleuvoir à verse, ce qui rendait impossible de sortir de la maison.

À *Mitajiri*

Vers l'époque où je changeais de vêtements et de sexe à Shimonoseki, une autre transformation brutale avait lieu à Kyôto. L'empereur Kômei, malgré sa haine envers les étrangers, avait apparemment décrété qu'il n'avait aucune intention de prendre la tête d'une armée pour les combattre. Il s'était lassé des violences des Tenchûgumi dans les rues et du harcèlement des aristocrates extrémistes dans sa propre cour. Le Chôshû étant le principal soutien des loyalistes de la ville et de la cour, il apparut soudain que ce domaine non seulement était responsable des troubles mais était devenu beaucoup trop puissant. Son rival de toujours, le Satsuma, allié au domaine d'Aizu, réagit rapidement, avec l'approbation de l'empereur. Le Chôshû ne fut plus chargé de garder la porte de Sakaimachi. Ses troupes reçurent l'ordre de quitter Kyôto, et les jeunes aristocrates furent exilés.

— Ils ont dû s'enfuir sous la pluie, déclara Ei-kaku.

Chaque jour, il se rendait dans les maisons de thé du port pour apprendre les dernières nouvelles. Il renonçait alors à mes vêtements, qu'il réservait à la maison, et reprenait les siens. Il portait également une cape de paille contre la pluie, car il avait plu

273

quotidiennement tandis qu'un violent typhon balayait la ville.

— Maintenant que la tempête est finie, ils se sont tous rendus à Mitajiri.

Mitajiri était le port situé au bout du Hagi Ô-kan, là où les seigneurs du domaine s'embarquaient pour Ôsaka lors de leurs voyages obligés à la capitale. Comme Shimonoseki, c'était un lieu de rencontre pour les voyageurs venant du Kyûshû et du Shikoku, une escale sur la route commerciale appelée *kita-maesen*, qui faisait le tour du Japon.

— Qui donc s'est rendu à Mitajiri ?

— Sept nobles de la cour et des centaines de *shishi*, répondit Eikaku. Si nous allions voir à quoi ils ressemblent ? Je pourrais emporter mes peintures et les exposer au sanctuaire de Tenman.

Comme Takasugi et de nombreux samouraïs Chôshû, Eikaku était un adepte fervent de Tenmanjin, Sugawara no Michizane, l'érudit et philosophe de Heian injustement exilé par l'empereur. Le Tenmangu de Mitajiri était un centre important et très fréquenté du culte de Tenmanjin en Chôshû.

— Après leur fuite sous la pluie ils auront certainement besoin de consulter un médecin, ajouta-t-il d'un ton persuasif. Les aristocrates ne sont pas comme vous et moi, voyez-vous. Ils sont aussi délicats que des fleurs ou des oiseaux exotiques. Les pauvres ! Comme ils ont dû souffrir ! Et pourtant, ce sont eux qui sont vraiment fidèles à l'empereur.

Même maintenant, je ne comprends pas pourquoi j'ai fait une chose pareille. En partie parce qu'Eikaku avait su me persuader, je suppose. Et aussi parce que je ne savais pas comment revenir à la femme que j'étais auparavant. Mais en réalité, il n'y a pas vraiment d'explication. C'était un acte irrationnel — comme l'attaque des navires étrangers, peut-être. Cependant il est parfois nécessaire d'agir sans raison, par instinct, pour sortir d'une impasse, mettre fin à une situation insupportable, provoquer un changement.

La sœur d'Eikaku avait fait venir mes bagages de chez Shiraishi. J'avais envoyé à ce dernier un mot de remerciement, où je lui disais que je retournais pour un temps chez mes parents. Au même moment, toutefois, j'écrivais à mes parents que Makino et moi nous rendions à Ôsaka, en restant délibérément vague sur les motifs et la durée de ce voyage. Je pris dans mes bagages ce que je comptais emporter à Mitajiri : ma boîte à pharmacie, des aiguilles, des instruments chirurgicaux, un ou deux manuels, un nécessaire à écrire afin de consigner les cas et les traitements. J'étais à la fois excitée et inquiète. Je jouissais avec transport du sentiment d'énergie, de liberté et d'assurance que me donnait ma tenue masculine, mais m'aventurer dans le monde extérieur sous l'apparence d'un homme, au milieu de gens qui pourraient aisément me reconnaître, était nettement plus risqué.

J'avais toujours été gênée par mes grandes mains et mes grands pieds, et j'enviais Mitsue pour sa minceur délicate. À présent, au contraire, j'étais heureuse de mon physique. Ma voix s'était faite plus grave et j'employais le langage des hommes avec naturel. Eikaku avait ordonné à sa sœur de s'adresser à moi comme à un homme et je commençai à la traiter différemment. Je ne me levais pas d'un bond en lui proposant de l'aider, je la laissais me servir. Je faisais passer mes besoins et mes désirs avant les siens comme si cela allait de soi. Étant un homme, j'avais une importance qu'une femme n'aurait jamais.

Une autre de mes motivations était mon envie de reprendre mes activités de médecin. À la pensée des opportunités s'offrant à moi grâce à mon déguisement masculin, mon excitation faisait taire mes doutes. Mitajiri m'apparaissait plein de promesses : des aristocrates, des *shishi* de nombreux domaines différents, des daimyôs et leur suite, sans oublier les marchands, marins et autres voyageurs. Un monde rempli de patients s'étendait devant moi. Je pourrais les examiner et discuter de leurs symptômes avec eux. Par chance, j'avais une bonne provision de mercure.

Mitajiri se trouvait à moins d'une journée de voyage à l'est. Eikaku n'aimant pas l'espace confiné du palanquin, nous louâmes un cheval de bât et un valet et nous marchâmes derrière eux. Ils étaient arrivés la veille de la direction opposée. Le cheval trottait avec entrain, impatient de rentrer chez lui. Nous devions allonger le pas pour ne pas nous laisser distancer, car Eikaku tenait à avoir ses peintures sous ses yeux. Le temps s'était dégagé après les tempêtes. L'équinoxe était passé et la période des rosées froides approchait. Il y avait beaucoup de voyageurs sur la route, et chacun semblait avoir une nouvelle rumeur à répandre.

Sufu Masanosuke avait démissionné. Les seigneurs du Chôshû projetaient de marcher sur Kyôto. Les navires de guerre coulés par les Américains avaient été sauvés et réparés. Le Kiheitai était dissous en punition pour ses querelles avec le Senpôtai et d'autres troupes régulières. Les conservateurs, Tsuboi Kuemon et Mukunashi Tôta, allaient prendre en main le gouvernement du domaine... Cela n'en finissait pas, et chaque rumeur démentait la précédente.

La route suivait la côte puis passait dans l'intérieur par Ogori avant de rejoindre le Hagi Ô-kan. Nous montâmes jusqu'au col de Sabayama et fîmes halte dans une auberge pour boire du thé et manger des sobas avec des légumes de montagne. Je n'étais guère fatiguée. Marcher à grands pas en vêtements d'homme me donnait une sensation toute différente de mon dernier voyage, quand j'avais quitté Hagi. Nous n'étions pas pressés, de sorte que nous restâmes dehors à fumer une pipe de tabac tandis que le cheval broutait et que le valet somnolait. Regardant par-delà les montagnes la ville de Hôfu, à moitié cachée dans le lointain, et la mer Intérieure, je pensai à ma sœur et à ma nièce. J'espérais qu'elles allaient bien et me demandais quand je les reverrais.

En descendant la pente, nous passâmes devant une batterie toute neuve, avec des murs de pierre et des remblais de terre. Nous nous arrêtâmes pour parler aux soldats, qui nous dirent qu'elle avait été construite pour protéger Yamaguchi, quand le gouvernement s'y était installé au quatrième mois. Eikaku prit grand plaisir à leur décrire la bataille de Shimonoseki et la destruction des batteries de Maeda et de Kameyama. Les soldats se mirent à tripoter leurs cols d'un air nerveux et leur officier finit par venir nous ordonner de nous remettre en route.

— Il a peur que ses soldats s'enfuient, grommela Eikaku en se retournant pour regarder les canons afin de les graver dans sa mémoire.

Il y avait deux Dahlgren et quatre canons de trente de fabrication japonaise.

— Comment notre domaine a-t-il pu devenir si vite expert en artillerie ? m'étonnai-je à voix haute.

— Ne sous-estimez jamais l'ingéniosité humaine quand il s'agit d'apprendre de nouvelles méthodes pour tuer, répondit Eikaku.

Après avoir traversé la petite ville animée de Migita, nous traversâmes le fleuve Sanami sur un pont de bois menant directement à l'agglomération qui s'était développée devant le Tenmangu. Une foule d'habitants et de voyageurs s'y pressaient. Un vaste *honjin* arborait son nom — Kôbeike — sur des enseignes de bois et les rideaux de sa porte.

À présent, je sentais la mer, j'entendais tous les bruits du port — scies et marteaux, cris de marchands ambulants et d'oiseaux marins, rumeur du vent dans les voiles des bateaux aux mâts élancés. Mitajiri avait toujours été le port d'attache de la flotte Môri. On y construisait et réparait des navires aussi bien pour la guerre que pour le commerce.

Le soleil déclinait vers l'ouest et la brise marine devenait plus froide quand nous arrivâmes devant le portail d'entrée du Tenmangu. Eikaku parla à un prêtre du temple. On déchargea les peintures et nos bagages. Eikaku s'en alla avec ses œuvres, tandis que le valet nous criait adieu et que le cheval partait au grand trot vers sa demeure. Je m'assis sur les talons à côté de mes boîtes.

Le temps qu'Eikaku revienne, le soir était tombé et on commençait à allumer les lampes dans les maisons et les échoppes environnantes.

— Nous pouvons passer la nuit ici, déclara-t-il. Demain, nous irons voir les nobles. Ils se sont établis près du port, dans une maison de thé appelée Shôkenkaku.

Eikaku ne put se résoudre à offrir ses peintures au sanctuaire, car il leur était encore beaucoup trop attaché. Néanmoins il autorisa les moines à les exposer dans une salle. C'étaient les premières représentations de la bataille qu'on eût encore vues et elles suscitèrent un grand intérêt. Des foules de visiteurs affluèrent au Tenmangu pour les voir avant de prier Tenmanjin, d'acheter des charmes et des amulettes et de faire des dons. Le prêtre principal était un vieil ami d'Eikaku, dont il connaissait les lubies et admirait le talent. Il se déclara enchanté de cet arrangement. Quant à moi, il m'accepta pour ce que je paraissais être et s'abstint de toute question.

Avant notre départ, nous étions convenus que je passerais pour un membre de la famille Imaike, neveu ou cousin. Eikaku me confectionna un brevet du collège de médecine du domaine, cet établissement de Hagi où j'avais toujours rêvé d'étudier et que Shinsai avait rejeté. Bien entendu, ce document était un faux et je prenais un risque immense en m'en servant, mais c'était le cadet de mes soucis. J'avais le sentiment que je méritais ce brevet, car j'avais autant étudié que les élèves du collège et avais certainement beaucoup plus de pratique qu'aucun d'entre eux. De toute façon, cela faisait partie du jeu. Ce n'était qu'un attribut de plus pour le fantasme qu'Eikaku et moi avions créé.

Je ne tardai pas à avoir des patients. Les gens ont toujours vite fait de repérer un médecin. Pour commencer, un jeune prêtre aperçut ma boîte à pharmacie et me demanda un remède contre la migraine. Il fut suivi d'un vieillard qui désirait un massage pour soulager ses rhumatismes. Comme personne ne s'attendait à voir une femme, ils ne virent pas en moi Itasaki Tsuru, ou Mme Makino, mais Imaike Kônosuke, diplômé du Kôseikan.

Eikaku dut m'arracher à une foule presque aussi nombreuse que celle entourant ses peintures. Je glissai dans ma bourse les pièces que j'avais reçues — je ne fis pas payer les moines mais tous les autres m'offrirent de l'argent et je l'acceptai. Après avoir rangé ma boîte à pharmacie, que je confiai au jeune moine migraineux, je franchis à la suite d'Eikaku l'énorme portail du sanctuaire et descendis la colline en direction du port.

Les rues ne furent plus bientôt qu'un dédale d'auberges, de maisons de thé et de boutiques vendant toutes sortes de produits, notamment le sel qui faisait la renommée de Mitajiri ainsi que tous les fruits de mer imaginables. Des vendeurs ambulants se frayaient un chemin dans la cohue en vantant sans relâche leurs œufs, leurs poulpes, leurs patates douces ou leur tofu. Nous nous arrêtâmes pour acheter des boules de riz au poulpe, toutes dégoulinantes d'une épaisse sauce au sésame.

Le Shôkenkaku était la plus vaste des maisons de thé et surgissait au milieu d'une nuée de toits scintillant au soleil matinal dont la chaleur dissipait la rosée. Plus loin la mer était lisse comme de la soie, et voilée de brume. Le portail imposant de la maison de thé était ouvert, nous permettant d'apercevoir la cour intérieure où une quinzaine d'hommes s'entraînaient au sabre. Tous avaient l'air aussi féroces que résolus. Leurs cheveux étaient coiffés en chignon, comme ceux des hommes de Kusaka, et plusieurs portaient des bandeaux blancs ou rouges. Quatre gardes surveillaient l'entrée, armés non seulement de sabres mais de fusils. Deux d'entre eux arboraient des armures qui semblaient avoir moisi dans un entrepôt pendant deux siècles. Les autres avaient des pantalons et des chapeaux en forme de casque.

Nous fîmes halte un peu plus loin dans la rue.

— Ils ne nous laisseront pas entrer ! s'exclama Eikaku.

Il me sembla que c'était sans doute préférable, étant donné son excitation et l'aspect belliqueux des *shishi*. Je pressentais des malentendus aussi inéluctables que le lever du soleil. Tout cela risquait de finir par un bain de sang — celui d'Eikaku, et aussi le mien.

— Retournons au sanctuaire, suggérai-je.

Cependant Eikaku était décidé à voir les nobles et rien ne pouvait l'en dissuader. Il s'approcha des gardes et leur adressa la parole avec agitation, en expliquant qu'il était un peintre célèbre, adepte de

Tenmanjin, dont ils pouvaient découvrir les œuvres au Tenmangu.

Leurs mains se crispèrent sur leurs sabres. Eikaku n'était armé que de ses pinceaux et ne se rendait pas compte du danger. Me dirigeant à mon tour vers les gardes, je déclarai :

— C'est vraiment un peintre célèbre. Je vous supplie de lui pardonner s'il vous parle d'une manière aussi étrange. Son génie le rend différent des autres gens.

À cet instant, un homme venant de l'intérieur de la maison de thé s'avança vers le portail. Je me tournai vers lui pour implorer son aide et me retrouvai face à mon oncle, Shinsai.

Shinsai

J'étais sûre que Shinsai m'avait reconnue sur-le-champ, mais il n'en montra rien et moi-même je ne révélai rien de nos liens.

— Cet homme est médecin, lança Eikaku en me présentant aux gardes. Il a étudié au collège de médecine de Hagi.

— J'allais justement chercher un médecin, répliqua Shinsai d'un ton mielleux. Quel heureux hasard. Laissez-les entrer.

— Le fou aussi ? demanda un garde.

— Je voudrais qu'on m'autorise à peindre les nobles voyageurs, dit Eikaku avec humilité à l'adresse de Shinsai.

Ce dernier paraissait exercer une certaine autorité sur les *shishi*. Il était vêtu d'un kimono bleu pâle et d'un *hakama* gris, ainsi que d'un *haori* bleu foncé. Il portait deux sabres, et sa chevelure était nettement plus soignée que celle des gardes. Même si j'évitais de le regarder en face, j'avais l'impression de ne voir que lui, comme si rien d'autre n'existait.

— Vous pouvez venir aussi, déclara Shinsai.

Il fit un signe de tête aux gardes, qui s'écartèrent et nous laissèrent passer.

— Le prince Nishikinokôji est souffrant, me dit-il tandis que nous faisions le tour de la cour.

Les hommes n'interrompirent pas un seul instant leur entraînement.

— Cette nouvelle m'afflige, répliquai-je.

Puisque Shinsai faisait comme s'il ne me connaissait pas, je décidai de ne pas prendre l'initiative de me démasquer.

— Je peux l'examiner, continuai-je, mais je n'ai emporté aucun matériel. Il faudrait que je retourne au Tenmangu.

— Si vous pensez que vous pouvez le secourir, j'enverrai un messager chercher vos affaires.

Évitant l'entrée principale de la maison de thé, nous fîmes le tour de la véranda jusqu'à l'arrière du bâtiment où les chambres les plus vastes et luxueuses s'ouvraient sur un beau jardin possédant une petite cascade, un bassin rempli de carpes blanc et or, ainsi que plusieurs érables dont les feuillages commençaient à se teindre de rouge.

Nous nous arrêtâmes devant l'une de ces chambres, dont Shinsai fit coulisser le *shôji* en s'annonçant à voix basse. À l'intérieur, un jeune homme était couché sur un futon, le dos soutenu par un support. Près de lui était assis un homme à peu près du même âge — je leur donnais à tous deux moins de vingt ans. Celui qui était couché paraissait terriblement pâle et apathique, l'autre anxieux et agité. Tous deux avaient le teint clair, des traits fins et réguliers, et le même air de faiblesse, comme s'ils n'étaient guère en mesure d'affronter les réalités du monde.

— Voici le prince Sanjô, chuchota Shinsai.

Nous nous inclinâmes tous trois jusqu'au sol.

Sanjô Sanetomi était le plus célèbre de ces jeunes fils de familles aristocratiques de Kyôto qui s'étaient alliés aux loyalistes et avaient exaspéré l'empereur à force d'exiger l'expulsion des étrangers. Outre leur caractère impétueux et leur tendance à l'extrémisme, ils avaient un autre point commun avec les *shishi*. Quels que fussent leurs talents et leurs capacités, ceux-ci ne seraient jamais vraiment reconnus. Ils ne pouvaient jouer aucun rôle dans la société, en dehors des fonctions limitées que leur âge et leur rang leur permettraient d'occuper à la cour.

Lorsque l'Aizu et le Satsuma avaient pris le contrôle des portes du palais, au huitième mois, le prince Sanjô et six de ses compagnons avaient été bannis de la cour. Ils s'étaient réfugiés au Myôhôhin de Hagashimaya, avant d'être entraînés dans la fuite des *shishi* quittant la capitale sous la pluie battante pour regagner le Chôshû. À présent, ils se retrouvaient à Mitajiri, où leur situation tenait à la fois de l'otage et du trophée. Je ne pouvais m'empêcher de les plaindre. Le Shôkenkaku comptait parmi les hôtelleries les plus opulentes du port, mais il ne pouvait certainement pas se comparer aux palais et aux résidences de Kyôto. Même leur rang ne mettait pas les jeunes aristocrates à couvert du temps, de la maladie voire, plus grave encore, de l'assassinat. Les *shishi* avaient beau protéger leurs trophées pour l'instant, ils n'hésiteraient pas à s'en débarrasser s'ils étaient déçus par eux. Le meilleur ami du prince Sanjô, le prince Amenokôji Kintomo, avait été assassiné quelques mois plus tôt. Personne ne savait vraiment pour quel motif, même si une foule d'explications avaient été proposées. La plus plausible était qu'on l'avait soupçonné d'abandonner les principes du *jôi*, du fait de ses liens avec Katsu Kaishû, un dignitaire du bakufu favorable à des réformes.

— Je ne m'attendais pas à un retour si prompt! s'exclama Sanjô en voyant Shinsai.

— Oui, j'ai eu la chance de rencontrer ce jeune médecin devant le portail, répliqua Shinsai. Il a étudié avec mon frère aîné et aussi, je crois, au collège de médecine de Hagi. Il s'appelle...

— Imaike Kônosuke, dis-je en levant la tête puis en l'inclinant derechef.

— Imaike Kônosuke, répéta Shinsai.

— J'espère que vous pourrez secourir le prince, déclara Sanjô en s'adressant directement à moi avec une courtoisie extrême.

Je vis qu'il avait une nature douce et bienveillante, qui contrastait de façon saisissante avec les *shishi* dont il était entouré.

— Quels sont ses symptômes ? demandai-je.

Je m'avançai à genoux afin d'examiner le malade. J'avais conscience d'omettre probablement toutes sortes de formalités que j'aurais dû respecter, mais j'espérais que les princes me pardonneraient, eu égard à leur situation insolite. En murmurant une excuse, je levai le poignet du jeune homme pour prendre son pouls.

— Il est sans cesse fatigué. Le voyage l'a épuisé. Il se plaint d'avoir les membres complètement engourdis, surtout les jambes.

Le pouls était lent et irrégulier. Je demandai la permission d'écouter sa poitrine et plaçai mon oreille contre sa robe de soie. J'essayai de me représenter l'intérieur de sa cage thoracique. Le cœur battait assurément à un rythme singulier. Quand je palpai l'abdomen, je le trouvai mou et gonflé.

— Il présente tous les symptômes du *kakke*, déclarai-je.

Cette maladie était peu fréquente en Chôshû. Pour une raison ou pour une autre, elle sévissait surtout dans les villes, où elle touchait particulièrement les aristocrates et les samouraïs de haut rang. On l'attribuait au climat ou peut-être à une sorte d'infection, encore que les médecins fussent d'accord pour la juger moins virulente que la rougeole ou la grippe.

— Qu'avez-vous pour lui ? demanda le prince Sanjô.

Il était devenu encore plus pâle. Si l'on ne pouvait enrayer sa progression, le *kakke* aboutissait invariablement à un arrêt du cœur.

— Je peux lui prescrire certaines poudres, dis-je en me demandant quels diurétiques j'avais dans ma boîte à pharmacie. Il arrive qu'un changement de régime se révèle bénéfique. Peut-être le fait d'avoir quitté la capitale favorisera-t-il également son rétablissement.

Il faudrait des années avant que l'intuition me faisant attribuer à une carence alimentaire le *kakke*, appelé béribéri en Occident, soit confirmée scientifiquement.

Le malade détourna de nous son visage. Dans l'état de faiblesse provoqué par la maladie, même des hommes adultes en venaient souvent à pleurer. Il me sembla que le prince Nishikinokôji était en train de verser des larmes de désespoir et de nostalgie pour tout ce qu'il avait quitté.

Eikaku s'imprégnait avec avidité de la scène, les yeux exorbités, la main agitée de tressaillements comme s'il dessinait déjà. Nous dûmes quasiment l'éloigner de force. Il supplia qu'on le laisse voir les cinq autres aristocrates. Avec gentillesse, Shinsai le conduisit devant la pièce voisine et lui permit de jeter un coup d'œil à l'intérieur depuis le jardin.

Tandis qu'Eikaku gravait le moindre détail dans sa mémoire, Shinsai me demanda :

— Voulez-vous que nous retournions ensemble au Tenmangu et que je rapporte ici les remèdes que vous recommanderez ?

— C'est sans doute la meilleure solution. Si j'ai besoin de quoi que ce soit d'autre, nous pourrons aller à la pharmacie. Et il y a un jardin de simples au Tenmangu, je crois.

Il s'en tint à ces quelques mots. Je sentais qu'il était maintenant un homme capable de se taire à bon escient et de garder un secret. Il semblait plus âgé, plus maigre, et son attitude suggérait qu'il était prêt à agir à tout instant, qu'il s'agît d'échapper à un danger ou de saisir l'occasion de passer à l'attaque. J'avais l'impression que mon corps tout entier était brûlant. Je n'oublierai jamais ce moment où j'étais près de lui, habillée en homme, et où il me traitait comme un homme. J'aurais aimé que cela ne finisse jamais, mais bien vite — trop vite — Eikaku me souffla à l'oreille d'une voix claironnante qu'il voulait se mettre à peindre. Et moi-même, je devais m'occuper de mon patient, bien sûr.

Eikaku était tellement obnubilé par son désir de peindre les sept aristocrates qu'il ne se rendit pas compte que notre guide me connaissait. Shinsai continua de faire comme si j'étais un étranger. Quand nous fûmes au Tenmangu, j'allai chercher ma boîte à pharmacie et en sortis les poudres qui me paraissaient indiquées — *kudzu*, *shinanotsuki* —, que je lui remis.

— Je vais essayer de trouver quelques poivrons rouges. Peut-être en cultive-t-on ici. Et si quelqu'un peut m'indiquer la pharmacie... En attendant, il faudrait que le prince boive cette infusion d'orge.

— Avez-vous besoin d'argent ? s'enquit Shinsai en prenant les sachets de papier.

— J'en ai suffisamment. Vous pourrez me rembourser. Mais qu'en est-il des princes ?

Je me les représentai prenant la fuite sans autres biens que les vêtements qu'ils portaient.

— Le domaine prend en charge leurs dépenses, répondit Shinsai. Vous-même, vous serez payé. Apportez tout ce que vous pourrez au Gyôtenro cet après-midi et demandez à me voir. Je serai là à partir de midi.

287

— Vous ne m'avez toujours pas dit votre nom...

— Il n'a pas changé : Itasaki Shinsai.

Une lueur d'amusement et de complicité dansa un instant dans ses yeux.

Le jeune moine aux migraines me montra le petit jardin derrière le sanctuaire, mais il n'avait guère d'intérêt pratique pour moi car il abritait pour l'essentiel des arbustes et des plantes servant à diverses cérémonies — *sakaki* et autres. Puis il m'indiqua la pharmacie, laquelle se trouvait au centre de la ville, non loin du port. En m'y rendant, je passai devant l'auberge appelée Gyôtenro. L'endroit semblait animé, rempli de clients, et je me sentis obscurément déçue, comme si j'avais espéré retrouver Shinsai en un lieu plus tranquille, où nous aurions pu être seuls.

La pharmacie s'appelait la Hirotaya. En approchant de la devanture, je songeai instantanément à la boutique des Kuriya à Hagi. Je me remémorai chaque détail du soir où pour la première fois j'étais entrée et avais vu le Comptable. L'odeur des médicaments me ramena au jour où il m'avait demandé de l'aider à faire l'inventaire. Shinsai avait été tellement furieux ! J'avais choisi Makino pour époux en partie dans le dessein de me rendre inaccessible à Shinsai. Et en me renvoyant, mon époux m'avait placée précisément sur son chemin.

Lorsqu'il me vit regarder les corbeilles de graines, de racines séchées, de feuilles coupées et d'épices en poudre, le propriétaire de la boutique sortit. Il y avait quelques raretés que je n'avais encore jamais vues : défense de narval, corne de rhinocéros, bile d'ours et ambre gris. Il tenta de prendre des airs condescendants et de me forcer la main pour que j'achète ses remèdes maison, mais son attitude changea quand je lui appris que j'étais diplômé du

Kôseikan. Il ordonna à la vendeuse d'apporter du thé et nous nous assîmes sur le seuil pour discuter longuement du *kakke* et de ses divers traitements.

Je compris alors clairement ce dont je n'avais pris conscience que peu à peu : maintenant que j'étais un homme, je n'étais plus invisible pour les hommes. Ils me prêtaient attention et prenaient mes opinions au sérieux. C'était comme si quelque chose m'avait manqué toute ma vie, et que je ne m'en rendais compte qu'une fois que je l'avais trouvé.

Midi était passé depuis longtemps quand je quittai la boutique avec diverses poudres, des raisins secs et des racines de campanule, du gingembre et de la casse, préparés suivant mes instructions, ainsi que des simples destinés à des infusions. Après une matinée radieuse, le ciel s'était couvert progressivement. En remontant la colline, je sentis les premières gouttes de pluie. Le vent avait fraîchi et était maintenant orienté au nord-ouest, comme en hiver.

L'auberge sentait le poisson grillé et le poulpe cuit, mais je n'avais pas faim. J'avais des crampes d'estomac — je n'aurais su dire si c'était l'effet de l'excitation ou de la terreur. Je demandai à la propriétaire si je pouvais voir Itasaki-san, et elle cria à une servante d'aller le chercher.

Quelques instants plus tard, il approcha en se frayant un chemin dans la foule.

— Docteur, me salua-t-il.

— J'ai trouvé les remèdes dont vous aviez besoin, déclarai-je. Il faut juste que j'explique les dosages.

— Allons dans un endroit un peu plus tranquille.

Se tournant vers la propriétaire, il lui parla à voix basse. Elle acquiesça de la tête.

Shinsai s'adressa de nouveau à moi.

— Il y a une pièce à l'étage. Elle veillera à ce qu'on ne nous dérange pas.

Un petit bâtiment au sol de terre battue se dressait sur le côté de l'auberge. Il servait à entreposer des légumes marinés et était imprégné d'une forte odeur de sel et d'épices. À l'arrière, à demi cachée par une énorme cuve, une échelle raide conduisait à un espace exigu. Il était pourvu d'un tatami et meublé de futons pliés avec soin dans un coin, d'un brasero de céramique et d'une lampe. Une unique fenêtre à barreaux donnait sur la rue, mais les volets étaient fermés et la pièce était sombre. Seule une faible lumière filtrait par le bas.

Shinsai grimpa l'échelle le premier. Je le suivis, en ignorant la main qu'il me tendait pour m'aider. Nous restâmes immobiles, silencieux, tout près l'un de l'autre. J'entendais mon sang marteler mes tempes.

— Je vous ai toujours dit que vous auriez dû être un homme, dit Shinsai.

Je gardai un instant le silence. De toute façon, je ne savais comment m'adresser à lui. Je n'allais certes pas l'appeler « mon oncle ».

— À quoi sert cette pièce ? demandai-je enfin.

— À cacher des gens qui ne sont pas censés se trouver à Mitajiri. Des *rônin*, des espions, des *shishi* ayant quelques problèmes avec les autorités. Les propriétaires de l'auberge soutiennent l'empereur et exècrent les Tokugawa.

— Je ferais mieux de vous expliquer comment utiliser les remèdes du prince, dis-je de mon ton pointilleux de médecin.

— Plus tard, répliqua-t-il en m'enlevant des mains le paquet du pharmacien. Nous nous rendrons au Shôkenkaku plus tard.

Sentant soudain mes jambes se dérober, je m'assis non sans poser avec un soin minutieux mes sandales sur le seuil de bois. Shinsai s'assit en tailleur à côté de moi sur le tatami. Je mourais d'envie de fumer, mais ma pipe et mon tabac étaient restés au sanctuaire.

— Depuis combien de temps êtes-vous ainsi déguisée?

— Cela fait quelques semaines. C'était une idée d'Eikaku. Il fait partie de mes patients — on ne peut pas vraiment dire qu'il soit sain d'esprit. Il m'a déclaré que j'étais un homme dans un corps de femme, et qu'en m'habillant en homme je découvrirais ma propre identité. Et vous savez quoi? Il avait raison.

— Mais où se trouve votre époux?

— Avec le Kiheitai. C'est un médecin militaire, maintenant. Il estimait que je ne pouvais l'accompagner et m'a dit de rentrer chez mes parents. Je l'ai averti que dans ce cas, je me considérerais comme divorcée.

— Vous vous êtes donc transformée en homme et avez pris la clé des champs! Vraiment, Tsu-chan!

— Je crois qu'il vaut mieux que vous ne m'appeliez pas ainsi, dis-je. Tout a commencé comme un jeu. J'ai aimé cette sensation, je n'ai pas voulu arrêter. Si je devais redevenir une femme, cela me tuerait.

— C'est dangereux, observa-t-il. Comme toutes les drogues.

— Eh bien, il n'est pas évident de trouver des endroits isolés pour me soulager et je n'ai pas encore résolu le problème des bains publics, mais ce n'est pas vraiment dangereux. Jusqu'à présent, vous êtes le seul à m'avoir percée à jour. Et c'est simplement parce que vous me connaissez. Je ne pourrais pas m'en tirer à Yuda ou à Hagi, mais presque personne ne me connaît ici.

Je prononçai ces paroles dans le langage des hommes qu'Eikaku m'avait inculqué, avec les expressions et les gestes appropriés.

Shinsai éclata de rire.

291

— C'est saisissant ! J'ai beau vous connaître, vous jouez si bien votre rôle que j'oublie à tout instant que vous n'êtes pas un homme.

Il ajouta d'une voix plus calme, plus taquine :

— Peut-être devrais-je m'en assurer.

L'espace entre nous semblait immense, malgré l'exiguïté de la pièce, et je ne pensais pas qu'il serait capable de le franchir. Cependant il tendit les mains et les glissa sous ma robe. Pour aplatir ma poitrine, j'avais noué sous mon kimono doublé une étoffe faisant le tour de mon buste.

— Oh ! s'exclama Shinsai d'un ton surpris en touchant cette étoffe. Il semble que vous soyez vraiment un homme !

— Essayez un peu plus bas, suggérai-je tandis qu'il appuyait son autre main sur ma nuque et m'attirait vers lui.

Je pourrais prétendre qu'il m'a forcée. Il était beaucoup plus fort que moi et personne ne m'aurait entendue si j'avais crié. Mais il ne m'a pas forcée. Après m'avoir serrée un instant contre lui, m'emplissant d'un soulagement indicible, comme si j'étais enfin arrivée chez moi, il se recula pour me regarder en face.

— Nous devrions arrêter, maintenant.

Mais je n'étais plus en mesure d'arrêter. J'étais dans un rêve où il m'était impossible de contrôler mes actes. Ce fut moi qui posai ma bouche sur la sienne, moi qui le déshabillai en hâte. Je le pris avec autant de violence qu'il me prit. Nous comprenions que nous nous étions toujours désirés. Nos liens de parenté nous avaient interdits l'un à l'autre, mais ici, à Mitajiri, avec le monde qui s'effondrait autour de nous, nous étions soudain libérés des anciennes règles et des espérances d'autrefois.

Que puis-je dire ? J'avais l'impression de dormir avec moi-même. J'étais à la fois homme et femme. Je devins lui, et quand ce fut fini et que nous sombrâmes tous deux dans cette extase si proche de la mort, j'étais davantage moi-même que je ne l'avais jamais été.

Ce ne fut que la première de bien des étreintes, ce jour-là. Notre désir si longtemps refoulé semblait insatiable, maintenant qu'il avait le droit de s'épanouir. Par moments, je remontai à la surface du lac de la volupté et songeais à l'aristocrate malade ou à Eikaku, puis les lèvres de Shinsai effleuraient ma nuque, ma poitrine, et m'attiraient de nouveau dans les profondeurs.

Nous finîmes par nous interrompre assez longtemps pour étendre les futons et nous coucher sous les couvertures. Il pleuvait à verse contre les volets de bois et le vent gémissait le long de l'échelle. Blottie contre Shinsai, je sentais la chaleur de son corps.

— Je vous ai toujours aimée, vous savez, dit-il.

J'étais stupéfaite de l'entendre parler d'amour, lui, ce cynique si peu sentimental. Même mon époux ne m'avait jamais dit qu'il m'aimait, et j'avais moi aussi évité ces mots. L'amour était pour les héros du théâtre ou des romans, et il menait presque toujours au désastre.

— C'est la vérité. Cela fait des années que j'ai compris que j'étais amoureux de vous. Vous ne pouvez imaginer combien j'ai souffert de savoir que vous m'étiez inaccessible, de vous voir épouser un autre.

— Je vous aime aussi. Je crois que je vous ai toujours aimé.

Tel était donc l'amour, ce sortilège mystérieux qui poussait les hommes et les femmes à commettre de pures folies.

Plus tard, Shinsai s'en alla et revint avec des bols de nouilles et un flacon de saké. Nous parlâmes de notre avenir, en riant sans cesse. Je n'avais jamais été aussi heureuse de ma vie. Shinsai me décrivit son existence à Kyôto. Il me dit combien la capitale était devenue dangereuse. La police du bakufu, le Shinsengumi, avait été créée pour contrôler les rues et empêcher les actes de violence. Elle était encore plus redoutée que les *shishi*, et même les habitants de la ville supportaient avec peine de se voir extorquer par elle de l'argent et des vivres.

— Quand comptez-vous retourner là-bas ? demandai-je.

Je savais qu'il ne resterait pas longtemps à Mitajiri.

— Dans quelques semaines, je suppose. Je veux voir comment la situation évolue ici et tenir Genzui au courant. Ensuite je repartirai et discuterai des événements avec lui. Je pense que vous devriez m'accompagner.

— Je le pense aussi.

— Vous pouvez certainement nous être utile en tant que médecin. Et vous serez finalement plus en sécurité là-bas si vous continuez de passer pour un homme. Personne ne vous connaît. Il existe de nombreux endroits où il est encore possible de disparaître. Et...

— Et ?

— Et il ne m'est plus possible de vous laisser partir. Maintenant que nous avons plongé, nous devons nous abandonner au courant. Qui sait ce qui va nous arriver ? La vie est si brève qu'il nous faut goûter tout ce qu'elle nous offre avant qu'elle soit finie. À Kyôto, on affronte chaque jour la mort.

Je ne lui dis pas, ni ce jour-là ni jamais, que j'avais vu ce que serait sa mort.

Pendant notre séjour à Mitajiri, Shinsai s'occupa d'assurer le logement des aristocrates et d'aider à garder sous contrôle les *shishi* rassemblés autour d'eux. Maki Izumi, un ancien prêtre shintô du domaine de Kurume, s'était imposé comme leur chef. Il avait une cinquantaine d'années à l'époque, nettement plus que les jeunes hommes affluant chaque jour à Mitajiri pour adhérer à la cause loyaliste, mais il était aussi idéaliste qu'eux et aussi peu versé dans l'art du gouvernement ou de la guerre. En les écoutant lorsque j'étais appelée à soigner leurs maladies, j'étais à la fois touchée et alarmée par leur dévotion aveugle à l'empereur et leur volonté irrationnelle de chasser les étrangers. Même mes descriptions du bombardement de Shimonoseki, s'ajoutant aux peintures d'Eikaku que tout le monde allait examiner, ne purent leur ouvrir les yeux sur la réalité. Auberges et maisons de thé bruissaient de débats animés. Le Chôshû devait reconquérir sa position à la cour. Accepter d'être vaincu par le Satsuma et l'Aizu revenait à perdre la face de manière intolérable. Tout Kyôto attendait que le Chôshû réagisse, car chacun aimait ce domaine pour sa loyauté envers l'empereur. Il n'y avait qu'à voir comme les gens étaient impressionnés quand nos soldats défiaient ceux du Satsuma. Nos jeunes hommes étaient si splendides et intrépides !

Il était difficile de maintenir l'équilibre. Les hommes du Shôkenkaku étaient aussi énergiques que courageux. Ils avaient quitté leur famille et fui leur domaine. C'étaient des exilés, des hors-la-loi n'ayant plus rien à perdre. Maki et ses officiers leur imposaient une discipline sévère, avec un programme journalier rigoureux d'entraînement militaire et d'études classiques, mais ils constituaient toujours une force instable, dangereuse, par leur tendance à s'offenser aisément et à se laisser guider par leurs émotions.

— C'est comme si l'on prenait un loup pour chien de garde, dit Shinsai un jour. Il fait peur aux intrus, mais il peut aussi bien se retourner contre vous et vous égorger.

Nous étions au sanctuaire de Tenmangu, en train d'observer Eikaku qui mettait la dernière touche à sa peinture représentant les sept nobles s'enfuyant sous la pluie. Chacun d'eux était immédiatement reconnaissable. Ils portaient des capes protectrices en paille et des chapeaux noirs à large bord, et ils semblaient blottis les uns contre les autres comme des pluviers sur le rivage. Autour d'eux, des soldats tenant des lanternes les pressaient d'avancer. On sentait leur incertitude, leur appréhension.

— À présent que cette œuvre magnifique est terminée, peut-être pourriez-vous nous confectionner quelques faux, insinua Shinsai. Imaike et moi allons nous rendre à Kyôto. Si nous emportions avec nous un ou deux remèdes célèbres, ce serait excellent pour nos finances.

— Mais que vais-je devenir sans le docteur Imaike ? demanda Eikaku d'un air abattu.

Comme s'il n'avait pas entendu cette question, Shinsai lui expliqua qu'il désirait des prospectus paraissant venir d'Isa, une ville célèbre pour ses médecins. Je lui donnai les noms des ingrédients que nous allions utiliser.

— Nous voilà devenus des charlatans, comme les Kuriya ! s'exclama joyeusement Shinsai.

Il s'en alla s'occuper des préparatifs de notre voyage. Eikaku me regarda avec mélancolie.

— Savez-vous vraiment ce que vous faites, docteur ?

Il n'avait jamais évoqué ma relation avec Shinsai. Je ne savais même pas ce qu'il en avait deviné, ce qu'il connaissait déjà de nous. Quand il peignait, il était sourd et aveugle au reste du monde. Depuis notre arrivée à Mitajiri, il s'était montré plein d'énergie et de bonne humeur. Maintenant que sa peinture était terminée, toutefois, il allait probablement sombrer de nouveau dans la dépression.

Je me sentais coupable de le quitter, ce que je dissimulai en me mettant en colère.

— Ne vous mêlez pas de mes affaires ! Je suis un homme libre !

Il eut un sourire un peu contrit.

— Vous n'avez vraiment plus rien d'une femme. Enfin, vous êtes ma création. Je ne puis vous reprocher d'agir conformément à mes instructions.

— Exactement, répliquai-je d'un ton brusque. Vous allez devoir veiller sur vous-même.

Eikaku était naturellement doué pour la contrefaçon. Il fabriqua un grand nombre de prospectus pour notre fameux remède. Puis la chance fit qu'il apprit une nouvelle de Yamaguchi qui sembla éclaircir encore son humeur. Le gouvernement de Sufu, lequel avait été contraint de démissionner après la disgrâce du Chôshû à Kyôto, fut rétabli par le Kiheitai. Le chef du parti conservateur, Tsuboi Kuemon, reçut l'ordre de mettre fin à ses jours. Toujours contradictoire, Eikaku admirait profondément Kuemon et fut ému par sa destinée. Cet événement lui donna l'idée de faire le portrait de Kuemon en le présentant comme Sugawara Michizane en exil. Dès qu'il était en proie à l'inspiration, il devenait d'ordinaire plus optimiste. Il me sembla que je pouvais le quitter. Le jeune moine migraineux, qui me devait beaucoup, me promit de prendre soin de lui. De toute façon, il ne manquait pas d'amis et d'admirateurs dans la ville. J'espérais simplement que les loyalistes ne s'offusqueraient pas du sujet de son portrait et ne se sentiraient pas obligés de l'effacer avec son sang. Mais c'était un risque que tout le monde courait, en cette époque de folie.

Durant la période précédant notre départ, je remarquai combien Shinsai était efficace et tenu en haute estime par les autres. Je constatai qu'il avait droit aux mêmes regards d'envie et d'admiration que lui-même prodiguait à des hommes comme

Genzui et Takasugi. Il provoquait également un autre genre d'attention, depuis qu'il passait tant de temps avec moi.

— Ils s'imaginent que vous avez pris un amant, déclarai-je.

— Ils sont déjà persuadés que je n'aime pas les femmes, répliqua-t-il en souriant. C'est parce que je ne les accompagne pas dans les bordels ou les maisons de geishas.

— Je ne vous crois pas, le taquinai-je bien que je fusse soulagée au fond de moi.

— C'est la vérité. Je n'ai jamais ressenti de désir pour aucune autre femme. Je suppose que l'obligation de réprimer mes sentiments pour vous m'a conduit à ne plus rien ressentir du tout.

Il avait vingt-cinq ans à l'époque, et moi vingt-trois. Nous n'étions plus des enfants aisément entraînés par leurs passions, mais des adultes. Pourtant nous nous laissions emporter, comme si la passion était contagieuse.

Moi aussi, j'avais beaucoup à faire. J'avais été bien avisée d'emporter du mercure, car la syphilis faisait des ravages dans le port. Cette maladie était trop souvent méconnue. Quand les symptômes de la première phase disparaissaient, les malades se croyaient non seulement guéris mais immunisés contre toute infection ultérieure. J'essayais de prôner l'abstinence, mais je n'espérais guère voir mes conseils suivis d'effet car la plupart de mes patients comptaient mourir glorieusement au combat bien avant que le mal entre dans sa deuxième ou sa troisième phase.

L'état du prince Nishikinokôji s'améliora légèrement. Grâce aux poudres diurétiques, aux massages et aux aiguilles, je parvins à réduire l'hydropisie dans ses jambes. Néanmoins tous les jeunes aristocrates souffraient de leur inactivité et de leur incertitude. Ils étaient moins des hôtes que des prisonniers, dont les gardiens étaient convaincus de savoir ce qui était le mieux pour eux et leur farcissaient la tête de plans insensés de campagnes contre le bakufu et de complots visant à se rendre maître de l'empereur. Leur monde était sens dessus dessous. On aurait dit des cerfs-volants dont la ficelle était coupée et qui volaient au gré du vent. Ils commencèrent à avoir autant soif d'action que les plus téméraires des *shishi*. Tout était bon, du moment qu'ils rentrent à Kyôto et retrouvent la faveur de l'empereur.

Peu avant notre départ pour Kyôto, au dixième mois, le plus impatient d'entre eux, le prince Sawa Nobuyoshi, se laissa convaincre de participer à une campagne militaire condamnée d'avance, qui entra dans l'histoire sous le nom d'incident d'Ikuno. Elle eut lieu tout de suite après le soulèvement du Tenchûgumi à Iga. Les deux mouvements combinaient des ferments d'agitation paysanne et une hostilité déclarée au bakufu. Ils tournèrent court l'un comme l'autre. Les meneurs furent tués au combat ou exécutés, et le prince Sawa s'enfuit ignominieusement et retourna à Mitajiri. Cependant ces troubles furent considérés par les *shishi* comme des signes avant-coureurs de la lutte à venir, et leurs appels à l'action se firent encore plus pressants.

Selon Shinsai, il était nécessaire d'attendre le moment favorable. Il était en contact avec Genzui et Katsura à Kyôto, et avec les chefs du Kiheitai d'un bout à l'autre du domaine. Des lettres arrivaient à Mitajiri ou en partaient, grâce à des messagers rapides ou par bateau. Genzui, Katsura et Takasugi avaient toujours l'appui de sire Sufu et tous occupaient maintenant des postes dans son gouvernement. Chacun d'entre eux conseillait la patience. Toutefois le groupe du Shôkenkaku devait se révéler impossible à contrôler.

TROISIÈME PARTIE

Genji 1 à Keiô 1
1864-1865

Kyôto

Shinsai était employé par les autorités du domaine de façon plus ou moins clandestine, de sorte que nous voyageâmes avec leur autorisation, à leurs frais et sous leur protection. Cela comptait encore pour quelque chose, bien que le Chôshû fût tombé en disgrâce, car nombreux étaient les sympathisants de sa cause et il avait l'appui de la plupart des gens du peuple. Nous embarquâmes à Mitajiri et longeâmes la côte est de la mer Intérieure jusqu'à Ôsaka. Nous y séjournâmes dans la résidence du domaine. Ôsaka étant le grand centre du commerce Chôshû, le domaine avait de nombreux contacts avec les riches marchands de la ville, auxquels il devait d'ailleurs beaucoup d'argent.

Malgré l'inquiétude générale pour la situation politique et les risques de guerre, le commerce battait son plein, les fortunes se faisaient et se défaisaient, on découvrait de nouveaux produits, on lançait de nouvelles modes. Ôsaka me parut immense, plus colorée qu'aucune ville que j'eusse jamais vue, avec toutes les enseignes et les bannières qui la décoraient. J'aurais pu passer des journées entières à l'explorer. On y trouvait des boutiques de toutes sortes vendant tous les produits imaginables, du charbon de bois et du riz aux gâteaux et au tabac, en passant par les sushis, les ornements de métal, les tissus et les médicaments. Chacun semblait parler constamment à tue-tête. J'écoutais les conversations, en essayant de comprendre les accents et les dialectes insolites. J'emmagasinais les mots nouveaux avec autant d'enthousiasme que je goûtais les mets inconnus. Il était excitant de marcher au côté de Shinsai et non à quelques pas derrière lui, comme il convenait aux femmes, en discutant d'idées et de projets.

Lors d'une de nos promenades dans la ville, non loin du fleuve Tosabori, nous passâmes devant un long bâtiment blanc aux fenêtres treillissées.

— Voici le célèbre Tekijuku, dit Shinsai.

— L'école d'Ogata Kôan?

J'avais envie de m'agenouiller en signe de respect. Le docteur Ogata était le héros de mon père, que j'avais entendu parler de cette école toute ma vie. Je savais qu'Ogata était mort un peu plus tôt dans l'année. Il avait été appelé à Edo pour diriger le nouveau collège de médecine. Malgré sa répugnance à quitter Ôsaka, il n'avait pu refuser. Cependant le fardeau de ses nouvelles fonctions avait été trop lourd pour sa santé déjà fragile. Il n'avait vécu qu'une cinquantaine d'années, mais son héritage était inestimable, en particulier l'instauration de centres de vaccination contre la petite vérole.

— Voulez-vous faire un tour à l'intérieur?

J'en avais à la fois envie et pas envie. Penser à Ogata me faisait penser à mon père. Il s'était toujours présenté comme un adepte de la doctrine de « l'action compatissante » d'Ogata. La vie est tout entière la vie, il est illusoire de la diviser. Nos vies sont un don de la force vitale et nous devrions les consacrer à secourir autrui. Tandis que je contemplais ce bâtiment modeste et songeais à l'homme qui avait vécu et enseigné ici, je vis soudain avec une clarté douloureuse ma propre vie, mon manque de compassion, mon égoïsme, et la honte m'envahit.

— Allons au théâtre, lançai-je.

Je voulais réprimer ces sentiments inconfortables, car si je les écoutais il me faudrait faire marche arrière, revenir à ma condition de femme et d'épouse. Je voulais aller de l'avant, avec Shinsai à mon côté.

Ôsaka possédait de nombreux théâtres et je n'avais jamais assisté à une représentation de kabuki. J'étais impatiente de m'immerger dans cet univers afin d'oublier mon père et Ogata Kôan. Nous nous rendîmes au Nakanoshibai, à Dotonbori, et vîmes *Histoires de fantômes de Yotsuya*, cette pièce étrange et monstrueuse où je trouvais un reflet de ma propre perversion. Peut-être le jeune homme qui en avait récité un extrait lors de mon mariage m'avait-il involontairement jeté un sort. La pièce m'enchanta. Le personnage d'Iemon était malfaisant, mais il faisait montre d'une énergie aussi séduisante qu'irrésistible. Il me semblait exprimer l'essence de notre temps, en révélant en profondeur nos peurs et nos incertitudes, et en les exploitant. Le théâtre était l'un des plus modernes d'Ôsaka, avec une scène tournante, une trappe et de nombreux effets spéciaux. Ce fut une expérience passionnante.

Nous quittâmes Ôsaka le lendemain, en prenant un bateau à fond plat qui nous mena sur le fleuve jusqu'à Fushimi, où nous descendîmes dans l'auberge appelée Teradaya, non loin de la résidence Chôshû de Fushimi. C'était dans cette auberge, un an et demi plus tôt, que des *shishi* loyalistes Satsuma avaient été attaqués et tués par leur propre clan.

— J'étais présent quand c'est arrivé, me dit Shinsai lorsque nous nous fûmes retirés dans une petite chambre à l'arrière de l'auberge. Nous étions deux ou trois hommes du Chôshû à être venus ici.

— Dans quel but ?

— Il s'agissait de se tenir au courant. Genzui m'avait demandé d'être dans les parages et de recueillir des informations. Je logeais à Fushimi, à l'époque. Les jeunes Satsuma croyaient que leur daimyô allait les soutenir dans leur projet de chasser les étrangers et de rendre le pouvoir à l'empereur. En fait, il s'est débarrassé d'eux.

Il se tut un instant puis reprit :

— C'était horrible. Pas à cause de tous ces morts, mais parce qu'ils savaient qu'ils avaient été trahis. Cela dit, ç'a été une leçon pour nous. Si juste que soit notre cause, chaque domaine se retournera contre ses propres hommes s'il a l'impression que sa sécurité est menacée.

— Comment vous en êtes-vous sorti ?

Je n'avais pas besoin de l'éventail magique pour imaginer la scène comme si j'y étais, les coups de sabre, les cris de colère, les hurlements des mourants.

— La propriétaire est entrée en criant : « Les soldats Satsuma arrivent ! Cela ne promet rien de bon ! » J'étais dans cette chambre, où j'attendais Genzui et plusieurs autres hommes du Chôshû. Je suis sorti discrètement par l'arrière, en escaladant un ou deux murs, et j'ai rencontré Genzui en chemin. Nous sommes retournés à Kyôto dans la nuit même et sommes restés cachés quelques jours dans la résidence de Kawaramachi.

« Le Satsuma et le Chôshû ont toujours été rivaux, mais ils devront s'allier pour renverser le bakufu. Nombreux sont ceux qui s'en rendent compte et œuvrent dans ce sens. Sakamoto Ryôma, par exemple, un homme du clan Tosa qui séjourne souvent ici.

— Genzui m'en a parlé un jour, dis-je. Je crois qu'ils se sont rencontrés à Hagi.

Shinsai sourit.

— On m'a déjà pris pour lui. Il paraît que nous nous ressemblons. Il pense que le Satsuma et le Chôshû doivent s'unir. Il est en bons termes avec beaucoup de gens dans les deux domaines.

— Avez-vous participé aux combats, cette nuit-là?

La nuit s'avançait et l'auberge autour de nous devenait silencieuse. Le froid était intense, bien qu'on ne fût pas encore au solstice d'hiver. Je me rapprochai de Shinsai, en quête de la chaleur de son corps.

— Non, ils étaient dix fois plus nombreux que nous. Ç'aurait été une mort inutile.

— Mais vous vous êtes déjà battu?

— Oui.

— Et vous avez tué des gens?

— Bien entendu.

— Est-ce ainsi que vous vous êtes fait respecter?

Il éclata de rire.

— Que voulez-vous dire?

— J'ai simplement remarqué que les gens vous respectaient et avaient un peu peur de vous. C'est l'un des changements qui se sont produits en vous depuis votre départ.

J'effleurai son bras du bout des doigts. Ses muscles étaient durs comme de l'acier. Il n'y avait aucune trace de graisse sur lui, pourtant sa peau avait la douceur de la soie. Je songeai à son corps, aux vaisseaux sanguins dessinant leurs lignes bleutées, au cœur battant avec régularité sous mon oreille, aux poumons laissant entrer et sortir le souffle que je sentais sur mes cheveux, aux muscles et aux nerfs qui contrôlaient chaque action et avaient obéi à l'ordre de tuer.

— Quand on me demande de faire un travail, je

le fais, dit Shinsai. C'est pourquoi je crois qu'on n'a pas moins confiance en moi qu'en un autre.

— Mais vous aimez ça ?

— Tsu-chan... commença-t-il.

Je posai ma main sur sa bouche.

— Je vous ai dit de ne pas m'appeler ainsi.

— À partir de maintenant, je ne vous appellerai plus qu'Imaike-kun. Mais c'est vrai que j'aime me battre. J'ai toujours eu ce goût. Et s'il faut en venir à tuer, ça m'est égal. Je préfère être celui qui tue que celui qui meurt.

— Combien de gens avez-vous tués ?

— Peut-être huit ou dix... et trois statues de bois.

— Vous étiez donc mêlé à cette affaire ! Nous nous en sommes doutés.

Il rit de nouveau, puis se mit à me caresser d'une manière qui mit fin à toute conversation.

J'étais fatiguée, ensuite, mais je ne m'endormis pas immédiatement. Les pensées se bousculaient dans ma tête. Le cruel Iemon aimait tuer, et le public aimait le spectacle de sa cruauté. Nakajima avait été fasciné par la mort et le meurtre sous leurs formes les plus monstrueuses. Eikaku peignait des hommes torturés en enfer par des esprits et des démons terrifiants. Moi-même, j'avais des hallucinations baignant dans le sang, j'avais vu mourir bien des gens, et même si j'aurais préféré les sauver j'étais intéressée par la façon dont ils mouraient. Et Shinsai se plaisait à tuer... Quelle relation aussi étrange que complexe unissait les individus et leur corps, le sexe et la mort.

Le matin suivant, alors que nous prenions notre petit déjeuner de riz, de *misoshiro* et de radis mariné, O-Tosei, la propriétaire, remit à Shinsai une liasse de lettres.

— Elles sont arrivées pour vous, Itasaki-san.

— Merci, dit-il en les posant sur le tatami.

Nous fîmes transporter nos boîtes et nos paniers, mais il garda les lettres sur lui tandis que nous quittions à pied Fushimi pour gagner la ville, en passant devant l'énorme sanctuaire d'Inari, avec son *torii* rouge et ses statues de renards blanches. De mon côté, j'emportai un paquet de prospectus et d'échantillons de remèdes, dans l'espoir de pouvoir faire quelques affaires en cours de route.

La matinée était glaciale. Les dernières touffes d'herbe *susuki*, encore blanchies par la gelée, scintillaient au soleil d'un rouge éclatant dont la sphère était nettement visible sous un voile de brume. Cette vision me parut comme un symbole de notre pays uni sous le signe de l'empereur et de l'astre du matin. La ville s'étendait entre des collines escarpées couvertes de bois. En bas des versants, quelques feuilles brillantes s'accrochaient encore aux branches nues. Plus haut, des traînées de brouillard s'enroulaient autour des sombres silhouettes des cèdres comme des bannières grises. La route suivait le cours du fleuve. Pendant la plus grande partie du trajet, elle n'était bordée que d'une unique rangée de maisons, derrière lesquelles se déployaient des rizières brunes et dépouillées. Comme nous approchions de la ville, les constructions se firent plus nombreuses et plus denses. La fumée des feux de cuisine flottait sur elles et une odeur fraîche et forte s'élevait des rues. De nombreux voyageurs s'avançaient dans la même direction que nous — fermiers chargés de paniers de légumes d'hiver ou de chapelets de kakis séchés, pêcheurs transportant leurs prises dans de la mousse et de la glace, ouvriers vêtus de vestes et de jambières miteuses, porteurs et chevaux de bât, samouraïs en manteau d'hiver voyageant par deux, de temps à autre un dignitaire dans son palanquin. Tous les domaines avaient édifié des résidences et des casernes dans la capitale, et beaucoup étaient encore inachevées.

— Voici le Myôhôin, déclara Shinsai en pointant le doigt sur un groupe de bâtiments à l'écart de la route, à moitié masqués par des cèdres. C'est là que nous avons caché les aristocrates.

— Vous avez donc pris cette route avec eux ?

— Nous avons coupé à travers bois derrière le Tôfukuji et rejoint Fushimi en prenant des chemins détournés.

— Vous devez connaître parfaitement la région.

— Oui, cela fait plus de quatre ans que j'habite par ici. Depuis votre mariage, en fait.

— Pour quelle raison ne vous êtes-vous jamais manifesté ? Nous étions tous inquiets pour vous.

— Ne parlons pas de mes raisons, répliqua Shinsai.

Nous étions maintenant dans la ville elle-même. Nous passâmes devant un autre temple imposant, le Kenninji, après avoir quitté la grand-route pour pénétrer dans un dédale de rues s'étendant entre le fleuve et Higashiyama — et aussi entre les ponts Sanjô et Shijô, comme Shinsai devait me le montrer plus tard. Il paraissait aussi détendu et allègre qu'à l'ordinaire, mais je notai qu'il ne cessait de regarder autour de lui.

— Sommes-nous suivis ? demandai-je à voix basse.

— Je ne crois pas. Malgré tout, arrêtons-nous pour boire quelque chose avant d'aller à notre logement.

Une boutique sur deux semblait être une maison de thé, où l'on trouvait les spécialités de la région propres à la saison. Nous entrâmes dans l'une d'elles et commandâmes du thé et du *mochi* avec de la sauce. Sortant ma boîte à tabac, j'enflammai une allumette au brasero placé près de nous et fumai une pipe pendant que nous attendions. Shinsai m'observa d'un œil critique.

— Personne ne me percera à jour? m'inquiétai-je.

— Vous avez quelque chose de singulier qui pourrait vous trahir, répondit-il. Mais les gens bizarres ne manquent pas, dans la capitale. Il faut juste que vous évitiez les policiers du Shinsengumi et du Mimawarigumi.

Sa remarque m'irrita un peu. Je jouais maintenant mon rôle avec une grande assurance et j'étais presque certaine que personne ne devinerait que j'étais une femme. Le thé arriva et nous le bûmes lentement. Pendant tout ce temps, Shinsai jeta continuellement des coups d'œil sur la petite salle enfumée et la rue derrière les rideaux. Même à l'intérieur, il faisait froid. À l'instant où je saisissais les longues baguettes destinées à remuer le charbon dans le brasero, le silence s'abattit soudain sur la salle. Me retournant, je vis un homme s'immobiliser sur le seuil.

Il portait un *hakama* noir sur un kimono bleu foncé et un *haori* d'un bleu plus clair portant un motif blanc sur la manche. Même s'il resta muet, il émanait de lui une autorité menaçante. Plusieurs clients tentaient de cacher leur visage en l'essuyant avec une serviette ou en l'inclinant sur leur bol de thé. Shinsai tendit le bras pour prendre ma pipe, qu'il bourra et alluma. Il aspira la fumée puis l'exhala tandis que je le regardais sans rien dire.

L'homme scruta chacun des occupants de la salle puis se détourna abruptement. Le dos de son *haori* s'ornait d'un unique caractère : *makoto* — « sincérité ».

— Shinsengumi, dit doucement Shinsai au milieu des conversations qui reprenaient autour de nous.

— Vous a-t-il reconnu?

— Je ne crois pas. Pour autant que je le sache, j'ai échappé à leur attention. Toutefois il est difficile d'en être sûr. Bien entendu, ils connaissent Genzui et Katsura, mais eux sont protégés par leur situation dans le domaine.

Quand nous sortîmes de la maison de thé, le même homme était en faction au bout de la rue.

— Passez devant lui d'un air naturel, murmura Shinsai.

Cependant je savais qu'il allait nous intercepter et je voulais prouver que j'étais capable de jouer mon rôle d'homme en toute circonstance. Avant que nous soyons à sa hauteur, je m'arrêtai un instant pour défaire mon baluchon et en sortir les prospectus qu'Eikaku nous avait confectionnés. Lorsque le garde s'avança vers nous, je lui en glissai un dans la main.

— Voici le célèbre remède d'Isa, pour toutes vos douleurs et problèmes de santé. Soulagement garanti pour les coliques, les migraines, les maux de dents et les hémorroïdes, les pierres et les calculs dans l'urine et bien d'autres maladies encore !

J'entendais ma propre voix comme si elle appartenait à quelqu'un d'autre — un jeune garçon plein de zèle, auquel ne manquait même pas l'accent d'Isa.

— Je peux donner à Votre Excellence un échantillon gratuit, mais si vos amis en désirent un, comme ce sera assurément le cas, il leur coûtera deux *mon*.

— Espèces de charlatans ! s'écria-t-il.

Néanmoins il prit le sachet et le fourra dans sa robe, tandis que nous en profitions pour nous éclipser.

— Et voilà ! lançai-je à Shinsai quand le garde ne put plus nous entendre. Il n'y a vu que du feu !

— Je vous interdis de devenir médecin consul-

312

tant du Shinsengumi, dit Shinsai en me conduisant par un itinéraire tortueux à travers les ruelles.

— Peut-être pourrais-je les empoisonner.

J'avais le cœur battant mais c'était l'effet de l'excitation, non de la peur.

— De toute façon, ajoutai-je, cet homme n'est pas en bonne santé. Je parie qu'il a du sang dans son urine et que son rein le fait souffrir. Il n'en a pas pour très longtemps.

Shinsai s'arrêta au bout de la rue suivante et me dit de l'attendre un instant pendant qu'il contrôlait notre logement. Je le regardai entrer dans une petite maison coincée entre une brocante et une échoppe de sobas. Il ressortit et me fit signe d'approcher. Je le suivis à l'intérieur. La maison avait une odeur curieuse, que je ne parvenais pas à identifier.

— Voici ma cachette, dit-il tandis qu'une femme entrait par une porte donnant sur la boutique voisine.

— Et voici Mme Minami, qui s'occupe de la brocante et me loue mon modeste refuge.

Il ajouta à l'adresse de la femme :

— Je vous présente le docteur Imaike Kônosuke, un ancien étudiant de mon frère.

La petite maison paraissait servir de réserve pour la boutique et était remplie de pots de céramique, de récipients en bambou, de vieux parapluies, de coffres et de boîtes. Mme Minami était plutôt bien en chair, avec un joli visage qui rappelait celui du kami Benten. Elle avait quelque chose de stimulant et de rassurant, comme si elle était bel et bien une divinité de la chance. Je devais découvrir qu'elle avait une nature généreuse, dont la bienfaisance se manifestait dans tout le voisinage. Elle vénérait l'empereur et s'intéressait aux enseignements de Hirata Atsutane.

— Bienvenue à vous, dit-elle à Shinsai avec un sourire radieux.

— Le docteur Imaike restera ici un moment, déclara-t-il.

— Cherche-t-il des patients? demanda-t-elle aussitôt.

— Certainement, répondis-je avec mon accent
d'Isa. Et je serais honoré de pouvoir vous soigner
gratuitement.

— Oh, écoutez comme il parle! C'est charmant!

Notre amitié allait bon train mais fut interrompue par un client appelant sur le seuil de la boutique
Mme Minami, qui nous quitta avec force excuses.

Shinsai m'emmena dans la pièce de derrière.

— Ce n'est pas grand, dit-il, mais c'est très tranquille. Et il y a une sortie de secours.

La pièce donnait sur une cour minuscule et un
mur derrière lequel se dressait un bâtiment imposant. L'odeur était plus forte que jamais. Je fronçai
le nez pour l'identifier.

— Ce sont les bains publics, expliqua Shinsai.
Comme Mme Minami, les propriétaires sont loyalistes et prêts à nous aider. J'ai des vêtements de rechange là-bas. Nous en ajouterons pour vous — des
vêtements de femme. En cas de descente de la police, vous devrez escalader le mur et sortir par la
porte des bains comme si de rien n'était.

— Je devrai l'escalader toute nue?

— Vous pourriez garder votre pagne pour ne pas
cogner vos attributs.

— Je n'en ai aucun de ce genre, déclarai-je.

— Mieux vaut ne pas me le rappeler, lança-t-il en
souriant. Notre propriétaire va bientôt revenir.

De fait, elle apparut peu après avec des bols de
thé sur un plateau. Nous bavardâmes un moment.
L'entretien roula surtout sur sa santé, les remèdes
qu'elle prenait et mon opinion à leur sujet. Elle partit après nous avoir versé une deuxième tasse de thé,

que nous bûmes tandis que Shinsai regardait les lettres qu'il avait prises à la Teradaya.

J'inspectai du regard le mobilier de la chambre et les maigres possessions de Shinsai — un support à vêtements, un râtelier à sabres, quelques boîtes d'habits de rechange, des livres empilés le long des murs, un petit bureau, un brasero éteint et une lampe. Je réchauffai mes mains sur le bol à thé et laissai la vapeur embuer mon visage.

— Inoue Monta m'a écrit, dit Shinsai.

— D'Angleterre ?

— Certainement.

Il me tendit la lettre et l'enveloppe. Elle était adressée à Itasaki Shinsai, Teradaya, Fushimi. Je n'en revenais pas de penser qu'elle venait d'Angleterre. En regardant l'écriture aisée de Monta, il me sembla entendre sa voix vibrante d'émotion.

— Qu'est-ce que cela signifie ?

Il y avait quelques lignes en haut de la lettre que je n'arrivais pas à lire.

— *University College, London*, déchiffra Shinsai. C'est sans doute l'endroit où ils étudient.

— Shinsai, parlez-vous anglais ?

— J'ai essayé d'apprendre un peu. Je peux le lire, mais je ne sais si je pourrais le parler.

Il me lut la lettre à voix haute.

« *Londres est indescriptible. Il est impossible de l'imaginer avant de l'avoir vue. C'est une ville de brique, de pierre et d'acier. Toutes les fenêtres sont en verre. On a l'impression d'être en prison à l'intérieur, et dehors on se sent continuellement observé. Les rues sont pavées et éclairées au gaz la nuit. La saleté est grande, du fait des innombrables chevaux. On voit partout des trains à vapeur roulant sur des rails en fer. Il est même question d'en faire rouler sous terre. Inoue Masaru est tombé amoureux de la gare de Pad-*

315

dington. Il a eu là-bas une sorte de révélation et veut installer des chemins de fer dans notre pays. Itô, lui, est tombé amoureux d'une série de misses anglaises. Il trouve irrésistibles leurs yeux bleus et leurs cheveux dorés. Malgré tout, il devra se passer d'en ramener une chez nous. Nous sommes censés étudier la chimie analytique avec le docteur Alexander Williamson, mais en fait nous essayons simplement d'apprendre l'anglais et de comprendre cette société.

« Et le voyage ? Inutile de m'étendre là-dessus. Itô a eu le mal de mer presque tout le temps. Il a failli tomber par-dessus bord en tentant de se soulager. Les vagues se sont chargées de lui nettoyer le derrière — tant mieux, car il souffrait de dysenterie. J'en ai appris long sur la navigation, à force de monter et descendre dans les voiles avec les autres marins et d'être couvert de réprimandes — Jonny par-ci, Jonny par-là ! Mon anglais s'en est trouvé considérablement amélioré, notamment pour ce qui est des jurons, qui sont aussi nombreux qu'évocateurs.

« Parfois, il me semble que j'ai dû mourir en mer et que je me trouve maintenant dans un enfer réservé aux hommes assez fous pour croire que nous puissions jamais contraindre les étrangers à quitter le Japon. Même si chaque fils du Yamato donnait sa vie en sacrifice, nous ne pourrions les vaincre.

« Il est difficile d'expliquer la confusion de mes sentiments. Les gens sont gentils avec nous, même s'ils nous soupçonnent d'être de vrais sauvages. Ils se montrent très généreux. Tant de choses ici nous impressionnent, nous rendent envieux et nous dépriment. Comment l'Angleterre a-t-elle pu devenir si puissante ? Comment notre pays parviendra-t-il à combler son retard ?

« Itasaki-kun, il faut renoncer au jôi. Si notre domaine continue de provoquer les étrangers, ils nous écraseront. Faites de votre mieux pour l'expliquer à tous les niveaux, je vous en prie. Nous devons éviter une confrontation qui nous mènera à une guerre que nous ne pourrons gagner. Je le répète : nous ne pourrons pas gagner.

« Enfin, nous mangeons du bœuf et buvons de telles quantités de lait que nous allons sans doute oublier le japonais et finir par meugler comme des vaches. Nous coupons nos cheveux comme d'élégants Occidentaux. Nous portons des vestons, des pantalons et même des chaussures en cuir. Les débits de boissons abondent et nous nous abreuvons de bière, de gin et de whisky. Vous devez croire que je suis devenu un Européen. Cependant j'aime toujours mon pays par-dessus tout, même si nous n'avons ni chemins de fer, ni télégraphes, ni rien de ce qui fait une nation civilisée. Je vais bientôt rentrer pour y remédier.

« Au revoir, Inoue Monta. »

— Quel courage ils ont d'aller dans un pays aussi inconnu ! m'exclamai-je.

J'étais à la fois excitée par cette lettre et jalouse des expériences qu'avait vécues Monta.

— Je suis d'accord avec tout ce qu'il dit, déclara Shinsai en pliant la lettre pour la remettre dans son enveloppe impeccable. Mais le désir de se battre est maintenant si puissant en Chôshû que je ne sais s'il est possible de le contenir.

La première année de l'ère Genji

Durant les semaines suivant notre arrivée dans la capitale, j'arpentai ses rues et ses ruelles au point de me repérer avec autant d'assurance que Shinsai. Il m'accompagnait souvent et m'indiquait ses itinéraires secrets, en me désignant les maisons de thé fréquentées par les Aizu ou les Satsuma. J'écoutais chaque rumeur, chaque bribe de conversation. En distribuant nos prospectus et en recevant des confidences de malades, j'entrais en rapport avec toutes sortes de gens. Mme Minami me trouva dans le sanctuaire du quartier une pièce où je pus donner mes consultations.

Je me promenai à travers Higashiyama et visitai les grands temples Chion'in, Tôfukuji et Kiyomizu-dera, émerveillée par leur histoire et leurs trésors. À Ishiyama, où dame Murasaki était censée avoir commencé *Le Dit du Genji*, j'achetai une amulette pour ma mère, en me demandant si je la reverrais un jour pour la lui donner. Je me rendis au palais impérial et contemplai les célèbres portes de Sakai-machi, Hamaguri et autres splendeurs. Puis je traversai Nishijin, le quartier des tisserands et des teinturiers, pour me rendre au Tenmangu de Kitano, où je brûlai de l'encens et adressai des prières à Tenmanjin-sama pour Eikaku, Takasugi et tous les jeunes hommes du Chôshû.

Je me rendis sur les berges du fleuve, où des mendiants et autres sans-abri se regroupaient sous les ponts de Nijô, Sanjô et Shijô. Je vis toutes sortes de maladies et de souffrances. Le sort de ces vagabonds devint plus misérable encore avec l'arrivée du véritable froid de l'hiver. À la fin de l'année, la capitale se couvrit de neige. Elle était d'une beauté austère, mais encore plus cruelle pour les pauvres.

Quand vint la nouvelle année, on changea le nom de l'ère en Genji, par une sorte de tentative désenchantée de changer la face du destin de la nation. Ce devait être la pire année de l'histoire du Chôshû, et la plus triste de ma propre vie.

Mme Minami s'occupait sans relâche de soulager les souffrances des pauvres. Elle venait souvent quémander des poudres ou des pilules, en échange de quoi elle oubliait le loyer ou nous apportait un bol de nouilles ou d'*o-den*. Un soir que nous mangions l'un de ces repas reconstituants, vers le début de l'année, elle revint plus tôt que prévu — habituellement, elle nous apportait du thé à la fin du repas. Elle nous annonça que quelqu'un attendait à l'échoppe de sobas avec un message pour Shinsai.

— Je vais aller jeter un coup d'œil, dit Shinsai en avalant une dernière gorgée d'*o-den* avant de se lever.

Il resta longtemps absent, et je commençais à me demander si je devrais me préparer à m'enfuir par-dessus le mur quand il revint et me dit qu'il s'agissait de Kusaka Genzui.

— Il veut que je me rende demain à Ôsaka avec Katsura et lui. Vous pouvez nous accompagner.

— Genzui me reconnaîtra, dis-je. Cela fait des années qu'il fréquente ma famille et je l'ai vu plusieurs fois chez Shiraishi.

— Je lui ai révélé votre identité. Quelqu'un lui avait déjà parlé d'un jeune médecin de Hagi, ce qui avait éveillé sa curiosité. Il connaît toutes les familles de médecins du Chôshû. Je ne crois pas que nous aurions pu le tromper, et d'ailleurs telle n'était pas mon intention.

— Et Katsura ?

— Il ne vous connaît pas, n'est-ce pas ?

— Je me suis trouvée une ou deux fois dans le même endroit que lui, mais je ne lui ai jamais parlé.

— Voyons si nous pourrons le duper ! s'écria Shinsai. Ce sera drôle.

— Je ne veux pas y aller, c'est trop délicat.

— Venez avec moi, insista Shinsai.

— Genzui est-il au courant de nos relations ?

— De quelles relations parlez-vous ? demanda Shinsai pour me taquiner.

— Vous savez bien...

— Parleriez-vous de ceci ?

Il remonta sa main sur ma jambe et je frémis de tout mon corps.

— Il n'y a rien à savoir. Mon peu de goût pour les femmes n'est un mystère pour personne. Votre rêve de servir l'empereur vous a entraînée un peu loin, c'est tout. Vous vous êtes enfuie de Kyôto déguisée en homme et je garde un œil sur vous en attendant de pouvoir vous renvoyer chez vous.

— C'est ce que vous avez raconté à Genzui ?

— À peu près.

Sa main remonta plus haut. Je l'écartai en lui donnant une tape.

— Nous ne devrions pas être ensemble.

— Cette déclaration vient trop tard, répliqua Shinsai en recommençant à me caresser.

C'était vrai, bien sûr. Beaucoup trop tard.

Avant que nous nous endormions, je demandai :

— Pourquoi allons-nous à Ôsaka ?

— Takasugi doit amener Kijima Matabei pour qu'il parle avec Katsura et Genzui. Ils espèrent le convaincre de se calmer et d'être patient.

Kijima Matabei, célèbre pour son habileté au sabre et étroitement lié à sire Sufu, était devenu le chef d'un des *shotai* les plus importants et les plus belliqueux, le Yûgekitai. Ne l'ayant jamais rencontré, je n'étais pas inquiète à son sujet, mais il en allait différemment de Takasugi.

— Il est probable que Takasugi me reconnaîtra.

J'avais parlé à Shinsai de ma visite à Takasugi avec Monta et de la création du Kiheitai chez Shiraishi.

— Et il mettra sans doute mon mari au courant.

— Vous n'avez plus de mari.

Shinsai était presque endormi. J'écoutai son souffle s'apaiser, puis je restai un moment éveillée à me demander ce que je devais faire. Ma vie actuelle me plaisait. Je vivais dans la journée comme un homme faisant un travail qui m'intéressait, et la nuit comme une femme avec un homme que j'adorais. Toutefois je devais m'avouer que c'était un pur fantasme, qui n'était possible que parce que le monde où nous vivions était en plein chaos. Quand j'envisageais l'avenir, je ne pouvais imaginer comment notre vie pourrait continuer. Peut-être pourrions-nous fuir dans un endroit où personne ne nous connaîtrait — en Angleterre, peut-être, comme Monta.

Maintenant que Shinsai m'avait mise au défi de tromper Katsura, je me sentais incapable de refuser. Cette idée m'excitait. J'irais à Ôsaka et Katsura ne me percerait pas à jour, pas plus que Takasugi.

Lorsque je m'endormis, je rêvai que j'étais dans un étrange pays où les maisons étaient faites d'acier et de verre. Je marchais au milieu d'elles en cherchant quelque chose, mais je n'arrivais pas à le trouver. Pire encore, je ne me rappelais pas ce que je cherchais.

La neige était encore épaisse à Kyôto quand nous partîmes, mais le temps d'arriver à la côte il n'en restait plus la moindre trace. À Ôsaka, le vent d'est semblait presque printanier. L'après-midi touchait déjà à sa fin et il commençait à faire sombre. Nous ne séjournâmes pas à la résidence du Chôshû, cette fois, mais non loin de là, dans une auberge du quartier de Dotonbori, où nous avions été au théâtre kabuki. Bien que Takasugi, Genzui et Katsura fussent désormais tous des fonctionnaires du domaine, ils se trouvaient à Ôsaka à titre officieux et même, dans le cas de Takasugi, sans autorisation. Après nous être assuré un gîte pour la nuit, nous ressortîmes pour nous rendre dans une maison de geishas du voisinage.

Takasugi s'y trouvait déjà avec Kijima, mais nous nous assîmes à l'écart jusqu'à l'arrivée de Katsura et de Kusaka Genzui. Ils entrèrent séparément — ils ne voyageaient jamais ensemble, de peur d'une attaque — et portaient tous deux des bandeaux d'étoffe autour de la tête pour cacher leur visage. Les filles s'attroupèrent autour d'eux pour leur prendre leurs vêtements de dessus, leurs vestes et leurs sabres. Elles étaient aux petits soins pour eux. Tous deux étaient des clients appréciés des maisons de geishas, surtout Katsura, qui aimait les femmes et dépensait sans compter. C'était un grand jeune homme d'une beauté remarquable, avec sa peau lisse et ses traits réguliers. Il avait une trentaine d'années, à l'époque, soit quelques années de plus que Takasugi et Kusaka, lesquels manifestement le tenaient en haute estime. À Edo, il était devenu le meilleur élève du dôjô de Saitô Yakurô. Sa carrière dans la bureaucratie du domaine avait rapidement progressé. Même si ses capacités étaient réelles, les gens disaient qu'il devait son succès à sa popularité et à son charme plutôt qu'à quelque talent exceptionnel.

Kijima Matabei était de loin l'aîné de tous, puisqu'il avait au moins quinze ans de plus que Katsura. Je lui donnai autour de quarante-cinq ans. Il paraissait encore plus âgé, avec ses cheveux grisonnants et son visage ridé. C'était un homme imposant, renommé aussi bien comme cavalier que comme combattant au sabre. Beaucoup de gens en Chôshû l'admiraient et le respectaient.

Genzui regarda à la ronde, aperçut Shinsai et nous fit signe d'approcher. Il ne parut pas me reconnaître mais présenta Shinsai à Kijima. Bien entendu, les autres avaient déjà fait la connaissance de Shinsai — Takasugi à l'époque du *sonjuku*, et Katsura au cours de ces dernières années à Kyôto. Shinsai me présenta sous le nom d'Imaike Kônosuke.

Takasugi me regarda brièvement d'un air perplexe, après quoi il m'ignora. Il n'avait pas bonne mine. Il toussait souvent mais déclara que ce n'était rien, peut-être s'était-il légèrement enrhumé sur le bateau en venant de Mitajiri.

Les geishas nous rejoignirent avec des flacons de saké et un shamisen, cependant Katsura les éloigna d'un geste après quelques propos galants. Elles emportèrent le shamisen mais laissèrent le saké, qu'elles renouvelèrent fréquemment.

Tous les hommes burent d'abondance, Shinsai peut-être un peu moins que les autres. Je m'efforçai d'être à la hauteur et de boire autant qu'il convenait à un homme. Dans ma nervosité, je fumai également plusieurs pipes. Ma tête commença bientôt à tourner tandis que j'essayais de suivre la discussion.

Kijima voulait retourner à Kyôto avec une armée pour rendre par la force sa position au Chôshû. Les autres y étaient tous opposés, encore que Takasugi manifestât davantage de compréhension, lui qui s'était retiré un an plus tôt des affaires pour protester contre le refus de Sufu de combattre le bakufu. Katsura était absolument contre. Genzui ne rejetait pas complètement l'idée mais affirmait que le moment était défavorable, que Kijima et le Yûgekitai devaient se montrer patients.

— Comme je vous l'ai dit en chemin, déclara Takasugi à Kijima, si votre projet avait l'appui de ces deux garçons, qui connaissent la situation à Kyôto mieux que quiconque, je serais avec vous. J'ai autant envie de combattre que vous, mais nous ne pouvons nous contenter de lancer une offensive sans réfléchir avec soin à ce qui suivra.

— Ce qui suivra ! s'exclama Kijima avec mépris. Un samouraï ne pense pas à *ce qui suivra*. L'ennui avec vous, les jeunes, c'est que vous réfléchissez trop. Vous avez lu trop de livres. Comment pouvez-vous vous battre avec des idées aussi tièdes ? Notre seigneur a été couvert de honte. Étant ses vassaux, nous devons être prêts à mourir.

Shinsai prit la parole.

— Si je puis parler à mon tour, il me semble que le Chôshû ne peut pas combattre sur deux fronts. Nous avons déjà eu un engagement désastreux avec les puissances étrangères. Le docteur Imaike était là-bas. Il a assisté à la destruction de Maeda et de Dannoura.

Takasugi me jeta de nouveau un coup d'œil et fronça légèrement les sourcils tandis que Shinsai poursuivait :

— J'ai reçu une lettre d'Inoue Monta qu'il m'a écrite de Londres, la capitale de l'Angleterre.

Kijima plissa les yeux.

— Qu'est-ce qu'Inoue fabrique en Angleterre ?

— Il est allé se rendre compte par lui-même de la

324

situation. Le domaine lui a donné l'autorisation. D'après lui, il faut éviter la guerre à tout prix. Il est impossible que nous soyons vainqueurs.

— Inoue dit une chose pareille ? Il doit être complice des Anglais ! De toute façon, ce n'est pas de cela que je veux discuter maintenant. Chaque chose en son temps. Commençons par rétablir la position de notre seigneur à Kyôto, après quoi nous pourrons exaucer le souhait de l'empereur en chassant les étrangers.

Kijima frappa violemment le tatami du plat de la main.

— Nous n'arriverons à rien en faisant marcher une armée sur la capitale, dit Katsura.

— C'est trop tôt, ajouta Genzui. L'actuelle tentative d'une alliance entre les daimyôs, le bakufu et la cour est vouée à l'échec. Aucun des grands seigneurs ne peut l'accepter et ils ne tarderont pas à se retirer tous dans leurs domaines pour apaiser leur vanité blessée. L'empereur ne fait pas confiance au Satsuma et le peuple en veut à l'Aizu d'avoir fait intervenir le Shinsengumi. Nous n'avons qu'à être patients et attendre que le Chôshû reprenne son ascension.

— Il faudrait que quelqu'un donne une leçon au Satsuma, marmonna Takasugi. En commençant par se débarrasser de Shimazu Hisamitsu.

— J'aimerais le voir mort, approuva Shinsai. Il devrait payer pour sa trahison à la Teradaya aussi bien que pour l'injustice qu'a subie notre domaine.

— Mais le Chôshû et le Satsuma ont besoin de s'allier, non ?

C'était pour ainsi dire la première phrase que je prononçais. Heureusement, la fumée du tabac avait rendu ma voix plus grave.

— Tant que les grands domaines ne seront pas unis, nous ne pourrons espérer parvenir à nos fins.

— Que cela nous plaise ou non, le docteur a raison, déclara Katsura. Néanmoins il est difficile de
faire confiance au Satsuma.

— Je suis prêt à combattre le Satsuma! s'écria
Kijima.

Il brûlait de se battre et ne reviendrait pas aisément sur sa position. La discussion devint de plus
en plus animée à mesure que les protagonistes buvaient davantage.

Finalement, Kijima accepta de retourner en
Chôshû et de convaincre ses troupes de remettre
leur intervention à plus tard. Cette perspective semblait le déprimer. Quand Takasugi demanda aux
geishas d'apporter le shamisen, Kijima se leva et annonça qu'il était fatigué et allait se coucher. Katsura
se leva à son tour en chancelant, jeta un regard mélancolique sur les geishas, dont l'une était vraiment
ravissante, et dit qu'il veillerait à ce que Kijima
rentre sans problème à son auberge et s'embarque le
lendemain matin pour retourner au pays.

— Regagnerez-vous le Chôshû avec lui? demanda Genzui à Takasugi après leur départ.

— Pas demain. Je dois d'abord m'occuper de Hisamitsu.

La voix de Takasugi était pâteuse et je me rendis
compte qu'il était complètement ivre. Prenant le
shamisen posé sur ses genoux, il se mit à jouer. Sans
quitter des yeux la jolie geisha, il chanta une chanson d'amour que je connaissais depuis mon enfance.
L'espace d'un instant, nous nous laissâmes tous aller
à la nostalgie de notre lointaine province natale. Cependant il se mit à me regarder tout en chantant et
s'interrompit abruptement.

— Je sais qui vous êtes, lança-t-il. Vous êtes
l'épouse du médecin.

Je gardai le silence, incertaine s'il valait mieux
avouer ou jouer d'effronterie.

— N'en parlez à personne, Shinsaku, dit aussitôt Genzui. Le docteur nous est utile comme il est.

Takasugi secoua la tête en feignant l'effarement.

— Vous m'avez vraiment berné. Je me suis simplement rappelé l'expression que vous aviez lors de votre visite.

Il se tourna vers Genzui.

— Elle m'a fait du bien, vous savez. Elle vaut un vrai médecin.

— Je suis un vrai médecin, déclarai-je d'une voix forte. Pour quelle raison ne le serais-je pas?

Je continuai en baissant la voix :

— Je ne suis pas l'épouse du médecin. Je suis le médecin!

— Est-ce pour cela que vous vous habillez en homme? demanda Genzui.

— Pourquoi une femme ne pourrait-elle pas être un médecin? Pourquoi devons-nous toujours faire comme si nous étions inférieures aux hommes?

Je me tournai vers Genzui et Shinsai.

— Vous êtes des fils de médecin. Katsura-san aussi. Vous auriez pu tous deux devenir médecins, mais vous n'en avez pas eu envie. N'est-il pas injuste qu'une femme puisse en avoir envie et qu'on l'en empêche?

En entendant ma propre voix, je compris que j'étais aussi ivre que les autres.

— Vous aspirez à un renouveau du monde. Tel est le désir de tous. Dans ce monde nouveau, les femmes jouiront-elles de la même liberté que les hommes? N'est-ce pas ce que Yoshida Shôin aurait souhaité?

— Magnifique! Magnifique! s'écrièrent les geishas en battant des mains et en nous servant encore du saké.

La plus jolie vint s'asseoir à côté de moi.

327

— Vous me plaisez, dit-elle. Homme ou femme, ça m'est égal.

— Si vous devez être un homme, il faut que vous sachiez comment vous comporter avec les femmes! lança Takasugi en hurlant de rire. Nous allons vous donner un cours!

Je m'amusais beaucoup, mais ma vessie se ressentait du saké.

— Il faut que j'aille au petit endroit, chuchotai-je à la geisha.

Mon langage la fit pouffer mais elle se leva, me prit la main et me mena aux cabinets à l'arrière de la maison de thé, en me montrant l'endroit où les filles se soulageaient.

Quand je sortis, elle avait apporté une cuvette d'eau et une serviette pour que je me lave les mains. Elle posa la cuvette, m'attira contre elle, m'embrassa sur la bouche, caressa mon visage.

— Vous êtes merveilleuse, dit-elle. J'aimerais vous ressembler.

À cet instant, je ne savais si j'étais homme ou femme. Comme elle était très petite, je me sentis grande et dominatrice. Nos corps semblaient se fondre l'un dans l'autre d'une manière délicieuse. Bien entendu, j'étais complètement ivre.

— Comment faites-vous d'ordinaire pour vous soulager? demanda-t-elle avec curiosité.

— J'ai appris à me retenir tant que je ne puis m'isoler. Il arrive que ce soit un problème. Itasaki fait diversion ou distrait les autres hommes dans les parages.

— Itasaki-san est votre amant?

— Oui, mais ne le dites à personne.

— On croirait une pièce de théâtre! s'exclama-t-elle, les yeux brillants. Et votre époux? Avez-vous un époux?

Je lui parlai de Makino, de la façon dont il m'avait ordonné de rentrer chez mes parents.

— Alors vous vous êtes enfuie? Si seulement je pouvais en faire autant.

Je ne savais que dire. Sa vie était probablement aussi dure qu'injuste. Elle courait chaque nuit le risque de contracter une maladie qui la défigurerait et finalement la tuerait. Elle appartenait à la maison de thé, comme un cadeau promis aux clients. À moins que quelqu'un veuille la racheter et l'épouser, elle n'avait aucune échappatoire. Si elle tombait enceinte, elle devrait avorter.

— Quel est votre nom?

— On m'appelle Ume, ici.

Les hommes nous criaient de revenir. Je me demandai s'ils avaient jamais songé à un monde nouveau pour les geishas et les prostituées. Quels étaient leurs projets pour l'avenir? Quelle sorte de monde allaient-ils créer après avoir aboli l'ancien? Kijima les avait accusés de trop penser à *ce qui allait suivre*. Je n'étais pas certaine qu'ils y pensassent assez.

Je n'ai jamais revu Ume, mais je ne l'ai jamais oubliée.

Inoue Monta
Genji 1 (1864), au printemps,
âgé de vingt-neuf ans

Monta regarde avec aversion la tasse de thé devant lui. Le thé anglais a quelque chose de profondément déprimant. Il est trop fort et amer pour être bu
noir, mais l'addition de lait lui donne un goût aigre-
let. Depuis qu'il vit en Angleterre, Monta en a appris
long sur l'histoire du thé. Le thé est responsable de
l'essor et du déclin d'empires. Pour le transporter,
les clippers anglais sont devenus les bateaux les plus
rapides du monde. Des forêts entières ont été détruites pour créer des plantations de théiers. Des
hommes ont volé et assassiné afin qu'il parvienne
aux populations qui en sont fanatiques. Monta
trouve que le résultat final pourrait être plus savou-
reux. Il a la nostalgie des arômes délicats du thé japonais. Le riz ne lui manque pas moins. On lui a
bien servi des plats au riz ici, mais l'un est mélangé
de lait et sucré tandis que l'autre, un curieux salmigondis de poisson fumé et d'œufs, ne se mange qu'au
petit déjeuner.

Les Anglais consomment quantité de pommes de
terre. Et du pain. Il n'a rien contre le pain, auquel on
s'habitue assez bien. C'est souvent la viande qui
constitue la partie la plus alléchante des repas. Il
aime aussi beaucoup les œufs au jambon, qui consti-
tuèrent son premier contact avec la nourriture an-

glaise lors de son arrivée au port. Leur goût reste associé à jamais à sa stupéfaction non seulement de découvrir l'immensité noire de Londres, mais de pouvoir se faire comprendre en anglais et de saisir ce qu'on lui répondait. Ses efforts studieux à Edo n'avaient pas été inutiles, finalement.

Le poisson frais lui manque aussi, pour ne rien dire des sushis, sobas, *mochi*, *dango*. Il en a l'eau à la bouche. Il boit vaillamment son thé, mais son goût lui paraît encore plus mauvais après avoir rêvé à toutes ces bonnes choses.

Assis en face de lui, Itô lit le journal — le *Times* de Londres. Ils ont pris l'habitude de se retrouver chaque matin dans le salon de thé de l'université où Itô est inscrit comme étudiant en chimie analytique. Monta a réussi à ne s'inscrire nulle part, même s'il lui arrive d'assister aux cours. Ni l'un ni l'autre ne savent vraiment en quoi consiste la chimie analytique, mais c'est la matière qu'enseigne le professeur qui les a pris sous son aile, Alexander Williamson. Itô habite chez ce dernier. Monta occupe un logement non loin de là, à Hampstead Road.

Parfois Monta pressent l'importance de la chimie. Elle symbolise l'approche analytique des Occidentaux, leur aptitude extraordinaire à décomposer les éléments en leurs parties constitutives, de façon à les comprendre en détail et à les manipuler. Londres, comme l'Angleterre tout entière, semble occupée avec fièvre à analyser ce qui existe, à en pénétrer la nature et à en extraire la puissance afin de construire de nouveaux prodiges. L'air qui pique leurs yeux et leur gorge est imprégné d'inventivité. Qu'importe que le brouillard épais qu'on qualifie de « purée de pois » enveloppe si bien Londres pendant l'hiver que les jours ne sont guère plus lumineux que les nuits ? L'Angleterre connaît une véritable révolution. Elle est possédée par le Progrès et étend peu à peu sa puissance au monde entier.

Monta songe à son propre pays, qui somnole sous la férule des Tokugawa. Il sait que ses compatriotes sont aussi inventifs et intelligents que les Anglais, et qu'ils sont également travailleurs et capables de grands sacrifices. Il faut juste qu'ils sortent de leur torpeur. Comme le disent les Anglais, ils ont besoin d'un bon coup de pied au derrière.

Ces expressions anglaises si pittoresques le font rire, maintenant qu'il connaît mieux la langue, de même qu'il s'était amusé de l'argot des rues lors de son arrivée à Edo. Il a toujours aimé explorer les bas-fonds, dans des tavernes miteuses, des tripots clandestins et des bordels bon marché. Ce genre d'endroits existent dans toutes les villes du monde, s'il en croit son expérience limitée d'Edo, Shanghai, Hongkong et maintenant Londres. Il y a dans le voisinage deux ou trois débits de boissons, où Itô et lui sont des habitués. On les a adoptés comme des mascottes ou des animaux familiers. Les Anglais les traitent avec une gentillesse condescendante, les abreuvent d'alcool et leur enseignent des expressions vulgaires, telles que « foutre le camp » ou « aller chier ». Heureusement, son éducation de samouraï Chôshû a fait de lui un buveur impavide. Il est ravi d'entendre ses compagnons proclamer qu'ils rouleraient tous sous la table avant lui, malgré sa carrure plus que modeste.

Il se sent minuscule, dans ce pays. Même les femmes sont généralement plus grandes que lui. Et il se sent également vulnérable, sans ses sabres. Il a beau approcher de la trentaine, le fait d'être désarmé et entouré de personnes imposantes, à quoi s'ajoutent ses cheveux coupés ras et son maniement incertain de la langue, le transforme de nouveau en enfant. Cette situation a ses avantages. Personne ne se met en colère contre lui. Les Anglais sont si convaincus de leur supériorité qu'ils font preuve de tolérance envers les étrangers. Et la curiosité des Anglaises est parfois bien agréable. Itô en profite sans vergogne et a eu droit à plusieurs amourettes avec des jeunes femmes respectables ainsi qu'à des rencontres avec des filles des rues, mais Monta s'est montré plus circonspect — ou moins courageux, peut-être.

La pièce s'assombrit soudain car des nuages cachent le soleil et il se met à pleuvoir à verse. Officiellement, c'est le printemps, et les parcs et les jardins de Londres seraient splendides s'ils n'étaient à ce point accablés de pluie et de vent, mais il fait encore froid — un froid humide, insidieux, qui endolorit ses os. Il a troué ses chaussures bon marché, à force de parcourir chaque jour d'énormes distances, et ses pieds sont perpétuellement engourdis.

Itô se remet à tousser. Il n'a pas arrêté de tout l'hiver. Monta l'observe avec une inquiétude affectueuse. Ayant quelques années de plus qu'Itô, il le traite comme un frère cadet qu'il doit protéger et parfois réprimander. Il sort deux de ces petits cigares qu'ils préfèrent désormais à la pipe, et en tend un par-dessus la table. Il a entendu dire que le tabac serait mauvais pour les poumons, mais à son avis il vaut mieux que n'importe quel médicament. Itô lui demande du feu, tire une grande bouffée et retourne à son journal.

Le front plissé par la concentration, il articule tout bas chaque mot. Ils lisent tous deux le journal quotidiennement, sur les conseils du professeur Williamson. Monta savoure chacun de ces instants : acheter le journal à un petit vendeur au coin de la rue, le déplier dans le salon de thé, le parcourir dans cette direction bizarre — horizontalement, de droite à gauche —, en imaginant qu'on l'observe avec admiration. « Regardez-moi, pense-t-il. Je lis de l'anglais ! » Même si, pour être honnête, il ne comprend qu'un mot sur trois.

— On parle du Chôshû dans le journal, dit Itô en repliant la page pour que Monta puisse lire l'article.

Ce n'est qu'un entrefilet, mais il le relit deux ou trois fois pour être sûr d'avoir bien compris.

La Grande-Bretagne, la France, la Hollande et les États-Unis d'Amérique ont formé une alliance pour punir le prince de Choshiu, qui a fait ouvrir le feu l'année dernière sur divers navires de nations occidentales passant par le détroit de Shimo no seki.

Le « prince de Choshiu » n'est autre que sire Môri.

— Ils vont attaquer le Chôshû ! s'exclame-t-il d'un ton alarmé.

— Il s'agit de punir le *jôi*, dit Itô. Notre peuple va apprendre que ce n'est pas si simple !

Itô sourit, comme si ce n'était qu'une vaste plaisanterie. Il a raison, bien sûr : l'idée que le Chôshû, avec ses batteries miteuses et ses fusils archaïques, puisse songer à s'en prendre à la puissance de l'Angleterre et des autres pays occidentaux est risible. C'est comme si un petit garçon menaçait un groupe de guerriers avec son sabre en bois. Cependant Monta sait que le résultat n'aura rien d'une plaisanterie, du moins pas pour le Chôshû ni pour le Japon. Il a suffisamment entendu parler de la « politique de la canonnière » et des « indigènes qui ont besoin d'une bonne leçon ». Il se rappelle ce qu'on lui a raconté des guerres de l'opium, où des incidents de ce genre servirent de prétexte à des offensives de grande envergure sur le territoire chinois, avec pour résultat la destruction du palais d'Été et la perte de souveraineté sur Hongkong et Shanghai.

— Il faut que nous rentrions !

Itô paraît horrifié. Sans doute se remémore-t-il les affres de la traversée, le mal de mer, les tempêtes, le travail éreintant — ils pensaient voyager comme passagers, mais on les avait pris pour des marins et leur anglais lacunaire ne leur avait pas permis de dissiper le malentendu.

— Que pouvons-nous faire ? lance-t-il en tapotant le journal. Tout est décidé. Nous ne pouvons plus les arrêter.

— Nous devons essayer. Il faut empêcher cette attaque. Nous pourrions parler aux Anglais à Yokohama — Parkes ou Satow par exemple. Nous leur expliquerons que le *jôi* n'est en réalité qu'une manifestation bruyante d'hostilité contre le bakufu, qu'ils ne doivent pas prendre au sérieux. Peut-être pourrions-nous offrir un dédommagement, les convaincre de négocier...

— Nous avons incendié leur légation, observe Itô.

— C'était juste une... je ne sais pas... une farce ! Rien de tout cela ne vise vraiment les étrangers. Ils constituent simplement une cible facile.

C'est maintenant une évidence pour Monta. La cible principale a toujours été le bakufu. Les attaques contre les étrangers sont un simple moyen de déstabiliser le gouvernement, de le mettre sous pression, de l'embarrasser, en le précipitant vers sa chute inévitable.

Ils parlent souvent anglais pour s'entraîner, mais cet échange s'est déroulé entièrement en japonais. À présent Monta baisse la voix, bien que personne autour d'eux ne puisse les comprendre. Depuis qu'il a rencontré Ernest Satow, il s'attend toujours plus ou moins à avoir la surprise d'entendre les Anglais se mettre à parler couramment japonais.

— Nous devons expliquer que le problème, c'est le bakufu. Tout ce que peut entreprendre le Chôshû n'est jamais qu'un symptôme. Les Anglais nous soutiendront. Sans eux, nous ne pouvons rien faire.

Une vision s'impose soudain à lui, avec une telle clarté qu'il en a le frisson. Grâce aux armes et au savoir-faire des Anglais, le Chôshû pourra renverser le gouvernement. Ils construiront un Japon à l'image de l'Angleterre, avec l'empereur comme chef de l'État de la même façon que la reine Victoria règne sur l'empire britannique. Il sait que Satow — et Parkes, sous l'influence de Satow — regarde déjà le Chôshû d'un œil plutôt favorable. Depuis qu'il est à Londres, il comprend mieux les rivalités opposant les Grandes Puissances. Le journal évoque une alliance entre la France et l'Angleterre, mais elles ont beau faire front commun contre les « indigènes », elles se livrent en coulisse à toutes sortes d'intrigues et de manipulations pour assurer leurs propres intérêts. Il a entendu dire que les Français sont partisans de soutenir le bakufu. Le bruit court qu'ils lui fourniront des armes et une assistance technologique. Pour les contrer, les Anglais ont besoin de leur propre base politique et Monta est décidé à faire en sorte que ce soit une alliance secrète avec le Chôshû.

Personne d'autre ne peut y réussir. Manifestement, c'est sa mission. C'est dans ce but que Sufu Masanosuke l'a envoyé à Londres. Lui seul peut faire office de négociateur entre le gouvernement du domaine, les Anglais et les têtes brûlées du *jôi*. Il respire profondément et vide sa tasse d'une traite.

— Nous devons partir sur-le-champ.

De l'autre côté de la fenêtre, des chevaux attelés à des fiacres et autres voitures trottent en tous sens sous la pluie. Le bruit de leurs sabots ferrés sur les pavés, les cris des cochers, les éclaboussements des roues franchissant les flaques s'effacent de la conscience de Monta. À leur place, il voit les maisons et les temples en bois, les châteaux aux murs de pierre, les montagnes couvertes de forêts de sa patrie. Il ne permettra pas que les étrangers les prennent d'assaut. Il ne doute pas que son pays sera décomposé puis reconstruit, mais si jamais quelqu'un doit le faire, ce sera lui et ses camarades.

L'attaque de l'Ikedaya

Quand Kijima Matabei retourna en Chôshû, il n'était qu'à moitié convaincu qu'il ne devrait pas mener le Yûgekitai à Kyôto. Takasugi abandonna l'idée d'assassiner Shimazu Hisamitsu et rentra lui aussi à Hagi. Nous apprîmes plus tard qu'il avait été accusé d'avoir quitté le domaine sans autorisation et qu'on l'avait puni en l'incarcérant à Noyama.

— Que vous avais-je dit? commenta Shinsai. C'est le seul homme capable de nous éviter un désastre, et les autorités l'enferment pour une infraction insignifiante.

Nous nous consacrions de nouveau à vendre des remèdes dans la rue, soigner des patients et nous livrer à l'espionnage. À mesure que le temps se réchauffait, la capitale devenait plus agitée. On n'entendait parler que de complots et d'intrigues. Le moindre murmure semblait une conspiration. Au troisième mois, on eut des échos d'une révolte dans le domaine de Mito, au cœur du Kantô. Mito était un des centres du pouvoir Tokugawa, dans le voisinage immédiat d'Edo. C'était aussi le clan natal de Hitotsubashi Keiki, le tuteur du shôgun Iemochi et son successeur le plus probable.

Les rebelles, qui s'appelaient eux-mêmes les Tengutô, comptaient dans leurs rangs certains des hommes les plus respectés du Mito. Leurs revendications étaient fondées, et ils avaient gagné à leur cause beaucoup de fermiers et de marchands. Des mois devaient s'écouler avant qu'on en vienne totalement à bout.

Malgré la diversion constituée par les Tengutô dans le Kantô, la position du bakufu à Kyôto se renforçait. Comme l'avait prédit Kusaka Genzui, l'alliance avec les grands seigneurs n'avait rien donné, laissant la cour sans autre allié que le gouvernement shôgunal. Néanmoins, rien n'était simple. Le bakufu reprenait maintenant les slogans du parti *jôi* afin de s'attirer le soutien du peuple, et aussi peut-être pour rassurer l'empereur. Les policiers du Shinsengumi étaient d'aussi farouches ennemis des étrangers que les *shishi* qu'ils traquaient dans les ruelles et les maisons de thé de Kyôto.

Au sixième mois, Shinsai reçut une lettre où Genzui, qui s'était rendu en Chôshû quelques semaines plus tôt, nous donnait les dernières nouvelles du domaine. Malgré l'opposition de Takasugi, de Yamagata Kyôsuke et de quelques autres, on se préparait à passer à l'action en équipant au moins trois corps de troupes devant marcher sur Kyôto.

Kusaka écrivait :

« *Comme Takasugi, sire Sufu est opposé à ces mesures. Takasugi ne peut se faire entendre, puisqu'il est encore en prison, et l'avis de Sufu est de plus en plus négligé et ignoré. Il s'est attiré de vives critiques pour avoir voulu rendre visite à Takasugi à Noyama. Il s'est rendu à cheval jusqu'aux portes de la prison, en appelant à grands cris Shinsaku et en menaçant les gardes de son sabre. Inutile de dire qu'il était ivre. Ses partisans assurent que la boisson n'a jamais nui à son zèle ni à son jugement, et qu'il reste plus sage dans son ivresse que la plupart des gens quand ils*

sont sobres. Toutefois nombreux sont ceux qui esti-
ment qu'il devrait être puni. Selon moi, sire Sufu est
déprimé par l'évolution fatale des événements et par
son impuissance désormais à les contrôler. »

— Il boit trop, c'est pour cela qu'il est déprimé,
dis-je lorsque Shinsai me lut cette lettre.

Je ne pus m'empêcher de sourire à l'idée de Sufu
sur son cheval, en train de vociférer devant les
portes de Noyama tandis que Takasugi languissait
à l'intérieur comme son maître bien-aimé, Yoshida
Shôin. Je me demandais comment Takasugi supportait la vie en prison, s'il la prenait comme une opportunité pour se mettre à jour dans ses lectures,
ainsi que le faisait Shôin. J'espérais que cette
épreuve ne le replongerait pas dans la dépression et
je m'inquiétais de ses effets possibles sur sa santé
déjà précaire.

— De quel endroit Genzui a-t-il écrit ?

La lettre avait été remise à Mme Minami par un
client de l'échoppe de sobas.

— Il n'y a pas d'adresse, répondit Shinsai. Je suppose qu'il est quelque part dans la capitale. Je sais
qu'il est revenu du Chôshû.

Il y avait des *shishi* et des *rônin* cachés partout
dans la ville. À Kawaramachi, à deux pas du quartier où nous vivions, de l'autre côté de la rivière
Kamo, de nombreuses auberges et maisons de thé
leur servaient de refuges ou de lieux de rendez-vous.
De plus en plus souvent, la police écumait les rues et
faisait des descentes, en arrêtant des suspects qu'on
torturait afin de découvrir des activités antigouver-
nementales. Les deux groupes avaient beaucoup en
commun, ce qui expliquait peut-être la violence de
leur antagonisme. Les chefs du Shinsengumi étaient
aussi ulcérés que les loyalistes par l'incapacité ou le
manque de volonté du bakufu quand il s'agissait

d'expulser les étrangers. Néanmoins ils avaient prêté serment aux Tokugawa et étaient farouchement fidèles au shôgunat.

L'un des partenaires de Mme Minami était un brocanteur dont la boutique se trouvait sur le Takasegawa, le canal reliant la rivière Kamo à Fushimi. Il lui achetait les objets trop encombrants pour elle et lui fournissait en échange des articles de petite taille. Il faisait aussi commerce de sellerie. Sa boutique s'appelait la Matsuya et il était connu de tous sous le nom de Kiemon. Il s'était révélé utile pour Shinsai en remettant des messages et en lui apportant des informations. La Matsuya était devenue une véritable plaque tournante pour les *shishi* en fuite et le stockage des armes.

Shinsai s'inquiétait de voir que Kiemon prenait de plus en plus de risques et devenait trop connu. À la fin du cinquième mois et au début du sixième, plusieurs hommes en contact avec la Matsuya furent arrêtés. Shinsai n'était proche d'aucun et ne pensait pas qu'ils possédassent des informations sur son compte, mais si c'était le cas ils les révéleraient tôt ou tard aux sbires du Shinsengumi.

Nous devînmes tous deux plus tendus et prudents. Chaque fois que quelqu'un appelait à la porte de la boutique de Mme Minami, surtout après la tombée du jour, nous bondissions sur nos pieds, prêts à escalader le mur en catastrophe.

Shinsai était au courant des projets insensés qui se tramaient — assassiner sire Matsudaira Katamori, le daimyô Aizu et protecteur officiel de Kyôto, incendier la capitale par une nuit de vent, profiter de la confusion pour pénétrer dans le palais impérial, s'emparer de l'empereur et le ramener en Chôshû. Cela faisait des années qu'on parlait de cette dernière folie. Genzui et lui tentaient de calmer les conspirateurs en leur prônant la patience, mais on aurait pu aussi bien conseiller à un sanglier de se modérer.

Le cinquième jour du sixième mois, à la veille de la fête de Gion, Mme Minami fit irruption au petit matin dans notre chambre en annonçant que Kiemon avait été arrêté.

— Ils ont fait une descente dans la Matsuya! lança-t-elle précipitamment. Ils ont trouvé des armes et des lettres, toutes sortes d'informations de première importance. Et ils ont emmené Kiemon.

Shinsai et moi échangeâmes un regard. Nous savions ce qui l'attendait.

— Il va parler, dit Shinsai. Il livrera tout le monde.

Mme Minami sembla perdre d'un coup toute sa rondeur avenante tandis que le sang se retirait de son visage.

— Tout ira bien pour vous, tenta de la rassurer Shinsai. Vous n'avez fait commerce que de vieilleries, pas d'armes ni de documents secrets. Même s'ils fouillent votre boutique, ils ne trouveront rien. Comportez-vous normalement, en faisant comme tous les jours. De cette façon, vous n'éveillerez pas les soupçons.

Elle hocha la tête et retourna lentement dans sa boutique.

— Je vais voir ce qui se passe, me dit Shinsai. Je vais essayer de découvrir où se trouve Katsura. Si je ne suis pas rentré ce soir, venez me retrouver sous le pont Nijô. Nous reviendrons ici ensemble.

Il fit rapidement le tour de la chambre, en rassemblant des lettres et des documents qu'il me donna en me disant de les brûler. Puis il sortit ses sabres du râtelier.

— Vous devriez aussi être armée, déclara-t-il. Nous n'en avons jamais parlé.

— Je suis incapable de me battre, répliquai-je.

— Vous pourriez avoir à mettre fin à vos jours, dit-il doucement.

À cet instant, je me rendis compte que je ne le reverrais peut-être jamais.

— Je me tuerai si jamais il vous arrive quelque chose, lançai-je. Je me trancherai la gorge avec un scalpel !

— La seule raison de vous tuer serait d'échapper à la capture. Autrement, vous devez vivre. Beaucoup de gens vont avoir besoin d'un médecin.

Il me regarda comme s'il allait ajouter quelque chose, mais il garda le silence et nous nous séparâmes sans un adieu, sans une caresse.

Bien que les pluies du début de l'été fussent terminées, il faisait chaud et humide. Après avoir fait un petit feu dehors pour brûler les papiers, je ne sus plus que faire de moi-même. Une chaleur étouffante régnait dans cette chambre étroite, mais chaque fois que je songeais à sortir je me souvenais de l'homme du Shinsengumi qui m'avait arrêtée le premier jour de mon arrivée dans la ville. J'avais fait preuve alors d'une assurance téméraire. À présent, j'avais peur. J'allumai ma pipe et fumai un moment. Prenant un des manuels que j'avais rapportés de Shimonoseki, je tentai de m'absorber dans l'étude de l'anatomie humaine, mais chaque phrase et chaque illustration me rappelait la fragilité du corps humain et son immense capacité à souffrir. Et je me retrouvai à court de tabac.

Peu après midi, j'entendis des pas. Mon cœur se serra, puis j'entendis Shinsai saluer Mme Minami. Quand il entra dans la chambre, il était pâle. La chaleur l'avait mis en sueur.

— J'ai rencontré Miyabe Teizô. Il est question d'une sorte de complot.

Miyabe Teizô avait escorté les sept aristocrates

dans leur fuite vers Mitajiri, et Shinsai le connaissait bien.

— Teizô devrait avoir plus de bon sens. Il prétend qu'ils ne font que discuter d'un projet d'occupation d'Edo et que c'était à quoi devaient servir les stocks de Kiemon. Il m'a même proposé de me joindre à eux ! Je n'arrive pas à les convaincre de se disperser et de s'enfuir. Ils sont résolus à rester dans la capitale, même s'ils ne mettent pas à exécution ce complot ridicule. Yoshida Toshimaro est des leurs. Nous avons étudié ensemble au *sonjuku*. Il dit qu'ils vont tenir une réunion ce soir à l'Ikedaya.

L'Ikedaya était une importante auberge située plus au nord sur le Takasegawa, non loin de la résidence Chôshû.

— Ils sont fous d'aller là-bas ! m'écriai-je. Tout le monde sait que c'est un lieu de rendez-vous pour les Chôshû. Kiemon, en particulier, devait le savoir !

Je parlais de lui au passé, comme s'il était déjà mort. En fait, il survécut aux tortures qui lui avaient fait trahir tant de gens. Il devait être exécuté le mois suivant, pendant les combats autour de la Porte Interdite. Mais je n'en suis pas encore là dans mon récit.

— Oui, une descente de police là-bas est inévitable, dit Shinsai. Il faut que je trouve Katsura. Si quelqu'un peut leur ordonner de renoncer, c'est lui. Je vais juste me reposer quelques instants. Il fait tellement chaud.

Je déroulai le futon pour qu'il puisse s'étendre et allai remplir une cuvette d'eau au puits de la cour. Je posai une serviette froide sur son front puis essuyai ses mains, ses poignets, ses pieds.

— Où peut être Katsura ? Se cache-t-il, lui aussi ?

— D'après Teizô, il loge dans la résidence Tsushima. Je vais m'y rendre.

Je m'allongeai près de lui. Aucun de nous ne parla

et nous ne nous touchâmes pas. Il me sembla néanmoins que nos âmes, l'essence de notre être, se confondaient pour ne faire plus qu'un. Cette formule est trop poétique. Peut-être nous sommes-nous simplement endormis. Cependant le temps parut s'arrêter et le monde se dissipa jusqu'au moment où nous fûmes ramenés à la réalité par la rumeur des premiers tambours de la fête.

— Nous devrions aller en Ezo, dis-je rêveusement. Les forêts, les ours...

— Et la neige, compléta Shinsai.

Il s'étira et entreprit de se lever.

— L'hiver n'a pas de fin, là-bas.

— Nous nous habillerions de peaux d'ours. Personne ne nous connaîtrait.

Après que Shinsai fut reparti, je remis de l'ordre dans mes vêtements et ma chevelure puis sortis acheter du tabac. L'après-midi s'achevait et les rues commençaient à se remplir de gens vêtus de légers *yukata* en coton et portant des lanternes. Les boutiques étaient également décorées de lanternes, ainsi que de banderoles et de bannières. La foule grouillante, les lumières et les couleurs vives me rassurèrent. Les images de trahison et de torture qui m'avaient harcelée s'estompèrent et je finis par prendre plaisir au spectacle. Nous avions de grandes fêtes, en Chôshû, mais rien d'aussi splendide que celle-ci, où la richesse des marchands de Kyôto et le talent de leurs artisans s'unissaient pour créer ces chars énormes et stupéfiants de beauté.

Alors que j'achetais du tabac, je tombai sur Mme Minami. Elle m'emmena dans chaque quartier regarder les chars qu'on apprêtait pour les processions. Nous nous arrêtâmes fréquemment pour boire du saké avec ses nombreux amis. Chacun était décidé à s'amuser, cependant la gaîté générale avait un côté frénétique qui s'accentua à mesure que la nuit s'avança.

À minuit, j'en avais assez et ma vessie me tourmentait. Je rentrai dans notre logis, où je pouvais me servir des cabinets. Shinsai n'était pas là et n'avait laissé aucun message. Je repartis pour le pont Nijô.

Ce pont était un lieu de rassemblement pour les mendiants, vagabonds et autres sans-abri. La fête était un moment faste pour eux, car les gens se montraient généreux afin de se concilier ou de remercier les dieux. Elle avait aussi attiré sur les rives du fleuve tous les saltimbanques. Acrobates, jongleurs avec des torches, sauteurs dans des paniers et tourneurs de toupies déployaient leurs talents à la lumière de feux étincelants et de lanternes rouges et blanches. Les reflets des flammes doraient l'eau et les oiseaux aquatiques poussaient des cris rauques, dérangés dans leur repos par le tapage.

J'attendis longtemps, en regardant le croissant de lune et en me demandant si Monta voyait le même à Londres. Le saké et la foule avaient ranimé mon courage, mais à présent l'effroi reprenait le dessus. Je sentais que quelque chose de terrible s'était passé, mais je ne savais que faire sinon attendre Shinsai en ces lieux.

Il surgit enfin des ténèbres, le souffle court, comme s'il avait couru ou souffrait d'une blessure.

— Êtes-vous blessé ?

— Non. Je ne me suis pas battu. Mais l'Ikedaya a été attaquée. C'est un désastre. Ils sont tous morts ou aux mains de la police. Rentrons à pied.

Quittant la berge, nous partîmes en direction de notre logis. Les rues étaient encore noires de monde et personne ne nous prêta attention. Shinsai s'avança en éclaireur et vérifia que tout était en ordre, tandis que j'attendais au coin. Il apparut sur le seuil et me fit signe de venir.

— Y a-t-il des rescapés ? demandai-je quand nous fûmes dans notre chambre.

Je songeais aux blessés et me demandais si je pourrais les secourir.

— Yoshida Toshimaro s'est échappé mais a fini par revenir. Il est mort, maintenant.

— Et Katsura ?

— J'ignore où il est allé, dit Shinsai. Je lui ai parlé à la résidence Tsushima. Il a déclaré qu'il se rendrait à l'Ikedaya pour leur dire de se disperser avant d'avoir provoqué une attaque.

— Ils ne l'ont pas écouté ?

— Je n'en sais rien. Je ne l'ai pas revu depuis.

— Vous croyez qu'il a été tué ?

— J'en doute, répondit Shinsai avec une pointe d'amertume. Il sait éviter les ennuis.

Il regarda la chambre.

— Nous ne pouvons rester ici. Mme Minami était trop liée à Kiemon. Nous partirons dès qu'il fera jour.

Une heure à peine nous séparait de l'aube. Nous ne dormîmes pas. Le moindre bruit nous faisait sursauter. À un moment, Shinsai déclara :

— En fait, je suis allé à l'Ikedaya. J'ai parlé à Yoshida. Il voulait que je reste, alors que je lui disais de s'en aller. Nous nous sommes disputés. Il m'a traité de lâche. J'aurais dû rester et combattre à leur côté.

— Vous seriez mort avec eux.

— Il vaut mieux être mort que lâche.

« Il vaut mieux être vivant », pensai-je, mais je ne le dis pas.

Au lever du jour, nous sortîmes dans les rues en emportant quelques affaires dans des sacoches ainsi que ma boîte à pharmacie. Nous nous mêlâmes à la foule. Beaucoup de gens avaient entendu parler de l'affrontement et allèrent assister au retour triomphal du Shinsengumi à Mibu. Les soldats tenaient leurs sabres dont plus d'un était maculé de sang. Devant l'Ikedaya on voyait des cadavres éventrés, d'où les entrailles s'échappaient. Déjà enflés sous l'effet de la chaleur, ils commençaient à sentir mauvais et attiraient des nuées de mouches. Les gens les observaient avec une horreur mêlée de pitié, mais personne ne parlait. Après le passage des soldats, la ville entière fut plongée dans le silence.

Nous allâmes de l'Ikedaya à la résidence Chôshû. Les gardes reconnurent Shinsai et nous laissèrent entrer. Devant l'énorme porte on voyait encore dans la poussière, bien qu'on eût enlevé les corps pour les enterrer, les flaques de sang laissées par ceux qui avaient fui mais étaient morts ou s'étaient tués avant d'avoir pu se mettre à l'abri.

Onze loyalistes périrent dans l'Ikedaya et de nombreux autres furent arrêtés. Ils devaient être exécutés plus tard. Les jours suivants, des soldats Aizu et les hommes du Shinsengumi arpentèrent la ville à la recherche de *shishi* et de *rônin*.

Je ne me sentais guère en sécurité dans la résidence. J'avais sans cesse peur d'être démasquée. Il me fallait toute mon énergie pour garder ma fausse identité dans ce monde d'hommes. Heureusement, la résidence était remplie de fugitifs et chacun était trop préoccupé par l'attaque et ses conséquences pour me prêter beaucoup d'attention. Tant de morts avaient éveillé l'indignation et l'envie de se venger. Les partisans de l'envoi de troupes à Kyôto y virent l'occasion de servir leur cause. Même Genzui, qui avait été opposé à cette politique six mois plus tôt, commençait à penser qu'une offensive audacieuse aurait des chances de réussir.

À la fin du sixième mois, trois contingents de troupes Chôshû sous le commandement de dignitaires du domaine s'étaient rassemblés aux portes de la ville : Fukuhara Echigo à Fushimi, Kunishi

Shinano au Tenryûji et Masuda Danjô à Otokoyama. La nuit, leurs feux de camp scintillaient sur les collines du sud et de l'ouest. Kijima Matabei et le Yûge-kitai étaient avec Kunishi.

La présence d'une telle masse de soldats Chôshû aggrava encore l'inquiétude à laquelle la ville était en proie, depuis les habitants commençant à faire des préparatifs de fuite jusqu'au bakufu lui-même. Le plus haut dignitaire du régime à Kyôto, Hitotsu-bashi Keiki, chercha à négocier avec Fukuhara en lui demandant de se retirer avec ses troupes à Ôsaka. Cependant Fukuhara répliqua qu'ils n'étaient là que pour laver leurs seigneurs des fausses accusations portées contre eux, et qu'ils se comportaient comme devrait le faire tout bon vassal. Certains domaines, notamment l'Aizu et le Satsuma, exigeaient que le Chôshû soit châtié, mais d'autres éprouvaient au contraire, comme une bonne partie de la cour, un sentiment proche de l'admiration devant ce domaine indéniablement loyaliste.

Quoiqu'on approchât du début de l'automne, la canicule ne donnait aucun signe de faiblesse. Les cigales faisaient retenir leur chant monotone et même les nuits étaient d'une chaleur intenable. La ville entière puait la viande avariée, les ordures et la mort. Dans la résidence, l'ambiance était chaotique. Elle était bondée de samouraïs et de partisans du Chôshû, d'hommes ayant fui la police et d'autres parasites. Ils se plaignaient souvent de souffrir de coliques et d'intestins relâchés du fait de la chaleur. Moi-même, j'étais irritable, tourmentée par le désir autant que par les nuées de moustiques nous harcelant la nuit. Shinsai n'était pas moins agité. Il était obsédé par ce qui s'était passé lors de l'attaque de l'Ikedaya. Il avait perdu toute confiance en Katsura, lequel n'avait jamais expliqué pourquoi il n'avait pas averti les futures victimes.

— Il a raconté qu'il s'y était rendu, n'avait trouvé personne et s'était souvenu qu'il devait se rendre à la résidence Tsushima, pour discuter d'une histoire de commerce avec la Corée. Mais pourquoi ne les a-t-il pas attendus? Et s'il s'était dit qu'il ferait mieux de partir sans eux? Peut-être avait-il envie de se débarrasser de Miyabe et des autres fauteurs de troubles. Croyez-vous qu'il leur ait laissé un message leur annonçant que tout allait bien et qu'ils devaient l'attendre? Cela expliquerait qu'ils aient été désarmés, étant montés à l'étage en laissant leurs sabres au rez-de-chaussée, et qu'ils aient été complètement pris de court.

Ni moi ni personne ne pouvait répondre à ces questions. L'aubergiste avait été arrêté, torturé et tué. Tous les survivants étaient emprisonnés à Rokkakugoku, sans contact possible. Mais ce n'était pas la première fois que le domaine laissait des étrangers le purger d'éléments trop turbulents, et ce ne serait pas la dernière.

C'était la seconde trahison de ce genre dont Shinsai était témoin. Une fois encore, il avait survécu alors que tant d'autres étaient morts. Je voyais bien qu'il était rongé de honte et de remords. Son défunt camarade d'études l'avait accusé de lâcheté. À présent, il n'aspirait qu'à se battre. Il était fatigué d'attendre et de temporiser. Je sentais qu'il se détachait de moi. Le tourbillon qui nous avait jetés l'un vers l'autre allait maintenant nous séparer. Notre folie personnelle était dépassée par la folie de l'époque.

Tennôzan

À la fin du mois, nous apprîmes que Kusaka Genzui était arrivé à Yamazaki, à quelques heures de marche au sud de Kyôto. Shinsai résolut aussitôt de le rejoindre.

— Pour vous battre à son côté? demandai-je alors que nous nous préparions au départ.

Nous avions l'intention de sortir discrètement par une porte de derrière, avec les fermiers qui venaient chaque matin vendre des légumes, puis de nous mêler à la foule des fuyards quittant la ville.

— Bien entendu. Si l'on en vient à se battre. Du reste, c'est presque inévitable. L'affrontement aura lieu tôt ou tard. Il serait plus sage d'attendre encore, mais on ne pourra pas le différer beaucoup plus longtemps.

— Il serait désastreux de se battre maintenant, déclarai-je.

J'avais beau avoir entendu les hommes autour de moi discuter, se quereller et s'expliquer depuis près d'un mois, je ne comprenais toujours pas ce qui poussait notre domaine à se comporter avec une telle imprudence, comme un petit garçon gâté et têtu, décidé à attirer l'attention même si elle doit se traduire pour lui par un châtiment sévère.

Comme s'il lisait dans mes pensées, Shinsai lança :

— C'est parce qu'ils sentent — ou que nous sentons — une faiblesse. C'est irrésistible. Il nous faut mettre à l'épreuve cette faiblesse pour voir si elle cède. Vous devez avoir remarqué ce phénomène entre les hommes, ici ou au sein du Kiheitai. Tous ces quolibets, ces harcèlements, cette façon de se tester mutuellement.

— Je déteste tout cela.

— Les hommes sont ainsi. Et les clans et les pays aussi.

— Personne ne se comporte ainsi avec vous.

Dans la résidence, comme à Mitajiri, les autres hommes laissaient les coudées franches à Shinsai. Ils le respectaient.

— C'est parce que la première fois que quelqu'un s'y est hasardé ici, j'ai dû montrer que je n'étais pas faible. On m'a mis bien souvent à l'épreuve. En tant que fils cadet d'un médecin de campagne, pas même samouraï de naissance, j'avais beaucoup à prouver. Le Chôshû est en train de mettre à l'épreuve le bakufu en réagissant à l'insulte de l'an passé et à l'incident de l'Ikedaya, qui est une nouvelle provocation à notre intention. Soit nous réagissons, soit nous démontrons notre faiblesse en nous soumettant.

— Après quoi le bakufu sera offensé et devra réagir, observai-je. Et cela continuera sans fin.

Cependant je me disais que la faiblesse était comme une plaie infectée, qui ne peut se soigner que par le fer ou le feu.

— Oui, jusqu'à ce que quelqu'un remporte une victoire décisive, admit Shinsai.

Shinsai alla dire à l'intendant de la résidence, Nomi Orie, que nous allions rejoindre Kusaka Genzui. Nomi nous donna des lettres à emporter. Nous

prîmes aussi les prospectus et ma boîte à pharmacie, afin d'avoir une couverture si l'on nous arrêtait
en chemin. Mais nous n'en eûmes pas besoin. Les
rues grouillaient de gens poussant des charrettes à
bras remplies de leurs affaires, ou portant sur le dos
des enfants et des paniers, dans leur hâte de sortir
de la ville avant le début des combats. Toujours in-
cohérents, la police et le Shinsengumi les laissaient
partir sans les arrêter ni les fouiller. Peut-être s'in-
quiétaient-ils davantage des gens entrant dans la
ville que de ceux qui la fuyaient.

Nous marchâmes vers le sud, dans la direction de
Fushimi, sur la même route que nous avions empruntée six mois plus tôt. Il avait fait si froid, alors.
À présent, la chaleur était accablante. Nous ne parlions guère, gardant notre énergie pour placer un
pied devant l'autre. Arrivés au bout de la ville, nous
tournâmes vers l'ouest, en passant devant l'enceinte
orientale du Honganji et en suivant la grand-route
du Shikoku en direction de Yamazaki. La campagne
était opulente. Le riz commençait tout juste à mûrir
dans les rizières. Sur les remblais, les fleurs de haricots blanches et violettes attiraient tant d'abeilles
qu'on les entendait bourdonner de la route. Les paysans s'activaient dans les champs de légumes. De
temps à autre, ils se redressaient, les mains dans
le dos, et regardaient s'écouler les flots de fugitifs.
Puis ils se retournaient pour observer la ville. Les
toits de centaines de temples et de résidences, de
milliers de maisons, étincelaient dans le soleil matinal. Combien de temps encore apparaîtrait-il si paisible, ce foyer millénaire de l'empereur, ce lieu où il
accomplissait les rites sacrés reliant l'humanité aux
dieux et assurant la sécurité du pays ?

L'après-midi touchait à sa fin quand nous arrivâmes au Hôshakuji, le temple où était stationné

l'un des contingents Chôshû. Il était censé être commandé par Masuda Uemonnosuke, appelé aussi Danjô, un dignitaire du domaine. Le temple était parfois connu sous le nom de la montagne sacrée se dressant derrière lui, le Tennôzan. Il se trouvait au milieu de terres magnifiques. Un long escalier de pierre menait à une porte imposante, une pagode à trois étages et de nombreux bâtiments, où logeaient les soldats Chôshû au nombre d'environ six cents. Des chevaux attachés sous les arbres tapaient du pied et cinglaient l'air de leur queue, irrités par la chaleur. La fumée des feux de cuisine se mêlait à l'odeur de l'encens. Des prêtres bouddhistes couraient en tous sens, apparemment tourmentés et agacés par cette invasion.

Il régnait pourtant dans le camp une atmosphère de discipline qui rappelait celle du Shôkenkaku à Mitajiri. De fait, Maki Izumi, l'ancien prêtre shintô de Kurume, était l'un des commandants. L'entraînement aux arts martiaux venait de prendre fin et les hommes rangeaient leurs armes. Ils avaient non seulement des sabres et des lances mais des fusils, à quoi s'ajoutaient deux petits canons de campagne montés sur roues.

Kusaka Genzui était en train de nettoyer un fusil.

— Itasaki-kun, s'exclama-t-il en voyant Shinsai. Vous qui vous y connaissez en armes occidentales, que pensez-vous de ceci ?

Shinsai prit le fusil, examina le mécanisme, le canon, puis le leva devant son œil comme pour viser.

— Pas mal, dit-il. Fabrication anglaise. Enfield, je suppose. Balles de type Minié. Il devrait être très précis.

— Espérons-le, répliqua Genzui. Nous avons passé toutes ces années à nous perfectionner au sabre, mais c'est ce genre d'armes qui décidera des batailles de l'avenir.

Il regarda à la ronde l'armée bariolée dont les soldats mêlaient des uniformes de style occidental à l'armure traditionnelle. Certains portaient des casques improvisés, la plupart avaient des bandeaux. Après l'entraînement militaire, ils formaient des groupes en s'asseyant par terre en rangs réguliers pour écouter leurs commandants leur lire des manuels sur la théorie de la guerre.

— Ce sont de tels idéalistes, déclara Genzui en nous éloignant de façon à ne pouvoir être entendus. Ils croient que rien ne peut l'emporter sur leur esprit samouraï si plein de loyauté.

Il s'adressa à moi avec un léger sourire et je fus surprise de voir qu'il se rappelait mon nom d'emprunt.

— Imaike, nous avons un ou deux cas de rougeole. Pourriez-vous examiner les malades ?

— J'espère que vous les avez isolés.

Une armée n'avait certes aucun besoin d'une épidémie de rougeole. Deux ans plus tôt, l'armée Satsuma avait apporté dans la capitale ce mal éminemment contagieux. Les malades avaient été si nombreux que l'activité politique et commerciale avait été paralysée pendant des semaines.

— Nous y avons pensé. Ils sont dans une cabane, hors de l'enceinte du temple.

— Avez-vous déjà eu la rougeole ? lui demandai-je.

— Oui, dans mon enfance. Je ne me suis jamais senti aussi mal en point !

Je me rappelai soudain que Shinsai et moi avions eu la rougeole en même temps. Je devais avoir huit ans, et lui dix. Je me souvenais des longues nuits, des rêves délirants, de la soif.

Les soldats présentaient tous les mêmes symptômes — une forte fièvre et un larmoiement douloureux des yeux. La cabane où ils se trouvaient était minuscule et très chaude, mais au moins la lumière y était faible. La rougeole était extrêmement dangereuse pour les enfants, et j'avais découvert qu'elle pouvait entraîner même chez des adultes des complications telle la pneumonie. Il me restait un peu de poudre pour réduire la fièvre, que je leur fis prendre avec du thé, ainsi qu'une solution destinée à soulager la douleur oculaire. Je leur déconseillai formellement de quitter le lit trop tôt et leur recommandai de ne surtout pas rejoindre leurs camarades, car ils feraient courir un risque sérieux à l'armée entière. Toutefois j'avais peu d'espoir d'être écoutée. Leur envie de se battre était mille fois plus intense que la fièvre et l'éruption.

À mon retour au temple, je trouvai Genzui et Shinsai assis sur la véranda du bâtiment principal en buvant du thé. Je m'assis près d'eux pour écouter la fin de leur conversation.

— Nous avons entendu dire que vous étiez maintenant favorable à l'envoi de soldats à Kyôto, dit Shinsai à Genzui.

— Le moment paraissait propice, répliqua Genzui. Les grands seigneurs ayant tous quitté la capitale, la cour n'avait d'autre interlocuteur que le bakufu. Hitotsubashi devient de jour en jour plus puissant, et il est ouvert à la négociation. Tout dépend du soutien que nous pouvons attendre des autres domaines. Je suis partisan d'avoir des troupes ici, car c'est un atout de plus pour nous. Cependant je ne suis pas certain qu'il nous faille vraiment passer à l'attaque. Nous devons nous en tenir à notre unique exigence, à savoir obtenir que les injustices de l'année dernière soient réparées.

— Mais en amenant ici des hommes tels que Maki, Kijima, les troupes du Yûgekitai et du Shôkenkaku, vous êtes comme un cavalier monté sur un tigre !

— Nous verrons, dit Genzui en riant. Je dois aller demain dans la ville pour voir si quelqu'un veut bien soutenir notre cause.

Shinsai se joignit aux autres hommes dans leurs journées d'entraînement et d'études, tandis que je soignais mes malades de la rougeole et parlais avec les prêtres des plantes de la région et des propriétés bienfaisantes des diverses sources thermales. L'un d'eux me déclara qu'on trouvait sur la montagne des scrofulaires noueuses, dont les feuilles sont bonnes pour les yeux. Quelques jours plus tard, j'allai voir si je pourrais en trouver, ainsi que des champignons pour varier un peu nos maigres repas d'orge et de millet. L'arrivée d'une telle quantité d'hommes dans la région mettait les paysans du cru à rude épreuve et la nourriture était sévèrement rationnée. Il faisait plus chaud que jamais. Même le changement de lune n'avait apporté aucun soulagement et les appels des cigales criblaient l'air autour de moi. Il flottait une odeur de feuilles de cèdre. Des belles-de-jour à moitié fanées poussaient en désordre au bord du chemin et les gourdes sauvages mûrissaient déjà.

Je marchais lentement, en prenant note de divers points de repère tels une statue de Jizô ou un ruisseau s'échappant d'un rocher en murmurant. L'atmosphère était calme mais de temps à autre une branche s'agitait ou une feuille se mettait à tournoyer comme si le vent la secouait, alors qu'il n'y avait pas un souffle. Cela me faisait penser aux *tengu* et autres esprits de la montagne. Soudain j'eus l'impression que quelqu'un m'épiait, je crus sentir son haleine sur ma nuque. Me retournant, je vis Shinsai se diriger lentement vers moi.

Sans un mot, nous nous serrâmes l'un contre l'autre et nous enfonçâmes dans la forêt, moitié courant, moitié trébuchant. Nous nous effondrâmes sur le sol en tirant frénétiquement sur nos ceintures pour les dénouer et accéder enfin au corps de l'autre. Nous devions nous unir, rien d'autre n'importait. Toute la frustration et le désir des dernières semaines convergeaient en une excitation comme je n'en avais encore jamais connu, et je sentais que Shinsai l'éprouvait aussi. Mon désir était aussi impérieux que celui d'un homme, dans son ardeur à prendre son plaisir et son refus d'en être privé. Ce n'était pas assez de jouir dès qu'il entra en moi, en un frisson impossible à contenir ou à retarder, qui submergea tout mon corps. Je voulais être en lui comme il était en moi, me confondre complètement avec lui, posséder à jamais son âme, son essence entière. Je n'avais pas pensé que nous pourrions de nouveau coucher l'un avec l'autre. À présent, je ne pouvais supporter de le laisser me quitter, comme si c'était maintenant vraiment la dernière fois, comme si je voulais que cela ne finisse jamais.

Nous avions tant de choses à nous dire, mais nous n'échangeâmes pas un mot jusqu'au moment où la cloche du soir sonna du fond du temple, dans le soleil déclinant et l'air rafraîchi. Puis Shinsai dit :

— Nous devons rentrer.

Je me levai, remis de l'ordre dans mes vêtements, rassemblai les quelques feuilles de scrofulaire que j'avais réussi à récolter.

— Je n'ai pas trouvé de champignons.

— Mais vous avez trouvé quelque chose de mieux qui pousse dans l'obscurité, plaisanta Shinsai avec autant d'allégresse paillarde que si nous devions vivre ensemble jusqu'à la fin de nos jours.

À notre retour au temple, nous découvrîmes Genzui en grande discussion avec Maki Izumi. Apparemment, ses efforts pour obtenir des soutiens pour le Chôshû à Kyôto avaient été infructueux. Tous les commandants devaient se réunir le soir même à Otokoyama pour un conseil de guerre.

Masuda Uemonnosuke avait établi son quartier général au sanctuaire de Hachiman d'Iwashimizu, à Otokoyama, sur le versant escarpé d'une montagne où trois rivières convergeaient pour former le Yodogawa. En venant du Tennôzan, il était aisé de rallier à pied ce sanctuaire qui comptait parmi les plus célèbres dédiés à Hachiman dans le pays. Sire Masuda semblait être un fervent dévot et accordait peut-être plus de foi au dieu de la guerre qu'à ses soldats.

Les commandants, au nombre d'une vingtaine, se réunirent dans l'un des bâtiments. Certains étaient venus à cheval du Tenryûji et de Fushimi, et leurs montures étaient attachées dehors. Shinsai et moi étions arrivés à pied avec Genzui. Nous ne fûmes pas invités à entrer mais nous assîmes sur la véranda, d'où il nous fut d'autant plus facile d'entendre ce qui se disait que la plupart des orateurs hurlaient.

Kijima Matabei venait juste de prendre la parole.

— Les sculptures sous le toit sont de Hidari Jingorô, dit Shinsai à voix basse. Savez-vous qu'on raconte qu'il avait sculpté une femme si belle qu'il en tomba amoureux ? Elle devint vivante et il lui donna une âme en lui montrant son visage dans un miroir.

— Quelle histoire charmante.

— Puis il passa le reste de sa vie à tenter de l'empêcher de le réprimander sans cesse.

— Ce n'est pas vrai !

Je faillis m'oublier et lui donner une tape.

— Non, j'ai inventé la fin.

Il approcha ses lèvres de mes oreilles.

— Je pourrais vous sculpter, chuchota-t-il, car je connais chaque recoin de votre être. À l'intérieur comme à l'extérieur.

Je sentis de nouveau tout mon corps s'embraser.

M'éloignant légèrement de lui, je tâchai de me calmer pour écouter.

Kijima avait terminé son appel à agir sur-le-champ. Il n'y eut d'abord aucune réaction, puis Genzui répondit. Il commença par expliquer la situation à Kyôto, où le bakufu rassemblait des troupes de divers domaines l'emportant largement en nombre sur l'armée Chôshû. Il ne pensait pas qu'on puisse compter sur le soutien qu'il avait espéré trouver auprès de domaines sympathisants.

— Vous êtes venus armés de sabres et de lances... déclara-t-il à l'assemblée.

— Et de fusils, marmonna Shinsai.

— ... afin de laver l'honneur du nom de Môri, mais vos humbles suppliques feraient plus d'effet sur l'empereur que la force des armes. En outre nous devrions attendre sire Môri Sadahiro, qui est en route pour Ôsaka avec des renforts. Faites preuve de patience, retirez-vous par exemple à Ôsaka pour attendre sire Sadahiro, et le bakufu négociera.

Sa voix fut couverte par celle de Kijima hurlant qu'il fallait chasser l'entourage malfaisant de l'empereur, qu'il n'était plus temps d'attendre et qu'ils devaient agir avant l'arrivée du noble héritier.

— Nous ne sommes pas prêts, lança Genzui sans ménagement. Nous n'avons pas assez de troupes et nous n'avons rien prévu pour la suite.

— Vous êtes un lâche ! rétorqua Kijima.

Il ajouta dans le silence qui suivit ce mot :

— Je vais éradiquer ce fléau de mes mains !

Le plancher vibra lorsqu'il s'élança hors de la salle. Il ne nous reconnut pas en passant, je ne crois même pas qu'il nous ait vus. Aveugle à tout ce qui n'était pas sa propre conviction et sa propre gloire, il arracha les rênes de son cheval au valet et s'éloigna au galop dans l'ombre grandissante.

Kijima exerçait une forte influence sur les autres,

du fait de son âge avancé et de sa longue carrière au service du domaine, mais Genzui était mieux au courant de la situation à Kyôto. Il recommença à argumenter avec une logique persuasive, cependant il fut interrompu par Maki Izumi qui déclara qu'il était de tout cœur avec Kijima et emporta l'adhésion des autres commandants.

Même pour nous qui écoutions à l'extérieur, nous reconnûmes avec une clarté douloureuse l'instant où l'assemblée se laissa convaincre. Pour Genzui, ce dut être affreux. Si seulement il avait pu l'emporter, si seulement les commandants n'avaient pas succombé presque tous à une imprudence et un enthousiasme sans frein, si seulement...

Mais les dés étaient jetés. Les joueurs allaient perdre et se faire dépouiller. Quand nous rentrâmes avec lui au Tennôzan, aucun de nous ne dit un mot. Il faisait presque nuit. En approchant du temple, Genzui lança soudain :

— Imaike-kun, vous connaissez mon épouse, je crois. Je vous prie de lui dire comment s'est passée cette réunion et comment nous en sommes venus à nous battre à Kyôto.

— Bien sûr.

Manifestement, il ne s'attendait pas à survivre. De fait je percevais la présence de la mort autour de lui, prête à s'introduire dans ses veines, dans ses os, pour défaire tout ce qui maintenait son être en vie.

— Vous devez rester ici, ajouta-t-il. Ensuite, vous rentrerez en Chôshû et vous lui direz tout.

— Mieux vaudrait peut-être que je vous accompagne pour soigner les blessés.

— Il n'y aura pas de blessés, répliqua-t-il. Si nous sommes blessés, nous mettrons fin nous-mêmes à nos jours. Et nos os blanchiront dans les jardins du palais.

Personne ne dormit cette nuit-là. L'ordre avait été donné de se mettre en marche avant l'aube. Les hommes étaient excités par la perspective de livrer bataille et leur activité donnait au temple l'aspect d'une fourmilière. Kusaka avait déclaré qu'il ferait une ultime tentative pour présenter une supplique directement à l'empereur par l'entremise du prince Takatsukasa, l'un des aristocrates restés favorables au Chôshû, mais personne ne s'attendait à voir cette journée s'achever pacifiquement.

Il n'était pas question que Shinsai n'y aille pas. Je n'essayai même pas de le faire renoncer. Nous n'échangeâmes presque aucune parole. Je ne pus me serrer contre lui ni presser mes lèvres sur les siennes pour la dernière fois. Quand il partit avec Maki et Genzui, tandis que les torches flamboyaient, que les chevaux piaffaient et que les hommes avançaient avec discipline, le fusil sur l'épaule, les sabres au côté, les lances dressées comme une haie de bambou, je me contentai de me joindre aux moines alignés et de m'incliner avec eux. Les commandants portaient des armures ornées de glands de soie violette et des arcs à la tige laquée. Au-dessus de leurs têtes flottaient des drapeaux blancs où étaient écrits les noms de Hachiman et de Tenmanjin.

Shinsai me lança un regard au passage et je dis :

— Faites attention à vous.

Je ne pensais pas qu'il m'entendrait, mais il me cria quelque chose en réponse. Peut-être : « Rendez-vous en Ezo ! » — mais je n'en étais pas certaine.

Quand la lumière des torches et les derniers bruits se furent évanouis, un étrange silence s'abattit sur le temple qui me parut soudain désert, mystérieux. Le soleil se leva et les prêtres retournèrent à leurs occupations quotidiennes. Je ne savais que faire de moi ni où aller. Je voulus jeter un coup d'œil sur mes patients, mais bien sûr ils n'étaient plus là.

Comme je m'y attendais, ils étaient partis avec les autres. Je m'assis sur le sol de la cabane exiguë et sentis mes yeux devenir brûlants, comme si j'étais sur le point de pleurer. Je ne pouvais me rappeler la dernière fois que j'avais versé des larmes. Je me surpris à penser : « Pourquoi ne pas pleurer, maintenant ? » Mais j'aurais eu l'impression de céder à une faiblesse féminine et cet accès ne dura pas. À la place, j'éprouvai un terrible sentiment de perte, comme si j'avais été brutalement amputée d'un de mes membres. Je revis Shinsai couvert de sang, et je sus qu'il allait mourir avec Genzui.

M'adossant au mur de la cabane, je m'endormis un moment. La chaleur étouffante me réveilla. On n'était qu'au milieu de la matinée. Je proposai aux prêtres de préparer un endroit pour les blessés. Ils acceptèrent de mettre une petite salle à ma disposition, où je rassemblai ce que je pus trouver dans mes réserves ou mendier auprès d'eux — de la literie, des linges et des torchons usagés. Toutefois j'étais en proie à une sorte de fatalisme paralysant et en fait je ne m'attendais pas à voir revenir le moindre soldat. Les prêtres psalmodiaient sans relâche des sutras pour obtenir la protection divine, mais je ne pensais pas qu'aucun bodhisattva, ni même sire Shaka en personne, puisse sauver l'armée Chôshû. Même Hachiman ne l'aurait pas pu.

De temps à autre, j'entendais des coups de feu. Des corneilles croassaient et des milans criaient dans le ciel. Les cigales ne cessaient de lancer leurs appels stridents. Au milieu de l'après-midi, alors que je fumais une pipe dehors, je me rendis compte que mon petit tas de tabac ne pouvait expliquer l'odeur de brûlé que je sentais soudain. L'un des prêtres sortit et s'immobilisa à côté de moi, le regard fixé vers le nord.

— La capitale est en feu, dit-il.

De la cendre voltigeait dans l'air et tombait comme des pétales. Un nuage de fumée s'élevait au-dessus de la ville. L'effroi m'envahit. Il me paraissait insupportable d'attendre sans rien faire. Tantôt je songeais à courir à Kyôto pour voir par moi-même ce qui se passait, tantôt je ressentais le besoin instinctif de m'enfuir chez moi, de rentrer en Chôshû. Mais je ne fis ni l'un ni l'autre, je me contentai de rester sur la véranda à contempler les flammes.

Kusaka Genzui
Genji 1 (1864), au septième mois, âgé de vingt-quatre ans

Genzui a été atteint par une balle à l'épaule gauche, mais il ne ressent aucune souffrance, rien qu'un amoindrissement graduel de ses forces jusqu'au moment où il ne parvient plus à recharger l'Enfield avec lequel il tirait des coups de feu sporadiques à travers les barreaux de la fenêtre de la résidence de Takatsu-kasa. Cela ne change pas grand-chose, car il ne leur reste presque plus de munitions. Il jette le fusil à Te-rajima Chûzaburô, qui ne semble pas être blessé, puis il cherche à tâtons son sabre. Ses doigts glissent sur la poignée poisseuse, et il se rend compte qu'elle est couverte de son propre sang.

Il n'a pas encore renoncé, même s'il a su dès le début que leurs chances de réussite étaient minces et l'attaque prématurée et mal préparée. Kijima et Maki devront répondre de cette erreur, même s'il ne les blâme pas vraiment. On pourrait aussi bien re-procher aux typhons de déraciner les arbres et d'ar-racher les toits des maisons. Les tempêtes sont ainsi faites, ces hommes sont ainsi faits, et c'est pour cela qu'il les aime. Ils sont comme deux vieux chiens de garde féroces, toujours prêts à bondir à la gorge de quelqu'un.

Peut-être était-il moins indulgent la nuit passée, car il savait qu'ils couraient à la défaite et que lui-même périrait de sa propre main plutôt que de battre en retraite, il voyait combien il aurait pu accomplir davantage et combien ses espérances avaient été déçues. Il n'avait pas dormi mais s'était assis sur la véranda du temple en se remémorant les défunts : ses maîtres, Yoshida Shôin, exécuté à Denmachô, Umeda Unpin, mort en prison, et Sakuma Shôzan, dont l'assassinat était tout récent. Puis tous les amis qui s'étaient éteints avant lui. Takechi Hanpeita était le plus présent à ses pensées, son frère en violence. Il s'était rappelé les menaces et les meurtres, les pactes signés avec son sang, les attaques contre les gens et les biens, et son ancienne agitation s'était réveillée en lui. Incapable de rester assis, il s'était levé et avait arpenté les jardins. La tension habitant son corps et son âme ne trouverait de soulagement que lorsqu'il agirait, combattrait, s'avancerait vers la mort en entraînant d'autres hommes avec lui. À l'aube, il avait su que ce serait son dernier jour mais n'avait éprouvé aucun regret. À présent, sa vie brève et flamboyante lui revient par éclairs, comme des décharges de mousquet, et il lui semble qu'elle en valait la peine. Il ne voudrait rien y changer. S'il avait l'occasion de revenir, il referait tout exactement de la même façon. Telle est sa nature. Non qu'il ait toujours apprécié son propre caractère et se soit trouvé bien avec lui-même, mais il a la conviction qu'on ne peut changer personne, en dépit de tous les efforts des moines avec leurs prières, leurs jeûnes et leurs autres pratiques rigoureuses. On naît en tant qu'individu particulier, et on le reste tout au long de la vie. S'il existe une renaissance, ce qui paraît à Genzui tout à fait possible et pragmatique, on acquiert sans doute un autre caractère et on se comporte différemment. Il en aura bientôt le cœur net.

Il ne s'est jamais attendu à vivre longtemps. D'une

certaine manière, il n'a jamais pensé qu'il grandirait. Il est resté pendant tant d'années un enfant au milieu d'adultes, entre ses parents âgés et son frère qui avait vingt ans de plus que lui. Et il continue d'avoir cette sensation — face au gouvernement du domaine, au bakufu, aux étrangers, il n'est qu'un enfant irresponsable, inexpérimenté. C'est ce sentiment de frustration qui l'incite à une violence libératrice. La mort ne signifie rien pour lui. Depuis les deuils de sa quinzième année, où son père, sa mère et son frère aîné, Genki, sont morts à quelques mois d'intervalle, il sent la mort dans son dos, son souffle sur sa nuque. Il la méprise d'avoir pris Genki et non lui. Malgré les efforts conjugués de son père et des nombreux amis de son frère pour le soutenir et l'encourager, malgré la bienveillance de Shôin, qui l'avait choisi comme époux pour sa sœur, il ne s'est plus jamais vraiment soucié de vivre ou de mourir. Il a souvent approché la mort, en a réchappé maintes fois de justesse, mais il n'éprouve jamais de soulagement ni de gratitude. Il se sent plutôt en colère devant la marche hésitante de la mort, devant son incohérence et sa maladresse. Elle commet tant d'erreurs. Elle se trompe toujours de proie — exactement comme le Shinsengumi ! Il se laisse aller au luxe facile de haïr le Shinsengumi, l'Aizu et le Satsuma, le bakufu Tokugawa.

Cependant même la haine ne peut venir à bout de son épuisement et de sa soif. Avec froideur, il se demande depuis combien de temps ils sont ici et jusqu'à quand ils pourront tenir. L'aristocrate s'est enfui avec sa famille dès qu'il eut ouvert sa résidence à Genzui et ses hommes. À présent, des soldats Aizu et Satsuma les encerclent. Genzui avait prévu d'attendre ici des renforts tandis que les autres contingents se fraieraient un passage en combattant depuis Fushimi et le Tenryûji, mais il est maintenant évident qu'aucun n'a réussi sa percée et qu'il ne faut plus compter sur eux. Personne ne viendra les secourir. Tout est perdu.

Plus de beuveries, plus de femmes, plus d'épouse...

Terajima l'appelle et il s'approche de nouveau de la fenêtre. Ils font tous deux un bond de côté pour éviter les balles criblant le mur. Ils échangent un sourire. De l'autre côté de la fenêtre, Genzui aperçoit des monceaux de paille et de bois, des volets arrachés aux maisons, des tatamis déchirés, des seaux et des râteaux en bambou. Des hommes brandissant des torches s'apprêtent à y mettre le feu.

— Ils vont nous griller comme des anguilles, dit Terajima.

Il est plus jeune que Genzui — peut-être n'a-t-il même pas vingt ans — et s'efforce de ne pas montrer sa peur. L'espace d'un instant, Genzui regrette que ce ne soit pas Shinsaku qui partage avec lui cette fin. Leur vie a tellement été placée sous le signe de leur rivalité qu'il aurait été juste qu'ils meurent ensemble, mais Shinsaku est emprisonné à Noyama et il survivra à Genzui.

Les feux s'embrasent. Dehors, les soldats poussent de hideux cris de joie. Il lui semble entendre à travers leurs clameurs la voix de son frère l'appeler par son nom d'enfant : « Hisasaburô. »

— Nous ne devons pas nous laisser capturer, déclare Genzui à Terajima.

Le garçon hoche la tête, les yeux écarquillés.

— Si nous mourons ici, ajoute Genzui, nos corps seront brûlés et ils n'auront pas nos têtes.

Il s'exprime d'une voix basse, encourageante. Se rendant compte soudain qu'il parle comme Genki, il sourit légèrement.

D'un coup, les hommes autour d'eux se taisent. Il ne sait s'ils suivront son exemple, il l'espère mais il n'a pas le temps de s'en assurer. La pièce est pleine

de fumée, maintenant, les flammes rugissent, atti-
sées par le vent violent qui souffle depuis midi. Une
nouvelle volée de balles érafle les murs.

— Nous allons nous poignarder, lance-t-il à Terajima. À la gorge, c'est plus rapide et plus sûr.

Il se demande brièvement s'il y aura un survivant
pour témoigner de la façon dont il est mort, mais
c'est sans importance. Terajima jette par terre le
fusil. Ils tirent tous deux leurs sabres courts et des-
serrent l'armure autour de leur cou. S'empoignant
par les épaules, comme des frères, ils se regardent
les yeux dans les yeux.

— Maintenant, chuchote Genzui.

Les deux sabres s'élancent. Chaque coup est net,
profond. Le sang jaillit d'eux et se mêle en un flot
unique tandis qu'ils s'effondrent.

« Hisasaburô ! »

Sous le pont Nijô

À la nuit tombante, un jeune garçon arriva en bondissant sur les marches de pierre et en criant :

— Les soldats reviennent !

Me levant aussitôt, je courus au portail. Un petit groupe se dirigeait en désordre vers le temple. En les voyant si peu nombreux, je restai incrédule. Mon sang martelait mes tempes avec tant de force que je crus que j'allais m'évanouir. Six cents guerriers étaient partis ce matin. Comment pouvaient-ils être moins de vingt à revenir ?

Je dus me répéter que j'étais un homme et un médecin, cesser de penser comme une femme, avec un cœur de femme. La plupart des soldats étaient blessés, et couverts de sang et de suie. En reconnaissant l'un de ceux qui avaient la rougeole, je sentis une vaine colère m'envahir.

Deux d'entre eux soutenaient leur chef, Maki Izumi. Ma colère grandit encore. Il avait pris parti pour Kijima et persuadé les commandants d'attaquer. Comment pouvait-il se montrer ainsi, vaincu mais vivant ? Comment osait-il revenir sans Genzui ni Shinsai ?

Nous conduisîmes les soldats dans la salle prévue et entreprîmes de laver et de nettoyer leurs plaies, en découpant leurs vêtements et leurs ridicules armures. Je tentai d'estimer la gravité des blessures, mais découvris bientôt que la plupart étaient superficielles et sans risque mortel. Ceux qui avaient été sérieusement blessés avaient déjà mis fin à leurs jours, comme Genzui l'avait prédit.

Quand j'approchai de Maki, il essaya de me repousser :

— Ne perdez pas votre temps, docteur. Nous sommes des hommes morts.

Je m'agenouillai près de lui. Je voulais savoir ce qui s'était passé.

— Kusaka est mort, dit-il. Il a été blessé par une balle. Lui et Terajima se sont mutuellement tranché la gorge.

Même si je savais que c'était inévitable, j'en eus le souffle coupé pendant quelques instants.

— Et Itasaki ? chuchotai-je.

— Il était avec Kusaka quand il est mort. J'ignore ce qu'il est devenu par la suite. Nous nous trouvions dans la résidence de Takatsukasa. Nous y étions arrivés en combattant. Nous avons tenu en échec Fukui, Kuwana, Hikone... Nos hommes étaient comme des tigres, mais les Aizu et les Satsuma avaient l'avantage du nombre.

Il déclamait les noms des domaines d'une voix sonore, comme s'il considérait ses hommes et luimême comme des héros d'une ballade antique.

— Sur les ordres de Hitotsubashi, ils ont mis le feu à la résidence. Nous avons dû battre en retraite à travers les flammes. Nous livrerons ici une ultime bataille, puis nous périrons avec gloire.

J'avais un peu d'opium pour soulager la souffrance des blessés, mais je décidai de ne pas le gaspiller pour Maki Izumi. En l'interrogeant ainsi que les autres survivants, je reconstituai peu à peu ce qui s'était produit devant le palais impérial lors de l'attaque qui passa dans l'histoire sous le nom de *Kin-*

mon no hen, l'incident de la Porte Interdite, ou de *Hamaguri gomon no hen*, l'incident de la Porte aux Palourdes, ainsi nommée parce qu'elle se refermait comme une palourde impossible à ouvrir de force.

Le plus jeune des trois dignitaires Chôshû, Kunishi Shinano, qui n'avait que vingt-trois ans, était parti du Tenryûji pour rejoindre la ville par l'ouest. Arrivé à Kitano, le contingent avait été divisé en deux. Kunishi et ses hommes atteignirent la porte de Nakatachiura après avoir vaincu les soldats du Chikuzen. Kijima Matabei et le Yûgekitai délogèrent les Aizu de la porte de Hamaguri, mais furent à leur tour contraints à la retraite par les Satsuma et les Kuwana. Kijima avait péri, atteint mortellement par une balle avant de tomber de son cheval au milieu d'une grêle de projectiles. Kunishi était en fuite.

Fukuhara Echigo partit de Fushimi et se fraya un chemin en combattant sur la grand-route jusqu'au pont de Tanba. Là il fut blessé et dut battre en retraite. Masuda, qui se trouvait à Otokoyama, n'était même pas sorti du sanctuaire. Il avait prié si longuement pour obtenir l'assistance de Hachiman que les combats cessèrent avant qu'il ait pu se mettre en route.

Vaincus et déshonorés, les trois dignitaires ramenèrent en Chôshû les restes de leur armée. Ils devaient payer leur maladresse de leur vie avant la fin de l'année.

Cependant Maki refusa de fuir vers son domaine natal. Deux jours plus tard, lui et ses seize hommes se cachèrent dans la montagne du Tennôzan. Ils ne tardèrent pas à être cernés par les troupes Aizu et Kuwana. Il ne leur restait guère de munitions et beaucoup étaient blessés. Les dix-sept guerriers se suicidèrent plutôt que de se rendre.

Je ne l'appris que plus tard, car le jour où Maki quitta le temple j'avais pris la décision de retourner à Kyôto. Mon projet était simple : j'allais chercher Shinsai. Malgré ma vision de son visage ensanglanté avant mon mariage, malgré tant d'hommes ayant perdu la vie, je ne croyais pas qu'il fût mort. Des fuyards commençaient déjà à affluer dans le temple et les prêtres se démenaient pour les nourrir et les loger. Personne ne fit attention à moi quand je m'éclipsai avec ma boîte à pharmacie sur le dos.

La route était noire de monde. Certains fuyaient avec tous les biens qu'ils avaient sauvés des flammes, tandis que d'autres non moins chargés voulaient rentrer chez eux car l'incendie était maintenant éteint. Il avait fait des ravages épouvantables. Des quartiers entiers de la ville avaient été réduits en cendres. Le sinistre avait détruit des milliers de maisons ainsi que des palais d'aristocrates, des résidences de domaines et des temples, notamment le Tenryûji qui avait servi de quartier général à Kunishi et Kijima. Du palais impérial au nord jusqu'à l'avenue Shichijô au sud, du Kamogawa à l'est jusqu'au Horigawa à l'ouest, il ne restait pratiquement rien du centre de la capitale.

Je commençai par longer le Takasegawa, en me frayant prudemment un chemin dans les cendres encore chaudes. Je me dirigeai vers la résidence Chôshû, dans la pensée que Shinsai s'y cachait peut-être, mais elle aussi avait entièrement brûlé. J'appris plus tard que Nomi Orie y avait lui-même mis le feu avant d'aller se réfugier dans un temple bouddhiste. Des soldats postés autour des décombres tenaient à distance les chasseurs de souvenirs et autres pillards.

Alors que je contemplais les ruines avec stupeur, je me rendis compte qu'un des gardes m'avait remarquée. Il me fixait comme s'il me reconnaissait. Même si je n'en étais pas sûre, il me sembla que c'était l'homme du Shinsengumi auquel j'avais donné un échantillon de notre remède. Une terreur soudaine m'envahit. Je regrettai de l'avoir abordé dans la rue avec tant de témérité. Jamais je n'aurais dû ainsi attirer l'attention. Pour la première fois, il me vint à l'idée que j'étais peut-être en danger. Mes pensées étaient très lentes, ce jour-là — je savais objectivement que c'était un des effets du choc, mais cela ne m'aidait pas à rendre mon cerveau plus vif. Il me fallut plusieurs minutes pour envisager cette réalité inconcevable : il se pouvait que Shinsai ait été pris vivant et torturé.

Mon esprit se déroba devant une telle horreur et se tourna plutôt vers des détails pratiques. Il était temps que je redevienne une femme. J'allais retourner chez Mme Minami, me débarrasser de ma défroque masculine et escalader toute nue le mur de la maison de bains, où mes vêtements de femme et mon ancienne identité m'attendaient.

Sans oser regarder derrière moi, je m'éloignai lentement de la résidence dévastée et me dirigeai vers le pont Sanjô. L'après-midi était déjà avancée, des nuées orageuses s'amassaient à l'horizon et l'air était chargé d'humidité. Je sentais la sueur ruisseler sur ma poitrine et mon ventre, pourtant je frissonnais malgré la chaleur. Une fois que j'eus traversé le pont, j'accélérai le pas et fis force détours dans les ruelles, comme me l'avait enseigné Shinsai, en me dirigeant vers notre ancien logis du côté est, à l'opposé de la résidence Chôshû.

La rue était déserte, l'échoppe de sobas avait porte close. Cependant la porte sur le côté de la boutique de Mme Minami n'était ni fermée à clé ni verrouillée. Elle s'ouvrit comme toujours avec une résistance légère et quelques grincements. J'entrai aussi silencieusement que je pus, en espérant que notre propriétaire n'avait pas abandonné tout espoir de nous revoir et loué la chambre à quelqu'un d'autre. Elle était vide, en dehors de quelques objets laissés par Shinsai : ses livres, un vieux kimono flottant sur son support comme un fantôme. Pressant mon visage contre l'étoffe, je respirai l'odeur de Shinsai. Je frissonnais plus que jamais et mes yeux me faisaient mal. Mais je n'avais pas de temps à perdre. Je dénouai ma ceinture et ôtai mes vêtements masculins, ma veste de médecin, le kimono donné par Eikaku, le long bandeau entourant mes seins, mon pagne. Après avoir plié les bandes de tissu, je les rangeai dans le placard avec le futon. Quant à la veste et à la robe, je les jetai sur le support. Au moins, nos vêtements seraient réunis.

Me dirigeant vers la porte de côté, je l'ouvris et me retrouvai face à Mme Minami.

Elle poussa un cri comme si elle avait vu une apparition — une femme nue arborant une coiffure d'homme devait certes produire un effet étrange.

— Ne faites pas de bruit, chuchotai-je. N'ayez pas peur. C'est moi, Imaike. Je suis désolée, mais j'étais déguisée. En fait, je suis une femme.

— Je m'en suis rendu compte, répliqua-t-elle en reprenant son calme.

Elle m'entraîna dans la chambre et ferma la porte.

— Mais où aviez-vous l'intention d'aller dans cette tenue ?

— Dans la maison de bains. Ils ont des vêtements pour moi. Il faut que je m'habille de nouveau en femme pour pouvoir quitter la ville.

— La maison de bains est fermée. Ils sont partis. Tout le monde a fermé, à cause de l'incendie *dondon*.

— *Dondon* ?

— C'est le bruit qu'il faisait. Après les fusillades toute la journée, *dondondon*, le feu s'est propagé si vite, *dondondon*. Encore une chance qu'il n'ait pas franchi le fleuve.

— Je ne peux pas retourner dans la rue déguisée

en homme. Je crois que quelqu'un m'a suivie. Personne n'est venu ici ?

— Pas pour le moment. Mais où se trouve Itasaki-san ?

— Je l'ignore.

Je n'avais pas envie de parler de Shinsai.

— Il est parti avec les soldats Chôshû, avec Kusaka Genzui, déclarai-je.

— On raconte que Genzui s'est tué.

— C'est ce qu'on m'a dit.

— Pensez-vous que le pauvre Itasaki soit mort, lui aussi ?

— Je ne sais pas. Je suppose que oui.

À présent, je l'espérais. Cela vaudrait nettement mieux que d'avoir été capturé.

— Autrement, il serait venu me chercher.

Mme Minami parut sur le point de poser des questions plus personnelles, mais elle se contenta de soupirer.

— Quelle terrible histoire ! Des fusillades dans le palais impérial, les soldats des domaines se battant entre eux, tous ces jeunes hommes qui ont péri, et la moitié de la ville a brûlé...

Elle remarqua que je frissonnais.

— Je vais vous chercher des vêtements. Attendez ici.

Elle revint quelques instants plus tard avec des habits de femme et m'aida à les revêtir — des sous-vêtements et un léger kimono d'été au motif de pivoines. Lorsqu'elle noua la large *obi* autour de ma taille, je sentis un poids énorme m'accabler en retrouvant mon apparence féminine. Elle me regarda d'un œil critique.

— Et vos dents ? Votre chevelure aussi ne va pas. Je ne sais pas comment nous pouvons arranger ça.

— Le mieux est de la raser, suggérai-je.

— Oui, je crains que ce ne soit la seule solution.

Elle alla chercher des ciseaux. Quand elle revint, elle semblait inquiète.

— Il y a des gardes dans la rue.

Elle me fit agenouiller sur une serviette et coupa mes cheveux à ras. Après quoi elle jeta une écharpe sur mon crâne tondu, fit un ballot avec la serviette, arracha les vêtements du support et me poussa dans la boutique.

— Allez ranger n'importe quoi. Je vais mettre ceci dans la réserve.

Les gardes appelèrent à la porte et Mme Minami leur dit d'entrer. L'un d'eux vint jeter un coup d'œil à l'intérieur de la boutique. Il vit une vieille femme faisant les comptes à son bureau pendant qu'une femme plus jeune sortait d'une boîte des bols de céramique.

— Contrôle de routine, annonça-t-il.

— Les incendies continuent-ils ? s'enquit Mme Minami en allant sur le seuil regarder vers l'ouest.

— Non, tout est terminé, les rebelles sont vaincus. Ils ont filé vers le Chôshû, ces lâches.

Mme Minami attendit sous les avant-toits que la patrouille ait disparu. Cela devait faire six fois que je rentrais et sortais les mêmes bols.

— Où comptez-vous aller ? me demanda-t-elle.

— Je pense que je vais rentrer chez moi, en Chôshû.

— Cela vaut mieux, approuva-t-elle. La ville n'est pas sûre.

Elle m'apprit la mort de Kiemon, exécuté sans autre forme de procès avec plus de trente autres prisonniers quand la prison avait été menacée par les flammes.

J'étais impatiente de m'en aller. Je ne voulais plus mettre en danger Mme Minami, et cet endroit était trop chargé de souvenirs pour moi. Il m'était également venu à l'esprit que Shinsai m'attendait peut-être sous le pont Nijô, où nous nous étions retrouvés la nuit de l'attaque de l'Ikedaya. Je n'avais même pas à boire ni à manger, alors que je n'avais rien pris de toute la journée. Mme Minami me donna des sandales de paille neuves, des gâteaux de riz et quelques pièces, en disant qu'elle payait ainsi les vêtements et les livres. Je lui laissai à contrecœur ma boîte à pharmacie, mais pris le scalpel que je rangeai dans ma sacoche.

Elle me promit de ne pas vendre la boîte et de la garder jusqu'à mon retour. Après l'avoir remerciée pour tout, je sortis dans la rue.

Une lumière étrangement métallique régnait en ce début de soirée. Le ciel était couvert d'épais nuages et des éclairs brillaient par instants au loin. L'air sentait la pluie et la cendre. Des panaches de fumée s'élevaient encore des bâtiments incendiés. On voyait partout des gens sur cette rive du fleuve. Ils campaient sur des vérandas, sous des avant-toits, blottis les uns contre les autres avec leurs possessions diverses, leurs lits et leurs enfants, sans oublier leurs oiseaux apprivoisés et insectes en cage ou même leurs poissons rouges ou carpes nageant dans des bocaux de verre. De temps à autre, des hommes passaient en hâte en portant des corps enveloppés dans des nattes de paille ou en poussant des charrettes chargées de cadavres. Des chiens les suivaient, le museau aux aguets. Je me retins avec peine d'arracher les nattes pour chercher le visage de Shinsai, et je songeai qu'Eikaku aurait adoré cette scène sortie tout droit des enfers.

Assis tout au long de la rivière Kamo, des fugitifs regardaient la cité détruite. Ceux qui parvenaient à s'y glisser trouvaient un abri relatif sous les ponts Shijô et Sanjô. Des gens criaient les noms de disparus qu'ils cherchaient. Je me surpris à les imiter tout en me frayant un passage dans la foule.

— Shinsai! Shinsai!

Mais rien ne me répondit, en dehors des cris effrayés des oiseaux aquatiques dérangés dans leur repos et du tonnerre grondant sur les collines.

Quand j'arrivai au pont Nijô, je le trouvai lui aussi noir de monde. Mes jambes se dérobaient et ma tête tournait. J'avais l'impression de marcher depuis des mois. Il commençait à faire sombre et je savais que je n'irais pas plus loin cette nuit-là. Je dénichai un endroit sous le pont, près des poteaux du bout, où il fallait se plier en deux sous les planches. Je m'y installai en m'adossant à l'un des piliers.

Ma compagnie, dans cette auberge en plein air, se composait des habituels mendiants et vagabonds auxquels s'ajoutaient de nombreux fuyards ayant perdu leur maison dans l'incendie. Je finis par dormir ou plutôt par somnoler, assise, le scalpel caché dans ma main, en m'éveillant en sursaut dès que j'entendais un nouvel arrivant. Je le scrutais dans la pénombre, en espérant contre tout espoir que Shinsai allait surgir soudain de l'obscurité.

Un peu plus loin sur la berge, un homme assis à quelques pas de moi me parut familier. Il était vêtu de haillons et portait un bandeau enroulé autour de sa tête, mais j'avais l'impression de connaître sa silhouette et son attitude. Il me sembla qu'il devait s'agir d'un fugitif — malgré ses haillons, j'étais certaine que ce n'était pas un mendiant. Au petit matin, une jeune femme arborant les vêtements élégants des quartiers de plaisir vint distribuer des vivres. Bien qu'elle fît mine de ne pas le reconnaître, elle s'arrangea pour qu'il ait des provisions en abondance. Je devinai une connivence entre eux, et même sans doute une intimité.

À présent qu'il faisait plus clair, je remarquai les

pieds de l'homme. Ils étaient longs et fins, et la peau était blanche sous la crasse. Ce n'étaient certes pas des pieds de mendiant. Sentant mon regard, il se retourna. Je reconnus Katsura Kogorô.

Il plissa les yeux en essayant de me situer. Se rapprochant un peu de moi, il me tendit son dernier gâteau de riz.

— Vous avez l'air affamée. Prenez ça.

Il parlait dans un dialecte grossier. Je ne pus m'empêcher d'être impressionnée. En dehors de ses pieds blancs, son déguisement était impeccable.

— Merci, dis-je. Je n'ai pas faim. De toute façon, j'ai quelques provisions.

— Nous nous connaissons, n'est-ce pas ? lança-t-il en fourrant le gâteau dans sa bouche.

Je ne répondis pas directement mais déclarai :

— Je cherche mon oncle, Itasaki Shinsai.

— Il se trouvait avec Genzui, non ? Il doit être mort.

Il ajouta après avoir avalé :

— Comme tant d'autres. Ils auraient mieux fait de m'écouter. Ils ont signé l'arrêt de mort de notre domaine.

Il y avait moins de gens autour de nous, maintenant, et il était revenu à son langage habituel.

— On ne connaît pas encore les noms des morts ? demandai-je.

— Non, la situation est trop confuse. Mais que faites-vous à Kyôto ? Votre famille vit à Yuda, n'est-ce pas ? Et votre époux ne travaille-t-il pas avec le Kiheitai ?

— Vous savez tout de moi, répliquai-je.

Sauf que je l'avais rencontré sous l'apparence d'un homme, et qu'il ne m'avait pas percée à jour.

— Je comptais rendre visite à votre père.

— C'est trop d'honneur, murmurai-je machinalement.

J'étais horrifiée d'avoir repris si vite mes manières soumises de femme.

— Sufu Masanosuke m'a parlé de la peinture de votre père, dit Katsura.

Je ne voyais pas de quoi il était question. Puis je me souvins : le jour de mes noces, sire Sufu assis à la place d'honneur et disant quelque chose sur l'ombre inconnue planant sur mon mariage. Comme il avait eu raison ! Je me rappelai ma nuit de noces, le comportement scandaleux de Shinsai, et je sentis en mon cœur tant d'amour et de pitié pour lui que j'eus envie de crier.

— Par Chikuden, ajouta Katsura inconscient de mon chagrin.

— *Fleurs de prunier odorantes, ombre inconnue*, dis-je au bout d'un instant.

— C'est ça. J'aimerais la voir. J'admire grandement Chikuden. En fait, je possède plusieurs de ses peintures. Peut-être votre père me la vendrait-il. Vous pourriez le lui demander à votre retour en Chôshû.

Cette conversation semblait si irréelle que je me demandais si je ne rêvais pas. La seule explication charitable était qu'il était lui-même sous le choc et n'arrivait à penser qu'à des bagatelles.

— Allez-vous rentrer dès maintenant ? s'enquit-il devant mon absence de réaction.

— Je suppose que oui. Mais je dois d'abord découvrir ce qu'est devenu mon oncle.

— Je suis sûr qu'il est mort avec beaucoup de courage, déclara Katsura. Il nous a toujours été d'un grand secours et nous n'oublierons jamais sa loyauté. Faites-moi savoir quand auront lieu les funérailles. Je tiens à y assister, si je suis au domaine à ce moment-là. Quand vous serez chez vous, en dehors de la peinture, j'ai une autre faveur à demander à votre père.

— Bien entendu, tout ce que vous voudrez, répliquai-je bien qu'en fait j'eusse envie de le tuer.

Que faisait-il ici à se cacher, à se faire nourrir par une geisha et à parler de peintures, de courage et de loyauté, alors que des hommes de son domaine avaient fait le sacrifice de leur vie ? Comment en avait-il réchappé ? Pourquoi n'avait-il pas participé aux combats ? Peut-être avaient-ils tous manqué de jugement, mais au moins ce n'étaient pas des lâches.

« Kogorô le Fuyard », me dis-je en anticipant ainsi le surnom qui devait le poursuivre toute sa vie.

— Je vais devoir me cacher pendant un certain temps, reprit-il. Veuillez dire à votre père de prendre particulièrement soin de sire Sufu.

— Il est inutile que je le lui dise. Il a une immense admiration pour sire Sufu.

— Il va falloir que quelqu'un assume la responsabilité de ce désastre. Il serait injuste que ce soit Sufu, qui n'a cessé de déconseiller d'attaquer. Votre père devrait veiller à ce qu'on ne le perde jamais de vue, au cas où il voudrait mettre fin à ses jours.

Je me demandai si Katsura se sentirait dans la même obligation, mais cela paraissait peu probable. Je n'avais pas envie de rester avec lui. En outre, il fallait d'urgence que je me soulage. Je plaçai ma sacoche sur mon dos, pris rapidement congé de Katsura et me mis en quête d'un des seaux destinés à l'usage public. Il était agréable de pouvoir uriner librement. Néanmoins, en longeant la berge à petits pas de femme, je regrettai mes longues enjambées du temps où j'étais un homme.

Tokugawa Yoshinobu
(Hitotsubashi Keiki)
Genji 1 (1864), au septième mois,
âgé de vingt-sept ans

Hitotsubashi Keiki s'est allongé sur la femme endormie près de lui, comme dans l'espoir de se perdre en elle. Il n'a jamais pu dormir seul, mais cette fois une unique femme lui semble à peine suffisante. Il voudrait être entouré de femmes, prisonnier de leurs chevelures, étayé par leurs seins et leurs cuisses. Son corps tout entier lui fait mal, ses oreilles sont encore pleines du fracas de la bataille et sa gorge est endolorie par la fumée. Même les orgasmes qu'il vient d'avoir étaient plus douloureux qu'agréables, comme des larmes irritant des yeux desséchés et enflammés.

La ville entière est envahie de cendre et de fumée. Elle exhale une rumeur sourde, comme si elle gémissait. Il a quitté son propre palais pour s'installer provisoirement sur la rive occidentale du Horigawa. Plus à l'ouest, les décombres d'Arashiyama fument encore, y compris ceux du Tenryûji, l'un des anciens campements Chôshû. Sur la rive orientale, les incendies sont plus ou moins maîtrisés. Cependant le feu a dévoré une si grande partie de la ville. L'un d'eux au moins a été allumé sur son ordre, quand il a vu que les soldats Chôshû avaient été autorisés à s'établir dans la résidence de Takatsukasa, tout près de la porte de Hamaguri. Conscient de la puissance latente de l'alliance entre le Chôshû et la cour, il avait senti sa colère et son irritation bouillir en lui. Que ces princes insouciants paient donc le prix de telles fréquentations ! Leurs palais n'avaient qu'à brûler !

Les rebelles ont presque tous péri, maintenant, et les survivants seront exécutés. Son armée, les domaines d'Aizu et de Satsuma et tous ceux qui sont loyaux aux Tokugawa ont remporté la victoire. Les soldats Chôshû sont en fuite. À présent que tout est fini, toutefois, il demeure atterré par l'audace de cette attaque. Quels que soient les motifs des Chôshû — rétablir la réputation de sire Môri, recouvrer l'influence dont ils jouissaient à la cour —, ce ne sont que des écrans de fumée pour leur seul but véritable : renverser le bakufu. Cette tentative a échoué, mais il ne peut s'empêcher d'être impressionné par le courage des soldats Chôshû, par leur discipline et leurs armes. Le fait qu'ils aient osé introduire des troupes au cœur de Kyôto, jusqu'aux portes du palais impérial, le remplit d'inquiétude. Il sait que l'attaque a été décidée sans enthousiasme, que le Chôshû n'a engagé qu'une petite partie de sa puissance militaire. Lui et son gouvernement ont eu de la chance de s'en sortir. D'autres peuvent bien célébrer ces victoires que sont la descente du Shinsengumi à l'Ikedaya ou la déroute Chôshû devant la Porte Interdite, mais à ses yeux ce ne sont que des escarmouches sans grande importance préludant à une longue guerre, dont l'enjeu sera l'avenir du Japon et qu'il aimerait bien gagner.

Il a lu récemment des ouvrages sur la Révolution française et les années de terreur qui la suivirent. Il ne doute pas que si le Chôshû remporte une victoire décisive, de nombreuses têtes vont tomber — le sabre est aussi efficace que la guillotine —, et la sienne sera l'une des premières.

Il faut qu'il punisse le Chôshû. Il doit agir rapidement, en profitant de la baisse de popularité du domaine auprès du peuple et des autres domaines du fait de cette attaque impudente et de la destruction de la ville. Le Chôshû a toujours été aimé pour son attachement à l'empereur et son hostilité envers les étrangers. Les hommes de ce clan dépensent sans compter, ce qui leur vaut la sympathie des habitants d'Edo et de Kyôto. Les attentats violents de ces dernières années n'ont pas entamé ce soutien, peut-être parce que le Shinsengumi, la police de Katamori, s'est montré encore plus violent et a multiplié les extorsions, s'attirant ainsi l'inimitié de la population de la ville. Même si le Shinsengumi brille assurément par sa bravoure et sa loyauté envers les Tokugawa, les rumeurs qu'il entend à son sujet donnent des cauchemars à Keiki. D'un autre côté, ces hommes du Chôshû qu'il admire à moitié sont tous susceptibles de l'assassiner, ce qui n'est pas moins cauchemardesque.

Il n'aime aucun des deux seigneurs Chôshû, le vieux Takachika, avec son visage d'acteur et son esprit lent, et le retors Sadahiro, qui se prend pour un général mais n'a pas le courage de combattre. Il trouve ridicule leur prétention à avoir une relation privilégiée avec l'empereur et s'offusque de voir la résidence Chôshû à Kyôto échapper à la juridiction du bakufu. À quoi bon avoir une police, si le Chôshû offre un refuge aux rebelles et aux hors-la-loi ? Au moins, ce problème ne se posera plus puisque la résidence a été réduite en cendres.

La femme sous lui remue et murmure dans son sommeil. Il la serre plus étroitement, désireux de s'approprier son repos paisible. Il la fait bouger de façon à pouvoir glisser en elle son membre durci, réconforté par le contact de ses fesses contre ses propres cuisses. Dans sa fatigue, il n'a pas envie d'un autre orgasme. Il n'aspire qu'à se sentir en sécurité. Elle soupire et se presse contre lui en arquant le dos, afin qu'il puisse la pénétrer plus profondément. Puis elle reste immobile, car elle le connaît et sait ce dont il a besoin. Elle respire au même rythme que lui.

L'espace d'un instant, il est sur le point de s'endormir. Ses pensées se succèdent sans ordre, des images décousues passent dans son esprit, mais alors qu'il commence à se détendre avec soulagement une autre scène le réveille en sursaut, avec une clarté cruelle — l'exécution de trois cents hommes de son domaine natal de Mito, après l'insurrection des Tengutô.

Ils voulaient se rendre à Kyôto pour plaider leur cause devant lui et l'empereur. Comme les Chôshû, ils s'étaient acquis une grande popularité en faisant parade de leur loyauté. Il connaissait l'homme qui était devenu leur chef, Takeda Ko'unsai — il avait fait partie des favoris de Nariaki, le père de Keiki. Si lui-même n'avait pas été adopté par la famille Hitotsubashi, conformément au projet longuement mûri de son père de le faire accéder au rang de shôgun, il serait peut-être resté en Mito. Les hasards et les morts auraient pu faire de lui un daimyô, et il aurait certainement été plus compétent que son incapable de demi-frère.

Il est écœuré par les erreurs commises dans son domaine natal. Dans quelle mesure faut-il blâmer le caractère de son père non seulement autoritaire mais aussi, il faut bien que Keiki l'admette, fantasque ? Les réformes drastiques et les ambitions politiques de Nariaki avaient divisé le domaine en deux factions farouchement opposées et provoqué des inimitiés dans tout le bakufu et les diverses branches de la famille Tokugawa. Les projets de son père avaient failli coûter la vie à Keiki pendant la purge de l'ère Ansei. Il avait été assigné à domicile, jusqu'au moment où des guerriers Mito s'étaient vengés d'Ii Naosuke en le tuant devant la porte Sakurada du château d'Edo.

Cela s'était passé par un jour de neige, songe-t-il. Il a la nostalgie de la neige, de sa froideur et de sa pureté, en cette nuit où la sueur poisse ses aisselles et son aine et rend glissante la peau de la femme. On est au septième mois. L'habituelle chaleur de la capitale est encore plus étouffante du fait des incendies et de l'air enfumé. Les Tengutô avaient commencé leur célèbre marche vers la capitale à travers les montagnes enneigées dominant la vallée de Kiso. Leur fin avait été si pitoyable ! S'il l'avait pu, il les aurait épargnés. Mais il n'est pas prêt à affronter le gouvernement du Mito, il n'a déjà que trop à faire à Kyôto. Il semble que la neige donne un aspect encore plus poignant aux événements tragiques. Ils prennent l'allure d'une scène dans une pièce de kabuki, avec la neige tombant du ciel sur des lanternes rouges... Il sombre de nouveau peu à peu dans le sommeil.

Toutefois une voix insinuante le tient éveillé : « Daimyô raté, shôgun raté... » Devra-t-il perdre sa vie entière à attendre dans les coulisses ? Il a vingt-sept ans et se sent au sommet de ses forces. Toute sa vie, il a été voué à occuper des positions d'influence et de responsabilité. Maintenant qu'il est le tuteur d'Iemochi, le jeune shôgun qui lui fut préféré lors du combat politique autour de la succession d'Iesada, il est l'un des hommes les plus importants du gouvernement Tokugawa. Si Iemochi meurt sans héritiers, on ne pourra vraiment choisir que lui comme successeur. Il deviendra le quinzième shôgun. Sa seule crainte est qu'il sera trop tard pour sauver le gouvernement. Il sera shôgun, mais y aura-t-il encore un shôgunat ?

Il sait qu'il a toutes les qualités requises pour cette

fonction, à un détail près : il n'est pas sûr d'en avoir vraiment envie. Il ne peut se dissimuler qu'il n'a jamais été aussi heureux que durant ces dernières années où il était assigné à domicile. Il était soulagé de ne plus avoir affaire à ces grands seigneurs incroyablement vaniteux et susceptibles, dont l'esprit est un salmigondis de préceptes féodaux et de manœuvres aussi sottes qu'intéressées. Quant aux aristocrates de la cour, ils sont encore plus irritants, avec leur idéalisme irréalisable et leur totale ignorance du monde réel. La monotonie des cérémonies et formalités continuelles, les intrigues impénétrables ourdies à tous les niveaux... Qui serait capable d'affronter la complexité sournoise d'un gouvernement qui a tissé autour de lui une toile si serrée qu'il ne sait plus lui-même comment en sortir ?

Il se prend à songer à son ancêtre, Ieyasu, et aux autres grands unificateurs du Japon, Oda Nobunaga et Toyotomi Hideyoshi. En se remémorant les diverses actions résolues et sanguinaires qui leur avaient permis de parvenir à leurs fins, il lui semble qu'une telle détermination n'existe ni chez lui ni chez aucun de ses contemporains. Sire Ii, le Tairô, fut peut-être le dernier à agir avec une fermeté impitoyable. Depuis sa mort, personne n'a eu ce courage. Désirent-ils le pouvoir au point de s'en emparer à toute force et de l'exercer jusqu'au bout ? Aucun d'eux n'est prêt à faire les sacrifices qui s'imposent ni à répandre le sang nécessaire.

Comme si les problèmes intérieurs n'étaient pas assez menaçants, il y a aussi les dangers extérieurs. Personne ne sait vraiment comment affronter les étrangers. Il convient d'être attentif au désir général de les chasser, car ceux qui crient le plus fort en ce sens se sont révélés fort dangereux quand on les ignorait. Cependant il est impossible de chasser les étrangers sans déclencher une guerre, laquelle ne peut que se solder par une défaite sans leur aide en matière d'armement et de technologie. Il se sentirait capable de négocier avec eux, si seulement il avait les mains libres. Il est plus moderne que ses contemporains, apte à garder la tête hors de l'eau malgré les tempêtes de ce monde nouveau. Il sait qu'il a la sympathie des Anglais et des Américains, et surtout des Français. On lui a rapporté qu'ils louent son apparence — ils le trouvent beau — et son intelligence. À côté des fonctionnaires retors et impénétrables auxquels ils ont affaire, il leur paraît d'abord facile. Il soupçonne Roches, le consul français, de négocier avec tact en vue d'une offre d'alliance. Cette idée le séduit. Les Français lui plaisent nettement mieux que les Anglais — il considère Parkes comme une brute mal élevée et Satow comme un espion plein de duplicité. En outre, on l'a comparé à Napoléon Bonaparte, l'empereur français, ce qu'il juge flatteur.

Keiki s'est procuré des livres sur Napoléon et a examiné de près les gravures qui les illustrent. Les membres de sa suite prétendent qu'il existe une ressemblance évidente entre le jeune Français et lui. Il décide que si jamais il doit mener son armée au combat, il portera un uniforme inspiré de celui de Bonaparte. Tandis qu'il imagine la culotte et la veste idoines, il s'endort enfin.

Retour au foyer

J'arrivai à Yuda au huitième mois, juste à temps pour une nouvelle guerre éclair — dont je ne vis rien, du reste. Il s'agissait d'une deuxième offensive des puissances occidentales contre les batteries de Shimonoseki, afin de se venger des attaques Chôshû de l'année précédente contre des navires étrangers mais aussi de rouvrir le détroit aux négociants de Yokohama et de Nagasaki, qui se plaignaient du dépérissement de leurs affaires. Connue sous le nom de guerre des Quatre Nations, elle se conclut par une défaite écrasante pour le Chôshû. Mais je n'appris ces détails que vers la fin du mois, lorsque Inoue Monta vint nous rendre visite.

Mes parents furent stupéfaits quand j'arrivai le soir, après avoir marché toute la journée depuis Mitajiri. Stupéfaits et soulagés, puis très en colère. Tandis que je franchissais le portail et passais sous l'Arbre joueur, j'étais éperdue d'espoir et d'appréhension à l'idée que Shinsai était peut-être rentré — mais il n'était pas là, évidemment. Mes parents savaient que je n'étais pas allée à Ôsaka avec mon époux, comme je l'avais écrit, car Makino était lui-même venu me chercher et avait dû avouer, honteux et embarrassé, que je m'étais enfuie.

— Mais pourquoi ? ne cessait de me demander

mon père. Il s'est montré cruel envers toi ? Il t'a frappée ?

Je me rappelais à peine pourquoi. Il m'était impossible de m'expliquer. Si j'essayais, je craignais de tout leur dire. J'étais pleine de remords, et en proie à un chagrin si violent que je les aurais tués de mes propres mains si cela m'avait permis de vivre de nouveau avec Shinsai. Ayant soigné tant de gens, je connaissais mes propres symptômes. Je savais que je perdais la tête, mais j'étais incapable de suivre les bons conseils que je prodiguais aux autres. Je regardais maintenant avec mépris mes théories simplistes. J'avais exhorté mes patients à la sobriété, mais je buvais tant que je pouvais et fumais au point d'avoir la gorge irritée.

— Qu'est-il arrivé à tes cheveux ? demanda ma mère, les larmes aux yeux.

Je les avais fait raser complètement à la première occasion, ce qui me donnait l'air d'une nonne. Une tête rasée faisait partie des châtiments mineurs réservés aux adultères. Bien entendu, mes parents ne pouvaient s'empêcher de me soupçonner de m'être enfuie avec un homme, mais ils répugnaient à approfondir la question et de toute façon je ne leur aurais jamais révélé l'identité de cet homme.

La sensation de mon crâne nu me paraissait chargée d'un sens que je passais des heures à tenter de saisir en passant mes mains sur ma tête, mais je ne compris jamais vraiment ce que c'était. Cette idée commença à me hanter. Je dormais mal, je ne pouvais rien avaler. Quand sa colère se fut calmée, mon père se rendit compte que je risquais de m'effondrer complètement. Il s'efforça de ranimer mon intérêt pour la médecine, en parlant de ses patients avec moi, en me demandant de l'aider à confectionner des remèdes et en me donnant les dernières nouvelles de la communauté médicale de Nagasaki.

Toutefois je semblais avoir laissé à Kyôto ma passion pour la médecine en même temps que mes vêtements d'homme. Plus rien ne m'intéressait. J'étais en proie à une absence si profonde que je comprends en y repensant pourquoi l'on disait autrefois dans de tels cas qu'on était « possédé par un renard ».

Peut-être mon père rencontra-t-il Monta quelque part et lui demanda-t-il de venir me remonter le moral. En tout cas, il nous rendit visite chez nous un après-midi. La guerre des Quatre Nations était finie — les combats n'avaient duré qu'une demi-journée. Il avait participé à des négociations avec les Anglais avant le conflit, pour tenter de l'empêcher, puis après.

— Itô et moi avons lu dans le *Times* qu'une attaque était probable, déclara-t-il. Vous imaginez, voir le nom du Chôshû dans un journal de Londres !

Je n'imaginais rien du tout, car à l'époque je n'avais jamais vu un journal étranger. Je ne connaissais que les affiches illégales destinées à répandre des nouvelles et des opinions, ainsi que le genre d'images qu'Eikaku peignait. En apparence, Monta n'avait pas changé. C'était toujours le jeune seigneur effronté, sûr de lui, exubérant et téméraire. En l'écoutant, néanmoins, j'eus l'impression qu'il était devenu plus sérieux. Il était allé en Angleterre, il avait vu le monde. Même s'il portait maintenant des vêtements ordinaires et ses deux sabres, il avait les cheveux courts, comme un enfant.

— Nous savions que le Chôshû n'avait aucune chance contre l'alliance des Occidentaux, de sorte que nous sommes rentrés en hâte pour essayer d'empêcher ce désastre.

Ses yeux brillaient tandis qu'il parlait.

— Les Anglais ont envoyé un navire amiral pour nous faire venir de Yokohama. Ils sont vraiment très corrects. À notre arrivée, notre situation a été nettement plus périlleuse car les gens du coin voulaient nous tuer. Ils ne voyaient pas qui nous pouvions être, avec nos cheveux courts, ils n'en revenaient pas que nous parlions japonais! Ensuite, je n'ai pas pu retourner à temps auprès des Anglais. J'ai été retardé par les *shotai*, qui voulaient attaquer sur-le-champ. À la fin, ils étaient même prêts à m'attaquer, moi. Les étrangers se sont donc lassés d'attendre et ont ouvert le feu. Ils avaient dix-sept navires américains, hollandais, anglais et français, et deux fois plus de soldats que nous. Le lendemain matin, ils ont débarqué. Après avoir détruit ou emporté le reste des canons et brûlé quelques maisons, ils ont attendu notre capitulation.

— Y a-t-il eu beaucoup de morts? s'enquit mon père.

— Une vingtaine chez les nôtres, huit ou dix chez eux. Votre gendre était là, le docteur Makino. Il s'est occupé des blessés.

Monta me regarda, mais je ne savais comment réagir. Bien entendu, j'avais conscience que Makino était mon époux, mais il ne représentait rien pour moi. Je n'avais même pas songé à me demander s'il avait participé aux combats, s'il était mort ou vivant.

— Le plus drôle, continua Monta, c'est que nous sommes les meilleurs amis du monde maintenant que c'est terminé. Itô et moi connaissons l'un des diplomates anglais. Il parle très bien japonais.

Il éclata de rire.

— Itô a donné un dîner pour lui à Shimonoseki. Un repas à l'anglaise, avec une table et des chaises, et des couteaux, et un poulet bouilli particulièrement coriace. Il s'appelle Satow.

— Il a un nom japonais? s'étonna ma mère.

— Étrange, n'est-ce pas? Mais ce n'est qu'une ressemblance fortuite. Quoi qu'il en soit, les gens du

Chôshû lui sont sympathiques. Il dit que nous savons nous battre et il nous respecte. J'ai suggéré qu'il pourrait nous aider dans notre lutte contre le bakufu.

Il baissa la voix.

— Nous avons besoin d'armes plus efficaces, et les Anglais vont nous les vendre.

— Et l'accord de paix ? demanda mon père. Le Chôshû a-t-il dû faire des concessions exorbitantes ?

— Non, grâce à Takasugi. Le meilleur côté de toute cette affaire, c'est que le gouvernement du domaine a été obligé de le laisser sortir de prison pour qu'il mène la délégation. Vous savez qu'il se trouvait à Noyama pour être parti sans autorisation plus tôt dans l'année ? Les Anglais sont très pointilleux sur leur interlocuteur, il leur faut quelqu'un de très haut rang. En fait, ils voulaient sire Môri Takachika, ce qui n'était évidemment guère possible. Nous avons prétendu qu'il s'était retiré des affaires pour avoir offensé l'empereur. Takasugi a été magnifique. Un vrai grand seigneur. Il avait pris le nom de Shishido Gyôma — sire Shishido l'avait adopté à titre provisoire — et s'était habillé de façon somptueuse. Il a réussi à ne céder aucun territoire aux Anglais. Depuis qu'il est allé à Shanghai, il est décidé à empêcher qu'un port du Chôshû devienne une concession. Il a déclaré que nous n'agissions que sur les ordres de la cour impériale et du bakufu, et que nous avions des documents pour le prouver. Les Anglais voulaient une énorme indemnité, mais à présent ils vont devoir la chercher à Edo ! Nous n'avons accepté que de démonter les canons, de bien traiter les étrangers et ainsi de suite.

Il arbora un sourire satisfait. Mon père lui versa encore du saké, et après l'avoir bu Monta s'efforça de prendre un air plus sombre.

— Avez-vous des nouvelles de Shinsai-san ?

— Aucune, répondit mon père. Nous savons seulement qu'il était à Kyôto avec Maki Izumi et Kusaka Genzui. Comme ils sont morts tous les deux et que nous n'avons eu aucun message, nous ne pouvons que supposer le pire.

Je voulais dire qu'évidemment Shinsai n'était pas mort, qu'il se cachait, comme Katsura, qu'il était en Ezo... mais à l'instant de parler, je me mis à trembler. Tout le monde me regardait. Monta semblait plein d'une compassion inhabituelle.

— J'espère qu'O-Tsuru-san recouvrera bientôt la santé, dit-il à mon père.

— Parlons de sujets plus joyeux, déclara ma mère d'une voix où perçait son désarroi. Racontez-nous vos aventures en Angleterre.

Monta nous évoqua les maisons pourvues de multiples étages, auxquels on accédait par des escaliers à rampe, les beaux jardins autour desquels elles étaient groupées en carrés, les rues pavées, qui rendaient difficile de porter des sandales, les chevaux et les équipages, les voies ferrées et les locomotives à vapeur.

— Beaucoup de gens sont vêtus de noir, dit-il. On croirait que les rues sont remplies de corbeaux. Et ils portent des chapeaux hauts de forme et des parapluies, noirs eux aussi. Savez-vous que c'est une reine qui règne sur leur pays ? La reine Victoria.

— Les femmes participent-elles au gouvernement ? demanda mon père.

— Non, mais elles sont très influentes. Les hommes écoutent leurs opinions et paraissent les prendre au sérieux.

Monta fronça les sourcils et ajouta d'un air contrit :

— Les rapports avec leurs femmes sont toujours difficiles. On ne sait jamais si l'on se montre trop poli ou trop familier.

Mon père lui posa plusieurs questions sur les hôpitaux et la situation de la médecine en Angleterre. Monta lui parla du développement de la profession d'infirmière, sous l'impulsion d'une femme appelée Florence Nightingale qui avait tiré les leçons de ses expériences durant la guerre de Crimée et s'attachait à réformer les hôpitaux. Puis il décrivit les divers maux dont Itô et lui avaient souffert — des toux et des rhumes pour l'essentiel — et les soins qu'ils avaient reçus — cataplasmes, inhalations, préparations à base d'opium, laudanum.

— Nous avons fini par manger énormément de rosbif, déclara-t-il. Il paraît que c'est bon pour la santé. Cela dit, il existe un autre aspect de Londres. Beaucoup de gens sont horriblement pauvres et vivent dans des taudis encore bien pires que ceux d'Edo. Ils ont autant et même plus de maladies qu'ici : le choléra, la typhoïde, la diphtérie. Et les bandits et les malfaiteurs pullulent.

— On dit que l'anarchie règne plus que jamais à Edo, observa ma mère.

— Depuis que les daimyôs ne sont plus obligés d'y séjourner, la ville s'est vidée, répliqua Monta. Les marchands ne font plus leurs affaires et les gens meurent de faim. Des bandes de hors-la-loi terrorisent des quartiers entiers. Le prix du riz s'est envolé. Des entrepôts sont attaqués et dévalisés. Si nous n'avons pas bientôt un changement de gouvernement, notre pays est perdu.

Cependant il semblait moins probable que jamais que le Chôshû puisse apporter un changement réel. Les navires étrangers retournèrent à Yokohama en laissant le gouvernement du domaine affronter cette défaite et les conséquences du désastre de Kyôto. Le bakufu agit rapidement pour châtier le Chôshû et réaffirmer sa position de principale puissance militaire du pays. Ayant levé des soldats dans plus de trente domaines, il constitua une armée forte d'au moins cinquante mille hommes. Cette masse énorme fut envoyée sur la frontière orientale du Chôshû.

Les bruits les plus fous coururent sur le châtiment que subirait le Chôshû. Sire Môri et son fils devaient être exécutés, le Chôshû perdrait la moitié de son territoire, Shimonoseki serait cédé au bakufu... Le parti conservateur prônait une soumission totale. Les *shotai*, qui avaient réussi pour l'instant à échapper à la dispersion, souhaitaient évidemment régler la question par les armes. Sufu Masanosuke, après avoir dirigé la politique du domaine pendant six années agitées en suivant la voie étroite entre la réforme et l'extrémisme, devait maintenant tenter de sauver la dynastie des Môri d'un déshonneur sans remède.

Vers le milieu du neuvième mois, O-Kiyo, la geisha de mon père, amena chez nous un soir sire Sufu.

— Il est très déprimé, chuchota-t-elle à ma mère et moi tandis que nous préparions du saké et quelques plats. Peut-être le docteur pourra-t-il l'aider.

Je me rappelai ce que Katsura m'avait dit sous le pont Nijô.

— Je suppose qu'il va mettre fin à ses jours, déclarai-je.

Ma mère parut choquée par mon ton indifférent.

— Tsu-chan... commença-t-elle.

— Le Ciel nous en garde ! s'exclama O-Kiyo. Il faut l'en empêcher.

— Tsuru a elle-même été un peu abattue, avoua ma mère.

— Elle devrait retourner auprès de son époux. Les femmes ne sont pas faites pour vivre seules.

Ce conseil d'O-Kiyo m'irrita. Je me versai une coupe de saké et la vidai d'une traite, après quoi je pris le plateau et me rendis en hâte dans la salle de réception, dans laquelle mon père et sire Sufu étaient assis. Sufu avait pris place devant l'alcôve où la peinture de Chikuden avait été exposée. Elle était maintenant remplacée par une œuvre plus en accord avec la saison. On était juste après la pleine lune du neuvième mois et la journée avait été radieuse. Quelques chrysanthèmes placés devant la peinture remplissaient la pièce de leur parfum automnal. Les portes étaient toutes ouvertes pour ne rien perdre de la beauté de la lune décroissante et des étoiles, mais l'air était froid et un brasero était allumé entre les deux hommes.

M'agenouillant sur le sol, je posai le plateau. Tandis que mon père versait le saké, j'observai sire Sufu. Il avait beaucoup maigri et son visage était décharné. Je me rappelai le sang que j'avais vu s'écouler de sa gorge. À présent, il était évident qu'il était sous l'emprise de la mort. Il était assigné à domicile lorsque les troupes étaient parties pour Kyôto et il s'était opposé dès le début à cette attaque. Comme l'avait dit Katsura, on ne pouvait vraiment le tenir pour responsable. Néanmoins ç'avait été son gouvernement qui avait approuvé l'expédition et les dignitaires placés à sa tête étaient des amis proches, des collègues ou des membres de son association, l'*Aumeisha*. Ceux qui étaient morts à Kyôto étaient des partenaires, comme Kijima, ou des protégés, comme Genzui.

— Je me suis rendu en Iwakuni, dit Sufu à mon père.

Après m'avoir remerciée brièvement, il ne me prêta plus aucune attention. Il ne semblait pas sentir mon regard scrutateur. Je me rendis compte qu'il avait déjà beaucoup bu. Il était arrivé au point où le besoin de s'épancher devient irrésistible.

— Sire Kikkawa va intercéder en notre faveur.

— Cela doit être un soulagement pour vous, observa mon père en hochant la tête.

Kikkawa Tsunemoto, chef du domaine vassal d'Iwakuni, était un conservateur à l'ancienne mode, qui avait gardé ses distances vis-à-vis des activités réformistes et loyalistes du Parti de la Justice de Sufu. En quoi il était à l'opposé du domaine vassal de Chôfu, dont le seigneur, Môri Sakyunosuke, avait continué de soutenir le mouvement réformiste même après la chute du gouvernement de Sufu, en offrant aux *shotai* loyalistes un refuge à Chôfu et Shimonoseki.

— Masuda, Kunishi et Fukuhara devront être sacrifiés, reprit Sufu. Sire Kikkawa s'est rendu à Yamaguchi et doit voir le mois prochain les représentants du bakufu pour leur offrir les têtes de ces dignitaires.

Il but à longs traits.

— J'ai essayé d'épargner Kunishi, eu égard à sa jeunesse, mais Kikkawa a déclaré que c'était impossible. Le château de Yamaguchi sera rasé et les derniers aristocrates ayant fui Kyôto devront quitter le domaine et s'établir à Fukuoka. Telles sont les conditions que Kikkawa proposera à Tokugawa Keishô, le chef de l'armée du bakufu. Il est assisté de Saigô Takamori, un homme du Satsuma.

— Le Satsuma n'aura aucune pitié pour le Chôshû, dit mon père.

— Saigô exigera qu'on exécute les commandants ayant survécu, à savoir Shishido Kurôbei, Sakuma Sahei, Takeuchi Masabei et Nakamura Kyûryô.

La voix de Sufu se brisa et ses yeux se remplirent de larmes.

— Je serais heureux de mourir à leur place. Enfin, mon tour viendra bientôt de toute façon. Mais ma mort ne suffira pas à satisfaire Edo et Satsuma.

— Vous ne devez pas ajouter votre mort à tant d'autres, dit mon père. À quoi cela servirait-il? Le domaine a plus que jamais besoin de vous.

— Je ne peux rien faire de plus, lança Sufu.

Il soupira et but de nouveau.

— Mon rang n'est pas assez élevé.

— Il l'est nettement plus que le mien!

Mon père commençait lui aussi à être ivre.

Se penchant en avant, Sufu dit d'un ton confidentiel :

— Je me suis élevé autant que je pouvais l'espérer, mais il y a toujours au-dessus de moi beaucoup d'hommes de rang supérieur au mien, qui tiennent leur position d'un privilège héréditaire. Pendant des années, je me suis battu contre leur incompétence et leur médiocrité. À présent, mon ami, je suis fini. Il ne me reste plus qu'à mettre un terme à tout cela avec honneur.

Sufu Masanosuke
Genji 1 (1864), en automne,
âgé de quarante et un ans

Voilà un certain temps que Sufu Masanosuke sait qu'il va mettre fin à ses jours, mais il lui faut d'abord prendre ses dispositions. Après le désastre de Kyôto, il a vécu plusieurs mois de frénésie. Comme toujours, il a dû s'occuper de tout pendant qu'autour de lui tout le monde exprimait son horreur, s'inventait des excuses, rejetait la faute sur les autres et ressassait inlassablement les événements de l'année passée afin d'expliquer pourquoi tout avait tourné aussi mal et d'accepter la honte d'être non seulement vaincus mais considérés comme des ennemis de l'empereur.

Il lui semble encore incroyable qu'une attaque aussi absurde ait pu vraiment avoir lieu. Par moments, il a l'impression de faire un mauvais rêve dont il se réveillera bientôt, mais en cet instant même, au cœur de cette paisible nuit d'automne, il n'est que trop éveillé. Il a une migraine lancinante, la gorge sèche. Son cœur s'affole comme un poisson agonisant dans sa poitrine. Quelqu'un va devoir assumer la responsabilité de cette déroute. Son épouse a beau tenter de le convaincre qu'il ne saurait être blâmé puisqu'il était assigné à domicile à l'époque, il ne se dérobera pas devant son devoir.

Il ne sera pas seul. Les trois dignitaires ayant dirigé l'expédition seront autorisés à se suicider, tandis que leurs capitaines seront exécutés. Il pense avoir limité leur nombre à sept, mais la faction conservatrice qui a pris en main le gouvernement du domaine se montre comme d'habitude aussi vindicative qu'arrogante. Elle va sauter sur l'occasion pour éliminer autant de réformateurs qu'elle le pourra. Heureusement, Shinsaku est hors de cause car il était déjà en prison. Quant à Inoue et Itô, ils n'étaient pas encore revenus d'Angleterre. Katsura a disparu et Sufu ne s'inquiète pas pour lui, car il connaît son talent pour éviter les ennuis. Il se cache probablement quelque part et refera surface quand tout se sera calmé.

Sufu espère sauver autant de membres du *sonjuku* que possible — en lui-même, il aime les appeler « la bande de Shôin ». Ils seront l'avenir. Une fois encore, il pense à ceux qui ont péri à Kyôto : le vieux Kijima, loyal et belliqueux, Maki Izumi, et surtout Kusaka Genzui, si brillant et talentueux. Comment pourrait-il vivre en ce monde sans Genzui ? Il a l'impression de l'avoir trahi. Il n'aurait jamais dû laisser la situation lui échapper ainsi. C'était là ce que lui reprochaient ses ennemis, quand ils disaient qu'il jouait avec le feu, qu'il essayait de chevaucher un tigre. Il aimait la compagnie des jeunes *shishi*. Leur respect et leur affection le flattaient. Il ne pouvait résister au plaisir de boire avec eux, de les accompagner dans des maisons de geishas, d'écrire des poèmes et de chanter. Il avait encouragé leurs ambitions, les avait aidés à voyager, les avait envoyés à Kyôto, Edo et même à l'étranger. Cela n'avait rien d'absurde, sauf qu'il n'avait pas su s'arrêter. Si seulement il pouvait revenir en arrière...

Il est couché dans la chambre d'amis de la maison de Yoshitomi Tôbei, aux environs de Yamaguchi. Son épouse repose à son côté. Il sait qu'elle ne dort pas. Elle craint que si elle ferme les yeux il se tuera avant qu'elle ait eu le temps de les rouvrir. Yoshitomi est comme elle. Ils le surveillent tous jour et nuit. Mettre fin à ses jours se révèle nettement plus difficile qu'il ne l'aurait imaginé. Qu'est donc devenu le code d'honneur des samouraïs? Sa famille et ses amis devraient lui faciliter la tâche, au lieu de le retenir en se cramponnant à lui, en pleurant et en faisant des histoires. Quelle honte! Son épouse a même persuadé Yoshitomi d'enlever ses sabres et de les cacher. Il n'en a cure, du reste. Il sait où les couteaux sont rangés dans la cuisine, il les a repérés sous prétexte de discuter de la préparation des sashimis avec la cuisinière de Yoshitomi.

Il est à la fois irrité et touché de voir que son épouse tient encore à lui après tant d'années de mariage, où il s'est si mal comporté. C'est vraiment une femme admirable. Jamais elle ne l'a interrogé ni réprimandé. Elle ne lui a jamais témoigné de froideur même après ses beuveries les plus exagérées, ses aventures les plus voyantes avec des geishas et d'autres femmes. Il se sent plein d'une gratitude absurde pour elle. Et il espère qu'elle comprendra la nécessité absolue de sa mort, qu'elle ne le pleurera pas de façon outrancière et ne se laissera pas dépérir sans lui.

Malgré tout, il aurait encore envie qu'une autre femme soit couchée près de lui — la dernière fille dont il est tombé amoureux, avec sa stupidité coutumière. Il aimerait la prendre dans ses bras et se perdre en elle une dernière fois. Peut-être a-t-il été un idiot et un ivrogne, comme le prétendent ses ennemis. Comment concilier les deux aspects de son être? Pourquoi le bureaucrate irréprochable, l'administrateur d'une compétence exceptionnelle — la fausse modestie n'a jamais été son fort — se transforme-t-il en un viveur sans retenue, ivre de volupté?

Et plus mystérieusement encore, comment peut-il revenir à son poste le lendemain, matin après matin, et assumer de nouveau les plus hautes responsabilités du gouvernement ?

Pourquoi boit-il autant ? Cela l'a-t-il induit à commettre des erreurs ? Il tente de se convaincre que sa vie n'a pas été sans mérite. Il s'est élevé aussi haut dans la hiérarchie que le lui permettait son rang. Il a joui de la confiance de son daimyô. Il a eu de nombreux amis intimes de tous les horizons. Il a aimé quantité de femmes et monté des chevaux magnifiques. Il a été adoré, admiré et détesté. Il a été parfois un héros, et le plus souvent un idiot. Et maintenant il a dû organiser le suicide ou l'exécution et accepter la mort de plusieurs de ses amis et de ses partenaires les plus proches.

Son principal succès, au cours des dernières semaines, a été de s'assurer le soutien de sire Kikkawa. Sufu sait qu'il a toujours été désapprouvé par le daimyô d'Iwakuni, cet homme austère et conservateur, mais les anciens antagonismes ont été mis de côté face à la tragédie nettement plus grave du possible anéantissement de la dynastie des Môri. Sufu a conscience que l'héritier Chôshû, Sadahiro, n'est pas moins coupable que les autres, mais il est impensable qu'il paie pour ses ambitions. Il faut faire en sorte qu'il apparaisse hors de cause, de même que son père, sire Môri. L'attaque doit être considérée comme l'ouvrage d'une faction rebelle du domaine, dont les responsables vont tous recevoir un juste châtiment. Kikkawa avait vite fait de comprendre tout cela, d'autant qu'il était peut-être soulagé de voir Hagi de nouveau sous la férule des conservateurs et désireux de régler quelques comptes personnels. Sufu ne peut se permettre de songer à cet aspect des choses. Même s'il est odieux que les trois dignitaires doivent mettre fin à leurs jours, ce n'est pas payer bien cher la conservation du Chôshû et de son daimyô. Il compare un instant en lui-même la structure féodale complexe du domaine à l'enchevêtrement souterrain des racines d'une patate douce. On a beau observer les ramifications des fibres, on ne sait jamais laquelle produira un tubercule. Sire Môri est comme la partie apparente de la plante, bien visible avec ses feuilles. Bien qu'elle paraisse inutile, elle est en fait indispensable pour transférer la lumière du soleil dans les parties cachées. Lui, Sufu, n'est qu'un tubercule parmi d'autres. Il n'importe guère qu'il soit temps ou non pour lui d'être récolté. Mais si Sadahiro était une patate douce, il ne serait pas très nourrissant. Il n'a jamais mûri convenablement et reste vert, sans substance. Sadahiro est un peu trop imbu de sa position d'héritier du Chôshû. Il se gorge d'admiration et d'adulation. Assoiffé d'égards, il a besoin d'attentions continuelles.

Mais Sufu n'a plus à se soucier de Sadahiro.

Il n'y a plus rien à faire. Sa vie politique est terminée. S'il ne met pas lui-même fin à ses jours, ses ennemis le feront certainement exécuter. Il n'a jamais manqué de courage, mais il ne peut affronter le chagrin et la honte qui l'attendent. Son cœur se serre encore, puis s'affole. Il aurait grand besoin de boire quelque chose pour le calmer.

Dès qu'il s'assied, son épouse s'exclame :

— Qu'y a-t-il ? Avez-vous besoin de quelque chose ?

— Je vais juste chercher un peu de saké.

Elle ne fait pas d'embarras, ne proteste pas que c'est mauvais pour lui. Se levant en hâte, elle déclare :

— Je vais vous en faire réchauffer.

Il est sur le point de lui dire de ne pas prendre cette peine, mais l'idée du saké chaud est soudain terriblement séduisante. Comme s'il s'observait lui-même avec détachement, il note que c'est curieux puisqu'il va mourir. La volonté d'un homme a beau prendre une dure décision, son corps continue jusqu'au bout son humble existence, à chercher le plaisir et à fuir la douleur.

Son épouse revient avec une lampe et du saké sur un plateau. Les posant sur le sol, elle s'agenouille près de lui et le sert. Tandis qu'il boit, il sent la vapeur sur son visage. La boisson a apaisé sa soif. À présent, il sent la chaleur inonder son ventre et s'insinuer dans ses veines. Quel réconfort! Et quel goût délicieux a toujours la première coupe!

Voyant que son épouse le sert de nouveau, il lui fait signe de boire avec lui. Elle incline la tête avec gratitude et boit à petites gorgées. Leur façon d'être ensemble dans l'obscurité silencieuse a quelque chose d'extrêmement poignant. Il semble à Sufu qu'il pourrait presque composer un poème, s'il avait du temps et s'il pouvait maîtriser les larmes qui commencent à lui monter aux yeux. Elle pleure aussi, ses joues sont humides.

Cette tristesse est insupportable. Pourquoi ne se retire-t-elle pas afin qu'il puisse mettre fin à ses jours? Il veut lui crier après, lui ordonner de le laisser, mais il est retenu par sa pitié. Il n'y a rien d'autre à faire que d'emplir de nouveau la coupe et de la vider. Cependant après la première vague de chaleur réconfortante, le saké déçoit son attente. Au lieu d'imposer silence à ses pensées erratiques, il les rend plus pressantes.

Il entend des voix dehors et croit d'abord à une hallucination. N'est-on pas au cœur de la nuit, à plusieurs heures sans doute du lever du jour?

Yoshitomi s'est levé. Il entend des pas, le bruit de la porte dont on enlève la barre, les voix plus fortes.

« Inoue Monta victime d'une attaque, gravement blessé, mourant... »

Son épouse pousse un cri et Sufu a l'impression que son cœur va éclater sous le choc. Monta, qu'il croyait en sûreté ? Monta, mourant ? Tous les jeunes morts semblent s'assembler devant lui. Sous leurs regards, il pleure de remords, de regret et de honte. Il ne faut pas qu'il survive encore à un autre d'entre eux.

— Allez voir ce qui s'est passé, dit-il à son épouse.

Et elle, dans son trouble, relâche sa surveillance et le laisse seul assez longtemps pour qu'il se rende en trébuchant dans la cuisine obscure et trouve à tâtons les couteaux — ils sont là, ils l'attendent. Il en prend un et s'enfuit vite, vite — car personne ne doit l'arrêter, maintenant — par la porte de derrière qui s'ouvre sur le jardin.

Il sent l'odeur de la nuit d'automne, les feuilles des légumes qu'il piétine dans sa hâte, le sol boueux sous ses pieds nus. La lune s'est couchée et les étoiles étincellent, mais ses larmes l'empêchent de les voir. Le couteau dans sa main est comme un vieil ami qui va le délivrer de la souffrance insoutenable de sa vie.

Il les entend crier son nom, le dernier son qu'il perçoit en dehors du bouillonnement soudain de son propre sang.

Larmes

Juste avant la fin du mois, alors que nous nous préparions à nous coucher, quelqu'un se présenta au portail, qu'il martela de coups en appelant à grands cris le docteur. Hachirô alla ouvrir et revint vers nous en courant, hors d'haleine, le visage livide.

— Il dit qu'on a attaqué le jeune seigneur.

Le jeune seigneur ? Monta ?

Mon père attrapa sa boîte à pharmacie et ses instruments.

— Tsuru, viens avec moi. Nous pourrions avoir besoin de toi.

Le fermier qui avait apporté la nouvelle attendait au portail, une lanterne à la main.

— Où est-il ? demanda mon père.

— Nous l'avons transporté chez son frère. Je l'ai trouvé dans mon champ de légumes. Il était caché sous les citrouilles, dans un fossé. J'ai entendu des samouraïs qui le cherchaient en criant et en piétinant les récoltes. Ils ont failli le tailler en pièces.

— Mais il est vivant ?

— Suffisamment pour réclamer de l'eau. Je l'ai enveloppé dans une natte puis je l'ai mis dans un panier pour le porter jusqu'à la maison des Inoue.

Nous descendîmes en hâte la route puis le chemin à travers champs. Des lampes brillaient dans la maison. Nous entendîmes des hurlements. Des taches de sang sur le seuil indiquaient l'endroit où le blessé avait été transporté à l'intérieur.

Ils l'avaient étendu sur un futon et s'efforçaient d'étancher le sang. Monta était méconnaissable. Son visage était couvert de coupures de sabre sanguinolentes à travers lesquelles les os blancs luisaient. Il criait à son frère de le tuer pour mettre fin à ses souffrances. Le sabre à la main, son frère semblait prêt à l'abattre sur la gorge de Monta, mais leur mère tentait de l'en empêcher en hurlant qu'il faudrait d'abord qu'il la tue.

Je me rappelai soudain la nuit où Nakajima avait été ramené chez nous après avoir été blessé de la même manière. Au souvenir de sa mort affreuse, je me mis à trembler. Mon père essayait d'examiner les blessures sans accroître encore les souffrances de Monta.

— Tsuru, dit-il doucement, je ne crois pas qu'aucun organe ait été transpercé. Si nous pouvons stopper l'hémorragie et coudre les plaies, il a de grandes chances de s'en sortir.

— Tuez-moi tout de suite ! cria Monta. Ayez pitié !

— Allez chercher du saké et de l'eau chaude, ordonna mon père à une servante avant d'ouvrir le coffret abritant ses instruments. Tsuru, enfile l'aiguille pour moi. Peut-être pourrais-tu même m'aider à coudre. Tes mains sont plus habiles que les miennes.

Saisissant l'aiguille et le fil, je m'approchai de la lampe, mais mes mains tremblaient de façon incontrôlable.

— Dépêche-toi ! s'exclama mon père.

Je laissai tomber l'aiguille, qui s'enfonça dans une fente du plancher au bord du tatami. Je la voyais briller mais il m'était impossible de l'atteindre.

Mon père se retourna, vit ce qui s'était passé et jura. Je ne l'avais encore jamais entendu pousser un juron.

— J'en ai peut-être une autre, dit-il faiblement en se mettant à fouiller dans ses instruments.

À cet instant, un nouvel arrivant entra dans la pièce. Je le connaissais de vue. Son nom était Tokoro Ikutarô et il avait récemment ouvert un cabinet à Yoshiki, un village des environs. Il approchait de la trentaine et avait la réputation de s'y connaître en médecine occidentale. Bien qu'il fût beaucoup plus jeune que mon père, il n'hésita pas à prendre les choses en main.

— Soyez courageux, murmura-t-il en touchant Monta avec douceur.

Il prit un scalpel et entreprit de découper les vêtements du blessé. Quand il ouvrit le kimono de dessous, un miroir à la glace fêlée tomba. C'était celui que la geisha de Kyôto, Kimio, avait donné à Monta.

— Veinard, il se pourrait que ce miroir vous ait sauvé la vie, dit Tokoro à voix basse.

En effet, la glace avait amorti un coup de sabre visant le cœur.

La servante revint avec de l'eau bouillante et du saké. Une fois que Monta fut nu, Tokoro lava les plaies avec soin.

— J'ai besoin d'une aiguille, déclara-t-il ensuite. N'importe laquelle fera l'affaire. Une aiguille à tatami, par exemple. Et il me faut du fil.

— J'ai du fil, dit mon père en le lui présentant.

La servante alla chercher une aiguille à tatami. Tokoro la plongea dans l'eau bouillante puis l'enfila d'un doigt sûr. S'agenouillant à son côté, mon père coupa chaque point tandis que Tokoro les nouait. Pendant ce temps le frère de Monta, qui avait mis son sabre de côté, tenait fermement le blessé.

Il fallut recoudre six blessures, mais malgré le

sang répandu aucun coup de sabre n'avait ouvert une artère ni plongé assez profond pour toucher un organe vital. Tokoro avait beau travailler avec adresse et rapidité, l'opération dura des heures. Il y eut en tout plus de cinquante points. À plusieurs reprises, Monta sembla perdre conscience tant la douleur était violente, mais il resta éveillé la plupart du temps sans jamais remuer ni se plaindre — il se contentait de haleter, couvert de sueur. J'étais stupéfaite par son courage et son endurance.

Quand Tokoro eut terminé le dernier point, il demanda à la mère de Monta d'apporter des linges propres pour les placer sur le visage et le corps de son fils.

— Il semble que cela aide à soulager la douleur, expliqua-t-il.

Se penchant sur Monta, il chuchota :

— Vous avez été brave. Vous vous en tirerez.

Sa mère essuyait ses yeux en larmes quand elle revint avec des linges blancs dont elle couvrit son fils cadet, comme si elle préparait son cadavre pour l'enterrement.

À cet instant, je me mis moi aussi à pleurer. J'avais rarement pleuré dans ma vie, mais à présent je ne pouvais plus m'arrêter. Je pleurais sans un cri, sans un sanglot. Les larmes jaillissaient simplement de mes yeux comme l'eau d'une source. Je pleurai toute la nuit, en trempant ma robe de nuit et mes draps. Et je pleurai de plus belle le lendemain matin, quand nous apprîmes la mort de sire Sufu.

Mes larmes ne tarissaient pas. J'aurais pu en remplir des bouteilles entières. Elles ne cessèrent de couler tout au long du dixième mois, tandis que le Parti des Visions Pratiques prenait en main le gouvernement et que Mukunashi Tôta revenait au pouvoir. Les chefs du Parti de la Justice furent arrêtés. Au onzième mois, les trois dignitaires mirent fin à leurs jours comme ils en avaient reçu l'ordre et leurs têtes furent remises à Tokugawa et Saigô. Leurs quatre commandants furent décapités à Noyama.

Le temps était glacial et la neige succédait déjà à la pluie. Les pieds glissés sous le *kotatsu*, je pleurais tandis que la chatte ronronnait sur mes genoux et léchait les larmes salées tombant sur sa fourrure.

Mes parents avaient tellement peur que je mette fin à mes jours qu'ils ne me perdaient pas de vue. Il m'arriva d'aspirer à la mort pour en finir avec mon chagrin, mais je ne cherchai jamais vraiment à me tuer. Je sentais au fond de moi que ce n'était qu'une période transitoire, dont je sortirais un jour pour reprendre le cours de ma vie. J'avais reçu une blessure, mais elle n'était pas mortelle.

Inoue Monta survécut à la tentative d'assassinat, même s'il lui fallut un long hiver de souffrance pour se remettre. Vers la fin du onzième mois, mon époux vint lui rendre visite avec Itô Shunsuke. Après quoi, Makino laissa Itô avec son vieil ami et se rendit chez mes parents.

Je ne pouvais guère refuser de le voir. Dès que je posai les yeux sur lui, mes larmes se tarirent. J'ignorais si c'était parce que je ne voulais pas pleurer devant lui. Je n'aurais su dire si je lui en voulais toujours, ou si sa présence m'apportait une sorte de réconfort. Il me parut absolument inchangé. Mes parents s'éclipsèrent avec tact pour nous laisser seuls, mais je restai longtemps sans savoir que lui dire et lui-même semblait partager mon embarras.

— Imaike Eikaku vous envoie son meilleur souvenir, dit-il enfin.

Je sursautai en entendant mon nom d'emprunt.

— Il va bien ? demandai-je en m'efforçant au calme.

— Il a eu une mauvaise période à son retour de

Mitajiri mais il s'est remis, maintenant, et il peint de nouveau. Je crois qu'il aimerait vous voir. Il s'est fait du souci pour vous.

Comme je gardais le silence, Makino ajouta :

— Moi aussi.

— Je suis désolée d'avoir causé tant d'inquiétude à tout le monde, déclarai-je.

Makino fronça les sourcils et regarda fixement le sol. Il ne cessait de serrer et desserrer nerveusement le poing de sa main droite.

— O-Tsuru-san, je voudrais que vous reveniez avec moi.

Je voyais combien il lui coûtait de prononcer ces mots, mais je répondis peu charitablement :

— C'est vous qui m'avez renvoyée.

— Peut-être ai-je eu tort de le faire. Je suis désolé.

Il se tut un instant puis demanda :

— Où êtes-vous allée ?

— Je ne peux pas vous le dire. Si vous me promettez de ne plus jamais me poser cette question, alors peut-être...

Makino leva les yeux vers moi, comme s'il se livrait à des calculs complexes où des sentiments entraient en compte. Il se lança.

— J'ai besoin de votre présence. Vous m'avez manqué. J'ai compris combien j'avais appris à votre contact. Revenez. Nous pourrons travailler ensemble.

— Je ne serai jamais médecin, dis-je. Je suis une femme. Et de toute façon mes mains tremblent, maintenant.

Je tendis une main mais elle était aussi ferme que par le passé. Le tremblement avait disparu avec les larmes. Je me hâtai de mettre mes mains derrière mon dos.

— Je n'ai rien pu faire pour sire Sufu. Si j'avais

été un homme de haut rang, peut-être l'aurais-je sauvé. Et Inoue Monta! Je n'ai même pas été capable d'enfiler une aiguille. J'ai tellement honte.

— Il nous arrive à tous d'échouer, répliqua Makino avec douceur. Nous commettons des erreurs, nos patients meurent, nous en faisons trop ou pas assez. Cependant nous avons aussi nos succès. Inoue est en train de se rétablir. Tokoro lui a certainement sauvé la vie. Vous-même, vous avez aidé Eikaku et aussi Takasugi, à ce qu'on m'a dit.

Je secouai la tête, mais l'étau oppressant mon cœur s'était légèrement desserré.

— J'ai réfléchi, reprit-il. Nous pourrions adopter un enfant. Peut-être l'une des filles de votre sœur.

— Une fille?

D'ordinaire, on adoptait un garçon pour donner un héritier à la famille. Mitsue avait maintenant deux filles, dont la seconde n'était née que quelques semaines plus tôt. Je songeai à Michi, que j'avais sauvée à sa naissance.

— J'ai beaucoup appris, depuis votre départ. Pourquoi les filles n'auraient-elles pas les mêmes opportunités que les garçons? J'aimerais élever une petite fille comme votre père vous a élevée, en lui donnant une éducation qui lui permette de participer à notre monde nouveau.

À cet instant, je me rappelai la soirée où Makino avait joué au *shôgi* avec mon père et laissé tomber sur l'échiquier les pièces dont il s'était emparé, en énumérant ses propres qualités et les raisons pour lesquelles mon père devrait le prendre comme étudiant et même gendre potentiel. À présent, il avait laissé tomber dans le jeu une nouvelle pièce gagnante. « Il me connaît si bien maintenant, songeai-je. Il sait quels sont mes désirs secrets. » Mon cœur se libéra encore un peu plus de son oppression.

— J'ai besoin de temps pour y réfléchir, déclarai-je.

— Je dois repartir demain. J'espère qu'une nuit vous suffira.

Il y eut un instant d'embarras quand nous allâmes nous coucher, car personne ne savait exactement où Makino dormirait. Il était encore mon époux et était parfaitement en droit de partager ma couche. Néanmoins je voulais passer la nuit seule. Depuis mon retour j'avais dormi avec mes parents, en infligeant à ma pauvre mère bien des nuits d'insomnie puisqu'elle se réveillait chaque fois que je me réveillais, et me suivait dans toute la maison. Cette nuit-là, toutefois, j'allai étendre mon futon dans la chambre où Makino et moi avions dormi après notre mariage. Il me jeta un regard quand je sortis. Voyant que je n'y répondais pas, il dit qu'il allait rejoindre Hachirô. Finalement, nous nous installâmes tous pour la nuit. Ne plus pleurer était un soulagement pour moi. Je sombrai presque aussitôt dans un sommeil profond, comme je n'en avais pas connu depuis des semaines.

Je rêvai à ce jour où j'avais arpenté Ôsaka avec Shinsai. J'avais marché à son côté, mais il était parti en avant et avait disparu. En le cherchant, j'arrivai au Tekijuku, l'école d'Ogata Kôan. Obéissant à la logique des rêves, je supposai qu'il se trouvait à l'intérieur. J'entrai dans le bâtiment, en me rappelant que j'avais refusé d'y pénétrer autrefois et en me réjouissant d'en avoir maintenant l'occasion. Il semblait désert. C'était normal, puisque l'école devait fermer, mais je finis par trouver quelqu'un dans une salle. Je savais que c'était le docteur Ogata, ce qui me surprit car j'avais entendu dire qu'il était mort.

— Je suis heureux que vous soyez venue, dit-il. Je voulais vous parler. Quel dommage que vous n'ayez jamais fait partie de mes étudiants.

— À présent c'est trop tard car vous n'êtes plus de

ce monde, répliquai-je d'une voix aussi douce que possible au cas où il n'aurait pas été au courant. Et c'est trop tard pour moi, de toute façon.

— Il n'est jamais trop tard, assura-t-il. Vous devez persévérer.

Il me regarda et hocha la tête en souriant. Je sentis alors sa profonde compassion, sa volonté de se consacrer à guérir les autres. Je me sentis soudain envahie d'une gratitude mêlée de honte, et je me réveillai d'un coup. La chambre était glaciale, remplie d'ombres et de courants d'air. J'entendais le vent souffler sur le toit.

« Un mort m'a rendu visite », me dis-je avec stupéfaction. J'étais excitée et honorée que le docteur Ogata ait daigné venir me voir. « Il n'est jamais trop tard, avait-il dit. Vous devez persévérer. » Ces paroles me parurent comme une promesse. J'étais stérile, mais j'aurais un enfant. J'étais une femme, mais je pourrais guérir les autres. Mon ambition avait été si grande que j'avais voulu être l'égale des hommes et exercer la médecine avec eux. Je comprenais maintenant que même si cela n'était pas possible, il me restait l'essentiel, à savoir la volonté de soigner. À défaut d'être médecin, je serais infirmière. Comme cette Anglaise, Florence Nightingale. Et je ferais tout mon possible pour aider mon époux à progresser dans sa carrière.

Ne voulant pas oublier ce rêve, je me levai sans bruit et allai à la cuisine allumer une lampe et chercher de l'eau. Alors que je les rapportais dans ma chambre, je vis apparaître sur le seuil la silhouette de Makino.

— J'ai entendu quelque chose, chuchota-t-il. Je venais juste vérifier que vous alliez bien.

— J'ai fait un rêve, dis-je. Je voulais le mettre par écrit.

Posant la lampe sur le sol, je lui fis signe d'entrer.

Il s'assit tandis que j'humectais rapidement la pierre
à encre et transcrivais mon rêve.

— J'ai vu Ogata Kôan, déclarai-je. Dans mon
rêve.

— Kôan ? Vous a-t-il parlé ?

— Oui, oui. Tout ira bien.

Je tremblais d'excitation.

— Vous frissonnez, dit Makino. Vous devriez
vous recoucher.

— Restez avec moi, chuchotai-je.

— Vous le voulez vraiment ?

— Il fait si froid.

Nous nous glissâmes ensemble sous la couverture
et je passai les bras autour de son corps maigre, familier. Nous ne fîmes pas l'amour mais nous serrâmes l'un contre l'autre, en nous tenant chaud ainsi
jusqu'au matin.

Nomura Bôtôni
Genji 1 (1864), en automne,
âgée de cinquante-huit ans

Aux premières minutes de l'aube, Bôtôni entend les cris des oies s'envolant vers le sud. Se levant d'un bond, elle court à la porte pour écouter leurs battements d'ailes, l'un des sons qu'elle préfère au monde, et découvre que la vallée au pied du Hirao-san est voilée de brume.

« L'automne est là », songe-t-elle en frémissant d'une joie mêlée de chagrin. Bientôt les grues et les tadornes passeront dans le ciel en route vers leur lieu d'hivernage. Quelque part dans son esprit, le *waka* commence à se dérouler : elle est une jeune fille à l'instant de se réveiller et de se lever d'un bond, une vieille femme quand elle arrive sur la véranda.

Tandis qu'elle souffle sur la braise pour faire bouillir l'eau du thé, le poème prend forme et se solidifie. Elle l'écrira plus tard, pour l'instant elle va s'asseoir avec son bol de thé et regarder le soleil s'élever au-dessus de la montagne et illuminer le versant opposé. Le passé lui semble tout proche, ce matin. Peut-être son époux lui a-t-il rendu visite en rêve. Elle est triste que le rêve se soit dissipé, sans autre trace qu'une sensation presque imperceptible de la présence aimée. Son époux lui manque particulièrement à cette heure du jour, où ils avaient coutume de boire du thé ensemble. Voilà cinq ans qu'il est mort, en rejoignant leurs quatre filles dans l'autre monde. Il l'a laissée seule avec les oiseaux, les arbres et la poésie.

D'un coup, elle se revoit à dix-sept ans, lorsqu'elle était retournée dans la maison de son père après six mois d'un mariage abominable qui l'avait rendue malade de nostalgie et de solitude. Elle se rappelle parfaitement le soulagement sans borne qu'elle avait ressenti en se retrouvant chez elle, au milieu de ses livres et de sa famille, libre de se consacrer de nouveau à étudier et à écrire.

« Quelle enfant j'étais ! » songe-t-elle. Elle se sent une nouvelle fois pleine de gratitude pour son père qui lui avait permis de revenir chez lui, s'était chargé de la faire divorcer de son premier mari et l'avait encouragée à étudier l'art du *waka* avec Ôkuma Kotomichi. « Combien d'autres filles ont eu autant de chance que moi ? Combien d'entre elles ont pu rencontrer et épouser un homme comme Sadatsura, s'asseoir avec lui aux pieds du même maître, partager tant de joies — la poésie, l'amour de la nature et de la littérature, et le silence de la passion ? Nous ne formions vraiment qu'un corps et qu'une âme. »

Sadatsura avait pris sa retraite en tant que chef de famille et ils avaient passé la plus grande partie de leur vie conjugale dans cette petite maison isolée sur le mont Hirao, aux environs de Fukuoka. Après la mort de son époux, elle s'était rasé la tête et s'était faite nonne sous le nom de Bôtôni — son nom d'enfant était Moto. Cependant même sa condition de nonne la rend plus libre que la plupart des femmes. Elle n'a ni époux, ni enfants, ni parents âgés. Tant de deuils lui ont fait verser des torrents de larmes, mais ils l'ont aussi libérée. Elle a cueilli des fleurs à la surface de l'eau, même si son reflet y est sombre.

Son chagrin pour son époux, ses enfants, son

beau-fils malheureux qui s'est suicidé, tout cela se dissipe exactement comme la brume passe d'un gris d'aile de colombe à un blanc éblouissant et nacré, après quoi les pins et les cèdres apparaissent soudain dans la vallée à ses pieds et il ne reste plus aucun vestige de brouillard. Des grives entonnent leur chant d'automne solitaire pour leurs petits devenus adultes qui se sont envolés. Une belette traverse à toute allure le jardin, en laissant des traces de pattes imprimées dans la rosée.

— Bonjour ! s'écrie-t-elle tandis que la créature lustrée et onduleuse disparaît entre deux rochers. Cela signifie-t-il que j'aurai une visite aujourd'hui ?

Cette pensée l'emplit fugitivement d'excitation. Trois ans plus tôt, elle s'est rendue à Ôsaka et à Kyôto avec son maître, Ôkuma Kotomichi. Elle a pu constater par elle-même l'agitation des campagnes et le chaos de la capitale. Comme le Chôshû de l'autre côté du détroit, le domaine de Fukuoka est en proie à une lutte intestine pour le pouvoir entre les loyalistes réformateurs et les conservateurs partisans du bakufu. À Kyôto, elle a retrouvé une ancienne relation de son époux, Hirano Kuniomi, qui est devenu un fervent loyaliste. Elle a acquis la conviction qu'il était nécessaire de faire des réformes et de rétablir l'autorité impériale. Depuis lors, sa retraite montagnarde sert de cachette aux *shishi* Fukuoka fuyant les fonctionnaires officiels. Le pauvre Hirano a péri lors du soulèvement d'Ikuno, voilà plus d'un an. Il fait maintenant partie des défunts pour lesquels elle prie chaque jour. C'est pour lui et pour tous ceux qui ont déjà trouvé la mort dans la lutte, et c'est aussi pour l'empereur et pour la nation promise à une renaissance, qu'elle apporte sa contribution. Elle prie, elle jeûne et elle offre un refuge. Elle est ainsi à ses propres yeux comme un fil, un nœud dans l'immense réseau que tissent des cœurs loyaux d'un bout à l'autre du pays.

La belette n'a pas menti. Avant midi, Bôtôni entend des pas sur les cailloux du jardin. En posant son pinceau, elle pressent que le poème du petit matin ne sera jamais écrit. Elle s'avance vers la porte et aperçoit Nakamura Enta, un ami de Hirano qui fait office de messager entre les *shishi* du Fukuoka et ceux du Chôshû. Il est accompagné d'un jeune homme qu'elle n'a encore jamais vu. Nakamura le lui présente sous le nom de Tani Umenosuke. Elle y voit un signe, car la vallée embrumée — *tani* — a occupé son esprit toute la matinée, et les fleurs de prunier — *ume* — sont celles qu'elle préfère.

Elle ne pose aucune question. Le jeune homme parle à peine, paraît épuisé. Nakamura lui dit qu'ils se sont enfuis de Shimonoseki dans la nuit par voie de mer et qu'ils ont marché depuis l'aube. Cependant il semble à Bôtôni que ce n'est pas seulement l'épuisement qui assombrit ainsi le nouveau venu. Il est déchiré de chagrin, au bord du désespoir. Se souvenant de son beau-fils, elle redoute qu'il ne mette fin à ses jours.

« Pas dans ma maison », se promet-elle.

Il doit se baigner, manger et dormir. Bôtôni estime qu'il faut d'abord s'occuper des besoins du corps. Elle traite tous les jeunes hommes passant chez elle comme s'ils étaient ses fils. Avec les paroles et les gestes d'une mère, elle baigne Tani et le fait manger. Il proteste brièvement qu'il n'est pas fatigué, mais elle étend le futon et le persuade de se coucher. Quelques instants plus tard, il a fermé les yeux. L'air montagnard du Hirao-san produit toujours cet effet.

Impatient comme à son habitude, Nakamura ne prend pas le temps de se reposer. Des affaires importantes l'attendent à Fukuoka. Avant de partir, il révèle à Bôtôni que le jeune homme s'appelle en réalité Takasugi Shinsaku. C'est un poète et un loyaliste. Il était en prison au moment des combats de la Porte Interdite où ont péri deux cents guerriers Chôshû, dont Kusaka Genzui. Après avoir été libéré afin de mener des négociations avec les Anglais, il était maintenant menacé par le nouveau gouvernement conservateur du Chôshû.

Elle regarde la silhouette trapue de Nakamura disparaître sur le sentier de montagne. Il marche d'un pas leste, comme s'il n'avait peur de rien, mais aucun d'entre eux ne sait quand la chance va tourner. Ce qui s'est passé en Chôshû pourrait arriver tout aussi bien en Fukuoka. Et dans ce cas, quel refuge s'offrira à elle, à Nakamura, à tous les autres ?

Il existe un lien entre eux, comme s'ils avaient été amants dans une vie antérieure. Le jeune homme reprend courage au fil des jours. Ils parlent de politique et de poésie, ils échangent des poèmes. Elle sent souvent le regard de Shinsaku sur son visage. On croirait qu'il la trouve belle. « Même une vieille femme peut ressentir le printemps », écrit-elle. Il lui raconte par bribes l'histoire de sa vie — son enfance à Hagi, ses études au Meirinkan et à l'école du Village sous les Pins, puis à Edo. Il lui décrit la prison de Noyama, Sufu Masanosuke, son mentor qui a mis fin à ses jours moins d'un mois plus tôt, et son ami Inoue, qui lutte encore pour survivre. Ils évoquent Yoshida Shôin et Kusaka Genzui, et ils prient ensemble pour les âmes des morts.

— J'aurais dû mourir, moi aussi, dit Shinsaku.

Et Bôtôni réplique :

— J'ai souvent appelé la mort de mes vœux, mais tant que nous vivons nous pouvons encore servir notre pays. Même en hiver, quand les branches sont couvertes de neige, les fleurs de prunier gardent leur parfum.

Une semaine plus tard, il est rétabli. Elle voit l'envie d'agir grandir en lui, comme un baril de poudre attendant l'étincelle. Son apathie a cédé la place à l'impatience. Il se promène chaque jour dans la montagne, après quoi il s'entraîne au sabre sur le terrain plat devant la maison de Bôtôni. Elle aime le regarder, avec son visage sérieux, paisible, ses manches remontées et attachées avec des cordons, ses cheveux ceints d'un bandeau.

Nakamura Enta revient avec des nouvelles du Chôshû. Même lui a perdu son entrain coutumier. On a procédé au châtiment exigé par le bakufu après l'attaque à Kyôto. Les dignitaires sont morts et leurs têtes ont été envoyées à Hiroshima. Leurs officiers ont été exécutés.

Enta a la liste de leurs noms, mais Shinsaku n'a pas besoin de les lire. Ils sont déjà gravés dans son cœur. Plus tard, il dit à Bôtôni qu'il a connu ces hommes toute sa vie. D'autres membres du gouvernement de Sufu sont encore en prison.

— Ils n'en sortiront pas vivants, déclare-t-il.

Il leur dit qu'il avait espéré défier le nouveau gouvernement avec les *shotai* avant de fuir le Chôshû. Mais lorsqu'il était passé à Shimonoseki, Yamagata Kyôsuke, sur qui il avait compté, lui avait refusé tout soutien.

— J'ai eu de nombreux entretiens avec Yamagata chez Shiraishi, dit Enta. Ce n'est pas un lâche. Il me frappe avant tout par son pragmatisme. Il se battra s'il juge le moment propice, mais pas avant.

— Je ne peux plus attendre, réplique Shinsaku. La prochaine étape sera la dispersion des *shotai*. Nous perdrons alors notre principal atout. Il se pourrait que le moment ne soit jamais plus aussi propice que maintenant !

— Il est temps que vous vous jetiez dans la bataille, déclare Bôtôni.

Elle remercie le Ciel en silence que Shinsaku ait appris ces nouvelles dans son état présent, où elles ne feront qu'aviver son ardeur, et non lors de son arrivée.

— Oui, je vais retourner en Chôshû dès que possible.

— Tous les ports sont gardés et les bateaux fouillés, l'avertit Enta.

— Dans ce cas, je me déguiserai.

Bôtôni a une réserve secrète destinée précisément à cet emploi — vêtements de fermier, *haori*, *juban* et *momohiki*. Le *momohiki* flotte sur le corps fluet de Shinsaku, mais elle le retouche pour qu'il lui aille.

— Qu'il est étrange que l'avenir de notre pays puisse dépendre de quelques points à un pantalon de paysan, songe-t-elle tandis que ses doigts s'activent lentement à la clarté de la lampe.

Guerre civile

Je me rendis avec mon époux non à Shimonoseki mais dans la ville voisine de Chôfu, où Yamagata Kyôsuke avait établi le quartier général du Kiheitai. Makino s'était acquis une certaine réputation comme médecin militaire. Il était présent lors de la guerre des Quatre Nations, quand Shimonoseki avait été bombardé pour la seconde fois, et il avait soigné Yamagata pour une blessure au bras. Il me dit combien il avait admiré la retraite en bon ordre de Yamagata et le courage des tireurs continuant de harceler les étrangers alors que leur supériorité numérique était de l'ordre de cent contre un. Il n'était plus question que quelqu'un le tourmente ou se moque de lui. Il avait gagné le respect des soldats. Le Kiheitai et les autres *shotai* comptaient beaucoup de recrues lui ressemblant par l'intelligence, la compétence et l'ambition. Fils de chefs de village, maîtres d'école ou marchands désargentés, ils s'étaient engagés afin d'échapper à une vie trop étroite.

Depuis le changement de gouvernement à Hagi, ils avaient reçu l'ordre de dissoudre leur formation, mais ils n'avaient aucune envie d'être dispersés et renvoyés au monde étriqué d'où ils venaient. Toutefois leurs chefs hésitaient à désobéir à un ordre émanant de ce qui était après tout le gouvernement légal, surtout en cette période où le Chôshû était encore encerclé par l'armée du bakufu.

La ville était remplie d'hommes discutant avec agitation des tenants et aboutissants de la situation. Beaucoup avaient combattu à Kyôto. Ils avaient perdu leurs chefs et brûlaient de se venger, mais ils étaient également démoralisés par la défaite. D'autres n'avaient pas d'autre endroit où aller, car ils avaient fui leur propre domaine. Le Chôshû était leur dernier espoir et leur ultime recours.

C'est dans ce contexte instable que Takasugi Shinsaku arriva avec toute l'ardeur de sa propre détermination à affronter le gouvernement conservateur.

Je le rencontrai par hasard devant le Kakuonji, un temple abritant les campements de divers *shotai*. Nous nous y étions installés et Makino avait repris son activité de médecin. Je l'aidais, mais même si j'en avais fini avec mes larmes et mes tremblements je n'allais pas vraiment bien. J'avais été bouleversée par le rêve où Ogata Kôan m'avait parlé et je me raccrochais à ce souvenir, mais la réalité était difficile pour moi. J'étais découragée et manquais cruellement d'assurance. Je serais donc passée devant Takasugi sans lui parler, s'il ne m'avait pas reconnue et entraînée à l'écart dans le jardin intérieur.

— Vous voilà donc de retour dans le monde des femmes ? me taquina-t-il.

— Je vous prie de ne pas parler de cette époque à mon époux, répliquai-je.

— Vous êtes aussi revenue avec lui ?

— Que pouvais-je faire d'autre ?

Il observa mon visage avec attention.

— Quand vous êtes venue me voir à Matsumoto, je me sentais comme vous en ce moment. Il me semblait que je n'avais aucune influence sur le cours des choses, que ma vie n'en valait pas la peine.

— Au moins, vous êtes un homme, dis-je. Multipliez par dix vos sentiments, et vous aurez une faible idée de ce que ressent une femme.

Ne voulant pas avoir l'air de m'apitoyer ainsi sur mon sort, j'ajoutai :

— Cependant je suis décidée à faire ce que je peux, même en tant que femme, pour aider mon époux, pour servir notre domaine, pour rénover le monde.

Il me répondit de façon détournée :

— J'ai séjourné chez une femme remarquable en Chikuzen. Elle s'appelle Nomura Bôtôni. Elle écrit de la poésie et soutient nos efforts pour instituer un gouvernement meilleur sous l'autorité de l'empereur. Elle aussi veut rénover le monde. Vous me faites penser à elle.

— J'aimerais la rencontrer.

Il avait parlé d'elle avec tant de chaleur que ma curiosité s'était éveillée, et j'étais flattée d'être comparée à elle.

— Avez-vous des nouvelles d'Itasaki? reprit-il.

— Aucune.

— J'ai entendu dire qu'il avait disparu après l'épisode de Kinmon.

— Je n'en sais pas davantage.

— Nous avons perdu tant d'hommes, dit-il. Quand j'ai appris que Sufu était mort et que les autres avaient été exécutés, j'ai su qu'il fallait que je revienne pour combattre. Après l'exécution de mon maître, Yoshida Shôin, j'ai fait le vœu d'anéantir les responsables de sa mort. À présent, j'ai encore plus de camarades à venger.

Je songeai aux armées encerclant le Chôshû, au gouvernement impitoyable établi à Hagi. Qu'est-ce que Takasugi croyait pouvoir faire contre eux ? Je craignais qu'il ne soit entré dans la phase maniaque de son cycle, mais je l'enviais. Au moins, il avait échappé à la dépression.

— Eh bien, n'oubliez pas vos propres conseils, lança-t-il. Marchez beaucoup et ne buvez pas trop !

Il prit congé de moi en riant. Curieusement, ses paroles m'avaient remonté le moral. Quel homme étrange il faisait, si souvent en proie à la mélancolie et aux idées noires, trop sensible et arrogant, et pourtant capable de cette témérité que les autres adorent et veulent imiter. De plus, contrairement à la plupart des *shishi* que je connaissais, il s'intéressait aux idées et à l'esprit des femmes, et non uniquement à leur corps — encore que celui-ci fût certes loin de lui être indifférent.

Cette nuit-là, les commandants des divers *shotai* se réunirent au Kakuonji. Takasugi voulait lancer une offensive contre le nouveau gouvernement avec l'aide des *shotai*, mais les autres chefs ne purent parvenir à un accord.

La nuit était glaciale. Le vent de la mer soufflait à travers toutes les fentes et les fissures des murs du vieux temple, en secouant *shôji* et volets. Dans la salle, la fumée des braseros me piquait les yeux. J'avais la gorge en feu à force de fumer trop de tabac. Tout le monde semblait souffrir de toux et de rhumes, ce qui rendait encore plus irritables les nerfs déjà à vif.

Akane Taketo, qui était à l'époque le principal dirigeant des *shotai*, revenait tout juste de Hagi. Il avait tenté d'obtenir la libération des fonctionnaires du Parti de la Justice qu'on avait arrêtés. C'était un homme intelligent, ancien élève du moine Gesshô, de Yoshida Shôin et d'Umeda Unpin. Il avait toujours été partisan d'une armée où les rangs seraient mêlés. À présent, il cherchait à réconcilier les deux partis en présence en arguant qu'en cette période où le pays tout entier était menacé par les étrangers nous avions besoin d'un gouvernement fort et unifié, aussi bien dans le domaine que dans la nation.

Je constatai que la plus grande partie de l'assistance était convaincue par son discours calme et raisonnable, mais Takasugi ne l'entendait pas de cette oreille.

— Une réconciliation entre deux partis aussi opposés est impossible. Peut-on réconcilier le tigre et le loup ? Non, ils se battent jusqu'à la mort d'un des deux adversaires.

Un autre orateur suggéra qu'on ajourne toute décision en attendant que le destin des cinq aristocrates encore présents soit fixé. Le bakufu avait exigé leur retour, mais ils se trouvaient toujours en Chôshû, au Kôzanji, et personne ne savait ce qu'ils allaient devenir. Celui que j'avais soigné, le prince Nishikinokôji, était mort du *kakke* quelques mois plus tôt. Cela faisait plus d'un an que les *shotai* protégeaient les aristocrates, et ils n'entendaient pas les abandonner. Ils commencèrent à parler tous à la fois, tantôt pour proclamer leur attachement aux illustres exilés tantôt pour se plaindre des ennuis qu'ils avaient causés.

Takasugi garda le silence mais continua de boire d'abondance, d'un air de plus en plus sombre. Il finit par éclater :

— Je suis Takasugi Shinsaku, un samouraï, serviteur héréditaire de la famille Môri. Si vous acceptez l'opinion d'Akane, qui n'est jamais qu'un fermier d'Ôshima, vous êtes vraiment sans espoir. Je vais aller moi-même mettre sire Môri au courant, puis je m'ouvrirai le ventre en sa présence !

Cependant rien de ce qu'il dit ne put convaincre les chefs des *shotai*. Je ne pus m'empêcher de penser qu'il aurait pu mieux choisir ses mots. Insulter

Akane n'était certes pas le moyen de le faire changer d'avis, ni d'emporter l'adhésion des autres.

— Même si Akane n'est pas vraiment un fermier, il est presque à coup sûr un espion, commenta lugubrement Makino après la réunion. La réconciliation avec Hagi va de pair avec la dispersion des *shotai*. Ce qui sera fatal à vos amis Itô, Inoue, Takasugi... La seule raison pour laquelle Hagi les épargne jusqu'à maintenant, c'est qu'ils sont protégés par les *shotai*.

Il avait l'expression renfrognée qui lui était coutumière quand un calcul s'avérait faux, mais tous les chiffres n'étaient pas encore apparus dans le compte.

Deux jours plus tard, Takasugi prit lui-même les choses en main. Vêtu avec soin d'une armure aux attaches rouges, vertes et bleues et coiffé d'un casque pointu à visière, il se rendit à cheval au Kôzanji au milieu de la neige tourbillonnante. Là il salua Sanjô Sanetomi et les autres aristocrates en leur déclarant qu'ils allaient bientôt découvrir l'esprit héroïque du Chôshû. Avec quatre-vingts hommes, dont un bon nombre de recrues du Yûgekitai, Itô Shunsuke et son petit groupe de lutteurs de *sumô*, sans oublier un unique canon, il marcha sur Shimonoseki où il s'empara tôt le matin des entrepôts du domaine, dont il réquisitionna l'argent et les réserves. Ses troupes firent du Ryôenji leur quartier général. Le lendemain, Takasugi emmena dix-huit hommes dans un petit bateau et cingla vers Mitajiri. Après avoir négocié avec le chef du département naval, il prit possession des trois navires de guerre Chôshû et les ramena à Shimonoseki. D'un seul coup, il avait démontré qu'il pouvait contrôler la côte sud du domaine.

Je ne fus pas témoin de ces événements étonnants. Makino ayant estimé qu'il devait rester fidèle

à Yamagata — à contrecœur, car il admirait énormément Takasugi et approuvait son action —, nous
restâmes à Chôfu. Néanmoins, quand la nouvelle
nous parvint, elle fit l'effet d'un coup de tonnerre.
Les *shotai* se mirent presque aussitôt en route pour
Hagi. Makino et moi emballâmes notre matériel
médical et nous préparâmes à accompagner Yamagata et ses hommes. Cette fois, il n'y eut pas de discussion sur l'opportunité de ma présence. Si jamais
quelqu'un émettait un doute à ce sujet, j'étais décidée à lui répéter ce que Monta m'avait dit de
Florence Nightingale, la femme la plus célèbre d'Angleterre. Je me demandais combien, parmi les soldats pleins d'ardeur que nous croisions dans les
montagnes en ce douzième mois, avaient entendu ce
nom ou même savaient que l'empereur de la lointaine Angleterre était une femme, la reine Victoria.

Les aristocrates Sanjô Sanetomi et Shijô Takauta
voyagèrent avec les troupes de Yamagata. Ils avaient
déclaré vouloir consulter sire Môri à Hagi. Cependant nous apprîmes en arrivant au village d'Isa,
dans le district de Mine, qu'ils devaient être envoyés
avec leurs compagnons à Chikuzen. Ils retournèrent
donc sur leurs pas, tandis que le reste de notre
troupe s'établissait à Isa.

J'avais prétendu être originaire de cette cité, au
temps où j'étais Imaike Kônosuke, et j'avais l'impression curieuse d'y être chez moi alors que je n'y
avais jamais mis les pieds. Elle était renommée pour
ses remèdes aussi nombreux que variés. Les pierres
et les fossiles étranges abondaient dans la région.
Les gens du cru les appelaient des os de dragon. On
leur attribuait à tous des vertus curatives à condition d'être broyés, bouillis, dissous, infusés, macérés
et mélangés les uns avec les autres.

Le commerce des médicaments avait fait la richesse de beaucoup d'habitants. L'un de ces mar-

chands fortunés céda sa demeure à Yamagata et Ôta Ichinosuke, les commandants des *shotai*, afin qu'ils y installent leur quartier général. De nombreux jeunes hommes du district s'étaient déjà enrôlés et leurs pères et leurs oncles, comme Yoshitomi Tôbei et Shiraishi Seiichirô, nous apportaient leur soutien en argent et en vivres.

On approchait de la fin de la première année de l'ère Genji, qui avait été si désastreuse pour notre domaine. Les journées étaient courtes et sombres. La neige recouvrait les montagnes et du grésil se mêlait à elle dans les vallées. Les *shotai* conservèrent la discipline sévère qui faisait maintenant partie de leur tradition. Leurs journées étaient consacrées à l'entraînement et à l'étude. Le pillage, le jeu, l'ivrognerie et les autres crimes communs à tous les soldats étaient strictement interdits. Makino et moi passions notre temps à parler de remèdes avec les pharmaciens de l'endroit et à soigner des maux sans gravité, tels que rhumes, problèmes oculaires et otites. Nous préparâmes des instruments chirurgicaux, des aiguilles et du fil, des scies et des couteaux pour les amputations, des tenailles et des pinces solides pour extraire des corps étrangers, du vinaigre et du saké pour nettoyer les plaies, des linges pour faire des bandages, des baumes et des pommades. Makino avait participé à deux campagnes militaires et j'avais été témoin des effets des combats à Kyôto. Nous savions désormais nettement mieux à quel genre de blessures nous attendre.

Isa se trouvait à mi-chemin sur la route entre Hagi et Shimonoseki. Les *shotai* avaient interrompu avec efficacité les communications entre les deux villes, mais des nouvelles nous parvenaient quand même. Nous apprîmes ainsi avec horreur que les sept fonctionnaires du Parti de la Justice emprisonnés à Noyama avaient tous été exécutés. Les gens disaient que c'était la réponse directe du gouvernement aux actions de Takasugi à Shimonoseki et Mitajiri. Peu après, l'armée du gouvernement, composée de troupes régulières et du Senpôtai, le vieil ennemi des *shotai*, fut envoyée au village d'Edô, à une dizaine de lieues au nord-ouest d'Isa. Son commandant, Awaya Takeuki, fit parvenir à Yamagata juste avant le Nouvel An un message enjoignant les *shotai* de déposer les armes et de se disperser.

Yamagata répondit qu'ils allaient certainement obéir, mais qu'ils avaient encore besoin d'un peu de temps. Awaya sembla embarrassé par cette réponse et pendant quelques jours les deux partis se contentèrent d'attendre.

Nous célébrâmes le Nouvel An avec les troupes dans les sanctuaires et les temples d'Isa, en accueillant avec gratitude le saké aux épices et les gâteaux de riz fournis par nos hôtes. La cité resta tranquille le premier jour de l'an, car chacun se reposait après s'être consacré à faire l'inventaire et le ménage avec frénésie avant que s'achève l'année finissante. En revanche, le deuxième jour fut animé. Toutes les boutiques ouvrirent pour leurs premières ventes et les festivités comprirent des spectacles d'acrobates et des exécutions de la danse du lion. Quelques jours plus tard, nous apprîmes que Takasugi avait de nouveau attaqué Shimonoseki.

— Les condamnations à mort l'ont mis en fureur, commenta le messager. Il a juré qu'il ne vivrait jamais sous le même ciel que les assassins.

Il était évident qu'il ne restait plus aux *shotai* qu'à entrer dans la bataille. Takasugi était en route vers le nord avec des renforts. Yamagata n'attendit pas plus longtemps. Le septième jour du mois, au petit matin, environ deux cents soldats *shotai* armés de fusils, de baïonnettes, de canons, de sabres, d'arcs et de flèches, de lances et de pistolets, marchèrent sur le camp de l'armée gouvernementale à Edô. Après avoir remis une déclaration de guerre écrite, où ils dénonçaient les crimes du gouvernement de Mukunashi, ils passèrent aussitôt à l'attaque. Pris par surprise, les soldats réguliers furent mis en déroute et s'enfuirent dans les montagnes. Ils se regroupèrent à la tombée de la nuit sur le col de Naganobori, à l'extrémité du plateau d'Akiyoshi.

Entre-temps les *shotai* avaient décidé de ne pas essayer de se maintenir à Edô, qui était entouré de montagnes et difficile à défendre. Ils se replièrent sur le petit village d'Ôda, où ils installèrent leur campement dans le sanctuaire de Kinrei. Ils établirent une ligne de défense avec le Kiheitai sur la droite, le Hachimantai et le Ochôtai au centre, le Nanentai sur la gauche. À l'arrière de l'édifice de bois, nous préparâmes l'hôpital de campagne sous les cèdres gigantesques, tandis que Yamagata et Ôta se coupaient tous deux les cheveux et priaient pour la victoire devant l'autel de Hachiman.

Lors de cette première escarmouche de la guerre civile à Edô, les *shotai* ne perdirent que trois hommes et les blessures furent étonnamment légères, peut-être parce que leurs adversaires avaient été pris par surprise. Au dixième jour, cependant, les deux armées livrèrent des batailles plus sérieuses à Naganobori, Kawakami et Ôkitsu. Cette fois, les forces gouvernementales, galvanisées par l'arrivée de renforts de Hagi, eurent le dessus et infligèrent à nos troupes de lourdes pertes — onze morts et de nombreux blessés.

Plusieurs maisons furent incendiées et les flammes illuminaient le ciel tandis que nous soignions les blessés cette nuit-là, en extrayant balles et éclats d'obus, en réduisant des fractures, en nettoyant et en cousant des plaies. Nous semblions à peine avoir fini de nous occuper de ces blessés quand une nouvelle attaque féroce eut lieu sur le col de Nomimizu, mais les *shotai* avaient miné le terrain et l'armée du gouvernement fut repoussée et essuya des pertes sévères. Dix soldats périrent rien que sur ce col. Les survivants battirent en retraite jusqu'à Akamura, où ils établirent leur campement au Seianji, près de Hibariyama.

Même si les premières fleurs des pruniers vénérables du sanctuaire répandaient leur parfum, il régnait encore un froid glacial. J'allais de maison en maison dans le village pour mendier couvertures, manteaux, vieux chiffons, n'importe quoi pouvant tenir chaud aux blessés. Je ramassais tout le bois que je pouvais trouver, en m'enfonçant dans la forêt en quête d'arbres morts, afin d'entretenir les feux.

Nous ne savions pas alors réduire les fractures quand l'os avait percé la peau. Notre seul recours était l'amputation. Makino en pratiqua deux, et malgré les conditions plus que difficiles les deux hommes survécurent. J'admirais son savoir-faire et sa dextérité, sa façon de prendre en compte tous les facteurs, d'arriver à une décision et de l'exécuter sans attendre. Les manuels nous enseignaient que si le membre était coupé trop lentement, le patient risquait de mourir sous le choc. Makino était rapide. Les blessures étaient si nombreuses que j'avais beaucoup à faire, notamment pour extraire des balles et des éclats d'obus. J'extrayais aussi d'énormes lamelles de bois provenant des maisons où des obus avaient fait exploser les murs, les transformant en une nuée de projectiles. Un homme mourut avant que j'aie pu lui retirer une telle lamelle de l'œil — elle avait transpercé son cerveau.

J'étais stupéfaite par le courage des blessés. Qu'ils fussent samouraï, marchand ou fermier, aucun ne se plaignait. À peine s'ils poussaient un cri ou un gémissement. Ceux qui mouraient s'éteignaient paisiblement, apparemment sans peur, en chuchotant le nom d'Amida. J'avais pitié d'eux, car ils étaient si jeunes. Comme la terre était trop dure pour creuser, on brûlait les corps et les cendres étaient conservées dans le sanctuaire. Mais qui entretiendrait leurs tombes et vénérerait leurs esprits, puisqu'ils ne laissaient ni épouses ni enfants ?

Promesses

Le lendemain de la bataille de Nomimizu, Takasugi arriva de Shimonoseki avec d'autres troupes
des *shotai*. Je me trouvais à l'arrière du sanctuaire,
près de la cuisine improvisée, à aider à se nourrir
un homme au bras cassé. Soudain j'entendis des
chevaux approcher et les soldats pousser des acclamations.

— Que se passe-t-il ? criai-je à Makino qui était
agenouillé un peu plus loin sur la véranda.

Il leva les yeux et bondit sur ses pieds.

— Takasugi est ici !

Posant aussitôt le bol, je courus à l'avant du sanctuaire. Takasugi descendait de son cheval. Une expression triomphale illuminait son visage tandis
qu'il saluait Yamagata et Ôta, en les félicitant de
leurs victoires et en compatissant à leurs pertes.

— Encore un coup décisif, déclara-t-il, et la route
de Hagi sera ouverte.

S'arrêtant au seuil du sanctuaire, il m'appela. Il
examina mon visage tandis que j'approchais.

— Vous allez mieux ! s'exclama-t-il. Vous voyez,
la guerre nous fait du bien. Nous avons besoin d'action violente pour nous débarrasser des poussières
et des saletés.

Il me remercia d'avoir travaillé si dur puis s'éloigna. Je m'en étais à peine aperçue jusqu'à présent, mais j'allais vraiment mieux. Malgré le froid, la fatigue, le danger, j'avais repris goût à la vie. Je remarquai les fleurs de prunier brillant comme des étoiles, l'odeur de givre, la beauté des bambous couronnés de neige. Je restai un instant immobile, en savourant la joie d'être libérée de la dépression. C'est alors qu'Itô Shunsuke apparut dans l'enceinte du sanctuaire, en compagnie d'un homme que je mis un instant à reconnaître tant son visage était défiguré, encore marqué par les cicatrices rouges de points de suture.

— Inoue-san! m'écriai-je.

Monta et moi échangeâmes un long regard.

— Vous voyez, j'ai perdu toute ma beauté, lança-t-il avec un grand sourire.

— Je vous trouve plus séduisant que jamais, répliquai-je. Mais que faites-vous ici? Êtes-vous en état de combattre?

— Nous avons dû l'enlever, expliqua Itô. Il était assigné à domicile.

— J'attendais d'un instant à l'autre l'ordre de Hagi m'enjoignant de me liquider moi-même, dit Monta.

— Son frère nous a déclaré qu'il lui était difficile de le laisser partir, mais que si nous venions suffisamment nombreux il serait contraint de nous le livrer, continua Itô.

— Ils sont donc venus avec une troupe entière, le Kôjôtai, reprit Monta. Et maintenant, c'est moi qui la commande. Au moins, nous avons l'occasion de nous battre, de mettre en pratique tout ce que nous avons appris.

— Et vos lutteurs de *sumô* sont toujours là? demandai-je à Itô.

— Et comment! La racaille de Mukunashi va décamper rien qu'à leur vue. Ils sont terrifiants. L'un d'eux fait trois fois ma taille.

Ils semblaient tous deux extrêmement satisfaits d'eux-mêmes.

— O-Tsuru-san, ne pourriez-vous pas nous trouver quelque chose à manger, par hasard? demanda Monta.

J'étais si heureuse de le voir vivant que je ne me fâchai même pas. Il avait beau avoir perdu sa grâce juvénile, il était toujours le jeune seigneur!

Le lendemain, nos forces ainsi augmentées attaquèrent Akamura et mirent en déroute l'armée du gouvernement. Au seizième jour du mois, les *shotai* étaient à Sasanami, à quelques lieues de Hagi. Takasugi voulait marcher sur la ville, mais les autres commandants étaient réticents. Ils avaient perdu beaucoup d'hommes. Continuer l'offensive impliquerait une nouvelle marche épuisante à travers les montagnes, alors que de nouvelles chutes de neige menaçaient. Il serait plus prudent de retourner à Yamaguchi et d'affermir leur position. De plus, ils ne voulaient pas avoir l'air d'attaquer sire Môri. Mieux valait attendre qu'il décide lui-même un changement de gouvernement qui paraissait maintenant inéluctable.

À ma grande déception, Takasugi se laissa convaincre de se replier. J'aurais préféré que nous allions jusqu'à Hagi. Plus j'approchais de la ville, plus je me rappelais avec insistance la promesse que j'avais faite à Kusaka Genzui au Tennôzan. Je voulais aller trouver son épouse, O-Fumi, comme il me l'avait demandé, pour lui raconter la dernière nuit de Genzui en ce monde. Cependant je ne pouvais en parler à personne, car nul ne savait ici que je me trouvais à Kyôto à l'époque — seul Takasugi connaissait ma vie secrète.

Nous retournâmes à Ôda le lendemain de la bataille, en ramenant les blessés à l'hôpital improvisé dans le sanctuaire. On faisait des préparatifs pour se rendre à Yamaguchi, mais je n'avais pas envie de gagner le sud. Je voulais aller dans le nord, à Hagi.

Vers la fin de la journée, alors que la lumière pâlissait et que les sombres silhouettes des arbres se détachaient sur le ciel d'hiver, Takasugi vint parler aux blessés. Il manquait de simplicité, sauf quand il avait bu, mais sa gaucherie bourrue sembla leur plaire.

— Sont-ils en état de voyager ? demanda-t-il.

Makino répondit par l'affirmative. On avait prévu des charrettes pour les transporter.

— Vous avez fait du bon travail, dit Takasugi.

— Nous avons encore tant à apprendre, répliqua Makino d'un ton hésitant. Surtout pour ce qui est de la médecine militaire.

— Il en va de même dans tous les domaines. Notre retard est tel que nous avons besoin d'aller au galop pour le rattraper. Nous devons tout faire en hâte, sans prendre le temps de réfléchir. Il nous faudrait plus d'armes, pour commencer...

— À condition d'y mettre le prix, on peut acheter aussi bien des armes que des médicaments à Nagasaki, déclara Makino. Les Anglais en vendent à tous ceux qui peuvent payer.

— Vous devriez aller à Nagasaki. Nous pourrions arranger ça. Je suis sûr que votre épouse serait également heureuse de s'y rendre. Elle sera certainement intéressée d'apprendre qu'il y a là-bas une femme médecin, la fille de Siebold. Peut-être pourrait-elle étudier auprès d'elle.

Il s'éloigna sans attendre de réponse. Je le suivis, dans la pensée que je n'aurais sans doute pas d'autre occasion de lui parler en privé.

— Takasugi-dono, il faut que j'aille à Hagi. J'ai promis à Kusaka-san que je dirais à son épouse...

— Vous avez vu Kusaka avant sa mort ?

Takasugi s'arrêta net, soudain très pâle.

— Oui, je me trouvais au Tennôzan. J'ai assisté à la réunion où Kusaka s'est opposé à l'attaque.

— Mais il y est allé quand même, dit Takasugi dont les yeux brillaient à la lueur des torches.

— Il est parti en première ligne, comme un héros du temps jadis.

— Il faut que vous le disiez à sa famille. Mais il est trop dangereux de se rendre à Hagi par la route en ce moment.

Il se tut un instant en fronçant les sourcils.

— Je songe à envoyer un navire de guerre là-bas, rien que pour démontrer que nous contrôlons la côte. Vous pourriez partir à son bord. D'ici là, sire Môri se sera prononcé en notre faveur. Dites à votre époux que vous agissez à ma demande.

Les *shotai* retournèrent à Yamaguchi en chantant : *shi ga areba hippu mo*. Je les accompagnai et aidai mon époux à installer nos patients dans le nouveau quartier général établi dans l'école du domaine. Il fallait prodiguer beaucoup de soins et je ne pensais pas que Makino s'en tirerait seul, mais à ma surprise il se montra enthousiaste quand j'évoquai la possibilité de me rendre à Hagi.

— Vous pourriez interroger votre sœur à propos de la petite fille, dit-il doucement.

Au milieu des journées occupées et des longues nuits passées à soigner les blessés et les mourants, j'avais souvent pensé fugitivement à l'enfant que nous adopterions un jour. Je me rendis compte avec gratitude que Makino non plus ne l'avait pas oubliée. Ce fut donc avec son autorisation et sa bénédiction que je partis avec Itô Shunsuke pour

Shimonoseki, où nous embarquâmes à bord du *Kigai-maru* pour longer la côte jusqu'à Hagi.

Le *Kigai-maru* (ainsi nommé d'après l'année *kigai* de Bunkyû 3, soit 1863) était un brick à deux mâts construit en Angleterre. Il avait été transpercé et coulé par le navire de guerre américain *Wyoming* — j'avais assisté à la scène lors du premier bombardement de Shimonoseki. Il était maintenant renfloué et réparé. Ses flancs et sa coque arboraient des rapiéçages et autres cicatrices, et le bois à l'intérieur avait souffert de l'appétit des vers et des insectes, mais il affronta bravement la mer hivernale et remonta la côte en louvoyant contre les vents du nord-ouest. Il avait dix canons.

Itô me dit que tous les noms de bateaux étaient féminins en anglais.

— C'est parce que les bateaux sont comme les femmes. Volages, difficiles et irrésistibles !

Je souris en songeant que le *Kigai-maru* me ressemblait. Il avait failli être vaincu et détruit, mais il s'était rétabli et était de nouveau prêt à vivre. Cela me rendait l'espoir également pour notre domaine. Le pire était certainement derrière nous et le vent allait tourner.

L'eau tachetée de blanc se soulevait sous la proue en une masse d'un vert intense. Les mâts craquaient, les voiles chantaient dans le vent.

— Comment sont les Anglaises, en fait ?

— Très belles ! Mais vous savez, il est difficile de savoir comment se comporter avec elles. Les seigneurs anglais traitent leurs femmes comme des reines en porcelaine. Ils sont aux petits soins pour elles et font leurs quatre volontés. Ils ont un dicton qui dit : « Les dames d'abord. » Les hommes et les femmes se promènent bras dessus bras dessous, ou même en se tenant la main. Mais il y a aussi énormément de prostituées, qu'ils appellent des

« femmes perdues ». Beaucoup sont à l'œuvre dans les rues, comme les femmes des collines à Edo. On les traite très mal.

— Plus mal qu'à Edo?

— Je crois que oui.

— J'espère qu'Itô-san a été prudent.

— L'amour est comme la guerre. Il arrive un moment où la prudence n'a plus aucun sens.

J'étais mal placée pour dire le contraire. Il me parut préférable de changer de sujet.

— Inoue dit que la traversée a été horrible.

Il éclata de rire.

— J'ai cru que nous allions mourir. Mais nous avons beaucoup appris.

En l'observant tandis qu'il donnait des ordres aux marins, je songeai qu'il avait vraiment changé depuis l'époque où il était venu se faire soigner par mon père, voilà tant d'années.

— Vous savez, O-Tsuru-san, je pense que nous devrions nous inspirer de la façon dont les Anglais traitent leurs femmes — quand ils les traitent bien, veux-je dire. Il est intéressant d'être dans une compagnie mêlant les hommes à leurs épouses et leurs filles. Les femmes sont éduquées, elles donnent leur avis en toute liberté.

Il me lança un regard de côté et ajouta :

— Cela vous plairait! Vous devriez aller là-bas.

Il me semblait inimaginable de voyager aussi loin, d'aller dans cet autre monde.

— N'avez-vous pas souffert de la solitude et du mal du pays?

— Bien sûr que si. Souvent. Et j'ai aussi été embarrassé plus d'une fois, car je ne savais comment me conduire ou même m'habiller. Les gens sont souvent vêtus de noir, cela rend la ville si lugubre. Tout y est beaucoup plus lourd, plus compact. Les édifices sont massifs, ils pèsent sur la terre. Même l'air est plus dense. Les usines sont incroyables. Quand on voit Londres, on comprend pourquoi l'Angleterre possède un empire aussi vaste. Le secret, c'est le rosbif. Il donne des forces, aussi en avons-nous mangé en quantité.

Il se tapota le ventre en prononçant ces mots et se mit à rire de plus belle.

— Vous n'avez plus le mal de mer ?

— Pas sur des mers aussi calmes. Vous verriez ce que c'est quand on contourne le cap de Bonne-Espérance.

Il fit un geste vague en direction de l'ouest.

— Les vagues sont hautes comme des montagnes tout autour de l'Afrique !

Moi non plus, je n'avais pas le mal de mer. Le mouvement du navire me plaisait. Nous contournâmes le cap de Kawashiri et cinglâmes vers l'est, en passant devant Ômishima, ses îlots rocheux et ses seize bouddhas que ma mère était allée voir. Poussés désormais par un vent favorable, nous entrâmes dans le port de Hagi.

Je n'avais encore jamais découvert ainsi la ville nichée entre les fleuves jumeaux, entourée de montagnes protectrices et dominée par le château se dressant fièrement sur la rive occidentale de la baie, avec ses drapeaux et ses bannières flottant au vent.

Itô ordonna qu'on prépare les canons de bâbord. Après avoir fait virer de bord le bateau, il fit tirer une salve en direction du château.

— Voilà qui les fera réfléchir, déclara-t-il d'un ton satisfait tandis que le *Kigai-maru* se mettait hors de portée des batteries du rivage.

Bien entendu, les canons avaient tiré à blanc, car sire Môri se trouvait au château et Itô n'entendait pas manquer de respect à son daimyô ni causer des dommages réels. Le *Kigai-maru* arborait les drapeaux Chôshû et sa mission consistait à rétablir un gouvernement légitime, non à renverser la famille Môri.

Nous aperçûmes des gens courant en tous sens sur le rivage avec excitation, mais les batteries restèrent silencieuses et il n'y eut aucun signe de résistance.

Itô jugea la situation assez sûre pour me faire gagner le rivage dans une petite embarcation avec trois hommes chargés de rapporter des informations sur l'état de la ville. Comme je le découvris plus tard, la brève lutte pour le pouvoir entre les deux factions avait connu bien des péripéties, mais l'opinion publique, dans la ville comme dans le domaine en général, était en train de se détourner du gouvernement de Mukunashi en faveur de Takasugi et du Parti de la Justice.

Mes compagnons furent entourés de curieux dès qu'ils débarquèrent, mais ils ne couraient manifestement aucun danger. Les laissant répondre aux questions, je m'éloignai discrètement du port et me dirigeai vers la pharmacie Kuriya à travers les rues familières.

Le premier mois touchait à sa fin. Même si les jours rallongeaient, c'était déjà le crépuscule. Des lanternes brillaient devant les tavernes et je sentis des odeurs de cuisine. La maison des Kuriya était éclairée. La lumière orangée des lampes se déversait jusque dans la rue, car les volets de la boutique n'étaient pas encore fermés.

J'avais pu prendre un bain à Yamaguchi et m'étais débarrassée de mon kimono maculé de sang. J'en avais emprunté un vieux à l'épouse du gardien de l'école, ainsi qu'une écharpe et une pèlerine, mais tandis que j'appelais à la porte j'avais conscience d'avoir sans doute piètre apparence, surtout avec mes cheveux ras. Personne ne s'attendait à mon arrivée. En voyant l'expression de Mitsue, je compris

445

qu'elle avait pensé tout de suite que j'apportais de mauvaises nouvelles de la maison.

Je me hâtai de la rassurer :

— Tout le monde allait bien, la dernière fois que je les ai vus.

— Mais ils n'ont rien appris de nouveau à propos de notre oncle ? demanda-t-elle.

— Non, rien du tout.

Je commençais à m'habituer à faire cette réponse.

Les Kuriya m'accueillirent avec une certaine chaleur, malgré mon aspect, mais ils furent stupéfaits et alarmés quand ils apprirent que j'avais été avec les *shotai*. Étant des conservateurs dans l'âme, ils avaient soutenu le parti de Mukunashi, et ils étaient maintenant très inquiets à l'idée de voir leurs pareils remplacés par des radicaux tels que Takasugi. Mes récits ne firent qu'aggraver leurs craintes.

— Pourquoi êtes-vous venu ? chuchota Mitsue quand nous fûmes enfin seules.

Elle était en train d'allaiter son bébé. Michi était déjà endormie sous la couverture — ses joues étaient roses, son souffle régulier. Les petits garçons dormaient avec leurs grands-parents. Leur père les avait rejoints dans leur chambre plus vaste, en cette période où Mitsue se levait si souvent la nuit à cause du bébé.

— Je voulais vous voir, déclarai-je d'un ton léger.

— Tsu-chan, vous avez disparu pendant des mois et vous revenez maintenant avec l'air d'un fantôme, alors que tout est en plein chaos. Vous auriez pu choisir un meilleur moment pour me rendre visite !

— Je voudrais voir aussi Kusaka Fumi.

— L'épouse de Genzui ?

— Oui, il m'a donné un message pour elle avant de mourir. Je n'ai pas pu le transmettre plus tôt... J'ai été souffrante, je ne sais pas si nos parents vous l'ont dit. Puis j'ai eu l'occasion de venir à Hagi, et j'ai sauté dessus.

Mitsue assimila ces informations en silence. Le bébé tétait en reniflant. Le sein lui échappa et il poussa un petit cri. Mitsue replaça doucement le mamelon dans la bouche minuscule.

— Genzui est mort à Kyôto, dit-elle enfin.

— Oui, j'étais là-bas. Ne me posez pas de questions. Je suis allée à Kyôto et après les combats de la Porte Interdite je suis revenue. C'est à ce moment que j'ai été souffrante. Puis mon époux est passé chez nous et m'a demandé de me joindre à lui. Il est avec les *shotai* comme médecin militaire depuis un certain temps, maintenant.

— Nous sommes au courant. Mon mari fait souvent des remarques à ce sujet.

Le bébé s'était endormi. Ma sœur le coucha avec précaution sur le futon et rabattit la couverture sur lui. Quelque chose dans sa façon de regarder les deux petites filles me remit en mémoire la proposition de Makino.

— Mon époux voudrait vous présenter une requête, dis-je. Pourriez-vous y réfléchir ? Cela n'a rien d'urgent, vous devez vous sentir prête.

Mitsue me regarda d'un air interrogateur puis comprit d'un coup.

— Il voudrait adopter un des garçons ? Je suis désolée, leur grand-mère n'y consentira jamais. Peut-être si Makino était d'un rang plus élevé, s'il était même seulement un *sottsu*... Mais ils ne donneront jamais un de leurs petits-fils à un ancien employé.

— Et s'il était question d'une de leurs petites-filles ?

— Votre époux ne voudrait quand même pas d'une fille ?

— Il a dit expressément que tel était son souhait.

447

Il semble que je ne puisse pas avoir d'enfants, mais nous aimerions tous deux élever une fille, en lui donnant une éducation convenable.

Mitsue me regarda avec stupeur.

— Vous accepteriez de prendre Michi ?

— J'ai toujours eu le sentiment qu'elle m'appartenait un peu, observai-je. Sans doute parce que je l'ai empêchée de mourir à sa naissance.

— Toutes mes prières seraient exaucées si vous l'adoptiez. Cette enfant est si intelligente. Elle est beaucoup plus éveillée que ses frères au même âge. Je ne peux pas vous dire le souci que je me suis fait pour son avenir. Je n'ai pas envie qu'elle ait le même genre de vie que moi. Elle mérite tellement mieux.

Mitsue s'empourpra.

— Ne croyez pas que je me plaigne, dit-elle. Je ne regrette rien...

— Je comprends. Mais la famille sera-t-elle d'accord ?

— J'en suis sûre.

— Comme je vous l'ai dit, vous devez y réfléchir. Je vais probablement me rendre à Nagasaki cette année. Je ne pense pas que nous puissions l'emmener là-bas. Mais à notre retour, dans un an ou deux...

Cette nuit-là, nous dormîmes côte à côte, comme autrefois dans la maison de nos parents à Yuda.

Le lendemain matin, je partis pour Matsumoto en prenant un bac pour traverser le fleuve. Je me rappelai le jour où j'avais fait ce trajet avec Shinsai, je revis son air excité à l'idée d'être admis dans l'école de Yoshida Shôin. Combien de ces étudiants étaient déjà morts à l'Ikedaya, devant la Porte Interdite, dans les montagnes autour d'Ôda et Edô ? Le vent soufflant de la mer était froid, mais le printemps s'annonçait déjà. Violettes et aconits fleurissaient au bord de la route, les fleurs de prunier s'épanouis-

saient dans les jardins et des bourgeons se gonflaient sur les branches. L'eau coulait partout du fait
de la fonte des neiges et les oiseaux chantaient leurs
premières mélodies hésitantes.

J'appelai à la porte des Sugi-Yoshida et la mère
du professeur sortit. Le chagrin l'avait vieillie. Elle
ne me reconnut pas et ne se rappela pas mon nom,
mais elle me dit que sa fille, Fumi, se trouvait dans
le bâtiment de l'école.

— Puis-je aller l'y trouver ? demandai-je.

— Oui, je vous en prie.

J'entendis des voix d'enfants en train de réciter un
texte classique. Malgré le froid, toutes les portes
étaient ouvertes. Je m'approchai de la véranda et regardai à l'intérieur. Agenouillée sur le sol, O-Fumi
suivait la récitation dans un livre posé devant elle.
L'un des enfants m'aperçut et s'interrompit, bientôt
imité par les autres. Tous se turent puis se mirent à
rire nerveusement.

O-Fumi se leva d'un bond en me voyant. Au
début, elle ne me reconnut pas non plus. Après
m'avoir fixée un instant d'un air perplexe, elle se
souvint enfin.

— Vous êtes déjà venue ici. Le jour où Towa-san
était là. Et votre... votre oncle, n'est-ce pas ? C'était
un étudiant de mon frère ?

— Oui. Notre nom de famille est Itasaki. Mon
époux s'appelle Makino. Je suis confuse de vous déranger ainsi. Je ne voudrais pas réveiller votre chagrin mais... eh bien, Kusaka-san m'a demandé d'aller
vous voir.

Poussant un cri étouffé, elle chancela et s'agrippa
au pilier de la véranda pour ne pas tomber. Puis elle
se reprit, dit à l'aîné des élèves de se charger de la
classe, descendit de la véranda et enfila ses sandales.

— Venez faire quelques pas avec moi.

Je regrettais déjà d'être venue.

— Vous allez bien ? Je suis désolée.

Elle était devenue très pâle.

— Oui. Pardonnez-moi. C'est juste que j'oublie qu'il est mort, et quand vous avez parlé je l'ai cru vivant l'espace d'un instant. Il était si souvent absent, voyez-vous. Certains jours, j'ai l'impression qu'il est simplement parti et qu'il va revenir bientôt.

— Je l'ai vu juste avant sa mort et je lui ai promis de vous dire comment ils en sont venus à se battre.

Je lui racontai les derniers jours de Genzui au Tennôzan, le conseil de guerre où il n'avait pas été entendu, puis je lui répétai ses mots d'adieu. Elle m'écouta avec les yeux secs, comme si elle avait déjà trop pleuré.

— C'était l'homme le plus brave et le plus honorable que j'aie connu, dis-je en conclusion. Comme votre frère, il était vingt et une fois un vaillant samouraï !

Elle sourit faiblement.

— Nous sommes très fiers d'eux. Et leur sacrifice — le sacrifice de tant de vies — ne sera certainement pas vain. À présent, le gouvernement va de nouveau changer. Je ne sais pas si vous savez que l'Assemblée de la Paix réunie au Kôkôji exhorte sire Môri à mettre fin à cette guerre civile. Ce sont tous des hommes extrêmement respectables. Il devra entendre leur appel. Nous pensons que mon oncle sera rétabli dans ses fonctions, de même que Takasugi et Katsura.

— Les étudiants de votre frère se sont tous distingués.

— Ils sont en train de réaliser ses rêves. Mais qu'est devenu Itasaki-san ?

J'étais tellement lasse de répondre à cette question !

— Il est parti avec votre époux. Nous n'en savons pas plus.

— Je suis vraiment désolée. Mais votre famille doit être fière de lui.

J'acquiesçai en inclinant la tête mais gardai le silence. Plongée dans une sorte de rêve éveillé, je me voyais accompagner Shinsai à la Porte Interdite en ce jour ultime. Je combattais à son côté et, comme Genzui et Terajima, nous nous poignardions mutuellement en découvrant que tout était perdu, et nous mourions ensemble. J'enviais O-Fumi, car elle savait que son époux était mort. Au moins, il avait été son conjoint officiel, au moins ils étaient *bushi* et elle pouvait puiser une consolation dans les idéaux de sa classe sociale.

Honteuse de moi-même, je pris congé le plus rapidement possible. Je retournai chez les Kuriya pleine de trouble et de colère. Je regrettais d'avoir fait cette visite. Qu'avais-je espéré ? J'avais exaucé les désirs des morts — mais les morts s'en souciaient-ils ?

« Si vous êtes mort, Shinsai, dites-le-moi, pensai-je. Envoyez-moi un signe ! » Mais il n'y eut aucune réponse, aucun événement que je puisse interpréter dans un sens ou un autre. Mon équipée irréfléchie me paraissait maintenant une sottise. J'aurais voulu être de retour à Yamaguchi, avec les *shotai* et mon époux.

Il se passa plusieurs semaines avant que je réussisse à rentrer. La salve tirée par Itô depuis le *Kigai-maru* avait contribué à convaincre sire Môri qu'il fallait changer de gouvernement, mais les négociations prirent un certain temps et tout le monde ne se soumit pas sans regimber. Il y eut des escarmouches entre les *shotai* et le Senpôtai, des émissaires de l'Assemblée de la Paix furent assassinés, la guerre menaça de nouveau. À la fin du deuxième mois, toutefois, sire Môri et le nouveau gouvernement s'étaient installés à Yamaguchi. Les *shotai* rentrèrent dans le rang pour former la base d'une armée nouvelle et les routes entre les deux villes redevinrent sûres pour les voyageurs.

Chez les Kuriya, je passai mon temps à aider comme autrefois à la pharmacie et aussi à jouer avec Michi, en constatant par moi-même ce que ma sœur m'avait dit. C'était une enfant d'une intelligence exceptionnelle, qui parlait déjà couramment. Il me sembla que ses dons inquiétaient son père et sa grand-mère, car elle se révélait nettement plus brillante que ses frères. Je la quittai avec un vrai chagrin et me promis de venir à son secours dès mon retour de Nagasaki.

Attente

Tout ce qu'avait accompli le bakufu l'année précédente, dans sa première tentative pour châtier le Chôshû, avait été réduit à néant par le réveil des *shotai* sous l'impulsion de Takasugi et par la guerre à l'intérieur du domaine. Les radicaux du Parti de la Justice avaient repris le contrôle du gouvernement, le daimyô et son héritier étaient loin de se repentir et les suicides forcés, les exécutions et autres punitions n'avaient fait que renforcer l'hostilité du domaine tout entier envers le shôgunat.

Au quatrième mois, le bakufu annonça une nouvelle expédition contre le Chôshû et invita les daimyôs de tout le pays à fournir des troupes et des armes. La première expédition s'était conclue sans combats par la soumission du Chôshû, mais cette fois il n'était plus question de se soumettre. Même les domaines vassaux ayant eu autrefois des démêlés avec Hagi firent front commun contre la menace extérieure. Sous l'égide du nouveau gouvernement, le domaine se préparait à lutter pour sa survie.

Le bakufu mit longtemps à constituer son armée. Plus de douze mois s'écoulèrent avant que les deux adversaires échangent des coups de feu. Durant cette période, non seulement le Chôshû se réarma avec fièvre mais des négociations eurent lieu pour

réaliser l'impensable : une alliance entre deux ennemis jurés, entre le tigre et le dragon — en somme,
entre le Chôshû et le Satsuma contre les Tokugawa.

Malgré l'incertitude générale, Makino et moi
avions toujours l'intention de nous rendre à Nagasaki. Takasugi y était allé au troisième mois avec le
projet de s'embarquer de là pour Shanghai, au grand
désarroi de ses camarades qui s'étaient attendus à le
voir jouer un rôle clé dans le nouveau gouvernement. Je ne pus m'empêcher de me demander s'il ne
reproduisait pas son schéma habituel en fuyant le
succès qu'il devait à son état d'excitation maniaque.
Itô et Inoue étaient eux-mêmes partis se cacher.
Tous trois risquaient encore constamment d'être assassinés, en l'occurrence par des samouraïs de Shimonoseki opposés au projet de Hagi d'ouvrir le port
au commerce étranger.

— Des crabes dans un seau ! s'écria mon père en
apprenant ces nouvelles. Chacun se débat pour défendre sa propre petite vie en piétinant au passage
ses camarades !

De fait, cette époque était si confuse et tourmentée que nous semblions souvent n'être que des
créatures impuissantes luttant pour ne pas être dé-
vorées.

Je dus rentrer à Yuda pour dire au revoir à mes
parents. Comme toujours, nous parlâmes surtout
des événements du domaine. Mon père avait entendu dire que Katsura Kogorô allait revenir en
Chôshû pour occuper des fonctions importantes
dans le gouvernement. Il était resté caché depuis le
désastre de la Porte Interdite. Les gens furent stupéfaits et ravis d'apprendre qu'il vivait encore.

— Voilà qui devrait peut-être nous inciter à ne
pas perdre espoir pour Shinsai, dit mon père. Il se
pourrait qu'il soit lui aussi caché quelque part.

— Il peut revenir ici d'un instant à l'autre, approuva ma mère avec optimisme.

Elle s'efforçait de lui remonter le moral, car mon père avait très mal pris la disparition de Shinsai et en éprouvait un profond chagrin.

Assise avec eux, je restai un instant sans rien dire. J'imaginai la scène dans le paysage où l'été accomplissait sa métamorphose. Je me représentai Shinsai s'avançant sur la route poussiéreuse, franchissant le portail et passant sous l'Arbre joueur. Je ressentais sa présence fantomatique avec tant de force que j'en eus la chair de poule. Pour changer de sujet, je déclarai :

— J'ai entendu dire à Yamaguchi que Murata Zôroku devait être chargé de réformer l'armée.

— Murata ! grogna mon père.

Murata Zôroku, connu plus tard sous le nom d'Ômura Masujirô, avait un cabinet médical dans un village non loin de Yuda et mon père le connaissait assez bien.

— Il fera certainement mieux dans l'armée que dans sa carrière de médecin.

— Le docteur Murata est un homme très intelligent, lui rappela ma mère.

— Il est intelligent, mais il n'aime pas ses patients. Je suis heureux pour eux qu'il s'occupe plutôt de soldats.

— Il a étudié à Nagasaki, n'est-ce pas ? demandai-je.

— Oui, auprès du célèbre docteur Pompe. Vous allez rencontrer beaucoup de ses élèves, ainsi que ceux de Siebold.

— Takasugi-san m'a dit que Siebold avait une fille qui était médecin.

— C'est exact, répliqua mon père. Murata la connaît bien. Je crois qu'elle s'est installée à Uwajima et que sire Date l'apprécie énormément.

— Oh, j'espérais qu'elle serait à Nagasaki et que je pourrais faire sa connaissance! m'exclamai-je un peu déçue.

Mon père déclara qu'elle revenait peut-être de temps en temps à Nagasaki et que Tetsuya saurait certainement comment entrer en contact avec elle, car il s'était marié dans une famille très liée à l'ancienne école de Siebold à Narutaki.

— Katsura viendra peut-être ici, ajouta-t-il. Nous pourrons lui demander des nouvelles.

J'allais répliquer qu'il serait probablement beaucoup trop occupé, mais je me rappelai soudain la conversation que j'avais eue avec Katsura sous le pont Nijô. En fait, il se rendrait certainement chez mon père pour voir la peinture de Chikuden. Mon père se laisserait prendre à ses compliments chargés d'allusions et il la lui donnerait. Cette pensée m'irritait terriblement. Elle me faisait revivre la période si intense et douloureuse ayant suivi la disparition de Shinsai. J'en voulais à Katsura d'être vivant et de s'être caché si longtemps alors que Genzui et les autres avaient fait le sacrifice de leur vie et que Shinsai était sans doute mort. Je décidai de prendre la peinture dans la réserve et de l'emporter avec moi à Nagasaki. Je l'offrirais à la nouvelle famille de Tetsuya ou la jetterais à la mer plutôt que de la laisser tomber dans les mains de Katsura. Pourquoi éprouvais-je une telle hostilité? Je ne comprenais pas vraiment mes propres sentiments. Simplement je ne cessais de revoir les morts — leurs plaies béantes, leur courage, leurs larmes de souffrance — puis les pieds blancs de Katsura sous son déguisement de mendiant et les vêtements élégants de la femme lui apportant à manger.

C'est ainsi que lorsqu'on envoya mes bagages à Shimonoseki, *Fleurs de prunier odorantes, ombre inconnue* était caché dans l'un des paniers, enveloppé dans un kimono de soie ayant appartenu à ma grand-mère. Bien entendu, je ne l'emportai pas sans la permission de mes parents. Je demandai la peinture en pensant leur dire que Tetsuya la désirait en héritage ou que je souhaitais avoir avec moi un souvenir de la maison, mais mon père n'exigea aucune explication. Il se contenta de me la donner en déclarant qu'il espérait qu'elle serait pour moi comme un gage de sécurité. Ma maladie avait rendu mes parents plus inquiets pour moi qu'il n'était naturel. Ils pleurèrent quand Makino vint me chercher et qu'il fallut nous séparer. Leurs visages étaient crispés par la crainte de ne jamais me revoir. Ils avaient déjà enterré deux enfants, mais le chagrin de survivre aux autres devait leur être épargné à tous deux.

Makino et moi nous rendîmes à Shimonoseki, où nous séjournâmes de nouveau à la Kokuraya. Shiraishi était inchangé. S'il avait quelques cheveux gris et rides supplémentaires, il était toujours aussi hospitalier et généreux. Nous avions beaucoup à raconter : notre expérience avec les *shotai*, la campagne militaire dans les montagnes autour d'Ôda, nos projets pour Nagasaki. Cependant l'hôtellerie était bondée, comme d'habitude, de sorte que notre hôte devait sans cesse nous laisser pour s'occuper des exigences de ses divers invités.

On était au cinquième mois intercalaire, huit ans après le mariage de ma sœur, et j'éprouvais comme toujours dans les mois de ce genre l'impression étrange que les jours passaient mais que le temps s'était immobilisé. Le soir suivant notre arrivée, Shiraishi entra dans notre chambre, en proie à une excitation qu'il partagea avec nous sans attendre.

— N'en parlez à personne, mais un événement très important se déroule en cet instant même à l'autre bout du couloir. C'est un moment historique ! Sous mon propre toit !

Après une pause théâtrale, il chuchota :

— Katsura-dono est ici.

Me sentant prise en faute, je crus d'abord que Katsura m'avait suivie pour prendre possession de la peinture.

— Shiraishi-san, je vous en prie, ne lui dites pas que je suis ici, implorai-je.

Mais mon époux ne l'entendait pas de cette oreille.

— Il faut que nous le voyions, déclara-t-il. Il est en passe de devenir un personnage très puissant. Il pourrait jouer de son influence en notre faveur, voire nous apporter une aide financière.

— Je lui ai déjà dit que vous étiez ici, reprit Shiraishi un peu vexé de ma réaction peu enthousiaste. Il désire vous voir.

— Mon époux va y aller, lançai-je. Moi, je suis un peu fatiguée.

Makino m'observa en fronçant les sourcils.

— C'est une vieille connaissance de votre père. Il serait impoli de ne pas venir avec moi. Et pourquoi souhaitez-vous qu'il ignore que vous êtes ici ?

Pendant les mois que nous avions passés de nouveau ensemble, mon époux et moi ne nous étions guère rapprochés. Même si notre collaboration professionnelle marchait plutôt bien, nous n'avions plus de conversations intimes et n'avions pas repris nos rapports conjugaux. Nous étions trop occupés, trop fatigués — mais dans le feu de la passion, ce genre de chose ne compte pas. La vérité était qu'il n'existait plus de désir entre nous. Je n'étais pas affranchie de tout besoin physique et affectif, et je pense qu'il en allait de même pour mon époux, mais nous ne nous tournions pas l'un vers l'autre. Si jamais il cherchait ailleurs une consolation, je n'étais pas au courant. Il avait respecté sa promesse de ne pas m'interroger sur mon absence. À présent, il me semblait lire sur son visage un sentiment que je n'avais pas remarqué jusqu'alors : la jalousie.

Pouvait-il vraiment croire que je m'étais échappée avec Katsura ? Je me rappelai soudain des détails qui m'avaient presque échappé sur le moment : son malaise quand j'étais seule avec Takasugi, son irritation quand Inoue ou Itô plaisantaient avec moi. Je fus prise de pitié pour mon époux si raisonnable qui succombait à l'irrationalité de la jalousie, et pour la première fois depuis des mois je sentis grandir en moi une sorte de tendresse. Puisqu'il m'avait présenté sa requête devant Shiraishi, je ne pouvais refuser sans lui faire honte. Je le suivis donc en prenant soin de rester quelques pas derrière lui dans le couloir menant aux chambres réservées aux hôtes prestigieux. Outre son rang héréditaire, Katsura était maintenant l'un des principaux dirigeants du domaine.

La chambre spacieuse donnait sur le jardin. On arrivait à l'époque des pluies de saison chaude et les arbres et les arbustes ruisselaient d'humidité. Les azalées dressaient leurs fleurs rouges à la clarté des lampes. J'aperçus plusieurs hommes que je connaissais de vue, car ils étaient tous passés chez Shiraishi à un moment ou un autre. Katsura était assis à un bout de la pièce, près du *shôji* ouvert. Il était vêtu avec nettement plus d'élégance que la dernière fois que je l'avais vu, mais je le regardai à peine. Quand mes yeux se posèrent sur l'homme assis près de lui, je sentis mon cœur s'arrêter. L'espace d'un instant, je crus que c'était Shinsai. Bien entendu, je me rendis compte presque aussitôt que je me trompais, mais la ressemblance était patente. Outre sa grande taille, la chevelure de l'homme et la forme de son crâne rappelaient Shinsai. Ses genoux et sa tête touchaient presque ceux de Katsura tandis qu'ils conversaient à voix basse. Les lampes les éclairant d'une lueur tremblante faisaient danser leurs ombres.

À notre entrée, Katsura jeta un regard dans notre direction.

— Nous ne voudrions pas vous déranger, dit Shiraishi, mais voici le médecin dont je vous ai parlé, Makino Keizô. Lui et son épouse sont en route pour Nagasaki.

— J'espère pouvoir vous être utile là-bas, déclara Makino.

— Attendez un instant, je vous prie, dit Katsura. J'aimerais vous parler.

Même s'il ne m'adressa pas la parole, je sentis son regard sur moi. Je regrettais d'être venue, mais il ne m'était guère possible de m'échapper maintenant qu'il m'avait vue. Et je voulais entendre moi-même tout ce qu'il pourrait dire à mon sujet. Je priai pour qu'il ait des préoccupations plus urgentes que notre dernière rencontre à Kyôto.

Katsura reprit son entretien. L'homme lui répondait avec un accent de Tosa, et je me dis soudain qu'il s'agissait probablement du *rônin* Sakamoto Ryôma. Je me souvenais avoir entendu Genzui parler de lui en cet endroit même. Shinsai m'avait raconté qu'on le prenait parfois pour Ryôma. Il était aisé de comprendre pourquoi. Le sens des paroles de Sakamoto m'échappait, mais il en imposait et je voyais que Katsura le trouvait convaincant.

Après avoir poursuivi un instant cette conversation chuchotée, Katsura leva la tête et fit participer toute l'assistance à la conversation avec sa cordialité habituelle.

— Saitani-san revient de Nagasaki, dit-il à Makino. Peut-être pourrait-il vous aider à entrer en contact avec des marchands important des drogues et des remèdes.

Il se tourna vers le soi-disant Saitani — Sakamoto

se faisait appeler à l'époque Saitani Umetarô, Saitani étant le nom de ses ancêtres quand ils se livraient encore au commerce en Tosa.

— Makino-san est l'un de nos médecins les plus prometteurs, proclama-t-il. Il a contribué à l'installation d'hôpitaux de campagne lors de nos récentes opérations militaires et il se rend à Nagasaki pour étudier dans l'hôpital occidental créé par Pompe.

Makino s'inclina, manifestement flatté par cette présentation chaleureuse. C'était là un nouvel exemple de la mémoire phénoménale de Katsura. Il n'oubliait jamais le moindre renseignement qu'on lui donnait, et cela malgré les quantités impressionnantes de saké qu'il absorbait. Cette qualité avait fait de lui un espion efficace et ferait de lui un politicien plus efficace encore.

Pour une fois, je fus heureuse que personne ne me remarque ni ne parle de moi. Je m'inclinai à mon tour puis m'assis avec l'air modeste convenant à une bonne épouse, un peu en arrière de mon mari, les yeux baissés.

— Venez me voir à Nagasaki, dit Ryôma en se levant pour partir. Je séjourne habituellement chez le marchand de crevettes Kosone Eishirô.

— Un marchand de crevettes ! se moqua l'un des samouraïs quand le bruit des pas de Ryôma se fut dissipé. Ce Tosa sent un peu trop le poisson pourri, je trouve.

Katsura rit avec les autres mais déclara :

— Je le tiens en haute estime. Et il a quelques idées très intéressantes.

Il ne donna aucun détail. Après plusieurs flacons de saké supplémentaires, ses compagnons proposèrent d'aller rendre visite aux geishas. Katsura dit qu'il les rejoindrait dans un moment.

Après s'être levés en titubant, les hommes partirent bruyamment. Une servante vint remplir de nouveau les coupes de saké, en essayant de ne pas bâiller car il était près de minuit. Je lui demandai d'apporter du thé.

— Shiraishi, lança Katsura, Sakamoto veut que je rencontre Saigô Takamori. Il pense qu'il n'y a plus de temps à perdre. Le Chôshû et le Satsuma doivent devenir alliés.

— C'est la voix de la raison, répliqua Shiraishi. Sakamoto est un homme pragmatique, qui s'y connaît en affaires. À mon avis, nous avons tout intérêt à développer les échanges entre les deux domaines. Le Satsuma et le Chôshû sont tous deux puissants, mais ils laissent perdre la moitié de cette puissance à force de se chamailler.

— Est-il possible de se fier aux Satsuma? demanda Katsura. Après tout, c'est Saigô qui est responsable des châtiments terribles de l'année dernière.

— Peut-être est-ce grâce à lui que ces châtiments n'ont pas été encore plus impitoyables, insinua Shiraishi. Et n'a-t-il pas refusé de se joindre à la nouvelle offensive contre le Chôshû?

— Les samouraïs du domaine n'accepteront jamais une telle alliance, observa Makino. Ils haïssent les Satsuma autant que les Aizu. *Satsuzoku aikan* — les Satsuma sont des bandits, les Aizu des coquins. Voilà ce qu'on entend partout.

Katsura fronça les sourcils.

— Vous avez peut-être raison. Il sera difficile de les convaincre.

Il resta un instant silencieux, absorbé par ses propres pensées.

— Sakamoto n'est pas le seul à jouer les entremetteurs, dit-il enfin. Il y a aussi un autre Tosa, Nakaoka Shintarô. Il est parti dire à Saigô de s'arrêter à Shimonoseki en se rendant à Ôsaka. S'il est d'accord, nous nous rencontrerons ce mois-ci. Ici même, si vous pouvez arranger ça.

— Certainement, approuva Shiraishi. Saigô a déjà séjourné ici. Votre rencontre pourra sembler purement fortuite.

— Les deux Tosa sont menacés en ce moment, dit Katsura à voix basse. La faction conservatrice a repris le pouvoir dans ce domaine, comme elle l'a fait dans le nôtre l'an passé. Takechi Hanpeita est mort. On lui a ordonné de mettre fin à ses jours en prison. Sakamoto sait qu'il ne peut compter sur aucun soutien en Tosa. Pour l'instant, il est en sûreté à Nagasaki, mais lui et Nakaoka ont besoin de l'aide aussi bien du Chôshû que du Satsuma.

— Sakamoto sera un intermédiaire utile pour se procurer des armes, déclara Shiraishi.

— J'ai vu Nakaoka absolument partout, remarqua Katsura en resservant du saké. Il a séjourné un moment à Mitajiri et il ne cesse de faire des apparitions à Kyôto. Ne vous est-il jamais arrivé de tomber sur lui quand vous étiez là-bas?

Cette question ne semblait adressée à personne en particulier. Au bout d'un instant, Makino répondit :

— Je n'ai jamais été à Kyôto.

— Vraiment? s'étonna Katsura. J'y ai rencontré votre épouse. Je pensais que vous aviez peut-être accompagné l'armée Chôshû.

— Je suis resté à Shimonoseki, assura Makino d'un ton net.

Katsura me regarda.

— Mais vous étiez bien à Kyôto. Nous nous sommes vus sous le pont Nijô et nous avons parlé de la peinture. Avez-vous retrouvé votre oncle, à propos? Vous étiez à sa recherche, si je me souviens bien.

— Nous pensons qu'il est mort, dis-je d'un ton aussi net que celui de mon époux.

J'avais conscience qu'il était aussi bouleversé que

463

moi. Nous étions comme deux alambics sur le feu, où chauffait quelque mixture fétide. J'avais presque l'impression de voir de la vapeur s'échapper de lui.

— Toutes mes condoléances, dit Katsura. Je rendrai visite à votre père dès mon retour à Yamaguchi.

— Il en serait très honoré, répliquai-je.

Il me sembla que ses yeux brillaient d'une lueur cupide. Il ne se doutait pas que la peinture ne se trouvait plus à Yuda mais dans une chambre de l'hôtellerie, à quelques pas de lui.

Je ne pus qu'admirer le sang-froid de mon époux, qui parla pendant quelques minutes interminables de la situation à Nagasaki, des opportunités de se livrer aux études et au commerce, de la nécessité pour le Chôshû de se réarmer. Puis Katsura devint nerveux — sans doute se rappelait-il la maison des geishas — et Shiraishi nous raccompagna.

— Katsura boit vraiment trop, dis-je quand nous fûmes de retour dans notre chambre.

Je pris un éventail dans le coffre et entrepris d'éventer mon visage soudain brûlant.

— Vous étiez donc à Kyôto ? demanda Makino d'une voix aussi claire que tout à l'heure. Avec Shinsai ?

— Nous y avons séjourné tous deux au même moment, déclarai-je. C'est tout.

Je le voyais se débattre contre une réalité qu'au fond de lui il ne voulait pas connaître.

— Vous devriez vous en tenir là, lançai-je.

L'expression de son visage révélait les calculs auxquels il se livrait en un éclair : le scandale, le chagrin infligé à mes parents, sa propre souffrance, son humiliation.

— Je devrais vous tuer, dit-il.

— Si vous étiez un samouraï, vous le feriez. Mais vous ne l'êtes pas, et moi non plus. De toute façon, il ne s'est rien passé et Shinsai est sans doute mort.

En prononçant ces mots, toutefois, je me rendis compte que je n'y croyais pas.

Makino m'attira vers lui, les yeux fixés sur mon visage. Je songeai fugitivement à tous les moyens qui s'offraient à lui pour me tuer : les scalpels à portée de sa main, les poisons dont il était un expert, de simples objets tels qu'une ceinture, un coussin ou un pilon capables d'étrangler, d'étouffer, d'assommer mon corps sans défense.

— Il ne s'est rien passé ? répéta-t-il en me serrant plus fort.

— Rien.

Je sentis mon cœur s'accélérer sous l'effet du mensonge autant que de la peur.

Il voulait tellement me croire. Je fus de nouveau prise de pitié pour lui, pour tous les hommes en fait, avec leurs besoins, leurs jalousies, leurs faiblesses. Que les humains étaient donc pathétiques ! Comment pouvions-nous espérer changer quoi que ce soit alors que notre idéal d'un monde nouveau ne cessait d'être battu en brèche par nos mensonges et nos illusions ?

Comme en ce jour où Nakajima était mort et où j'avais vu le Comptable s'avancer vers moi dans la pluie, une émotion profonde s'empara soudain de nous. Le désir nous envahit, le désir et sa capacité si remarquable de surgir à l'instant le plus improbable et pourtant le plus propice. Mon époux avait envie de me tuer et je l'en avais vraiment cru capable, mais nous nous effondrâmes finalement sur le sol en nous arrachant mutuellement nos vêtements et en nous agrippant avec violence l'un à l'autre, jusqu'au moment où il me pénétra de toutes ses forces et où nous jouîmes au même instant avant de verser tous deux des pleurs où se mêlaient le besoin et la délivrance, la honte et la pitié.

Makino me dit ensuite :

— Puisque Shinsai est mort, il est inutile que nous reparlions de tout cela.

Je ne répliquai rien, mais mon silence scellait une nouvelle transaction dans notre mariage.

Nous retardâmes notre départ du fait de l'envie de Makino d'assister à la rencontre prévue, et aussi parce que les pluies ne faiblissaient pas. Cependant Katsura ne rencontra finalement pas Saigô à cette époque. Le grand Saigô changea d'envie et ne s'arrêta pas à Shimonoseki. Katsura en fut irrité et son orgueil en prit un coup, mais contrairement à tant de samouraïs Chôshû il faisait toujours passer la raison et le pragmatisme avant ses sentiments blessés. Tôt ou tard, il rencontrerait Saigô et conclurait un pacte avec le Satsuma. En attendant, il retourna à Yamaguchi pour superviser la réforme de l'armée avec Murata.

Les pluies cessèrent enfin et nous pûmes nous embarquer à bord d'un navire qui nous emmena en Kyûshû, première étape de notre voyage vers Nagasaki.

QUATRIÈME PARTIE

De Keiô 1 à Keiô 3
1865-1867

Nagasaki

Bien qu'il ne fût guère plus large qu'un fleuve, je n'avais jamais traversé le détroit jusqu'à Kokura. Regardant par-dessus le bastingage l'eau d'un bleu profond, les vagues aux crêtes blanches, je songeai à la bataille de Dannoura où les Heike avaient été définitivement vaincus. L'empereur enfant avait péri sous ces mêmes vagues, et les princesses et nobles dames Heike ayant survécu en furent réduites à vendre leur corps ou mourir de faim. Les geishas de Shimonoseki prétendaient être leurs descendantes. Cette pensée me faisait sourire.

À partir de Kokura, nous ferions le reste du trajet à pied sur la grand-route de Nagasaki, en louant des chevaux de bât pour porter nos bagages et éventuellement des hommes pour nous porter, nous. Cela faisait des siècles qu'on empruntait cette route. On disait qu'Ieyasu en personne avait ordonné sa construction quand Nagasaki devint le seul port ouvert au commerce avec l'Occident. Cette route avait vu voyager les daimyô de Saga, Fukuoka et Kurame, avec leurs somptueux cortèges de deux mille personnes, lorsqu'ils partaient pour leurs séjours forcés à Edo. Les *kapitans* hollandais avaient suivi le même itinéraire et logé dans les mêmes *honjin* pour aller faire leur visite annuelle au shôgun. Le voyage prenait sept jours et la route était jalonnée d'auberges, lesquelles traversaient une passe difficile. Cela faisait trois ans que les daimyôs n'étaient plus obligés de séjourner à Edo, et aucun *kapitan* hollandais ne s'y était rendu depuis bien des années — depuis l'époque de Siebold, probablement.

Siebold lui-même devait avoir emprunté cette route. Ses yeux s'étaient posés sur les mêmes paysages que les miens, il avait contemplé les énormes camphriers à l'ombre noire comme de l'encre, les vallées fertiles, les terrasses occupant le moindre terrain disponible et bordées de théiers, les forêts de bambous ombrageant les montées escarpées vers les cols, les innombrables statues d'Ebisu, les renards blancs d'Inari, les Jizô sans tête des petits sanctuaires montagnards. Siebold avait bu l'eau fraîche à laquelle le col de Hiyamizu devait son nom. Peut-être s'était-il même baigné comme nous dans les sources chaudes d'Ureshino, qui étaient censées soigner la syphilis, la gale et les rhumatismes.

Nous quittâmes Ureshino tôt le matin du cinquième jour de notre voyage, dans l'espoir d'arriver à Ômura dans la soirée, mais une pluie violente nous obligea à chercher un abri à Yunoda puis nous dûmes attendre la décrue au gué de Hirano. Les eaux du fleuve s'élançaient avec impétuosité entre ses berges rocheuses escarpées, mais les gens du cru nous assurèrent qu'elles baisseraient aussi vite qu'elles étaient montées et que nous pourrions certainement gagner l'autre rive avant la nuit. Notre valet s'occupa de nourrir et abreuver les chevaux tandis que mon époux et moi nous installions sur la véranda d'une des maisons de thé — je crois qu'elle s'appelait le Pin du Gué —, pour boire du thé d'Ureshino et manger des anguilles grillées.

Alors que j'allumais ma pipe en songeant combien le tabac avait un goût agréable dans l'air frais de la montagne, quelqu'un toussa nerveusement dans mon dos et une voix d'homme lança :

— Vous êtes bien O-Tsuru-san ?

Je me retournai et vis un jeune homme maigre aux vêtements miteux et au crâne rasé. Il portait une veste de médecin et agrippait la lanière d'une boîte à pharmacie portative. Il me fallut un instant pour le reconnaître. Avant que j'aie pu ouvrir la bouche, il reprit d'un ton plutôt embarrassé :

— Bien entendu, vous n'avez aucune raison de vous souvenir d'une personne aussi insignifiante que moi, et notre dernière rencontre a dû vous être si désagréable que vous m'avez effacé de votre mémoire...

— Hayashi-san ! m'écriai-je.

Il sourit avec une joie exagérée, en plissant tellement les yeux qu'ils disparaissaient dans ses joues. Je n'avais guère pensé à Hayashi Daisuke depuis qu'il s'était éclipsé de la maison de mes parents à la mort de Nakajima.

Il se présenta à mon époux, lequel me regarda en haussant les sourcils mais invita d'un geste Hayashi à s'asseoir avec nous. La servante nous apporta encore du thé. Hayashi sortit un petit guide illustré, qu'il consulta avant de commander des *tamago sômen*.

— C'est une spécialité locale, déclara-t-il en montrant la page à Makino. Comme les gâteaux du Kyûshû, ils sont faits avec du sucre et des œufs. Cela s'explique par l'influence portugaise, vous savez.

Nous ne savions pas, de sorte que Hayashi meubla notre attente en nous racontant l'histoire des divers étrangers ayant fréquenté Nagasaki : Portugais, Anglais, Hollandais, Chinois. Les Portugais et les Anglais étaient partis depuis longtemps, encore que ces derniers se montrassent de nouveau à présent que la vente des armes rapportait des fortunes. Les

Portugais avaient laissé toutes sortes d'innovations commodes : les armes à feu, le pain, la tempura, le gâteau mousseline.

— Et ceci, lança Hayashi en se léchant les lèvres quand la servante revint avec des bâtonnets à base d'œuf, jaunes, sucrés et poisseux, qui ressemblaient à des nouilles.

Nous y goûtâmes tous. Makino ne les apprécia guère, car il n'aimait pas le sucre, mais je les trouvai délicieux et en commandai une autre portion.

— J'espère que vos parents vont bien, dit Hayashi tandis que j'attaquais cette seconde portion.

Je répliquai qu'ils se portaient à merveille, ainsi que toute la maisonnée, puis je demandai :

— Mais où étiez-vous pendant tout ce temps ? Cela fait bien sept ans...

— Je me suis rendu d'abord à Ôsaka et j'ai passé les trois dernières années à Nagasaki. J'ai étudié là-bas dans une école privée puis j'ai eu la chance de travailler avec Pompe, le professeur hollandais, dans l'hôpital qu'il a créé. C'était juste avant son départ.

Son repas terminé, il sortit de sa robe un pilulier de voyage et prit dans l'un des compartiments une grosse pilule de couleur brune.

— J'ai l'estomac fragile, comme vous vous en souvenez peut-être, expliqua-t-il. Je voyage donc toujours avec une provision de médicaments.

— Que contient cette pilule ? s'enquit Makino.

— Oh, vous savez, surtout du *daiô*, un peu de réglisse, de la menthe... On appelle ce remède le shôgun. Il est très fort.

— Dans ce cas, ce nom n'est guère approprié en ce moment, plaisanta Makino.

— Faites attention, lança Hayashi d'un air inquiet. Nagasaki est sous la tutelle du bakufu et il y a des espions partout.

— Ce n'était qu'une plaisanterie, dis-je.

Pendant que je mangeais, le ciel s'était assombri de nouveau et maintenant le tonnerre grondait. Il se mit à pleuvoir à torrents. Manifestement, nous ne traverserions pas le fleuve cette nuit-là. Makino alla se renseigner sur les possibilités d'hébergement. Plusieurs autres voyageurs étaient dans la même situation que nous, mais le propriétaire du Pin du Gué assura qu'il aurait de la place pour nous et nous proposa de la soupe, du riz et du poisson grillé.

Les portions étaient modestes, mais le saké coula à flots et ce fut finalement une joyeuse soirée. Les propriétaires de maison de thé devaient se montrer inventifs pour faire leurs affaires et nous avions déjà fait l'expérience de centaines de moyens différents pour séduire le client. Notre hôte se distinguait par son talent de conteur. Il nous décrivit les cortèges imposants des daimyôs et des *kapitans* comme s'ils venaient de passer la veille, et nous parla de toutes les créatures exotiques qui avaient traversé le fleuve en se rendant de Nagasaki à Edo — éléphants et girafes, tigres, paresseux, orangs-outans, paons et perruches.

— Et des chameaux, ajouta-t-il en nous adressant un sourire. Ces animaux étaient aussi tendres que ce jeune couple, ils ont passé la nuit blottis l'un contre l'autre. On parle du dévouement conjugal des canards mandarins, mais les chameaux les battent à plate couture.

Nous n'eûmes guère l'occasion de nous témoigner notre tendresse, car nous partageâmes notre chambre avec Hayashi et deux autres voyageurs. Nous dormîmes enveloppés dans nos robes, sans prendre la peine de déballer nos matelas, en nous servant des oreillers en bois fournis par la maison de thé. La nuit était chaude, chargée d'humidité après la pluie. La vieille moustiquaire réussit à tenir à distance quelques gros papillons mais ne put rien contre les nuées de moustiques, qui ne cessèrent de vrombir et de piquer toute la nuit. Je fus heureuse d'entendre chanter les coqs.

Nous partîmes dès l'aube. Le fleuve inconstant n'était plus qu'un filet d'eau, que nous traversâmes sans même mouiller nos sandales. À la frontière des domaines de Saga et d'Ômura, un fonctionnaire solitaire et une poignée de soldats tenaient un poste de garde. Le fonctionnaire examina nos papiers mais ne fouilla pas nos bagages et nous fit signe de passer sans retard.

— Ils sont surtout préoccupés par les armes sortant de Nagasaki, observa Hayashi tandis que nous descendions le col.

Il ne cessait de faire des commentaires sur les localités que nous traversions, les maisons de thé, les sanctuaires, les panoramas. Un célèbre pin très ancien par-ci, une source aux vertus miraculeuses par-là... Il lui arrivait de consulter son guide, mais la plupart du temps il parlait de mémoire. Il débitait inlassablement des phrases interminables et ampoulées, aussi exaspérantes que les moustiques de la nuit dernière.

— Je n'en peux plus, marmonna Makino au pied de la montée menant au col de Warabi.

Il fit signe aux porteurs, me poussa dans un palanquin et grimpa lui-même dans un autre. Ôtant mon chapeau et mon voile, j'essuyai mon visage en sueur avec ma serviette tandis que les hommes partaient d'un pas rapide. Malgré la chaleur et les oscillations déplaisantes, je savourai le silence qui n'était troublé que par les cris cadencés des porteurs.

Cependant nous ne pouvions nous permettre de faire tout le voyage en palanquin, et Hayashi s'arrangea pour nous rattraper.

— Je parie que vous êtes heureuse de ne pas l'avoir épousé, me chuchota Makino cette nuit-là, couché près de moi dans une autre chambre étouffante et infestée de moustiques.

— À présent, vous savez pourquoi je me suis mariée avec vous, le taquinai-je.

— J'imagine que je devrais lui être reconnaissant. Auprès de lui, j'avais l'air d'un bon parti. Encore que je ne sois pas sûr que vous le pensiez toujours.

Je me sentis prise d'une sorte de honte.

— Je le pense toujours, dis-je à voix basse.

Pour la première fois, je me demandai si c'était aussi le sentiment de Makino. Je compris soudain ce que j'éprouverais en le perdant non pas du fait de la guerre ou d'une maladie mais s'il se résolvait, comme il en avait le droit, à me quitter, à divorcer. Je ne voulais pas que cela se produise. Je voulais que nous vieillissions ensemble, comme mes parents.

« Je vais essayer d'être une meilleure épouse », décidai-je tandis que je restais éveillée à écouter vrombir les moustiques et ronfler les hommes.

Le dernier matin de notre voyage, Hayashi fut retardé. Le shôgun s'était finalement montré si efficace qu'il lui était impossible de quitter les cabinets.

— On devrait appeler cette pilule le Tairô, me dit Makino à l'oreille. C'est un excellent purgatif.

— Vous êtes de bonne humeur, observai-je en haletant.

J'étais certaine que ce dernier col était le plus escarpé de tous ceux que nous avions affrontés.

— L'idée d'arriver à Nagasaki m'excite, répliqua-t-il. Il me semble que j'en ai toujours rêvé.

J'éprouvais la même impression. Nagasaki resplendissait dans mon imagination comme un paradis occidental, voué au savoir et à l'étude. Sur la route, nous avions croisé de nombreux pèlerins se rendant à Ise ou à quelque autre des innombrables lieux saints du pays, mais nous étions nous aussi des pèlerins, impatients de visiter les sanctuaires de la médecine et de la science.

Enfin parvenus au sommet du col de Himi, nous contemplâmes la ville s'étendant à nos pieds. Le soleil de l'après-midi illuminait les toits de tuiles et les mâts des navires du port, aussi serrés qu'une forêt de pins. Des drapeaux de couleurs variées flottaient au vent.

— Ce doit être Dejima, dit Makino en pointant le doigt sur une île en forme d'éventail.

Les bâtiments bien entretenus à deux étages avaient l'air indiciblement étrangers et exotiques, avec leurs fenêtres vitrées et leurs volets verts.

On voyait aussi quantité de temples chinois d'un rouge éclatant, qui me rappelèrent Shimonoseki. Tandis que nous descendions la colline pour entrer dans la ville, je sentis la même odeur de marée et tous les autres effluves caractéristiques d'un port, le poisson cru ou cuit, les déchets humains, et partout le parfum des fleurs de l'été. Chaque jardin semblait abriter des hortensias, des jasmins et de la menthe poivrée.

Mon frère nous avait dit de l'attendre au relais de chevaux proche du *torii* du sanctuaire de Suwa, au bout de la route de Himi, près du confluent des deux fleuves. Il nous retrouverait là-bas et nous emmènerait chez ses beaux-parents. Bien entendu, il ignorait l'heure exacte de notre arrivée et nous ne l'aperçûmes nulle part. Le sanctuaire se trouvait au milieu d'un bosquet presque au sommet de la colline. Il faisait chaud et humide. D'innombrables cigales chantaient dans les cèdres gigantesques. Devant le *torii* se pressait la foule habituelle de colporteurs, d'acrobates, de vendeurs de remèdes, de marchands ambulants et de guides proposant leurs services. Leurs cris et leurs appels assourdissants me donnaient le vertige.

Les chevaux piaffaient en secouant la tête, impatients d'être libérés de leur fardeau. Nous avions réussi à échapper à Hayashi depuis le matin, mais nous le vîmes se frayer un chemin parmi les porteurs rôdant autour de nous avec espoir.

— Je connais bien la famille de votre frère, déclara-t-il en chassant d'une main les mouches et en agrippant de l'autre sa boîte à pharmacie, sans oublier de tourner le dos à toute personne susceptible de lui demander de l'argent. Permettez-moi d'aller les prévenir de votre arrivée. Vous n'avez qu'à attendre ici. O-Tsuru-san, mettez-vous à l'ombre.

Makino acheta deux bols de thé à un marchand ambulant.

— Nous ne nous débarrasserons jamais de ce type, grommela-t-il en regardant à la ronde sans rien perdre du spectacle. Eh, vous avez vu ça? Quelle bonne idée!

Un vendeur ambulant de remèdes portait un gros coffret muni d'un dispositif pour faire bouillir de l'eau, ce qui lui permettait de proposer des échantillons d'une poudre quelconque dissous dans de l'eau chaude. Le nom du remède était écrit en lettres hollandaises, indéchiffrables pour moi.

Makino alla essayer la poudre, et il était en grande conversation avec le vendeur quand mon frère arriva.

Tetsuya avait perdu des cheveux et gagné du poids, ce qui accentuait sa ressemblance avec mon père.

— Nous avons rencontré Hayashi-san sur la route, expliquai-je après nos retrouvailles affectueuses. Makino-san, mon frère est là.

Makino parvint à échapper au colporteur, dont le boniment se faisait insistant. Il s'inclina devant Tetsuya en disant :

— Nous ne nous sommes vus qu'une fois, en ce

jour funeste. Vous êtes trop aimable de nous accorder votre assistance.

— Ce n'est rien, voyons. Vous ne m'avez guère vu à mon avantage par le passé. Je n'ai jamais eu autant peur de ma vie.

Après cet aveu de mon frère, nous fîmes décharger les chevaux et engageâmes des porteurs pour nos bagages. Hayashi semblait décidé à nous suivre, mais Tetsuya le devança.

— Merci pour tout, Hayashi-san. J'espère vous revoir bientôt, mais nous devons maintenant nous séparer.

Il déclara ensuite à Makino :

— Je crains qu'il ne faille se montrer ferme avec lui. C'est un brave homme, mais une fois lancé dans ses discours il est capable de vous faire perdre la moitié de la journée.

Je souris en moi-même en entendant ce portrait lapidaire, mais comme mon époux je gardai le silence. Hayashi avait beau être agaçant, il avait toujours été gentil avec nous.

Notre petit cortège se mit en route au milieu des ruelles étroites. On apercevait à chaque coin de rue la mer d'un bleu étincelant entourée par les montagnes verdoyantes de l'été. Le port était immense, profond et abrité. Rien d'étonnant que le commerce ait fleuri ici depuis des siècles.

— Comment s'appelait ce médicament ? demandai-je à Makino tandis que Tetsuya marchait devant nous avec les porteurs.

— *Urusuyu*.

— Cela signifie-t-il quelque chose ?

— Je l'ignore. Demandez à votre frère. Il parle hollandais, n'est-ce pas ?

— Quels sont ses ingrédients ?

— Il y a un peu de tout. Surtout du *daiô*, à mon

avis, une pincée de racine de Chine, peut-être de l'opium. C'est une sorte de Panacée.

Nous éclatâmes tous deux de rire. Cette époque paraissait si lointaine.

— Je me refuse à jouer de nouveau les charlatans, déclara Makino. Au moins, je vais pouvoir étudier réellement la chirurgie et me rendre un peu utile sur un champ de bataille.

— Vous avez fait du beau travail à Ôda, dis-je.

— Pas vraiment. Il me reste tant à apprendre.

Nous arrivâmes enfin à l'école où Tetsuya avait étudié pendant des années et qui était maintenant sa maison, puisqu'il avait épousé la fille aînée de son professeur. On la nommait le Kusunokijuku, d'après l'énorme camphrier se dressant dans le jardin. C'était un vaste édifice pourvu de nombreuses petites chambres pour les étudiants sur un côté, ainsi que d'un dispensaire à l'équipement dernier cri où des alambics fumaient tandis que deux jeunes hommes hachaient des feuilles et confectionnaient des pilules. Il y avait des pièces distinctes pour les consultations et les opérations, et une salle d'étude et de lecture où de nombreux manuels en japonais, voire pour quelques-uns en hollandais, étaient alignés sur les étagères ou empilés sur le sol. Le mur de cette salle s'ornait d'images des dieux de la médecine — Hakutaku, avec son visage au doux sourire, ses six cornes et ses neuf yeux, et Shinnô d'aspect plus sévère — voisinant avec une planche d'anatomie humaine. On y voyait aussi divers instruments. Tetsuya prit un microscope, qu'il nous montra avec révérence.

— Siebold l'a offert à mon professeur, expliqua-t-il. Il a fait de nombreux cadeaux aux médecins de Nagasaki. Ils lui rendent quasiment un culte, vous savez.

— Avez-vous déjà rencontré sa fille ?

— Oui, je l'ai vue plusieurs fois quand elle vivait à Nagasaki. En fait, nous avons assisté ensemble à la première dissection de Pompe.

Je tentai de dissimuler mon envie féroce tandis qu'il nous montrait le reste de la maison, la vaste cuisine, les pièces où vivait la famille et le grand jardin nanti d'un puits et de nombreux petits autels qui me parurent curieux. Comme chez nos parents, on sentait une odeur de médicaments en train de cuire, de camphre et de menthe, mais aussi d'autres effluves moins agréables.

— Quelle est cette odeur étrange ? demandai-je à Tetsuya en espérant que je n'allais pas le vexer.

— Comment ? Oh, ce doit être la fosse à ammoniac. Je n'y fais presque plus attention.

Loin d'être vexé, il semblait en être très fier.

— Nous fabriquons notre propre ammoniac. Je vous montrerai ça plus tard. La fosse se trouve derrière ce mur. Les voisins se plaignent, mais c'est un prodige de la science médicale. Ils devraient nous en être reconnaissants !

— Quelle méthode employez-vous ? demanda Makino.

— Nous recourons à des animaux morts, des chats, des chiens, des têtes de veaux, ce genre de chose. Les autels sont destinés à témoigner notre gratitude pour la vie de ces animaux. Nous enterrons leurs corps jusqu'à ce qu'ils soient bien décomposés, après quoi nous en extrayons les fluides. Avez-vous étudié la chimie ?

— Pas assez, répondit Makino.

— Les médecins hollandais l'enseignent comme le fondement de toute médecine.

Makino se montra silencieux pendant tout le reste de la journée, même quand nous fîmes connaissance avec la nouvelle famille de Tetsuya. Yoshio Gongorô étant veuf, l'épouse de Tetsuya, O-Kimi, dirigeait depuis longtemps la maisonnée. Elle avait quelques années de plus que mon frère et se montrait d'une franchise un peu brutale, mais elle lui semblait sincèrement attachée. Ils avaient déjà un enfant, un gros garçon éclatant de santé âgé d'environ neuf mois. Le docteur Yoshio était parent de la célèbre famille de Nagasaki dont les membres étaient depuis des années des médecins spécialisés dans la science hollandaise.

En dehors de moi, personne ne remarqua le silence de Makino. Le docteur Yoshio aimait parler. Il était un peu sourd et avait l'habitude de haranguer ses étudiants, son gendre — et maintenant nous deux. Cela ne me gênait pas. Outre que le voyage m'avait fatiguée, je ne me lassais pas d'entendre parler de Siebold, surtout par quelqu'un qui avait été assis dans la même pièce que lui, avait écouté ses propos, l'avait regardé soigner ses patients et aidé dans ses recherches.

Le bébé jouait avec une amulette de pierre, qu'il portait sans cesse à sa bouche. Il me sembla que c'était un de ces talismans censés soulager la surdité. Le docteur Yoshio surprit mon regard et éclata de rire.

— L'un de mes voisins m'a rapporté ceci d'Owari.

— Mon père l'a réprimandé, dit O-Kimi en récupérant adroitement l'amulette quand le bébé la lâcha. Nous ne sommes pas censés croire au pouvoir de tels objets magiques.

— Regardez-la, lança le docteur en la lui prenant. C'est une pierre. Comment pourrait-elle affecter mes oreilles qui sont faites de chair, de sang, de cartilages, de membranes, et qui font partie d'un système complexe ? Il faudrait que vous me tapiez sur la tête avec, ou que vous l'enfonciez dans mon oreille !

— Quand les gens croient en un talisman, il semble qu'il puisse les aider, hasardai-je.

— C'est possible dans les cas où l'esprit est en cause, admit-il de mauvaise grâce. Mais dans l'ensemble, si ces vieilles superstitions étaient éradiquées tout le monde ne s'en porterait que mieux. Placer une image sous votre oreiller ou dans votre bourse ne vous sauvera pas de la petite vérole. Il en va autrement de la vaccination. Les gens doivent apprendre à faire confiance à la médecine moderne. Je présume qu'on pratique la vaccination dans votre domaine ?

— Oui, depuis des années, répondis-je.

Le bébé se mit à pleurer et son grand-père glissa la pierre dans ses mains.

— Cette amulette peut calmer les enfants, mais c'est à peu près tout.

Se tournant vers Makino, il s'adressa à lui pour la première fois.

— Quel est votre principal sujet d'intérêt ?

— La chirurgie, en particulier dans le domaine militaire, répondit Makino.

— Dans le domaine militaire ?

— Makino-san était médecin dans les *shotai* lors des récents combats en Chôshû, expliqua Tetsuya d'une voix forte. Il est ici pour étudier les blessures de guerre et les moyens de les soigner.

— Dans ce cas, l'hôpital hollandais est fait pour vous. Pompe et Bauduin sont tous deux des médecins militaires. Ils ont étudié à la Faculté de Médecine Militaire d'Utrecht. L'Europe a été le théâtre de guerres comme nous n'en avons jamais vu, mettant en œuvre des armes redoutables. Je suppose qu'elles finiront par arriver ici et que nous aurons toutes sortes de nouvelles méthodes pour nous entre-tuer.

Nous continuâmes d'évoquer la présence des Hollandais à Nagasaki. Sa famille étant en relation avec eux depuis tant d'années, le docteur Yoshio connaissait parfaitement leur histoire. Il nous rappela que le comptoir de Dejima avait toujours eu un médecin à demeure. Plusieurs d'entre eux, tels Willem ten Rhijne, Engelbert Kaempfer et Carl Pieter Thunberg, avaient exercé une influence durable sur nos médecins et nos savants. Philipp Franz von Siebold, qui arriva au Japon en Bunsei 6 (1823), fut le plus célèbre d'entre eux. Les gens affluaient de tout le Japon pour étudier avec lui et s'initier à ses traitements.

— C'était un homme merveilleux, dit le docteur Yoshio. Il avait en lui une vitalité, une chaleur humaine qui attirait les gens. Aucun effort ne lui semblait trop grand. Il était infatigable.

Il nous parla de l'école que Siebold avait créée à Narutaki, en déclarant qu'il fallait que Tetsuya nous y emmène. Puis nous évoquâmes la fin désastreuse du séjour de Siebold au Japon. Il avait accompagné le *kapitan* hollandais lors de sa visite à Edo, où il rencontra un grand nombre d'autres médecins et savants. À Nagasaki, il avait demandé à ses étudiants de lui écrire des rapports sur tous les aspects de la société japonaise et avait commandé des peintures, des maquettes et de nombreuses traductions. C'était un collectionneur insatiable d'antiquités, d'œuvres d'art, de livres — et de cartes. À Edo, il réussit à obtenir d'un fonctionnaire du bakufu, Takahashi Kageyasu, plusieurs cartes du Japon. Une fois rentré à Nagasaki, il envoya des cadeaux à Takahashi et d'autres gens, ainsi qu'une lettre où il était question des cartes. Le tout tomba dans les mains du bakufu. À la suite d'une série d'incidents, le bateau de Siebold fut retardé assez longtemps pour qu'on pût fouiller ses bagages. On y découvrit les cartes en plus de bien d'autres objets interdits.

— Il a dû renoncer à ses précieuses cartes, dit le

vieil homme. Mais le connaissant, je suppose qu'il les avait d'abord recopiées !

— Racontez-leur la réponse de Siebold, lui suggéra O-Kimi.

— On lui déclara que posséder des cartes du Japon était un délit pour des étrangers. Il répliqua alors : « Dans ce cas, je vais devenir japonais et il n'y aura plus de délit ! »

Le docteur Yoshio éclata d'un rire sifflant.

— Vous imaginez ! Il croyait que n'importe qui pouvait devenir japonais sans autre forme de procès !

— Qu'est devenu Takahashi ? demandai-je.

— Il est mort en prison. Il y eut plusieurs autres exécutions, je crois. Siebold reçut l'ordre de ne jamais revenir. Il laissait ici une épouse et une fille, qu'il n'a plus revues pendant trente ans. Nous étions tous terrifiés. Je n'étais qu'un jeune homme, à l'époque, j'avais à peine vingt ans. Les études étrangères firent l'objet d'une répression sévère. Les étudiants de Siebold se dispersèrent, certains se cachèrent. Ce fut le calme plat jusqu'à l'arrivée de Mohnike. Lui aussi était un grand homme. Il nous initia à la vaccination contre la petite vérole et fit venir le vaccin de Batavia. Et le stéthoscope. Peut-être n'en avez-vous jamais vu, mais nous les utilisons ici. Depuis lors, tout a été nettement plus facile. Pompe est arrivé et a créé l'hôpital — le docteur Makino pourra s'y rendre demain pour organiser ses études. Et maintenant nous avons Bauduin. Dejima aura été une vraie bénédiction ! Les Hollandais l'appelaient leur prison, mais pour nous ç'a été une fenêtre sur le monde.

— Et Siebold a-t-il revu son épouse et sa fille ?

— Il est revenu à Nagasaki voilà quelques années, dit Tetsuya. Son bannissement avait été abrogé. O-Ine était devenue médecin et possédait sa propre clinique. Lorsque son père était parti, plusieurs de ses étudiants avaient veillé sur elle et sur son éducation.

— Ils ne s'étaient pas contentés de veiller sur elle, observa O-Kimi.

— Que voulez-vous dire ? m'étonnai-je.

— Elle a eu un enfant. Elle vivait dans la maison d'Ishii Sôken, où elle était à la fois une apprentie et une servante. Les gens disent qu'il l'a forcée, mais qui sait...

— C'est affreux ! m'exclamai-je avec une émotion non feinte. Elle était son étudiante, la fille de son professeur.

— Peut-être aurait-elle dû rester chez elle avec sa mère, observa Tetsuya.

— Mais elle voulait être médecin !

J'avais conscience que ma voix devenait stridente.

— Ma sœur aide beaucoup mon père, dit Tetsuya au docteur Yoshio. Elle aimerait être un vrai médecin.

Il y avait dans sa voix une note de désapprobation qui m'irrita, mais je gardai le silence.

— Peut-être O-Tsuru pourra-t-elle nous aider à la pharmacie, dit O-Kimi. Il y a toujours tant à faire et les étudiants sont impossibles. Ils préféreraient nettement voir des patients plutôt que de doser des ingrédients.

J'avais envie de lancer : « Moi aussi ! », mais je savais que je devrais accepter sa proposition.

— O-Ine et son père ne se sont pas vraiment entendus lors de leurs retrouvailles, reprit O-Kimi.

Le bébé s'était endormi contre le genou de sa mère.

— C'était surtout un problème de langage, dit Tetsuya. Elle ne parlait pas très bien hollandais et lui avait complètement oublié le japonais. Ils ont fini par s'arranger.

— Se trouve-t-il toujours ici ? demandai-je.

— Il s'est rendu à Edo puis est retourné en Allemagne, je crois. Le fils qu'il a eu de son épouse allemande a appris le japonais et travaille comme interprète à Edo.

J'avais d'autres questions à poser mais le docteur Yoshio annonça qu'il allait se coucher, ce qui mit fin à la conversation.

— Je ne parle même pas hollandais, me murmura plus tard Makino.

On nous avait attribué une des petites chambres d'étudiant. Il y faisait étouffant et l'odeur de la fosse à ammoniac était encore pire dans l'air immobile de la nuit. Malgré tout, la moustiquaire était presque neuve et n'avait pas de trous, et le lit était propre. Bien que nous fussions seuls, nous parlions à voix basse, conscients de la présence des étudiants autour de nous.

— Vous apprendrez. Regardez comme vous avez vite fait de vous instruire chez mon père.

— J'étais plus jeune, et nettement plus motivé.

— Ne me dites pas que vous avez perdu votre ambition.

— Votre frère est ici depuis des années. Il a appris le hollandais, étudié auprès du docteur Yoshio. Je ne pourrai jamais me mettre à son niveau. Et il paraît que le hollandais est extrêmement difficile.

— Tetsuya vous aidera. Il a des manuels et même des dictionnaires. Il pourra traduire pour vous.

Je m'efforçai ainsi d'encourager mon époux et il finit par s'endormir. Je restai longtemps éveillée, à repasser dans mon esprit les événements du jour et la conversation de la soirée. Quelle force il avait fallu à O-Ine pour continuer ses études après avoir été abandonnée par son père et violée par son professeur ! Je me demandais si elle devait à son sang étranger d'être si forte et courageuse. Son père me paraissait à la fois fascinant et épouvantable. Les hommes prenaient des épouses et avaient des enfants dans tous les pays où ils se trouvaient, avec la même aisance qu'ils mettaient à s'emparer d'objets précieux auxquels ils n'avaient pas droit — mais apparemment, ils avaient moins de scrupules à les abandonner.

Mon époux devait étudier à l'hôpital occidental tandis que je manifesterais notre gratitude envers la famille de mon frère en confectionnant des pilules et en dosant des poudres. Du fait de son éducation et du sang de son père, O-Ine se trouvait plus ou moins en marge de la société. Quant à moi, j'étais prisonnière d'une multitude de devoirs envers mon époux, mon frère, mon père. Je m'étais libérée une fois, mais je ne pensais pas que j'aurais jamais la force de recommencer.

— Soyez patiente, me dit Makino le lendemain matin quand je lui évoquai mes sentiments. Je ferai de mon mieux pour que vous soyez autorisée à assister aux cours, une fois que je me serai moi-même imposé.

— Surtout, ne faites rien qui puisse contrarier vos projets, répliquai-je d'un ton soumis.

Craignant un sarcasme, il me jeta un regard soupçonneux. J'étais occupée à l'aider à revêtir ses plus beaux habits, que j'avais étendus sous le futon la nuit précédente afin de les défroisser. J'avais fort à faire pour ne pas ajouter à sa nervosité. Il fut incapable de manger. Lorsqu'il partit, il était si pâle que j'avais peur qu'il s'évanouisse en chemin.

Le cabinet des Yoshio commençait ses activités tôt le matin et le travail se poursuivait toute la journée. Les tâches étaient les mêmes que chez mon père, quoique à plus grande échelle. Une fois que j'eus pris mes habitudes, en apprenant où les ingrédients et les ustensiles étaient rangés et quelles étaient les méthodes préconisées par le docteur Yoshio et sa fille, je m'en tirai sans difficulté. De la pharmacie, j'entendais les patients décrire leurs symptômes, le docteur Yoshio poser quelques questions, haranguer brièvement ses étudiants puis faire un diagnostic et prescrire des remèdes. Tandis que je pesais des ingrédients et m'initiais au maniement du pilon et du mortier modernes ainsi que des gabarits à pilules, je m'amusais à formuler en moi-même mon propre diagnostic et ma propre ordonnance. À un moment, comme l'avis du docteur Yoshio différait du mien, je secouai la tête. Levant les yeux, je rencontrai le regard désapprobateur d'O-Kimi. Je sentis le sang me monter aux joues. Peu après, elle me reprit à propos d'un dosage incorrect — je ne m'étais pas servie de la bonne cuiller.

— Faites attention, je vous prie. Les quantités doivent être exactes.

Elle n'en dit pas plus, mais le message était clair : « Ne croyez pas que vous vous y connaissiez en médecine. Vous n'êtes pas et ne serez jamais un vrai médecin. »

Makino et Tetsuya revinrent de l'hôpital en fin d'après-midi. Mon époux avait retrouvé ses couleurs et son appétit. Il ôta ses beaux vêtements et nous nous rendîmes ensemble aux bains publics, où il me raconta sa journée. Un interprète traduisait les cours, de sorte qu'il avait suivi sans problème. Tetsuya parlait couramment avec le médecin hollandais, et le fait d'être son parent facilitait tout. Tetsuya avait traduit de nombreux livres pour la bibliothèque de l'hôpital. Tout le monde le tenait en haute estime.

— C'est pour moi une occasion vraiment magnifique, déclara Makino d'un ton sérieux. Je ne dois pas la manquer.

— Bien sûr que non, dis-je en me résignant à passer des années à broyer et mélanger des ingrédients.

Peut-être un jour serais-je promue à la fabrication de l'ammoniac. Je serais autorisée à découper des cadavres d'animaux. Voilà qui serait intéressant.

— Je dois malheureusement vous dire qu'il n'y a pas de femmes parmi les étudiants, reprit Makino. J'ai tenu à poser la question. Il existe des infirmières, mais elles ne semblent guère respectées.

— Peut-être auraient-ils besoin d'une Florence Nightingale, lançai-je.

Je me demandais si Florence Nightingale avait un époux. C'était peu probable. L'espace d'un instant, je me vis prêcher la réforme chez les infirmières, mais je n'avais pas vraiment envie de soigner les patients de cette façon. Je voulais avoir accès à leur corps afin de satisfaire ma curiosité sur leur fonctionnement. Je voulais regarder à l'intérieur, au besoin en l'ouvrant avec un scalpel.

— Savez-vous la première chose qu'on nous a dite aujourd'hui ? demanda Makino en s'arrêtant à l'entrée de la maison de bain.

C'était une heure d'affluence et la foule était remplie de clients. Je remarquai des masseurs aveugles proposant à grands cris leurs services, des mères avec des enfants, des ouvriers et des porteurs vêtus en tout et pour tout d'un pagne. L'odeur caractéristique de la cuisine de Nagasaki flottait dans l'air, avec ses effluves d'herbes et d'épices chinoises.

— Apparemment Pompe ne se lassait pas de le répéter : « Le patient doit toujours passer en premier. » Le médecin hollandais a dit que si l'on n'en était pas convaincu de tout son cœur, il valait mieux se chercher une autre profession.

— Je suis certaine que mon père en a toujours été convaincu, déclarai-je.

Me souvenant soudain du rêve où j'avais vu Ogata Kôan, je me sentis un peu mal à l'aise, consciente que je n'éprouvais pas encore une vraie compassion pour autrui.

— Cela m'a fait réfléchir à mes motivations, avoua Makino. J'ai aussi pensé à votre père. Je ne suis certes pas à son niveau. Néanmoins, quand je songe aux pauvres gars des *shotai*, je me rends compte que je voulais les faire passer avant tout le reste. Même si j'ai conscience de mes carences dans ce domaine, je crois vraiment avoir choisi la profession qui me convient.

Avec ses pieds chaussés de *geta* miteux, ses mains crispées sur sa serviette, ses jambes maigres émergeant de son *yukata* de coton léger, il prononça ces mots d'un ton si grave que j'hésitai entre l'exaspération et la tendresse.

— Ce n'est pas le moment de changer d'avis, dis-je.

— J'espère juste être capable de l'effort nécessaire.

Chez M. Glover

Makino se consacra tout entier à cet effort. Il passait ses journées à l'hôpital et étudiait jusque tard dans la nuit. Je lisais les mêmes livres que lui et l'aidais à mémoriser le vocabulaire nouveau en hollandais et en japonais. Le programme de l'hôpital comprenait physique, chimie, physiologie, pathologie, médecine interne, soins des yeux, chirurgie, obstétrique, médecine légale, sans oublier les techniques de gestion. Makino s'entraînait au maniement des garrots, des pinces à os, des thermomètres et du stéthoscope. Il étudiait l'anatomie d'après des répliques du corps humain appelées *kunstlijk*. Nous apprenions des notions pour lesquelles nous n'avions pas de mots — jusqu'à une date récente, ces mots n'existaient même pas dans notre langue maternelle. Il avait fallu les forger un à un. Même les méthodes d'enseignement étaient nouvelles. La plupart de nos professeurs recouraient à un apprentissage mécanique, où les étudiants devaient apprendre par cœur de longs fragments de textes. Les médecins hollandais s'attendaient à davantage d'analyse et de réflexion personnelle. Une fois qu'il eut appris les chiffres occidentaux, Makino n'eut plus de difficultés avec les mathématiques — il avait toujours calculé de tête sans recourir au boulier. En revanche, j'avais des problèmes avec l'arithmétique, surtout quand il s'agissait de nombres élevés car nous comptions avec un système différent à partir de dix mille.

La langue hollandaise nous paraissait impénétrable. Tetsuya la parlait bien, mais il apprenait maintenant l'anglais à l'école de langues fondée par le bakufu non loin de Sakuramachi.

— L'anglais est la langue de l'avenir, nous dit-il. Il est parlé en Angleterre et en Amérique du Nord, et maintenant tout le monde l'apprend en Europe.

Nos résultats déplorables en hollandais s'expliquaient peut-être par notre envie de nous initier plutôt à l'anglais. Makino aurait aimé fréquenter également l'école anglaise, mais les journées étaient tout simplement trop courtes. Il n'y avait pas assez d'heures dans une journée, devrais-je plutôt dire — car Makino et les autres étudiants devaient se conformer au système occidental divisant le jour en heures de longueur égale. Les cours commençaient à « huit heures » du matin et duraient « quatre heures ». Bientôt, notre ancienne façon de marquer le passage du temps au fil des journées et des nuits nous parut aussi vague que peu fiable. Tetsuya prêta à mon époux une petite montre semblable à celle qu'il avait offerte à mon père. Je trouvai qu'elle méritait bien son nom, car il fallait la regarder à longueur de journée pour qu'elle vous montre l'heure.

Anglais et Américains étaient déjà nombreux à Nagasaki. Leurs drapeaux flottaient sur les navires du port, leurs marins buvaient dans les tavernes et commençaient même à fréquenter le quartier des plaisirs de Maruyama. Un Américain, Verbeck, enseignait à l'école de langues. Et chacun connaissait le plus célèbre des négociants anglais, Thomas Glover.

En fait, M. Glover fut le premier étranger auquel j'aie jamais parlé. Je dus cette rencontre à Inoue

Monta. À Shimonoseki, Katsura et Shiraishi nous avaient parlé de la nécessité pour notre domaine de se réarmer. Au septième mois de cette année, la première de l'ère Keiô (1865), Katsura envoya Inoue et Itô à Nagasaki pour acheter des armes à Glover. Ils arrivèrent sous des noms d'emprunt, en se faisant passer pour des samouraïs Satsuma. Les armes devaient être achetées à Glover au nom du Satsuma, avec l'assistance de Sakamoto Ryôma. Même si Katsura et Saigô ne s'étaient pas rencontrés, les deux domaines se rapprochaient.

Monta se rendit chez le docteur Yoshio. C'était l'un des jours de repos de la fin du septième mois et la plupart des étudiants étaient partis visiter un sanctuaire avec le docteur. Makino était resté pour étudier. Quant à moi, je me consacrais comme d'habitude à confectionner des pilules, assez près de l'entrée pour reconnaître la voix de Monta quand il nous demanda. Je me hâtai d'aller le saluer, mais il me fit signe de me taire. Quand la servante fut partie, il me dit :

— Je ne peux pas vous parler ici mais venez donc nous retrouver, Itô et moi.

Après m'avoir donné le nom d'une maison de thé de Nishibama, il ajouta :

— Demandez Yamada Shunsuke. À bientôt.

Et il disparut.

Il faisait encore très chaud, même si l'atmosphère devenait plus automnale à mesure qu'approchait le huitième mois. J'avais très envie de sortir, car nous n'avions presque rien vu de la ville. Makino accepta à contrecœur.

— Nous ne pouvons guère refuser, dit-il. Je me demande ce qu'ils attendent de nous.

— Que voulez-vous dire ?

— À mon avis, il ne s'agit pas simplement de

se retrouver entre amis pour parler du bon vieux temps.

Monta était déjà là quand on nous conduisit dans un salon privé. J'ai oublié le nom de la maison de thé, mais elle était construite sur l'eau et il y régnait une fraîchcur agréable. Après nous avoir salués, Monta déclara que nous avions tous deux l'air très fatigués.

— Il a fait chaud, répliquai-je. Et nous avons travaillé dur.

Monta lui-même semblait en grande forme, en dépit de ses cicatrices encore légèrement enflammées. Moins d'un an s'était écoulé depuis qu'il avait été attaqué. Il paraissait avoir retrouvé toute son énergie impétueuse. Itô était invisible. Monta nous recommanda de l'appeler Yoshimura Sôzô puis s'occupa de commander à la servante du saké et quelques plats, ce qui n'alla pas sans force jeux de séduction de part et d'autre.

Le saké arriva en même temps qu'Itô et un autre homme que je reconnus sur-le-champ, bien qu'il ait rabattu son chapeau sur son visage. Cette fois la ressemblance ne me prit pas au dépourvu et je compris qu'il s'agissait de Sakamoto.

— Nous nous sommes rencontrés brièvement à Shimonoseki voilà quelques semaines, dit-il en ôtant son chapeau.

Toutefois je m'abstins comme Makino de l'appeler par son nom, ne sachant s'il continuait de se désigner sous celui de Saitani.

Itô nous salua avec chaleur et commença aussitôt à évoquer le passé — les batailles à Ôda et Edô, notre voyage à Hagi. Ils durent décrire tous deux en détail la campagne militaire à Sakamoto, en se servant des flacons et des coupes de saké pour représenter les *shotai*. Les yeux du guerrier Tosa brillèrent d'envie, car il n'avait encore jamais livré bataille.

Inoue raconta ses aventures alors qu'il se cachait à Beppu, ses rencontres avec un patron de tripot et ses affres quand un vieux samouraï avait voulu lui faire épouser sa fille.

— Nous étions dans l'*onsen* et il m'a demandé comment j'avais eu ces cicatrices. Je lui ai répondu que c'était l'œuvre de maris jaloux !

Baissant la voix, ils parlèrent *geiko* — la maîtresse de Takasugi, O-Uno, et la femme qui devait devenir l'épouse d'Itô, O-Ume. Après quelques coupes de saké, mon époux se détendit et se joignit à eux en évoquant les armes et les blessures qu'elles causaient, les amputations qu'il avait pratiquées lors des combats, les hommes sauvés ou perdus, notre besoin urgent non seulement d'armes mais de matériel médical.

Je parlai très peu et les hommes m'ignorèrent. Plongée dans une vague rêverie, je me rappelai la fois où je m'étais trouvée dans une maison de thé avec Genzui, Katsura, Takasugi et Shinsai. Il avait été tellement plus intéressant d'être un homme parmi des hommes. Je fus brusquement tirée de mes pensées par Monta.

— C'est entendu, me dit-il. Maintenant, allons chez M. Glover.

— Qu'est-ce qui est entendu ? demandai-je.

— Votre époux va expliquer à M. Glover ce dont vous avez besoin. Vous pouvez venir aussi, il aime rencontrer des Japonaises. Et nous prendrons la peinture en chemin.

— Quelle peinture ?

— Celle de Chikuden. Comment s'appelle-t-elle ? Quelque chose à propos de fleurs de prunier. Katsura s'est rendu chez vous pour la voir et votre père lui a dit que vous l'aviez emportée. Katsura a pensé que vous pourriez l'offrir à M. Glover pour lui témoigner notre reconnaissance.

Devant mon visage stupéfait, il éclata de rire.

— Les espions Chôshû sont partout. Vous ne pensiez tout de même pas pouvoir jouer au plus fin avec nous ?

— Je ne voulais jouer au plus fin avec personne ! Mais cette peinture appartient à mon père.

— Tout est réglé. De toute façon, il allait la donner à Katsura.

Il ne me restait plus qu'à dire à Makino où se trouvait la peinture et à attendre qu'il l'apporte à la maison de thé avant de nous mettre en route pour Minamiyamate.

— Que vous avais-je dit ? me chuchota-t-il. J'espère que c'est tout ce qu'ils veulent.

Je trouvais que c'était déjà trop.

M. Glover avait fait bâtir sa maison au sud-ouest de la baie. Appelée Ipponmatsu, elle dominait le port. Quand nous arrivâmes, le soleil s'était couché et le ciel brillait d'un éclat nacré. La maison peinte en gris reflétait cette couleur, comme si elle baignait en elle. S'étendant en dessous du vieux pin auquel la maison devait son nom, le jardin était vaste et magnifique. Des fleurs exotiques se mêlaient à la flore locale et leurs parfums entêtants flottaient dans l'air du soir. Cependant l'immense panorama du port me donna le vertige. J'avais l'impression que le monde entier me regardait.

Monta m'expliqua que ce genre de maison s'appelait un *bungalow* et que les Anglais en construisaient partout où ils s'installaient en Orient, que ce fût à Hongkong ou à Shanghai. Et maintenant, il y en avait un ici. Je le pris pour une création purement occidentale mais il s'agissait en fait d'une œuvre mixte, comme le jardin. Le toit était conforme à la tradition japonaise, de même que bien des aspects de la maison. Du reste, M. Glover avait épousé une Japonaise.

M. Glover était grand, robuste et nanti d'une énorme moustache. Au début j'étais tellement intimidée que j'osais à peine le regarder, mais il semblait avoir la taille convenable pour une pareille maison et je me dis que ses yeux perçants sous ses épais sourcils devaient contempler la vue sans en être ébloui.

Son épouse apporta du thé, du saké et du whisky. N'ayant jamais goûté au whisky, j'avais très envie d'essayer, mais il se révéla trop fort et épicé pour moi. Après un verre, Makino et moi retournâmes au saké, tandis qu'Inoue et Itô buvaient force whisky.

— Nous en avons pris l'habitude en Angleterre, expliqua Itô.

Ils parlaient tous deux en anglais à M. Glover, bien qu'il comprît assez bien le japonais. Pendant un moment, la conversation se poursuivit dans les deux langues car ils traduisaient pour Makino, Sakamoto et moi-même. Il était question pour l'essentiel de leurs relations communes, les employés de Jardine Matheson qui avaient aidé les cinq jeunes hommes à se rendre à Londres, ainsi que des occupations de ceux restés là-bas et de la date prévue pour leur retour. Glover nous parla des étudiants Satsuma qu'il avait fait embarquer sur l'un de ses navires en partance pour l'Angleterre quelques semaines plus tôt.

— Le Satsuma est toujours à la traîne du Chôshû, déclara Monta.

— Oui, nous étions les premiers ! renchérit Itô.

— Les Satsuma ont envoyé beaucoup plus d'étudiants — une vingtaine environ — et ils avaient l'air très bien organisés, dit Glover en japonais.

Il se doutait que cet éloge anodin irriterait fort les Chôshû.

— Voilà bien les Satsuma, marmonna Monta. Non seulement ils copient mais ils exagèrent.

— Mais nous allons devenir amis, maintenant, lui rappela Itô. N'est-ce pas, Sakamoto-san ?

— Nous n'avons pas le choix, observa Sakamoto d'une voix tranquille.

— Vous devriez écouter Sakamoto-san, dit Glover. Vous savez tous deux qu'il a raison.

Il déclara que le Chôshû et le Satsuma avaient beaucoup en commun, qu'ils avaient éprouvé l'un comme l'autre la puissance dévastatrice des armes occidentales à Shimonoseki et Kagoshima, et qu'ils avaient les mêmes motifs d'en vouloir au bakufu défaillant mais toujours tyrannique.

— Les ennemis de mes ennemis sont mes amis, lança-t-il en remplissant les verres. Buvons donc à leur santé !

Nous levâmes tous nos verres à l'occidentale en criant en chœur :

— Aux ennemis de nos ennemis !

Quand il eut vidé son verre, M. Glover demanda :

— Que devient Takasugi ?

— Il est allé en Shikoku avec O-Uno, répondit Monta. Son projet d'ouvrir Shimonoseki au commerce étranger a suscité une certaine opposition, si bien qu'il paraissait menacé.

— Veillez sur lui. Ce garçon est un de vos meilleurs atouts.

Itô nous raconta que Takasugi était allé voir M. Glover un peu plus tôt dans l'année. Il désirait se rendre en Angleterre, mais le négociant l'avait convaincu qu'on avait besoin de lui en Chôshû.

Monta sauta sur l'occasion pour aborder l'objet véritable de cette visite.

— Nous avons besoin de Takasugi, c'est certain, mais nous avons surtout besoin d'armes supplémentaires.

— Je suis sûr que ça peut s'arranger, dit M. Glover. Le bakufu a interdit de vendre des armes au

Chôshû, mais la société de Sakamoto nous servira d'intermédiaire et le contrat de vente sera au nom de Satsuma. Tout le monde est d'accord là-dessus. Saigô Takamori a donné sa permission et Shiraishi prendra livraison des armes à Shimonoseki. Il fait déjà des affaires avec le Satsuma.

Il eut un sourire ravi.

— C'est parfait. Il n'y a que des gagnants. Voilà le genre d'affaires que j'aime.

Il tendit la main et les trois hommes la serrèrent l'un après l'autre. C'était la première poignée de main que je voyais.

Makino avait pris la peinture chez les Yoshio. Elle était posée près de lui sur le tapis, encore enveloppée dans un kimono de soie sous un emballage de chanvre attaché avec des cordons rouges.

Monta prit la parole :

— Katsura-dono a envoyé un cadeau pour témoigner à M. Glover la profonde reconnaissance de notre domaine. Mme Makino l'a rapporté de chez son père. O-Tsuru-san, pourriez-vous défaire le paquet pour M. Glover ?

— O-Tsuru ? s'exclama le négociant d'un air radieux. C'est le nom de ma femme !

Je souris mais gardai le silence tandis que je commençais à dénouer les cordons. Quand je les avais noués, je n'aurais jamais cru les défaire dans un tel cadre. Je n'aurais même pas imaginé qu'un tel endroit pût exister. Toutefois quand la peinture fut déroulée et que je la vis à la lueur des lampes, avec ses tons argentés en accord avec la couleur des murs, l'idée qu'elle serait accrochée ici ne m'emplit pas de tristesse.

— Elle s'appelle *Fleurs de prunier odorantes, ombre inconnue*, déclarai-je.

Je racontai à M. Glover ce que je savais de l'artiste, Tanomura Chikuden, et de sa vie.

Il resta un instant silencieux, comme frappé de stupeur — il s'y connaissait assez pour apprécier un tel cadeau — avant de se confondre en remerciements.

Monta était aussi ravi que si la peinture lui avait appartenu.

— Mme Makino est fille, sœur et épouse de médecin, dit-il. Ses connaissances en médecine et en chirurgie sont remarquables. Elle et son époux ont besoin d'un certain nombre d'articles.

— Dites-moi ce que vous désirez et je vous le commanderai à Londres ou à Hongkong, répliqua Glover sans hésiter.

— Ils vous enverront une liste, dit Monta avec un sourire satisfait.

M. Glover interrogea ensuite mon époux sur ses études à l'hôpital et son expérience du champ de bataille. Les combats à Ôda et Edô furent reconstitués derechef, cette fois avec des verres à whisky.

À un moment, Monta me demanda de préciser l'importance des pertes en vies humaines, et M. Glover leva les yeux d'un air surpris.

— Mme Makino était présente pendant une bataille ?

— Elle a aidé à soigner les blessés, expliqua Itô.

— Comme médecin ou comme infirmière ? demanda M. Glover.

— Un peu les deux à la fois, répondis-je. Pas vraiment un médecin, mais davantage qu'une infirmière.

Il ne comprit pas complètement.

— Il existe donc des femmes médecins dans ce pays ?

— Pas vraiment, tentai-je d'expliquer. Mais il arrive que les filles de médecins apportent leur concours. Nous apprenons beaucoup. Nous soignons des patients et savons confectionner des remèdes.

— Mon épouse s'y connaît aussi bien en médecine qu'en pharmacie, déclara Makino. Chez elle, elle travaille au côté de son père, mais il en va différemment à Nagasaki. Malgré l'exemple de Kusumoto Ine, la fille de Siebold, il n'y a pas de femmes médecins ici et mon épouse ne peut étudier comme moi à l'hôpital.

— Elle ne pourrait étudier ni la médecine ni rien d'autre dans mon propre pays, dit M. Glover. Toutefois ce serait différent si elle était infirmière.

— Comme Florence Nightingale, lançai-je.

Il éclata de rire.

— La renommée de cette grande dame a donc atteint même le Japon ! Vous devriez vous inspirer d'elle, Madame Makino. Lors de la guerre de Crimée, la maladie fit nettement plus de victimes que les armes. Dans le récent conflit entre le Nord et le Sud en Amérique, les maladies sont le principal ennemi, surtout la dysenterie et la typhoïde. Si vous voulez sauver la vie de vos compatriotes, faites comme Miss Nightingale et créez un système de soins fondé sur la propreté et sur l'hygiène. Il faut nettoyer les rues, éliminer les déchets et installer des latrines convenables.

Glover avait prononcé ce discours en anglais, avec un tel enthousiasme qu'Itô et Inoue eurent quelque peine à suivre.

— N'avez-vous pas eu des cas de maladie durant votre récente guerre civile ? demanda M. Glover à Makino en revenant au japonais.

— Comparé avec ce qui s'est passé en Amérique, elle mérite à peine ce nom, répliqua Makino. Les combats ont été brefs et limités. On était en hiver et les maladies étaient rares, en dehors des toux et des rhumes.

— Et la gangrène ?

— Nous n'en avons pas eu pendant la guerre civile. Mais après le bombardement de Shimonoseki, il semble qu'elle ait causé plusieurs décès.

— La guerre est en pleine mutation, dit M. Glover en remplissant de nouveau les verres de whisky. Les chemins de fer peuvent transporter hommes et matériel en plus grand nombre sur le champ de bataille. Le télégraphe transmet instantanément les informations. Et les armes sont plus efficaces que jamais. De nouveaux fusils, les Enfield, qui se chargent par la culasse, un nouveau canon de campagne appelé le Gatling, qui conviendrait à vos combats peu importants. Et des armes à main, comme ce Colt.

Il sortit un petit pistolet nanti d'une poignée de bois polie et d'un barillet.

— C'est un six-coups, expliqua-t-il. Très pratique en cas de pétrin, nettement plus qu'un sabre. On n'a pas besoin de s'approcher !

— Nous aimons nos sabres, répliqua Monta en souriant. Nous aimons voir notre ennemi quand nous le tuons.

M. Glover regarda ses cicatrices en frissonnant.

— Ce sont des armes brutales, dit-il. Pas étonnant que vous et vos camarades fichiez une telle frousse à la communauté étrangère.

Sakamoto était resté longtemps silencieux. Il lança soudain :

— Nous allons nous convertir aux pistolets et devenir aussi civilisés que vous.

Il prit le Colt et l'examina.

— Cet engin me plaît, dit-il doucement. Il viendrait à bout de n'importe quel sabre.

Peu après, Makino annonça qu'il nous fallait prendre congé. Il se faisait tard et nous devions tous deux nous lever avant l'aube. Nous laissâmes les autres mener à bien leurs négociations. M. Glover nous escorta jusqu'à la porte et chargea un de ses domestiques de nous indiquer comment rentrer chez nous. Puis il nous tendit la main à l'occidentale en nous disant au revoir.

— Je ne saurais vous remercier assez pour la peinture. J'espère que vous viendrez la voir quand elle sera accrochée.

Désireuse de me montrer moderne, je me forçai à serrer sa main. Elle était étonnamment chaude.

— Merci, dis-je.

Je ne regrettais pas de laisser la peinture ici, car ce serait un cadre magnifique pour elle et je ne pouvais m'empêcher d'avoir de la sympathie pour M. Glover. Il était tellement sincère et enthousiaste. Sans compter que nous recevrions en échange les fournitures dont nous avions besoin.

— Bonne chance dans vos études, Madame Makino. Vous avez choisi une noble profession.

Makino essuya sa main sur sa robe tandis que nous suivions le domestique tenant une lanterne allumée.

— Comment l'avez-vous trouvé ? demandai-je.

— Il doit gagner des monceaux d'argent, répondit Makino.

— Il est tout à fait charmant.

— Je ne peux m'empêcher de trouver paradoxale l'idée que nous soignerons les blessures causées par ses armes avec des médicaments qu'il aura fournis.

— Mais nous aurons les meilleures armes, et de toute façon nous ne soignerons pas les ennemis.

— Glover est sans doute également leur fournisseur. Et si ce n'est pas lui, quelqu'un d'autre s'en chargera. Les Français ou les Russes, à défaut des Anglais. Du reste, les médecins hollandais disent que nous devons prendre autant soin des prisonniers ennemis que de nos propres blessés.

— Cela ne paraît guère logique, objectai-je. Ne

serait-il pas plus commode de se contenter de les tuer ?

— Ce sont des êtres humains comme nous. Et si nous combattons l'armée du bakufu, ils viendront du même pays que nous.

À cette époque, quand les gens employaient le mot « pays », ils entendaient d'ordinaire leur domaine ou leur province, de sorte que je ne compris pas tout de suite ce que voulait dire mon époux.

— Nous devons commencer à nous concevoir nous-mêmes comme un unique pays, le Japon, expliqua Makino. Une nation unifiée sous l'autorité de l'empereur. Mieux vaut éviter d'avoir une guerre civile atroce comme en Amérique, avec des centaines de milliers d'hommes tués, défigurés ou infirmes. On en parle beaucoup à l'hôpital. Il ne faut pas que nous infligions une telle horreur à notre pays.

Je repensai à ces paroles alors que je m'agitais dans mon lit sans trouver le sommeil, la tête en proie au vertige et l'estomac troublé par le whisky. D'étranges visions passaient devant mes yeux en me narguant, comme une troupe de lutins. M. Glover, si charmant, si disposé à vendre — armes ou médicaments, peu lui importait... Mon besoin d'apprendre la compassion auprès de mon époux, le Comptable... Et la guerre entre mon domaine et le gouvernement. Elle pesait sur nous comme une ombre inconnue. On ne pouvait l'éviter, mais personne ne savait quand elle éclaterait.

Photographie

Inoue et Itô retournèrent en Chôshû, cependant nous n'eûmes plus de nouvelles d'eux ni de personne d'autre pendant le reste de l'année. Mes parents nous écrivaient, mais leurs lettres n'évoquaient que la vie familiale et le cabinet de mon père. Ils n'osaient parler de politique. De toute façon, ils n'auraient pu écrire grand-chose en dehors du fait que les préparatifs de guerre du bakufu s'éternisaient. Leurs lettres me donnaient envie de rentrer chez nous. J'en avais assez de la routine épuisante du travail et des études, et aussi de ma position inférieure dans la maisonnée du docteur Yoshio où j'étais aux ordres de tout le monde. Au moins, à la maison, je pouvais aider mon père et soigner mes propres patients. Et Michi me manquait. Même si elle n'était pas encore ma fille, je mourais d'envie de la revoir. Je ne voulais pas qu'elle soit trop vieille quand elle viendrait chez nous, car elle regretterait sa mère et serait malheureuse. Néanmoins mes devoirs envers mon époux et l'obligation dont je m'acquittais pour lui semblaient me retenir indéfiniment à Nagasaki.

Tout le monde était nerveux. Le nombre d'étrangers dans le port augmentait de semaine en semaine. Il y avait chaque nuit des querelles et des rixes. Les habitants de Nagasaki étaient partagés entre leur désir de gagner de l'argent grâce aux affaires et aux divertissements et leur crainte d'affronter les étrangers sans être protégés par le bakufu. Les mêmes gens qui se plaignaient de l'effondrement de l'ordre et de la loi maugréaient qu'on voyait partout des espions et des mouchards.

Il ne cessa de pleuvoir durant l'automne et l'hiver. Nagasaki était moins froid que Hagi ou Kyôto, mais le vent marin était glacial et on gelait dans les frêles demeures conçues pour affronter la canicule de l'été. O-Kimi étant aussi regardante pour le charbon que pour le reste, la faible chaleur des braseros ne parvenait guère à chauffer la maison. J'avais des engelures aux doigts et aux orteils. Mes mains étaient gercées en permanence. La nuit, l'air humide me faisait tousser et je ne réussissais pas à m'endormir.

Les préparatifs pour la fin de l'année mirent le comble à mon épuisement. Il fallut balayer et frotter la maison entière, faire les comptes et l'inventaire avant la Nouvelle Année. Le premier jour de l'année, nous pûmes nous reposer un peu et nous eûmes droit, comme tous les étudiants et le reste de la maisonnée, à du saké aux épices et des gâteaux de riz en abondance. Toutefois la poussière du ménage avait aggravé ma toux et je me sentis mal toute la journée.

On entrait dans la deuxième année de l'ère Keiô, soit 1866. Lorsque j'évoquais avec Makino les mois à venir, il était clair qu'il avait décidé de retourner en Chôshû dès que la guerre aurait éclaté — quant à savoir quand ce serait, c'était moins clair. En attendant, il redoublait d'efforts pour profiter au mieux du temps qui lui restait à Nagasaki.

Vers la fin du deuxième mois, un visiteur m'apporta enfin de vraies nouvelles. Il s'agissait du peintre Eikaku, que j'avais vu pour la dernière fois à Mitajiri avant de m'enfuir avec Shinsai. Il se présenta chez les Yoshio par une journée qui semblait la première du printemps. Un vent d'est soufflait avec douceur et les fleurs de cerisier commençaient à éclore. Après les déluges de l'hiver, leurs pétales étaient d'une fraîcheur sans pareil.

J'étais à la fois ravie et consternée de le voir. Ravie du fait de ma réelle affection pour lui, consternée et inquiète car il savait tant de choses sur moi. Comme il était absolument imprévisible, j'ignorais ce qu'il serait capable de révéler. Je ne voulais pas penser à cette époque de ma vie. Je ne voulais pas me souvenir de Shinsai. Mais l'apparition d'Eikaku dans ses vêtements éclatants maculés de peinture suffit à réveiller le chagrin toujours présent au fond de moi.

— Docteur ! s'écria-t-il en me voyant, au grand mécontentement de ma belle-sœur. Que vous est-il arrivé ? Vous avez une mine affreuse. Auriez-vous été malade ?

Il ôta ses sandales et pénétra dans la maison.

— Elle ne prend pas soin d'elle-même, dit-il à O-Kimi. Je crois qu'elle a trop travaillé. Son dévouement pour ses patients est excessif. Vous devez veiller sur elle. Elle est aussi précieuse qu'irremplaçable !

Passant ensuite devant elle, il lui lança :

— Ayez la bonté de nous apporter du thé !

Puis il s'installa sur le tatami en poussant force soupirs — et en lâchant subrepticement un pet, me sembla-t-il.

— Je me sens mieux. Quel horrible voyage ! Plus tôt nous aurons des chemins de fer, comme toute nation civilisée, mieux cela vaudra selon moi. Mais comment des trains feront-ils l'ascension de ces épouvantables collines ? J'imagine que des tunnels sont la solution. On passera par le cœur même de la montagne.

Je l'interrompis avant qu'il puisse s'étendre davantage sur les problèmes du chemin de fer.

— Que faites-vous ici? demandai-je en m'asseyant à côté de lui.

Je m'étais mise au travail avant l'aube et rien ne me semblait plus désirable que de rester assise un moment à boire du thé — car O-Kimi s'était rendue docilement à la cuisine pour chercher de l'eau chaude.

— La photographie m'appelle! proclama Eikaku. C'est l'art de l'avenir et je dois absolument m'y initier.

Je connaissais ce mot et j'avais remarqué des photos dans la maison de M. Glover. J'avais également vu des photographes à l'œuvre dans Nagasaki. Pointant leur appareil en forme de boîte en bois vers les bateaux du port, une fête dans un sanctuaire ou une scène de rue, ils restaient immobiles un long moment, la tête et les épaules cachées par un voile noir. Parfois des gamins leur jetaient des pierres, des femmes traversaient la rue pour les éviter. Les gens croyaient que la photographie vous dérobait une partie de votre essence et vous rendait malade.

Pompe avait donné des cours de photographie, pendant son séjour à Nagasaki, et je savais qu'elle se fondait sur la chimie, comme la médecine. Makino m'avait dit que de nombreux médecins s'y intéressaient, car elle pourrait permettre d'avoir une image du corps et des symptômes d'un malade.

Ces pensées défilèrent dans ma tête tandis que nous attendions le retour d'O-Kimi. Sortant une boîte à tabac, Eikaku alluma sa pipe en enflammant une allumette au brasero. Je mourais d'envie de fumer. Comme je commençais à me demander si ma belle-sœur allait ou non apporter du thé, je décidai d'aller voir ce qu'elle faisait et de prendre au passage ma propre pipe.

O-Kimi m'apostropha devant la cuisine.

— Dois-je appeler votre frère ? Ou la police ?

— Pourquoi donc ?

— Pour cet homme, voyons. C'est un fou, n'est-ce pas ?

— Il souffre d'une légère démence, mais pas en permanence. Cela lui arrive par phases. Actuellement, il semble tout à fait sain d'esprit. C'était un de mes patients à Shimonoseki.

Je compris à son regard qu'elle n'en attendait pas moins de Shimonoseki et de moi-même.

— Je vais lui servir du thé puis je sortirai avec lui, déclarai-je.

— Et votre travail ? Qui va s'en charger pendant que vous serez dehors avec un fou ?

Mon frère apparut au bout du couloir où se trouvait la cuvette pour se laver les mains.

— Que se passe-t-il ? s'étonna-t-il.

Il nous rejoignit en s'essuyant les mains.

— Un dément est venu voir O-Tsuru. Il était déjà pénible de voir un louche individu venir chez nous l'autre jour. Mais celui-là, vraiment ! Quel grossier personnage !

— *Oniisan*, il est absolument inoffensif. C'est un peintre, et célèbre de surcroît. Il dit qu'il désire étudier la photographie. Quel endroit puis-je lui conseiller ?

Tetsuya avait battu nerveusement des paupières en entendant la tirade de son épouse. Il sembla heureux de pouvoir répondre à une question concrète.

— Allez donc chez Ueno-san. Ce n'est pas loin, au bord du fleuve Nakajima.

— J'irai avec lui, si c'est possible.

— Je suppose que nous pouvons nous passer de vous pour un petit moment. Mais êtes-vous sûre de ne courir aucun risque ?

— Évidemment! répliquai-je avec tant de violence que je me mis à tousser.

Tout en essayant de reprendre haleine, je songeai qu'Eikaku me serait certes moins nuisible que mon labeur quotidien chez les Yoshio qui était en train de massacrer mes poumons sans que mon frère parût y prêter attention.

Je pris moi-même l'eau chaude et le thé, calai ma pipe sous mon bras et retournai dans la pièce de devant, où Eikaku était occupé à frotter ses pieds.

— Accepteriez-vous de me masser, docteur? J'ai mal partout.

— Peut-être pourrons-nous vous trouver quelqu'un, assurai-je.

Le docteur Yoshio connaissait plusieurs masseurs aveugles chez qui il envoyait ses patients.

— Pour l'instant, prenez un peu de thé pendant que je fume une pipe. Ensuite nous irons voir M. Ueno.

— Ueno Hikoma! s'écria Eikaku. C'est bien lui!

— Vous connaissez son nom?

— Oh, oui, c'est une célébrité. J'ai même lu certains de ses textes.

Il déclama avec emphase :

— *La Technique de la photographie*. Vous rappelez-vous ce photographe, à Maeda? Non, bien sûr, vous n'étiez pas là lors de la seconde attaque. Quoi qu'il en soit, c'est un collègue de Hikoma. Il s'appelle Beato. Je voulais lui parler mais nous étions en pleine guerre, l'instant n'était guère propice.

— Mais votre peinture? Vos représentations de l'enfer?

— La photographie montrera un enfer plus immense que tout ce que je pourrais imaginer, répliqua-t-il en bourrant de nouveau sa pipe.

— Eh bien, dites-moi quelles sont les nouvelles,

dis-je tandis qu'il tirait des bouffées en silence. Êtes-vous venu directement de Shimonoseki ?

— Je me suis d'abord rendu à Dazaifu pour pré-senter mes respects à nos chers amis, le prince Sanjô et ses compagnons.

Eikaku n'avait rien perdu de son admiration pour les aristocrates, qui avaient été contraints de quitter le Chôshû dans le cadre de l'accord conclu après la première campagne du bakufu.

— J'espère qu'ils vont bien.

— Votre malheureux patient est mort, vous savez. Les cinq autres restent ensemble et sont pour nous tous une présence inspirante. Ils se portent assez bien, pour des exilés et des prisonniers. Ils sont impatients, mais ils n'auront plus à attendre très longtemps.

— Parlez moins fort, dis-je.

J'étais certaine que ma belle-sœur essayait d'écou-ter notre conversation.

— Je vais chuchoter la suite, répliqua Eikaku.

Se penchant vers moi, il dit d'une voix presque inaudible :

— Katsura a signé un accord avec Saigô Taka-mori à Kyôto. Le Satsuma ne se joindra pas au ba-kufu pour attaquer le Chôshû. Les deux domaines sont maintenant alliés contre les Tokugawa.

J'allumai de nouveau ma pipe. C'était donc enfin arrivé. Quels que fussent ses défauts ou mon antipa-thie à son égard, je ne pouvais qu'admirer Katsura pour cet exploit.

— Je suppose que Sakamoto a joué un rôle dans cette affaire, chuchotai-je à mon tour à Eikaku.

— Oui, je crois. Alors que les négociations s'enli-saient, il les a convaincus de signer. Le lendemain même, le malheureux a été attaqué dans la Tera-daya, à Fushimi.

— Il est mort ? lançai-je d'une voix trop forte tant j'étais bouleversée.

— Chut ! me mit en garde Eikaku en levant la main. Non, il a été blessé mais pas mortellement. Par chance, il avait un pistolet. C'était un envoi de Takasugi Shinsaku. Il lui avait également envoyé un éventail et un poème, mais c'est le pistolet qui lui a sauvé la vie. Avec le concours de sa maîtresse, O-Ryô. Elle a couru à l'étage pour le prévenir. Quelle scène dramatique, vous ne trouvez pas ? Miyoshi Shinzô était avec lui. Vous le connaissez, c'est un ami de Shiraishi. Je tiens toute l'histoire de Shiraishi.

— Et où se trouve Sakamoto-san, maintenant ?

— Saigô Takamori l'a mis à l'abri en Satsuma pour qu'il se rétablisse. Il a épousé O-Ryô et l'a emmenée avec lui.

— On croirait une pièce de théâtre, observai-je.

Eikaku tira une bouffée en me lançant un regard sagace.

— Je suppose que vous n'avez pas envie de parler de votre propre drame ? demanda-t-il.

— Seulement si vous avez des nouvelles de l'autre protagoniste, répondis-je au bout d'un instant.

— À ma connaissance, personne ne l'a jamais revu.

— Dans ce cas, n'en parlons plus.

Cependant cette rencontre avec Eikaku avait ranimé tous mes souvenirs de Shinsai.

— Allons donc voir M. Ueno, dit Eikaku. J'espère que ce n'est pas trop loin, car j'ai très mal aux pieds.

Comme nous sortions de la maison, je crus apercevoir Hayashi Daisuke au coin de la rue. Malgré l'air tiède et printanier, il portait un chapeau enfoncé jusqu'aux yeux. À ma grande surprise, car j'étais certaine qu'il m'avait vue, il s'engouffra dans une ruelle pour éviter de me croiser. Je me sentis plus soulagée qu'autre chose, n'ayant aucune envie de perdre du temps avec l'une de ses conversations interminables, et je n'y pensai plus. Je voulais plutôt faire part à Eikaku d'une idée qui m'était venue pendant que je m'activais avec le pilon et le mortier dans la pharmacie en écoutant les diagnostics du docteur Yoshio. De nombreuses maladies étaient relativement banales et pouvaient être soignées par divers médicaments, mais aucun patient ne savait lesquels choisir parmi les centaines de remèdes disponibles.

— Nous pourrions faire des tableaux, dis-je à Eikaku. Ils présenteraient les symptômes, le diagnostic et les médicaments correspondants. Mais il faudrait qu'ils soient illustrés de façon que même des personnes sans instruction puissent les comprendre. Les gens n'ont aucune idée de ce qui se passe dans leur propre corps. Ils ont l'impression d'appartenir au monde des *kami*, d'être victimes de magie noire ou possédés par un esprit. Mes tableaux les délivreraient de la superstition.

— Un peu de superstition ne nuit pas, répliqua Eikaku. Et la magie et la possession sont des faits bien réels.

— Mais si les gens comprennent leur corps et son fonctionnement, ils sauront comment soigner leurs propres maladies.

— Cela paraît aussi logique que raisonnable, donc cela ne m'intéresse pas le moins du monde, déclara Eikaku en écartant mon idée d'un revers de la main.

— Vous pourriez peindre des furoncles et des plaies suppurantes, insistai-je. Des éruptions, des blessures, des difformités, et tous les organes internes dans leur état sain ou leurs altérations diverses.

— Peut-être pourrais-je les photographier.

— Mais j'ai besoin de couleurs. L'intérieur du corps est très coloré. Pensez à toutes ces nuances de rouge et de rose. Vous adorez ces couleurs!

— Il est vrai que les photographies sont en noir et blanc, admit-il. Cependant la couleur viendra bientôt, c'est inévitable. Et même maintenant, beaucoup de gens colorient les clichés à la main.

Je me rappelai son entêtement. Une fois qu'il avait une idée en tête, il était impossible de la déloger.

— Eh bien, un jour peut-être, dis-je. De toute façon, je ne pourrai rien entreprendre tant que je serai ici.

— Qu'êtes-vous venue faire à Nagasaki? J'ai l'impression que vous ne vous amusez guère.

— Je travaille chez le docteur Yoshio, le beau-père de Tetsuya, pendant que mon époux étudie à l'hôpital occidental.

— Avez-vous quelques déments aussi intéressants que moi parmi vos patients?

— Je n'ai pas de patients du tout. Je ne fais que prêter main-forte dans la pharmacie.

Eikaku resta un instant silencieux, tandis que nous franchissions le pont de pierre devant l'immense escalier dallé menant au sanctuaire de Suwa.

— Pas étonnant que vous ayez l'air épuisée, dit-il enfin. Pourquoi faites-vous ça?

Je sentis la colère monter en moi.

— Je suis une femme. Tel est le sort des femmes. Nous n'avons pas de vie à nous. Nous nous contentons de veiller sur les hommes, comme votre sœur qui se consacre à vous pour que vous puissiez peindre.

— Ma sœur est morte.

Il s'arrêta abruptement et suivit des yeux le fleuve descendant vers le port.

— Elle est morte il y a quelques semaines. C'est

une des raisons de mon départ. Je me sentais déprimé. La maison paraît si vide.

— Je suis désolée. Je l'aimais beaucoup.

— Oui, de l'avis de tous c'était une excellente femme. Beaucoup trop bien pour moi.

Il hocha la tête une ou deux fois, les lèvres pincées. Puis il poussa un profond soupir et se remit à marcher à toute allure.

— Pourquoi ne pas vous enfuir ? demanda-t-il. Vous l'avez déjà fait.

— Cela n'a rien donné de bon, répliquai-je. Mon époux voulait que je revienne et... enfin, c'est mon époux. Son travail sera utile et important. Il sert notre domaine et moi je le sers, lui.

— Quel gâchis ! s'exclama Eikaku d'un ton plutôt joyeux. De quelque façon qu'on l'envisage, la vie humaine est un gâchis.

— Nous espérons tous en un monde nouveau. Assisterons-nous à son avènement ? Les choses vont-elles changer ?

Eikaku poussa un grognement désabusé. Nous avions atteint le fleuve Nakajima et tournâmes à gauche pour remonter son cours. Le studio Ueno se trouvait sur le versant, en retrait de la berge qui avait été consolidée avec des murs de pierre. Gonflé par les pluies de l'hiver, le fleuve coulait avec impétuosité sur les rochers, en chantonnant tout bas comme s'il était vivant. Des branches cassées, roseaux arrachés et autres débris étaient éparpillés sur ses bords et montaient parfois aussi haut que les murs. Le fleuve sentait la boue et le fumier, à quoi se mêlait une puanteur familière qui me rappela la maison des Yoshio. Manifestement, M. Ueno fabriquait lui-même son ammoniac.

Nous fûmes accueillis au portail par un domestique en veste courte et jambières qui nous demanda d'attendre à l'intérieur, car le maître était en train de prendre une photographie.

— Peut-être pourrions-nous regarder? suggéra Eikaku avec enthousiasme.

Nous avançant sans faire de bruit, nous nous arrêtâmes près d'un petit massif de deutzias qui nous dissimulait partiellement. Devant la maison, du côté sud, on avait construit une étrange pièce dépourvue de toit et n'ayant qu'un unique mur peint en blanc, le long duquel courait un panneau en bois arrivant à peu près à mi-corps d'un être humain. Le sol était recouvert d'une sorte de tapis en tissu. Appuyée contre un petit coffre, une femme debout gardait la pose avec patience. Son visage était blanc de poudre et elle restait parfaitement immobile. Le photographe se tenait en face d'elle, avec son appareil sur pied pointé vers son modèle. Nous étions tous figés. Je retenais mon souffle, comme si le moindre de mes gestes pouvait gâcher l'opération.

Après ce qui me sembla une éternité, le photographe sortit de sa tente de tissu noir.

— Ça y est, dit-il. Vous pouvez bouger, maintenant.

Le domestique accourut pour aider la femme à s'extraire d'un collier rigide ayant servi à immobiliser sa tête. Elle remua son cou et ses épaules avec circonspection.

— Je suis ankylosée, se plaignit-elle.

Puis elle nous aperçut et s'écria :

— Monsieur Ueno! Des clients!

Le photographe se tourna vers nous. C'était un homme maigre au regard plein de vivacité et d'intelligence.

— Vous venez vous faire photographier? La journée est idéale, du moins tant que le soleil ne se cache pas. Je dois travailler à l'extérieur, car seule la lumière solaire est assez brillante. Mais vous devrez attendre que j'en aie fini avec ce cliché.

— Pourrions-nous regarder ? demanda Eikaku.

Mais le photographe lui avait déjà tourné le dos pour se précipiter dans la maison.

— Cela peut être dangereux, expliqua le domestique. M. Ueno ne permet à personne de le regarder. Certains photographes ont pris feu ou se sont fait sauter dans l'opération.

— C'est merveilleux, murmura Eikaku.

La femme, qui devait être l'épouse du photographe, nous demanda si nous voulions attendre à l'intérieur. Nous la suivîmes dans la maison. Dans le vestibule, on avait rangé plusieurs accessoires destinés aux séances de pose — des supports pour le cou et le bras, des chaises de style occidental. Elle nous mena dans le salon d'attente, où nous nous assîmes sur les tatamis.

— Serait-il possible de voir des œuvres du maître ? s'enquit Eikaku.

Elle répondit qu'elle allait apporter quelques épreuves et sortit un instant de la pièce.

— Cette nouvelle méthode est prodigieuse, dit-elle en revenant. Elle permet de faire plusieurs exemplaires. Évidemment, il faut développer le cliché pendant que le collodion est encore humide de sorte qu'on est toujours un peu pressé. Mais avec le daguerréotype, l'ancienne méthode, on ne pouvait faire qu'un exemplaire.

— Comme quand on peint, observa Eikaku. Mais peindre est démodé. La photographie est tellement moderne !

— Monsieur serait-il artiste ? demanda-t-elle en regardant ses vêtements maculés de peinture.

— Je l'ai été. Mais après la photographie... me remettrai-je jamais à peindre ?

Tout en déballant les photos, elle prit un air dubitatif.

— Mon époux ne prend pas d'élèves, déclara-t-elle. Nous avons déjà suffisamment d'apprentis dans notre propre famille. Mais il est toujours en quête de clients. Voyez-vous, il n'y a pas encore beaucoup de travail, et le matériel est très cher.

Eikaku parut un instant très abattu.

— Moi qui suis venu exprès de Shimonoseki! gémit-il.

— Vraiment?

Mme Ueno tenta d'attirer son attention sur les clichés.

— Je crois que ce monsieur est de Shimonoseki, dit-elle.

Trois hommes étaient assis par terre, l'air sérieux, les yeux baissés. Connaissant maintenant la procédure, je comprenais qu'ils essayaient de ne pas bouger. Eikaku les regarda en faisant la moue.

— Ciel! s'écria-t-il. C'est Itô! Docteur, vous le connaissez. Itô Kyûzô, il était au *honjin*.

Je le reconnus — je l'avais souvent vu chez Shiraishi. Et je savais aussi qui était l'homme au milieu du groupe. C'était incontestablement Sakamoto Ryôma.

Bien entendu, Eikaku ne l'avait jamais vu. Je ne voulais pas prononcer son nom, mais je ne pouvais détacher les yeux du cliché. Une telle ressemblance me stupéfiait. J'avais l'impression de voir un fantôme.

Mme Ueno nous montra d'autres photos : une femme habillée en geisha, un marin occidental, des paysages et des scènes de rue. Je dis à Eikaku que j'avais marché dans cette rue, franchi ce pont, visité ce sanctuaire. Je me sentais curieusement excitée, comme si ces images incolores rendaient mon existence plus réelle.

518

Nous vîmes une autre photo de trois hommes. J'aperçus Takasugi au centre, les mains sur les cuisses, les yeux mi-clos. Il tenait un éventail et son visage décidément « ressemblait plus au cheval qu'au cavalier ». Debout à côté de lui, Itô Shunsuke arborait son habituel air satisfait. Un jeune garçon dont j'ignorais le nom était agenouillé de l'autre côté de Takasugi.

— Ces hommes sont aussi du Chôshû, je crois, déclara Mme Ueno. Je ne peux malheureusement pas vous dire leur nom. De toute façon, la moitié d'entre eux se servent de noms d'emprunt quand ils sont à Nagasaki.

Elle partit chercher le thé. Je revins aussitôt au premier cliché.

— C'est Sakamoto-san, chuchotai-je à Eikaku.

— Vraiment ? Il a fière allure.

Nous observâmes tous deux la photo. Je songeais à l'attaque dans la Teradaya et aux blessures de Sakamoto. Je me demandais comment elles avaient été soignées, où il se trouvait maintenant et s'il se rétablissait.

— Eh bien, soupira Eikaku. C'est un miracle.

— Et là, je connais aussi ces hommes. Voici Takasugi Shinsaku. Il souffre d'un mal qui rappelle le vôtre.

Eikaku scruta la photographie.

— Je m'incline devant vous, mon compagnon de souffrance, dit-il. Et qui est ce beau jeune homme ?

— C'est Itô Shunsuke.

— Hum, il a le visage d'un séducteur. Comme son camarade.

— Tous deux sont de grands amateurs de femmes.

Mme Ueno revint avec le plateau du thé. Je lui demandai quand cette photo avait été prise.

— Il y a environ un an, je pense. On voit que le revêtement du sol est tout neuf.

Une année avait passé. Takasugi et Itô avaient un an de plus, le garçon était devenu un homme, cependant sur les clichés ils restaient inchangés. Je parcourus de nouveau les photos, en scrutant chaque visage. Il m'était brusquement venu l'idée que Shinsai pourrait se trouver parmi eux. Je n'étais plus certaine de me souvenir de son aspect. C'était désolant. Je comprenais combien les photos pouvaient être à la fois excitantes, consolantes, et d'une tristesse insupportable. Elles étaient vraiment comme des fantômes.

Tandis que nous prenions le thé, la pièce s'assombrit et nous entendîmes soudain le bruit de la pluie sur le toit. Des pas se hâtèrent dehors et on rentra bruyamment le matériel à l'intérieur.

M. Ueno apparut sur le seuil.

— Je suis désolé, le temps est contre nous. Pouvez-vous revenir un autre jour ? Je serais ravi de vous photographier, vous et votre épouse.

— Oh, ce n'est pas mon épouse, dit Eikaku. Et nous ne voulons pas nous faire photographier. Enfin, je n'aurais rien contre, malheureusement je n'ai pas d'argent. Je suis venu à pied de Shimonoseki uniquement pour vous demander de m'enseigner l'art de la photographie.

— Je crains que ce ne soit impossible. Je ne prends pas d'élèves, et de toute façon vous êtes trop âgé.

— Trop âgé ? s'étonna Eikaku.

— Oui, la photographie est un métier de jeune. Seul un jeune cerveau peut assimiler les connaissances requises en chimie et seules de jeunes mains possèdent la dextérité et la rapidité nécessaires. Mon épouse me dit que vous êtes peintre. Tenez-vous-en à ce que vous connaissez, mon cher Monsieur, c'est le conseil que je vous donne. À présent, je dois vous quitter car j'ai beaucoup à faire. Mais prenez encore du thé avant de partir, je vous en prie.

M. Ueno s'était montré charmant, mais manifestement il n'était pas du genre à se laisser forcer la main. Eikaku but son thé en silence. Je crus qu'il avait accepté la situation. En réalité, il méditait son prochain coup. Quand la pluie cessa, nous présentâmes nos excuses à Mme Ueno et prîmes congé. Je me mis à descendre les marches menant au fleuve. En me retournant, je constatai qu'Eikaku avait disparu. Je remontai l'escalier en courant et le découvris assis sur les talons à côté du portail.

— Que faites-vous là ? Venez, il faut nous en aller.

— Je resterai jusqu'à ce qu'il accepte de me prendre comme élève, déclara-t-il avec calme.

— Ne soyez pas stupide. Il ne s'agit pas d'une sorte de drame médiéval. Cet homme n'est pas un maître spirituel retiré dans le fin fond d'une montagne.

— C'est un maître, un génie !

— Oui, peut-être. Mais c'est aussi un homme d'affaires. Il vous a donné son opinion. Vous n'allez quand même pas vous imposer de force.

— Il sera subjugué par ma détermination et mon courage, proclama Eikaku.

— Cela ne vous vaudra qu'une bonne correction !

Je ne savais que faire. Eikaku était sourd à mes arguments et beaucoup trop fort pour que je l'entraîne avec moi. Mais si je le laissais ici, il se ferait certainement rosser voire arrêter par la police.

J'eus beau l'implorer, il resta inflexible. Je songeai à courir à l'hôpital pour demander secours à mon époux, cependant la maison du docteur Yoshio était plus près. Je finis par m'y rendre afin de chercher Tetsuya, même si je redoutais sa réaction.

En fait, ce fut moi qui me fis arrêter en arrivant là-bas. Je passai le reste de la journée dans un bureau du tribunal de Nagasaki, où deux fonctionnaires m'interrogèrent longuement sur les raisons de mon séjour dans la ville, le but de ma visite chez M. Glover, l'identité des deux hommes qui m'y avaient accompagnée. Pour finir, ils me demandèrent qui était l'artiste en train de camper à la porte de Ueno Hikoma en refusant absolument de bouger. Je leur répondis plus ou moins la vérité. Je leur parlai des études de mon époux, de notre besoin de matériel médical, et leur déclarai qu'il était allé chez M. Glover pour négocier l'achat de fournitures à l'étranger, après lui avoir fait cadeau d'une peinture venant de chez mon père. Nos accompagnateurs étaient apparemment des hommes du Satsuma et avaient proposé de nous présenter au marchand anglais. Quant à Eikaku, il n'avait malheureusement pas toute sa tête, mais avec de la douceur et des soins il reviendrait bientôt à la raison.

Je crus d'abord que c'était Eikaku qui me valait tous ces ennuis, mais il n'était pas au courant de ma visite à Ipponmatsu avec Inoue, Itô et Sakamoto. Quelqu'un d'autre m'avait espionnée et avait rapporté mes moindres mouvements à la police.

— Je crois que Hayashi Daisuke est un mouchard, dis-je à Makino et Tetsuya quand on m'eut remise entre leurs mains tard dans la soirée. Il n'a pas arrêté de nous épier depuis notre arrivée à Nagasaki.

— Vous avez attiré l'attention sur vous, déclara mon frère. Mon épouse avait raison. Nous aurions dû vous empêcher de voir ces personnages indésirables.

— Vous ne les qualifierez plus d'indésirables quand ils formeront le prochain gouvernement, lançai-je, irritée par son attitude condescendante.

Il regarda nerveusement à la ronde, bien que nous fussions déjà assez loin du tribunal.

— C'est exactement le genre de choses dont vous ne devriez pas parler. Vous avez eu de la chance, mais vous m'avez causé beaucoup d'embarras. Mon épouse est furieuse et le docteur Yoshio consterné. Nous dépendons de la bonne volonté des fonctionnaires. Nous ne pouvons pas courir le risque de les mécontenter.

— Je suis vraiment désolée, dis-je avec humilité.

Et c'était vrai, même si je ne me croyais pas fautive. J'étais également atterrée à l'idée que j'avais déçu Makino et qu'il pourrait être renvoyé à cause de moi. La trahison de Hayashi m'emplissait de colère. Et pour couronner le tout, j'étais inquiète pour Eikaku.

Nous apprîmes le lendemain qu'on l'avait expulsé de la maison d'Ueno et emmené dans une sorte d'asile tenue par un médecin spécialisé dans le traitement des déments, que connaissait le docteur Yoshio. Je suppliai qu'on me laisse lui rendre visite, mais l'une des conditions de ma libération était que je devais rester enfermée en attendant d'être renvoyée chez mes parents. Je me sentais d'autant plus honteuse qu'il apparut que Makino devait m'escorter jusqu'à leur maison.

Tetsuya me taquina en déclarant qu'ils allaient devoir me préparer une cellule, comme c'était la coutume pour les samouraïs assignés à domicile.

— Je regrette pourtant que vous n'ayez pu voir l'établissement du docteur Inuda, ajouta-t-il. Son traitement est très efficace. On administre des purgatifs aux déments, après quoi on les garde dans une salle spéciale pour qu'ils évacuent tout. Au bout d'un jour ou deux, quand ils sont complètement vidés, on les installe dans un cadre plus agréable.

Pauvre Eikaku ! Je n'avais jamais tenté un traitement pareil. J'imaginais qu'il pouvait se révéler efficace, mais il me semblait excessif.

— Que va-t-il devenir? demandai-je.

— Je pense qu'il sera entravé et renvoyé à Shimo-noseki.

Cela signifiait qu'il rentrerait dans une cage en bambou, comme un prisonnier. Cette idée me faisait pitié.

— Au moins, je ne retournerai pas chez nous dans une cage, dis-je à mon époux cette nuit-là. Mais je suis désolée que vous deviez m'accompagner.

J'étais épuisée, au bord des larmes.

— Ne vous en faites pas, répliqua-t-il. Vous savez que j'étais prêt à partir à tout instant. De cette façon, je serai de retour en Chôshû avant le début de la guerre.

La guerre des Quatre Frontières

Nous retournâmes à Shimonoseki par voie de terre mais en arrivant dans la ville, vers le milieu du quatrième mois, nous découvrîmes que Takasugi était revenu de Nagasaki à bord d'un bateau à vapeur que M. Glover lui avait vendu équipage compris. Après avoir accepté de le payer plus de quarante mille *ryô*, sans l'autorisation du domaine, il l'avait nommé le *Heiin-maru* d'après l'année en cours.

— J'aurais pu vous emmener avec moi, dit-il quand nous le rencontrâmes chez Shiraishi.

Cependant nous n'avions même pas su qu'il était à Nagasaki. Il était tout excité par son exploit et par la perspective de la guerre imminente. Son ardeur ne fut en rien refroidie par les mauvaises nouvelles que Shiraishi avait pour lui : une attaque prématurée contre la garnison du bakufu à Kurashiki, œuvre de quelques soldats impatients du second Kiheitai, avait été punie par l'exécution de près de cinquante des participants ; les fonctionnaires du domaine refusaient de payer Glover pour le bateau à vapeur ; et l'on racontait que l'armée du bakufu était quatre fois plus nombreuse que celle du Chôshû.

Il était étrange de revoir Takasugi en chair et en os après avoir regardé sa photographie à tant de lieues de distance. Il n'avait pas bonne mine. J'étais certaine qu'un mal physique s'ajoutait à ses problèmes psychiques. Il se plaignait de la chaleur et avait effectivement l'air fiévreux, mais il était inutile de lui suggérer de se reposer ou de prendre un traitement. En cette période de sa vie, il n'était question pour lui que de combattre.

— J'espère que vous resterez à mon côté sur le bateau ou avec l'armée de terre, dit-il à Makino.

Makino s'inclina.

— Je dois mener mon épouse chez ses parents, après quoi je reviendrai ici.

— Vous ne comptez pas aider votre mari? me demanda Takasugi.

Combien j'étais tentée de répondre que telle était mon intention! J'aurais participé à la lutte avec Takasugi et Makino, et tous ces autres hommes pleins d'audace et de dévouement. Je regardai mon époux. S'il avait manifesté la moindre envie que je l'accompagne, je l'aurais fait. Mais je lus sur son visage qu'il ne le voulait pas.

— On m'a ordonné de rentrer chez moi. Je suppose qu'il me faut obéir. D'ailleurs, mon père est souffrant et mes parents ont besoin de moi.

— Eh bien, prenez garde de ne pas sombrer dans la mélancolie là-bas. Vous savez que la guerre est le meilleur remède contre les idées noires.

— À condition de gagner, observa Shiraishi.

— Nous ne pouvons pas perdre, répliqua Takasugi.

Les fournitures médicales promises par M. Glover avaient déjà été livrées à la Kokuraya. Avant de partir pour Yuda, j'aidai mon époux à les inventorier et à les partager entre les divers champs de bataille. Le Chôshû était encerclé par l'armée du bakufu et devrait combattre sur quatre fronts, lors du conflit qui devait passer dans l'histoire du domaine sous le nom de guerre des Quatre Frontières.

Il semblait maintenant que tous les projets de mon père allaient se réaliser. J'allais travailler avec lui et mon époux se joindrait à nous en revenant de la guerre. L'ambition de travailler en égale parmi des hommes m'avait longtemps habitée. Mon époque agitée m'avait entraînée dans ses remous. À présent, j'étais revenue à mon point de départ. Repensant à mes erreurs et à tout ce que j'avais appris, je me demandais si j'avais acquis ne fût-ce qu'un début de sagesse et de compassion.

Ce fut une période difficile. La nourriture était peu abondante et l'augmentation vertigineuse du prix du riz provoqua des émeutes. Beaucoup de gens en voulaient au gouvernement pour les exécutions de soldats des *shotai*, mais l'inquiétude à l'idée d'une défaite était plus grave encore de sorte que personne n'osait apparaître comme un dissident. Les négociations pour éviter la guerre s'étaient prolongées toute l'année, mais les exigences du bakufu étaient trop grandes et le Chôshû n'avait en fait aucune intention de se soumettre. Le domaine désirait avant tout retarder le déclenchement du conflit et faire en sorte que le bakufu endosse le rôle de l'agresseur.

À la maison, nous avions une cause d'inquiétude supplémentaire. L'essoufflement de mon père s'était encore aggravé et il paraissait souvent plus malade que ses patients. Nous savions tous deux qu'il souffrait d'une insuffisance cardiaque pour laquelle aucun traitement n'existait, mais nous n'en parlions pas. J'étais simplement heureuse d'être à son côté en ces mois qui seraient peut-être les derniers de sa vie.

Le bakufu lança un nouvel ultimatum. Les jours passèrent sans aucun signe de soumission. Au sixième mois, il se décida à passer à l'offensive.

Nous eûmes très peu de nouvelles sur le moment, malgré mes efforts pour glaner des bribes. Chaque soir, je sortais mon vieil éventail blanc et effleurais ses plumes avec mes lèvres en tentant de me représenter mon époux, de voir les blessés et la façon dont il les soignait. Toutefois un nouveau chapitre de mon existence commençait alors même que la guerre faisait rage autour du domaine encerclé, un chapitre qui n'avait rien à voir avec les batailles et les mourants. Ma sœur vint à Hagi en emmenant Michi avec elle.

La fillette avait quatre ans et nous tombâmes tous instantanément sous son charme. Mon père et moi étions émerveillés par sa maîtrise du langage et sa capacité de concentration.

— Elle tient à la fois de toi et de ta sœur aînée, dit ma mère. Elle a ta curiosité et la gentillesse d'*oneechan*.

— Vous ne me trouvez pas gentille ? m'exclamai-je. Voilà comment vous me remerciez d'être revenue à la maison pour veiller sur vous.

— C'est bien ça, répliqua-t-elle. Jamais ta sœur n'aurait dit une chose pareille.

Cependant elle souriait en prononçant ces mots, et je savais que je ne l'avais nullement vexée. En fait, mes taquineries semblaient lui remonter le moral, et je m'efforçais chaque jour de faire rire mes parents. Je leur racontais nos aventures à Nagasaki, la maisonnée des Yoshio, la fosse à ammoniac et les autels consacrés aux animaux, la photographie et Ueno Hikoma, la visite chez M. Glover. Je dus avouer que j'avais dû lui donner la peinture de Chikuden en échange de fournitures médicales et de quelques milliers de fusils.

En apprenant cette transaction, mon père garda longtemps un silence pensif.

— De toute façon Katsura-san voulait cette peinture, dit-il enfin. Nous ne pouvions la lui refuser.

— Que de sacrifices nous faisons pour un monde nouveau! lançai-je d'un ton léger.

Mon père observait Michi qui jouait sur le sol avec des animaux en papier que ma mère lui avait trouvés. Elle leur parlait d'une voix douce mais sérieuse, en se livrant à quelque jeu compliqué de son invention.

— Je me demande dans quel monde elle grandira, murmura-t-il.

— Un monde où elle ira à l'université et deviendra un vrai médecin, déclarai-je. Un monde où les femmes auront droit à l'éducation et à la liberté comme les hommes.

Je n'étais pas la seule à penser ainsi en ces temps exaltants. Chacun avait des idées nouvelles pour l'avenir et la transformation du monde. L'ordre ancien s'effondrait. On avait enlevé le couvercle d'une marmite en pleine ébullition, et tout s'échappait en bouillonnant dans un nuage de vapeur. Il était impossible de retenir nos rêves. Et pour moi, c'était Michi l'avenir.

Elle était à la fois expansive et pleine de sang-froid. Mitsue disait qu'elle n'aurait aucun mal à s'adapter à sa nouvelle vie. Cela faisait des semaines qu'ils en parlaient. Elle savait qu'elle allait vivre chez ses grands-parents, que son oncle et sa tante seraient désormais comme son père et sa mère. Je lui expliquai que son nouveau père était parti au loin pour soigner des soldats, mais qu'il reviendrait bientôt à la maison.

— Serai-je la seule enfant ici? demanda-t-elle.

— Oui, tu seras ma petite fille unique. J'espère que tes frères et ta sœur ne te manqueront pas trop. Nous t'emmènerons leur rendre visite, Hagi n'est pas si loin. Et je t'apprendrai à écrire, de façon que tu puisses envoyer des lettres à ta mère.

— Mais vous serez ma mère?

— Oui, tu auras deux mères parce que tu es tellement adorable.

Michi semblait accepter sans trop de peine la décision qu'on avait prise pour elle, mais la nuit précédant le départ de Mitsue je commençai à avoir des doutes terribles. Je ne savais comment je pourrais jouer le rôle d'une mère. Il me sembla absurde d'enlever cette enfant à sa vraie famille, d'autant que sa mère l'aimait manifestement avec tendresse. J'en vins à me dire que Mitsue valait nettement mieux que moi.

Je tentai d'exprimer tout cela de vive voix, mais ma sœur refusa de m'écouter.

— Je vous en prie, Tsu-chan, ma décision est prise. C'est la bonne solution, j'en suis certaine.

— Elle va tellement vous regretter. Que ferai-je si elle pleure ?

Mitsue resta un instant silencieuse puis déclara :

— Elle aura une vie meilleure ici. Nous ne devons pas laisser nos sentiments lui gâcher cette chance. Vous lui donnerez une éducation qu'elle n'aurait jamais eue chez nous. Elle apprendra à être forte et à savoir se défendre, comme vous. Et elle finira par vous aimer comme ses propres parents, vous et Makino-san. Je vous supplie de ne pas ajouter un mot.

J'entendis Mitsue pleurer, cette nuit-là. Mais sans doute versa-t-elle alors toutes ses larmes, car le lendemain matin elle partit les yeux secs, avec un sourire joyeux. Les lèvres de Michi tremblèrent et ses yeux se remplirent de larmes. Pour la distraire, nous l'emmenâmes voir la chatte et ses trois chatons, puis ma mère sortit le jeu des serpents et des échelles ainsi que d'autres vieux jouets. Quand Michi fut fatiguée de jouer, elle vint m'aider à cueillir des simples dans le jardin.

Elle s'attacha tout de suite à moi, et quelque

chose dans sa confiance absolue trouva le chemin de mon cœur. Je me mis à l'aimer profondément. Pour la première fois, je comprenais ce que signifiait aimer un autre être humain plus que moi-même.

Tous les hommes que nous connaissions étaient partis pour l'un ou l'autre des fronts, à Hiroshima, autour de l'île d'Ôshima, dans le nord à Iwami ou de l'autre côté du détroit à Kokura. Le temps était affreux. Le premier typhon de l'année balaya le pays d'ouest en est, en apportant des pluies violentes. Voyant que le vent inquiétait Michi et l'empêchait de dormir, je sortis l'éventail de plumes et entrepris de lui raconter des histoires. Comme ma mère autrefois, je lui dis que l'éventail était magique et permettait de voir ce qui se passait dans des endroits lointains.

— Voici ton père, déclarai-je. Il est dans un bateau avec Takasugi-dono.

— Qui est Takasugi-dono ?

— Un héros valeureux. Tu ne le vois pas ? Le bateau s'appelle le *Heiin-maru*. Il est petit, mais regarde comme il fend les vagues à une allure folle !

Ayant quitté de nuit Shimonoseki, le petit *Heiin-maru* cinglait vers l'île d'Ôshima envahie par la flotte du bakufu avec à sa tête son énorme vaisseau amiral, le *Fujiyama-maru*. Il fonça dans l'obscurité vers les navires de guerre, leur tira dessus avec ses canons Armstrong et repartit vers Shimonoseki avant qu'ils aient eu le temps de riposter ou même de mettre leurs moteurs en marche.

Je ne parlai pas à Michi des maisons incendiées d'Ôshima, des femmes et des enfants tués, des *jizamurai* enlevant leur robe à la hâte pour se déguiser en fermiers. Ce fut O-Kiyo qui nous apprit plus tard ces détails.

— Ils suppliaient les paysans de ne pas les appeler *danna-sama*, raconta-t-elle avec dégoût. Ce ne sont jamais que des fanfarons. Un ramassis de beaux parleurs. Dès que l'ennemi se montre, ils font semblant de ne pas être des samouraïs. Quelle honte !

Mon père éclata de rire. Il était trop souffrant pour se rendre au Hanamatsutei, mais il prenait plaisir à voir O-Kiyo et à écouter ses récits.

— Au moins, l'île est de nouveau contrôlée par le Chôshû, dit-il d'un air satisfait.

O-Kiyo nous apporta un tirage d'un *kawaraban* circulant à Yamaguchi. Il donnait à la bataille l'aspect d'un combat de l'époque des États en Guerre, où Môri Motonari avait uni ses forces à la flotte du pirate Murakami. Nous regardâmes l'image avec un intérêt passionné. Songeant à Eikaku, je me demandai s'il était toujours enfermé dans un asile à Nagasaki.

— Parlez-moi de mon père et de la guerre, m'implorait Michi chaque soir.

En m'aidant à la fois de l'éventail magique et des nouvelles d'O-Kiyo, j'inventais mes histoires.

Après Ôshima, la guerre éclata sur le front du Sekishû. Murata Zôroku, l'ancien médecin de campagne, avança jusqu'à Masuda en s'emparant de la plus grande partie d'Iwami. Ensuite, je vis le front du Geishû, où le contingent Ii de Hikone fut mis en déroute. Les soldats vaincus abandonnèrent derrière eux leurs uniformes rouges. Je vis aussi la flotte du Chôshû, dont faisait partie le *Kigai-maru*, cingler vers Kokura.

— Regarde, voici Sakamoto Ryôma, dis-je à Michi. Il commande l'*Otchû-maru*.

Je vis cinq hommes à bord d'un petit bateau attaquer le puissant *Fujiyama-maru* en profitant de la marée pour approcher puis repartir. Je vis sans cesse à l'œuvre la stratégie de Takasugi consistant en attaques éclair, souvent sur deux fronts à la fois, suivies d'une retraite — mais à chaque attaque, nos forces pénétraient plus profondément dans le territoire ennemi. Je vis les soldats Chôshû franchir des cols de montagne à minuit, forts de leurs années d'entraînement intensif, pour assaillir à l'aube un adversaire trop confiant.

Je vis les soldats du bakufu entravés par leur armure archaïque combattre avec des fusils malcommodes. Je vis leurs commandants aisément reconnaissables à leur *jinbaori* se faire abattre par les tireurs Chôshû. Je les vis mettre le feu à leurs propres châteaux à Hamada et Kokura avant de prendre la fuite.

— Voici un dignitaire Kokura insistant pour voir le commandant Ogasawara Nagamichi. Pénétrant de force dans la pièce, il la trouve vide. Sire Ogasawara s'est enfui à Nagasaki après avoir appris que le shôgun Iemochi, général en chef de l'armée, est mort.

— Iemochi est mort, répète Michi.

Nomura Bôtôni
Keiô 2 (1866), en automne
âgée de soixante ans

Les insulaires lui apportent chaque jour à manger, sans se soucier des menaces des gardes, lesquels viennent de l'île principale et donc ne comprennent rien à rien. De temps à autre, une des grands-mères s'arrête pour les admonester en leur demandant s'ils n'ont aucun sentiment humain et quel mal pourrait bien leur faire une vieille femme, nonne et poète de surcroît. Les grands-mères font preuve d'une incroyable endurance quand il s'agit de gronder et de réprimander. Toute leur vie, elles ont hurlé pour couvrir le vent ne cessant de souffler sur Himejima. Déverser pendant un quart d'heure un torrent d'insultes sur les gardes n'est absolument rien pour elles.

Les gardes, de jeunes hommes venus de Fukuoka, sont gênés par les accusations des grands-mères car au fond d'eux-mêmes ils les approuvent. La vieille femme semble inoffensive et ils préféreraient tous nettement ne pas avoir à garder sa prison. Ils ne savent même pas quel délit elle a pu commettre. On leur a ordonné de l'amener à Himejima, de lui bâtir une cellule et de l'y enfermer, et ils exécutent ces ordres. Toutefois aucun d'eux n'a envie d'être responsable de sa mort. Ils trouvent l'hiver suffisamment dur, et elle a trois fois leur âge. Ils s'efforcent donc de ne pas remarquer les villageoises venant apporter deux ou trois fois par jour un bol de soupe ou de thé brûlant, de la bouillie de millet ou du poisson grillé, qu'elles tendent à la poétesse à travers les barreaux.

Bôtôni ne comprend guère qu'un mot sur trois, car le dialecte de l'île est obscur et la plupart des vieilles femmes édentées, mais elle leur est reconnaissante de prendre sa défense et plus encore de lui apporter nourriture et vêtements chauds. Sans elles, elle n'aurait pas passé l'hiver. La cabane où elle est enfermée est minuscule et n'offre aucune protection contre les rafales glacées.

Elles échangent aussi quelques propos bienfaisants. Bôtôni leur assure qu'elle se porte bien. De fait, sa santé est encore étonnamment bonne, même si le manque d'exercice et l'humidité lui ont valu une inflammation douloureuse aux doigts et aux genoux. Elle peut à peine se lever et serait maintenant incapable de tenir une aiguille, si jamais on lui accordait une telle grâce. Les villageoises lui parlent des derniers événements : une baleine échouée sur une plage voisine, la naissance d'un bébé, un pêcheur ayant disparu au large des rochers.

Les fentes du mur laissent entrer les courants d'air, mais aussi le clair de lune et le parfum des fleurs de prunier. De telles idées de poèmes lui viennent souvent mais elle n'a que rarement droit à un pinceau et de l'encre. Le papier est peu abondant sur l'île et elle ne veut pas épuiser sa précieuse réserve de cartes. Il lui arrive d'utiliser un morceau de charbon ou d'écrire avec une brindille dans la crasse du sol. Une fois, elle s'est écorché un doigt et s'est servie de son propre sang. La plupart du temps, cependant, elle écrit les poèmes dans sa tête. Ils ne cessent d'affluer. Ils emplissent son esprit de leur rumeur comme les souris peuplant le toit de chaume. Quand le froid la tient éveillée toute la nuit, elle écoute les souris et les poèmes, et ils l'aident à se sentir moins seule.

Elle ne s'apitoie pas sur elle-même et ne se révolte pas contre son exil. En fait, elle est fière d'être ici, bien qu'elle trouve tout à fait surprenant qu'on ait pu la considérer comme une criminelle aussi dangereuse. Son seul regret est de n'avoir pas fait davantage pour la cause de l'empereur, qu'elle vénère. Après tout, elle s'est contentée de correspondre avec quelques jeunes hommes, Saigô, Shinsaku et le pauvre Hirano, qui fut exécuté à Kyôto après le soulèvement avorté à Ikuno, et de leur offrir un abri quand ils n'avaient aucun autre endroit où aller. Il est vrai qu'elle a écouté leurs idées politiques séditieuses, pour lesquelles elle a beaucoup de sympathie, mais elle a aussi écrit des poèmes et récité des prières avec eux, deux occupations plutôt inoffensives.

Cependant le Fukuoka, comme tant d'autres domaines, est en proie à des dissensions internes à sa propre échelle. Devant le revirement politique du Chôshû provoqué par les *shotai*, ces milices plus que suspectes mêlant les conditions sociales, le gouvernement conservateur du Fukuoka a décidé d'éliminer ses opposants, en manifestant ainsi son soutien au bakufu lors de sa seconde campagne contre le Chôshû. Les domaines septentrionaux du Kyûshû ont observé avec nervosité l'évolution de leur puissant voisin de l'autre côté du détroit. Cela fait douze mois que la guerre menace. Personne n'a envie de se retrouver dans le camp des perdants, mais rares sont ceux qui doutent de l'issue du conflit. L'armée du bakufu compte cent cinquante mille soldats. Avec seulement dix mille hommes, le Chôshû est pratiquement encerclé et devra se défendre sur quatre fronts. Chacun espère qu'il recevra une correction bien méritée et que tout pourra recommencer comme avant.

Les gardes détestent le Chôshû et voudraient bien participer à son humiliation. Quant aux villageois, ils s'en fichent. Ils éprouvent à peu près autant d'antipathie pour le Chôshû que pour le Fukuoka et ont à peine entendu parler de l'empereur. Simplement, ils trouvent inique qu'on mette une vieille femme en prison, de sorte qu'ils continuent de veiller sur Bôtôni de leur mieux.

Tout le monde est donc soulagé quand un navire arborant l'emblème du Fukuoka arrive à la fin de l'été, avec à son bord une petite troupe de soldats ayant reçu l'ordre d'emmener Bôtôni. Peut-être les gardes ne regardent-ils pas le drapeau avec beaucoup d'attention et ne lisent pas les documents d'aussi près qu'ils l'auraient dû, mais même s'ils avaient émis des doutes ils n'auraient rien pu contre ces hommes dotés d'armes modernes et d'une assurance insolente, comme s'ils venaient de remporter une grande victoire.

Au début leurs mines triomphales atterrent Bôtôni, qui n'a aucune raison de soupçonner qu'ils ne viennent pas de Fukuoka, car elles signifient nécessairement que le Chôshû est vaincu et qu'on la ramène dans l'île principale pour l'exécuter. Quand la porte s'ouvre devant elle, le soleil l'éblouit et elle peut à peine marcher. Sa cellule lui paraît soudain très précieuse et elle se sent pleine d'affection pour les villageois qui l'entourent en se lamentant. Même les gardes l'attendrissent — elle n'a pas envie de les quitter.

Une fois à bord du bateau, quand ils ont largué les amarres et levé l'ancre, le chef se tourne vers elle avec un grand sourire et s'adresse à elle en usant d'une tournure propre au Chôshû et aussi à Shinsaku — il s'intitule lui-même *boku*, « votre valet ».

Ce n'est qu'alors qu'elle comprend qu'ils sont venus la sauver. Au milieu de ses victoires dans la guerre des Quatre Frontières, Shinsaku ne l'a pas oubliée. Elle tombe à genoux en pleurant d'émotion, et remercie les soldats, Shinsaku, les dieux. Tout en hissant le drapeau Chôshû, les hommes lui apprennent que leur domaine est vainqueur sur tous les fronts, que l'armée du bakufu est en déroute et que la guerre est finie car le shôgun Iemochi est mort.

Les soldats prennent soin d'elle comme si elle était leur propre grand-mère bien-aimée. Ils lui ont préparé une cabine et la pressent d'aller se reposer, mais elle tient à rester sur le pont. Tandis que les voiles se gonflent sous le vent du sud-ouest et que le bateau file vers Shimonoseki, Bôtôni regarde en direction du nord-est, là où un Japon nouveau est en train de naître.

Mon père

La mort d'Iemochi à Ôsaka marqua la fin des hostilités. Au neuvième mois, la paix fut négociée par
Katsu Kaishû. Makino arriva chez nous par une
tiède journée du dixième mois, alors que l'automne
était bien avancé. Des kakis brillaient d'un éclat
orangé sur les arbres sans feuilles. Nous n'aurions
pas d'autres fruits, car pêches et abricots avaient été
détruits par le typhon, arrachés des branches par un
vent déchaîné. Michi cueillait les derniers simples
dans le jardin. Hachirô lui avait fabriqué un petit
panier de bambou et de minuscules poupées avec
des fleurs d'amour en cage. Elle rangeait avec tendresse chaque feuille autour des poupées sans cesser de parler à voix basse. Son kimono bleu à
doublure était attaché avec une ceinture rouge, et
elle avait glissé ses petits pieds dans des *tabi* et des
geta. Pendant que nous parlions, Makino la suivait
du regard. Comme nous tous, il était sous le charme.

— Que va-t-il se passer maintenant ? demandai-je.

Le pays semblait de nouveau plongé dans l'apathie. Le Chôshû avait infligé une défaite décisive à
l'armée Tokugawa sur quatre fronts. Ses soldats
étaient mieux équipés et nettement plus motivés. La
stratégie d'attaques et de retraites appliquée par
Murata et Takasugi s'était révélée d'une efficacité

dévastatrice. Cependant le bakufu avait contribué à sa propre déroute par son incapacité à coopérer et par son manque d'ardeur guerrière. Ses hommes avaient souvent décidé d'abandonner le champ de bataille pour s'enfuir chez eux. La mort d'Iemochi fournit un prétexte commode pour interrompre les hostilités en attendant que Keiki entre dans ses fonctions de shôgun. Dans l'intervalle, tout était en suspens.

— Il semble que les Satsuma soient déterminés à combattre Keiki, répondit Makino. Ils se sont abstenus de participer à la campagne contre le Chôshû. Bien qu'ils aient reçu l'ordre d'attaquer Hagi, ils ont respecté l'alliance conclue entre Saigô et Katsura et refusé d'envoyer des troupes. À présent, le Chôshû s'est acquis un prestige immense et le Satsuma veut faire ses preuves à son tour. J'ai rencontré Inoue à Shimonoseki et il dit que Keiki cherche à obtenir des Français des armes et des soldats pour restaurer l'autorité des Tokugawa.

— Je suppose qu'il faudra les en empêcher, ce qui signifie qu'il y aura d'autres combats.

— C'est presque certain. Même si Keiki renonce, les Aizu et les autres partisans des Tokugawa ne se rendront jamais.

— Et vous comptez participer ?

— Je ne peux pas abandonner nos soldats maintenant. Nous manquons encore de personnel médical sur le terrain. Nos médecins n'ont pas pu faire face à l'afflux de blessés sur le front d'Aki. Lorsque nous nous sommes retirés de Kokura, nous avons dû enterrer les morts sur place.

Il se tut, repris par ses souvenirs.

— Ces nouveaux fusils causent des blessures terribles. S'il n'y en a que d'un seul côté, la victoire est rapide et les pertes peu importantes. Mais si les deux adversaires sont égaux en armement, personne ne prend l'avantage. La bataille s'éternise, et les morts et les blessés sont beaucoup plus nombreux.

À la fin de l'année, Keiki devint le quinzième et dernier des shôguns Tokugawa. Le vingt-sixième jour du douzième mois, l'empereur Kômei mourut, apparemment de petite vérole bien que le bruit courût avec insistance qu'il avait été empoisonné. Les combats étaient impossibles pendant la période de deuil, mais l'agitation n'en continua pas moins dans le pays. La Nouvelle Année vit de nouveau le prix du riz augmenter de façon stupéfiante — le mauvais temps et la guerre avaient ruiné les récoltes. Émeutes, pillages et destructions se multiplièrent.

Nous entendîmes parler de ces événements, mais comme s'ils se déroulaient dans un pays lointain. Deux jours après la Nouvelle Année, mon père dit dans la soirée :

— Je ne me sens pas très bien.

Son visage était pâle et il était en sueur malgré le froid glacial. Ma mère installa le futon pour qu'il puisse s'allonger. Avant que je puisse m'agenouiller près de lui pour prendre son pouls, il était mort.

Il avait cinquante ans et sa vie avait été admirable. Il avait secouru bien des gens, en soulageant leurs souffrances et en leur sauvant la vie. Il laissait des enfants et des petits-enfants, ainsi qu'une foule d'amis. Mais rien de tout cela ne me consolait. Je ne pouvais croire qu'il nous avait vraiment quittés. Je le voyais partout, dans le jardin, agenouillé dans la pièce des consultations, sous l'Arbre joueur à côté du portail. La nuit, je me réveillais en croyant entendre sa voix. Je ne cessais de penser à lui, avec autant de regrets que de remords. Je lui devais tout. Non seulement il m'avait donné la vie, mais il m'avait appris presque tout ce que je savais. Il avait favorisé ma passion pour l'étude, m'avait laissée travailler à son côté et permis de choisir moi-même mon époux. J'avais l'impression d'avoir abusé de sa patience et de son affection. Combien j'étais heureuse qu'il n'ait jamais su la vérité sur Shinsai et moi ! Sans Michi, je crois que j'aurais sombré de nouveau dans l'état où j'étais durant la première année de l'ère Genji, quand j'étais presque aveuglée par mes larmes.

Ce fut le premier contact de Michi avec la mort. Elle aimait son grand-père et pleura avec ma mère et moi. Néanmoins nous nous efforçâmes toutes deux de lui épargner notre chagrin, de lui enseigner que la mort n'est jamais que l'autre côté de la vie.

Les amis et les collègues de mon père vinrent assister aux funérailles et célébrèrent sa vie passée parmi nous avec force coupes de saké entremêlées de larmes et de rires. Mais tant de présences amicales ne nous rendirent que plus sensibles les pertes que nous avions subies — celles de mon père, de sire Sufu et bien sûr de mon oncle.

Ma mère devait avoir eu le même sentiment, car elle me demanda un peu plus tard, juste avant la cérémonie commémorant le quarante-neuvième jour de la mort de mon père :

— À ton avis, devrions-nous organiser des obsèques pour Shinsai ?

— Je ne sais pas, répondis-je en me troublant. Non, je ne crois pas. Peut-être n'est-il pas mort. Comment savoir ?

L'idée de ses obsèques m'était insupportable. Je me réfugiai dans les larmes et ma mère se mit elle aussi à pleurer, si bien qu'il n'en fut plus question.

Les semaines passant, il devint nécessaire de prendre de nombreuses décisions. Makino et moi étions censés reprendre le cabinet médical, mais il devrait retourner dans l'armée en cas de conflit et je n'étais pas certaine de pouvoir m'en tirer sans lui.

Après que sa santé avait commencé à décliner, mon père n'avait plus accepté aucun étudiant, et les patients étaient vraiment trop nombreux pour que je m'en occupe seule. Je me demandais combien d'entre eux continueraient de venir s'ils n'étaient plus pris en charge officiellement par un médecin homme. Ce n'était pas le moment de s'absenter, mais ma mère exprima le désir de faire encore un pèlerinage. Elle voulait se rendre à Ise avant de mourir et tenait à ce que je l'accompagne.

Takasugi Shinsaku
Keiô 3 (1867), au printemps, âgé de vingt-huit ans

Shinsaku est mourant. Cela dure depuis longtemps, et il est plus que fatigué de la progression
lente et inexorable du mal qui le tue. Ayant survécu
à l'hiver, il avait espéré que le printemps lui apporterait une amélioration, mais il est maintenant résigné
à l'issue fatale. Cela fait plusieurs semaines qu'il est
incapable de lire ou d'écrire. Il peut à peine parler
aux amis qui lui rendent visite — en fait, il n'a pas
envie de les voir. Non qu'il soit déprimé, encore qu'il
l'ait été profondément. Simplement, il voudrait en
finir.

Il a de nouveau déménagé, quittant la petite maison qu'il avait appelée Tôgyôan pour une demeure
appartenant à l'un des marchands de Shimonoseki
qui avaient soutenu fidèlement les *shotai*. À la fin de
l'été précédent, au moment de la victoire du Chôshû
sur le bakufu et de la mort du shôgun Iemochi,
Shinsaku a dû renoncer à participer aux opérations
navales du fait d'une aggravation brutale de sa maladie. Il soupçonnait depuis un certain temps que sa
santé était mauvaise, alerté par sa toux, sa fatigue,
ses sueurs nocturnes. Mais quand le sang avait brusquement inondé sa gorge et ruisselé sur ses lèvres, il
n'avait plus été possible de dissimuler la vérité à lui-
même ni aux autres. À son retour à Shimonoseki, les

médecins avaient confirmé qu'il souffrait de consomption.

Au début, ils évoquèrent une guérison possible et le persuadèrent de suivre leurs régimes. Les semaines passaient de façon plutôt agréable. La maison était proche du jardin où les *shotai* morts sur le champ de bataille étaient enterrés et où Yoshida Shôin avait sa dernière demeure. Shinsaku aimait s'y rendre avec O-Uno afin de remercier les morts pour leur sacrifice et de boire du saké devant leurs tombes. Il lui avait fait promettre qu'elle ferait de même devant la sienne, qu'elle amènerait des geishas et des musiciens avec qui danser et chanter. Il voulait l'égayer mais n'était parvenu qu'à la faire pleurer encore plus lamentablement.

De nombreux amis venaient lui rendre visite : Monta, Shunsuke — le trio infernal une nouvelle fois réuni. Les fêtes se succédaient comme par le passé, en dehors d'un détail dont personne ne parlait, à savoir qu'il se mourait. Il buvait plus que jamais. L'alcool dégageait sa poitrine et soulageait sa toux, encore qu'il lui valût aussi des migraines et des dérangements intestinaux. À présent, il ne boit presque plus.

Il a toujours à son côté l'une des deux femmes. Il sait que l'une est son épouse et l'autre sa maîtresse, mais il lui arrive de ne plus pouvoir les distinguer. Elles semblent être convenues tacitement de ne pas se voir ni se parler, mais pour le reste elles unissent leurs efforts. Pendant que l'une change les draps, l'autre fait la lessive et aère les futons au soleil. Quand l'une va se reposer un peu, l'autre prend discrètement sa place.

Il y a une troisième femme : la poétesse. Voilà encore quelques semaines, ils composaient ensemble des poèmes, mais il est maintenant trop fatigué. Elle est une présence apaisante dans la maison. Elle sert d'intermédiaire entre Masa et O-Uno, leur permet d'échanger des messages. Le reste du temps, elle jeûne et prie pour la guérison de Shinsaku et la victoire contre le bakufu.

Il ne croit pas qu'il vivra jusque-là. Il lui semble improbable d'être encore là lors de la fête des garçons. En l'honneur de son fils, la maison s'ornera de bannières en forme de carpe, mais il ne les verra pas.

Les deux femmes ont chacune des droits sur lui, et n'entendent pas y renoncer. Masa est la mère de son fils. Elle vit chez les parents de son époux, qui la tiennent en haute estime. Cependant O-Uno a partagé sa vie d'une façon différente. Elle a vu non seulement le poète mais le créateur des *shotai*, le stratège audacieux qui a fait tomber le gouvernement conservateur et coulé les navires du bakufu. Elle l'a suivi dans son exil, elle l'aime. C'est elle qui apporte dans sa chambre de malade des rameaux fleuris, les premières fleurs de prunier, celles qu'il préfère, et cette semaine l'éclosion précoce des cerisiers. Elle espère qu'il attendra les iris.

Mais ce ne sont pas les femmes qui occupent son esprit tandis qu'il est suspendu entre la veille et le rêve. Il ne leur accorde qu'une attention superficielle, principalement quand elles viennent le laver ou le nourrir. Comme il ne peut s'allonger, de peur d'être suffoqué par le sang, il reste assis contre un dossier rigide rembourré à l'aide de coussins et de couvertures. Cette semaine, la fauvette a commencé à chanter. Son appel pressant l'emplit de regret à l'idée de ne pas voir un autre printemps. Se peut-il que trois ans et demi seulement se soient écoulés depuis que sire Môri lui a ordonné de créer les *shotai*, deux ans seulement depuis qu'il a chevauché dans la neige pour aller dire au prince Sanjô de témoigner de l'esprit héroïque des fils du Chôshû ? Il se souvient des coupes de saké que le prince avait aussitôt fait servir, comme s'ils étaient tous les protagonistes d'un drame médiéval et qu'il convenait de boire une dernière fois à la santé des guerriers loyaux partant au combat.

Pourtant les combats qu'il a livrés n'avaient rien de médiéval. Ils avaient leur propre physionomie, qu'il avait été contraint d'inventer. Devant toujours affronter des obstacles énormes, des armées vingt fois plus nombreuses que la sienne, il avait dû mettre au point la stratégie des attaques à l'improviste suivies de retraites non moins rapides.

Errant aux frontières du rêve, il se voit maintenant sur le pont du *Heiin-maru*, moins d'une année plus tôt. Il aimait ce bateau si rapide et aisé à manœuvrer. Quel moment il avait vécu en constatant que la stratégie qu'il avait conçue portait ses fruits et que la flotte du bakufu était plongée dans la confusion et la panique par leur attaque nocturne! Il avait compris intuitivement que la lenteur même des préparatifs du bakufu l'avait rendu pesant et rigide. Il ne pouvait déplacer rapidement son énorme armée ni même en contrôler la moitié. Et il n'avait aucune expérience des combats navals. Ces intuitions avaient inspiré Shinsaku. C'était comme concevoir un poème, faire surgir de rien ce qui n'existait pas l'instant d'avant et le transmuer en mots ou en actions qui ne seraient jamais oubliés.

Lors de leur dernière sortie, il avait été trop faible pour revêtir une armure, mais il avait tourné la situation à son avantage en se prélassant en vêtements de nuit sur le pont, car il tenait à peine debout, en buvant pour calmer sa toux et sa fièvre, et en proclamant que l'ennemi n'était qu'un petit chapardeur qui ne méritait pas qu'on se mette en frais pour lui. Les hommes avaient applaudi ce discours et tiré un encouragement de sa langueur. Ce ne fut qu'après la victoire qu'ils remarquèrent qu'il était au bord de l'évanouissement. Puis il avait craché du sang et il n'avait plus été possible de feindre.

À présent, on va jouer la dernière manche, mais sans lui. Il ne connaîtra jamais le résultat, à moins que son esprit puisse regarder la partie depuis l'autre monde. Il a appris l'accord conclu entre le Chôshû et le Satsuma. Cela signifie que la chute du bakufu est inévitable. Et ensuite ? Il n'a aucune idée de ce qui se passera ensuite. Quelqu'un l'a accusé autrefois de trop penser à *ce qui suivrait*. Qui était-ce ? Ah, oui, Kijima, en cette nuit lointaine à Ôsaka.

Il songe un instant à Kijima, tué d'un coup de feu à Kyôto devant la Porte Interdite. Genzui est mort le même jour. Combien peu d'années auront séparé la mort de Genzui et la sienne ! Il se sent fugitivement plein d'envie pour ceux qui vont survivre : Katsura, Inoue et Itô pour le Chôshû, Saigô Takamori et Ôkubo Toshimichi pour le Satsuma.

Il sourit en pensant à la troupe singulière qu'ils forment. Kogorô le Fuyard, les deux incorrigibles Monta et Shunsuke, le vaniteux Saigô avec sa passion pour la bonne chère et les femmes opulentes... Vont-ils vraiment renverser les Tokugawa, restaurer l'empereur et bâtir un Japon nouveau ?

Il ferme les yeux en souriant.

La fin n'est pas aussi paisible, car son corps lutte jusqu'au bout. Plus d'une fois, les assistants croient qu'il a rendu son dernier soupir, mais ses poumons s'efforcent de respirer de nouveau et il se met à haleter convulsivement, avec tant de violence que ses yeux s'ouvrent. Il ne les voit pas mais semble contempler quelque autre monde. Enfin une quinte de toux brutale le secoue, du sang jaillit et au milieu de l'hémorragie son cœur s'arrête.

Ee ja naika

Au quatrième mois, nous apprîmes la mort de Takasugi Shinsaku. Il s'était éteint entouré de ses amis et des femmes qui l'aimaient : son épouse Masa, O-Uno et la poétesse Nomura Bôtôni. On l'avait enterré à Shimizuyama, où reposaient les premiers seigneurs Môri et de nombreux soldats du Kiheitai. Makino assista aux funérailles et me dit à son retour que le cimetière était rempli d'iris blancs et violets. Après celles du prunier, c'étaient les fleurs qu'il préférait. Ses derniers mots avaient été pour ses compagnons, qu'il avait exhortés à « agir pendant que vous le pouvez, avant que viennent les ténèbres, agir... ».

On l'avait surnommé *Tonnerre, éclair, vent, pluie*. Son audace avait arraché le Chôshû au désespoir et à la défaite, et sa mort avant la victoire finale n'en paraissait que plus cruelle. Dix ans s'étaient écoulés depuis que je l'avais vu pour la première fois lors du mariage de ma sœur, où je l'avais entendu chanter. Je le pleurai du fond du cœur.

Les pluies commencèrent, voilant de brume les collines. Les arbres et les avant-toits ruisselaient continuellement, tout était envahi de moisissure. Makino était nerveux. Il se montrait irritable envers les patients et même avec moi. La mort de Takasugi avait ajouté à son impatience. La guerre allait commencer sans lui. Ses collègues allaient progresser, bénéficier des promotions qui auraient dû lui revenir, acquérir une dextérité et une technique surpassant les siennes. Il regrettait sa vie de médecin militaire et ses camarades du Kiheitai. Je voulais qu'il les rejoigne, mais j'avais promis à ma mère que je l'accompagnerais à Ise après les pluies et il fallait que l'un de nous assure la bonne marche du cabinet.

Un soir du sixième mois, alors qu'il pleuvait toujours, quelqu'un appela au portail. Croyant qu'il s'agissait d'un patient, je sortis en hâte. Deux silhouettes vêtues de manteaux de pluie en paille et de chapeaux à large bord se tenaient sous l'Arbre joueur. Je reconnus tout de suite le plus petit des deux hommes : c'était Eikaku. Il avait beaucoup maigri et semblait plutôt morne. Comme son compagnon, il était trempé. Il ne faisait pas froid, malgré la pluie, mais il frissonnait.

— Eikaku-san ! m'écriai-je. Entrez donc !

— Docteur, répliqua-t-il. Je suis désolé de vous importuner ainsi, mais je n'avais aucun autre endroit où aller.

Je les entraînai tous deux dans la maison, en demandant à Hachirô et O-Kane de conduire Eikaku au pavillon de bain et de lui trouver des vêtements secs. L'autre homme enleva sa cape de paille et la suspendit avec celle d'Eikaku sous les avant-toits. Je lui donnai une serviette pour essuyer son visage et ses mains.

— C'est votre frère qui m'envoie, dit-il d'un ton légèrement contrit. Imaike-san a été autorisé à quitter la clinique Inuda et le docteur Itasaki souhaitait lui épargner le désagrément d'être transporté dans une cage. Le docteur Inuda était d'avis que cela annulerait tous les effets de la cure. J'étudie auprès du docteur Yoshio depuis plusieurs années. J'ai proposé d'accompagner Imaike, qui voulait lui-même venir ici. Votre frère a pensé que vous pourriez prendre soin de lui pour un temps.

— Je comprends, dis-je.

Bien entendu, il m'était impossible de renvoyer Eikaku. Mais qu'allaient penser mon époux et ma mère ? Le visage du jeune homme m'était familier, toutefois le docteur Yoshio avait beaucoup d'étudiants et je ne pouvais pas dire que je me souvenais vraiment de lui.

— Je m'appelle Kitaoka Jundô, reprit-il. Je suis originaire d'Isa.

Isa, la cité célèbre pour ses remèdes, dont Shinsai et moi avions prétendu venir.

— Je connais votre compétence en pharmacie, continua-t-il. Je vous ai observée à Nagasaki. J'ai pensé... en fait, Tetsuya-san a suggéré... Que diriez-vous de prendre un étudiant pendant un moment ? En réalité, cela fait un certain temps que j'ai envie de retourner en Chôshû.

— Il faut que j'en parle avec mon époux, déclarai-je.

Ajouter deux personnes à notre maisonnée mettrait nos ressources à rude épreuve.

— Bien sûr, dit Kitaoka. Mais c'est auprès de vous que je souhaite étudier.

Plus jeune que moi de quelques années, il était maigre et n'avait rien d'avenant, mais il sourit timidement en prononçant ces mots et j'eus comme une intuition soudaine. Toute ma vie, j'ai senti instantanément en rencontrant certaines personnes qu'un lien avait toujours existé entre nous. On dit que c'est dû aux vies antérieures, et peut-être est-ce vrai. Il y eut un attachement immédiat entre Kitaoka et moi, non pas une attirance physique mais plutôt l'affection entre un professeur et son étudiant, une tante et son neveu. Je pensai à Nomura Bôtôni et Takasugi, à la profonde amitié spirituelle qui les avait unis. Tout le monde maintenant connaissait l'histoire du navire rempli de soldats qu'il avait envoyé pour sauver la poétesse vieillissante exilée sur une île lointaine. Et nous avions tous entendu le poème qu'elle avait écrit avec lui alors qu'il était sur son lit de mort :

> *Vivre une vie sans intérêt*
> *Avec intérêt,*
> *À vous de le décider.*
> *Comme c'est intéressant !*

Kitaoka n'avait rien fait d'aussi spectaculaire, mais son arrivée n'en était pas moins salvatrice. En nous aidant à nous occuper de la pharmacie et des patients, il me permettrait d'aller à Ise tout en laissant Makino libre de partir quand il le voudrait.

Makino ne fut pas long à faire lui-même ce calcul et accepta Kitaoka avec empressement. Il était moins enthousiaste quant à Eikaku, mais à ma grande surprise ma mère se prit bientôt d'affection pour le peintre. Elle était habituée à veiller sur mon père. Grâce à Eikaku, elle pouvait assouvir son besoin de prendre soin d'un homme. Il partageait sa passion pour le roman et le théâtre populaires, et aimait qu'elle lui fasse la lecture. Elle sortit même *Un Genji de la campagne* et nous écoutâmes de nouveau les aventures du fringant Mitsuuji. Je songeai que les jeunes hommes que je connaissais — Monta, Itô, Katsura, Genzui, Takasugi — avaient vécu réellement des expériences non moins dramatiques. Genzui et Takasugi nous avaient quittés, mais qui savait ce que l'avenir réservait à Monta et aux autres ?

Eikaku se soumit aux attentions de ma mère en matière de coiffure, de rasage, de vêtements propres et de repas réguliers. Il recommença à ressembler davantage à un être humain normal. Il ne semblait ni surexcité ni déprimé. Apparemment, le traitement du docteur Inuda avait vraiment fait de l'effet sur lui. Il ne parlait plus de photographie et n'exprima aucun désir de peindre. Je me demandai si ce n'était pas payer trop cher son retour à la santé mentale.

Dès qu'il entendit parler de notre projet de voyage, Eikaku souhaita nous accompagner. Il avança de nombreuses raisons — témoigner sa gratitude pour sa guérison, voir les peintures et les sculptures des grands temples de Nara et de Kyôto, et se rendre en pèlerinage à Ise.

— Je veux y aller avant ma mort, dit-il de sa nouvelle voix tranquille.

— Vous n'êtes pas près de mourir, le grondai-je. Vous n'êtes pas encore vieux !

— J'ai quarante-cinq ans, répliqua-t-il.

Partir avec lui paraissait une bonne idée. Je n'étais pas sûre que mon époux se montrerait patient avec lui en mon absence. Il serait appréciable de voyager avec un homme, même pas entièrement sain d'esprit. Et nos précédents voyages m'avaient appris qu'Eikaku était un compagnon aussi intéressant que stimulant. Sans compter que la vision de grandes œuvres et la visite d'édifices sacrés lui rendraient peut-être l'inspiration nécessaire pour peindre.

Makino consentit à contrecœur — nous n'étions pas encore habitués à l'idée qu'il était désormais le chef de famille et devait en théorie être consulté sur tous les sujets. Maintenant qu'il avait Kitaoka pour l'aider, je ne m'inquiétais plus pour lui. J'étais plus ennuyée de quitter Michi. J'avais songé à l'emmener avec nous, mais il semblait stupide de l'exposer aux dangers d'un voyage. Je lui avais promis des cadeaux de Kyôto pour la consoler, et elle ne parut pas trop triste en nous disant au revoir. Mais après que je l'eus embrassée, elle recula en tapotant ses bras exactement comme le faisait mon père, et ce fut moi qui faillis fondre en larmes. Cette séparation m'emplit d'un tel chagrin que je décidai de ne pas rester absente trop longtemps.

On était au septième mois et il faisait terriblement chaud, cependant la moitié des habitants du pays semblaient pris d'un besoin soudain de se rendre à Ise et à Kyôto. Les routes étaient noires de monde, bateaux et auberges étaient bondés. On aurait dit une scène où chacun jouait son propre drame : femmes libérées par leur veuvage, comme ma mère, groupes de pèlerins patronnés par le sanctuaire de leur village, enfants et adolescents en fugue, musiciens ambulants, acrobates, jongleurs, vendeurs de toutes sortes, prostituées, mendiants, *rônin* en quête d'une armée où s'engager. Des chevaux de bât étaient chargés de riz, de soie ou d'engrais de poisson. Des lépreux et autres malades espéraient un miracle. Les villes exhalaient une odeur d'ordures dans l'air humide, mais les forêts étaient pleines de gentianes et de campanules.

Nous nous rendîmes à pied à Mitajiri et prîmes un bateau pour Ôsaka. De là nous marchâmes encore jusqu'à Nara, où nous nous reposâmes pendant quelques jours en admirant les temples, la pagode du Kôfukuji, le Tôdaiji et le Grand Bouddha. Devant chaque vue célèbre, ma mère pouvait citer un poème ou évoquer un noble héros. Chaque arbre, chaque sanctuaire, et jusqu'à la poussière de la route sous nos pieds, était pour elle imprégné de sens. Elle semblait boire toute cette beauté comme un saké incomparable. Son entrain d'antan lui revenait de jour en jour et je voyais combien ce voyage lui faisait du bien.

Nous nous engageâmes enfin sur la route du pèlerinage à travers les montagnes, en direction du sanctuaire sacré où demeurent Amaterasu o mikami, la déesse du soleil, et Toyouke no o mikami, le dieu de la terre. Au cours des siècles, des millions de personnes avaient emprunté la route d'Ise et plusieurs centaines s'y trouvaient à présent avec nous, autour de nous. Leurs faces étaient luisantes de sueur du fait de la chaleur et du saké sacré que tous buvaient, et leurs yeux brillaient d'une ferveur s'adressant non seulement aux dieux mais aux espoirs suscités en eux par la perspective d'un monde nouveau.

Dans les auberges et sur la route, les rumeurs circulaient, s'arrêtaient ici et là pour repartir amplifiées, transformées, et continuer leur vol comme les papillons et les énormes libellules virevoltant autour des troncs noirs des forêts de cèdres, ou comme les hirondelles sillonnant en tous sens le ciel du soir au-dessus de nos logis nocturnes. Nous apprîmes que le Satsuma était déterminé à combattre le bakufu, que Saigô Takamori et Ôkubo Toshimichi envoyaient des troupes à Ôsaka, que le domaine de Tosa tentait de s'entremettre pour parvenir à une solution pacifique, que le dernier shôgun, Keiki, s'apprêtait à entrer en guerre — non, au contraire, il était sur le point de céder le pouvoir au nouvel empereur, le jeune fils de Kômei. C'en était fait du régime des Tokugawa.

C'était comme si l'on avait mis en pièces une société entière et jeté en l'air ses débris. Ils voltigeaient et scintillaient à la lumière du soleil, mais personne ne savait où ils allaient tomber. Mon excitation et mon émotion étaient à leur comble. Je dormais à peine et un rien suffisait à me faire rire ou pleurer. Apparemment, tout le monde était dans cet état.

Même Eikaku commença à se dépouiller de son calme anormal. Il devint plus opiniâtre et plus raisonneur. Lui et ma mère rivalisaient d'érudition historique et artistique devant tout ce que nous voyions. Alors que nous avions entrepris ce voyage dans une humeur tranquille et morose, nous débordions maintenant tous trois d'énergie et d'optimisme.

À Ise, la servante de notre auberge nous dit que la situation s'était un peu calmée mais que la semaine précédente des amulettes étaient tombées du ciel et la foule avait été saisie d'une sorte de transport sacré. Tout le monde s'était mis à danser et à chanter des chansons absurdes ayant toutes pour refrain : *ee ja naika* — « la vie n'est-elle pas magnifique ? »

— Ils improvisent des poèmes sur n'importe quoi — le Chôshû, Keiki-sama, le prix du riz, Ebisu-sama, le meilleur des thés ou des sakés — *eejanaika, eejanaika !*

Elle mima la scène en dansant et en riant.

— Les gens s'habillent de façon extravagante. Ils sortent dans la rue déguisés en animaux, en oiseaux, en insectes. Hommes et femmes échangent leurs habits, et les hommes se noircissent les dents.

Les yeux d'Eikaku se mirent à briller.

— J'aurais aimé voir ça. Si seulement nous avions été ici !

— Qui sait, ça pourrait recommencer, dit la servante. Encore que mon maître affirme que ce serait la fin de son commerce. La foule exige des repas et du saké gratuits, et elle saccage tous les endroits où l'on refuse. Mais moi, je trouve ça amusant. La dernière fois, j'ai dansé et chanté avec les autres jusqu'à en tomber d'épuisement.

— D'où viennent les amulettes ? demanda ma mère.

— Personne ne le sait ! Elles se sont mises soudain à tomber du ciel !

J'eus la vision d'un prêtre agile montant à un arbre et jetant par terre les amulettes — mais les gens se seraient certainement aperçus de la supercherie.

— Quel mystère ! s'exclama Eikaku en poussant un profond soupir.

Le mystère était partout à Ise, dans les antiques sanctuaires bâtis avec simplicité en bois de cyprès, sans aucune trace de peinture ni de décoration, au fin fond de la forêt d'une antiquité encore plus vénérable. Mais c'était aussi le théâtre d'un commerce florissant. Boutiques et maisons de thé regorgeaient de souvenirs, de spécialités telles que des lotions purifiant l'haleine, de charmes censés remédier à tout, depuis l'indigestion jusqu'à l'impuissance. Eikaku était ravi par le contraste entre le spirituel et le mercantile. Ma mère et moi pleurions comme des sources de montagne, mais nos rires n'étaient pas moins fréquents que nos larmes.

Quand nous partîmes pour Kyôto, ma mère continua de se montrer pleine d'allégresse et d'excitation. Cependant mon humeur changea brusquement. Cela faisait trois ans que j'avais dit au revoir à Shinsai à Yamazaki, trois ans sans la moindre nouvelle de lui. Tout le monde pensait qu'il était mort, rendu méconnaissable par les flammes de l'incendie de la capitale. Mais quand je tentai de prier pour son esprit à Ise, je m'aperçus que je ne croyais pas à sa mort.

J'étais désemparée, et il m'était impossible de partager mon trouble avec quelqu'un d'autre. Je regrettais d'avoir accepté d'inclure Kyôto dans mon voyage. Je n'avais pas envie de me rappeler cette année de folie et de passion. La nuit, mon visage et mon corps étaient brûlants de honte et aussi, je l'avoue, de désir et de nostalgie.

Nous logions dans une petite auberge située de

l'autre côté de la rivière Kamo par rapport à la boutique de Mme Minami, non loin de l'ancien emplacement de la résidence Chôshû. On avait élevé un mur autour du site mais la résidence n'avait pas été reconstruite, bien que la plus grande partie de la ville l'ait été et qu'on vît surgir partout de nouvelles maisons. Des commerces nouveaux faisaient eux aussi leur apparition. Juste en bas de la rue de notre auberge, un studio de photographie s'était installé. Je crois que c'était le premier de Kyôto. Même si je ne voulais pas ranimer la manie photographique d'Eikaku, j'eus soudain envie d'avoir un portrait de ma mère. Mon père ne s'était jamais fait peindre de son vivant — le seul portrait de lui que nous possédions fut peint par Eikaku plusieurs années après sa mort, d'après les instructions de ma mère, et en dehors de ses vêtements il n'est guère ressemblant. J'étais fascinée par l'idée qu'une photographie était plus qu'une simple représentation : elle conservait quelque chose de l'essence du modèle.

Ma mère se laissa aisément convaincre. Pour elle, cela faisait partie du monde nouveau que représentait Kyôto. Son seul regret était d'être vêtue de façon aussi démodée et de n'avoir pas le temps de renouveler sa garde-robe, bien qu'elle eût l'argent nécessaire. Elle dut se contenter d'agrémenter sa coiffure d'un nouveau peigne de Yoshino en bois de cerisier laqué.

Eikaku voulait visiter le sanctuaire de Tenmanjin à Kitano. Je n'eus pas de peine à le convaincre d'y aller seul, en lui déclarant que pendant ce temps nous ferions des courses. Quand il fut parti, ma mère et moi en profitâmes pour nous rendre au studio en bas de la rue. Comme M. Ueno, le photographe travaillait à l'extérieur en se servant de la lumière du soleil. Nous dûmes poser à midi dans une cour privée d'air, éblouies par la lumière. Il prit deux clichés, l'un de ma mère seule, l'autre d'elle et moi. À notre retour dans le studio, j'avais la tête qui tournait. Le photographe disparut dans la chambre noire à l'arrière de la boutique et son épouse nous demanda de regarder quelques épreuves pour choisir la dimension que nous désirions.

Elle les posa sur une petite table. Ma mère et moi nous agenouillâmes pour les examiner. Sur la première, on voyait un vieillard à la barbe blanche. Sur la deuxième, Shinsai.

Nous étions toutes deux incapables de parler. Shinsai me lançait son habituel regard effronté, les lèvres incurvées en un léger sourire que je connaissais si bien. J'avais envie de presser ma bouche contre la sienne et de l'embrasser comme je l'avais fait tant de fois.

— De quand date ce cliché? demandai-je d'une voix que je ne reconnus pas.

— Ils ont tous été pris l'année dernière, je ne sais pas quand exactement. Je demanderai à mon époux. Connaissez-vous ce monsieur?

— Il ressemble au frère de mon défunt époux, dit ma mère d'une voix tremblante. Mais nous le croyions mort.

— Je vais chercher mon époux, déclara la femme.

Elle quitta la pièce et je pris le cliché. C'était plus fort que moi. Je le regardai, encore et encore, puis je me levai en le serrant contre moi.

— Tsuru! s'exclama ma mère en m'observant avec stupeur.

Elle sembla un instant perplexe, mais je lus ensuite dans ses yeux qu'elle avait compris.

— Juste ciel, dit-elle. Ça ne peut pas être vrai. Dis-moi que ce n'est pas vrai.

Elle se leva en chancelant, affreusement pâle. Quand le photographe fut là, elle prit congé sous un prétexte quelconque, en lui laissant de l'argent et en promettant de revenir chercher nos clichés. M'agrippant par le bras comme si je pouvais m'échapper à tout instant, elle m'entraîna dans la rue. Je sentais combien elle était bouleversée, furieuse. Cela s'ajoutant à la chaleur, au bruit et à la foule, je me sentis au bord de l'évanouissement. J'avais envie de vomir. Tout se mit à tourner autour de moi, j'eus un violent haut-le-cœur, puis les ténèbres se dressèrent devant moi et m'engloutirent.

Lorsque je repris connaissance, j'étais allongée sur le sol de notre chambre dans l'auberge. Agenouillée près de moi, ma mère épongeait mes tempes avec de l'eau froide. Eikaku m'éventait avec frénésie. La chambre était sombre et fraîche et je n'avais plus mal au cœur. Je ne savais vraiment ce que je ressentais. Je pensais avec ravissement : « Il est vivant, il se trouve à Kyôto. » Mais je me lamentais aussi : « Ma mère sait tout. J'ai tellement honte. » Comment pourrais-je continuer de vivre avec elle ? Comment pourrais-je rentrer chez nous ?

Mon angoisse devait se lire sur mon visage. Elle-même semblait ravagée par le chagrin.

— Ma pauvre petite, gémit-elle. Ma pauvre petite...

Même maintenant, elle cherchait à m'excuser.

Plus tard, quand Eikaku sortit acheter de quoi manger, elle me dit :

— J'ai toujours redouté que cela arrive. Je voyais bien qu'il tenait trop à toi. Quand il est parti, j'ai éprouvé un tel soulagement. Je me suis dit qu'une fois mariée tu ne risquerais plus rien. Ah, il aurait dû te laisser tranquille ! Je ne le lui pardonnerai jamais. Pourquoi n'est-il pas mort comme nous le pensions tous ?

— Je suis si heureuse qu'il soit vivant, répliquai-je. Où est la photo ? Je veux le regarder encore.

Ma mère me dit qu'elle devait l'avoir laissée tomber dans la rue, mais j'étais certaine qu'elle l'avait détruite.

— Nous partirons demain, déclara-t-elle. Nous devons rentrer. Il ne faut pas que nous tombions sur lui dans cette ville. Tsuru, promets-moi que tu n'essaieras pas de le voir.

— Bien sûr que non. Tout cela est terminé. J'ai mon époux, ma fille, notre travail...

J'aurais donné n'importe quoi en cet instant pour pouvoir de nouveau être au lit avec lui, rien qu'une fois.

Je ne pus rien avaler. Ma mère et Eikaku veillaient sur moi avec une tendresse pleine de compassion, comme si j'avais subi une perte affreuse. Toutefois je feignis de dormir et l'épuisement finit par avoir raison d'eux. Je compris en entendant leur respiration qu'ils s'étaient endormis. Au fil de la nuit, je pris conscience de ce que je devais faire. Soit je retrouverais Shinsai et le tuerais, soit je mettrais fin à mes jours. Je ne voyais aucun autre moyen de me libérer. J'avais cru m'être remise de ma folie, mais en voyant son visage j'avais compris que j'étais plus que jamais sous son emprise. Me levant sans un bruit, je pris les vêtements les plus proches — ceux d'Eikaku. Je me coiffai même de son chapeau de voyage. Puis je cherchai mon sac à pharmacie, d'où je sortis mon scalpel enveloppé dans du tissu. En palpant sa forme lourde, je me dis que nous allions mourir l'un comme l'autre. Ce serait comme un double suicide — une fin qui convenait à notre passion dévoyée.

Les premiers coqs chantaient et le ciel pâlissait. Je me rendis d'abord chez Mme Minami à grands pas d'homme, en me rappelant avec une sorte de volupté la liberté que me procurait mon déguisement masculin. Le chapeau d'Eikaku recouvrait mes cheveux et je le rabattis pour cacher mes sourcils rasés. Bien que je n'aie pas noirci mes dents depuis notre départ, elles étaient encore colorées. Je résolus de ne pas sourire et de parler la main devant la bouche.

La boutique de brocante était toujours là et semblait inchangée. J'appelai à la porte puis frappai à grands coups. Au bout d'un moment, j'entendis la voix de Mme Minami demander :

— Qui est-ce ?

— C'est Imaike, le médecin. Vous vous souvenez de moi ? J'ai vécu ici il y a trois ans.

Elle ouvrit la porte en retirant les volets.

— Qu'est-ce qui vous amène d'aussi bonne heure ? Avez-vous encore des ennuis ?

— Itasaki, l'homme avait qui j'étais... Est-il ici ?

— Non, il n'a plus logé ici depuis l'époque où vous étiez ensemble.

J'étais certaine qu'elle mentait. Je m'avançai dans le vestibule.

— Je sais qu'il est vivant, déclarai-je. Je sais qu'il est à Kyôto. Je vous en prie, aidez-moi à le retrouver.

Mme Minami secoua la tête. Je crus qu'elle allait me repousser et me fermer la porte au nez. Elle me poussa bel et bien vers la porte, mais en me chuchotant à l'oreille :

— Essayez l'une des maisons de thé de Kawaramachi, près de la résidence Tosa. Il est possible qu'il s'y trouve.

— Vous l'avez donc vu ?

— Il est revenu prendre quelques affaires, après l'incendie. Votre boîte à pharmacie, ses vêtements... Mais c'est vraiment tout ce que je sais sur lui. Ne cherchez pas les ennuis, de grâce. Kyôto est un endroit dangereux, en ce moment.

Je repartis par les rues familières menant à la rivière Kamo. Il faisait presque jour, maintenant, et le ciel à l'orient brillait d'un éclat doré. Beaucoup de gens étaient déjà sortis, car bien qu'on fût au huitième mois il faisait encore très chaud et les classes laborieuses de la capitale se mettaient à l'œuvre dès l'aube. Une brume légère flottait sur la rivière et des oiseaux aquatiques lançaient leurs appels se mêlant aux hurlements des porteurs commençant à charger des bateaux sur le canal et aux premiers cris des vendeurs ambulants du matin proposant du tofu frais, des œufs, des épinards et autres légumes, et du poisson pêché dans la rivière.

L'odeur de nourriture me mit l'eau à la bouche, mais j'étais sûre que je vomirais si jamais j'essayais de manger. Je traversai le pont Shijô puis le canal, en empruntant une ruelle étroite en direction de la résidence Tosa. Les rues devenaient plus animées mais les maisons de thé devant lesquelles je passai — la Takeya, la Kikuya et ainsi de suite — n'étaient pas encore ouvertes. En arrivant au pont Sanjô, je tournai à gauche et aperçus les arbres entourant le Honnôji. Je décidai d'aller m'asseoir un moment là-bas et de boire peut-être un peu d'eau, car j'avais la gorge sèche et les yeux brûlants.

Après m'être lavé les mains et le visage dans la citerne à l'entrée du jardin, je me rinçai la bouche. Puis je restai assise à l'ombre des grands arbres, en écoutant les chants d'oiseaux, les psalmodies des moines et la rumeur des gongs. Cet endroit semblait si paisible, alors que de l'autre côté du portail le pays entier était à deux doigts de la guerre.

Plongée dans cette paix, je finis par revenir à la raison. Qu'étais-je en train de faire ? Je n'allais évidemment pas tuer Shinsai, ni me suicider. Je n'allais tuer personne. Ma vocation était de sauver la vie, non de la détruire. Je songeai à Ogata Kôan, qui m'avait parlé dans un rêve. Je me rappelai mon père si doux, qui n'aimait pas la mort. Et je revis Michi, ma fille, telle qu'elle était lors de notre séparation. J'allais rentrer à l'auberge, m'habiller avec mes propres vêtements et retourner auprès d'elle.

Les feuilles se mirent à bruire au-dessus de ma tête et quelque chose tomba en voltigeant sur la mousse à côté de moi. Je le ramassai : c'était un rectangle de papier où étaient écrits de grands caractères symbolisant la bonne fortune et toutes sortes de bénédictions.

Je levai les yeux en m'attendant à apercevoir le prêtre agile que j'avais vu en imagination, mais il n'y avait personne au-dessus de moi, rien que l'enchevêtrement des branches et deux corbeaux perchés très haut. Cependant les amulettes continuèrent de tomber une à une autour de moi. D'autres gens les avaient remarquées et se bousculaient pour les ramasser. Bientôt ce fut une véritable foule, poussant des cris et des exclamations. Lorsque je me levai en serrant dans ma main ma bénédiction de papier, je découvris que j'étais cernée. Quelqu'un commença à chanter :

— La vie n'est-elle pas magnifique ? La vie n'est-elle pas magnifique ? »

Et tous reprirent le refrain en chœur.

Eejanaika, eejanaika ! La foule sortit en masse de l'enceinte du temple et déferla dans la rue en m'entraînant avec elle. Je n'avais plus à m'inquiéter de mon déguisement, car je vis de nombreuses femmes habillées comme moi en homme, et des hommes grimés en femme, le visage blanc, les lèvres rouges et les dents noires. Comment tout avait pu aller si vite ? D'où venaient-ils tous ? C'était comme si chacun avait guetté cette occasion de se libérer d'un coup d'années de contraintes et de restrictions, où d'autres vous disaient ce que vous deviez faire, où il fallait obéir aux anciens, aux maîtres, et toujours agir correctement.

— Au diable tout cela ! chanta et hurla la foule en dansant à travers les rues de Kawaramachi.

Tous attrapaient eux-mêmes de quoi boire et manger, saisissaient au passage morceaux de fruits, gâteaux de riz et biscuits, pâtisseries au haricot, sushis, poisson cru, huîtres, crevettes, bols de thé, coupes de saké, qu'ils fourraient dans leur bouche et buvaient d'un trait en chantant encore et encore, en chantant leur défi au vieux régime qui était en train de s'effondrer autour de nous.

Quelqu'un glissa dans ma main un flacon de saké.

— Buvez, *oniisan*, *oneesan*, quoi que vous soyez ! Qui s'en soucie ? La vie est magnifique, non ?

J'étais tout près de notre auberge, mais il m'était impossible d'échapper à la foule. Tout ce que je pouvais faire, c'était rester sur mes pieds et me laisser entraîner en chantant avec mes compagnons que la vie était magnifique. Mais en passant devant l'entrée de l'auberge, je vis Eikaku sortir en courant, vêtu de mon kimono, les cheveux coiffés en chignon et maintenus par le nouveau peigne de ma mère.

— Eikaku-san ! criai-je.

Ma voix se perdit dans le tumulte de la foule. Il m'aperçut pourtant et se jeta dans la cohue comme dans une rivière, pour se laisser emporter comme moi par le flot humain.

Nous fûmes entraînés dans l'avenue Sanjô en direction du pont. Tous les voyous, mendiants, acrobates et musiciens fréquentant la berge se joignirent alors à la foule, mais personne ne voulait quitter le quartier commerçant et ses ressources en nourriture et boisson gratuites. Comme habités par un esprit unique, tous longèrent le canal en direction du sud. Nombreux furent ceux qui dévalisèrent en chemin les docks et les entrepôts. À chaque pont, une partie

de la foule se précipitait vers l'autre rive. Elle défer-
lait ensuite en sens inverse sur le prochain pont,
chargée de nouvelles barriques de saké.

Juste en face des longs murs blancs coiffés de
tuiles de la résidence Tosa, une ruelle menait à une
maison de thé où Shinsai et moi nous rendions souvent, la Hisago-tei. J'étais sur le bord extérieur de la
foule et j'aperçus par-delà une multitude de têtes
Eikaku à ma hauteur du côté du canal. Il agitait une
bannière qu'on avait dû lui fourrer dans les mains et
poussait des hurlements. J'agitai à mon tour mes
bras, puis je me rendis compte qu'il me criait
quelque chose en gesticulant et en pointant sa main
libre vers la Hisago-tei.

Je tournai la tête et aperçus Shinsai à l'entrée de
la ruelle. Nos regards se croisèrent au-dessus de la
marée humaine. Alors que je tentais de me frayer un
chemin dans sa direction, je vis deux hommes surgir
derrière lui. Ils avaient les vêtements et les sabres de
samouraïs. Leur air résolu, impitoyable, contrastait
totalement avec le déchaînement chaotique de la
foule. Il me sembla reconnaître l'un d'eux — peut-
être était-ce l'homme auquel j'avais donné un prospectus le jour de mon arrivée à Kyôto, le même qui
avait fouillé la boutique de Mme Minami tandis que
je comptais et recomptais des coupes. Mais comment en être sûre ? Toutes ces silhouettes se confon-
dirent en un unique pourvoyeur de la mort. J'essayai
de hurler un avertissement. En me voyant, Shinsai
avait relâché son attention. Il se retourna, tira son
sabre, mais trop tard. Ils avaient déjà leur arme au
poing et lui portaient le coup fatal.

Un cri d'horreur s'éleva de la multitude quand le
sang l'éclaboussa. Les gens s'éloignèrent en se bous-
culant et un espace s'ouvrit devant moi. Comme si je
regardais la scène avec un microscope, je vis les assassins rengainer leurs sabres et disparaître en cou-

rant dans l'allée. Je vis Shinsai tomber à genoux, porter en vain ses mains à sa gorge, comme dans ma vision d'autrefois. M'agenouillant près de lui, je rattrapai son corps s'effondrant en avant et tentai d'étancher le sang jaillissant, mais l'artère du cou était tranchée.

— Imaike-kun, murmura-t-il.

Je sais donc qu'il m'a reconnue, mais ce fut tout ce qu'il dit avant de mourir.

La foule déferla autour de nous, sur nous, en dansant et en chantant. *Eejanaika* — la vie n'est-elle pas magnifique ?

Sakamoto Ryôma
Keiô 3 (1867), au onzième mois,
âgé de trente-deux ans

Il a plu toute la journée. Ryôma ne se sent pas bien. Il se demande s'il n'a pas la fièvre, sa gorge est douloureuse et il a mal partout. Il a dû attraper un rhume, ou peut-être la grippe. Depuis quelque temps, les nuits semblent annoncer l'hiver glacial de Kyôto. La nuit dernière, il n'a pas réussi à avoir chaud malgré les couvertures supplémentaires fournies par sa logeuse. Durant la journée, il n'a cessé de frissonner par accès. Les propriétaires de l'Ômiya lui ont proposé de s'installer à l'étage, dans la chambre du devant. Elle est basse de plafond, et il y fait plus calme et plus chaud. Il s'est montré d'abord réticent. Depuis que lui et Miyoshi ont été pris au piège dans la Teradaya et contraints de s'enfuir par les *shôji*, il préfère les chambres offrant plus d'une issue. Cependant il a décidé de courir ce risque. La capitale ne semble guère dangereuse, en ce moment. Des foules ont envahi les rues en se mettant à chanter et danser, et en prenant d'autorité de quoi boire et manger dans les boutiques et les maisons de thé. Il s'est mêlé à ces rassemblements spontanés. L'atmosphère y est tumultueuse et chaotique, mais empreinte de bonne humeur et surtout d'optimisme. Tous croient en un changement imminent. Autant que le saké, l'espoir les enivre. Il a partagé les deux avec eux, non sans excès peut-être. Son ivresse était encore accrue par sa conscience secrète d'avoir joué un rôle clé dans la transformation en cours.

Le shôgunat Tokugawa appartient au passé. Keiki a accepté de rendre à l'empereur le pouvoir des shôguns. En apprenant la nouvelle, quelques jours plus tôt, Ryôma a pleuré. Il éprouve un respect nouveau pour Keiki. Beaucoup comptaient sur lui pour se battre jusqu'au bout. Durant son unique année au pouvoir, il a fait des efforts admirables pour réformer et renforcer le gouvernement. Il a courtisé les Français et obtenu d'eux soutien diplomatique et aide matérielle. Il est en train d'acheter des armes aux Américains. Tout cela a irrité les Anglais au plus haut point, car ils soutiennent le Chôshû et le Satsuma. Néanmoins Ryôma n'a jamais cru que Keiki désirât le shôgunat au point de combattre pour lui, bien qu'il ait l'appui de nombreux domaines et même de la totalité de ceux du nord et de l'est, le bastion de la fidélité aux Tokugawa, notamment le domaine d'Aizu. À présent, Ryôma est certain que l'approche modérée de son propre domaine de Tosa va l'emporter. Keiki renoncera à sa charge de shôgun, mais il conservera ses terres et occupera un poste dans le nouveau gouvernement. Sa présence mettra un frein aux ambitions des factions Satsuma et Chôshû. Il arrive à Ryôma de regretter d'avoir contribué au rapprochement de ces deux grands domaines, car il redoute qu'ils deviennent une force échappant à tout contrôle. Il est encore proche de Saigô Takamori, qui s'est montré si bon pour lui après l'affaire de la Teradaya, mais il doit s'avouer qu'il n'a plus vraiment de sympathie pour personne en Chôshû, depuis la mort du pauvre Shinsaku. Il s'est brouillé avec Inoue et Itô après que leur ami Kondô Chôjirô a été contraint au suicide par des associés de Ryôma dans le Kaientai parce qu'il projetait de se rendre en Angleterre — comme si c'était sa faute ! Et même s'il trouve Katsura Kogorô charmant, comme tout le monde, il ne lui fait pas vraiment confiance.

Saisissant la bouilloire fumante sur le brasero, il se sert un peu de thé. Il aimerait dormir, mais trop de pensées traversent son esprit : son propre projet de réforme du gouvernement, tout ce qu'il a appris sur le droit et le commerce international durant son séjour à Nagasaki, les formes de gouvernement en usage dans les pays occidentaux, ces mots nouveaux, étranges — « république », « démocratie », « parlement ». Il faut que le Japon ait un gouvernement de ce genre, mais le changement doit se faire sans effusion de sang et sans guerre civile.

Son unique expérience de la guerre, Ryôma l'avait eue à bord de l'*Otchû-maru*, quand il s'était rangé au côté de Takasugi Shinsaku lors de la bataille au large de Kokura l'année précédente. Il n'aurait manqué ça pour rien au monde. Ç'avait été une expérience essentielle, que tout homme devrait connaître, selon lui. Cela dit, une fois suffisait ! Il était heureux d'avoir combattu. Par la suite, il s'était plu à en parler et à décrire l'affrontement dans des lettres en s'aidant de cartes et d'illustrations, mais le combat proprement dit avait été aussi confus que désagréable. Il ne veut plus perdre un de ses bateaux alors qu'il sort tout juste d'une longue bataille juridique afin d'obtenir un dédommagement pour son *Iroha*, qui a sombré à la suite d'une collision avec un navire en provenance de Kii. Il déteste l'idée que des hommes qu'il commande se fassent tuer.

— Je ne ferai jamais un bon général, dit-il à Nakaoka Shintarô qui vient de monter à l'étage. Je n'aime pas que les soldats meurent.

Shintarô est un Tosa, un de ses plus vieux amis, en qui Ryôma a toute confiance. Il éclate de rire.

— J'ai lu que les soldats préféraient combattre sous les ordres de généraux prêts à risquer leur vie. Ils pensent qu'ils auront plus de chance d'en sortir vivants.

— Je ressemble sans doute davantage à un marchand que je ne le voudrais, réplique Ryôma.

— Serait-ce la voix du sang ?

Shintarô le taquine, car les aïeux de Ryôma étaient des marchands et il prend souvent leur nom, Saitani.

— J'aime la façon dont les Anglais font du commerce. C'est comme mener une guerre, mais en se conformant à des règles.

— Des règles qu'ils ne cessent d'enfreindre, ou qu'ils n'appliquent qu'à eux-mêmes et à leurs pareils.

— Peut-être, mais elles forment malgré tout une structure que chacun doit respecter. Nous n'avons rien de semblable. Chez nous, la justice et le châtiment dépendent l'un comme l'autre du caprice des puissants.

Il se met à éternuer plusieurs fois à la suite. Son rhume s'aggrave à vue d'œil.

— La logeuse va nous servir un repas chaud, dit Shintarô. Cela vous fera du bien.

Plusieurs Tosa capturés par le Shinsengumi sont encore emprisonnés à Kyôto et Shintarô a des projets pour négocier leur libération. Après en avoir discuté, ils parlent de façon décousue du mouvement *eejanaika*, des espoirs des gens ordinaires et de leur aspiration à un renouveau du monde — Shintarô est le fils d'un chef de village. Ils se demandent ce que va faire Keiki maintenant. Puis ils se plongent dans leurs souvenirs des dernières années, évoquent les aventures de Shintarô avec ses camarades du Shôkenkaku à Mitajiri puis comme capitaine d'une troupe de *shotai*. Il a vu beaucoup plus de combats que Ryôma. Blessé à la Porte Interdite, il a échappé à la capture. Ensuite il s'est battu au côté des Chôshû pendant la guerre des Quatre Frontières. Il fait probablement partie de ces commandants qui n'hésitent pas à risquer la vie de leurs hommes.

Ryôma se sent seul et légèrement déprimé. Il ferme les yeux et tente de s'assoupir. La pluie tambourine sur les tuiles, ruisselle dans les gouttières. Son domaine natal paraît si loin ! Il aimerait que son épouse, O-Ryô, soit avec lui. Il songe un instant à faire venir quelques filles, mais il ne se sent pas assez bien. De toute façon, cela déplairait à O-Ryô, se dit-il avec tendresse. Elle était si contrariée quand il se rendait dans les maisons de geishas à Shimonoseki. C'est une bonne petite, malgré son caractère un peu tyrannique. Elle croit que rien ne lui est impossible. Quel était cet endroit à Kagoshima où il y avait quelque chose que les femmes ne devaient pas toucher ? O-Ryô y était allée aussitôt, comme pour mettre les dieux au défi de la punir. Alors qu'il essaie de se rappeler le nom de l'endroit, il entend des pas dans l'escalier.

— Ce doit être notre souper, dit Shintarô.

Ils sont tous deux désarmés, leurs sabres sont rangés dans le râtelier près de la porte. À la Teradaya, Ryôma et Miyoshi avaient été prêts — mais cette fois O-Ryô n'est pas là pour courir à l'étage et les prévenir. Ils avaient été sauvés alors par le pistolet, cadeau de Shinsaku, qui avait suffisamment effrayé les assaillants armés de sabres pour les empêcher de s'approcher — mais il n'y a pas de pistolet ici. Ryôma regrette de toutes ses forces aussi bien son épouse que son arme. Il n'a pas envie de mourir maintenant, par cette nuit de pluie où il s'est enrhumé. Comment peut-il quitter le monde avant qu'il soit rénové ? Comment cette rénovation sera-t-elle possible sans lui ?

Ces regrets sont éphémères et ne durent que le temps pour les assassins de bondir dans la pièce. Ryôma constate qu'ils ont des sabres courts, qui ne seront pas gênés par le plafond bas. Quelqu'un l'a trahi, mais même s'il devinait qui il lui serait à jamais impossible de le dire à quiconque. Puis il se souvient. C'était la hallebarde sacrée du mont Kirishima. On avait averti O-Ryô que les femmes ne devaient pas la toucher, mais elle l'avait fait et maintenant les dieux les punissent. Les sabres l'envoient promptement dans les ténèbres d'où nul ne revient pour révéler ses secrets. Shintarô s'attardera encore quelques jours, mais il ne pourra pas donner les noms des meurtriers avant de suivre son ami dans l'autre monde.

L'Arbre Sacré

Nous enterrâmes mon oncle au Tennôzan, là où je lui avais dit adieu avant qu'il parte pour la Porte Interdite avec Kusaka Genzui. Nous ne connûmes jamais les noms des hommes qui l'avaient tué, ni pour quel motif, ni ce que Shinsai avait fait pendant les années où il était resté caché. Peu de temps après, Sakamoto Ryôma et Nakaoka Shintarô furent assassinés dans l'Ômiya, juste de l'autre côté de la résidence Tosa à Kawaramachi. En apprenant cette nouvelle, je me dis qu'on avait peut-être confondu Shinsai avec Sakamoto, à moins qu'il n'ait été la cible des mêmes assaillants, quels qu'ils fussent — certains accusaient le Mimawarigumi, d'autres le Shinsengumi, ou des agents du Satsuma ou même du Chôshû. Peut-être Shinsai avait-il repris ses activités d'espion à Kyôto, supposai-je. Quand Katsura et les autres prétendaient ne rien savoir de lui, c'était simplement parce qu'il leur était plus utile en passant pour mort. Mais l'auraient-ils vraiment fait assassiner une fois qu'il n'aurait plus servi à rien ?

Je ne pus interroger Katsura, Monta ou Itô, car je ne les revis pas avant la fin des combats qui devaient s'appeler plus tard la guerre de Boshin. Et ensuite, je ne les vis plus que de loin, car ils étaient devenus les nouveaux dirigeants de la nation et avaient des soucis plus urgents.

Makino était parti pour la guerre. Il suivit les *shotai* progressant vers le nord de combat en combat, soigna les blessés à Toba-Fushimi, Ueno, Aizu-Wakamatsu, et ainsi jusqu'en Ezo. Il m'écrivait dès qu'il le pouvait. Il travailla avec le médecin anglais William Willis et m'envoya des lettres où il me décrivait tout ce qu'il avait appris concernant les amputations sur le champ de bataille, l'usage du chloroforme et la réduction des fractures, en illustrant la marche à suivre à l'aide de croquis dont je tentai de m'inspirer dans mon cabinet, même si les anesthésiques occidentaux ne devaient pas être disponibles avant longtemps.

L'année nouvelle fut la première de l'ère Meiji — une ère nouvelle pour un monde nouveau, merveilleux à bien des égards mais différent de celui dont nous avions rêvé.

Je restai à Yuda avec ma mère et ma fille, Eikaku et Kitaoka, Hachirô et O-Kane. Notre maisonnée était peut-être étrange, mais cela faisait des années que je n'avais été aussi heureuse. La mort de Shinsai m'avait délivrée de mon fardeau de culpabilité, de nostalgie et d'espoir, comme si une plaie suppurante avait enfin guéri. Je ne le cherchais plus tous les soirs sous l'Arbre joueur. Je savais où il était, paisiblement endormi au Tennôzan.

Notre pèlerinage eut aussi pour effet qu'Eikaku se remit à peindre et accepta finalement d'illustrer mes tableaux médicaux. Cette entreprise éveilla son intérêt pour les croquis pris sur le vif. Nous achetâmes une foule d'animaux — oiseaux, poissons d'aquarium, grenouilles, lézards, homards, scarabées et autres insectes, et même pendant un moment une pieuvre. Michi aimait toutes ces créatures mais elle était également fascinée par la façon dont elles étaient assemblées, de sorte que nous disséquions avec soin toutes celles qui venaient à mourir. Eikaku peignait leurs organes, leurs veines, muscles et squelettes, nous fabriquions de l'ammoniac avec les cadavres puis nous dressions des autels afin de leur adresser nos prières et nos remerciements.

J'avais beaucoup de patients, qui m'offraient le spectacle habituel des maladies et accidents divers de la vie villageoise — enfants ayant le croup ou des vers, vieillards atteints d'un rétrécissement de la poitrine, femmes souffrant d'hydropisie abdominale, cas de malaria ou de rougeole, blessures lors des travaux des champs. Nos ressources étaient limitées et notre jardin de simples se révéla plus utile que jamais. Kitaoka se chargeait de l'essentiel du travail à la pharmacie. Bien qu'il fût un bon médecin, les gens préféraient d'ordinaire être soignés par moi. J'avais acquis un certain renom et étais parvenue à gagner leur confiance.

Un an ou deux passèrent ainsi. Nous apprîmes que les combats avaient enfin cessé et que les *shotai* allaient rentrer chez eux. Nous avions un nouveau gouvernement national, dont faisaient partie Katsura, qui s'appelait maintenant Kido Takayoshi, Itô, sous le nom de Hirobumi, et Monta, sous celui de Kaoru, ainsi que le prince Sanjô et les deux chefs Satsuma, Saigô Takamori et Ôkubo Toshimichi. Le pays fut soudain rempli d'étrangers venant construire un Japon nouveau et moderne.

En Chôshû, on se prépara à accueillir les *shotai* victorieux, mais la plupart d'entre eux n'eurent finalement pas droit aux festivités. Le fils de notre ancien seigneur, Sadahiro, qui avait lui aussi changé son nom et s'appelait désormais Motonori, retint moins de la moitié des cinq mille soldats revenant de la guerre. Les autres reçurent l'ordre de se disperser et de rentrer chez eux.

Après tant d'années de combats et de sacrifices, les soldats aussi mal payés que nourris apprirent cette décision avec incrédulité. Ils tentèrent de se rendre à la résidence du gouverneur à Yamaguchi pour plaider leur cause. Beaucoup de paysans déçus sautèrent sur l'occasion pour exposer leurs propres griefs. Les habitants du Chôshû avaient renversé le bakufu à force de courage et de persévérance, mais ils n'avaient nullement été récompensés. Leurs chefs s'étaient attribué des noms nouveaux et des titres ronflants avant de disparaître à Edo — ou plutôt Tôkyô, comme on l'appelait maintenant.

Leur protestation fut considérée comme une révolte et réprimée avec brutalité. Cent trente hommes furent exécutés à un endroit appelé l'Arbre Sacré, et mon époux, Makino Keizô, y trouva lui aussi la mort. Il avait tenté de porter secours à Sasaki Shôichirô, qui avait fait partie des chefs du Kiheitai dès sa fondation et combattu avec Takasugi à Kokura, et qui voulait maintenant négocier avec les autorités du domaine pour parvenir à une solution pacifique.

— Sasaki ne pouvait croire que son propre gouvernement le ferait exécuter, dit Eikaku avec tristesse.

La fin sanglante du Kiheitai l'avait beaucoup affecté et il travaillait à une peinture représentant la scène.

— Comme on voulait le forcer à s'agenouiller, il se débattit non par peur ou par lâcheté mais parce qu'il pensait qu'il y avait un malentendu. Ils l'ont fait mettre à genoux à coups de matraque en fer. Comme votre époux accourait pour l'aider, ils lui ont fracassé le crâne.

Je n'avais pas besoin de sortir l'éventail magique. Je savais ce qu'il me montrerait : l'expression abasourdie de Makino quand il avait compris qu'il avait fait un mauvais calcul, qu'il allait mourir par erreur, que le monde n'était pas gouverné par la raison mais par des actes nés du hasard et de la folie.

Je ne pouvais supporter l'idée que tout son talent et son savoir, ses espoirs et ses ambitions, aient été ainsi gâchés. Il était sorti indemne de la guerre et avait assurément sauvé bien des vies, tout cela pour finir assassiné par son propre camp, si près de sa maison.

Je ne l'aimais pas comme j'avais aimé Shinsai, mais j'eus cent fois plus de chagrin de sa mort.

La peinture d'Eikaku le représente courant en avant, les bras tendus vers Sasaki, lequel lève les mains au-dessus de sa tête tandis que la barre de fer s'abat sur lui. À l'arrière-plan, on aperçoit un monceau de cadavres ruisselants de sang, dont les têtes tranchées sont soigneusement alignées d'un côté. L'arbre sacré se dresse de l'autre côté, et ses branches projettent une ombre obscure où Makino est sur le point de tomber.

C'est une magnifique œuvre d'art et je pense qu'elle plairait à Kido Takayoshi. J'ai l'intention de la lui offrir, si jamais je le revois.

Shiraishi Seiichirô
Meiji 10 (1877), au printemps,
âgé de soixante-cinq ans

Au cinquième mois de l'année 1877, Kido Takayo-shi meurt après des semaines d'une grave maladie. Quand Shiraishi Seiichirô apprend que Katsura est mort — il n'a jamais pu s'habituer à son nouveau nom —, il est pris d'une profonde mélancolie. Cette nuit-là, il n'arrive pas à s'endormir. Il fait déjà très chaud et son esprit ne cesse de revenir sur le passé. Les derniers mois ont été terribles, avec la révolte de Hagi au dixième mois de l'année précédente, l'exécution de Maebara Issei, l'un des premiers étu-diants de Yoshida Shôin, puis le suicide de l'oncle de Shôin, et maintenant la guerre en Satsuma, à la-quelle Saigô Takamori s'est retrouvé mêlé. Shiraishi craint que son vieil ami Saigô ne rejoigne la longue cohorte des défunts pour lesquels il prie chaque jour au sanctuaire.

Comment les anciens alliés ont-ils pu finir par combattre dans des camps opposés ? Mais ne l'avait-il pas prévu dès l'époque lointaine de la Kokuraya, quand lui et Rensaku évoquaient un rapprochement possible du Chôshû et du Satsuma ? Pauvre Ren-saku ! Il s'est suicidé après la défaite d'Ikuno. Près de quatorze ans ont passé depuis, mais Shiraishi le re-grette de jour en jour davantage. Son frère avait tou-jours de bonnes idées. Si Rensaku n'était pas mort, peut-être auraient-ils réussi ensemble à sauver leur commerce. Il a tout perdu et ne sait pas vraiment comment c'est arrivé. La concurrence des marchands étrangers, la croissance de Yokohama et Kobe, les nouveaux bateaux à vapeur qui n'avaient plus besoin d'attendre le vent et la marée à Shimonoseki... « Et peut-être étais-je trop distrait, songe-t-il. Alors que tout changeait, mon attention était ailleurs. Jadis j'étais capable de m'occuper de tant de choses à la fois, comme un saltimbanque faisant tournoyer des assiettes en courant de l'une à l'autre : du riz pour le Satsuma, de la cire du Chôshû, des armes pour Katsura, de l'argent pour Takasugi. Puis d'un seul coup je n'y suis plus arrivé, et les assiettes se sont mises à vaciller et à tomber les unes après les autres. Maintenant je suis vieux, et tout ça ne m'a rien rapporté. »

Il a donné tout cet argent pour soutenir les *shotai* sans aucune arrière-pensée financière, sans espoir d'être jamais remboursé. Son emploi au sanctuaire lui plaît et il est reconnaissant pour le modeste salaire qu'il lui procure, mais il s'irrite d'avoir échoué ici quand il songe à ses activités en cette époque excitante où tout le monde espérait en un monde meilleur. Parfois il relit son journal d'alors afin de se rappeler la foule d'hommes célèbres ayant passé par la Kokuraya, mais il est déprimant de constater que tant d'entre eux sont morts.

Bien qu'il s'efforce de considérer les événements avec détachement, ils le font encore souffrir. Il avait cru autrefois que le progrès adviendrait de façon harmonieuse, en une vision partagée que tous travaillaient ensemble à réaliser. Et c'est bien ce qui s'était produit pendant quelques mois, quelques années, où chacun s'était jeté dans la mêlée avec désintéressement afin de rendre possible ce qui devait être une restauration merveilleuse, celle de l'empereur reprenant sa position conforme aux décrets divins à la tête de la nation, en tant qu'intermédiaire entre le Ciel et le peuple.

Cependant il se rend compte maintenant que le progrès est plus brutal et pernicieux que prévu. Les paysans craignent que les installations du chemin de fer et du télégraphe ne soient trempées de leur sang. Shiraishi est un homme trop averti pour croire que ce soit littéralement vrai, mais il se représente le progrès, avec la modernisation et l'occidentalisation qui l'accompagnent, comme d'énormes machines écrasant les êtres humains jetés dans leurs entrailles ou tombant sous leur masse. Le progrès est un creuset où l'ancien monde de Shiraishi est fondu et distillé pour donner un nouveau composé chimique.

Il est tragique, songe-t-il, que des épisodes comme ceux de l'Arbre Sacré et de la révolte de Hagi se soient produits en Chôshû. Le sort des *shotai* et de la classe des samouraïs est pitoyable. On leur avait dit qu'ils étaient des vainqueurs, et voilà qu'ils se retrouvaient moins bien lotis qu'auparavant et que certains mouraient même littéralement de faim. Ils avaient perdu leur rente héréditaire et s'étaient vu remettre un capital, avec lequel ils étaient invités à se lancer dans les affaires. Toutefois la plupart n'étaient pas formés ni doués pour le commerce, et aucun bon placement ne s'offrait à eux. On avait projeté par exemple de produire des oranges d'été à Hagi. Les producteurs avaient été si nombreux que le marché était saturé et qu'il était presque impossible d'écouler les récoltes. Shiraishi lui-même avait fait faillite malgré des années d'expérience. Que pouvaient espérer ces débutants sans grand enthousiasme ?

C'est ainsi qu'avaient eu lieu ces tentatives dérisoires et courageuses pour demander justice. Voyant qu'on répondait à leurs plaintes par l'indifférence ou le mépris, les mécontents avaient pris les armes. Ils n'avaient obtenu qu'une répression brutale. Maebara avait été un étudiant de Shôin, avait combattu dans la guerre des Quatre Frontières et celle de Boshin, avait été pendant des années l'ami et le camarade de Katsura et des autres, cependant ils avaient ordonné son exécution. Shiraishi sait qu'ils ne se montreront pas moins impitoyables envers Saigô.

Ce sera bientôt le jour. Les oiseaux ont entonné les chants éclatants d'une aube d'été. À cette heure, d'ordinaire, il se lève, ranime les feux de la cuisine, met de l'eau à bouillir, lave son visage et ses mains, récite ses premières prières et commence à balayer le parquet des salles et des vérandas. Mais après cette nuit sans sommeil, il tarde à se mettre en train. Il a envie de s'endormir et de retourner dans ses rêves au passé où les jeunes hommes étaient encore vivants. Soudain les larmes faciles d'un vieillard montent à ses yeux, et il se surprend à pleurer.

Hitotsubashi Keiki
1900, le jour de l'an,
âgé de soixante-trois ans

On peut souvent voir Tokugawa Yoshinobu, que tout le monde appelle Keiki, le quinzième et dernier shôgun du Japon, traverser à bicyclette la ville de Shizuoka. Il est ce que tout dirigeant ayant abdiqué devrait être. Il mène une vie exemplaire avec ses épouses et ses enfants, ses chiens et ses chevaux, en se consacrant à de nombreux passe-temps tels que la chasse, le tir à l'arc, la photographie, sans oublier la préparation du café français, dont il ne peut se passer.

En 1860, alors qu'il avait vingt-trois ans, le Tairô Ii Naosuke avait été assassiné lors d'une attaque sanglante par des samouraïs du domaine de Mito, lesquels avaient ensuite fait *seppuku* suivant le code de l'honneur féodal. À présent, il a plus de soixante ans et un siècle nouveau a commencé. Il se plaît parfois à imaginer ce que dirait son père, Nariaki, s'il revenait maintenant. Les auteurs de tous les projets et intrigues de cette époque lointaine n'avaient pas la moindre idée de ce que serait l'avenir en réalité. Le Japon est devenu une puissance mondiale. Il a rattrapé les nations occidentales et il se pourrait même qu'il les dépasse. Keiki estime qu'il peut être content de lui, non seulement pour avoir survécu mais pour être devenu ce qu'il a toujours su qu'il pouvait être — un homme absolument moderne.

Les survivants

Itô Hirobumi (Shunsuke)

À partir de 1868, Itô devint l'une des figures de proue du nouveau gouvernement. En 1871, il fit partie de la mission Iwakura aux États-Unis et en Europe. Il se rendit de nouveau en Europe en 1882 pour étudier les constitutions occidentales. À son retour, il contribua à l'élaboration de la constitution de Meiji et inaugura en 1885 le poste de Premier ministre au Japon. De 1905 à 1909, il fut gouverneur général du protectorat de Corée. Plutôt bien disposé envers les Coréens, il n'était pas partisan de l'annexion, ce qui ne l'empêcha pas d'être assassiné par un étudiant coréen à Kharbin en octobre 1909.

Inoue Kaoru (Monta)

Inoue travailla d'abord au ministère des Affaires étrangères pour le nouveau gouvernement, mais devint en 1871 vice-ministre des Finances. Il tenta de rétablir la situation financière désastreuse en réformant l'impôt sur la terre et en supprimant le système des rentes. Ayant rejoint le ministère des

Affaires étrangères en 1879, il œuvra avec constance pour la révision des traités inégaux que le Japon avait signés avec les puissances occidentales. Il fut critiqué pour ses idées excessivement pro-européennes et pour ses liens avec le monde des affaires et de l'industrie, notamment avec la société Mitsubishi. Il mourut en 1915.

Yamagata Aritomo (Kyôsuke)

Après avoir combattu pendant la guerre de Boshin, Yamagata étudia les systèmes militaires occidentaux en Europe et participa à la réforme de l'armée japonaise. Il fut à l'origine de l'adoption de la conscription et contribua à entretenir l'esprit des samouraïs dans les forces armées. Ministre de l'Intérieur et Premier ministre, il se heurta constamment au mouvement pour les droits du peuple. Jusqu'à sa mort en 1922, il resta l'âme de la politique conservatrice.

Sanjô Sanetomi

Le prince Sanjô retourna à Kyôto en 1867. Il occupa de hautes fonctions dans le gouvernement de Meiji, notamment celle de garde du sceau impérial en 1885. Il mourut en 1891.

Saigô Takamori

Saigô fut l'un des chefs de l'armée impériale lors de la guerre de Boshin. Avec Katsu Kaishû, il négocia la reddition du château d'Edo sans effusion de sang. Il resta au Japon pour gouverner le pays pendant que d'autres dirigeants partaient à l'étranger dans le cadre de la mission Iwakura. Partisan décidé de l'invasion de la Corée, il fut mis en minorité et démissionna du gouvernement pour retourner en Satsuma. En 1877, il mit fin à ses jours après la révolte du Satsuma.

Ôkubo Toshimichi

Samouraï Satsuma, Ôkubo est considéré avec Saigô et Kido Takayoshi comme l'un des trois géants de la restauration de Meiji. Il participa à la mission Iwakura. À son retour, il s'opposa à l'invasion de la Corée. Il dut réprimer les révoltes de 1874 et 1877, ce qui l'amena à entrer en conflit avec Saigô, son ancien camarade. Il fut assassiné par des samouraïs mécontents en mai 1878.

Thomas Glover

Après la restauration, Glover resta au Japon et participa à de nombreuses entreprises industrielles et commerciales, qui lui valurent d'être décoré de l'ordre du Soleil Levant (de deuxième classe). Il mourut en 1911 à Tôkyô.

Nomura Bôtôni

Après la mort de Takasugi, Bôtôni vécut à Hofu, où elle passa ses jours à jeûner et à prier pour la victoire contre le bakufu. Elle mourut en 1867, peu après le retour au pouvoir de l'empereur.

Ômura Masujirô

Après ses succès lors de la guerre des Quatre Frontières, Ômura devint l'un des chefs de l'armée impériale durant la guerre de Boshin. Il collabora avec Yamagata sur des projets visant à réformer l'armée et introduire la conscription, mais fut assassiné par des samouraïs conservateurs en 1869.

Remerciements

Je remercie de tout cœur :

L'Asialink pour la bourse qui m'a permis de me rendre pour la première fois dans la préfecture de Yamaguchi et de découvrir l'histoire du Chôshû.

L'Arts SA (South Australian Department for the Arts) pour une bourse qui me donna l'occasion de retourner fréquemment au Japon.

Le Shûhô-chô pour m'avoir invitée à séjourner pendant trois mois dans sa Maison des Échanges Culturels afin de me documenter en vue de ce roman.

Les Amis de la Maison des Échanges Culturels pour m'avoir initiée à l'histoire et aux paysages de la région.

Santô Yûko et Mark Brachmann, du Shûhô Council Office, pour tant de visites de musées et de galeries et pour leur aide précieuse pour emprunter des livres dans les bibliothèques de Yamaguchi.

Maxine McArthur, Mogi Akiko et Mogi Masaru, Yamaguchi Hiroi et Hosokawa Fumimasa, Matsubara Manami et Kori Yoshinori pour m'avoir prodigué amitié, hospitalité et encouragements.

Jim Kable et le Yoshida Shôin International Pedagogical Fellowship.

Randy Schadel, les docteurs Ayame Chiba, Ellen Nakamura et Robin Haines, pour avoir lu et commenté le manuscrit.

Les membres du forum des Samurai Archives pour de

nombreuses discussions passionnantes sur l'histoire du Bakumatsu.

Lonny Chick pour nos échanges d'idées, de livres et de documentations, toujours précieux et divertissants.

Kimura Miyo pour son aide aussi inestimable qu'inlassable à la recherche de livres et d'articles essentiels, de faits obscurs, et aussi pour ses traductions.

L'équipe de la bibliothèque Alexandrina de Goolwa et celle de la Bibliothèque Nationale d'Australie.

Mes agents Jenny Darling, Donica Bettanin et Sarah Lutyens.

Parmi les nombreux livres que j'ai lus, je dois citer avant tout *Chôshû in the Meiji Restoration*, d'Albert Craig, et *The Revolutionary Origins of Modern Japan*, de Thomas Huber. Je suis infiniment redevable à ces auteurs, de même qu'à Ichisaka Tarô, dont le livre *Takasugi Shinsaku o Aruku* fut mon guide à travers les sites historiques du Chôshû. Pour une bibliographie complète, veuillez consulter mon site informatique : www.lianhearn.com.

Lian Hearn a étudié les langues vivantes à Oxford et travaillé comme rédactrice en chef et critique de cinéma en Angleterre avant de s'installer en Australie. Elle est l'auteur de la série du *Clan des Otori*, qui a obtenu un succès international. Lian a fait de fréquents séjours au Japon et étudié la langue japonaise. Pour se documenter en vue du *Clan des Otori*, elle a passé plusieurs mois dans la préfecture de Yamaguchi, l'ancien domaine féodal du Chôshû, où elle entendit parler des jeunes hommes ayant pris part à la restauration de Meiji.

« On me montra une modeste maison de thé qui était censée avoir été le théâtre de négociations secrètes en vue de renverser le shôgun. Les murs s'ornaient de vieilles photos des conspirateurs. En voyant leurs visages juvéniles, pleins de détermination, d'intelligence et de passion, j'éprouvai soudain le désir de raconter leur histoire » (Lian Hearn).

PREMIÈRE PARTIE
DE ANSEI 4 À BUNKYÛ 1
1857-1861

DU MÊME AUTEUR

COLLECTION FOLIO

Dernières parutions

Composition Cmb Graphic
Impression Maury Imprimeur
45330 Malesherbes
le 30 janvier 2014.
Dépôt légal : janvier 2014.
Numéro d'imprimeur : 187532

ISBN 978-2-07-044500-4. / Imprimé en France.